程正民著作集

俄罗斯
文学批评史研究

程正民 著

中国社会科学出版社

图书在版编目（CIP）数据

俄罗斯文学批评史研究／程正民著．—北京：中国社会科学出版社，2017.3

（程正民著作集）

ISBN 978-7-5161-9473-7

Ⅰ.①俄… Ⅱ.①程… Ⅲ.①俄罗斯文学—文学批评史—研究 Ⅳ.①I512.06

中国版本图书馆 CIP 数据核字（2016）第 308836 号

出 版 人	赵剑英
责任编辑	罗 莉
责任校对	李 林
责任印制	戴 宽
出　　版	中国社会科学出版社
社　　址	北京鼓楼西大街甲 158 号
邮　　编	100720
网　　址	http://www.csspw.cn
发 行 部	010-84083685
门 市 部	010-84029450
经　　销	新华书店及其他书店
印刷装订	北京君升印刷有限公司
版　　次	2017 年 3 月第 1 版
印　　次	2017 年 3 月第 1 次印刷
开　　本	710×1000　1/16
印　　张	28.75
字　　数	458 千字
定　　价	102.00 元

凡购买中国社会科学出版社图书，如有质量问题请与本社营销中心联系调换
电话：010-84083683
版权所有　侵权必究

目 录

我所走过的学术道路 …………………………………… 程正民（1）

第一编　在历史和形式之间
——考察19—20世纪俄罗斯文学理论批评的一个视角

总论 ……………………………………………………………（3）
　一　把一个理论问题交还给历史 ……………………………（3）
　二　历史研究和形式研究纠结的历史 ………………………（5）
　三　历史和形式结合的理论思考 ……………………………（16）

第一章　19世纪俄罗斯文学理论批评的两种走向 ……………（21）
　一　别林斯基的历史批评和美学批评 ………………………（21）
　二　皮萨列夫的"美学毁灭论"和德鲁日宁的
　　　"纯艺术论" ………………………………………………（34）

第二章　19世纪末20世纪初俄国学院派文学理论的两个派别 ……（47）
　一　佩平的历史文化学派 ……………………………………（48）
　二　维谢洛夫斯基的历史比较学派 …………………………（52）

第三章　19世纪末20世纪初俄罗斯文学理论批评的两个极端 ……（59）
　一　俄国形式主义 ……………………………………………（59）
　二　庸俗社会学的文学理论批评 ……………………………（74）

第四章　俄罗斯马克思主义文学理论批评如何对待
　　　　历史批评和美学批评 …………………………………（88）
　一　普列汉诺夫的历史批评和美学批评 …………………………（88）
　二　列宁的政论批评和文艺批评——列宁论托尔斯泰
　　　创作和俄国农民心理 …………………………………………（100）
　三　卢那察尔斯基文艺批评的社会维度和美学维度
　　　及其内在矛盾 …………………………………………………（121）

第五章　十月革命后俄罗斯文学理论批评历史与形式融合的
　　　　新探索和新趋势 ……………………………………（142）
　一　维戈茨基论艺术作品结构和审美反应的关系 ………………（142）
　二　普罗普的故事结构研究和历史研究 …………………………（150）
　三　洛特曼论诗歌的结构和意义的生成 …………………………（166）
　四　巴赫金形式和历史结合的整体诗学研究 ……………………（180）

附录一　俄罗斯文艺学的历史主义传统与创新 ………………………（191）

附录二　俄罗斯文艺学的结构研究和历史研究 ………………………（202）

附录三　拓展文艺学的理论空间——俄罗斯文艺学大家论
　　　　文艺学建设 ……………………………………………………（215）

附录四　回归历史研究，开拓文论研究的新境界 ……………………（226）

第二编　20世纪俄罗斯马克思主义文论的发展

第一章　20世纪俄罗斯马克思主义文论的发展和特点 ……………（237）
　一　20世纪俄罗斯马克思主义文论发展的脉络 …………………（237）
　二　20世纪俄罗斯马克思主义文论的若干特点 …………………（242）
　三　20世纪俄罗斯马克思主义文论与俄国文化和
　　　俄国文论 ………………………………………………………（247）

第二章 19世纪末20世纪初俄罗斯马克思主义文论的崛起 …………(257)
　　一　俄罗斯早期马克思主义文论的代表人物 ……………………(257)
　　二　俄罗斯早期马克思主义文论的特点 …………………………(261)

第三章 20—30年代俄罗斯马克思主义文论的确立和内部对话 …(265)
　　一　20—30年代俄罗斯马克思主义文论发展的主要阶段 ………(265)
　　二　20—30年代俄罗斯马克思主义文论的主要贡献 ……………(268)

第四章 50—60年代俄罗斯马克思主义文论的反思和拓展 ………(273)
　　一　50—60年代俄罗斯马克思主义文论发展的主要阶段 ………(273)
　　二　50—60年代俄罗斯马克思主义文论的主要贡献 ……………(276)

第五章 70—80年代俄罗斯马克思主义文论发展的新趋势 ………(283)
　　一　70—80年代俄罗斯马克思主义文论发展的主要特点 ………(283)
　　二　70—80年代俄罗斯马克思主义文论的主要贡献 ……………(285)

附录一　从对立到对话——20世纪俄罗斯马克思主义文艺学
　　　　发展的轨迹 ……………………………………………………(299)

附录二　20世纪马克思主义文艺理论的多样性、当代性和
　　　　开放性 …………………………………………………………(313)

附录三　俄国文学批评在中国的传播和影响 ………………………(331)

第三编　苏联当代文艺学的新进展

第一章 苏联当代文学观念的变化和研究方法的革新 ……………(359)
　　一　当代文艺学发展概貌 …………………………………………(359)
　　二　当代文学观念的变化 …………………………………………(361)
　　三　当代文学研究方法的革新 ……………………………………(366)

第二章 苏联当代艺术社会学研究 ……………………………………(372)
　　一　当代艺术社会学研究概况 ……………………………………(372)

  二 达维多夫的艺术社会学研究 …………………………（380）
  三 索霍尔的艺术社会学研究 …………………………（385）

第三章 苏联当代文艺心理学的复兴和发展 …………………（393）
  一 俄国的文艺心理学派 …………………………………（393）
  二 苏联文艺心理学的开拓者——维戈茨基 …………（397）
  三 60—70年代文艺心理学的复兴和发展 ……………（400）
  四 苏联当代文艺心理学的代表——梅拉赫 …………（407）

第四章 苏联当代文艺学的系统分析 …………………………（416）
  一 当代文艺学的系统分析概况 ………………………（416）
  二 卡冈的系统分析 ……………………………………（421）

第五章 苏联当代艺术创作综合研究 …………………………（428）
  一 当代艺术创作综合研究概况 ………………………（428）
  二 梅拉赫的艺术创作综合研究 ………………………（432）

编后记 ……………………………………………………………（443）

我所走过的学术道路[①]

程正民

一

1955年我从厦门双十中学毕业，到北京师范大学中文系学习，至今已经整整60年了。我的祖籍是惠安，出生地是厦门，18岁以前一直在厦门生活和求学，是家乡的水土养育了我，是家乡的老师培育了我，我对福建、对厦门怀有深深的感情。

1959年，我从北京师范大学中文系毕业，留在文艺理论教研室工作，从此走上文艺理论教学和研究的道路。60年代中期，转入苏联文学研究室和后来的苏联文学研究所，专门从事俄苏文论和俄苏文学的研究工作和教学工作。期间曾任《苏联文学》杂志常务副主编和苏联文学研究所副所长。90年代初，苏联文学研究所解散，叶落归根，我又回到中文系文艺理论教研室，先后担任过教研室主任和中文系系主任。退休以后，我一直在2000成立的教育部人文社会科学重点研究基地北京师范大学文艺学研究中心工作。50多年来，工作单位虽有变化，但我的学术研究和教学工作始终没有离开文学理论，重点也一直是俄苏文学理论。

"文化大革命"前我主要从事文艺理论教学工作，"文化大革命"期间除了"大批判"根本谈不上什么学术研究，我们这一代人的宝贵青春是在政治运动中耗掉的。好在历史是有情的，新的历史时期使我们重新获得学术生命，在科学的春天里开始了真正的科学研究。新时期以来，我的

[①] 本文是为《程正民著作集》写的总序。

研究工作以俄苏文论为中心，先后从事以下几个方面的研究：（1）俄苏文学批评史的研究，俄苏马克思主义文论的研究；（2）文艺心理学的研究，俄国作家创作心理学的研究；（3）巴赫金的研究；（4）20世纪俄罗斯诗学流派的研究。这次出版的这套著作集基本上反映了以上几个方面的研究成果。

在著作集编辑出版的过程中，我的学生王志耕、邱运华、陈太胜和他们的学生在各个方面做出了很大的努力，付出了辛勤的劳动，他们对老师的爱让我深深感动，我谢谢他们。

二

新时期我的学术研究是从俄苏文学批评史研究，从俄苏马克思主义理论批评研究起步的。俄苏文学批评、俄苏马克思主义理论批评，在世界文学理论批评格局中占有重要地位，对中国现代文学理论批评也产生过独特的、深刻的影响，这项研究的意义是不言自明的。1983年，我参加刘宁主持的国家社科"六五"重点项目"俄苏批评史"的研究工作，同他一起给研究生开设"俄苏文学批评史"课程，共同编写出版《俄苏文学批评史》（1992），后来又参加他主持的《俄国文学批评史》（1999）的编写。在宏观研究的基础上，我又抓住列宁和卢那察尔斯基这两个重点人物进行研究，这两个项目先后被列入"八五"和"九五"国家社科基金项目，出版了《列宁文艺思想与当代》（1997）和《卢那察尔斯基文学理论批评的现代阐释》（2006）这两本专著。前者被评论认为是"对列宁文艺思想中的一系列重大理论问题进行了深入的研究，可称建国以来中国学者集中研究列宁文艺思想的突破性和总结性成果"（《文艺理论与批评》1998年第5期）。尽管当下有些人看不上马克思主义文艺理论批评，但我始终认为马克思主义文论是经过实践检验的科学真理，当今西方一些著名的文学理论家都十分看重它，认为马克思主义文艺理论是无法绕过的。问题是马克思主义文艺理论需要随着现实生活的发展，随着当下文学艺术的发展而发展。为了总结20世纪马克思主义文艺理论的新发展、新形态以及多样性、当代性、开放性等一系列新特征，我于2003年申请了国家社科重点项目"20世纪马克思主义文艺理论国别研究"，并邀请我的朋友童庆炳同我一起担任总主编，大家经过多年努力，出版了包括中国、俄国、日本、德国、法国、英国、美国七大卷的《20世纪马克思主义文艺理论国别研究》(2012)。其中，我参加了《20世纪俄国马克思主义文艺理论研究》的编写。国别史的研究引起学界的重视，著名文艺理论家钱中文指出："这套丛书，应该说是对20世纪世界范围的马克思主义文艺理论成就、问题的一个总体性的详尽描述、一个综合性的理论总结，堪称一部20世纪全景式的马克思主义文艺理论发展史。这样全面性的介绍、大规模的综合研究，在中国自然是第一次，在世界范围内也更属首创，这真使我们大开眼界。"(《中国图书评论》2012年第10期)

三

历史地看，马克思主义文论、马克思主义艺术社会学，在20世纪俄罗斯文论中占有主导的地位，但随着材料的发掘和研究的深入，人们发现俄罗斯文论并非只此一家别无分店。20世纪俄罗斯诗学不仅有普列汉诺夫、列宁、沃罗夫斯基和卢那察尔斯基这些光辉的名字，也有什克洛夫斯基、普罗普、维戈茨基、洛特曼和巴赫金这些曾受过批判但具有国际影响的文论大家，不同的诗学流派构成了20世纪俄罗斯诗学多姿多彩的灿烂图景，他们的理论探索和理论贡献开拓了新的文艺理论空间，影响了世界文论的发展。注意到这种新情况，近十几年来，我的俄罗斯文论研究以巴赫金的研究为起点，开始转向更为开阔的俄罗斯诗学流派研究，并于2010年申请了教育部人文社会科学研究基地重大项目"20世纪俄罗斯诗学流派"，同我的年轻朋友一起从事社会学诗学、形式诗学、心理诗学、叙事诗学、历史诗学、结构诗学和文化诗学等七大诗学流派的研究。

20世纪初，俄罗斯诗学产生了重要变化，在出现了马克思主义社会学诗学的同时，也出现了把文艺等同于政治、经济的庸俗社会学（非诗学的社会学），出现了只讲形式结构忽视历史文化语境的形式主义（非社会学的诗学）。面对这种复杂的局面，如何把文学的内容研究和形式研究、历史研究和结构研究、外部研究和内部研究统一起来，成了文艺理论家纠结的大问题。当年俄罗斯各诗学流派的代表人物顶住了被打成"形式主义"的罪名和"离经叛道"的种种压力，进行了长期的、艰难的理论探索。普罗普用了20年时间以故事结构研究为起点，进而把故事的结构研究和历史研究结合起来，他的研究深深影响了西方的叙事学。维戈茨基作为著名的心理学家，专注于作品叙事的结构研究，寻找读者审美反应和文本艺术结构的内在联系。洛特曼的诗歌研究从诗歌结构入手，研究诗歌结构和意义生成的关系，提出应当把文本结构和超文本结构（历史文化语境）结合起来。这些诗学流派代表人物的研究，十分重视艺术形式结构的研究，又努力继承俄罗斯文论的历史主义传统，他们强调形式和内容的结合、结构和历史的融合、内部和外部的贯通，为文学研究闯出了新路。

在20世纪俄罗斯诗学七大流派的研究过程中，除了完成我个人承担的《巴赫金诗学研究》，我也对其他诗学流派做了概略的研究，写出了《历史地看待俄国形式主义》、《普罗普的故事结构研究和历史研究》、《维戈茨基论审美结构和审美反应》、《洛特曼论文本结构和意义生成》等系列论文。同时，应学校研究生院之约为文艺学硕士和博士研究生录了网络专题课"从形式主义到巴赫金——20世纪俄罗斯诗学流派研究"。之后，为了深化这方面的研究，我写出了20万字的《在历史和形式之间——考察19—20世纪俄罗斯文论的一个视角》。我研究的目的是试图把一个重要的理论问题交还给历史，从史论结合的角度，从俄苏文学理论批评史的角度，来探讨内容和形式、历史和结构、外部和内部这个重要的文学理论问题，使得理论的研究有历史感，使历史的研究有方向感和理论深度。其中包括19世纪俄国文学理论批评的两种走向（别林斯基的历史批评及美学批评和皮萨列夫的"美学毁灭论"、德鲁日宁的"纯艺术论"），19世纪末20世纪初俄罗斯学院派文学理论批评的两个派别（佩平的历史文化学派和维谢洛夫斯基的历史比较学派），20世纪初俄罗斯文学理论批评的两个极端（俄国形式主义和庸俗社会学），俄罗斯马克思主义文学理论批评如何对待历史批评和美学批评（普列汉诺夫、列宁、卢那察尔斯基），十月革命后俄罗斯文学理论批评历史和形式相融合的新探索和新趋势。通过历史的研究可以发现，内容与形式、历史与结构、外部与内部的矛盾以及对于两者融合的追求和探索，始终贯穿其中。这个历史过程的展示，也能引发我们对如何达到两者融合的理论思考，并进一步把握理论发展的趋势。

四

在20世纪俄罗斯各种诗学流派中，最重要的也最令我神往的是巴赫金的诗学。巴赫金是20世纪俄罗斯乃至世界范围最伟大的哲学家和文学理论家。20世纪80—90年代，当他进入国内学术界的视野时，人们普遍关注的是他的"对话"、"复调"、"狂欢"理论，在此之外，我更关心他的诗学理论。我认为一部《陀思妥耶夫斯基诗学问题》谈的与其说是陀思妥耶夫斯基的诗学，不如说是巴赫金诗学，巴赫金是通过研究陀思妥耶夫斯基的诗学来表达和阐明自己的诗学观点。巴赫金的诗学研究内容非常丰富、深刻，而且独具特色，其中包括语言诗学、体裁诗学、小说诗学、历史诗学、文化诗学和社会学诗学等。当年我的巴赫金诗学研究是从巴赫金文化诗学研究起步的，是在我的老师、中国民俗学泰斗钟敬文先生的关心和指导下进行的。他在《巴赫金全集》首发式上谈巴赫金的狂欢化思想和中国狂欢文化的关系，给了我很大的启发。当他看到我发表在《文学评论》（2000年第1期）的论文《巴赫金的文化诗学》时，鼓励我将它扩展为一本书。2002年1月，我把刚出版的《巴赫金的文化诗学》送到先生病床前时，他露出了微笑。而由他审阅过的《文化诗学：钟敬文和巴赫金的对话》发表在《文学评论》2002年第2期时，他已离我们而去。巴赫金的文化诗学研究给我最大的启示是不能把文学研究封闭于文本之中，研究文学不能脱离一个时代完整的文化语境，要把文学理论研究同文化史研究紧密结合起来，只有这样做才能揭示文学创作的底蕴。巴赫金在《陀思妥耶夫斯基诗学问题》中，既细致地分析了复调小说在体裁、情节、结构和语言方面的一系列特征，又深入揭示了复调小说的文化历史根源，以及它同民间狂欢文化的联系，狂欢体小说的历史演变等。这样，他把文学的内部研究和外部研究完全融为一体。在从事巴赫金的文化诗学研究之后，我又先后研究了巴赫金的语言诗学、体裁诗学、小说诗学、历史诗学和社会学诗学，写出了30多万字的专著《巴赫金的诗学》。在这些研究中，我感到巴赫金不仅对各种诗学的研究有自己独到的见解和突出的理论建树，其中诸如"超语言学"、"体裁社会学"、"小说性"、"文学的内在社会性"等一系列理论观点，有很强的理论独创性和很高的理论价值，同时，巴赫金又是把诗学研究作为一个整体加以看待，他认为文学是一种复杂而多面的现象，有社会、文化、心理、语言、形式多种层面。文学研究没有什么灵丹妙药，必须从不同的角度和不同的层面进行研究，而不同角度和不同层面的研究又不是互不相干的，它们构成一个统一的整体，这是巴赫金诗学研究最富独创性和最具特色的地方。因此，我把巴赫金的诗学命名为巴赫金的整体诗学。巴赫金的整体诗学研究形成了一个基本的格局：（1）把形式和体裁放在一个重要的突出的地位，主张诗学研究应当从形式和体裁切入，从形式和体裁的创新来把握思想内容的创新，来把握作家创作的真正特质。（2）把文化诗学作为诗学研究的中心，既反对把文学同社会政治经济因素直接联系起来，又反对过分强调文学的特性，把文学同社会历史文化割裂开来，主张在一个时代广阔的整体的文化语境中来理解和把握文学现象。（3）为了深入把握一种艺术形式和艺术体裁的特征，还必须把体裁诗学同历史诗学结合起来，对艺术形式、艺术体裁、艺术手法的演变过程作深入的历史分析，使共时研究和历时研究得到相互印证。

不管是巴赫金也好，普罗普、维戈茨基、洛特曼也好，他们的研究对象虽然各不相同，巴赫金是研究小说的，普罗普是研究故事的，洛特曼是研究诗歌的，但他们都是在克服非社会学的诗学（形式主义）和非诗学的社会学（庸俗社会学）的基础上，积极探索和实践文学研究中形式研究和内容研究相结合、结构研究和历史研究相融合、内部研究和外部研究相贯通的道路。他们的研究既弘扬了俄罗斯文论的历史主义传统并克服其对艺术结构形式的忽视，又吸收西方文论对形式结构的重视并纠正其忽视社会历史文化语境的偏颇，这就为世界文论的发展找到了新的出路，开拓了新的理论空间。

五

文艺心理学研究，特别是俄国作家创作心理研究，也是我新时期文论研究的一个独具特色的方面。新时期的文艺心理学研究在沉寂了半个世纪之后重新活跃起来，许多研究文学理论的同行从文艺社会学的研究转向文艺心理学的研究。这种现象的出现不是偶然的。大而言之，它是同关注人自身、研究人自身的思潮相联系的，是同文艺界对审美主体的重视，对艺术特点和艺术规律的探求相联系的。文艺心理学在洞悉艺术的奥秘方面，比起文艺学的其他分支来就有不可代替的优势。从我个人来说，由文艺社会学转向文艺心理学研究，则是同自己的学术旨趣相关。在文学理论的教学和科研中，我一直对作家的个性和作家创作过程的奥秘感兴趣，但又苦于无法从理论上透彻说明一些问题，传统的文学理论很少涉及这方面的问题，而文艺心理学恰好能为探讨这些问题找到一些出路。我的文艺心理学研究最早得到我的老师黄药眠先生的关心和支持，他热情鼓励我从事文艺心理学研究，并建议利用熟悉俄苏文学文论的优势，先从了解苏联的文艺心理学研究做起。在先生的指导下，我先后翻译了苏联心理学家科瓦廖夫的《文学创作心理学》，苏联文艺学家梅拉赫的《创作过程和艺术接受》，并在《文艺报》上发表了《苏联的文艺心理学研究》（1985年第6期）一文。事物的发展总有必然性也有偶然性，1985年我的朋友童庆炳恰好申请到国家"七五"社科重点项目——"心理美学（文艺心理学研究）"，他诚恳地邀请我参加这项研究，于是我们同他的13位硕士生组成一个充满学术锐气和团结和谐的学术集体，师生平等地展开研究和对话，共同在文艺心理学的世界里遨游，当年的情景至今仍然令人神往。这项研究的最终成果是《现代心理美学》（1993），其中我写了"总论"。作为这一项目的组成部分，我们还出版了一套《心理美学丛书》（13种），其中我写了《俄国作家创作心理学研究》（1990）。

《俄国作家创作心理学研究》是国内第一次从文艺心理学的角度探讨普希金、果戈理、屠格涅夫、陀思妥耶夫斯基、托尔斯泰、契诃夫等俄罗斯著名作家的创作心理，试图从作家个性特征和艺术思维特征的角度，更深入地揭示俄罗斯作家的创作奥秘和底蕴，为俄罗斯文学研究提供新的视角，开拓新的天地。研究的中心是作家的个性心理，其特色是理论研究和个案研究的结合。我力求运用文艺心理学的相关理论来阐明俄罗斯作家的创作心理，同时又借助俄罗斯作家创作心理的丰富内容来思考和深化文艺心理学一些重要的理论内容，其中涉及作家创作个性和作家气质的关系，作家艺术个性和作家艺术思维、艺术思维类型的关系，以及作家童年经验对作家创作的影响等问题。例如在作家创作个性和作家艺术思维关系问题上，指出由于感性、理性等不同的思维组成因素在不同作家身上形成不同的独特联系，作家艺术思维可以划分为主观型、客观型和综合型等不同类型，造成了作家不同的创作个性。普希金的创作个性是同诗人富于创造性的、开放性的和不断变化的艺术思维相联系的，是同思想、感情和形象和谐统一的艺术思维相联系的，而陀思妥耶夫斯基的创作个性则是同作家充满矛盾和充满活力的艺术思维相联系的。陀氏艺术思维中的感情因素和理性因素、形象因素和思维因素，常常处于不平衡和矛盾的状态。当作家从现实生活出发，当他的艺术思维中情感的因素占优势、逻辑的理性的因素被掩盖时，作品就充满艺术力量；当他的艺术思维中脱离现实生活的逻辑的理性的因素占优势，具体的形象的感性的因素只能做一种点缀时，这时作品必然丧失艺术力量。但总的来看，陀思妥耶夫斯基的艺术思维体系是现实主义的，它比作家那些脱离现实生活的偏执理论更有力量，天才作家不朽的力量盖源于此。

随着研究的深入，我也渐渐发现文艺心理学研究也有局限性，作家的创作心理实际上不仅是一种个性心理现象，也是一种社会心理现象。在文艺心理学研究中把文艺心理学和社会心理学结合起来是必然的，于是便有了《托尔斯泰的创作和俄国农民心理》、《俄国文学主人公的演变和社会心理的变化》、《俄苏文学创作和世纪之交的俄国心理学》等文章，并收入多人合作的《文学艺术与社会心理》（1997）之中。在《托尔斯泰的创作和俄国农民心理》中，我在学习列宁论托尔斯泰论文的基础上，试图进一步探讨托尔斯泰创作的矛盾、托尔斯泰创作的艺术独创性、托尔斯泰艺术思维的变化和托尔斯泰美学思想同俄国农民心理的内在联系，指出托尔斯泰把俄国千百万农民的真诚和天真、抗议和绝望，完全融进自己的创作探索和美学探求之中。

六

从中文系文艺理论教研室到苏联文学研究所，又从苏联文学研究所回到文艺理论教研室和文艺学研究中心，回顾50多年所走过的研究和教学的道路，由于历史的原因，我一直在文学理论研究和俄苏文论、文学两界穿行。我的文学理论研究以俄苏文论为中心，又同俄苏文学创作密切联系。这虽然是一种个人无法选择的命运安排，却暗合了理论和实践相结合、理论研究和历史研究相结合的研究路数。我常常告诉自己的学生，做文学理论研究，最好以一个国别的文学和文论的研究，或者以一段文学史或几个作家的研究作为根据地，只有真切地感悟文学作品的艺术魅力，真正深入到历史文化语境中去，这样谈起文学理论问题才不会从理论到理论，从概念到概念，才能避免干巴空疏，才能真正洞悉文学现象的全部历史复杂性，才能真正领略文学现象的无限生动性。理论和创作相结合，使我的文学理论研究获益不少。文学理论的视角给我的俄苏文学研究带来"理论色彩"，而俄苏文学的研究又使得我的文学理论研究有了创作实践的依据，也更富于历史感。比如，我的俄罗斯作家研究，由于从文艺心理学的角度切入，就更能深入作家的内心世界，更能把握作家的创作个性和艺术特色，同时，俄罗斯作家创作心理的个案研究也促使我思考作家的童年经验和创作的关系、作家的艺术思维类型和创作个性的关系等一系列文艺心理学的重要理论问题。又如，文学的内容和形式、历史和结构、外部和内部，一直是让历代文学理论家纠结和苦闷的问题，当我把这个重大的理论问题交给历史，特别是交给20世纪俄罗斯文学理论批评的新进展来进行思考时，我就可以从巴赫金、普罗普、维戈茨基这些理论大家的探索中得到启发，找到解决问题的思路，史论结合的方法使我尝到了甜头。

当然，这种两界穿行由于精力分散和自身学养不足，也存在明显的局限，两方面的研究常常顾此失彼，无法深入，因而两个方面的研究都很难达到比较理想的境界，并留下不少遗憾。随着时间的流逝，年岁的增长，这一切很难再有大的改进，只能留给年轻的一代学者去探索和解决。令我感到欣慰的是，在50多年的学术道路上我始终热爱自己的专业，始终没有懈怠，始终没有放弃自己的追求。让我感到温暖的是，在这条道路上一直有师长、同行和朋友的陪伴和相助，这一切我将永远铭记在心。

第一编

在历史和形式之间
——考察19—20世纪俄罗斯文学理论批评的一个视角

总　论

一　把一个理论问题交还给历史

很长一个时期以来，在文艺学研究中论的研究和史的研究往往是两张皮。基本理论研究往往离开史的研究，不是从创作实践中，从文学发展的历史中去概括理论和发展理论，做到论从史出，而是从哲学概念出发，从逻辑推理出发，来研究文学理论问题，例如把文学的本质归之于哲学的反映论，把文学典型问题归之于哲学上个别和一般的统一，等等。而在我们的文学批评史和文学理论史的研究中又缺乏问题意识，缺乏方向感，往往只是历史文化背景的介绍，批评家和理论家的观念和概念罗列和评价，没有对理论问题的深入分析和对发展规律的深入探讨。这两种做法既不利于论的研究，也不利于史的研究。如何把文艺学中论的研究和史的研究统一起来，使论的研究有历史感，使史的研究有方向感，有理论深度，这是一个值得高度重视和深入探讨的问题。这里，仅以19—20世纪的俄罗斯文学理论和文学批评作为对象来思考这个问题。具体说，也仅以历史和形式关系这个独特的视角来思考这个问题，来研究19—20世纪俄罗斯文论史和批评史。

19—20世纪俄罗斯文学理论和文学批评在世界文学理论和文学批评发展中，占有重要的独特的地位，是一种内涵非常丰富、非常深刻的现象，也是一种非常复杂的和充满矛盾的现象。在19世纪，不像我们以前所了解的，好像只有别、车、杜，只有社会历史批评，其实也有唯美派的文学批评。在20世纪开端，也不像我们以前所了解的，好像只有马克思主义的文学批评，实际上也有俄国形式主义的文学批评，而且这两种诗学流派和文学批评流派都深刻地潜在地影响了20世纪俄罗斯乃至世界文论和文学批评的发展。更值得重视的是后来又出现这两种诗学流派和批评流派由相互对立走向相互渗透、相融合的趋势，出现了像巴赫金、普罗普、维戈茨基、洛特曼这样一些反映这种趋势的并有很大国际影响的文论家。这些诗学流派和代表人物的出现，为深入研究我们所思考的问题提供了好的对象和条件。

从文艺学的角度来看，自从有文学理论以来，内容与形式、历史与结构、历时与共时、外部研究与内部研究、历史批评和美学批评，以及它们之间的关系和矛盾，始终是让文学理论家感到头疼和纠结的问题，虽然问题的提法和角度不尽相同，但都涉及到了文学的特性和文学与现实生活关系这一文学理论的根本问题。这个问题如何解决呢？这曾让历史上的许多理论家煞费苦心，他们解决问题的不同思路和不同方法也得到不同的结果。如果从理论到理论，从哲学观念出发，从逻辑推理出发，也能说出一些看法，但很难令人满意，很难有很强的理论说服力。论从史出，解决这个问题的最好办法还是把理论问题交还给历史。看看这个重要的复杂的理论问题是如何呈现在鲜活的生动的历史之中，历史又为思考和解决这个问题提供了哪些思路。从俄苏批评史来看，比如深谙艺术特性的别林斯基为什么热衷于剧烈的政论批评，俄国马克思主义文学批评为什么特别看中别、车、杜的批评，在马克思主义社会历史批评特别盛行且又占主导地位的苏联为什么又冒出形式主义的批评，在形式主义遭到毁灭性批判之后为什么它的影响依然存在，最后，像巴赫金、洛特曼这些文论大家为什么又从形式回归历史，出现形式与历史融合的趋势。对这些历史问题的思考和研究，肯定会为基本理论问题的研究提供有益的启示。

从文论史和批评史的角度来看，如何把史的叙述和理论的阐释结合起来，始终是一个难题。文论史和批评史如果只囿于空洞抽象的，高头讲章的思辨性表述，那就没有历史深度，相反，文论史和批评史如果只限于所研究的人物和流派的历史叙述，只流于表面的局部的细节性问题的探讨，只专注于材料和事实，没有问题意识，没有方向感，没有某种标准，那就会缺乏理论的深度。一部有深度的文论史和批评史，除了讲清楚文论家和批评家主要的理论贡献及其价值，对文学发展的作用，讲清楚他的理论产生的背景以及对后来的文论家和批评家的影响，还必须通过历史的叙述体现出某种理想，某种标准，某种观念，还必须通过历史的叙述展示历史的联系，历史变化的规律、方向和趋势。总之，对文论家、批评家的研究，对概念的探本溯源，对发展趋势的把握，对问题的分析和解决，要兼而有之。拿俄苏文学批评史来讲，19世纪和20世纪是一个相互联系的整体，20世纪源于19世纪，20世纪的马克思主义社会历史批评同19世纪别、车、杜的社会历史批评是有联系的，20世纪的俄国形式主义又可以追溯到19世纪的唯美派和象征派。可以看到，所谓历史和形式的纠结、历史批评和美学批评的纠结也始终贯穿于19—20世纪的文学批评之中。时而是历史批评占上风，时而是形式批评占上风，但两者的影响无论在哪个时期都始终存在，只不过有时是显在的有时是潜在的。同时还可以看到，在20世纪一些有世界影响的文论大家那里，逐渐回归历史，逐渐出现历史和形式相融合的趋势。这种问题意识，这种方向感，这种对发展趋势的把握，是文论史和批评史应有之义，是文论史和批评史之本。

不能说历史和形式的纠结和融合是把握19—20世纪俄罗斯文学批评史的唯一视角，但它是一个主要的视角，也是从新的角度研究19—20世纪俄罗斯文学批评史的一次尝试。希望论的研究和史的研究的结合，既能给基本理论的研究，也能给文论史和批评史的研究带来新的生机和活力。

二 历史研究和形式研究纠结的历史

回顾19—20世纪俄罗斯的文论史和批评史，可以发现其中不少文论家和批评家，始终游走于历史和形式之间，历史批评和美学批评之间，其中充满纠结、对立和艰难的探索，有时各自走到极端，有时又出现融合的趋势，他们以各自的努力为思考和探讨这个问题做出理论贡献。

（一）

19世纪俄罗斯最大的理论家和批评家是别林斯基（1811—1848），他开辟了俄国文学批评的新时代，并对后来文论和文学批评的发展产生巨大的深刻的影响。从我们论题的角度来看，从文学批评的角度来看，别林斯基最大的理论贡献是提出了"历史的、美学的"文学批评观和文学批评方法。他指出："不涉及美学的历史批评，以及反之，不涉及历史的美学批评，都将是片面的，因而也是错误的。批评应该只有一个，它的多方面看法应该渊源于同一个源泉，同一个体系，同一个艺术观照。"① 从理论上讲，别林斯基的历史的美学的批评有两个特点：一是坚持唯物主义的美学观、现实主义的美学观，他反对脱离作品思想内容的纯艺术论的批评，也反对从抽象理念出发的纯思辨的批评和落入琐碎的考证的实证主义批评，主张文学批评应当从历史现实出发，从作品的实际出发。二是强调历史观点和美学观点的结合，历史批评和美学批评的有机结合。他认为对于文学批评来说，历史批评和美学批评缺一不可。在他看来，文学批评必须从历史的、社会的、时代的观点对作品进行考察，考察其在多大程度上反映出历史的真实性和时代的精神，并阐明其社会功能和意义。同时，别林斯基又指出文学批评史对作品的审美评价活动，应当把分析和评价文学作品本身的艺术品格和审美价值提到第一位，指出"确定一部作品的美学优点的程度，应该是批评的第一要务，当一部作品经受不住美学批评时，它就已经不值得加以历史的批评"。② 应当说，别林斯基认为历史批评和美学批评不是对立的，而是相互依存的，也看不出对于作家的美学要求和社会要求有什么冲突。可是面对俄国的社会现实，他的批评实践却更侧重于社会历史批评。尽管他有敏锐的艺术鉴赏力，很高的审美水平，在他的批评中也不乏精细精到的艺术分析，但总的来说，他往往通过文学作品和文学现象的分析，探讨多种社会政治问题、多种哲学总体问题，猛烈抨击现实，传播进步的思想和高尚的审美理想。为此，他的对立面将他的文学批评称之为"政论批评"，贬低其价值。其实这种情况是专制俄国社会所造成的，在那种国家，人民没有言论的自由，批评家就和作家自觉充当人民的代言人，他们作为战士的批评自然就具有更强烈的政论色彩，无法像欧洲的一些身为教授学者的批评家那样，使批评更具有学术性和学院气息。正如韦勒克所说，别林斯基"具有一种令人瞩目的博大格局，献身于本国文学和国家社会进步事业的激情，这是西方难以比肩的"，同时，他也指出，"我们应当欣赏他一般所牢牢把握的艺术本质，他所运用并维护的高标准，他许多批评文字的雄健笔力和尖锐识力，他所显示出来的概

---

① 《别林斯基选集》第 3 卷，上海译文出版社 1980 年版，第 595 页。
② 同上。

括本领"①。在别林斯基这个大家身上,可以看到他在理论上达到的高度和深度,在实践中碰到的矛盾和坚持,对此应当给予"同情地理解",但也应当清醒地看到,他的无法避免的历史局限也会给后来者产生影响。

(二)

别林斯基逝世之后,19世纪下半期的俄国社会发生剧烈的变动,出现了主张自上而下改良农奴制的自由派和主张彻底消灭农奴制的民主派的剧烈斗争。与此相关联,在文学界以车尔尼雪夫斯基为代表的革命民主派坚持别林斯基的现实主义理论批评传统,德鲁日宁等人则鼓吹"纯艺术论",两者展开激烈的论辩。从历史批评和美学批评关系的角度看,这两个理论批评派的一些代表人物后来各自走向一个极端:别林斯基的继承人之一皮萨列夫提出了"美的毁灭",德鲁日宁坚持"纯艺术论"。皮萨列夫(1840—1868)在杜勃罗留波夫逝世,而车尔尼雪夫斯基又被流放的60年代,一方面坚持和捍卫现实主义的理论批评,另一方面又从实证主义和功利主义的观点出发看待审美和艺术活动,把别、车、杜理论批评的功利主义发展到极端,在很大程度上将历史和美学对立起来。如果说别、车、杜由于社会历史原因更偏重于社会历史批评,甚至于强调政论批评,而皮萨列夫由于世界观和美学观的局限更是将这种倾向推向极端,提出"美学的毁灭论"。他一方面批评"纯艺术论",坚持美是生活的美学观,另一方面又把美的客观性和主观性混为一谈,认为美是一种主观趣味的科学,美是无实用价值的,它是没有存在的必要的,② 因为它无法对艺术作出科学的判断,无法帮助人们认识生活,传播生活的真理,无法直接作用于生活。在文学批评中皮萨列夫也过于强调文学作品的社会功利性,而忽视文学的审美价值,他极力抬高果戈理作品的批判意义,而轻视普希金,说他不过是个"缺乏深邃思想的杰出的修辞家",认为"为新文学奠基的不是普希金,而是果戈理"。③

---

① 韦勒克:《近代文学批评史》第3卷,上海译文出版社1991年版,第317页。
② 《美学的毁灭》(1865年),《皮萨列夫文集》第3卷,莫斯科,文学出版社1956年版,第420页。
③ 《皮萨列夫文集》第3卷,莫斯科,文学出版社1956年版,第109页。

那个时期与皮萨列夫这个极端相对应的另一个极端是以德鲁日宁（1824—1864）为代表的"纯艺术论"。俄国的"纯艺术论"代表人物在19世纪40年代是同别林斯基结成反农奴制的统一战线，到后来随着国内民主派和自由派对立才形成两派的对立。德鲁日宁在1856年发表的《俄国文学果戈理时期的批评及我们对它的态度》，是针对车尔尼雪夫斯基的《俄国文学果戈理时期概观》（1855—1856）所坚持别林斯基传统而发的，实际上是唯美派理论批评的纲领性宣言，他在文中系统论证了"优美的艺术批评"的理论。他认为存在两种对立的批评观念和批评理论体系，一种是所谓"优美的批评"，即主张"为艺术而艺术"的批评，一种是所谓"教诲的批评"，即主张艺术直接进行教诲，直接影响人的道德和观念。在他看来，艺术除了自身的优美之外没有别的目的，眼前的利益如过眼烟云，只有"真善美"的理想才是永恒的，诗人应当遵循永恒的原则，而不应当随现实的利益而随波逐流。① 德鲁日宁还运用他的"优美的艺术批评"的理论来分析评价文学作品。他也把所谓普希金倾向和果戈理倾向对立起来，认为前者是属于"优秀艺术"倾向的作家，他对人类永恒的价值原则感兴趣，而后者属于"教诲艺术"的倾向，他们虽然由于及时反映社会迫切问题而为公众所瞩目，但其艺术价值是有限的，而且往往会随着社会生活和社会注意力的转移而丧失其影响。以德鲁日宁为代表的"纯艺术论"理论批评虽然由于批评观念和方法的局限，无法对作家作品作出客观的社会历史分析，但他们有深厚的艺术修养和敏锐的艺术眼光，他们力求对艺术创作和审美活动的特征和规律做出一些有益的探索，重视对文学艺术作品进行具体细致的美学分析，也常有精细独到之处，例如德鲁日宁就指出托尔斯泰虽有"教诲"倾向，但他善于通过人物"内心独白的细腻描写"来揭示"崇高的道德思想"，费特善于在最平凡的事物中洞察诗意和表达细腻真挚的感情。这一切在一定程度上也纠正和弥补了社会历史批评的某些缺陷和不足。

（三）

到了19世纪末20世纪初，俄罗斯文学理论批评最主要的引人注目的

---

① 德鲁日宁：《文学批评》，莫斯科，苏维埃俄罗斯出版社1983年版，第148—149页。

现象是出现了学院派的理论批评，这个学派包括神话学派、历史文化学派、历史比较学派和心理学派几大学派，他们的成员大都是科学院和高校的院士和教授，故称学院派。学院派一方面继承以别林斯基为代表的现实主义理论批评传统，另一方面重视吸收西欧自然科学和社会科学的新成就，大胆革新文艺学的观念和方法，重视实证研究，有很强的历史感。学院派在俄国文艺学中独树一帜，在世界文艺科学中占有重要地位，它的影响当今仍然可以感觉到。从文学理论批评历史分析和美学分析的关系角度来看，这里只对历史文化学派和历史比较学派作个对比。历史文化学派的代表人物是佩平（1833—1904），它的兴起是由于俄国民族意识的高涨，要求把文学理解为民族历史文化生活及其发展的反映，同时也同欧洲泰纳等人为代表的文化史学派有密切关系，但它更多地渗透着公民精神和社会理想。佩平的历史文化研究有很强的历史感，充满历史主义精神，也有严谨的科学态度，很重视系统掌握第一手材料。他的研究的出发点是文学和社会生活的必然联系，研究重点是社会自我意识的增长。他感兴趣的与其说是文学，不如说是社会自我意识。他把文学作品看成是一定历史时代的文献，试图通过它了解那个历史时代的社会生活、社会心理、社会思潮和社会道德风尚，等等。他把文学史当成整个社会史的一部分，试图通过它来考察社会自我意识的成长。评论指出，他的长达两千页的《俄国文学史》充满了有关教育史、科学史、政论史和教会史方面的知识和材料，竟找不到整页用于纯美学的分析，实质上更像是一本基于文学资料而写成的文化史教程。佩平等人的历史文化学派研究方法的长处是不孤立地研究文学，把文学看成是文化的一部分，是社会生活和社会意识的反映，短处是模糊了文学史的研究对象，抹杀了文学的特性，将文学史完全融化于文化史和社会史之中。

历史文化学派的不足恰恰被学院派中的历史比较学派所克服，它们在继承历史文化学派的传统的同时，纠正了它们的偏差，强调重视艺术的特性和艺术形式的研究，把研究艺术形式历史变化的规律当作首要任务。这个学派的代表人物是维谢洛夫斯基（1838—1906）。他是俄国学院派的杰出代表，是享有世界声誉的俄国历史比较文艺学和历史诗学的创始人。他反对把文学史变成"无主之场"的地带，好像谁都可以进去涉猎一番，从中攫取一些东西。他认为文学史是"体现于形象—诗意体验及其表现形式之中的社会思想史"①。这清楚地表明维谢洛夫斯基科学的文学史观，他指出文学史是广义的社会思想史，但又不等于思想史，强调文学史应当着重研究艺术形式的演变，研究文学形象的诗意体验及其艺术表现形式在历史发展中的辩证统一关系，这就把文学研究中的内容因素和形式因素统一起来，历史因素和审美因素统一起来。他明确指出文学史的研究对象，历史诗学的研究对象是"诗的意识及其形式的演变"②，而且两者是辩证统一的。在人类历史上随着社会生活的变化和审美意识的变化，逐渐形成多种文学样式和多种艺术手段，而每个时代人们都要用对新的生活的新的诗意体验来改造、充实和丰富原有的艺术样式和艺术手段，文学史和历史诗学就是要"从诗的历史中阐明诗的本质"③。研究由诗的意识的变化而引起的艺术样式和艺术手段的变化，并且从中寻找艺术发展的规律。维谢洛夫斯基在《历史诗学三章》（1899）中，就深入研究了诸如史诗、抒情诗、戏剧等文学样式的历史演变，以及情节、修饰语、韵律的历史演变。维谢洛夫斯基的文学史和历史诗学研究强调艺术形式研究的重要性，强调内容研究和形式研究的统一，强调从历史的演变来研究艺术的本质和规律，对俄国文艺学做出了重大的理论贡献，对后来的俄国形式主义、普罗普、巴赫金的研究都产生了深刻的影响。

（四）

19世纪末20世纪初，俄罗斯的马克思主义者把马克思主义应用于文学艺术研究领域，于是产生了以普列汉诺夫、列宁、卢那察尔斯基等人为代表的俄罗斯马克思主义文学理论批评。俄罗斯马克思主义文学理论批评的崛起，从根本上改变了俄罗斯文学理论批评的整体面貌，是20世纪世界文学理论批评的重大事件，也对其发展产生深刻影响。这里不准备作全面详述，只是从文学研究的历史分析和美学及其相互关系的角度，谈谈他们当中几个人物的理论贡献以及所存在的深刻的内在矛盾。普列汉诺夫（1856—1918）是俄罗斯将马克思主义运用于美学和文艺领域的第一人。

---

① 维谢洛夫斯基：《历史诗学》，百花文艺出版社2003年版，第30页。
② 同上。
③ 同上。

他在批判历史唯心主义和机械唯物主义的基础上，将历史唯物主义运用于文学艺术领域，科学阐明文艺与社会生活的关系，使文学研究的历史分析产生根本性的变化。他深刻阐明了阶级社会中物质生产和艺术发展的复杂关系，强调了社会心理作为中间环节的作用，强调阶级斗争的影响，并用此观点来分析阶级斗争和社会心理对18世纪法国戏剧和法国绘画的影响。这样，他既坚持社会存在决定社会意识的历史唯物主义观点，又没有将历史唯物主义当教条。这是普列汉诺夫对文学研究的社会历史分析的独特贡献。在文学研究的美学分析方面，他强调艺术的特性，强调艺术的真实性和艺术内容和艺术形式的统一。在文学批评的社会历史批评和美学批评的关系问题上，他将文艺批评分为两项任务和两个阶段，先是将艺术的语言翻译成社会学的语言，找出文学现象的社会等价物，再评价作品的艺术价值。他虽然也指出两者存在的必要性以及两者之间存在的不可分割的内在联系，但把文学批评机械地化为两个阶段，很容易割裂艺术作品的内容和形式，这种观点对苏联20年代的庸俗社会学有负面的影响。普列汉诺夫之后是列宁（1870—1924），之前很多人认为列宁的文艺批评是政论批评，而不是文艺批评。列宁的批评论固然有强烈的政论色彩，但仍然是相当出色的文艺批评。列宁的文艺批评把反映论应用于批评，充满历史主义精神，同时重视将艺术内容的分析和艺术形式的分析融为一体。以列宁论托尔斯泰的创作为例，这无疑是一组政论性很强的文章，中心就是托尔斯泰和俄国革命，但他并没有在两者之间简单画等号，而是充分注意到了这种联系的全部复杂性和独特性。他的历史分析是从托尔斯泰学说和创作入手，进而指出作家的强处和弱处正是19世纪农民心理和情绪的反映，它反映了俄国资产阶级革命时期俄国农民的心理和矛盾，有助于人们认识俄国革命的性质，因此才称托尔斯泰是俄国革命的一面镜子。这里，列宁评论的路线是托尔斯泰创作——俄国农民心理——俄国革命，而不是托尔斯泰——俄国革命。这种历史分析注意了社会心理的中介作用，而不是把文学同政论画等号。同时，列宁也是把历史分析和美学分析结合起来的，指出正是托尔斯泰把农民心理放在自己的创作中，放在自己的批判中，才使他的创作形成独特的艺术内容、艺术形式和艺术风格，比如情感的真挚和诚恳，比如"撕下一切伪面具"的"最清醒的现实主义"，等等。此外，在俄罗斯马克思主义文艺理论批评家中，卢那察尔斯基（1875—1933）

是一位主要的独具特色的代表人物。特别是在十月革命后，面对"左"的文艺思潮，他始终坚持审美的立场、开放的原则和创新的精神，始终保持一份清醒和理智。他在《马克思主义批评任务提纲》(1928)和《列宁与文艺学》(1932)中，对马克思主义文学理论批评作了系统深入的阐述。从文学批评社会历史分析和美学分析关系的角度来看，在社会历史分析中，他反对将阶级分析简单化，主张要坚持反映论的观点，不能只看作家出身，要看重作家对历史发展的客观代表性；主张重视创作主体的个性特征，重视分析作家如何以自己特有的个性对社会历史做出独特的反映。他认为只有进入美学批评这扇门，才能成为真正的、完美的马克思主义文学批评家，批评家要有细腻的文学观和艺术分寸感。他的美学分析的特点是善于抓住作家创作的艺术特色和艺术作品的独创性，并做出细腻的、有分寸的、精到的艺术分析，又力求将艺术分析和思想分析结合起来。卢那察尔斯基的文艺批评既反对"左"的批评的非艺术倾向，也反对普列汉诺夫的"客观态度"，他认为批评不仅要分析文学现象产生的社会历史根源，还要做出价值判断，说明它的社会作用，对文学采取"功能"的态度，马克思主义文学批评应当将政论的、历史的和美学的观点三者统一起来。但是在他的批评实践中也存在内在的矛盾，他对文艺批评社会功能的理解有时也过于简单和狭隘，非要指出古典作家对当代有什么实际意义和功用，同时他的评论有时也仅从政治角度评价作家。马克思主义文学批评既要从历史的美学的角度分析作品，还要发挥文学的战斗作用。如何处理好文艺批评的政论的、历史的和美学的关系，是卢那察尔斯基面对的问题，也是马克思主义文学理论和批评实践需要解决的问题。

（五）

应当肯定俄罗斯马克思主义文学批评理论，无论是普列汉诺夫、列宁，或是卢那察尔斯基和其他人，都丰富和发展了马恩关于文学批评历史的、美学的观点，对文学批评历史分析和美学分析的内涵以及两者的关系，都在理论上和实践中进行了更为具体和深入的探讨和分析，同时也存在新的问题和新的矛盾，很快就面临来自庸俗社会学和俄国形式主义的挑战。这两个流派各走一端，前者简单理解文艺与经济、政治的关系，后者强调艺术形式忽视社会历史文化语境，都是对马克思主义文艺理论批评的挑战。

　　庸俗社会学作为马克思主义艺术社会学的对立面，是艺术界把马克思主义运用于文艺理论领域不成熟的产物。在20世纪初，俄罗斯马克思主义文艺学刚刚形成，他们在运用马克思主义批判唯心主义文艺学时，把文艺现象简单归结为经济因素和阶级因素的直接反映，其代表人物是舒利亚季科夫等。20年代，运用马克思主义认识文艺创作的兴趣极为强烈，特别是面对形式主义的挑战，一些文艺学家又走向另一个极端，他们自认为是正统的马克思主义者，但简单理解文艺与经济、文艺与阶级的关系，试图寻找所谓文艺现象的"社会等价物"、"阶级等价物"，把文艺作品看作是社会学的"形象图解"，其中的代表人物弗里契（1870—1929），就认为艺术是"经济进化的一种标志"，艺术作品是"用艺术形象的语言来翻译社会经济生活"。同时，他还认为以往的文学都是同统治阶级的私利相联系，古典文学作品对无产阶级来说只有相对的价值。这种理论倾向在后来的"拉普"那里，更是走到极端，他们把文学和政治混为一谈，否定人类文化遗产，提倡"辩证唯物主义方法"，把艺术和哲学混为一谈。

　　同庸俗社会学相对立的文艺思潮是俄国形式主义，它们几乎存在于同一个时期。俄国形式主义是20世纪初登上文艺学舞台，并活跃于20年代。俄国形式主义的形成同西方哲学美学思潮有关，但它归根到底是"本土挑战的本土反应"（厄利希）。他们一方面同俄国文艺学学院派（特别是维谢洛夫斯基），同俄国象征主义和未来主义有血肉联系，是他们理论和创作经验的总结，另一方面又针对俄国文艺学文化历史学派将文学史等同于文化史、思想史，针对庸俗社会学将文艺等同于政治、经济，等同于生活的做法。俄国形式主义提出文学科学的研究对象是"文学性"，强调艺术特性、艺术手法（如陌生化）的研究，体现了他们对文学性质的根本认识，这是同他们要确立文艺学的对象，建立独立自主的文艺学的目标相联系的。俄国形式主义忽视创作主体，忽视文学的社会历史文化语境，是它的致命弱点，但他们强调文学特性，重视文学形式，是对革命后文学理论批评出现的忽视文学特征倾向的有力反拨，自有其理论价值和理论贡献。它后来尽管遭到强烈的批判，但仍然以"非主流"的状态顽强地存在于20世纪的俄罗斯诗学之中。

（六）

　　庸俗社会学（非诗学的社会学）和形式主义（非社会学的诗学）分别在20—30年遭到批判，马克思主义的艺术社会学成为俄罗斯文学理论批评的主流，这是毋庸置疑的事实。这种理论批评虽然不排斥美学分析，也给美学分析一定的地位，但社会历史分析是占主导地位，艺术形式结构分析往往是被忽视的。这种马克思主义的艺术社会学在几十年的文学研究中取得了很大的发展，也出现了不少运用社会历史分析研究文学作品的优秀论著，不少运用历史主义研究理论问题的优秀论著，其中如苏联科学院高尔基世界文学研究所集体编写的三卷本《文学理论》（对基本问题的历史阐述）（1962、1964、1965），苏奇科夫的《现实主义的历史命运》（1967、1970）。与此同时，一些学者顶住被批判、被扣上"形式主义"的压力依然关注艺术特性的研究，关注艺术形式结构的研究，关注文学作品的美学分析，几十年中他们历经磨难，始终受主流的压抑，但他们继承俄国文艺学学院派（维谢洛夫斯基）的传统，吸收俄国形式主义的有益成分，努力探索形式结构研究和历史研究的结合，美学分析和历史分析的结合，最后终于成为有国际声誉的学者，他们的理论成果在世界文论界大放异彩。他们其中的代表人物有维戈茨基、普罗普、巴赫金、洛特曼等人。

　　维戈茨基（1886—1934）是苏联早期的心理学家，苏联社会文化历史学派心理学的代表人物。他在《艺术心理学》（1925）中，既批判了形式主义，又批判了庸俗社会学，力图通过文学作品的分析把文艺学和心理学结合起来，建立以文学作品为自身研究对象的客观心理学的理论体系。他把形式主义的有益成分融入自己的理论体系之中，十分强调艺术形式的重要性，认为"艺术始于形式开始的地方"，"艺术作品只有在它既有的形式中才能发挥它的心理影响"。他的核心观点是"从艺术作品的形式出发，通过形式要素和结构功能的分析，说明审美反应和确定它的一般规律"。[1] 在专著中，他通过对克雷洛夫寓言、布宁短篇小说和莎士比亚悲剧的分析阐明自己的观点。这里，关键是通过分析作品的内在矛盾来揭示

---

[1] 维戈茨基：《艺术心理学》，上海译文出版社1988年版，第43、41、27页。

审美反映的心理机制，把形式结构分析同审美反应分析有机结合起来，走出审美反应分析的新天地。

普罗普（1895—1970）是俄罗斯著名的文艺学家、民间文艺学家。俄国形式主义对他的故事研究有明显的影响，他在《结构形态学》（1928）中，着眼于故事文本，在研究 100 个俄罗斯神奇故事的基础上，揭示故事构成的结构要素和各种要素之间的相互关系，归纳出神奇故事有 31 种功能，7 个角色，指出"所有神奇故事按其结构都是同一类型"的重要观点，第一次从故事内部生成规律的角度回答故事是什么的问题，把故事研究从外部研究转向内部研究，成为故事研究的重大转折。更有意义的是，普罗普并没有停留在形式主义的思路上，他很快将结构研究转向历史研究。他又用十年写出《神奇故事的历史根源》（1938），力图通过故事与历史的对比，寻找神奇故事产生的历史根据，解答故事是从何而来的问题，解释故事所具有的历史文化价值。他认为故事的起源涉及远古神话、习俗、仪式、制度以及初民的思维形式。他的研究是结构和历史的结合，是对形式主义的超越。

巴赫金（1895—1975）对形式主义进行过认真的对话，肯定其"积极意义"，指出它提出了"艺术的新方向和新侧面"，也批评其"对内容的轻视导致材料美学"和"不理解历史性和更替"[①]。他极力主张"诗学恰恰应从体裁出发"[②]。在《陀思妥耶夫斯基诗学问题》中，他指出作家的小说的情节结构和语言都是多声部，小说人物具有各种独立思想而不受作者控制，因此陀思妥耶夫斯基的小说是一种复调小说。同时，他不满足于小说体裁特征的分析，又进一步用大量的材料论证复调小说同民间狂欢文化的内在联系，分析作为复调小说的源头的狂欢体小说的历史演变过程。这样一来，巴赫金就大大超越了形式主义，将结构诗学研究、体裁诗学研究、语言诗学研究同文化诗学研究、历史诗学研究紧密结合起来，追求一种整体诗学的研究，形成诗学研究的新格局。

洛特曼（1922—1993）是俄罗斯文艺学结构符号学派的代表人物，是 60—70 年代走上文坛的，他的代表作是《艺术文本的结构》（1970）。

[①] 《巴赫金全集》第 4 卷，河北教育出版社 1998 年版，第 390—391 页。
[②] 《巴赫金全集》第 2 卷，河北教育出版社 1998 年版，第 283 页。

他认为艺术像语言一样也是交际的工具,艺术文本就是艺术信息的载体。艺术文本的结构越复杂,意识信息就越丰富。艺术文本是一个整体的结构,整体所提供的信息量要大于各部分所提供的信息量的总和。文本结构的复杂性与可传达的信息量成正比。他的艺术文本结构分析的主要对象是诗歌,他认为诗歌结构中各要素之间的对比、对立、重复,它们之间的矛盾和冲突、对立和统一,是艺术文本意义生成的主要机制。更重要的是,洛特曼还提出艺术文本结构和外文本结构的概念,认为"结构主义并非是历史主义的敌人",要理解艺术作品的文本结构就必须理解更为复杂的外文本结构,这就是文化和历史。[①] 在这里,洛特曼是主张结构研究和历史研究相结合的。

三 历史和形式结合的理论思考

通过19—20世纪俄罗斯文学理论批评的简单回顾,可以看到内容和形式、历史和结构、历史批评和美学批评相互关系的纠结和探索始终贯穿其中。这个历史过程的展示,引发我们对两者关系更深入的理论思考,并进一步把握它的发展趋势。

(一)

内容和形式、历史和结构、历史批评和美学批评归根到底是源于同一对象,是源于同一对象的两极。这一对象就是文学作品,可以说它们是同宗同源的。正如别林斯基所言"批评应该只有一个,它的多方面看法应该渊源于同一个源泉,同一个体系,同一个艺术观照"。因此,我们在思考两者的关系时,就必须从对象的特征出发,从文学作品固有的特性出发。首先,文学作品的内容和形式以及由此引发的文学的历史批评和美学批评都是文学的两个方面,都是必不可少的。不论是离开社会历史内容或者是离开表现它的艺术形式都不成其为文学。从文学的特性出发,恩格斯把文学批评的历史观点和美学观点看成是文学批评的最高标准。别林斯基指出不涉及美学的历史批评和不涉及历史的美学批评都是片面的和错误

---

① 洛特曼:《文艺学应当成为一门科学》,《文学问题》1967年第1期,第94页。

的。其次，既然内容和形式、历史批评和美学批评是一个事物的两个方面，它们之间必然存在着差异，存在着不平衡，存在矛盾，也必然存在着相互融合的探求。只要有文学作品存在，这种差异、不平衡、矛盾和这种相互融合的探求就会永远存在，就会永远成为理论家和批评家评论和探索的话题。

（二）

内容和形式、历史和结构、历史批评和美学批评，不仅是相互矛盾对立的，而且是相互作用相互融合的。在认识和处理两者的关系方面，俄罗斯的文学理论批评，特别是20世纪一些"非主流"的理论批评提供了很有理论价值的思考和实践。他们总的思路是突破以往把两者看成两张皮（内容和形式割裂，历史批评和美学批评割裂，历史和结构割裂），而是把两者看成是一张皮（内容和形式相融合，历史批评和美学批评相融合，历史和结构相融合）。

从文学作品的内容和形式的分析来看，他们的文学理论批评一反传统的理解，把形式提到首要的地位，他们主张文学作品分析应从形式切入，不是从作品人物的宣言和作者的宣言，而是从作品的形式去寻求作品的意义，认为作品的意义源于作品的语言、形式和结构。巴赫金就认为文学的社会性是内在的而不是外在的，文学的社会历史文化内容应当从文学的形式、结构、语言折射出来。他指出"诗学恰恰应从体裁出发"，认为体裁不仅仅是形式，而是观察和理解现实的手段，是有含义的形式，"艺术家应当学会用体裁的目光来看现实"。维戈茨基也认为分析艺术作品应当从艺术作品的形式出发，通过作品结构内在矛盾的分析来揭示审美反应的心理机制。在他看来，事件本身是小说的材料，如何叙述事件就是小说的情节、作品的形式，小说创作的任务就是用形式去改造和征服本事，用形式去改造对抗和消灭内容。洛特曼也是主张从诗歌的结构去探索作品的意义，认为诗歌多个要素之间的对比、对立、重复，它们之间的矛盾和冲突，是诗歌艺术文本意义生成的重要机制。

从文学研究的角度来看，他们认为形式结构研究和历史研究，共时研究和历史研究是相互结合的，是相互联系、相互作用和相互检验和相互印证的。后者离开前者是空洞的，前者离开后者也只是一团乱麻。普罗普在故事研究中，指出故事结构形态研究是故事历史研究的前提，形态研究要先于历史研究，认为没有正确的结构形态研究便不会有正确的历史研究。如果结构形态研究做不好，便无法回答故事的普遍性问题，就无法进行故事的历史比较研究。但他又深知故事是一种精神文化现象，它的发生发展是受历史文化制约的，离开历史研究，故事研究也无法深入。巴赫金的复调小说研究，在对复调小说的体裁特点进行共时的结构分析之后，也明确指出必须转到历时研究，转到历史诗学研究，进一步追寻复调小说的历史渊源——狂欢体小说的历史演变。他认为如果没有共时研究，没有结构形态研究，没有初步定向，所谓的历时性分析将会流于一连串毫无联系的偶然对比。而历时的研究是为了印证和检验共时分析的结构，为了更准确和更深入地把握复调小说的体裁特点。

（三）

内容和形式、历史和结构、历史批评和美学批评的相互关系是一个理论问题，也是一个历史问题，一个实践问题。历史地看，不同的历史时期在不同的理论家和批评家的那里，对两者关系的认识各不相同，也各有侧重，这反映了不同历史时代的特征，也反映了理论家和批评家各有不同的文学观念和艺术个性。19世纪的俄国，在沙皇农奴制政治重压下，文学和文学批评成为表达人民呼声的"唯一论坛"，成为所有社会激情直冲出来的气门。别林斯基等革命民主主义理论批评家也把自己当作战士看待，把文学批评当成文学的教科书。从这个角度看，他们的文学批评更侧重于社会历史批评，更具有政论色彩，这是很自然的。到19世纪后期，以维谢洛夫斯基为代表的俄罗斯文艺学学院派虽然也关心社会，具有进步的思想，但他们的身份是学者，是院士。他们更多的是在高校和科学院从事文学研究工作，他的研究向欧洲先进思想开放，更重视科学的实证研究，更重视艺术内在规律的研究，这也是很自然的。十月革命后，马克思主义艺术社会学在文学艺术研究领域占主导地位，它带来历史主义的优良传统，同时，也出现忽视艺术特性和艺术形式的庸俗社会学。这时，一些"非主流"的学者主张重视艺术特性和艺术形式。像什克洛夫斯基、普罗普、维戈茨基、巴赫金、洛特曼，他们虽然遭到批判，但仍然坚持自己的文学观念，并逐渐走上内容和形式、历史和结构相融合的道路。

从实践层面看，从操作层面看，在批评家那里，内容分析和形式分析的融合，历史研究和结构研究的融合，由于研究对象不同，批评家个性各异，也是多样化的，并没有固定的模式。同样是从形式切入研究，可以从语言切入，也可以从结构切入，还可以从体裁切入。巴赫金是从体裁、结构、语言多方面的分析来阐明内容和形式的关系。洛特曼则是从诗歌结构中多种组成因素之间的对照、对立、重复以及它们之间的矛盾和冲突、对立和统一，来阐明诗歌意义是如何生成的。不管切入点如何不同，最终都要达到内容分析和形式分析、历史分析和结构分析相融合的目的。

（四）

从形式回到历史，并逐渐走向形式和历史的融合，是世界范围文学理论批评发展的重要趋势。从俄罗斯的情况来看，19世纪末20世纪初随着马克思主义文艺学的崛起，文学的社会历史批评受到极大重视，随后的发展走向形式主义（非社会学的诗学）和庸俗社会学（非诗学的社会学）两个极端，在极其艰难的条件下一些后来获得世界声誉的学者（普罗普、巴赫金、洛特曼），试图探求形式和历史的融合，他们从形式出发去发掘其中的社会历史文化内容，巴赫金更是提出文学的"内在社会性"问题，探讨文学现象如何既从外部又从内部被决定，外部的社会历史文化如何被内化到文艺作品的语言、结构、形式之中，达到外部和内部的融合。从西方的情况来看，作为一种较为系统的理论形态，形式主义兴起于20世纪初，特别是在英美理论界，他们对艺术形式倾注极大的关注，如英美的新批评。在20世纪上半叶，在英美学界，形式主义基本上占了统治地位。经历了几十年历史的变迁，20世纪70年代，在西方英美等国社会历史批评开始复兴，到了80年代，新马克思主义、新历史主义、女性主义、后殖民主义以及文化研究等社会历史批评，逐渐取代风行一时的形式主义和结构主义，成为西方学术界的主潮。与此同时，西方的马克思主义者，如杰姆逊等人也试图用"内在形式"的概念，来调和形式和历史，使文学重新回到社会生活，他们认为"内在形式"本身就包含社会历史内容。西方理论批评家的探求同俄罗斯理论批评家的探求虽有不同，但基本方向是一致的。他们都在思考和实践形式和历史融合的问题。

（五）

走向内容分析和形式分析、历史研究和结构研究的融合，对于文学理论研究，对于文学史研究和文学批评，都有重要的意义。

从文学理论的角度看，这种结合克服了文学研究长期存在的内容和形式、历史和结构、外部和内部两张皮的现象，克服了只关注社会历史文化语境而忽视形式结构的弊端，也就纠正了只关注形式结构而忽视社会历史文化语境的偏差，把两张皮变成一张皮，这是文学理论的重要突破，它为文学理论打下了真正的科学的基础。

这种结合从实践上说，也为文学史和文学批评带来新的生机，使文学史和文学批评逐渐走上内容研究和形式研究相融合、历史研究和结构研究相结合、外部研究和内部研究相贯通的道路。文学批评再也不是思想分析加艺术分析互不相干的两张皮，文学史再也不是时代背景分析加作家作品分析的两张皮，而是注重从形式结构出发来研究社会历史文化的影响，这就会使文学批评和文学史研究出现新的面貌。例如，陈平原在博士论文和专著《中国小说叙事模式的转变》的写作中，就自称受巴赫金的影响，受这种两结合研究思路的影响。[1] 他认为自己的研究是从形式切入，走向形式研究和历史研究的融合，而不是像一般人所做的那样，从意识形态变化去推导文学形式的变化。他学习巴赫金的研究方法从文学形式的变化去窥探意识形态的变化。在该专著中，不是从戊戌变法、"五四"运动等社会变化来论证小说形式的变化，而是从小说形式特征，从小说叙事的一点一滴的变化去窥探、折射时代思想文化潮流的变化，把小说形式看成是社会历史文化的折射和结晶。从小说形式变迁切入，讨论20世纪中国意识的变化，把形式研究和历史研究结合起来，这就真正沟通了文学的内部研究和外部研究。

---

[1] 陈平原：《博士论文只是一张入场券》，《中华读书报》2003年3月5日。

第一章

19世纪俄罗斯文学理论批评的两种走向

一 别林斯基的历史批评和美学批评

（一）

如果说普希金是俄国现实主义文学的奠基人，那么别林斯基则是俄国现实主义美学和文学批评的奠基人。别林斯基集文艺学家、文学史家和文学批评家于一身，创立了俄国现实主义美学理论和文学批评的原则。从批评史的角度来看，别林斯基开辟了俄国文学批评的新时代。别林斯基文学批评的理论和实践是十分丰富的，他不仅对普希金、果戈理、莱蒙托夫等作家做了系统的评论，而且系统论述了有关文艺批评的性质、任务和方法等文学批评理论的基本问题，提出了"历史的、美学的"文学批评观和文学批评方法。

这里要特别提出的是别林斯基所创立的"历史的、美学的"文学批评观和文学批评方法。文学是一个复杂而多面的现象，如何对文学进行科学的全面的分析，始终是一个没能得到很好解决的复杂问题。不同的文学理论家和文学批评家，依照自己不同的美学观对文学作品进行分析，展开自己的文学批评。"纯艺术论"者依据文学与社会生活、与社会功利无关的美学观对文学作品进行"纯美学"的分析。另一些人虽然重视对文学作品进行历史考察，但往往又都是从理念出发而不是从现实出发，陷于抽象的思辨。还有一些人只是从政治的、道德的观点来考察文学作品。这一切都无法真正科学地揭示文学作品历史的美学的内涵。别林斯基从唯物主义的哲学观和现实主义的美学观出发，1842年在《关于批评的讲话》中，明确指出："不涉及美学的历史的批评，以及反之，不涉及历史的美学批评，都是片面的，因而也是错误的。批评应该只有一个，它的多方面看法应该渊源于同一个源泉，同一个体系，同一个对艺术的观照。"①

别林斯基所提出的历史的美学的批评，把文学批评的历史批评和美学批评有机结合起来，形成一种科学的文学批评观念和文学批评方法论原则。这一文学批评新观念和新方法的提出，无论是在俄国文学批评史上还是在欧洲文学批评史上，都是一个重大的理论突破。它对俄国的革命民主主义文学批评，乃至后来的俄国学院派的文艺学和文学批评，俄国马克思主义的文艺学和文学批评，都产生了深远的影响。

值得关注的是，别林斯基有关历史的美学的批评观点是1842年提出的，之后，1847年恩格斯在《诗歌和散文中的法国社会主义》一文中，批评格律恩对歌德的评价时说："我们决不是从道德的、党派的观点来责备歌德，而只是从美学和历史的观点来责备他，我们并不是用道德的、政治的、或'人'的尺度来衡量他。"② 1859年，恩格斯在给拉萨尔的信中，就历史剧《济金根》说得更为明确："我是从美学观点和历史观点，以非常高的，即最高的标准来衡量您的作品的，而且我必须这样做才能提出一些反对意见，这对您来说正是我推崇这篇作品的最好证明。"③ 恩格斯所说的文学批评的美学观点和历史观点，既是一种文学批评的观念，也是一种文学批评的方法和标准，并把它看成是文学批评的最高标准。他所提出的文学批评的美学的观点和历史观点，是以文学的特殊对象，以文学的特性为依据的，以历史唯物主义为指导的，是对马克思主义文学批评观念和文学批评方法的深刻理论阐述，对文学批评的理论和实践有重大的意义。别林斯基所提出的历史的和美学的批评观念和方法虽然无法达到历史唯物主义的高度，但在马克思和恩格斯之前，对这个问题的论述已经达到最高水平，也为恩格斯所提出的文学批评的美学观点和历史观点相统一的观念和标准，提供了理论资源和思想前提。

（二）

别林斯基的历史的美学的批评观念和批评方法，是有历史针对性的，

---

① 《别林斯基选集》第3卷，上海译文出版社1980年版，第595页。
② 《马克思恩格斯全集》第4卷，人民出版社1958年版，第257页。
③ 《马克思恩格斯全集》第29卷，人民出版社1972年版，第586页。

是俄国和西欧文学批评历史经验的总结，扎根于俄国新兴的现实主义文艺运动。它反映了俄国和西欧文艺运动发展的必然要求，因此是科学的，富有生命力的。

在别林斯基之前，在俄国，特别是在西欧，在多种社会哲学思潮和文艺思潮的影响下，先后出现了各种文学思潮和文学流派的批评观念和方法，例如文化历史批评学派、道德批评学派、唯美学派、宗教哲学学派等，它们从不同角度分析和研究文学现象和文学文本，不同的批评观念和方法都有自己解读文学的独特角度和独特优势，同时在方法论上也有其片面性和缺陷。

别林斯基首先面对的是在康德、谢林"纯艺术论"影响之下，在欧洲各国盛行的"纯美学分析"批评，这种理论和批评宣扬文艺与社会生活无关，与社会功利格格不入，主张脱离开作品的思想内容进行"纯美学"的分析。他们认为审美不涉及利害，不涉及存在，只涉及形式。别林斯基肯定美是艺术的不可缺的条件，"确定一部作品的美学优点的程度，应该是批评的第一要务"[①]。但他又认为艺术不可能没有社会历史内容，文艺批评不可能不从社会历史的角度对文学作品进行分析。显然，别林斯基并不是反对对文学作品进行美学分析，而是反对脱离开文学的作品所反映的社会历史内容进行所谓的"纯美学分析"。

别林斯基随后面对的是德国式的"理想的、思辨的"哲学美学批评和法国式的"实证的、历史的"社会学批评。

当年西欧在黑格尔历史辩证法思想的影响下，开始形成对文艺作历史考察的新的批评观念和方法。但是，这种历史批评大都从抽象的观念而不是从社会现实出发，其结果往往陷入抽象的思辨。就黑格尔而言，他的哲学美学充满历史辩证法思想，他的艺术批评充满历史主义精神。他在美学研究方面的突出贡献就是使美学具有一种历史感。他认为"我们的研究不能只限于对某些艺术作品批评或是替艺术创作方法开出方单。它唯一的目的就是追溯艺术和美的一切历史发展阶段，从而在思想上掌握和证实艺术和美的基本概念"[②]。黑格尔用历史的方法考察了艺术发展的历史，把

[①] 《别林斯基选集》第3卷，上海译文出版社1980年版，第595页。
[②] 黑格尔：《美学》第3卷下册，商务印书馆1979年版，第335页。

世界艺术发展的基本脉络分为三种类型：象征性艺术、古典型艺术和浪漫型艺术。而这种对于艺术发展的叙述和看法又是从艺术和美是"理性的感性显现"这个观念和意义推导出来的。他认为艺术是理念和感性形象，即内容和形式对立统一的精神活动，正是二者之间的平衡关系和这种平衡被打破构成了艺术发展的脉络，形成了艺术的三种历史类型。这种批判观念和方法富有历史主义精神，有很强的历史感，但它是从理念出发，不是从现实出发，只能是一种抽象的思辨。

19世纪上半期，斯塔尔夫人和泰纳又先后提出文化历史学派和社会学派的批评观念和方法，主张评价文艺现象和文学作品，必须考察社会、政治、哲学、宗教、种族、地域气候等环境的影响。要求文学作品反映民族精神上和历史上的真实。泰纳指出了决定文学创作和发展的三大因素：种族、环境与时代。泰纳的三要素学说关注了社会历史环境的影响，在一定意义上坚持了唯物论，也富有历史感。但这类批评观念和方法受实证主义哲学和进化论的影响，要求文学批评具有自然科学的客观精确性，在方法论上往往陷于主客观关系的机械决定论，也忽视艺术不同于一般文化历史现象的审美特征，更重要的是他们对社会环境和时代精神的解释还只着重社会上层建筑范畴，没能从社会经济基础中去寻找推动文艺发展的根源。

19世纪30年代，俄国文学批评由古典主义、浪漫主义批评原则转向现实主义批评原则，纳杰日金把历史发展的观点引入文学批评，为俄国批评打下坚实的美学基础，但基本上还算是受德国式理论思辨的影响，缺乏现实的社会分析。普希金倡导的美学批评也还局限于"揭示作品的美和缺点"，并没有深入到社会历史根源和社会功能等领域。

别林斯基所面对的上述欧洲和俄国的各种批评观念和方法都有其优势，也有其局限性，对此，别林斯基有十分清醒的认识，他在深入思考的基础上，提出了解决问题的重要看法，他说："我们甚至现在已经对任何一种欧洲批评都不能感到满意，看到他们每一种里面都包含着某种片面性和排他性。我们已经有某种权利可以认为，在我们的批评中，所有这些片面性会汇合、调和成为多方面的、有机的（而不是庸俗的折衷的）统一。"① 显然，别林斯基历史的、美学的批评观念和方法，就是在批判吸

---

① 《别林斯基选集》第3卷，上海译文出版社1980年版，第615页。

收和综合改造先前多种批评观念的合理因素，克服其片面因素的基础上而形成的。

（三）

别林斯基在论述历史的、美学的批评观念和方法时，特别强调二者是统一的有机的统一体。如前所述，他明确指出，"不涉及美学的历史的批评，以及反之，不涉及历史的美学的批评，都将是片面的，因而也是错误的"。

首先，在别林斯基看来，文学批评是一种对文学作品的审美评价活动，应当把分析和评价文学作品本身的艺术品格和审美价值提升到第一位，绝不能忽略掉艺术的美学需要本身。他明确指出："确定一部作品的美学优点的程度，应该是批评的第一要务，当一部作品经受不住美学评论时，它就已经不值得加以历史的批评。"[1] 以往有人觉得别林斯基关注文学作品社会历史分析，不重视审美评价，这是不符合别林斯基的主张和批评实际的。只能说从现实斗争的需要出发，别林斯基的批评更侧重于社会历史分析，但他始终关注文学作品的艺术独创性、作家的个性特色，关注文学作品艺术形式符合其艺术内容的一致性和完美程度，他认为对文学作品的社会历史分析必以对作品艺术形象体系和表现形式的具体美学分析为基础和前提。

其次，别林斯基又认为文学批评不能只局限于美学的批评，只局限于分析文学作品的美和不足，而必须对文学作品进行历史的批评，必须对作品从历史的、社会的、时代的观点加以考察，对作品做与其内容相适的社会的、政治的、哲学的、道德的分析，指出作品的社会功能和意义。他认为"每一部艺术作品一定要在对时代、对历史的现代性的关系中，在艺术家对社会的关系中得到考察；对他的生活性格以及其他等等的考察也常常可以用来解释他的作品"[2]。在他看来，"那些极其充分而有力地表达了时代最真实、最重要和最富于特征的艺术作品，将比任何东西活得更长久"，而"那些不能体现或不能充分体现这些条件的作品在另一个时代终

---

[1] 《别林斯基选集》第3卷，上海译文出版社1980年版，第595页。

[2] 同上。

究会丧失其意义"①。正是从这个角度看，别林斯基确定一部作品的美学价值时，必须从历史的角度，确定这部作品在多大程度上充分而深刻地反映出历史的真实，反映出时代的精神。

别林斯基总结欧洲和俄国文学批评的经验和不足，有针对性地提出历史的、美学的批评，并且强调两者的有机结合，这是符合文学作品的实际的，也是对文学批评理论的重大贡献。这里特别需要提出的是，文学批评中历史的和美学的有机融合是一种理想状态，并不是任何一种文学批评都可以达到的，我们在文学批评中看到的历史的和美学的结合是多样化的，往往出现多种形态，有的更侧重于历史批评，有的更侧重于美学批评。就别林斯基的文学批评而言，就以他为代表的俄国革命民主主义者的文学批评而言，更侧重于社会历史批评。他们虽然也有很高的文学艺术鉴赏能力，很高的审美水平，在他们的批评文章中也时常可以看到许多十分精细的艺术水平，可是总的来说他们常常通过对文学作品的分析，探讨多种社会政治问题，各种哲学道德问题，传播进步的思想，树立高尚的社会道德和审美理想。这种情况的出现是同俄国文学和俄国文学批评在俄国社会生活中所占的重要地位和所发挥的重大影响和作用分不开的，也是任何其他欧洲国家的文学和批评所无法比拟的。俄国是个农奴制的国家，人民没有言论的自由，这就使俄国的作家和批评家自觉地充当人民思想愿望的代言人，正如赫尔岑所说的，"凡是失去政治自由的人民，文学是唯一的论坛，可以从这个讲坛上向民众倾诉自己的愤怒的呐喊和良心的呼声"②。这种文学批评由于与俄国解放运动和社会政治思想斗争保持比较密切的联系，因此具有很强的战斗性和思想性，具有鲜明的政论色彩。而欧洲的一些文学批评家主要是一些教授、学者或杂志的专栏批评家，他们的批评就更多地评价文学作品的优缺点和审美价值，而较少关注文学所反映的社会生活并对这种社会生活现象做出政治上和道德评价，他们的批评就更多学术性、专业性和学院气息。

尽管在不同的文学批评中历史的批评和美学的批评常常是不平衡的，是多有侧重的，但别林斯基为什么仍然把历史批评和美学批评的融合当作

---

① 《别林斯基全集》第11卷，莫斯科，科学出版社1953—1959年版，第287页。
② 《赫尔岑文集》第7卷，莫斯科，科学出版社1950年版，第198页。

文学批评的要求和理想？这是同别林斯基对文学批评对象——艺术的本质特征的认识和文学批评的特点和作用的认识分不开的。

在别林斯基看来，文学艺术描写的对象是活生生的具有历史内容的现实生活，文学批评必须对所反映的社会生活是否真实做出社会的历史的批评。同时，文学艺术又是用形象，而不是用抽象的概念推理来反映生活，它能诉诸读者的想象，打动他们的心灵，因此文学批评又必须对文学做出美学的评价，看看它们如何用形象的描绘来打动读者的心灵。别林斯基指出："美是艺术必不可缺的条件，没有美也就不可能有艺术……可是光有艺术还是不会得到什么结果的，特别在我们今天是如此。"[1] 即使被"纯艺术论"者视为典范的古希腊艺术，也不能无条件地说，它的目的仅仅在于表现美，因为它也表现了古希腊社会生活包括宗教、道德、历史、政治等多方面的内容。别林斯基说："艺术如果没有具有历史意义和合理内容，作为当代意识表现来看，它就只能使一些根据古典传统酷爱艺术性的人们感到满足而已。我们的时代坚决反对为艺术而艺术，为美而美。"[2] 他明确地指出对于文学批评来说，分析的批评、历史的批评"是必不可缺的。特别是在今天，当时代坚决地采取了历史倾向的时候，如果没有分析的批评，那就意味着杀害艺术，或者宁可说是把批评庸俗化了"[3]。

别林斯基倡导历史批评和美学批评的融合，还同他对文学批评的特点和功能的认识分不开。在别林斯基看来，批评就是"判断"，"批判总是跟它所判断的现象相适应的"，因此，它是对现实的认识，是对时代的认识，[4] 他认为艺术创作和文学创作都是对时代的认识，只不过认识和把握时代的方式各不相同：批评是哲学的或科学的认识，而文学艺术则是直感的或者形象思维的认识。因此文学批评在俄国生活中不仅是帮助读者欣赏作品的美，对文学作品做出美的评价，它还具有促进社会自觉的特殊作用，它还必须对文学作品做出社会历史评价。他说："目前，还只有在艺术和文学，因而在美学和文学批评中，才能够表现出我们社会的智能自

---

[1] 《别林斯基选集》第 3 卷，上海译文出版社 1980 年版，第 852 页。
[2] 同上书，第 854 页。
[3] 同上书，第 595 页。
[4] 同上书，第 574—575 页。

觉。"① 拿俄国文学批评同德国和法国的文学批评作比较，别林斯基说，"在批评之国的德国，批评是理想的、思辨的；在法国，批评是实证的历史的"。而在俄国文学批评的目的是"应该不仅追求科学的成功，并且还追求教育的成功。我们的批评还应该对于社会起家庭教师的作用。用简单的语言讲述高深的道理"。为此，他提出把德国式的注重理论思辨的逻辑方法与法国式的注重具体实证的历史叙述方法有机结合起来，认为这是使文学批评"变为深刻而易于为公众理解的唯一方法"②。

（四）

别林斯基不仅倡导历史批评和美学批评的批评观念和方法，而且在他的批评实践中也体现了这一批评观念和方法，并且呈现出独特的批评风格。

别林斯基在评价一部作品的美学价值时，首先考察它在多大程度上反映出历史的真实性和时代的精神。他用11篇论文评论普希金的作品，高度评价他的代表作《叶甫盖尼·奥涅金》，把它称之为"俄国生活的百科全书和高度人民性的作品"③，就是因为作品充分而深刻地反映了19世纪20年代俄国社会生活的广阔画面和俄国社会进步的特征。这个时代最富特征的特点之一，在别林斯基看来，就是在贵族的先进阶层中出现了像奥涅金这种作为时代典型的"多余人"，他不满贵族社会但又无法积极行动，但这一经典形象曲折地反映了农奴制的危机和一代人的觉醒，奥涅金就是俄国社会意识觉醒的代表。

需要特别指出的是，当历史的批评同道德批评产生矛盾时，别林斯基总是坚定地站在历史批评的立场，坚持文学批评的历史主义精神，这是别林斯基文学批评最为难能可贵之处。普希金的长诗《青铜骑士》（1833），描写了1824年袭击彼得堡的一场可怕的水灾，一个小人物的受苦和他在这场水灾中的悲惨遭遇，而这场水灾又是同彼得大帝在芬兰湾建造彼得堡这座滨海城市相关的。普希金面对彼得大帝的功绩和小人物的悲惨遭遇，并

---

① 《别林斯基选集》第3卷，上海译文出版社1980年版，第576页。
② 《别林斯基选集》第1卷，上海译文出版社1979年版，第325—326页。
③ 《别林斯基选集》第4卷，上海译文出版社1979年版，第628页。

没有把两者对立起来，一方面歌颂了彼得大帝的历史功绩，另一方面又对小人物的悲惨遭遇充满同情。别林斯基对普希金这种描写十分称赞，他认为不能因为人道的立场而否定历史的必然性，也不能因为历史的必然性而放弃作家的人道立场，在诗作中应当保有一种"弹性和张力"。他说："我们凭着温和的心灵承认整体是超过局部的，但是我们并不会拒绝对这个局部所受的苦难表示同情……第一眼看到这个巨人毫不动摇地耸立在普遍灾难和破坏之中，仿佛象征般地体现自己的创造和坚不可摧，我们内心虽然不是没有颤抖，但是我们意识到，这个裹着铜甲的巨人虽然不能保护个别人的命运，可是却能保障民族和国家的安全；历史的必然站在他这一边。"[①]

别林斯基对文学作品进行美学分析时，也体现出两个鲜明的特点。

一是善于抓住作品风格特征和作家的独创性。他指出："批评的任务和对诗人作品的真正评价，非具有两个目的不可：确定被分析的作品的特点，和指出他们使作者有权在文学代表行列中占据的位置。"[②] 他在分析果戈理的作品时，指出它具有的"构思的朴素、十足的生活真实、民族性、独创性"是一般真切的现实主义作品所共有的美学特征，而他的作品所体现的"那总是被悲哀的忧郁之感所压倒的悲剧性兴奋"，才是作家独有的特征风格[③]，他敏锐指出果戈理讽刺和幽默的独特风格是"含泪的微笑"[④]。更值得称道的是，别林斯基还善于把作家作品独特艺术风格的分析同社会历史分析结合起来。他指出普希金和莱蒙托夫。早期浪漫主义抒情诗是各有特色的，普希金早期抒情诗充满"光辉的希望，胜利的预感，同时也充满力量"，而莱蒙托夫的早期抒情诗虽然也可从中看到力量，但"已经看不到希望，对生活和人类感情失掉信心"[⑤]。他认为这种差异源于作家的气质和个性，更重要的是反映出1825年十二月党人起义前后时代精神的差异和俄国贵族先进人物思想感情的变化。

二是善于抓住文学作品艺术形式和艺术内容相一致的完美程度，抓住艺术作品的完整性。别林斯基在评论莱蒙托夫的小说《当代英雄》时，

[①] 《别林斯基选集》第4卷，上海译文出版社1979年版，第697页。
[②] 《别林斯基选集》第1卷，上海译文出版社1979年版，第176页。
[③] 同上。
[④] 同上书，第196页。
[⑤] 《别林斯基选集》第2卷，上海译文出版社1979年版，第477页。

指出作品的艺术世界是一个"完全独特、完整的、锁闭在自身内的世界，在这个世界中，各部分都和整体相适应，每一部分独自存在着，构成一个锁闭在自身内的形象，同时又作为必不可少的一部分，为整体存在着，来促成整体的印象"①。也就是说，作为一部真正的作品，应该是"一个有机的整体：其中没有任何多余的东西，也没有任何不足之处"。他详细地分析了《当代英雄》这部由几个可以独立成篇的故事组成的长篇小说，最后指出："这部长篇小说的锁闭性是从诗情感觉的统一性产生出来的，这部长篇小说就是凭着诗情的统一性原则深刻地打动了读者的灵魂……因为表露在诗情作品中的一切现代社会问题往往总是这样的：它们总是痛苦的决斗，但也是减轻痛苦的决斗。"② 所以，作家正是靠着"关于我们时代的惆怅的沉思"这一基调，把长篇小说各部分联成一个有机的整体。

别林斯基的文学批评实践，不仅体现了历史批评和美学批评的结合，而且呈现一种独特的批评风格。他的文学批评既有哲学的高度，历史的深度，又有美学的洞察力，是一种科学性和艺术性的融合，做到了把批评变成艺术，达到了情理相互交融，抽象思维和形象思维相互作用的境界。卢那察尔斯基曾经说过，"在一般批评达到某个完善的境界，在它发展到某个高度阶段的时候，美学批评和社会批评，是彼此一致，相互补充的"，又说，"作为艺术家的批评家，批评的艺术家——真是一种值得赞赏的现象。别林斯基当然是这种人物"。③

别林斯基由于历史批评和美学批评相融合而形成的独特的批评风格，也有一个逐渐发展和完善的过程。在他早期的批评论中，主观抒情性比较突出，常有浪漫主义批评的色彩。他的第一篇文学评论《文学的幻想》的副标题就是"散文的哀歌"，并且声称："别在我每篇散文体的哀歌里寻找严格的逻辑程序。哀歌作者们从来不以正确的思维见称"④。在著名的《论俄国中篇小说和果戈理君的小说中》，也充满赞赏果戈理小说的激情，称他"拥有强大而崇高、非凡的才能。至少目前，他是文坛的盟

---

① 《别林斯基选集》第 2 卷，上海译文出版社 1979 年版，第 251 页。
② 同上书，第 364 页。
③ 卢那察尔斯基：《论俄罗斯古典作家》，人民文学出版社 1962 年版，第 17、74 页。
④ 《别林斯基选集》第 1 卷，上海译文出版社 1979 年版，第 124 页。

主"。在论述果戈理作品"抒情气质"特征时,用的完全是一种抒情的、浪漫的笔调:"他描写血肉相连的、他所爱慕的小俄罗斯的美,这就象一个儿子去爱抚敬爱的母亲一样!你们记得他关于德聂泊河流域广袤无垠的草原的描写吗?多么豪迈奔放的画笔!什么样的感情的放纵!在这些描写里面,有着什么样的华美和朴素!鬼抓你去,草原,你在果戈理君笔下是多么出色呀!"①

(五)

别林斯基是俄国文学批评史上划时代的人物,他所创立的俄国现实主义美学理论和批评原则,特别是历史批评和美学批评相结合的批评观念和批评方法,对后来的俄国革命民主主义文学理论批评,俄国学院派的文学理论批评,乃至俄国马克思主义文学理论批评,都产生了深刻的影响,并形成俄国文学批评历史批评和美学批评相结合的优良传统。

在19世纪下半期,车尔尼雪夫斯基、杜勃罗留勃夫等革命民主主义理论家和批评家,丰富和发展了别林斯基的历史的和美学的批评观念和方法。车尔尼雪夫斯基提出了"美是生活"这一美学命题,论述了艺术再现生活,说明生活和对生活现象下判断的社会使命和作用。相应地,他要求文学批评应当加强对生活和文学的社会历史分析,从而做出科学的判断,向公众阐明文学在社会生活和民族历史文化发展中的作用。他的文学批评的特点是寓社会历史分析于美学分析之中,而偏重于社会历史分析。杜勃罗留勃夫则提出了"现实的批评",丰富和深化别林斯基所创立的历史的美学的批评观念和方法。这种"现实的批评",要求从作品所反映的生活真实出发,将文学形象与生活原型进行对比分析,解释和评价生活,揭示作品的客观社会意义,而不把任何主观想法强加给读者。这种批评原则和方法,同时要求充分尊重艺术思维的特点和规律,充分估计到作家世界观和创作之间的复杂关系,不把作品的客观思想意义和审美价值同作家的主观意图等量齐观。在他看来,对于现实主义作家的要求主要是广泛而深入地再现生活的真实,至于说明生活和对生活下判断则主要是作为思想家的批评家的任务。

---

① 《别林斯基选集》第1卷,上海译文出版社1979年版,第206页。

别林斯基之后，除了车尔尼雪夫斯基、杜勃罗留勃夫等革命民主主义者坚持和发展历史的、美学的批评观念和方法，俄国文学批评也出现了复杂的情况。一方面是"纯艺术论"的德鲁日宁等批评家强调创造"纯粹的优美式"的艺术，摒弃"为社会实践服务的功利主义思想"，割裂历史批评和美学批评的对立统一关系。另一方面是皮萨列夫在与"纯艺术论"者的论战中，对革命民主主义者的美学观作庸俗的理解，认为艺术和审美活动都是与直接解决社会问题无关的，是"人类智力的浪费"，因而宣言"美的毁灭"。

19世纪末20世纪初，出现俄国学院派的文学理论批评，他们一方面继承别林斯基等俄国革命民主主义文学批评的优良传统，另一方面又广泛吸收西欧人文科学和自然科学的新成就，特别是实证主义的科学精神和研究方法，为丰富和发展历史的和美学的批评做出贡献。其中以佩平为代表的文化历史学派受泰纳的实证主义方法论原则的影响，但在评价文学现象时又往往以别林斯基的历史主义方法为依据，提出从社会历史和文化史的角度来研究文学史，指出文学的社会制约性，认为文学发展是有规律可循的，他们的问题是忽视文学的审美特征，往往把文学史混同于社会思想史和一般文化史，使文学理论批评失去了清晰的对象和范围。以维谢洛夫斯基为代表的比较历史学派，在相当程度上克服了历史文化学派的缺点。他们认为应当从文学反映社会生活的内容的角度来考察文学史，但不应当忽视文学形式的特性及其演变规律。维谢洛夫斯基所倡导的"历史诗学"就力主"从诗的历史阐明诗的本质"。他认为艺术形式的变化取决于人类观念和情感的变化，观念和情感是通过艺术形式表现出来的，内容和形式变化的辩证关系就形成文学发展的规律，历史诗学就是要通过研究艺术形式的历史演变来探讨文学发展的规律。

之后，随着马克思主义文艺理论批评在俄国的兴起，以辩证唯物主义和历史唯物主义成为研究文学艺术的理论基础，别林斯基所倡导的历史的、美学的批评的有机结合达到一个更完善的崭新阶段。普列汉诺夫、列宁、卢那察尔斯基等俄国马克思主义文学理论批评家，都非常尊崇以别林斯基为代表的俄国革命民主主义美学和批评，把它作为连通马克思主义文艺理论批评的桥梁，当作俄国马克思主义文学理论批评形成的前提和来源。

普列汉诺夫称赞别林斯基是"俄国启蒙运动的始祖",是"给俄国文学做出巨大贡献的人"。当有人攻击别林斯基的文学批评不是"真正的批评"、"哲学式的批评",而只是"政论式的批评"时,他称别林斯基的文学批评是一种"真正的科学批评"、"客观的批评",一种"必须以社会生活的历史来说明艺术史"的批评。他认为艺术既然是社会生活的反映,艺术批评就不能置社会生活于不顾,他说,"批评在自己过去的发展中,它们的代表愈加接近我们捍卫的历史观点,它就获得愈加牢固的基础"①。普列汉诺夫继承了别林斯基提出的历史的、美学的批评传统,提出文艺批评应当包括"找到可以称之为文学现象的社会等价物"和"对所分析的作品的审美价值做出评价"两个步骤,② 并且指出两者之间存在不可分割的内在联系:"唯物主义批评的第一个步骤不但不排斥第二个步骤的必要性,而且正是要引出作为必要补充的第二个步骤来"③。

列宁对俄国革命民主主义者一向给予高度评价,在《怎么办?》(1901—1902)中论述革命理论和进步文学的作用时特别提到别林斯基等人的名字。列宁文学批评的核心是历史主义,他总是把一定的文学现象放在一定的历史环境中加以考察,他把托尔斯泰创作和思想的基本矛盾看作是"十九世纪最后三十年俄国实际生活所处的矛盾条件的表现"④。但他又没有把文学批评的社会历史分析简单化、把文学对生活的反映简单化。在对托尔斯泰的评论中,他总是把作品所反映的客观现实同作家的创作个性统一起来,把作品的社会历史分析同美学分析统一起来。他认为托尔斯泰创作的价值不仅在于反映了俄国农民资产阶级革命这一重大题材,还在于"托尔斯泰的天才描绘",也就是说由于托尔斯泰的天才的艺术独特发现,由于托尔斯泰在艺术实践中形成的"撕毁一切伪面具"的"最清醒的现实主义"的创作原则,才使得宏大的时代内容获得了高度艺术性的表现形式。列宁在他的评论中,注意到了文学反映客观现实生活,反映历史时代的全部复杂性,没有把创作中的主客观因素割裂开来,没有把社会

---

① 《普列汉诺夫美学论文集》第1卷,人民文学出版社1983年版,第344页。
② 同上书,第186页。
③ 同上书,第189页。
④ 《列宁论文学艺术》,人民文学出版社1983年版,第203页。

历史分析同美学分析割裂开来，这是列宁对文学批评中历史的、美学的批评观念和方法的独特贡献。

二 皮萨列夫的"美学毁灭论"和德鲁日宁的"纯艺术论"

别林斯基逝世之后，19世纪下半期的俄国社会发生剧烈变动和出现复杂的思想斗争，主张自上而下改良农奴制的自由派和主张彻底消灭农奴制及其残余的民主派展开激烈的斗争。与此相适应，在文学界以车尔尼雪夫斯基等人为代表的革命民主派坚持别林斯基的现实主义的理论批评传统，而以德鲁日宁等人为代表的自由派则鼓吹"纯艺术论"，两者之间展开激烈的辩论。这两个不同的文学理论批评流派在政治上和哲学上属于不同阵营和思想体系，文学观念和批评观念也有很大的分歧。前者代表那个时代进步的文学观和批评观，但出于社会斗争的需要，比之美学分析，对社会历史分析更为侧重。其中的皮萨列夫甚至走向"美学的毁灭"论的极端。而后者摒弃为社会服务的功利，鼓吹"纯艺术论"，同革命民主主义的现实主义批评产生严重的分歧和对立。但他们在艺术的特点和规律的问题上提出了一些有价值的独到见解，也重视对文学作品作具体、细致的美学分析。

从别林斯基所提出的历史的、美学的批评观念和方法来看，多种不同的批评流派及其代表人物由于思想哲学观念不同，文学观念不同，对文学批评在一定历史阶段的任务和作用也有不同的认识和要求，因而对历史批评和美学批评强调的重点常常有所不同，甚至在一定社会历史条件下往往向这个极端或那个极端偏离，很难达到两者的统一。

下面从历史批评和美学批评关系的角度分析以皮萨列夫的"美学的毁灭"论和德鲁日宁的"纯艺术论"这两个极端，不是对这两者的全面评价和分析，而是旨在说明文学批评中历史批评和美学批评关系的复杂性，以及如何科学地加以对待，并从中获得一些有益的启示。

(一)

皮萨列夫（1840—1868）是俄国重要的革命民主主义政论家和文学

批评家。在杜勃罗留波夫去世，而车尔尼雪夫斯基又被流放的 19 世纪 60 年代，他坚持和捍卫了别林斯基现实主义的文学理论批评，同沙皇专制制度和唯心主义哲学美学思潮作坚决斗争。但他的世界观和美学观也存在深刻的矛盾，在他的文学批评活动中，一方面坚持和发扬了革命民主主义的文学理论批评原则，另一方面又从实证主义和功利主义的观点来看待审美和艺术活动，往往强调文学作品的社会功利而忽视其审美价值，在很大程度上将文学批评中的社会历史分析和美学分析割裂和对立起来。如果说以别林斯基为代表的俄罗斯革命民主主义文学理论批评，由于多种原因更偏重于社会历史批评，皮萨列夫由于世界观和美学观的局限，更是将这种倾向推向极端，提出"美学的毁灭论"，其中的历史经验教训很值得总结。

皮萨列夫 1840 年生于贵族家庭，1861 年彼得堡大学文史系毕业，毕业后 1861 年至 1866 年在《俄国言论》杂志编辑部工作，为每期杂志撰稿，参加当年政治、文学问题的争论，其中有《柏拉图的唯心主义》、《19 世纪的经验哲学》、《俄国的堂·吉诃德》、《巴扎罗夫》等。1862 年因撰写和秘密印发反沙皇政府的文章被捕，过了四年监禁的生活，狱中写了一系列重要的社会、艺术问题的论文，其中有论述他的美学观点的《美的毁灭》（1865），探讨社会、经济、艺术、道德问题的《现实主义者》（1864）。1866 年出狱后又发表了一系列重要的文学评论文章。1868 年 7 月 4 日，皮萨列夫英年早逝，在一次海水浴中不幸溺水身亡，年仅 28 岁。赫尔岑对他的逝世无限悲痛，称他为"笔锋犀利的批评家"，感叹"一颗前途无量的璀璨的新星陨落了"。

从社会政治观点看，皮萨列夫是个革命民主主义者。早年他是一个启蒙主义者，他关心的是道德教育问题，主张教育救国。之后随着俄国革命的发展，他开始对社会政治问题产生浓厚的兴趣，他的论文大都指向沙皇专制制度，号召人民揭露沙皇专制的反人民本质，用革命方法推翻沙皇专制。但他过高估计知识分子的力量，把希望寄托在具有民主主义思想的知识分子身上。在革命陷入低潮，身陷监狱时，他才认识到农民问题的重要性，认为知识分子是无能为力的。这时他提出推动社会发展的两种办法："机械"的方法，即革命的方法；"化学"的方法，即非革命的方法，认为这两种方法是互补并进的。在《现实主义》（1864）一文中，他主张通过普及科学，推广启蒙教育，促进工农业生产，扩大培养"具有思考能力的现实主义者"来实现社会主义。这种所谓的"化学"方法无疑带有空想、改良的性质。之后，随着农奴主和农民矛盾的激化，工农业濒临崩溃，沙皇反动统治日趋净化，皮萨列夫才开始认识到非革命的"化学"方法是行不通的，要推翻旧制度，建立新制度，就必须开展革命斗争。

从哲学观点看，皮萨列夫是一个唯物主义者，他承认物质第一性、意识第二性，指出人的精神世界，包括动机、幻想在内，都是外部世界在人的心理上的反映。然而他又不认为人是自然界消极的动物，他特别重视人的主观能动作用，强调思想、理论和幻想的反作用。列宁在谈到幻想的积极作用，倡导"应当幻想"时，曾赞同地引用皮萨列夫《幼稚想法的失误》中的一段话："只要幻想的人真正相信自己的幻想，仔细观察生活，把自己观察的结果与自己的空中楼阁相比较，并且总是认真地努力地实现幻想，那么幻想和现实之间的不一致就丝毫没有坏处。只要幻想和生活多少有些联系，那么幻想决没有什么不好的地方"①。然而，皮萨列夫的哲学观点也有庸俗唯物主义的成分，他往往把社会现象同自然现象混为一谈，把精神现象同生理现象机械等同起来，从自然科学、生物学或达尔文进化论的观点来解释社会文化现象，把感性认识和理性认识对立起来，其结果就陷入经验主义和实证主义。

作为革命民主主义者，皮萨列夫在同唯美主义的论战中，坚持的是唯物主义的美学观，现实主义文艺观，但由于庸俗唯物主义和形而上学哲学观的影响，也存在内在的矛盾。

皮萨列夫认为文学创作是作家自觉的创作活动，艺术家应当用自己的天才为社会服务。他认为做一个"真正的'有益的'诗人"应该"了解社会生活的每一次脉动的全部深刻意义，同时应该全身心地去爱他认为是善良、真挚、美好的东西，以不共戴天的仇恨去憎恨那些大量存在的妨碍真善美思想获得血肉并成为活生生现实的肮脏、渺小的东西"②。为此，他认为文学对现实应当采取否定批判的态度，反对文学对现实采取无动于衷的纯客观的态度，他认为不可能有纯粹的叙事诗，"追求这种客观性，

---

① 《列宁论文学与艺术》，人民文学出版社1983年版，第330页。
② 《皮萨列夫文集》第3卷，莫斯科，文学出版社1956年版，第94页。

意味着在诗歌中消灭任何动情的因素，同时也就扼杀了艺术"[1]。在这里，他充分肯定艺术家对现实主观态度的重要性，承认它是作品的思想基础。然而他也看到，艺术创作中所反映的客观真实有时也会违背作者的主观意图，推翻他的"思想迷误"。从强调文学作品的社会作用出发，皮萨列夫认为思想内容是作品的主导因素，坚决反对"纯艺术论"。在他看来，唯美主义所鼓吹的所谓"对单纯的美的崇拜"，完全是欺人之谈，是寄生阶级粉饰黑暗现实、麻痹人民斗志的手段。他说："这些侏儒或者不知道世上广阔的现实生活中的重大问题，或者不愿意知道它们，装聋作哑，视而不见，为的是可以在自己心目中证明他们的金丝雀般的生活和活动是正当的。"[2]

皮萨列夫的美学观也是存在矛盾的，他批判了唯心论的美学观，坚持唯物论的美学观，但由于受摩莱肖特等人的庸俗唯物论和孔德实证主义的影响，在方法论上陷入机械唯物论和实证主义。他主张科学救国、工业救国，特别重视自然科学的作用，而把一切与解决社会问题的理论活动和审美活动视为"人类智力的浪费"。从认为美学是主观的趣味的科学和美无实用价值的观点出发，他对美学持否定的态度。他在《美学的毁灭》（1865）一文中，一方面批判"纯艺术论"，坚持和捍卫车尔尼雪夫斯基的"美是生活"的唯物主义美学观，另一方面又把美的客观性和美的主观性混为一谈，在他看来，如果美是一种主观趣味，美就没有存在的必要。他说："例如美只是我们所喜爱的东西，例如由于这个缘故，所以关于美的形形色色的概念原来都是同样合理的，那么美学就化为灰烬了。"[3] 显然，皮萨列夫没有弄清楚美的客观性和主观性的关系。车尔尼雪夫斯基认为尽管人们对美的理解不尽相同，他们的审美趣味千变万化，但这些不同的审美趣味是由客观生活条件所决定的，判断美丑是有客观标准可循的，美感扎根于客观现实之中，而不是主观范畴。因此，他认为客观生活是艺术和美的源泉，美学是研究艺术对现实的审美关系的科学。而皮萨列夫把美学看作审美趣味的科学，认为它无法对艺术做出科学判断，因此也

---

[1] 《皮萨列夫文集》第1卷，莫斯科，文学出版社1956年版，第200页。
[2] 《皮萨列夫文集》第3卷，莫斯科，文学出版社1956年版，第92—93页。
[3] 同上书，第420页。

就没有存在的必要。再有，皮萨列夫认为，在多种艺术门类中，除了文学还能帮助人们认识生活，传播生活真理，其他诸如音乐、绘画、戏剧等艺术，只能供有闲阶级享乐消遣，而无法促进人类在智力或道德上的完善。这里，皮萨列夫对车尔尼雪夫斯基关于艺术认识生活、对生活下判断和成为"生活的教科书"的三大作用作了狭隘的功利主义的理解，似乎艺术如果不能直接作用于生活，就无价值可言。

皮萨列夫哲学观和美学观的深刻矛盾在他的文学批评活动中也得到突出的反映。他继承以别林斯基为代表的俄国革命民主主义美学和文学批评的传统，坚持和发扬了现实主义的文学批评理论和方法，同时由于受实证主义和功利主义的影响，过于强调文学作品的社会功利性而忽视其审美价值，常常把文学批评中的社会历史分析同美学分析对立起来，把美学分析放在一个次要的地位。他说："在分析长篇和中篇小说时，我经常注意的并不是某个作品的文学优点，而是这部作品中可以为我的读者的世界观吸收什么教益。"①

皮萨列夫第一个把"现实主义"这一概念运用于文学批评和政论，用它来说明某种符合时代进步要求的新思维类型，用它来概括19世纪60年代形成的新人的道德行为规范，他所称颂的"现实主义者"，是指具有民主信念和科学思维方式的新型知识分子。他在《巴扎洛夫》（1862）、《现实主义者》（1864）等论文中，认为屠格涅夫小说《父与子》中的巴扎洛夫正是这种新人的形象，他们不相信抽象虚幻的东西，只相信事实和科学验证的自然法则；他们言行一致，说到做到；他们酷爱公益活动，个人利益和社会利益一致。他反驳评论对新人的"粗暴的、反动的诽谤"，认为新人形象在生活和文学中具有重要的社会意义。他指出，如果说屠格涅夫所塑造的巴扎洛夫新人形象在于否定旧秩序，为确立新的生活方式扫清道路，那么，车尔尼雪夫斯基在《怎么办？》中所塑造的拉赫美托夫这类新人形象，则已是自觉地为实现新的理想而奋斗的先进战士，他热情欢呼这类新人的诞生，认为新人定将"施展自己的全部巨大精力，高举起自己时代的旗帜阔步前进！"② 通过皮萨列夫对新人形象的评价，可以看

---

① 《皮萨列夫文集》第3卷，莫斯科，文学出版社1956年版，第216页。
② 《皮萨列夫文集》第4卷，莫斯科，文学出版社1956年版，第47页。

出他关心的不是对作品的美学评价,作品的艺术成就,而是通过对新人形象的分析,对现实生活本身提出的迫切问题进行政论式的分析和论战。

皮萨列夫为现实主义批评规定了双重任务:在对待历代遗留下来的文学遗产方面,应当"从这一大批作品中选出能够促进我们智力发展的东西,并说明我们应当怎样运用这些精选的材料";同时,"它还应该更仔细、更严格地注视着当代文学的发展"[1]。无论是对待文学遗产还是对待当代文学,皮萨列夫更关注的也是文学的社会价值和社会作用,而不是文学的审美价值和审美作用。他高度评价狄更斯、萨克雷、乔治·桑和雨果等社会小说家,认为他们充当了"关心社会心理学和生理学的合理思想的普及者"[2]。而称他所崇拜的革命诗人海涅是"无价之宝",也只是"因为他向当代思想家提供了大批可供最深刻的心理考察和研究的新材料"[3]。在对普希金的评论上,皮萨列夫也表现出忽视美学评价和非历史主义的偏颇。60年代,文学界存在所谓的果戈理的文学发展方向和普希金的文学发展方向之争。"纯艺术论"者用普希金来否定果戈理,把普希金引为纯艺术的同道,否定果戈理的批判意义。皮萨列夫从他的美学观和批评观出发,不是把普希金和果戈理看作是俄国现实主义发展中一脉相承的两个不同历史阶段的代表,而是抬高果戈理,贬低普希金。他在《现实主义者》一文中说,"为新文学奠基的不是普希金,而是果戈理"[4]。在《普希金和别林斯基》一文中,皮萨列夫违背历史主义精神,认为普希金在60年代已经失去任何现实主义,只能为自由派、"纯艺术论"者所利用,他的作品没有反映社会矛盾和"人类痛苦",至多不过是一个"缺乏深邃思想的杰出的修饰家"。他甚至指责别林斯基未能同唯美主义彻底划清界限,因而扩大了普希金在俄国文学史上的地位和作用。他说:"普希金无疑是个很聪明的人,他的诗很轻快,形象也很鲜明,但是,当你们看到《别林斯基文集》的整个第八卷都在评价普希金时,你们就会替别林斯基感到惋惜而情不自禁地产生以下想法:花这些篇幅来谈论普希金太过

---

[1] 《皮萨列夫文集》第3卷,莫斯科,文学出版社1956年版,第107页。
[2] 同上书,第113页。
[3] 同上书,第101页。
[4] 同上书,第109页。

分了……"①

皮萨列夫的美学和文学批评继承了以别林斯基为代表的革命民主主义美学和文学批评特点，但又在很大程度上偏离了这一传统，他所提出的"美学的毁灭"论和所实行的轻美学批评的批评实践，甚至连普希金也加以否定，看起来十分荒谬，仔细分析起来都是同60年代俄国社会思想斗争的剧烈化，同他的实证主义、功利主义和形而上学的思想观和方法论紧密相关的。

（二）

那个时期美学文学批评的另一个极端是以德鲁日宁等人为代表的"纯艺术论"。他们强调艺术应当摒弃"为社会实践服务的功利主义思想"，主张为创造"纯粹的优美形式"而进行"自由创作"。他们从另一个极端割裂了艺术与社会生活的关系，割裂了美学批评和社会历史批评的对立统一关系。以往的文学批评是把它斥之为同革命民主主义美学和文学批评相对立的反动的美学和文学批评流派，并加以彻底否定。可是如果实事求是地看，尽管他们在政治思想上站在"自由派"一边，同革命民主派相对立，但作为一个独具特色的美学和文学批评流派，他们力求对艺术创作和审美活动的特征和规律做出一些有益的探索，重视对作品文本做具体细致的审美分析，这也在一定程度纠正和弥补了社会历史批评的某些缺陷和不足。

"纯艺术论"，或者"唯美派"，作为一种文艺思潮形成于19世纪上半期欧洲浪漫主义运动由兴起转向衰落的过程中。它是当时欧洲的知识阶层对启蒙主义运动提出的"理性王国"和功利主义原则普遍感到失望的一种反映，也是对资产阶级革命胜利后确立的冷酷的社会秩序和拜金主义风气日盛的一种反抗。这一文艺思潮对19世纪下半期欧洲文学中的象征主义、唯美主义等文学流派的兴起产生了深刻的影响。

在俄国，唯美派有一个形成的过程。早在19世纪30年代，俄国文学批评界受德国唯心主义哲学和美学的强烈影响。从康德到谢林、黑格尔，主张审美判断的无功利性和艺术本身就是目的，成为"纯艺术论"形成

---

① 普洛特金：《皮萨列夫》，列宁格勒，科学院出版社1945年版，第367页。

的理论根据。别林斯基早期也受"纯艺术论"的影响,到了 40 年代才转到唯物主义美学立场上来,同"唯艺术论"决裂。俄国"纯艺术论"的代表人物是德鲁日宁、鲍特金和安年科夫。他们在 40 年代是同别林斯基等人结成反农奴制的统一战线。后来随国内政治思想斗争的加剧,思想界形成了民主派和自由派的对立,在文艺界形成了以别林斯基等人为代表的革命民主主义的美学和文学批评同以德鲁日宁为代表的"唯美派"美学和文学批评的对立。50 年代中期,在俄国文坛形成了以德鲁日宁、鲍特金、安年科夫"三巨头"为代表的"纯艺术论"或"唯美派"的文学批评流派。德鲁日宁在 1856 年发表的《俄国文学果戈理时期的批评及我们对它的态度》一文,针对车尔尼雪夫斯基在《俄国文学果戈理时期概观》(1855—1856)一文中所坚持和发展的别林斯基"40 年代批评的战斗传统",提出了"优美的艺术批评"的理论,实际上就是这一批评流派的纲领性宣言。

德鲁日宁(1824)是唯美派批评的主要代表人物。

德鲁日宁唯美派的文学批评观念主要体现在《俄国文学果戈理时期的批评及我们对它的态度》(1856)一文中,在这篇论文中,他系统地论证了他的"优美的艺术批评"的理论观点。在他看来,一切批评观念和批评理论都可以区分为两种相互对立的理论体系,一种是所谓"优美的批评",即主张"为艺术而艺术"的批评;另一种是所谓"教诲的批评",即主张艺术直接进行教诲,"力求影响人的道德、习俗和观念"的批评。他明确主张前一种批评,在他看来,艺术除了自身的优美之外没有别的目的,诗的世界同平庸的散文式的现实生活是相互隔绝的。眼前的现实利益为过眼烟云,只有"真、善、美"的理想才是永恒的。因此诗人应当遵循永恒的原则,而不应当随现实的利益随波逐流。诗人并不教诲社会,即使他的作品给予人道德上的教益,那也只是"无意识创作"的结果。为艺术而艺术的诗人好似超凡脱俗的诸神,"他住在自己崇高的世界里,即使像奥林匹斯山上的诸神那样偶尔降临尘世,也牢记着他的家是在那高高的奥林匹斯山上"[①]。与此相反,教诲倾向的诗人"希望边吟唱,边教诲,虽然经常达到自己的目的,可是他的诗歌在教诲方面占了上风,却在永恒

---

① 德鲁日宁:《文学批评》,莫斯科,苏维埃俄罗斯出版社 1983 年版,第 148 页。

艺术方面失之甚多"①。因此，德鲁日宁认为文学批评应当以分析作品的艺术性和优美形式为目的，把美学批评放在首要地位，作为唯一的目的，而不应当盲目追随别林斯基在40年代所确立的现实主义批评原则、社会的历史的批评原则。

德鲁日宁为了替他的唯美派批评，替他的"优美的艺术批评"理论找到根据，对历史进行任意解释，提出重新评价别林斯基的文学批判遗产，重新评价40年代的批评。他利用别林斯基思想发展中的曲折、矛盾，把批评家前后期的批评活动对立起来。他一方面肯定别林斯基在创立俄国文学史，传播黑格尔、谢林等人的美学思想上的功绩，同时又指责他的"轻率、傲慢"，思想"变化多端"，说他的文学批评活动前后期截然不同：30年代，他承认"纯艺术"，是他的批评活动最值得珍视的时期；而到了40年代，他却成了说教者和功利主义者。德鲁日宁这些指责旨在说明别林斯基由于后期背离"纯艺术论"，陷入教诲主义，因此在批评上出现"轻率、傲慢"，出现偏颇和失误。他的重新评价别林斯基和40年代批评的目的，就是用"纯艺术论"的批评原则否定和取代别林斯基所创立的唯物主义美学观和现实主义批评原则。

德鲁日宁还运用他的"优美的艺术批评理论"，来阐释普希金的诗歌创作，证明他的"纯艺术论"的正确性。他把俄罗斯伟大诗人说成是对当代生活和现实问题漠不关心的"纯艺术诗人"，把俄国文学中所谓的果戈理倾向和所谓普希金倾向割裂和对立起来。在他看来，普希金诗歌的本质似乎是生活的光明面和阴暗面的调和，而果戈理创作的特征则是对现实生活的片面否定。他认为普希金创造了"理想的形象"，在生活中找到"积极理想的特征"，诗人的力量就在于对人类"永恒的"、"固定不变"的价值原则感兴趣。他认为荷马、莎士比亚、但丁、普希金都属于这类"优美艺术"倾向的作家。而教诲的艺术虽然由于及时反映现实迫切问题而为公众所注目，但其艺术价值很有限，往往随社会生活的变化和公众注意力的转移而丧失其影响。他说："在一切年代、一切世纪、一切国度，我们都看到同样的情况。诗人，纯艺术的仰慕者坚如磐石地屹立着，他们的声音世代相传……而那些把自己的诗才献给所谓现代利益的教诲者，却

---

① 德鲁日宁：《文学批评》，莫斯科，苏维埃俄罗斯出版社1983年版，第149页。

随着他们所服务的时代而枯萎、凋谢了。"①

德鲁日宁唯美派的文学批评由于批评观念和方法的局限,由于缺乏历史的辩证的观点,往往无法对作家作品做出客观的历史分析,但他有深厚的艺术修养,敏锐的艺术眼光,广阔的文学视野,重视对文学作品进行具体细致的美学分析,因此对作家作品的分析也常有精细、独到之处。

德鲁日宁在《普希金及其作品的新近版本》(1855)中把普希金置于欧洲文化艺术发展的历史背景上进行评论,首次提出普希金的世界历史意义问题。他认为普希金的诗歌体现了俄罗斯的民族性格,"俄罗斯民族性"的优秀品质,同时诗人又善于从欧洲文化艺术宝库中博采众长,吸取营养,完全可以成为与但丁、莎士比亚、弥尔顿并列的世界性诗人。他在1858年评论米留可夫《俄国诗歌史纲要》的文章中,认为《纲要》对普希金的评价有两个致命缺陷:一是对普希金诗歌评价过低,忽视其艺术生命力;二是对果戈理以来新文学的讽刺因素评价过高,忽视其艺术水准的平庸、低劣。尽管德鲁日宁不无片面、过激之处,但他强调对普希金的评价不能只看到他在当时所起的社会作用,而要看到他的诗歌的全民族、全人类的永恒意义,则是十分中肯的。他说:"未来的几代人将把普希金看作导师和先知,俄罗斯本民族诗歌的阐释者,苦难时刻的安慰者,生活中一切善良和美好事物的鼓舞者。"②

德鲁日宁对作家的艺术才能和"崇高的诗的天赋"高度重视,对作家艺术个性和艺术才能特征的把握非常敏锐。他尽管指责托尔斯泰的"教诲",但对托尔斯泰艺术才能特征的看法上,却同车尔尼雪夫斯基惊人相似,如强调作家善于通过人物"内心独白的细腻描写",来揭示"崇高的道德思想"。在《费特诗歌》(1856)中,德鲁日宁指出费特善于在缺乏戏剧性、题材狭小的诗中表达细腻真挚的感情,善于表现"不可捉摸"、"人类心灵最秘而不宣的隐私"和难于传达的内心体验,是少数能理解"词的音乐含义"的人。他说:"费特具有两种可贵的品质——在最平凡的事物中洞察诗意的敏锐眼光和在创作中不屈不挠,不达到最忠实

---

① 德鲁日宁:《文学批评》,莫斯科,苏维埃俄罗斯出版社1983年版,第150页。
② 同上书,第247页。

地表达所观察的诗情画意决不罢休的精神。"①

除了德鲁日宁,唯美派文学批评的代表人物还有鲍特金(1811—1869)和安年科夫(1813—1887)。

鲍特金是别林斯基的好友,在40年代曾有过合作。但他在政治上倾向自由派,美学观点动摇不定。在50—60年代,他开始倾向于"纯艺术论",认为政治是"艺术的坟墓",同德鲁日宁、安年科夫一起鼓吹"自由的"、"无意识的"艺术创作。他的《论费特的诗歌》(1857)一文,把费特的抒情诗奉为"为艺术而艺术"的典范,是"纯艺术论"批评的纲领。他认为,人类的精神从来不满足于物质享受,"人类社会只依赖道德观念,才得以生存发展",而艺术则是"道德观念的主要的、最有利的工具和表现",因为"灵魂的生命和内在现象的世界只有在艺术中才能得到直接的、最真实的表现"②。在他看来,艺术的根源不在现实生活,而在人的内心,在"我们最深邃的而难以表达的情感"。艺术创作是一种"无意识的、神秘的心灵活动",真正的诗人充满着"表露自己灵魂内在生命的无目的愿望",而这正是"诗的作品的最首要的条件"。鲍特金反对艺术"为社会实践服务的功利主义思想",主张艺术脱离阶级和党派斗争,摒弃日常生活利益,为创造"纯粹的优美形式"而进行"自由创作"③。他的批评活动主要不是通过为数不多的评论文章,而是通过他同作家的私人交往而产生影响。他知识渊博,以超凡的艺术鉴赏力获得同时代许多作家和艺术家的敬重。屠格涅夫、托尔斯泰等文学巨匠都乐意倾听他对他们手稿所提的中肯意见,他的意见往往被作者采纳,有的甚至引起整体构思的变化,如研究屠格涅夫的作品,就不能不关注鲍特金所提出的意见的影响。

安年科夫在40年代与别林斯基过从甚密,也曾在欧洲同马克思结识,但后来倾向自由派阵营,公开攻击车尔尼雪夫斯基唯物主义的美学观。他在《软弱的人的文学典型》(1858)中,公开同车尔尼雪夫斯基《幽会中

---

① 德鲁日宁:《文学批评》,莫斯科,苏维埃俄罗斯出版社1983年版,第89页。
② 鲍特金:《文学批评·政论·书信》,莫斯科,苏维埃俄罗斯出版社1984年版,第194页。
③ 同上书,第202页。

的俄罗斯人》一文的观点唱反调，反对车尔尼雪夫斯基关于正面人物的论点，为屠格涅夫小说《阿霞》中"多余人"的形象所体现的临阵脱逃的软弱性格辩护，认为主人公的内心矛盾情有可原。在他看来，在俄国只需要"受过教育的与善良的人们"的平凡而顽强的日常劳动，而不需要什么英雄主义。尽管如此，安年科夫与主张"纯艺术论"的其他理论家有所不同，一直坚持艺术批评的社会历史标准，关心现实主义问题的探讨。他在《关于去年的俄国文学的札记》（1849）一文中，首次运用"现实主义"这一术语来概括屠格涅夫、冈察洛夫等40年代新起的"自然派"作家的创作的基本特征。他认为"现实主义在我国文学中的出现引起很大误解，现在已经到了加以澄清的时候了"，应当"反驳那些一般针对这一倾向（指'自然派'，即现实主义）的种种责难"。[①] 在他看来，应当把别林斯基所说的"自然派"作家对"生活的忠实描写"理解为"现实主义"，并同西欧文学中流行的那种专门注意"细节的逼真"而忽视典型概括的"自然主义"严格区分开来。他看出了当时一些"自然派"作家有忽视重大题材，热衷于细节描写而流于自然主义的危险，但他并没有从理论上明确划清现实主义与自然主义的界限。这一任务是谢德林在70年代完成的。

　　安年科夫的文学批评以敏锐的艺术鉴赏力和对作者的艺术构思和创作个性的深刻理解见长。他在《论优美作品的思想》（1854）一文中，对屠格涅夫和托尔斯泰的艺术个性、艺术风格和创作技巧的特点做了细致、中肯的分析和比较。他认为评论的目的就在于"揭示和阐释作家的魅力、艺术习惯、他的技巧和表现主题的特殊方式"，因为这正是构成一个作家区别于其他作家的"文学面貌"[②]。他在《论艺术作品的意义》（1856）一文中，进一步阐明他对文艺批评两个标准（艺术性和人民性）的含义及相互关系的看法。他认为，文艺批评应当纠正忽视艺术性的倾向，艺术作品的思想性是不能脱离艺术性而存在的。他指出："自然真理，同样也包括生活真理，在科学中表现为法则和思想；同样的真理在艺术中则表现为形象和情感。那里是研究，这里是直观。无论创作人以怎样一种现象的

---

　　① 转引自库列绍夫《俄国批评史》，莫斯科，教育出版社1984年版，第221页。
　　② 《19世纪40—50年代的俄国美学与批评》，莫斯科，艺术出版社1982年版，第323页。

分析和考察作为基础,其结果只应是一个——生动的形象,而不能是其他任何东西。"他不赞同将文学艺术作品的人民性和艺术性对立起来,因为"如果缺乏明确的艺术形式,单独的人民性并不属于艺术,而是属于民俗学"[1]。

---

[1] 《19世纪40—50年代的俄国美学与批评》,莫斯科,艺术出版社1982年版,第353—354页。

第二章

19世纪末20世纪初俄国学院派文学理论的两个派别

俄国文艺学中的学院派是19世纪中叶形成的，到了19世纪末20世纪初，它的影响依然存在。这个学派是19世纪中期由西欧实证主义哲学和俄国民主主义思潮相结合形成的非常有特色的文学理论批评流派。它的成员大多数在高等学校和科学院工作，不少又是俄国科学院院士，故称学院派。学院派一方面继承俄国革命民主主义美学和文艺批评的优良传统，重视文艺与社会生活的、民族文化的联系以及历史主义的方法论原则；另一方面又十分重视吸收西欧以实证主义为基础的文艺学研究成果。这个学派的特点一是重视吸收西欧自然科学和社会科学的新成就，力求革新文艺学的观念和方法；二是重视文艺学研究和文学史研究的结合，重视整理和掌握历史资料，强调实证研究，体现出很强的历史感。他们在古代文学史料和民间文学的整理和研究方面下了很大功夫，由于俄国的历史条件，比起西欧实证主义的文学研究和文学批评，俄国学院派的研究和评论往往渗透着公民精神和社会理想，更强调文学同社会思潮和民族意识的密切联系。

学院派可分为神话学派（以布斯拉耶夫、阿方纳西耶夫为代表）、历史文化学派（以佩平、吉洪拉沃夫为代表）、比较历史学派（以维谢洛夫斯基为代表）、心理学派（以波捷勃尼亚、奥相尼科夫—库利科夫斯基为代表）等四大学派。这四大学派在方法论上各有特点，也各有局限，之间还互有联系，从总体上都对俄国文艺学和文学批评的发展做出了贡献，而且在世界文艺科学中也有重要地位，它们的影响至今仍可以感觉到。

这里不打算全面介绍四大学派，只准备从文学批评的历史分析和美学分析相互关系的角度，重点谈谈历史文化学派和历史比较学派。历史文化学派的根本原则是把文学看成是民族历史生活的反映，强调文学的社会制约性，认为文学发展是有规律可循的，但他们不重视美学分析，把文学史和思想史等同起来。历史比较学派继承了历史文化学派文学与社会生活关系的传统，同时克服他们忽视文学特性和艺术规律的缺陷，提出文学史应着重研究现象的诗意体验及其艺术表现形式，将把握艺术形式的变化的规律视为首要任务。从历史文化学派到历史比较学派，可以看出文学理论批评的历史分析和美学分析在各个学派那里有各自不同的对待和侧重，而通过不断探索，逐渐走向两者的结合。这是一个艰难的历史探索过程。

一　佩平的历史文化学派

历史文化学派是19世纪后半期在俄国产生的，它的兴起是由于俄国民族意识的高涨，社会上关注文化史的发展，要求把文学理解为民族历史生活与发展的反映，也由于历史主义观念在文艺学中的日益成熟，作家日益认识到自己是社会和历史意识的表达者。同时，历史文化学派的兴趣也同19世纪科学文化的发展相联系，人们要求客观地寻找文学发展和其他社会现象的内在因果关系，具体就是同欧洲文化史学派相联系。欧洲文化史学派的奠基人是泰纳（1828—1893）。这一学派的思想基础是实证主义哲学，它的根本原则是把文学看成是民族历史生活的反映，认为要了解艺术家和他的作品就必须了解他们所属的时代的世界观和风尚。联系社会历史文化背景来考察文学的发展，是它的优势和特点。它的局限是用实证主义的观点来看待社会环境，把环境看成是事实的总和，是历史、地理和文化的杂烩。同时又把文学作品仅仅当作文化史文献来看待，忽视了文学的审美特性。在俄国整个19世纪，由于专制的禁锢，文学几乎是表达社会思想的唯一手段，因此历史文化学派在俄国有特别适宜的土壤，在整个19世纪下半期都占有优势。然而俄国的历史文化学派又从不同于欧洲文化学派，它更多地渗透着公民精神和社会理想。俄国历史文化学派的代表人物是佩平和吉洪拉沃夫。

佩平（1833—1904）是科学院院士，彼得堡大学教授，同时积极参加民主活动和文学活动。他是一个大学者，一生写了 1200 篇著作，涉及俄国文学史、文艺学方法论、斯拉夫文学、民俗学、民间创作、俄国史、宗教史、社会思想史等广泛领域。代表作有《亚历山大一世时期的俄国社会运动》（1871）、《20 至 50 年代的文学观述评》（1873）、《别林斯基生平及通讯集》（1876）、《俄国民族志学史》（1890—1892）、《斯拉夫各族文学史》（1879）、《俄国文学史》（4 卷，1898—1899）。

佩平研究的出发点是文学和社会生活的必然联系，他所持的是文学发展的社会历史决定论思想，例如他说，如果不研究 18 世纪法国大革命的思想，就不能理解文学浪漫主义的历史。他的研究重点是社会自我意识的增长，他感兴趣的与其说是文学，不如说是社会自我意识。他把文学作品看成是一定历史阶段的文献，其中必然要反映一定时代的社会生活、社会心理、社会思潮和社会道德风尚，等等。他说："文学史是整个社会史的一部分，我们可以通过文学来考察社会自然意识的增长。"[1] 例如，他认为格里鲍耶陀夫的《智慧的痛苦》反映 19 世纪 20 年代的"自由的爱国主义运动"，描写了新兴的启蒙的理想主义同过了时的崇高主义的斗争，具有重要的社会意义。照他看来，文学发展史为研究俄罗斯民族的发展，为研究俄罗斯民族自我意识的发展提供了重要的文献和事实，他感兴趣的首先是社会和民族生活对文学发展的制约性，而不是文学本身的特性和特殊规律。他的论著《亚历山大一世时期的俄国社会运动》、《俄国文学史》，严格讲就不带文学史性质。皮克萨诺夫写道："在他长达两千页的《俄国文学史》中，竟找不到整页用于美学的、纯美学的分析。佩平处处都把文学仅仅理解为总的精神文化史的一部分，几乎处处都把文学看作是历史文化实例的辅助角色"。4 卷本的《俄国文学史》充满了有关教育史、科学史、政论史和教会史方面的知识，实质上它更是一本基于文学资料而写成的文化史教程。[2] 佩平这种研究方法的长处是不孤立地研究文学，把文学看成是文化的一部分，把文学看成是社会生活和社会意识的反映，强调社会生活和民族生活的制约性，短处是模糊了文学史的研究对象，抹杀了文学的特性，把文学史完全溶化于文化史和社会史之中。

---

[1] 转引自《俄国文艺学史》，三联书店 1987 年版，第 132 页。
[2] 同上书，第 133 页。

佩平的文学研究活动和文学批评活动有很强的历史感，充满历史主义精神。他认为文学是社会生活和心理的反映，通过文学可以了解社会自我意识的形成，同时进而认为文学的历史发展是有继承性的，文学领域的任何变革无论如何突然，都是早有准备的，都是带有先前的发展因素。他说，在整个发展过程中，"新现象早就开始酝酿，只表现为不太明显的征候，只是某个成熟的间隔以后，才成为一种积极的力量，因为在一个时期结束时已经为下一个时期的事情做好准备；另一方面，在后一个时期，前一时期的事情继续存在"①。从这种观点出发，他在论别林斯基一书开头就指出，时代要求"更仔细地研究文学的实际内容、文学的源泉和它同社会生活的关系"。在他看来，文学研究和文学史并不是去追忆作家的奇闻轶事，而是要"记住他整个的活动，去认识他的活动的历史意义"②。他在《俄国文学史》中，也力图把文学现象看成是总的历史倾向和作用的合乎规律的结果。例如，他认为俄国15世纪一些作家的出现，是同15世纪俄国的历史条件，同当时莫斯科公国建立的思想准备，同新的大俄罗斯民族世界观的形成相联系的。把文学看成是社会发展历史过程的反映，认为文学发展是历史发展合乎规律的结果，是有规律可循的，这是佩平文学研究突出的历史观。

佩平从文学是社会历史文化发展某个时代的文献，文学史是整个社会史的一部分的观念出发，打破了传统文学批评的界限，大大拓展了文学研究和文学史的范围，他所开辟的新领域，一是古代俄罗斯伪经文学，古代俄罗斯童话和纪事，他认为研究斯拉夫文学也是研究古代俄罗斯文学的必要前提。同时，他还是研究未受过检查的秘密手抄本文学的第一人。二是人种志学、民间文学。他的《俄国文学史》有三大章专讲民间诗歌，并且高度评价民间文学。不过他对民间文学发生兴趣并不在于民间文学本身，而在于它是"古代民族生活、古代民族世界观、艺术方式和生活特点的证据"③。三是在研究一流作家的同时，十分重视研究二流甚至三流作家的作品，他认为一些不知名的、不为审美评论所注意的作家，都可为

---

① 《俄国文艺学史》，三联书店1987年版，第137页。
② 同上书，第131页。
③ 同上书，第136页。

"历史文化"研究服务，往往这种第三流的材料更为宝贵，因它涉及缺乏历史史料的时代。他的学位论文所研究的弗拉基东·卢金（1731—1794）就是一个不太知名的剧作家，但通过这个剧作家可以了解那个时代的戏剧史、文学和戏剧风尚史。其他一些政论家和学者，如 Н. И. 诺维科夫等，他们并不属于第一流的语言艺术家，不被审美文学史所关注，但他们对社会有影响，也应当加以研究。总之，一些对审美批评、审美文学史研究价值不大的作品，在历史文化学派看来，都蕴藏着说明社会历史文化发展的丰富材料。

佩平文学研究和文学批评另一个重要特点是注重第一手材料的系统掌握，具有严谨的科学态度，这也是所有学院派学者一个共同特点。他高度评价泰纳历史文化研究的科学性，他的全部著作也都是建立在扎扎实实的史料的基础上。他指出，"在我们时代，历史的概念、历史研究的方法和资料异乎寻常地扩大了"[①]。他特别高度评价原始的书面文献材料，例如作家的遗著、来往书信、日记、回忆录、官方文件，等等。他利用这些材料阐述社会现象和文学现象，认为这些"档案文献"展示了历史自我意识发展的过程。当然，他也用批判的眼光看待这些材料，重视辨别其真伪。

吉洪拉沃夫（1832—1893）是历史文化学派另一个代表人物，他是科学院院士，莫斯科大学教授，曾两次被选为校长。

他的特点是广泛地提出文学史的研究任务和研究方法，他认为文学史是历史科学的一个组成部分，一开始就把文学史研究同一般的历史研究结合起来。他说："目前，文学史在一系列历史科学中已经占有一个固定的位置；它已不再是优秀的、被誉为经典作家们的美学评论集；它对美学的辅助作用也已结束，同时，它不再对文学巨擘们发出毫无意义的赞叹之后，已经走上正面研究一切文学作品的广阔场地，它把说明文学的历史进程、文学中表现出来的那个社会的精神道德状况、捕捉文学作品中没有跳跃和中断的民族意识的逐步发展，作为自己的使命。这种科学不再把个别的文学作品看成是同其他作品毫无联系的特殊现象，不再向它只提出审美要求。"[②] 同佩平一样，吉洪拉沃夫认为文学史不是纯文学、纯审美的研

[①] 《俄国文艺学史》，三联书店1987年版，第138页。

[②] 同上书，第143页。

究，他们把研究文学史作为研究社会思想史的手段，试图通过文学史研究来研究社会思想的变化，研究民族意识的形成。从这个角度出发，他大大扩大文学史的研究范围，把研究对象从少数大作家扩大到二、三流作家，同时也十分关注一些能为社会思想史提供丰富材料的研究对象，如罕见的俄文读物、民间的"鄙俗"读物，如市民文学、18世纪的戏剧，等等。

从研究任务出发，他的研究方法也有其特点。一是他特别注意研究文学史的全过程和文学发展的连续性和继承性。按他的看法，如果同过去的文学发展没有任何联系，就不能研究俄国的新文学。他认为俄国新文学史，也就是俄国近代文学史是始于17世纪下半期的时评，是受西欧影响而不是从彼得一世的改革开始的。西欧文化对俄国社会生活的影响从15世纪就开始了。只有弄清西欧的影响，才能理解17世纪和18世纪的俄国文学。他认为15世纪至19世纪俄国文学的发展是一个整体。二是他首次在自己的文学史研究中运用比较研究的方法。他指出，必须在同拜占庭古代作品的对比中来研究古斯拉夫的作品，从而建立古代俄罗斯文学史。在论述俄国文学史的过程中，他同时平行阐述西欧文学史，探讨文学借鉴现象。这对他研究俄国早期戏剧、俄国启蒙运动是非常重要的。

同佩平一样，吉洪拉沃夫的文学史研究是建立在第一手原始资料的基础上，具有严格的科学性。他的一个学生回忆说，他讲课时，"在完全被吸引住的听众面前，对古代文学作品、书信、自传和回忆、札记和回忆录、文集、草稿等，逐字逐句地从各方面进行探索。每一个事实都用另一个事实予以旁证，没有一个细节不经过严格的批判评价"[①]。为达到研究的科学性，他还在编纂古籍方面下了很大功夫，其中有《俄国文学史和古代文化编年史》（8卷，1859）、《俄国文学禁书文献》（2卷，1863）、《伊戈尔王子远征记》（1866）、《1672—1725俄国戏剧作品集》（1874）等。

二　维谢洛夫斯基的历史比较学派

俄国文艺学学院派中的文化历史学派指出了文学的社会制约性，认为文学发展是有规律可循的，然而他们不重视文学特点，使文艺学丧失了特

[①]　《俄国文艺学史》，三联书店1987年版，第148页。

殊的对象。而学院派中的历史比较学派在继承文化历史学派传统的同时，克服了他们的缺陷，强调重视艺术特点和艺术形式的研究，将艺术形式变化规律的研究视为首要任务。这个学派的代表人物是维谢洛夫斯基。

维谢洛夫斯基（1838—1906）是俄国科学院院士，彼得堡大学教授，他是俄国学院派文艺学最杰出的代表，俄国历史比较文艺学和历史诗学的创始人。70年代，他在彼得堡大学首次开设总体文学讲座，称得上是"俄国比较文学之父"。他的代表作《历史诗学》（1870—1906）提出了用历史比较的方法建立总体文学史和历史诗学的任务。他的研究对俄国文艺学乃至对世界文艺学的发展都产生了重要和深远的影响。正如科学院院士希什马辽夫所说，"我们常常引用现代的思想和原理，有时甚至完全不明白或忘记了这些都同维谢洛夫斯基有关"[①]。

维谢洛夫斯基的美学观继承了俄国革命民主主义唯物主义美学的传统，同时吸收了俄国学院派文艺学中历史文化学派的合理因素。他一方面继承了历史文化学派的思想，认为文学艺术是人类历史地变化着的社会历史文化生活的反映，必须到社会历史文化中去寻找理解文学史的钥匙。他在1895年的一篇日记中写道："社会产生诗人，而不是诗人产生社会。历史提供了艺术活动的内容；孤立地发展是不可思议的。"[②] 另一方面他强调应当克服历史文化学派模糊文艺学研究对象，把文学史等同于社会学史、文化学史的偏向，重视艺术形式及其变化规律的研究，把俄国文艺学引向了科学的正道。

维谢洛夫斯基反对把文学史变成"无主之场"的地带，好像谁都可以进去涉猎一番，从中攫取一些东西，虽然这些货色或猎物贴着同样的标签，但内容却大相径庭。他认为文学史应当重视形式和形式演变的研究，他说：

> 文学史就这个词的广义而言，——这是一种社会思想史，即体现于哲学、宗教和诗歌的运动之中，并用语言固定下来的思想史。据我看来，如果在文学史中应当特别关注诗歌的话，那么比较研究的方法

[①] 《俄国文艺学史》，三联书店1987年版，第164页。
[②] 同上书，第166页。

就会在这个较为狭窄的范围内为文学史揭示出一个崭新的任务——考察生活的新内容,这一随着新的每一代人而涌现的自由因素,怎么渗进到多种旧的形象,这些必然的形式中去,而任何一种以往的发展都会体现在这些形式之中。①

什么是文学史?关于文学史最受青睐的见解之一,也许可以归结为大致如下的定义:体现于形象诗意体验及其表现形式之中的社会思想史。②

这两段话清楚地表明维谢洛夫斯基科学的文学史观。他指出文学史是广义的社会思想史,旨在说明文学是源于社会生活的,文学史是同社会生活、社会思想史不可分割的,这就同那种过分强调文学独特性的先验的唯心的文学史观划清界限。同时,他又进一步明确指出文学史应当着重研究艺术形式的演变,着重研究文学形象的诗意体验及其艺术表现形式在历史发展中的辩证统一关系。这又同文化历史学派片面强调文学史与社会思想史同一性而忽视文学特性和规律的缺陷划清了界限。这样,维谢洛夫斯基就把文学研究中的内容因素和形式因素统一起来,历史因素和审美因素统一起来,指明了文学史的研究方向和任务。其中关于内容的自由和形式的必然构成文学发展的本质的重要论断,受到了理论界的高度重视,M. 弗列登别尔格指出:"毫无疑问,维谢洛夫斯基所探讨的中心问题是形式和内容的相互关系问题……维谢洛夫斯基是在同生活打交道,并认为它们在文学上的因素的建构上可以超越意识形态而发挥直接作用;他是按照时代历史的精神,来理解这些事实的;它们构成了形式的,包括情节的起源,整个文学都同它们处于因果相互关系之中"③。这就是说,文学是离不开内容和形式的相互关系,而文学史的发展也离不开内容和形式相互关系的辩证统一。

文学史的研究对象和研究中心是什么呢?历史诗学的研究对象和中心

---

① 维谢洛夫斯基:《历史诗学》,百花文艺出版社 2003 年版,第 14—15 页。
② 同上书,第 30 页。
③ 同上书,第 28—29 页。

是什么呢？维谢洛夫斯基认为是"诗的意识及其形式的演变"①。他认为要使文学史从思想史分化出来，就必须明确文学史的研究对象，也就是说文学史不仅要研究诗的意识的演变，也要研究诗的意识的艺术表现形式的演变，而且两者是辩证统一的。在人类历史上随着社会生活的变化，随着审美意识的变化，逐渐形成诸如史诗、抒情诗、戏剧等文学样式，以及情节、修饰语、韵律等艺术手段，而每个时代的人们都要用对新的生活的新的诗意体验来改造、充实和丰富这些艺术形式和艺术手段，历史诗学就是要研究由诗的意识的变化而引起的艺术形式和艺术手段的变化，并从中寻找艺术发展的规律。

那么，历史诗学的研究目的和任务又是什么呢？维谢洛夫斯基在《历史诗学导论》中谈道："几年前，我在大学和高等女子学校所讲的课程，都具有为文学史的研究方法，为归纳诗学收集材料的用意，这种诗学能够排除它的思辨体系，为的是从诗歌的历史中阐明它的本质。"② 这段话对于理解维谢洛夫斯基的历史诗学，理解他的文学史观，是至关重要的，它包含以下几方面的内容。

首先，历史诗学是针对规范化诗学，是针对"文学史的各种思辨理论"。西方的古典诗学一直是一种规范化的诗学，是一种思辨的诗学，它只是依据文学史经典推导出一系列文学创作的原则和文学批评的标准，而不对文学理论问题，对文学观念和文学形式的历史演变作历史的考察。这种诗学是一种规范的思辨的诗学，是一种共时的诗学，它无法通过活生生的历史内容，通过历时的研究，来探究艺术内容和艺术形式的历史演变，来掌握它的发展规律。

其次，历史诗学的目的，"为的是从诗歌的历史中阐明诗的本质"。历史诗学的任务是"从诗歌的历史演变中抽象出诗歌创作的规律和抽象出评价它的各种现象的标准——以取代至今占统治地位的抽象意义和片面的伪定的判决"③。维谢洛夫斯基所倡导的历史诗学是一种历时的研究方法而不是共时的研究方法，是试图通过历史的研究来揭示诗的本质，来探

---

① 维谢洛夫斯基：《历史诗学》，百花文艺出版社2003年版，第30页。
② 同上。
③ 同上书，第585页。

究诗的发展规律。从文学史的角度讲，文学史是要寻找文学的发展规律的，但规律不是凭空编造的，规律是要从历史的研究中得来的。比如，维谢洛夫斯基通过历史研究，既看到了形式演变同现实生活和人们对生活的新的体验是密不可分的，同时也看到艺术形式演变的特殊性，艺术形式的演变也有其内在规律的。他认为艺术形式不是简单地随着思想内容的变化而不断创造新的形式，而是对传统的形式加以利用和改造，推陈出新。他说："无论在文化领域，还是在更特殊的一些艺术领域，我们都被传说所束缚，并在其中得到扩展，我们并没创造新的形式，而是对它采取新的态度。"① 换句话说，新形式不是从旧形式的旁边产生出来的，而是在它里边，从它里边生成出来的。

维谢洛夫斯基的历史诗学研究在文艺学中最早把历史研究提到了重要的地位，是有重要的理论价值的。俄罗斯学者指出："当代学者承认，就其纲领的全球性——文学的历史的和理论的研究方法的内在的一体化——而言，维谢洛夫斯基在全欧范围内，即使不是独一无二的，也确实是罕见的现象。"②

第三，历史诗学采用的方法是归纳的方法、实证的方法、历史比较的方法，这些方法是维谢洛夫斯基历史诗学得以成功的保证。这种研究十分重视大量掌握第一手材料，收集古代文学、民间文学、民俗学、人类学、神话学的材料，它重事实，重实证。同时，他又在这个基础上对大量事实和材料进行归纳和比较；从中概括出文学发展的因果关系和一定的规律性。而对所得的结论又不断进行重复检验，使其接近准确性。比如他运用比较方法研究文学发展过程中的雷同现象，发现雷同现象有三种情况：一是作品源于同一祖先（神话说）；二是一部作品受另一部作品的影响（移植说）；三是作品由近似的生活条件和心理结构的制约而产生的独立现象（自生说）。他通过比较分析认为这三种学说并不矛盾，应当加以综合利用，以利于对文学发展规律的探寻。

维谢洛夫斯基运用历史诗学的理论和方法，研究了一系列诗学范畴。他在《历史诗学三章》（1899）中，深入研究了文学体裁的演变，情节史

---

① 维谢洛夫斯基：《历史诗学》，百花文艺出版社2003年版，"前言"第12页。
② 同上书，第18页。

以及诗歌语言风格的形成和发展等问题。

维谢洛夫斯基指出艺术样式源于原始社会的"混合艺术"。在人类原始社会，不同艺术是混为一体的，诗歌就是从混合艺术中逐渐演变出来的。混合艺术是有节奏的表演，歌舞和语言的结合，开始歌词是微不足道的，个人的悲欢溶于集体合唱之中。随着礼仪和祭祀活动的出现，即兴歌曲变成某种比较稳定、完整和有意义的东西，这就是诗歌的萌芽。在出现领唱之后，领唱者和合唱队形成对话，其中出现了相互交替和相互补充的诗节、散文叙事的段落、主题和副歌。维谢洛夫斯基称开头有韵的歌为抒情叙事诗歌，叙事部分是情节主线，抒情部分通过重句、叠句造成情绪。在这个基础上逐渐演化为一种抒情叙事诗歌。后来由于人们对神话传说和祖辈英雄业绩日益感兴趣，代代相传抒情叙事歌曲按照年代顺序或故事内在结构编织在一起，形成了比较稳定的叙事诗体裁。至于抒情诗，也是源于原始的"混合艺术"，主要来自合唱中的呼喊，作为表达集体情绪的欢呼和悲叹，通常是两句或四句的形式。后来随着民族的瓦解和阶层的分化，个人自我意识逐渐形成和发展，以表达个人情感为主要特征的抒情诗开始形成。至于戏剧，维谢洛夫斯基不同意黑格尔所说的戏剧是史诗的客观性和抒情诗的主观性相互渗透的产物。他认为戏剧也是从古代"混合艺术"演化而来的。戏剧保留了当时表演、叙述和对话的因素。由于戏剧是从不同的礼仪和祭祀中成长起来，于是形成不同的演化类型。如果戏剧演出是从祭祀而来，它便逐渐同祭祀分开，提出道德秩序、内部斗争、命运和责任问题，从而构成了具有悲剧意味的戏剧冲突，这就是后来的希腊悲剧。而希腊喜剧则是从农村祭祀酒神所唱的生殖器崇拜歌曲，即模仿礼仪的合唱中产生的。其中没有神话和理想的形象，只有世俗的人物和充满欢快情节的日常生活场景，后来又用现实生活中提炼的主题串联起来，从而构成富有喜剧性的戏剧冲突。

维谢洛夫斯基的历史诗学除了研究文学样式的起源，还研究情节史。他认为构成文学史作品叙事基础的情节有一定的模式，这些模式又大都形成于原始社会，反映远古社会人们的生活方式和文化习俗。这些模式从古到今经常在各民族文学中重复出现，可以通过比较方法找出情节的重复因素，找出文学发展的规律。他把文学作品的叙述模式分为母题和情节两个基本因素。从文学作品的起源看，母题是第一性的，它直接源于原始的

"混合艺术",而情节则是对各种母题进行的艺术加工。从这个角度看,历史地研究作品的情节起源于哪些母题,这些母题经过了哪些变异而成为作品情节的基础,这对于探讨小说的发展规律和文学的发展规律,都是非常有意义的。

维谢洛夫斯基的历史诗学还关注修饰语和诗歌语言风格的研究。他认为诗歌语言比散文语言更富于形象性、韵律感和表现力,但两者的区分是相对的,其界限是历史形成的和变化的。诗歌语言为了保持感性和诗意的特征,就要不断更新修饰手段。诗歌的修饰语是为了给一个词增添新义或强调某一特性而设置的。当词汇面临变成抽象概念时,便需要用别的,在内容上和它相同的修饰语来修复它的形象性。同时,由于各民族社会历史文化背景不同,各民族诗歌中的修饰语也是有差异的。从这个角度上看,维谢洛夫斯基认为修饰语的历史就是一部缩写版的诗歌风格史。历史诗学的任务就是通过对各民族诗歌中的修饰语的历史比较研究,揭示出诗歌风格形成和发展的规律。

第 三 章

19世纪末20世纪初俄罗斯文学理论批评的两个极端

一 俄国形式主义

在20世纪俄罗斯诗学中，除了被人们遗忘的曾非常熟悉的占主导地位的社会学诗学外，经过时间的淘汰，不少"非主流"诗歌流派，如什克洛夫斯基的形式诗学、普罗普的叙事诗学、维戈茨基的心理诗学、巴赫金的文化诗学、洛特曼的结构诗学以及维谢洛夫斯基在19世纪创立的20世纪又有新发展的历史诗学，在长期的压抑之后重见天日，并且在世界诗学界大放异彩。其中俄国形式主义更被誉为"20世纪文论的开端"（伊格尔顿）、"批评之革命"（杰姆逊），它在世界的影响并不亚于俄罗斯的马克思主义社会学诗学。自80年代以来，俄国形式主义介绍到我国已有20多个年头了，其间出现了不少论文、专著，也有博士论文，这些研究对我国的文学研究和文学创作产生了深刻的影响。研究的成绩是毋庸置疑的，但在材料的掌握和理论的阐述两方面都存在严重不足。至今我们能看到的只有两本俄国形式主义文论选和什克洛夫斯基的《散文理论》，俄国形式主义一些重要人物（如雅科勃松等人）的代表作很少翻译过来，至于研究专著就更见不到，厄利希具有国际影响的、一再被人引用的专著《俄国形式主义：历史与学说》虽有人译出，但很难找到出版单位。在研究方面，我认为主要是缺乏历史主义的观点，不少研究只是在俄国形式主义的一些概念和范畴（如文学性、陌生化）打转转，对一些重点问题缺乏历史的研究，如俄国形式主义产生的历史背景是什么，它是外来的还是本土的；俄国形式主义一些核心概念产生的历史针对性是什么，历史地看，它有什么理论价值如不足；俄国形式主义在20世纪世界文论中占有什么历史地位，有什么历史影响，特别是它对俄罗斯20世纪诗学的发展有什么影响，后来形式结构研究如何和历史研究相融合，并在俄罗斯诗学研究中开始出现了新局面，等等。论从史出，理论来源于历史，理论也只有在历史研究中得到深化。对上述这些重点问题加以历史的阐释，将有助于加深对俄国形式主义的理解。

（一）俄国形式主义的历史渊源："本土挑战的本土反应"

19世纪末以普列汉诺夫为代表的俄罗斯马克思主义艺术社会学开始崛起，这种艺术社会学在十月革命后迅速得到发展，并且在文艺学中占有称霸天下的统治地位。在这样一个历史时期，在这样一个国度，为什么会出现一个只讲形式，只讲语言，只讲手法，不讲社会历史文化语境的形式主义流派，而且立刻在国内外产生重大影响？人们往往对这种现象百思不得其解，其中主要原因是我们对这种文论流派产生的历史背景和历史针对性缺乏足够的了解。俄国形式主义的产生是一种历史现象，必须从国内外历史文化背景和美学、文艺学发展背景中加以理解。

俄国形式主义的代表人物，像什克洛夫斯基、雅科勃松、艾亨鲍姆、迪尼亚诺夫、托马舍夫斯基等人，在20世纪初登上文艺学舞台时，只是二十出头的毛头小伙。由于不满于当年文学科学的对象同其他科学的研究对象相混淆的现象，他们满腔热情地探讨文学的特性，探讨文学科学独特的研究对象，专心致志地研究诗歌语言的隐喻、韵律、节奏，研究小说的本事和情节，小说的结构手法。为了突出自己的理论主张，他们往往矫枉过正，十分夸张地宣称文学与社会无关，什么艺术永远是脱离生活而自由的，什么艺术旗子的颜色永远不反应城堡旗子的颜色，什么只研究纱布的织造方法不关心纱布市场的市场价格，等等。

如果撇开他们剧烈、夸张的言辞，撇开他们不成熟、不严谨的理论表达，可从中发现他们的理论研究绝不是为艺术而艺术，为形式而形式，而是有宏大的志向，有高远的旨归，他们把文学特性、文学研究的对象摆在首要地位，他们试图建立独立自主的文学科学，使文学科学真正成为科学。这里，我们不能把这一流派代表人物夸张的言辞、自负的口气同他们的理论追求和理论创新混为一谈。

雅科勃松说:"文学科学的对象不是文学,而是文学性(литературность),也就是说使一部作品成为文学作品的东西。不过,直到现在我们还是可以把文学史家比作一名警察,他要逮捕某个人,可能把凡是在房间里遇到的人,甚至从旁边街上经过的人都抓了起来。文学史家就是这样无所不用,诸如个人生活、心理学、政治、哲学,无一例外。这便凑成一堆雕虫小技,而不是文学科学,仿佛他们已经忘记,每一对象都分别属于一门科学,哲学史、文化史、心理学等等,而这些科学自然也可以使用文学现象作为不完善的二流材料。"[1]

艾亨鲍姆也说:"表明我们特点的并不是作为美学理论的'形式主义',也不是代表一种确定的科学体系的'方法论',而是希望根据文学材料的内在性质建立一种独立的文学科学。我们唯一的目标就是从理论和历史上认识属于文学本身的各种现象。"[2]

俄国形式主义早期一些夸大其词的理论表述已被历史抛弃,但他们建立独立自主的文学科学的主张却有很高的理论价值,他们的探索和努力也将永远为文艺学史所铭记。也正是从这个角度看,西方才把俄国形式主义视为20世纪文论的开端。但为了深入了解俄国形式主义的理论旨归、理论价值观和理论不足,我们还需要回归历史,回归俄国形式主义产生年代国内国外社会历史文化和文学科学发展的宏大背景。

关于俄国形式主义产生的历史背景和理论背景有很多说法,其中普遍认为俄国形式主义是源于西方哲学美学思潮,源于索绪尔的语言学和胡塞尔的现象学。这种看法自有其道理,但不够全面,也不完全符合历史实际。因为一种理论流派的产生固然有外部因素,但外部因素通过内部因素起作用,本土因素是起决定作用的。它往往是有着本土的针对性,往往是本土理论的继承和反拨,是本土创作经验的理论概括。从这个角度看,我认为厄利希的说法比较客观、科学,比较符合历史的实际。厄利希在《俄国形式主义:历史与学说》一书中说,"作为一个有组织的运动,形式主义基本上是对本土挑战的本土反应。但作为一个批评思维的主体,俄

---

[1] 《俄苏形式主义文论选》,中国社会科学出版社1989年版,第24页。
[2] 同上书,第21页。

国形式主义是20世纪头二十五年期间，欧洲文艺学界那场影响昭著的重新考量文艺学的目的和方法论思潮的一部分或重要部分。"[1]

俄国形式主义的产生总的来说是同西方19世纪末20世纪初现代主义文艺的发展，同20世纪西方哲学美学思潮的变化有密切的联系。西方哲学美学思潮由自上而下走向自下而上，走向实证主义和科学主义，给俄国形式主义深刻的影响。具体来说，索绪尔从外部语言学转向内部语言学，把语言看成是一种独立的体系和结构，看成是一种自足体的观点，对俄国形式主义的影响是很明显的。本奈特就指出，在影响俄国形式主义的种种因素中，索绪尔的语言学"无疑是最重要的"[2]。此外，胡塞尔的现象学反对理论假定，强调对客观事实采取实证主义的态度，主张对事实承诺不对理论承诺，也影响俄国形式主义的研究志向。

西方哲学美学思潮对俄国形式主义的影响是毋庸置疑的，但诚如厄利希所言，俄国形式主义归根结底是"本土挑战的本土反应"。它对俄国本土的文艺思潮有继承，有反拨，同俄国本土的创作实践有血肉的联系。在19世纪末和20世纪初，对俄国形式主义的产生有重大影响的文学流派有俄国文艺学的学院派、象征主义和未来主义，它们是俄国形式主义产生的本土理论创作背景和渊源。

俄罗斯文艺学的学院派是俄罗斯19世纪后半期产生的重要的文艺学流派，它包括神话学派、历史文化学派、心理学派和历史比较学派四大学派，因为各学派的代表人物都是教授，故称学院派。其中对俄国形式主义产生有重要影响的是波捷勃尼亚和维谢洛夫斯基这两个人物。在什克洛夫斯基的论文《艺术作为一种手法》中，波捷勃尼亚关于艺术是通过形象认识生活的观点受到形式主义者的批评。其实这只是问题的一个方面。事实上，波捷勃尼亚在《思维和语言》一书中关于思想和语言关系的论述，关于诗歌语言的论述都非常精彩。他认为"诗歌和散文都是一种语言现象"，语言和思维是存在不适应的状况的，思维本身有一种想要征服语言

---

[1] 维·厄利希：《俄国形式主义：历史与学说》，海牙·巴黎·纽约，莫顿出版社1980年版，第274页。

[2] 托尼·本奈特：《形式主义与马克思主义》，伦敦，麦休与辛格出版有限公司1988年版，第44页。

的倾向，想要把语言贬低为侍女的地位，如限制语言的功能，使它只起指称的作用。而另一方面，语言竭力想夺取语言符号最高的自主地位，以便实现自身复杂的语义结构所包含的全部潜能和丰富内涵。诗歌正是由此才引起人们的注意，在诗歌中，语言想要摆脱思想的专制而获得解放的"理想"才获得彻底实现。从这个角度看，诗歌语言是最富于创造性的语言，波捷勃尼亚关于诗歌创作是词语的解放，是词语潜在的复杂能量获得解放的观点，可以说是俄国形式主义思考诗歌语言自主性的前兆。学院派对俄国形式主义有更重要影响的人物当推维谢洛夫斯基。他不满意文化历史学派把文学史写成文化史、教育史、社会思想史，把文学作品只当成说明文化史、教育史、社会思想史的文献资料，反对把文学史变成各种学科都去"猎奇"的无人之地，模糊了它们之间的界限，在历史诗学的研究中，强调文学史要研究"诗歌意识及其形式的演变"，历史诗学要"通过诗的历史研究诗的本质"。俄国形式主义从维谢洛夫斯基历史诗学的研究中获得许多宝贵的启示。例如把"母题"视为"最简单的叙事单位"，把"情节"视为"母题之连接"的综合，把情节当作一种布局而非纯主题范畴，等等。维谢洛夫斯基对文艺学和文学史疆界的维护，对艺术形式的高度重视，使年轻的俄国形式主义者受到启发和鼓舞。

对形式主义产生重要影响的另一个流派是象征主义。俄国象征主义是创作和理论相结合的诗歌流派。老一代象征主义以巴尔蒙特、勃留索夫为代表，新一代象征主义以勃洛克、别雷为代表，前者追求叔本华、尼采形而上学的哲学思想，后者更重视俄国斯拉夫主义历史传统和宗教神秘主义。尽管如此，他们的共同特点是对诗歌技巧和诗歌语言的高度重视和不懈追求。在他们之前的现实主义文学中，语言只被当成是传达思想的工具，自身并无价值可言。象征主义则把语言提高到至高无上的地位，他们十分关心诗歌的词语、韵律、节奏和隐喻。他们认为词语的声音和意义是一个有机的整体，词语的声音和意义是不能加以割裂的。词语是在暗示而非指称，词语通过"语言的魔力"传达潜在的信息，因此必须高度关注诗人的词语，关注韵律模式、和谐悦耳的手法和隐喻的机制。俄国形式主义摒弃了象征主义的形而上学和宗教神秘主义，继承了他们对诗歌语言和技巧的高度重视。诗学离不开语言学，诗学同语言学必须结合，这是俄国象征主义留给俄国形式主义最为宝贵的遗产和启示。从这个意义上讲，俄国象征主义成了俄国形式主义的先驱。

比起文艺学学院派和象征主义，未来主义同俄国形式主义的关系就更为密切，它是导致俄国形式主义产生的主要因素。未来主义是十分激进的先锋的文学思潮，它以自我为中心，反对一切文学传统，不仅摒弃现实主义，也反对象征主义。未来主义同俄国形式主义在俄国文坛上是齐头并进，相互支持的，形式主义的一些成员原来就是未来主义者，未来主义的诗人和理论家也常同形式主义成员讨论诗歌语言的问题。在诗歌语言的本质和功能的问题上，未来主义不同意象征主义关注词语背后潜在的内涵，他们认为词语本身就是最高实体，是一个价值自足的主体。从这种观点出发，他们关注"无意义语"，在他们的宣言中提出诗人有任意造词的特权，要使语法摇摇欲坠，如取消标点符号，要摧毁韵律。这些主张听来似乎十分荒诞，不可理喻，但透过这些十分夸张的、缺乏严谨理论著述的说法，其中还是包含着一些重要的道理。俗话说，话糙理不糙，仔细想想，未来主义在这里讲的实际上是诗歌语言同日常生活语言的区别，比如在诗歌语言中主语和谓语是可以颠倒的，形容词和主语的顺序也是可以变化的。这就是未来主义所谓的"使语法摇摇欲坠"。这些话听起来很糙，但一经形式主义理论家的理论概括和提升，就大不一样。同样的内容，形式主义理论家雅科勃松就称之为"诗歌语言是日常生活语言有组织的违反"。他既概括出二者的区别，又指出后者变成前者不是随心所欲，而是有规律可循的。这就显得很有理论色彩，在表述上也严谨得多。从这个角度看，形式主义是未来主义诗歌创作实践的理论概括，也是未来主义诗学思想的阐发者和辩护者。如果说未来主义的诗人需要理论家的帮助，同样，理论家也在同先锋派的结盟中为摆脱传统文艺学的困境寻找出路。

必须看到，俄国形式主义对本土文艺既有继承，也有反拨。他们一方面同俄罗斯文艺学学院派，同象征主义、未来主义有血肉联系，一方面剧烈反对俄罗斯文艺学文化历史学派忽视审美特征，将文学史等同于文化史、思想史；反对革命后将文艺学等同于政治、经济，等同于生活的庸俗社会学和教条主义。他们的理论确实是"对本土挑战的本土反应"。

俄国形式主义的产生至今已经一个世纪了，回过头来看这段历史，这个流派的产生绝不是几个毛头小伙的心血来潮，它既有西方思潮的影响，又有本土深厚的文化历史土壤，既有历史的背景，也有现实的需要。一个学科的发展取决于研究方法的不断改进，而一个学科的建立只取决于研究对象的确立。尽管俄国形式主义在理论上有致命的弱点，尽管有不少夸张的、不成熟的观点，尽管他们忽视文艺同生活的关系，忽视了创作主体的作用，但历史地看，他们试图确立文学科学独立的对象，建立以语言学为基础、以作品文本为依据的本体论文学科学的努力，是具有重大理论价值的，而这种理论追求透过学派形成的历史背景和历史过程的展现，已经清晰地显现出来。

（二）"陌生化"提出的历史针对性：挑战传统文学观念，重建文艺学

如前所述，俄国形式主义认为文学科学的研究对象是"文学性"，理解俄国形式主义首先要搞清楚"文学性"的内容，那么，什么是"文学性"呢？他们的理论家们并没有一个明确的说法，只是从不同方面涉及这个问题。既然他们没有一个明确的说法，我们只能综合他们的种种说法来加以分析。总的来说，所谓"文学性"，主要指文学的语言、形式和手法，其中"陌生化"是一个核心概念，他们虽然把"陌生化"称为艺术手法，但在具体论述中，"陌生化"的概念是同他们对文学特性的认识，对文学性质的认识相联系的。在他们看来，"陌生化"涉及艺术家对艺术和生活关系的根本看法，它体现一种新的美学观念和美学原则。为了理解这一点，我们先从什克洛夫斯基在被称为俄国形式主义宣言的《艺术作为手法》一文中关于"陌生化"的论述开始。

这段话的俄文原文是：

> И вот для того, чтобы вернуть ощущение жизни, почувствовать вещи, для того, чтобы делать камень каменным, существует то, что называется искусством. Целью искусства является дать ощущение вещи как видение, а не как узнавание; приемом искусства является прием остраннения вещей и прием затрудненной формы, увеличивающий трудность и долготу восприятия, так как воспринимательный процесс в искусстве самоцелен и должен быть продлен; искусство есть способ пережить деланные вещи, а сделанное в искусстве не важно.

这段话中文有各种译法，这里且译为：

  为了恢复人们对生活的感受，为了感受事物，为了使石头显出石头的质感，于是就存在那种叫做艺术的东西。艺术的目的是提供对事物视觉上的感受，而不是对事物认知上的感受；艺术的手法是使事物陌生化的手法和使形式变得难以把握的手法，它增大了接受的难度和延长接受的过程，因为在艺术中接受过程本身就是目的，所以这个过程应当被延长；艺术就是体验事物制作的方法，至于到底制作了什么对艺术来说并不重要。

  这段话开宗明义就提出了对文学的看法。俄国传统文艺学认为文学通过形象反映生活，通过形象来认识生活。简言之，文学是对生活的反映，对生活的认识。形式主义对这种看法大胆提出挑战，针锋相对地指出文学是对生活的感受。他们认为文学不是通过已知的形象来认识未知的事物，而是通过种种形式和手法将已知未知化，目的就在于强化艺术的可感性，强化艺术的审美效果。正是从这个角度出发，他们才认为艺术当中，表现什么是不重要的，如何表现才是最重要的，正如这段话的结尾所说，"艺术就是体验事物制作的方法，至于到底制作了什么对艺术来说并不重要"。这里并不是说艺术的内容是无关紧要的，而是说艺术同非艺术的差别并不在于内容，而在于形式。俄国形式主义的这种文学观是有很高的理论价值的，这是对传统文学观的一种挑战，也是一切现代主义文学观的理论来源，现代主义认为文学是生活的表现，是生活的变形，是生活的异化，这同俄国形式主义对文学和生活的理解有密切的联系。从这里可以看出，俄国形式主义不仅仅把陌生化视为一种手法，而且也体现了他们对文学性质的根本认识。明确这一点，对理解俄国形式主义是至关重要的，因为这是同他们要明确文艺学的对象，建立独立自主的文艺学的目标相联系的。

  在陌生化理论中，俄国形式主义把文艺看成是对生活的体验，对生活的感受。显然，艺术的感受性、艺术的可感性成了陌生化的理论基础。什么是陌生化呢？它是对现实生活进行创造性的变形，使之以有别于生活常态的形式出现在作品中，使事物从通常被感知的状态中拉出来，使人们"用另外的眼睛看世界"。它的突出特点在于通过种种艺术手法打破人们思维的惯性，打破人们感知的自动化，消除人们的审美疲劳，使人们对事物产生一种新鲜感，获得一种新的审美享受。陌生化是相对于感知的自动化和钝化而言的，人的感知钝化了就产生审美疲劳，陌生化的目的就是为恢复和唤回人们对生活原初的新鲜的感觉，正如什克洛夫斯基所说，"一个人们往往习焉不察的事实告诉我们：一种动作，如走路，一旦成为习惯便成了机械性动作，成为一种无意识的举动，而一旦把走路变成舞蹈，脚的动作便会重新为我们感觉到，从而成为一种艺术"。[①] 为什么后者能成为艺术呢？因为它打破了自动化，因为它从生活的常态中解脱出来，因为它同日常生活区别开来，这样就给人新鲜感，给人美的享受。俄国形式主义排斥心理学，而维戈茨基指出"形式主义者事实上不得不是心理学家"[②]，因为他们的陌生化理论恰恰是以艺术感受心理学作为基础，心理学是陌生化的理论基础。

俄国形式主义认为艺术是一种体验，是一种感受，可感性是陌生化的基础，那么艺术家是通过什么艺术手段来达到陌生化的效果来增强艺术的感染力呢？他们认为这需要运用种种形式和手法，从这个意义上讲，手法成了艺术的主人公。在他们看来，艺术家正是通过种种形式和手法来增加艺术感受的难度和长度，造成艺术感受的障碍，拉开审美的距离，这样会迫使接受者不是轻轻松松地去接受作品，而要调动自己一切心理去感受，去体验，去想象，去破解，最后也就达到了增强艺术感受和丰富艺术审美享受的目的。我们平常所说的"雾里看花"、"曲径通幽"，就是通过设置障碍来增强艺术效果。当然，所谓陌生化，所谓增加难度也要掌握好度，太容易没有意思，太难也无法接受，艺术的奥秘就在于处理好难与易、隔与不隔等艺术关系。

在俄国形式主义看来，陌生化既然是艺术创作的重要的手法，是艺术创作的原则，那么它就要运用于艺术创作的方方面面。

就诗歌创作来说，俄国形式主义一反过去对诗歌的传统看法，认为诗

---

① 什克洛夫斯基：《小说论》，苏联作家出版社1983年版，第8页。
② 维戈茨基：《艺术心理学》，上海文艺出版社1985年版，第68页。

歌的关键不是形象和激情，诗歌是语言的艺术，诗歌语言本身有本体论的价值，它不仅是表达思想和情感的手段，本身就有潜在的审美价值和表现功能。他们还认为诗歌语言是日常生活语言的陌生化，即诗歌语言是对日常生活语言的有组织的违反。所谓陌生化，所谓违反，就是说诗歌语言是受阻的，扭曲的，变形的，它通过倒装、比喻、夸张、反讽、怪诞、象征、隐喻等手法，达到陌生化的效果，达到增加艺术感染力的效果。当然，不违反无法出现新意，但如果这种违反不是"有组织"的，不是符合事物本身的规律、艺术创作的规律和艺术接受的规律，它也会流于艰涩，不为人所理解和接受。就词义而言，"红杏枝头春意闹"，春意原本是静的，现在变静为闹就是违反，就是陌生化，其结果就是用喧闹表现出春天的活力和生机。就词法而言，诗歌常常把词序颠倒了，达到一种陌生化的效果，杜甫的诗："绿垂风折笋，红绽雨肥梅"，其实原有的词序应当是"风折笋垂绿，雨肥梅绽红"。词序的颠倒，带来了陌生化的效果，把"绿"和"红"两字提前，使得色彩更鲜明、动人，句子更挺拔，也更符合生活的特点，因为首先能映入人们眼帘的常常是颜色。

拿小说创作来说，他们认为方法创作的关键是"构造原则"，其中提出两个概念，一个是本事（фабула），指作家从生活或个别作品中借用的材料，一个是情节（сюжет），指对材料进行加工而形成的本事。本事是指小说事件中本然的时间顺序，情节指事件在小说中被实际呈现和展开的时间顺序。小说的关键是情节对本事的陌生化，是为何通过种种手法把本事加工成为情节。比起在叙事方面，他们追求采取延宕、阻滞、迂回、倒叙、离题等各种手法，打破本事本来的时序。布置疑团、制造悬念，使情节峰回路转，一波三折，波澜起伏，避免平铺直叙，一览无余。这也就是俗语所说的"文以曲为贵"，"文似看山不喜平"。这样做的目的在于增加感受的难度和长度，达到增加作品艺术感染力的目的。像中国古典小说《三国演义》中的"三顾茅庐"，《水浒传》中的"林冲刺配沧州道"，西方小说《十日谈》和《一千零一夜》中许多故事，其中采取的重要手法就是通过种种手法制造悬念，增强作品的艺术感染力。

上面说到的陌生化的性质、基础和手法，其中还有一个必须特别注意但往往被忽视的重要方面，这就是什克洛夫斯基所指出的，"提起陌生化，不可忘记它是为什么目的服务的"。① 陌生化不仅仅是为了使人感到新鲜、新奇，不仅是为了增强作品的艺术感染力，它更重要的目的是要加强作品的意蕴，使人通过摆脱通常对生活的感受，返朴归真，以达到对生活的一种新的发现和新的感悟。例如《红楼梦》中的《刘姥姥进大观园》，通过一个乡下老妇陌生化的视角来描写大观园的陈设，是为了突出贵族生活的豪华、侈奢。托尔斯泰在《战争与和平》中通过非军人的贵族彼埃尔的眼光来看战场，是为了突出战争的残酷、非人道。托尔斯泰在小说《霍尔斯托密尔》描写一匹老马被主人卖来卖去的悲惨的命运，他通过马的视角来观察人类社会，当老马被主人卖给另一个主人时，当老马听到主人说"我的"、"自己的"时，有一段内心独白："当时我说什么也弄不懂，把我说成一个人的私有物，究竟是什么意思，我觉得把我这样一匹活生生的马说成是'我的马'实在别扭，就好像说'我的土地'、'我的空气'一样。"作家就通过老马这样一种陌生化的视角，使私有制的不合理显得十分刺眼，也就大大加强了作品的意蕴。

历史地看，陌生化理论作为俄国形式主义对于忽视文学特性的传统文艺学的理论反拨，作为一种建立独立自主的文艺学的追求，自有其理论价值和历史贡献。但就其理论本身而言，其弱点也是十分明显的，除了忽视创作主体以外，最重要的一点是忽视陌生化的历史文化语境。在不同的历史文化语境中，艺术的形式和手法是不断变化的。就陌生化所造成的可感性而言，不同文化语境的人对同一陌生化形式和手法就有不同的感受。你把"福"字倒着挂，中国人就意会到福来到了，是十分吉利的事；外国人看到"福"倒着挂可能就莫名其妙。这就是历史文化语境的差异。

（三）俄国形式主义的历史影响

俄国形式主义的产生有其深刻的历史根源，同时，作为20世纪初期世界性的探索文学性、重审文艺学思潮的一个重要组织部分，作为一种文学思潮和历史运动，它产生之后也必然对世界范围文艺学的发展产生深刻的影响。伊格尔顿指出："如果人们想为本世纪文学理论的重大变化确定一个开始时间，最好是在1917年，这一年，年轻的俄国形式主义者维克

---

① 什克洛夫斯基：《散文理论》，百花出版社1994年版，第243页。

托·什克洛夫斯基发表他拓展性论文《艺术即手法》,自那以后,特别是最近25年来,文学理论取得惊人的发展,'文学'、'阅读'和'批评'经历了深刻的变化。"[①] 佛克马·易布思也指出:"欧洲各种新流派的文艺理论中,几乎每一流派都从这一'形式主义'传统中汲取启示,都在强调俄国形式主义传统中的不同的趋向,并竭力把自己对它的解释,说成唯一正确的看法。"[②] 俄国形式主义20年代在国内遭到批判之后,经由雅科勃松影响了以穆卡洛夫斯基为首的布拉格学派,后来又影响了法国和西方的结构主义、符号学。这条诗学的历史发展线索应当说是十分清晰的。

俄国形式主义对世界诗学发展的历史影响是被许多学者的研究所证实的,是历史的事实,问题是人们往往忽略了俄国形式主义对本土诗学发展的影响,对20世纪俄罗斯诗学发展的影响。在一些人看来经过20年代猛烈的毁灭性的批判运动,一些代表人物也做了"检讨",俄国形式主义在国内似乎已经寿终正寝了,起码是影响力不大了。其实这种看法是不符合历史事实的,形式主义在国内非但没有绝迹,而且以它科学的部分,有理论价值的部分,深刻影响20世纪俄罗斯诗学的发展,显示出它顽强的艺术生命力。

在19世纪俄国文艺学中实际上是存在两个传统,一个是以别、车、杜为代表的讲政治、讲历史的社会学诗学,一个是学院派中以维谢洛夫斯基为代表的讲艺术讲形式结构的历史诗学,以往常常只知前者不知后者。十月革命前后,以马克思主义为指导的艺术社会学逐渐形成并占统治地位。他们继承了别、车、杜的传统,但也存在教条主义和庸俗社会学的倾向,把文学简单混同于政治和经济。这时,更年轻的形式主义者继承了维谢洛夫斯基的传统,向文艺学中的庸俗社会学发起挑战。他们的主张有很高的理论价值,也存在明显的弱点,因此遭到了猛烈的批判。这种批判在很大程度上是政治性的、政策性的,而不是学理性的、学术性的,它无法以理服人,只能以势力压人。形式主义尽管后来成为骂人的代名词,但它以其合理的内核,仍然以"非主流"的状态顽强地存活于20世纪的俄罗斯诗学中,并且逐渐与历史主义相融合,形成俄罗斯诗学的重要走向,充

[①] 伊格尔顿:《当代西方文学理论》,中国社会科学出版社1984年版,第12页。
[②] 佛克马·易布思:《20世纪文学理论》,三联书店1988年版,第13—14页。

分显示出它的生命力。这一点在 20 世纪俄罗斯诗学重要代表人物维戈茨基、普罗普、巴赫金、洛特曼等人身上可以看得很清楚，这一历史事实对于思考文艺学的发展有着重要的启示。

维戈茨基（1886—1934）、普罗普（1895—1970）、巴赫金（1895—1975）等人先后在 20—30 年代发表自己的代表作，是俄国形式主义代表人物什克洛夫斯基（1893—1984）、雅科勃松（1896—1982）的同时代人。他们在俄国形式主义遭到批判之后，在吸收其有益成分的基础上，经过理论创新，取得了新的理论成就。他们虽然也在文艺社会学占统治地位的年代长期受到压抑，但最终在世界文论界大放异彩。

维戈茨基是俄罗斯早期杰出的心理学家，俄罗斯社会文化历史学派心理学的代表人物。1925 年出版专著《艺术心理学》时，他还不到 30 岁，当时就在心理学与文艺心理学上异军突起。他在专著中批判了形式主义把艺术理解为手法的观点，同时也吸收了形式主义有益的成分，并融入自己的理论体系之中。他十分强调艺术形式的重要性，认为"艺术开始于形式开始的地方"，"艺术作品只有在它既有的形式中才能发挥它的心理影响"。[1] 他指出艺术学离不开心理学，试图通过对作品的分析把文艺学和心理学结合起来，建立以文学作品为自身研究对象的客观艺术心理学的理论体系。他的核心观点就是"从艺术作品的形式出发，通过形式要素和结构功能的分析，说明审美反应和确定它的一般规律"。[2] 这里的关键是通过分析作品的内在矛盾来揭示审美反应的心理机制。在专著中，他对克雷洛夫寓言、布宁短篇小说和莎士比亚悲剧进行详细分析，从理论和实践的结合上阐明自己的观点。维戈茨基显然吸收了形式主义应重视形式分析的有益成分。但又不为形式而形式，而是将形式结构分析同审美反应分析有机结合起来，走出审美反应研究的新天地。

普罗普是俄罗斯著名文艺学家，民间文艺学家。俄国形式主义对他的故事研究有明显影响，其中包括对作品结构的重视、语言功能的研究、情节和母题的论述。他在完成《故事形态学》（1928）后曾经去拜访形式主

---

[1] 维戈茨基：《艺术心理学》，上海译文出版社 1988 年版，第 43、41 页。
[2] 同上书，第 27 页。

义代表人物艾亨鲍姆,听取意见,后者听完他的论述后说,"这很令人快慰"①。形式主义另一个代表人物雅科勃松认为普罗普"发现决定民间创作材料布局的规律",这是"俄罗斯诗学中最重要的一个发现"。② 普罗普的故事研究是对以往故事研究的突破,以往的故事研究是按照内容来给故事分类,无法回答故事是什么。在《故事形态学》中,他着眼于故事文本,在研究100个俄罗斯神奇故事的基础上,揭示故事构成的结构要素和各要素之间的相互关系,归纳出神奇故事有31种功能,7个角色,指出"所有神奇故事按其结构都是同一类型"的重要观点。他第一次从故事内部生成规律的角度,回答故事是什么的问题。正如俄国形式主义对文学的研究从外部研究转向内部,普罗普的故事研究也是从外部研究转向内部研究的分水岭,并成为学科研究历史的转折点。有意义的是,普罗普并没有停留在形式主义的思路上,他很快将结构研究转向历史研究,关注故事及文本和历史往昔的关系。在另一本专著《神奇故事的历史根源》③(1938)中他力图通过故事与历史的对比,寻找神奇故事产生的历史根据,解答故事是从何而来的问题,解释故事所具有的历史文化价值。他认为神奇故事的起源是多元的,涉及远古的神话、习俗、仪式、制度以及初民的思维方式,而其中成年礼和原始人的死亡观,这两个系列所产生的绝大多数母题是神奇故事的主要源头。可以说,普罗普神奇故事的结构研究和历史研究是对俄国形式主义的承继和超越。

巴赫金同俄国形式主义的关系比较复杂。他比雅科勃松大一岁,比什克洛夫斯基小两岁,都是同时代人。而他的代表作《陀思妥耶夫斯基诗学问题》(1929)发表比什克洛夫斯基的代表作《艺术作为一种手法》(1917)晚12年。他对俄国形式主义是了解的,而且曾经进行认真的研究。在《文艺学中的形式主义方法》(1928)和后来的《人文科学的方法论》(1974年)中,巴赫金都肯定形式主义的"积极意义",指出它提出了"艺术的新的方向和新侧面",同时也批评其"对内容的轻视导致材料

---

① 普罗普:《1965年春天纪念会上的讲话》,《俄罗斯文艺》2000年第2期。
② 《俄苏形式主义文论选》,中国社会科学出版社1989年版,第3页。
③ 普罗普的《故事形态学》和《神奇故事的历史根源》2006年均由中华书局出版,译者贾放。

美学"和"不理解历史性和更替"。①巴赫金吸收了形式主义重视艺术形式的有益成分,在维谢洛夫斯基和形式主义的影响下,他极力主张"诗学恰恰应从体裁出发"②。在《陀思妥耶夫斯基诗学问题》中,他认为以往的论著只从思想和世界观出发无法正确阐释陀思妥耶夫斯基的创作,似乎他的思想是混乱的。他从作家小说的体裁特点出发,指出小说情节结构和语言都不是单一的,而是多声部的,小说中的人物具有多种独立的思想而不受作者控制,因此陀思妥耶夫斯基的小说是一种复调小说。问题是巴赫金并不满足于对小说的形式结构分析、小说的体裁特征分析,他又进一步引用大量研究材料论证复调小说同民间狂欢文化的内在联系,分析作为复调小说源头的狂欢体小说的历史演变过程。这样一来,巴赫金就大大超越了形式主义,将结构诗学研究同文化诗学研究、历史诗学研究紧密结合起来,追求一种整体诗学,形成诗学研究的新格局。

洛特曼(1922—1993)是俄罗斯文艺学结构符号学的代表人物。他同俄国形式主义的什克洛夫斯基以及维戈茨基、普罗普、巴赫金等是两代人,他是60—70年代走上文坛的。他主要研究诗歌,代表作有《结构主义诗歌讲义》(1964)、《艺术文本的结构》(1970)《诗歌文本分析》(1972)等。作为俄罗斯诗学从形式主义转向结构主义的代表人物,他的诗歌结构研究同形式主义有关,又有别于形式主义。洛特曼的基本观点是把艺术现象看成一个语言体系,符号系统。他认为艺术也像语言一样是交际工具,艺术文本就是艺术信息的载体,艺术信息的决定因素是艺术文本的结构,艺术文本结构越复杂,艺术信息就越丰富,思想不表现在引文中,而表现在整个结构中,艺术文本的结构分析就是要分析结构的各要素及其关系。他的艺术文本结构分析主要对象是诗歌,因为诗歌语言比普通语言有更为复杂的结构,具有更多的传达信息和思想的容量,比如诗歌的韵律、节奏、词语以及各个部分、各个要素之间的对比、对立、重复,都会传达丰富的信息和意义能量,产生感人的艺术效果。更重要的是,洛特曼还进一步提出艺术文本结构和非文本结构的概念,认为艺术作品除了文本还包括非文本的种种要素,如现实生活、文学传统、历史文化等,非文

---

① 《巴赫金集》第4卷,河北教育出版社1998年版,第390—391页。
② 《文艺学中的形式主义方法》,漓江出版社1989年版,第174页。

本结构作为一定层次的结构要素构成作品的有机组成部分。他认为"结构主义并非是历史主义的敌人",要理解艺术作品的文本结构,就必须理解更为复杂的非文本结构,这就是"文化"和"历史"。[①] 在这里,洛特曼主张的是结构研究和历史文化研究的结合。

20 世纪的开端,俄国形式主义在俄罗斯诗学和世界诗学领域闹了场革命,一个世纪过去了,俄罗斯诗学继承了形式主义的有益成分又大踏步前进了,出现了形式结构研究同历史文化研究结合的发展趋势。现在又进入了新的世纪,俄罗斯诗学还能为世界诗学开创新的局面吗? 我们期待着。

二 庸俗社会学的文学理论批评

19 世纪末 20 世纪初马克思主义文艺理论批评在俄国崛起,十月革命后又得到迅速发展,但马克思主义文艺理论批评在苏联的发展并不是一帆风顺的,它是在同各种文学理论批评流派的对话中得到发展的。十月革命后向它发起挑战的主要是形式主义和庸俗社会学,这两种流派各走一端,前者强调艺术的形式,忽视艺术的社会历史文化语境,后者简单地理解文艺与经济政治的关系,这两者对苏联文艺学的发展都是严峻的考验。

庸俗社会学作为马克思主义艺术社会学的对立面,作为一种理论体系和文艺思潮,是学术界把马克思主义运用于学术理论领域的不成熟阶段的产物。庸俗社会学的代表人物在主观上是要运用马克思主义来分析文艺现象,但他们在理论批评中对马克思主义关于存在和意识关系,经济基础和上层建筑的关系,以及意识形态的阶级性等一系列根本问题作了简单化和庸俗化的阐述。文学理论批评中的庸俗社会学的主要特征是: (1) 认为作家的创作直接依从经济关系和作家的阶级属性,甚至用经济因素和阶级因素去直接解释文学作品的内容和形式; (2) 把文学艺术作品看成是客观现实的消极记录,而不是作家艺术家对现实生活的主观反映,完全忽视创作主体在艺术创作中的积极作用; (3) 把文学艺术的目的和内容同社会学的目的和内容完全等同起来,把文学艺术看成是社会学的"形象图解"。

---

① 洛特曼:《文艺学应当成为一门科学》,《文学问题》1967 年第 1 期,第 94 页。

苏联庸俗社会学的产生是有深刻的社会历史原因的，文艺学中庸俗社会学的产生和文艺学中马克思主义的确立在时间上是同步的。文艺学中的庸俗社会学是俄国早期马克思主义者在同形形色色的资产阶级社会学和唯心主义流派作斗争中产生的。资产阶级的社会学反对用阶级观点来看待艺术现象，有时甚至还不承认艺术创作对社会的依赖和艺术创作的社会意义，早期的马克思主义者由于理论上的不成熟，在同它们作斗争时由一个极端走到另一个极端，结果对马克思主义的基本原理作了庸俗的、粗浅的、教条主义的解释。

苏联文艺学中的庸俗社会学要追溯到 20 世纪初。当时俄国马克思主义文艺学刚刚形成，一些文艺学家开始运用普列汉诺夫等人的马克思主义文艺观点批判俄国学院派的文艺学（如文化历史学派、心理学派等），肯定文艺同经济基础和阶级斗争的关系，肯定作家世界观的作用。然而在运用这些观点时出现了简单化的毛病，出现了庸俗社会学，其代表人物为 B. 舒利亚季科夫、B. 凯尔杜雅拉、B. 弗里契和 B. 彼列维尔泽夫等。例如，舒利亚季科夫在《西欧哲学（从笛卡尔到马赫）对资本主义的辩护》一书中，把整个 18 世纪唯物主义的哲学家看成是歌颂资本主义的"资本的忠实奴仆"，完全无视他们在同封建意识形态作斗争中所起的进步作用。这种把唯物主义庸俗化的倾向，受到列宁尖锐的批判。列宁指出，作者"把哲学史庸俗化的时候，完全忘记了资产阶级和封建主义的斗争"，认为"整个这本书就是把唯物主义肆无忌惮庸俗化的榜样"[1]。在文艺学领域，舒利亚季科夫依然把文艺学庸俗化，他把文艺现象简单归结为经济因素和阶级因素的直接反映，把审美分析看成是考察文艺作品如何反映阶级的物质利益。他在《重建破坏了的美学》一文中写道："每一个文学流派的真正价值首先要通过社会起源的分析加以阐明。社会起源的分析，这是一盏唯一的明灯，在它射向艺术意识形态王国各个阴暗角落的时候，可以使人们透过审美的和唯心主义的迷雾看清现实物体的轮廓，透过艺术形象和艺术思想复杂的、有时是光怪陆离的变幻看清物质追求和物质利益的

---

[1] 《列宁论文学与艺术》（二），人民文学出版社 1960 年版，第 746—760 页。

冲突。"①

庸俗社会学的严重泛滥则是在 20 年代。十月革命的胜利，使艺术更加接近社会生活，艺术家的社会声望空前提高，艺术成为社会生活的重要领域，人们运用社会学观点来认识艺术创作的兴趣也变得更为强烈了。然而如何正确运用马克思主义文艺社会学观点来研究古典文艺遗产和当代文艺现象，也成为一个尖锐的问题，当时的马克思主义文艺学遇到最严重的挑战之一就是形式主义思潮。苏联的形式主义者片面强调研究文学的特性，虽然他们对文学特殊性的分析，对诗歌语言和小说形式的分析，不乏富有内容的深刻见解，颇有独到之处，但是他们把文学和生活割裂开来，认为文学是独立于社会生活的现象；把文学的内容和形式割裂开来，认为文学作品是纯粹的形式；同时反对把思想和世界观带到文学领域。这些观点当时受到了批判。但是，马克思主义队伍中的一些文艺学家，如弗里契、彼列维尔泽夫等人，在批判形式主义时从一个极端走到另一个极端。他们自认为是代表"普列汉诺夫正统"的马克思主义者，其实并没有真正掌握马克思主义的基本观点，而只是简单地庸俗地理解文艺与经济、文艺与阶级的关系，试图去寻找所谓文艺现象的"社会等价物"、"阶级等价物"，把文学作品视为社会学的"形象图解"。他们自以为是在宣传和捍卫马克思主义，实际上站到了庸俗社会学一边去了。庸俗社会学流派由于是打着马克思主义旗号，打着反资产阶级思潮的旗号，以革命的面目出现，它的影响和危害是相当严重的。这一流派包括以弗里契和彼列维尔泽夫为代表的文艺学，以及无产阶级文化派和"拉普"的文学理论批评。他们同宗同源，只不过前者年长，侧重理论，后者年轻，侧重批评，但前者给后者很大影响。

弗里契（В. М. фрице，1870—1929）是苏联早期文艺学家。1894 年莫斯科大学语文历史系毕业，1904 年起在该校任教。1917 年入党。十月革命后担任俄罗斯社会科学研究所协会所属语言文学研究所、红色教授学院文学部、共产主义科学院文学分部的领导工作，曾担任《文学与马克思主义》、《报刊与革命》以及《文学百科全书》（一、二卷）的责任编

---

① В. 舒利亚季科夫：《文学批评论文选》，莫斯科－列宁格勒，1923 年，第 27—28 页。参见《回顾与反思——二、三十年代苏联美学思想》，中国人民大学出版社 1988 年版，第 157 页。

辑，他还是苏联科学院院士。他的学识渊博，著作甚丰。革命前的主要著作有《西欧文学发展简史》（1908）、《西欧现代派主潮》（1909）。革命后的主要著作有《普列汉诺夫和科学的美学》（1922）、《文学史纲》（1923）、《艺术史纲》（1923）、《弗洛伊德主义和艺术》（1925）、《艺术社会学》（1926）。弗里契是普列汉诺夫的学生，在30年代以前几乎被认为是苏联马克思主义文艺学的权威，他的观点对20年代"左"的文艺思潮，对"拉普"很有影响。

弗里契对文艺社会学有专门研究，《艺术社会学》就是他的代表作。这本书尽管有不少正确的见解，但基本观点是庸俗社会学的。

弗里契在《艺术社会学》中指出："建立艺术社会学，就是建立一定社会形态与一定艺术典型之间合理的关系的科学。"[1] 艺术典型与社会形态有密切联系这是毫无疑义的，问题是两者之间究竟是什么关系。在解决这个问题时，弗里契忽视艺术本身的特性和规律，简单地理解艺术与社会经济形式的关系。他认为艺术是"经济进化的一种标志"，艺术作品是"用艺术形象的语言来翻译社会经济生活"，每一种艺术的基本类型都与一定的社会经济形式相适应，"是为了表达社会的经济内容和阶级内容的一种特殊的艺术——情感和形象的形式"。[2] 他强调："艺术作品的生产和物质价值的生产隶属于同一法则。在社会发展的各个阶段占支配地位的经济制度必然决定艺术家的生产劳动，同样也决定艺术家的地位。"[3] 同时，他还断定，"艺术的繁荣长期地取决于一个国家的经济繁荣，随着经济的衰退，艺术创作也随之衰落"。[4] 在他看来，艺术形式是经济形式的直接反映，物质生产直接支配艺术生产。马克思和恩格斯认为经济发展是艺术发展的基础，但不是唯一的原因，经济原因只是"归根到底"起作用，同时又指出物质生产的发展是同艺术生产不平衡的。弗里契的观点显然是同马克思主义相违背的。

弗里契的另一个理论是"相对价值论"。他认为古典文学作品对无产

---

[1] 弗里契：《艺术社会学》，苏联国家出版社1926年版，第7页。
[2] 转引自《苏联文学思潮》，浙江文艺出版社1985年版，第34—35页。
[3] 弗里契：《艺术社会学》，苏联国家出版社1926年版，第37页。
[4] 同上书，第54页。

阶级来说，只有相对价值，或者有限价值，因为"昔日的文化就其大量成份而言是剥削阶级的文化，是人民的压迫者的文化"，[①] 而以往大多数艺术家不过是"剥削阶级的仆从，为人民的压迫者歌功颂德"。例如，中世纪和文艺复兴的全部艺术，在他看来，都是为了巩固教会的权力，他说："没有哪一位艺术大师不在这种以自己的艺术来巩固教会权势和宗教威望方面犯过错误，无论是米开朗琪罗——壁画《最后的审判者》的作者，还是拉斐尔——壁画《圣礼的争辩》的作者"。至于莎士比亚的悲剧，他认为它的"社会学等价物"就在于它们"是以昔日封建时代遗老遗少的观点对业已建立的资产阶级制度提出的批评"。[②] 他还强调，过去的文学现象是与统治阶级的私利直接联系在一起的，是"完全服务其实际的功利目的的"，[③] 因此，文学史家的任务就在于揭示隐藏在作品后面的统治阶级的私利。弗里契的观点实际上为无产阶级文化派和"拉普"否定古典文化遗产提供了理论根据。

关于文学风格，弗里契认为"诗的风格是时代经济风格的审美表现"，[④] 完全不考虑艺术发展自身的规律，例如，感伤主义代替古典主义是"由于中、小资产阶级反对商业贵族"；浪漫主义代替感伤主义是"由于经济领域被驱赶到文学领域去的大量贵族阶层开始参与文学的创建工作"；而现实主义代替浪漫主义则是"由于资产阶级作家在资产阶级经济发展的比较高级的阶段重新登台"。[⑤] 由于他把经济形式同文学风格混为一谈，必然得出一个错误的结论：随着科学技术的日益现代化，19世纪的现实主义已变得陈旧了，在新的科学技术条件下，应当创造"技术现实主义"，而未来主义和主体主义就是这种"技术现实主义"的具体表现。[⑥] 可见，弗里契早就认为科技的现代化必然导致文艺走上现代主义的道路。

[①] 弗里契：《艺术社会史概论》，新莫斯科出版社1923年版，第37页。
[②] 《文学与马克思主义》，1930年第1册，第59页。
[③] 弗里契：《艺术社会学》，第27页。
[④] 弗里契：《社会学的诗学问题》，见《共产主义科学院通报》1926年第17期，第172页。
[⑤] 同上书，第179页。
[⑥] 弗里契：《欧洲文学发展简史》，转引自《苏联文学思潮》，第35页。

弗里契对苏联文学的评论,也显露出庸俗社会学的倾向。他认为,在当代文学中"社会主义生产题材应当成为基本题材",不需要主人公,也不需要心理描写,"主人公应当由阶级来代替",当代诗歌将是"彻底的纯理性主义的"。①

弗里契作为一个学者,主观上是真诚拥护马克思主义的,他力图把马克思主义运用于文学理论和文学批评领域,在这方面确实做了不少有益工作,然而由于他机械地运用马克思主义,把马克思主义简单化和庸俗化,于是就站到了马克思主义的反面。

彼列维尔泽夫(В. ф. переверзев,1882—1968)是苏联文艺学家,苏联庸俗社会学的另一个代表人物。他于1901年进哈尔科夫大学物理数学系学习,1902年参加革命运动,1905年被捕并流放。他在十月革命前是一位文学教授,试图在文艺学中运用马克思主义方法论,当时对青年学者影响很大,十月革命后担任文学教学和研究工作。1918年被选为社会主义科学院(1924年改为共产主义科学院)院士。20年代起积极为《报刊与革命》、《文学与马克思主义》等报刊撰稿,并参与编写《文学百科全书》。他的研究重点是陀思妥耶夫斯基和果戈理,他的著作曾几度再版,流传甚广,主要有《陀思妥耶夫斯基的创作》(1912、1922、1928)、《果戈理的创作》(1914、1926、1928)、《陀思妥耶夫斯基》(1925)等。1928年他同自己的学生别斯帕洛夫、波斯彼洛夫、福赫特、索夫逊等人出版一本由他撰写序言的《文艺学》。他在序言中宣称:参与该书写作的作者们由于"对诗歌进行社会学研究感兴趣"而联合起来,他们"赞同理论观点的同一个共同体系"。这本文集被认为是彼列维尔泽夫学派的纲领。他们在书中自称是马克思主义的正统和当代文艺学的唯一代表,其实这本书把庸俗社会学观点更加系统化,为此受到文艺界的批判(1929—1930)。彼列维尔泽夫1938年肃反时被捕,1956年恢复名誉。

彼列维尔泽夫在研究文学现象时注意到了文学的特性,他认为:"文学作为语言的艺术,不是思想体系,不是逻辑体系……它永远是形象体系,仅仅是形象体系","文学事实的特征要求我们把形象作为自己研究

---

① 《报刊与革命》1929年第9期,第14页。

工作的对象"。① 在他看来,"形象是艺术作品的一个基本结构成分。小说的内容是由各种生动的形象罗织而成。文学分析的任务就在于认识形象的本质和形象罗织的规律"。② 在这里,彼列维尔泽夫把艺术思维和逻辑思维完全对立起来,使艺术形象丧失了思想性,最后导致文学同其他各种意识形态的完全分离。

彼列维尔泽夫还用所谓的"平列论"代替马克思主义关于不同意识形态相互影响和相互作用的原理。他认为:"绘画在文学形象体系中什么都不能创造,政治生活在文学形象体系中什么都不能创造;反过来,文学在政治体系或绘画体系中同样是什么都不能创造。在这里什么也创造不出来,相互作用仅仅是平行系列。这里只有并存……而没有因果关系。"这等于说政治、哲学、历史、艺术同文学是毫不相干的。从这种观点出发,他得出结论:"对文学作品的分析也就应当去分析活的形象,而不是去寻找观点和思想。"③ 例如他举例说,十二月党人的起义同普希金的政治抒情诗之间没有任何联系,尽管他们赖以生存的根基是相同的。彼列维尔泽夫的"平列论"实际上导致否定文学和其他意识形态的联系,否定文学的社会作用。

彼列维尔泽夫重视文学作品的艺术形象和形象体系,那么艺术形象和形象又是由什么决定的呢? 他认为"形象体系的规律性是由生产过程的规律性决定的",④ 除了生产过程这一个唯一的因素之外,任何因素都不能改变艺术形象体系的规律性。他把社会存在和社会生活简单归结为生产过程,在他看来,人的肌体连同人的内心世界,"从肢体和肌肉开始,直到自己思想中最高级的构思为止,都是社会存在的产物,都是生产过程的产物"。在这里,社会存在等同于生产过程。他认为:"社会决定作用归统于经济的必需。在马克思主义世界观里,社会决定作用全部都处于生产过程之中,别无它处。"⑤ 显然,彼列维尔泽夫对社会过程的解释带有极其简单化的庸俗经济学性质,他试图建立分析文学和文学发展过程的唯物

---

① 《劳动学校的祖国语言和文学》1928 年第 1 期,第 86 页。
② 《报刊与革命》1925 年第 2 期,第 61 页。
③ 《劳动学校的祖国语言和文学》1928 年第 1 期,第 92 页。
④ 同上书,第 86 页。
⑤ 同上书,第 90 页。

主义理论，实际上却又站到了庸俗社会学的立场上去了。

彼列维尔泽夫不仅认为艺术形象直接由生产过程决定的，同时还把艺术形象归结为阶级意识和心理的直接表现。他认为形象是"艺术家本人所属阶级的社会性的'异相存在'"，并且在《文艺学》中明确提出文学就是"阶级意识和阶级心理的直接表现"。在他看来，艺术家的视野有其局限性，这种局限性是由作家的阶级存在制约的。这样一来，任何一个作家所能表达的只是本阶级的存在，他所能创造的也只是同一种形象体系，好像他注定要在一个"被施以魔法的形象的圈子里"打转转，不能冲出这个范围。归根到底，他否定"任何一个阶级的艺术家都有可能客观地认识超出本阶级或社会集团之外的一切现实"。[①] 在该学派看来，果戈理的作品是"自然经济瓦解时代的小贵族生活的实证"；陀思妥耶夫斯基的作品是"资本主义发展时期破坏了的城市小资产阶级存在的实证"；而高尔基则是"代表小市民的艺术家"。他们并且说，"任何科学，任何思想改造都不能使他们成为其他社会集团的艺术家"。[②] 根据这种观点，无产阶级文学也就具有极大局限性，同时其他非无产阶级的作家，例如当时的"同路人"作家，就根本无法把立场和世界观转到无产阶级方面来。

1929年1月至1930年1月，共产主义学院文学、艺术和语言部多次举行会议批判彼列维尔泽夫及其学派的错误观点。1929年12月4日也专门发表编辑部文章批判他们的错误，1930年底出版了批判文集《反对机械的文艺学·关于彼列维尔泽夫观点的一场争论》。

除了弗里契和彼列维尔泽夫，无产阶级文化派，"拉普"、"列夫"等文艺团体的活动也表现出严重的庸俗社会学倾向，并给苏联文学的发展带来很坏的影响。

无产阶级文化派是苏联"左"的文艺思潮的第一个阶段的代表，其主要理论家是波格丹诺夫（А. А. богданов, 1873—1928）。他在十月革命前后宣传无产阶级文化的观点，主张同人类文化遗产隔断联系，创造所谓纯粹的无产阶级文化。波格丹诺夫的观点源于马赫主义的唯心主义哲学。在他们看来，人的意识不是物质世界的反映，而是经验的反映。根据这种

---

① 《文学与马克思主义》，1930年第1册，第5页。
② 《共产主义学院学报》1927年第27期。

理论，波格丹诺夫长期致力于建立一门无所不包的所谓"普遍组织科学"，力图把"人类组织经验系统化"。他认为科学和艺术都是对人类经验的组织，只不过组织的形式不同，"艺术是用生动的形象，而不是用抽象的概念去组织经验的。因此它的范围要广一些"。[①] 在他看来，过去的文化不过是奴隶主阶级和资产阶级经验的组织。他有一句名言：二千多年前的维纳斯是"在奴隶制土地上生长出来的美丽的花"。因此，无产阶级不能继承过去的文化，只能创造自己的纯粹的阶级文化。在波格丹诺夫这套庸俗社会学的思想指导下，无产阶级文化派使"左"的文艺思潮恶性发展。第一，在政治上他们要求文化自治，反对党和政府的领导。第二，在思想上搞虚无主义，否定人类文化遗产，他们的杂志《未来》宣称："如果有人因为无产阶级没有填补把新的创作和旧的创作分隔开来的那个空白，而忐忑不安的话，我们就对他们说：这样更好一些——不需要继承的联系"。又说，旧文化渗透了阶级的"臭气和毒剂"，不会"写出什么对共产主义有价值和有教益的东西"，只会"毒害无产阶级的心灵"。[②] 第三，在组织上他们搞宗派主义，力图脱离生活，摆脱农民和知识分子，在实验室里靠一些"特选的人物"来创造纯粹的无产阶级文化。照波格丹诺夫的说法，这样就可以"脱离一切异己因素"，保证无产阶级的"文化独立性"。第四，在创作上他们搞所谓"机器美学"，把创作引向抽象和概念化的道路。他们认为，文学创作的主要对象是机器，是物，而不是人，无产阶级艺术将要摆脱人，而"走向客观地表现物，表现机械化了的群氓和不知亲密和抒情为何物的惊人的毫无遮盖的宏伟壮丽"。[③] 这种"机器美学"完全把历史唯物主义庸俗化，认为经济的基础是技术和工业，而作为上层建筑的意识形态的文学就把机器作为创作对象。

到了 20 年代，无产阶级文化思潮在受到俄共中央和列宁的批判之后开始衰退，苏联"左"的文艺思潮进入第二个时期，这就是"拉普"时期。"拉普"后期也提出批判形式主义和庸俗社会学，但他们的思想完全是同庸俗社会学如出一辙的。下面只列举几个方面。

---

① 《苏联"无产阶级文化派"论争资料》，人民出版社 1980 年版，第 102 页。
② 转引自《苏联文学思潮》，第 13 页。
③ 同上书，第 22 页。

在文学和政治关系问题上,他们把文学和政治混为一谈,主张文学界也应当同政治领域一样划清敌我,展开不调和的斗争,同时常常把党的一时的政治口号生硬地搬到文学中来,完全忽视文学的特点和规律。斯大林1931年6月对经济工作者做了《新的环境和新的经济建设任务》的报告,"拉普"立即做了《关于斯大林讲话和"拉普"任务的决议》。斯大林提出"技术第一","拉普"决议就号召学习艺术技巧。决议甚至说"斯大林讲话的每一部分都是艺术作品有价值的主题"。[①]

在文学和传统问题上,他们否定无产阶级文学同人类文化遗产的继承关系,认为"以往时代的文学都渗透了剥削阶级的精神",因此无产阶级必须"创建不论在内容上,还是在形式上都与过去文学迥然不同的自己的文学"。[②] 他们实际上是把无产阶级文学庸俗化,把它看成"特定阶级意识形态"的产物。

在创作问题上,他们提出"辩证唯物主义方法",把艺术方法同哲学方法混为一谈。这个口号最早是由"拉普"总书记阿维尔巴赫提出的,他在《无产阶级文学的创作道路》一文中说:"唯物主义和唯心主义,不仅是一定的处世态度和世界观……它们也是作家的不同方法。"[③] 他还认为"作家的艺术方法完全从属于他的思想立场",并且宣称,方法就是"实践的世界观"。[④] 法捷耶夫当时在《打倒席勒!》一文中也提出现实主义是唯物主义的,浪漫主义是唯心主义的,无产阶级的创作方法既不是现实主义的,也不是浪漫主义的,而是"最彻底的辩证唯物主义方法。"[⑤] 这一口号表现出严重的庸俗社会学倾向:一是把艺术方法和哲学方法混为一谈,完全无视艺术反映现实的特殊性;二是把艺术方法和世界观等同起来;三是把浪漫主义宣布为唯心主义,这就排斥了包括革命浪漫主义在内的一切浪漫主义;四是认为这一方法只有无产阶级才能掌握,这就把艺术方法同阶级等同起来,给艺术方法涂上宗派色彩。

"列夫"("左翼艺术阵线")的文学主张也是属于庸俗社会学的。

---

① 《在文学的岗位上》,1931年,第24页。
② 《"拉普"资料汇编》(上),中国社会科学出版社1981年版,第62页。
③ 阿维尔巴赫:《无产阶级文学的创作道路》,第15页。
④ 《在文学岗位上》1931年第25期。
⑤ 法捷耶夫:《30年间》,苏联作家出版社1957年版,第68—73页。

他们提倡"建设生活的艺术",也称生产艺术。楚扎克认为艺术是认识生活的工具这个观点已经过时,现实主义艺术是静止的、消极的,无助于生活的改造,应当由"建设生活的艺术"来代替。这种艺术的特点就是让"艺术渗透到生活中去","艺术和生活结为一体"。① 阿尔瓦托夫声称,无产阶级艺术家不是描绘森林,而是建造公园和花园,不是用绘画装饰墙壁,而是把墙壁油漆一新。"列夫"这种观点否定艺术认识和反映生活的特点,把艺术创新等同于一般产品制作,这实际上就意味着取消艺术。

从"建设生活的艺术"的观点出发,他们提倡"事实文学"。他们反对艺术想象和艺术虚构,认为"事实的真实"同艺术概括是对立的,"事实文学"同"虚构文学"是对立的。楚扎克说:"新的文学不是……形象性,而是准确性;不是廉价的象征,而是生动的事实真实。艺术家们为了幻影而歪曲现实已经太久,现在是向艺术家宣战的时候了。"② 为此,他们主张废除诗歌、绘画、长篇小说、故事影片和奏鸣曲,只保留新闻报导、回忆录、日记、日常生活用具美术设计、室内艺术等。

20 年代庸俗社会学在文学界的泛滥,给苏联文艺理论和文艺创作的发展造成严重的影响。这种"左"倾文艺思潮的泛滥归根到底是文艺界马克思主义文艺理论水平不高,马恩和列宁的文艺思想没有得到应有的重视和研究。30 年代文艺界开始认真地整理、出版和研究马克思、恩格斯和列宁的文艺论著,只有在这个基础上,庸俗社会学才得到批评和清理。在这个过程中文艺界针对庸俗社会学理论错误,主要提出了艺术的反映论和人民性问题。在这场斗争中,卢那察尔斯基、里夫希茨和卢卡契等理论家和《文学批评家》杂志发挥了重要作用。

在清理庸俗社会学影响中,起重要作用的首先是卢那察尔斯基。他的《列宁和文艺学》③(1934)在苏联首次系统阐发列宁的文艺思想,并重点阐发列宁的反映论和两种文化学说的重要意义,批判了当时盛行的庸俗社会学。针对把文艺看成是"经济的审美表现形式"、"阶级的等同物"、

---

① 《列夫》1923 年第 1 期。
② 转引自《苏联文学思潮》,第 13 页。
③ 见《卢那察尔斯基论文学》,人民文学出版社 1983 年版,第 1—46 页。

"阶级心理的投影",把古典作家看成是本阶级代言人的错误观点,他明确指出,"反映论所注意的,与其说是作家隶属的家系,不如说是他对社会变动的反映,与其说是作家主观上的依附性和他同某个社会环境的联系,不如说是他这种或那种历史局势的客观代表性"。他赞扬列宁的论文《列夫·托尔斯泰是俄国革命的镜子》是运用反映论的"一个特别突出的范例",认为列宁对托尔斯泰的看法"对于今后整个文艺学的道路有着巨大的意义"。同时又指出,列宁运用反映论去分析作家创作时,又"从未忽视其中每个人的内心矛盾或者这些阶级的特点",并由此得出一个重要结论:"列宁的反映论从来不是意味着同历史脱节,它从来不是用同一把钥匙去开启一切历史局势的抽象公式"。

卢那察尔斯基还深刻分析了列宁的两种文化学说,并且批判了对待文学遗产的庸俗社会学倾向。他认为"列宁对赫尔岑的评语提供了一个分析革命作家无比光辉的典范",指出当时的青年文艺家们"在分析过去或现代某个未能超越本阶级的全部偏见、思想观点上未能达到纯正无瑕的境界的伟大现今艺术家时,总是带着一个特别的劲头,极力强调和夸张这些缺点"。他认为这种对待遗产的"左"的态度同讳言缺点的右的态度同样是有害的。

里夫希茨在《列宁主义和文学批评》一文中重点阐明了阶级性和真实性的关系。他认为:"反映的真实性并不是同阶级性相矛盾的,精神现象的阶级实质不取决于它们的主观色彩,而取决于它们对现实理解的深度和正确性。阶级意识的主观色彩本身就是来自客观世界。主观色彩是结论,而不是出发点。"[①]

《真理报》在 1936 年 8 月 8 日也发表了题为《培养学生对古典文学的热爱》的社论,号召批判庸俗社会学。社论指出,"过去的伟大艺术家是属于劳动人民的,劳动人民是以前各阶级全部文化宝贵财富的继承者",而"庸俗社会学'理论'把这个或那个作家的创作的全部复杂性和全部意义归结为简单的阶级描述,武断地贴上'贵族诗人'、'贵族戏剧'等等标签",是"极其有害和错误的",事实上"作为最伟大的诗人之一的普希金,既是自己阶级的儿子,又是自己时代的儿子"。

---

① 《文学报》1936 年 1 月 20 日。

1937年俄罗斯伟大诗人普希金逝世100周年，苏联文艺界结合纪念活动，进一步对文学人民性的概念展开广泛而深入的探讨，把清理庸俗社会学影响的斗争引向深入。卢卡契在《人民性和真实的历史精神》(1937)一文中，认为具有人民性的作品并不表现在作品的主人公是不是下层人物，而在于是否反映出人民的生活和命运，是否接触到时代的巨大问题。他指出："瓦尔特·司各特、普希金、列夫·托尔斯泰的主角们绝大多数是出身于上层社会，然而在他们一生中的事件中仍反映出整个人民的生活和命运。"普希金的《叶甫盖尼·奥涅金》是描写上层贵族的，可是别林斯基却称之为俄罗斯生活的"百科全书"，这是因为它"集中出现了过渡时期俄罗斯人民生活的最重要的问题"。那么为什么瓦尔特·司各特或列夫·托尔斯泰的贵族人物具有人民性呢？为什么能在他的经历中反映出人民的命运呢？卢卡契认为，作家"创造了个人和社会历史命运最紧密结合的人物"，"在这些人物形象的个人生活中直接表达出人民命运的某些一定的、重要的和普通的方面，构思的真正的历史精神正表现在：这些个人经历在不失去他们的性格、不超越这生活的直接性的情形下，接触到时代的一切巨大问题，跟它们有机结合，必然地从它们里面生长出来"。[1]

应当承认，30年代苏联文艺界对庸俗社会学的批评取得了积极成果，并对文艺理论和文艺创作的发展产生了深刻的影响。通过清理和批判，进一步明确了庸俗社会学产生的总根源在于把马克思主义简单化和庸俗化，进一步明确了文艺的阶级性和真实性、客观性的关系，文艺阶级性和人民性的关系。但是也应当看到，当时的批判是从马克思主义认识论的角度对庸俗社会学进行批判，还没有能够从社会学的角度对庸俗社会学方法论方面的错误进行深入的分析，因此当时也还没有能够正确划清科学的艺术社会学和庸俗的艺术社会学之间的界限。

从社会学的角度来看，庸俗社会学的错误并不在于从社会的角度或者运用社会学的方法来分析文艺现象，而在于把社会学的方法绝对化和简单化了，没能对特殊的对象——文艺现象作出客观的具体的分析。

庸俗社会学在运用社会学方法分析文艺现象时，没有能够充分注意到

---

[1] 《卢卡契文学论文集》第1卷，中国社会科学出版社1980年版，第126—128页。

被研究对象的特殊性,对特殊对象进行社会学分析时用的却是非特殊的社会学理论和方法。他们既忽视了艺术创作的主体,把文艺作品看成是对客观现实的机械的消极的纪录,同时也忽视了艺术的形象特征,把文艺看成是社会学的"形象图解"。这样一来,庸俗社会学就成了"没有艺术家的艺术社会学"和"没有艺术的艺术社会学"。

无论是形式主义也好,庸俗社会学也好,都试图从各自的角度探讨艺术的本质和规律,但都没有获得成功,一个走向非社会的诗学,一个走向非诗学的社会学,各自走向一个极端。这种情况在后来的历史上又不断重现,并对文学艺术的发展产生消极影响。认真清理和总结这方面的历史经验,对文艺学的发展是至关重要的。

第四章

俄罗斯马克思主义文学理论批评如何对待历史批评和美学批评

一 普列汉诺夫的历史批评和美学批评

普列汉诺夫（1856—1918）是俄国第一个马克思主义者，俄国无产阶级政党的创始人之一，同时也是俄国第一个将马克思主义观点运用于美学和文艺批评领域的人，是俄国最早的马克思主义文艺理论家和批评家，正如鲁迅所说，他"是用马克思主义的锄锹，掘通文艺领域的第一人"。[①]

普列汉诺夫的文学遗产是十分丰富的，在马克思主义文艺理论家中，他是最早对文艺问题做过专门研究并写有专著的一个。普列汉诺夫的文学遗产十分丰富，文艺研究所涉的范围十分广泛。他的研究涉及欧洲从古到今的各国的文学和艺术的历史和一系列著名作家，涉及俄国的文学和俄国的文学理论批评。作为一个文艺理论家，他研究了艺术的起源，阶级社会的阶级斗争和艺术发展的关系，艺术的对象和特点，艺术的内容和形式，现实主义，世界观和创作方法，以及无产阶级艺术等一系列重要的文艺理论问题。

这里不准备全面评述普列汉诺夫在文艺理论和文艺批评方面的贡献，只是打算从文学理论批评的历史分析和美学分析相互关系的角度，重点谈谈普列汉诺夫对文学的历史分析和美学分析所作出的理论贡献：他如何将历史唯物主义引入文学批评，使文学的历史批评产生根本性的变化，他在

[①] 《鲁迅译文集》第6卷，人民文学出版社1958年版，第610页。

文学的美学批评方法的独到见解,以及他如何看待和处理历史批评和美学批评的相互关系。

(一)

普列汉诺夫将历史唯物主义引入历史批评,是文学的历史批评的根本性变化,也是有深刻的历史针对性的。在他之前,无论在欧洲还是在俄国,许多文艺理论家都试图对文学和社会历史文化的关系做出解释,但他们由于缺乏历史唯物主义的哲学思想基础,他们的解释或者是历史唯心主义的,或者是机械唯物主义的,都不能对文学与社会的关系做出科学的解释,不能对文学现象做出科学的历史分析。普列汉诺夫将历史唯物主义引入历史分析,首先面对的是种种历史唯心主义的和机械唯物论的文艺思潮,只有对这些思潮进行清理,才能在文学理论批评领域真正树立起历史唯物主义的大旗。

普列汉诺夫首先面对的是法国著名艺术理论家泰纳提出的种族、环境、时代是决定艺术发展的"三要素"说。泰纳深受自然科学的影响,以实证主义为基础,阐明文学发展同种族、环境、时代的关系。"种族"指的是遗传,"环境"包括地理自然环境和社会人文环境,"时代"包括风俗习惯、时代精神,等等,统称精神气候。普列汉诺夫认为泰纳关于"人们的境况的任何变化都会引起他们心理变化"的说法,关于人类精神产物只能由它们的环境来说明,都是唯物的,正确的,"可是当同一个泰纳说人们的境况是由他们的心理所决定的时候,他是在重述18世纪唯心主义的观点"。[1] 再以种族为例,他认为种族也无法解释人物的心理和行为的动因,"问题不在于种族,而在于使我们主人公为此憎恨人类的那些社会生活和个人的情况"。[2] 普列汉诺夫对泰纳的看法是正确的,泰纳强调环境对文学发展的影响,在一定程度上体现了唯物论的观点,但对环境和时代的解释,还只限于社会上层建筑的因素,精神的因素,还没有能够从社会经济基础中去寻找文艺发展的根源,去对文学做历史的分析,没能跳出历史唯心主义的历史观。普列汉诺夫正确指出,"任何一个民族的艺

---

[1] 《普列汉诺夫美学论文集》(1),人民出版社1983年版,第350页。
[2] 《普列汉诺夫美学论文集》(2),人民出版社1983年版,第760页。

术都由它的心理所决定的；它的心理是由它的境况所造成的。而它的境况归根到底是受它的生产力和它的生产关系所制约的"，在他看来，"能说这些话的人，从而也就说出了唯物史观"。①

普列汉诺夫将历史唯物主义运用到文学艺术领域，运用到文学的历史分析中，其中的一个障碍是文学研究中占统治地位的达尔文观点。他们认为人的审美观点和审美能力是与生俱来的，是由人的生理本能决定的。普列汉诺夫认为达尔文所研究的生物科学同社会科学和文艺科学毕竟是不同的领域，不能用生物进化论来代替唯物史观，艺术问题的研究必须"从生物学转到社会学"上来，以历史唯物主义作为艺术研究的基本观点和方法论，才能有所前进。他说，"达尔文主义在社会问题上远不是'sattelfest'【根底扎实】的"，而历史唯物主义的研究领域"恰恰开始于达尔文主义者的研究领域终结的地方"。②

普列汉诺夫在俄国面对的是现代主义的文学批评和主观社会学的批评。俄国现代主义文艺思想的代表伏伦斯基（1863—1926）在大型论文集《俄国批评家》（1896）里，把以别林斯基为代表的俄国革命民主主义批评归之于功利主义和政论批评，认为只有"依据某种唯心主义类型的哲学概念体系"的批评，才是"真正的批评"。在他看来，"象征主义就是艺术描写中的现象世界和神的世界的结合"，艺术创作"只有当艺术家实际上生动地感受神，直接同神接触，本能地把自己的印象同内心宗教情感相结合，才有可能进行"。③ 他认为"真正的批评""应当观察诗的观念在人的精神的神秘深处产生之后，怎样通过作者的生活观念和观点的五花八门的材料表现出来"。④ 从这种观点出发，他极力贬低别林斯基等人的批评，认为普希金不是现实主义者，而是俄罗斯灵魂的讴歌者，是深藏于内心的宗教情感的讴歌者。对此，普列汉诺夫指出，伏伦斯基所指的"真正的批评"是"哲学式的批评"，"也就是唯心主义的批评"。⑤ "他的

---

① 《普列汉诺夫美学论文集》（1），人民出版社1983年版，第350页。
② 同上书，第318页。
③ 《19世纪末20世纪初俄国文学批评文选》，莫斯科，高等学校出版社1982年版，第263—264页。
④ 《普列汉诺夫美学论文集》（1），人民出版社1983年版，第167页。
⑤ 同上书，第157页。

理论哲学归结为完全空洞的词句;他的实践哲学不过是我们的'主观主义社会学'的极端拙劣的模仿"。①

在俄国,普列汉诺夫除了面对现代主义文学批评的唯心主义,也要面对民粹派文学批评的主观社会学。90年代的民粹派的文学批评宣扬主观社会学的文学批评方法。他们观察社会现象不是从现实的社会经济关系出发,而是把主观意识,把所谓"人类天性"看成社会发展的根本动力。在他们看来,俄国资本主义是不符合"人类天性"的,只有农民村社才是符合"人类天性"的。在文学批评领域,他们不是以生活真实,而是以是否符合民粹派的观点作为评价作品的标准。普列汉诺夫对民粹派政论和民粹派创作给予极大关注。他认为宣扬主观社会学的民粹派政论是历史唯心主义的,而民粹派作家的创作如果能突破民粹派社会学说的局限,真实反映俄国社会生活,他们的创作就可能是现实主义的。

显然普列汉诺夫当年面对的欧洲和俄国文艺学对文艺和社会关系的种种阐释虽然五花八门,虽然也很有影响,但归根到底都是历史唯心主义的,无法真正地科学地阐明文艺和社会的关系,无法对文学现象进行科学的历史分析。普列汉诺夫具备很大的理论勇气,在批判种种历史唯心主义观点的基础上,将历史唯物主义运用于文学研究和文学批评之中,使文学的历史分析产生了带根本性的变化。

普列汉诺夫毫不含糊地说,"我对于艺术,就像对于一切社会现象一样,是从唯物史观来观察的"。② 他确信"从今以后(更确切地说,美学的科学理论)只有依据唯物史观,才能够向前进"。他说,"批评在自己过去的发展中,它的代表者愈加接近我所捍卫的历史观点,它就获得愈加牢固的基础"。③ 什么是普列汉诺夫所捍卫的文学批评的历史观点呢?这就是马克思和恩格斯所创立的历史唯物主义。历史唯心主义总是把思想和智慧之类的精神因素的发展,看作是人类社会发展的最终原因,而历史唯物主义则认为作为社会意识的一切思想和知识都是社会存在的反映,物质生活生产方式制约着整个社会关系、政治制度和精神生活。是社会的经济

---

① 《普列汉诺夫美学论文集》(1),人民出版社1983年版,第166页。
② 同上书,第309页。
③ 同上书,第344页。

基础归根到底决定社会的上层建筑，问题是将历史唯物主义运用于文学研究和文学批评领域，也不那么简单，社会的经济基础并不是文学艺术发展的直接决定因素，而是归根到底的、最后的决定因素，中间要通过一些中间环节。普列汉诺夫正是在马克思主义思想指导下，在这方面做出自己独特的重要的理论贡献，把历史唯物主义科学地而不是机械地运用于文学研究和文学批评领域。

普列汉诺夫认为要把历史唯物主义运用于文艺科学，首先必须科学阐明艺术的起源问题。在他看来，先前对艺术起源的种种说法（模仿说、心理说、物理说、宗教魔法说）都不能从根本上说明文艺的起源。从马克思主义的唯物史观出发，他认为艺术起源归根到底应当从原始人的劳动和物质条件中去寻找。他指出劳动是先于艺术的，原始人最初从事艺术活动的冲动是产生于劳动之中；劳动决定原始艺术的内容和性质，原始绘画和舞蹈表现的内容，原始音乐和诗歌的节奏也是源于劳动的节奏；原始人从事艺术活动的能力和审美感也是在劳动中培养起来的，原始人最初是从功利的观点来观察事物，只是后来才从审美观点看待事物。经过种种研究和分析，他认为在原始社会，艺术是同社会生产劳动直接发生关系，明确提出"艺术起源于劳动"。然而普列汉诺夫对劳动对艺术起源产生决定作用并不是做简单的理解，他并不回避原始战争、性爱、原始宗教——图腾崇拜等因素对艺术产生的影响，但他认为这些因素归根到底也是由物质生产劳动决定的。

普列汉诺夫把历史唯物主义运用于文学研究和文学批评领域的另一个重要理论贡献，是科学地说明在阶级社会物质生产和精神生产的关系，艺术和社会生活的复杂关系，从而对文学艺术进行科学的历史分析。

在原始社会，艺术直接反映生产力状况和物质生活条件，而在阶级社会两者的关系就复杂起来了。

俄国的庸俗社会学者认为一切社会的文学艺术都是从生产过程引申出来的。这种观点与马克思关于经济发展和艺术发展不平衡的思想是相违背的。普列汉诺夫当年尽管不知道马克思这一主要思想，但他已经看出原始社会末期由于生产力发展，贫富对立产生，艺术发展已经受到"中间因素"的影响。进入阶级社会以后，艺术同生产力和物质生活条件的直接联系就"大大模糊起来了"①，他认为"这个事实好像是反对唯物史观的，其实是唯物史观的辉煌的证实"。② 早在 1898 年，普列汉诺夫在《关于经济因素》手稿里已经指出："应该记住，这不是一切'上层建筑'都是直接从经济基础中成长起来的：艺术同经济基础发生关系只是间接的。因此在探求艺术的时候必须考虑中间环节。"③ 为了说明经济基础同上层建筑，包括同作为社会意识形态的文学艺术之间的多层次的复杂关系，普列汉诺夫在《马克思主义基本问题》（1907）一书中提出了著名的社会结构"五个环节"的学说：

（一）生产力的状况；
（二）被生产力制约的经济关系；
（三）在一定"经济"基础上生长起来的社会政治制度；
（四）一部分由经济所决定的，一部分由生长在经济上的全部社会政治制度所决定的社会中的人的心理；
（五）反映这种心理特征的各种思想体系。④

这一理论尽管不是没有缺陷，例如没有看到几个环节之间的矛盾，也不能说思想体系只是社会心理的反映，但它是同庸俗社会学观点彻底划清界限的。普列汉诺夫看到了艺术活动是一种"离开经济最远的东西"，特别是注意到了艺术和物质生产之间存在着"中间环节"，艺术同社会心理有广泛的联系，这对于文学研究和文学批评的历史分析有重大的理论意义。

普列汉诺夫在一系列影响文学艺术的"中间因素"中抓住了社会心理，而在阶级社会中社会心理又是受阶级斗争影响的。他指出，艺术是生活的反映，"为了理解艺术是怎样地反映生活的，就必须了解生活的机制"，而"阶级斗争是这种机制中最重要的推动力之一。只有考察这个推

---

① 《普列汉诺夫美学论文集》（1），人民出版社 1983 年版，第 400 页。
② 同上书，第 337 页。
③ 《世界文学》1961 年第 1 期，第 106 页。
④ 《普列汉诺夫哲学著作选集》第 3 卷，三联书店 1962 年版，第 196 页。

动力,只有注意阶级社会和研究它的多种多样的变化,我们才能稍微满意地弄清文明社会的'精神的'历史;'社会思想进程'本身反映着社会多个阶级和他们相互斗争的历史"。① 这就说明了在阶级社会文艺的发展是有规律可循的,是同社会的社会心理和阶级斗争紧密联系的。

普列汉诺夫在《从社会学观点看 18 世纪法国戏剧和法国绘画》(1905)中,就以 18 世纪法国戏剧的更迭为例,说明它如何取决于法国社会历史文化进程,展示了文艺同社会生活、同社会阶级斗争和社会心理紧密相连的生动图景,对这个时期的法国戏剧做了深刻的历史分析。

路易十三时期以前在法国流行的是中世纪流传下来的"闹剧",它是给人民演出的,反映了人民的观点和愿望。到路易十三时期"闹剧"开始衰弱。到了路易十四时期,盛行的是古典主义悲剧,它的主人公是帝王将相,是"英雄",同人民的观点和愿望毫无共同之处,它的形式也是程式化的"三一律"。而这一切是同封建贵族的崇高和尊严相适应的。到了路易十五统治时期,随着贵族的衰落和资产阶级的兴起,作为 18 世纪法国资产阶级肖像的流泪喜剧应运而生,它不再写古代帝王和英雄,转而表现普通人的生活,宣扬资产阶级的家庭美德,艺术形式也生动得多。然而当时法国资产阶级已经壮大,他们要战斗,要英雄主义,流泪喜剧已无法满足他们的要求,于是只好到古代寻找英雄,因此古典主义悲剧又东山再起,虽然悲剧的形式没有变化,但内容已经迥然相异。这时的法国悲剧全无贵族的矫揉造作,斯巴达克式的古典英雄大举进入,封建贵族的古典主义悲剧的"旧皮囊"已装进了资产阶级英雄主义的"新酒"。

普列汉诺夫在《谈谈工人运动的心理(评马克西姆·高尔基的〈仇敌〉)》(1907)中,从文学艺术表现社会心理的角度,对高尔基引起争议的剧本《仇恨》给予高度评价,认为作家敏锐感受到工人运动的变化,工人阶级心理的变化,肯定了工人阶级所具有的自我牺牲精神和团结战斗精神这一新的社会心理特征。他说:"描写阶级斗争的艺术家,应当向我们表明,剧中人物的精神状态是受到阶级斗争支配的,阶级斗争是怎样决定他们的思想和感情的。总之,这样的艺术家必须同时又是心理学家。高尔基这篇新作品之所以出色,正是因为它在这一方面已经符合了严格的要

---

① 《普列汉诺夫美学论文集》(1),人民出版社 1983 年版,第 496 页。

求。《仇恨》恰好在社会心理方面是很有意思的。我很愿意把这个剧本推荐给一切对现代工人运动感到兴趣的人们。"①

从普列汉诺夫这两篇评论来看，他坚持并发展了历史唯物主义的批评方法，一方面，坚持社会存在决定社会意识，随着社会的变迁，文学艺术产生重大变化；另一方面，又没有沦为庸俗社会学，没有把文学艺术和社会历史的联系简单化，而是突出了时代阶级斗争和时代社会心理的重要影响。这是普列汉诺夫对文艺的历史批评的独特的、重要的理论贡献。

（二）

普列汉诺夫对文学和艺术的美学分析是基于他对艺术特征的深刻认识，正是从这种认识出发，他的美学分析强调艺术内容和形式相统一，艺术的真实性等美学分析的重要问题。

普列汉诺夫在强调艺术是社会生活的反映，是社会生活的精神产物，是社会经济基础上产生和发展起来的社会意识形态的同时，充分重视艺术同其他社会意识形态的区别，充分重视艺术反映社会生活的特征。他从艺术反映社会生活的形式、对象和内容等方面把握艺术的特征。首先，他继承黑格尔和别林斯基的观点，指出艺术的重要特征在于用生动的形象来表现社会生活。他说："艺术既表现人的感情，也表现人的思想，但是并非抽象地表现，而是用生动的形象来表现。艺术的主要特征就在于此。"②他在概括别林斯基"五条美学规律"时，头一条就说明"诗人应当表明，而不应当证明；'是用形象和图画来思维，而不是用三段论法和两段论法来思维'"。③他认为艺术家、作家如果用逻辑议论取代形象思维，把抽象的和图式化的东西带入作品，那必然会损害艺术性，并受到艺术规律的惩罚，就连易卜生这样的大家也无法逃脱。其次，普列汉诺夫并不局限于前人的观点，他认为艺术有别于其他社会意识形态，不仅在于反映形式不同，还在于反映对象不同。他在《没有地址的信》的手稿中曾经指出："不是任何思想都可以用生动的形象表现出来（比方说，您试试表现一下

---

① 《普列汉诺夫美学论文集》（2），人民出版社 1983 年版，第 591 页。
② 《普列汉诺夫美学论文集》（1），人民出版社 1983 年版，第 308 页。
③ 同上书，第 220 页。

这样的思想，直角形的直角边的平方之和等于斜边的平方），所以黑格尔（我国的别林斯基也和他说的并不完全对）……"① 手稿在这里中断，但可以看出普列汉诺夫已经察觉出艺术有自己特殊的对象。那么艺术的特殊对象是什么呢？普列汉诺夫曾不止一次触及这个问题。他强调，"艺术的主要对象是人"，是"人的精神戏剧"，是人的"心境"和"伟大心灵的热情"。② 总之，他认为艺术的特殊对象是人，是人的思想感情。他在谈到托尔斯泰关于艺术是作家体验过的表现人的情感的定义时说："艺术开始于一个人在自己心里重新唤起他在周围现实影响下所体验过的情感和思想，并且给予它们以一定的形象的表现。"③

普列汉诺夫认为文艺批评既是社会历史批评，也是美学批评，从艺术的特征出发，他给美学分析提出的主要内容是艺术内容和艺术形式的统一。

普列汉诺夫非常重视艺术作品的思想内容，他指出："没有思想内容的艺术作品是不可能有的。甚至连那些只重视形式而不关心内容的作家的作品，也还是运用这种或那种形式来表达某种思想的。"④ 同时，他又认为，"并不是任何一种思想都可以成为艺术作品的基础"。他多次援引英国评论家赖斯金的一段名言：一个少女可以歌唱她失去的爱情，但是一个守财奴却不能歌唱他所失去的金钱，因为后者是不会打动任何人的。他始终为文艺的崇高的思想性而斗争，在他看来，"一个艺术家如果看不见当代最重要的社会思潮，那么他的作品所表达的思想实质的内在价值就会大大降低。这些作品也就必然因此受到损害"。⑤ 在内容和形式关系上，普列汉诺夫认为内容具有决定意义，"那就是艺术作品的价值归根结蒂取决于它的内容的比重"。⑥ 他指出现代艺术中印象派在绘画技术上下过功夫，画了一些出色的风景画，可是由于他们对作品的思想内容漠不关心，对人的思想感情漠不关心，终究没有成为第一流的肖像画家。而文学的衰落也

---

① 《普列汉诺夫遗著》第3集，莫斯科，1934年，第4页。
② 转引自《外国文学研究集刊》第4辑，第140页。
③ 《普列汉诺夫美学论文集》（1），人民出版社1983年版，第308页。
④ 《普列汉诺夫美学论文集》（2），人民出版社1983年版，第836页。
⑤ 同上书，第848页。
⑥ 同上书，第838页。

常常开始于对形式的重视胜过对内容的重视。形式主义的过错不在于探索新的形式，而在于完全忽视艺术的内容，他们不懂得内容决定形式。

内容决定形式，形式必须同内容一致，但这决不意味着形式是无关紧要的。把形式的优劣看作是艺术作品美与不美的一种体现和一个美学标准，是普列汉诺夫关于内容和形式关系的一个重要思想。他认为作家不能把自己的思想，即使是非常先进和崇高的思想赤裸裸地输入作品。因为那样做不仅不可能有思想，而且艺术将不成其为艺术。他指出："谁要是认为可以'为了思想'而牺牲形式，那他就不是一个艺术家，即使他从前曾经是艺术家。"① 普列汉诺夫在强调艺术作品的思想内容时，从不忽视作品的艺术形式问题。他在总结别林斯基五条"美学原则"时特别指出，"形式和内容的完全一致是真正艺术作品的第一个主要标志"。② 他在谈到艺术史上多种流派的创作规律时写道："这一切规律最终不过归结为一点：形式必须和内容相适应。然而这个规律对于一切流派——不论古典主义者，还是浪漫主义者等等，都是重要的。"③ 在他看来，内容和形式的统一是文学艺术作品美的表现，是对文学艺术作品进行美学分析的主要内容。

除了内容与形式的统一，普列汉诺夫美学分析所关注的另一个内容是艺术的真实性问题，艺术的现实主义问题。

现实主义离不开真实，但真实并不是现实主义的同义语。普列汉诺夫认为现实主义艺术的真实不能像自然主义那样只停留在"现象的外壳"的真实上，只表现平庸小市民生活的渺小的思想和渺小的激情，只有深入到"现象外壳"内里，"阐明社会关系的某一个方面的时候，才会有意义"。④ 他认为在雨果的浪漫主义那里，"人的热情被他在最抽象的形态中'把握'着，并且在虚构的、假造的，可以说，完全'空想的'情势里活动着"。而在现实主义者的巴尔扎克那里，"他'把握'的是他当时的资产阶级社会给他的那种形态中的热情；他以自然科学者的注意来追踪他们

---

① 《普列汉诺夫美学论文集》（2），人民出版社 1983 年版，第 886 页。
② 《普列汉诺夫美学论文集》（1），人民出版社 1983 年版，第 403 页。
③ 《普列汉诺夫美学论文集》（2），人民出版社 1983 年版，第 935 页。
④ 同上书，第 847 页。

怎样在一定的社会环境里成长和发展，因为这样，他成了最深刻的现实主义者"。① 显然，自然主义描写的是"现实的外壳"，局限于表现"渺小的思想和激情"，浪漫主义描写的是那种最抽象形态中的人的热情，而现实主义描写的是一定时代和一定社会给人的那种形态中的热情，这种人是"在一定的社会环境里成长和发展"着。在他看来，正是对具体人物和他所处的社会环境、社会关系的真实描写，成了现实主义同自然主义、同浪漫主义的界限。

普列汉诺夫运用现实主义的真实观对文学作品进行美学分析时，最有价值的理论创见是看到现实主义创作方法能使作家摆脱世界观的局限性，从而真实反映现实。例子之一是福楼拜。普列汉诺夫认为福楼拜的思想是"保守的或者部分的甚至是反动的"，但"客观性是福楼拜的创作方法最有力的一面"，他用客观的态度来对待他所描写的社会环境，从而违反了自己"深刻的思想偏见"，"创造出在艺术上很有价值的东西来"，他的作品"对于任何从事社会心理现象的科学研究的人们来说，具有绝对必须研究的文献意义"。② 例子之二是19世纪70年代俄国民粹派作家乌斯宾斯基、卡罗宁和纳乌莫夫。他在1888年评论文章中首先把作为政论家的民粹派和作为小说家的民粹派区分开来。在他看来，宣扬主观社会学的民粹派政论是历史唯心主义的，而民粹派作家采用了"完全是现实主义"的创作方法，他们突破了民粹派学说美化农村的局限，没有按照民粹派的观点去剪裁现实，而是"仔细地倾听艺术的真实"，真实地描写了农村生活极其尖锐的矛盾，揭露了民粹派运动的幻灭和悲剧。普列汉诺夫就卡罗宁的创作写道，"他尽管具有民粹主义的一切偏见和成见，仍然从事于描写我国农民生活的这样一些方面，而民粹派的全部'理想'一跟这些方面碰撞，就将化为灰烬"，他"以小说家的资格推翻他本人在政论基础上所热烈拥护的一切东西"。③ 普列汉诺夫认为，"必须十分仔细研究民粹派小说家的作品，就像研究俄罗斯国民经济统计著作或者农民习惯法的著作一样"，而且"没有任何专门研究著作能够代替他们所描写的人民生活的

---

① 普列汉诺夫：《论西欧文学》，人民文学出版社1957年版，第106页。
② 《普列汉诺夫美学论文集》（2），人民出版社1983年版，第843—846页。
③ 《普列汉诺夫美学论文集》（1），人民出版社1983年版，第72—73页。

图画"。①

(三)

普列汉诺夫对文学艺术的社会历史批评和审美批评,从理论上到实践上都做出了独特的重要的贡献,同时也存在一些问题。

普列汉诺夫认为文艺批评就是"对艺术作品的估量"。② 他在《〈二十年间〉文集第三版序言》(1908) 中,明确提出文艺批评的两项任务和两个阶段,认为第一个任务和第一阶段是把某一作品的思想从艺术的语言翻译成社会学的语言,从而找出那可以称之为某一文学现象的社会学等价物的东西,这就是所谓的社会批评;第二个任务和第二个阶段是评价作品的艺术价值,就是探求艺术家怎样把自己的思想具体表现在艺术形象中,这就是所谓的美学批评。同时他也指出这两者之间存在不可分割的内在联系:第一个步骤不但不排除第二个步骤的必要性,而且正是要引出作为必要补充的第二个步骤。③ 在他看来,对艺术作品既要进行社会历史批评,也要进行美学批评,既要进行思想分析,也要进行艺术分析,而且两者缺一不可,并且相互联系。这种见解是同他对艺术的本质和特征的认识相联系的。他指出那种以为批评家只能批评艺术形式,而思想家才能评价艺术内容的观点是错误的,他认为,"分析艺术作品,就是了解它的观点和评价它的形式。批评家应当既评判内容,也评判形式;他应当既是美学家,又是思想家"。④ 然而,普列汉诺夫将文艺批评机械地分为两个阶段,两个步骤容易割裂艺术作品的内容和形式,而且把文学作品的内容仅仅归为思想也不够全面。他的这种观点对苏联 20 年代的庸俗社会学批评有很大的影响。

在批评实践中,普列汉诺夫曾在 1907—1911 年写了六篇关于列夫·托尔斯泰的评论。在这些评论中,他同列宁一样给予托尔斯泰很高的评价,认为他是"俄罗斯大地的伟大作家",具有巨大的艺术才能。同时他

---

① 《普列汉诺夫美学论文集》(1),人民出版社 1983 年版,第 9 页。
② 《别林斯基百年纪念》,《瞿秋白文集》第 2 卷,人民文学出版社 1953 年版,第 1090 页。
③ 《普列汉诺夫文集》第 14 卷,国家出版社 1923—1927 年版,第 186 页。
④ 《普列汉诺夫美学论文集》(1),人民出版社 1983 年版,第 259—260 页。

也指出托尔斯泰的矛盾和软弱,指出托尔斯泰"只是作为艺术家才是伟大的,绝不是作为一个教派的信徒。他的教义并不证明他伟大,而是证实他的软弱"。① 他认为托尔斯泰的说教是反马克思主义的,是对革命运动有害的,他说,"既然他从事这种说教,所以他本人尽管不愿意也没有觉察到,都站到人民的压迫者一边"。② 普列汉诺夫的这些评论是同列宁一致的,另一方面他的评论也存在明显的不足。这表现在两个方面。首先,普列汉诺夫没有看到托尔斯泰从贵族立场到宗法制农民立场的转变,仍然把托尔斯泰看成"贵族的儿子"、"贵族的思想家"、"到晚年也是个大地主"。③ 这样,他就无法像列宁那样,从宗法制农民的长处和短处的角度找到托尔斯泰创作和学说的力量和弱点的阶级根源。其次,普列汉诺夫没有把托尔斯泰的矛盾看成是时代的矛盾的反映,而仅仅看成是作家个人的思想矛盾。在他看来,托尔斯泰的矛盾是"天才的艺术家和极软弱的思想家"的矛盾,④ 是一个唯心主义者的历史悲剧,由于不承认人的精神世界对外部世界的依赖,他只能从自我内心省察中,在唯心主义虚妄的梦幻中寻找摆脱现实的出路。这种看法说明普列汉诺夫不是像列宁那样从艺术反映论的观点出发来分析托尔斯泰创作和学说的矛盾同他所处的时代的社会历史环境的关系。从马克思主义的历史批评来看,批评家所注意的与其说是作家的阶级属性,不如说是他同社会历史环境的关系,他对社会历史发展趋势的客观代表性。

二 列宁的政论批评和文艺批评——列宁论托尔斯泰创作和俄国农民心理

(一) 列宁论托尔斯泰和社会心理批评

人们在评论俄国伟大作家列夫·托尔斯泰时,往往会想到列宁对托尔斯泰的评论。列宁在 1908 年到 1911 年期间,写了一组专门评论托尔斯泰

---

① 《俄国作家批评家论列夫·托尔斯泰》,中国社会科学出版社 1982 年版,第 250 页。
② 《普列汉诺夫美学论文集》(2),人民出版社 1983 年版,第 746 页。
③ 同上书,第 746、733 页。
④ 同上书,第 723 页。

的文章。就托尔斯泰在世界文学史上所占的重要地位而言，就列宁在马克思主义文艺理论批评史上所占的重要地位而言，这组评论的重要意义是显而易见的。

列宁头一篇文章的标题就明确指出"列夫·托尔斯泰是俄国革命的镜子"，在文中又谈到"如果我们看到的是一位真正伟大的艺术家，那末他就一定会在自己的作品中至少反映出革命的某些本质的方面"，强调"从俄国革命的性质、革命的动力这个观点去分析他的作品"。[①] 一个世纪以来，不少评论也就着重研究列宁如何用反映论的观点来阐明托尔斯泰和俄国革命的关系，随之而来的也就不断有人认为列宁对托尔斯泰的评论是一种政论批评，而不是文艺批评。列宁的评论固然有强烈的政论色彩，着重从政治上提出问题，但是很难否定它们是一组相当出色的文艺评论。问题不在于列宁评论本身，而在于人们对列宁评论的理解过于简单。事实上列宁在评论中所体现出的反映论不是简单的反映论，机械的反映论，而是辩证唯物主义的艺术反映论，他不仅注意到了托尔斯泰的创作和俄国革命之间的联系，而且充分注意到了这种联系的全部复杂性和独特性。

首先，列宁并不把托尔斯泰的创作看成是俄国革命的直接反映，而是充分注意社会心理在其中所起的重要作用。普列汉诺夫早已指出文艺是以社会心理为中介来反映社会政治经济的，列宁在论托尔斯泰的文章中，也持同样的观点。他从分析托尔斯泰学说和创作的矛盾入手，进而指出托尔斯泰学说和创作的强处和弱点正是俄国19世纪后三十年农民心理和情绪的反映，指出"作为俄国千百万农民在俄国资产阶级革命快到来的时候的思想和情绪的表现者，托尔斯泰是伟大的"。[②] 正因为托尔斯泰的创作深刻地体现了俄国资产阶级革命时期的俄国农民的心理和矛盾，有助于人们认识19世纪后三十年俄国社会的矛盾，认识俄国资产阶级革命的性质，列宁才称托尔斯泰是俄国革命的一面镜子。在这里，列宁的评论遵循的路线是托尔斯泰创作——俄国农民心理——俄国革命，而不是托尔斯泰创作——俄国革命。这种评论是同那种把文学同政治、革命直接画等号的庸俗社会学批评完全划清界线的。

---

① 《列宁论文学与艺术》，人民文学出版社1983年版，第201页。
② 同上书，第203页。

其次，列宁充分注意到农民心理对托尔斯泰创作的重大影响。列宁不仅指出托尔斯泰是俄国农民心理的表现者，而且分析了农民心理和托尔斯泰创作独创性之间深刻的内在联系，认为托尔斯泰一旦将农民心理放到自己的创作中，放到自己的批判，自己的学说中，它就会使托尔斯泰的创作发生重大变化，从而形成具有独创性的思想内容和艺术形式。在列宁看来，托尔斯泰创作的思想力量和艺术力量来自农民心理，托尔斯泰创作鲜明的思想特色和艺术特色，也都来自农民心理。列宁不仅注意到了社会心理和文学创作内容的内在联系，而且注意到了社会心理同艺术作品形式和风格的内在联系。这种分析比起前人来，应当说是大大前进了一步。

总的来说，列宁对托尔斯泰的评论是一组优秀的文艺评论，它是政论式批评的典范，也是社会心理批评的典范，它对于我们理解文学与社会心理之间复杂的和多方面的联系，富有极大的启示。

（二）托尔斯泰创作的矛盾和俄国农民心理

在分析托尔斯泰创作和思想的矛盾时，存在两种在方法论上截然对立的做法。一种是托洛茨基和普列汉诺夫的做法，他们不是从托尔斯泰的作品出发，而是从托尔斯泰的阶级出身出发，来分析托尔斯泰创作和思想的矛盾。托洛茨基否定托尔斯泰思想发展有过激变，认为托尔斯泰"从懂事的时候起直到今天，在他最新创作所反映的内心深处来看都始终是一个贵族"。他把托尔斯泰创作和思想的全部矛盾归结为作家个人生活的矛盾，作家庄园内部的矛盾。普列汉诺夫也认为托尔斯泰"到死都是一个大地主"，并且把思想和艺术割裂开来，称托尔斯泰是"天才的艺术家和极低能的思想家"[1]。另一种是列宁的做法，他首先不是从托尔斯泰的阶级出身出发，而是从托尔斯泰的作品出发，从作品所反映的社会矛盾和阶级心理出发，从中看到托尔斯泰立场的变化，看到托尔斯泰创作同俄国革命转折时期千百万农民思想情绪和心理特点的内在联系。

从托尔斯泰创作的实际出发，列宁明确指出：

> 托尔斯泰的作品、观点、学说、学派中的矛盾的确是显著的。一

---

[1] 《俄国作家批评家论列夫·托尔斯泰》，中国社会科学出版社1982年版，第474页。

方面，是一个天才的艺术家，不仅创作了无与伦比的俄国生活的图画，而且创作了世界文学中第一流的作品；另一方面，是一个发狂地笃信基督的地主。一方面，他对社会上的撒谎和虚伪作了非常有力的、直率的、真诚的抗议；另一方面，是一个"托尔斯泰主义者"，即是一个颓唐的、歇斯底里的可怜虫，所谓俄国的知识分子，这种人当众捶着自己的胸膛说："我卑鄙，我下流，可是我在进行道德上的自我修养；我再也不吃肉了，我现在只吃米粉糊子。"一方面，无情地批判了资本主义的剥削，揭露了政府的暴虐以及法庭和国家管理机关的滑稽剧，暴露了财富的增加和文明的成就同工人群众的穷困、野蛮和痛苦的加剧之间极其深刻的矛盾；另一方面，狂信地鼓吹"不用暴力抵抗邪恶"。一方面，是最清醒的现实主义，撕下了一切假面具；另一方面，鼓吹世界上最卑鄙龌龊的东西之一，即宗教，力求让有道德信念的僧侣代替有官职的僧侣，这就是说，培养一种最精巧的因而是特别恶劣的僧侣主义。①

列宁在这里，从四组八个方面详尽地分析了托尔斯泰创作和思想的种种矛盾，这些矛盾归纳起来看，从思想上讲，就是对现实的无情揭露和彻底批判同企图用道德自我完善和不以暴力抗恶的方法来解决社会问题之间的矛盾；从艺术上讲，就是撕下一切假面具的最清醒的现实主义同缺乏艺术力量的宗教说教的矛盾。正是前者使托尔斯泰成为天才的艺术家，使他的创作充满力量，成为世界一流的作品，而后者则充分表现了托尔斯泰软弱的一面，使得他的作品的思想艺术力量受到严重的削弱。

列宁对托尔斯泰矛盾的揭示是符合托尔斯泰创作实际的，抓住了托尔斯泰创作的本质，因此它具有很强的概括性。我们在托尔斯泰的作品中常常可以看到列宁所揭示的矛盾，特别是在后期的作品中这种矛盾表现得更为充分和突出。例如在长篇小说《复活》中，托尔斯泰对俄国现实的黑暗、罪恶和虚伪作了最有力的揭露和最深刻的批判。小说中，以主人公聂赫留多夫为玛丝洛娃等无辜犯人奔走于上流社会、法庭、政府机构为线索，揭露了法庭的反人民本质，宗教的虚伪，并且对地主土地所有制作了

---

① 《列宁论文学与艺术》，第 202—203 页。

最彻底的否定。正如列宁所说的："他在自己的晚期作品里，对现代一切国家制度、教会制度、社会制度和经济制度作了激烈的批判，而这些制度所赖以建立的基础，就是群众的被奴役和贫困，就是农民和一般小业主的破产，就是从上到下充满着整个现代生活的暴力和伪善。"① 另一方面，在《复活》中，我们也看到托尔斯泰主义的充分表现。在作品的第三部，托尔斯泰的批判调子明显降低，作家几乎看不到战胜"恶"的可能，看不到解决社会矛盾的办法，于是他就寄希望于主人公的良心发现和精神复活，寄希望于他们的"道德自我完善"，甚至主张服从上帝的戒律，宽恕一切人，彼此相亲相爱。同时，托尔斯泰还通过对革命者的歪曲描写，宣扬不抵抗主义、改良主义，宣扬不以暴力抗恶。他引用《马太福音》的戒律，告诫人们不要以牙还牙，以眼还眼，而要温顺地忍受欺侮。他天真地认为："一旦执行这些戒律（而这是完全可以办到的），人类社会的全新结构就会建立起来，到那时候不但惹得聂赫留多夫极其愤慨的所有那些暴力会自动消失，而且人类所能达到的最高幸福，人间天堂，也可以实现。"可以说，托尔斯泰的力量和软弱，托尔斯泰的直率和真诚、天真和可笑，在长篇小说《复活》中都得到淋漓尽致的表现。

关于托尔斯泰创作和思想的矛盾，在列宁之前的俄国文学评论中实际上已经涉及。俄国民粹派文学评论家米海洛夫斯基在《列夫·托尔斯泰的左手和右手》②（1875）中，就称托尔斯泰的作品是"优秀的艺术镜子"。他认为"托尔斯泰伯爵十分坚定地站在粗暴、肮脏和愚昧的人民一边"。托尔斯泰的右手（长处）是厌恶不劳而获的有闲阶级，坚定地维护无闲阶级，反对颂扬资本主义；托尔斯泰的左手（短处）是宿命论，作家认为文明的人们"有权利和义务把某种为人民所缺乏的东西提供给人民"，"但我们有能力这样做吗？我们会不会只能将事情搞糟了呢？不如让事情听天由命不是更好吗？"于是，托尔斯泰的"左手伸出来了"。

列宁之前的俄国评论显然已经涉及托尔斯泰创作和思想存在的矛盾，然而他们对产生矛盾的原因茫然不解，只能把它看成是作家个人内心的矛盾，只能从作家个人身上去寻找原因。这种看法当然是不科学的，因为任

---

① 《列宁论文学与艺术》，第 217—218 页。
② 米海洛夫斯基：《文学批评论文集》，莫斯科，1957 年，第 59—180 页。

何一个作家创作和思想的矛盾总是同一定的时代和一定的阶级相联系的。那么,托尔斯泰创作所体现的力量和弱点,所体现的思想和情绪是同哪个阶级相联系的呢?显然,无论是贵族阶级的作家还是资产阶级的作家,对现存制度,对国家和社会都不可能有那么强烈的激愤的仇恨和抗议,具有那样一种彻底的大无畏的批判精神。在列宁看来,托尔斯泰创作和思想所体现的力量和弱点,只能是同革命转折时期的俄国农民的情绪和心理相联系。

首先,列宁认为托尔斯泰虽然出身于贵族阶级,然而到了80年代,现实生活条件的变化促使他站到了农民一边。列宁说:"乡村俄国一切'旧基础'的急剧的破坏,加强了他对周围事物的注意,加深了他对这一切的兴趣,使他的整个世界观发生了变化。就出身和所受的教育来说,托尔斯泰是属于俄国上层地主贵族的,但是他抛弃了这一阶层的一切传统观点,他在自己的晚期作品里,对现代一切国家制度、教会制度、社会制度和经济制度作了激烈的批判。"①

其次,列宁认为托尔斯泰的世界观和立场转到农民一边后,他的创作和思想的矛盾,只能是俄国宗法制农民的革命性和软弱性的矛盾的艺术反映。1861年到1905年的俄国革命是农民资产阶级革命,俄国宗法制农民是这场革命的动力和主力军。俄国农民长期受农奴制的压迫,继而又遭资本主义的洗劫,他们怀有深仇大恨,要求推翻地主政府,铲除官办教会,废除土地私有制,具有很强的革命性。同时,由于阶级的局限性,他们又对统治者抱有幻想,斗争不坚决,常常与敌人妥协,显得非常软弱。列宁说:"在托尔斯泰的作品里,正是既表现了农民群众运动的力量和弱点,也表现了它的威力和局限性。"② 托尔斯泰作品中对官方政府和官方教会的强烈抗议,对土地私有制的彻底否定,对资本主义的无情揭露,都充分体现了农民的力量和威力;托尔斯泰作品所宣扬的道德自我完善,不以暴力抗恶,逃避政治,悲观绝望,则充分反映了农民的弱点和局限。因此列宁说:"托尔斯泰观点中的矛盾,的确是一面反映农民在我国革命中的历

---

① 《列宁论文学与艺术》,第217页。
② 同上书,第211页。

史活动所处的各种矛盾状况的镜子。"①

(三) 托尔斯泰的艺术独创性和俄国农民心理

列宁既分析了托尔斯泰创作的矛盾源于俄国农民心理，同时认为托尔斯泰创作的艺术独创性同俄国农民心理也有内在联系。列宁分析托尔斯泰艺术成就的一个重要特点，就是紧紧抓住托尔斯泰的创作个性。在分析托尔斯泰创作的艺术独创性时，他既分析了托尔斯泰创作艺术独创性同俄国农民心理的内在联系，又分析了农民心理给托尔斯泰创作带来的鲜明的思想特色和艺术特色。这可以说是列宁论托尔斯泰文章最为精彩的内容之一，它对于我们了解社会心理同文学创作的微妙关系极富启示意义，可惜这一点往往被论者忽略了。

列宁指出："托尔斯泰的批判并不是新的。"② 同时，他又指出："托尔斯泰富于独创性。"③ 这两者看似矛盾，实际上是一致的。所谓"托尔斯泰的批判并不是新的"，是指"他不曾说过一句那些早已在他以前站在劳动者方面的人在欧洲和俄国文学中所没有说过的话"。也就是说，托尔斯泰对封建农奴制的批判和对资本主义的批判，以往同情劳动人民的贵族阶级作家和资产阶级作家，在欧洲文学和俄国文学中都曾经进行过。然而，由于他们的阶级局限，他们对劳动人民仅限于同情，对封建农奴制和资本主义的批判也不是彻底的。列宁说托尔斯泰富于独创性，是指他既不是从贵族阶级的立场，也不是从资产阶级的立场（当然更不会是从工人阶级的立场），而是站在宗法制农民的立场对封建农奴制和资本主义进行批判的。列宁明确指出："托尔斯泰是用宗法制的天真的农民的观点进行批判的，托尔斯泰把农民的心理放在自己的批判、自己的学说当中。"④ 这句话是至关重要的。在列宁看来，正因为托尔斯泰把农民的心理放入自己的批判，让农民心理渗透于自己的创作中，才使托尔斯泰的创作发生重大变化，给托尔斯泰的创作带来了贵族阶级作家和资产阶级作家的作品所

---

① 《列宁论文学与艺术》，第203页。
② 同上书，第218页。
③ 同上书，第203页。
④ 同上书，第218页。

未曾有过的极其鲜明的思想特色和艺术特色。在他看来，托尔斯泰创作的艺术独创性源于农民立场和农民心理，托尔斯泰作品的思想力量和艺术力量也都来自农民的心理。

那么农民心理给托尔斯泰的作品带来了什么样的思想特色和艺术特色呢？

列宁认为托尔斯泰创作最大的特色是情感的真挚和诚恳。我们清楚地看到，在托尔斯泰的作品中，无论是对专制制度和官方教会的无情揭露，对资本主义的抗议，还是对下层劳动者的深切同情，甚至是对列宁所批判的"道德自我完善"、"不以暴力抗恶"的追求，都是非常真诚的。因此，列宁在论托尔斯泰的文章中，一而再，再而三，多次提到托尔斯泰情感的真诚绝不是偶然的。例如，列宁谈到"托尔斯泰以巨大的力量和真诚鞭打了统治阶级……"[①]；"他对社会上的撒谎和虚伪作了非常有力的、直率的、真诚的抗议"[②]；他"曾经以巨大的力量、信念和真诚提出许多有关现代政治和社会制度的基本特点问题"[③]；他的批判"有这样充沛的感情，这样的热情，这样有说服力，这样的新鲜、诚恳并有这样'追根究底'要找出群众灾难的真实原因的大无畏精神"[④] 等。这里所说的"真诚"和"诚恳"是出自作家内心的赤诚之心，是作家对他所描写的客观对象的真挚的爱憎感情。在列宁看来，托尔斯泰的真诚，不仅来自于作家个人，而且来自于俄国宗法制农民的情感和心理。列宁说："他对国家、对警察和官方办的教会的那种强烈的、激愤的而且常常是尖锐无情的抗议，表达了原始的农民民主的情绪，在这种原始的农民民主要求里积累了农民群众由于几世纪以来农奴制的压迫，官僚的横暴和劫掠，以及教会的伪善、欺骗和诡诈而发出的极大的愤怒和仇恨。"[⑤] 实际上也就是说，如果托尔斯泰不是把农民的心理放在自己的批判中，也就不可能有托尔斯泰对农奴制和资本主义那种有力的、真诚的揭露和抗议。

非常有意思的是，列宁把真诚视为托尔斯泰创作最大的特点，托尔斯

---

① 《列宁论文学与艺术》，第220页。
② 同上书，第202页。
③ 同上书，第216页。
④ 同上书，第218页。
⑤ 同上书，第211页。

泰本人也恰恰是把真诚视为艺术的首要条件。托尔斯泰在不同时期，不同场合对艺术提出的三个条件（正确道德态度，叙述的清晰，真诚）尽管内容和表达方式各不相同，但唯一不变的是他始终将真诚视为艺术首要的和决定性的条件。他在《艺术论》（1897—1898）中论及艺术三条件后说：" 我说艺术价值和艺术感染力决定于三个条件，而实际上只决定于最后一个条件，就是艺术家内心有一个要求，要表达出自己的感情。""因此第三个条件——真诚——是三个条件中最重要的一个。"[1] 他在致戈里采夫的信（1889）中说到艺术三条件时也说："上述三个基本条件是任何艺术作品所必备的，而第三条是主要的：缺了这一条，即缺了对工作对象的热爱，退一步说，缺乏对它真诚的正确态度，艺术作品便完蛋了。"[2] 托尔斯泰把真诚视为艺术的首要条件，自然同他对艺术本质的理解有关（他把艺术本质界定为情感的传达，认为真正作品是来自作家内心真诚的要求，是作家激情的产物），然而也应当看到，这同托尔斯泰转到宗法制农民立场之后美学观的变化也有内在的联系。

农民心理给托尔斯泰创作带来的另一个重要特色是"撕下了一切假面具"的"最清醒的现实主义"。如果说真诚是托尔斯泰的一种主观倾向，那么它体现在作品中便化为"最清醒的现实主义"。由于托尔斯泰具有宗法制农民的真诚，具有对他所描写的事物的真实的爱憎感情，他对俄国农民千百年来所受的苦难抱有深切同情，对压迫人民的专制制度和统治阶级怀有深仇大恨，所以他的揭露具有一种强烈的批判力量，具有一种来自农民心理的热情、新鲜和诚恳。我们看到，托尔斯泰在作品中从不粉饰，从不理想化，而是如实揭露现实的矛盾，无情地撕下一切假面具。同其他现实主义作家相比，托尔斯泰的现实主义具有更强烈的批判力量。

托尔斯泰的揭露和批判直指专制制度，特别是在描写那些统治阶级人物时，他善于透过他们外表的华丽辉煌、温文尔雅，暴露出他们的丑恶和虚伪。在《复活》的法庭审判场面上，检察官和法官个个道貌岸然，端坐在堂皇威严的法庭，而实际上，他们都是内心龌龊，草菅人命。副检察官登堂前一夜醉酒，打牌，逛妓院，没来得及看完犯人卷宗就要起诉，胡

---

[1]《托尔斯泰论创作》，漓江出版社1982年版，第25页。
[2] 同上书，第130页。

说"犯罪是下层阶级的天性"。三个法官,一个与妻子吵架,惦着午饭没着落;一个想着治胃病的药方灵不灵;一个急着赶紧收拾好去会红头发情妇。正是由于他们拿普通人的命运当儿戏,受尽凌辱的玛丝洛娃才被错判发配西伯利亚服苦役。在托尔斯泰笔下,法庭的假面具被撕下了。托尔斯泰清醒地看到,"法院无非是一种行政工具,用来维护对我们的阶级有利的现行制度罢了"。沙皇专制机构"从上到下充满着整个现代生活的暴力和伪善"。

托尔斯泰在描写下层劳动群众时,不仅表现他们的善良纯朴,他们的受侮辱和受损害,而且着力表现他们的仇恨和愤怒。他们在上层阶级面前不低三下四,不受欺骗,不存任何幻想,充分体现出托尔斯泰清醒的现实主义精神。在玛丝洛娃这个人物身上,作家着力表现她的鲜明的阶级意识,在她的情感中和心里沉淀了俄国农民千百年积累的愤怒和仇恨。在那个凄风苦雨的秋夜,玛丝洛娃怀着身孕赶到车站去会聂赫留多夫。隔着车窗,"他,在灯火明亮的车厢里,坐在丝绒的靠椅上,说说笑笑,喝酒取乐。我呢,却在这儿,在泥地里,在黑暗中,淋着雨,吹着风,站着哭泣……"正是从这可怕的夜晚起,卡秋莎再也不相信善,再也不相信上帝,认为"一切有关上帝和善的话都是骗人的"。后来,当聂赫留多夫表示要赎罪,要同她结婚时,她对贵族阶级的伪善简直是怒不可遏,她的仇恨完全是火山爆发式的,她气愤地向他大喊:"我是苦役犯,是窑姐儿。你是老爷,是公爵……我的价钱是一张十卢布的钞票。""你在尘世上的生活里拿我取乐还不算,你还打算在死后的世界里用我来拯救你自己!我讨厌你!讨厌你那副眼镜,讨厌你那肮脏的肥脸!你走开!走开!"玛丝洛娃对待上层阶级的态度如此鲜明,如此决绝,这在以往批判现实主义作品的下层人物形象中是很难见到的。我们不能不承认托尔斯泰的创作确实"反映了一直到最深的底层都在汹涌激荡的伟大人民的海洋",俄罗斯千百万受侮辱和受损害的玛丝洛娃通过托尔斯泰的嘴在说话,在控诉。

(四) 托尔斯泰艺术思维的变化和俄国农民心理

托尔斯泰世界观的变化,农民心理的渗入,影响到他的作品的思想内容和艺术特色,深一层看,它也影响到托尔斯泰艺术思维的变化。这种变化不仅使作品主观色彩浓重了,同样也给托尔斯泰作品的叙述方式和心理描写带来了一系列新的特色。

艺术思维是作家的思维方式，不同作家有不同的艺术思维。作家的个性和艺术独创性是同艺术思维的类型相联系的。巴甫洛夫把人群划分为艺术型、思想型和中间型，荣格把人的性格划为外向型和内向型。这都是一般的思维类型和性格类型划分。就艺术思维而言，俄国文艺心理学家奥夫相尼科－库里科夫斯基将艺术思维分为两种类型：观察型和实验型。观察型以客观地观察和表现各种生活现象和人物作为创作前提，要求逼真，对生活中各种现象之间和各种人物之间的比例关系不作任何歪曲、改变；实验型则从作家主观需要出发，把各种事件和人物重新加以改造、综合，破坏原有比例关系，好像对生活进行某种心理实验。苏联文艺心理学家梅拉赫则将艺术思维分为三种类型：理性型（理性思维强于感性思维），主观表现型（感性、情感重于分析概括）和艺术分析型（感性因素与分析因素相结合）。这些划分有各自的出发点和侧重点。在我看来，艺术思维主要还是主观型和客观型两大类。它们都是以描写客观现实为基础，但前者更侧重于从自我出发，主观色彩更突出、更浓烈些；后者更侧重于从客观出发，情感更为冷静。当然二者也是相互渗透，根本不存在绝对的主观型和绝对的客观型。

从托尔斯泰的情况来看，以他的世界观突变为界限，他的早期艺术思维和后期艺术思维有很大不同。

在早期作品中，如自传三部曲《幼年》、《少年》和《青年》中的内容，《战争与和平》中罗斯托夫家族和保尔康斯基家族的生活，《安娜·卡列尼娜》中列文的家庭生活，都是作家对地主庄园生活观察的结果，而自传三部曲中的叙述者，以及《一个地主的早晨》中的聂赫留多夫，《哥萨克》中的奥列宁，《战争与和平》中的彼埃尔和安德烈，《安娜·卡列尼娜》的列文，也都是作家以其主观经验为基础进行创作。这时期的创作主要以对本人或本阶级成员生活和内心的观察为基础。其中只有像《战争与和平》中的普拉东·卡拉塔耶夫，《哥萨克》中的叶罗什卡大叔、玛丽扬卡，《塞瓦斯托波尔的故事》中的群众形象，才是超出作家本阶级范围的人物，是他对不熟悉的生活观察的结果，在这些人物身上充满作家主观上的热烈追求，是作家艺术上的新发现。但这类情况相对来说，不是占主导地位的。总的来说，在托尔斯泰早期的创作中，他的艺术思维是以客观型和观察型为主，当然这不等于说托尔斯泰没有内心不安，没有热烈的追求，但他善于把巨大不安和热烈追求同冷静的从容不迫的艺术形式结合起来，正如奥夫相尼科－库里科夫斯基所指出的："托尔斯泰作为一个得天独厚、才情洋溢、道德高尚的个性从来不是对人和物持冷淡态度的观察者，生活冷静的旁观者；但作为一个艺术家，他具有保持非凡的平衡的特点，而且几乎总能为自己不安的观察和热情探索找到艺术表现的史诗般从容不迫的形式。他在自己文学创作的早期，无论是塑造主观的形象，还是刻画客观的形象和画面，仍然是艺术家——观察家（而不是实验家）……"①

到了托尔斯泰创作的后期，情况发生了重大变化。由于作家从贵族立场转到宗法制农民立场，由于作家的情感和心理渗透了宗法制农民的情感和心理，他既是激烈的抗议者，愤怒的揭发者，同时也是热烈的说教者，他内心充满巨大的不安和愤怒，他急于说出自己拯救世界的主张。显然，原来有的客观型、观察型的艺术表现手法已经无法满足他的要求，于是我们看到托尔斯泰的艺术思维开始由客观型、观察型急速向主观型、实验型转变。这种转变的主要标志是在他的创作中主观色彩趋于浓烈。在这个时期，托尔斯泰"艺术中的主要手段是幽默、嘲笑、辛辣的讽刺、眼泪、悲哀、对生活庸俗一面的痛苦反应、不满"，② 而这一切在托尔斯泰前期作品中，相对来说，是比较少的。当然，主观性的加强决不等于说是客观性描写的削弱，而是说早期创作中那种内心不安、热情探索与从容不迫的史诗形式的结合已经不见了，取代它的是解决社会问题和道德问题时的冷静同异常冲动的满怀激情的写作风格的结合。对此，批评家指出："原有的像史诗般从容不迫的艺术家的那种平衡性已经不复存在，原来细致入微的描写和丰满的心理分析却没有了，这时候托尔斯泰已经不是荷马和莎士比亚，他是一个揭露者，禁欲主义者，说教者；以《黑暗的势力》、《伊凡·伊里奇之死》、《克莱采奏鸣曲》、《复活》命名的这些色调鲜明的，这些强烈的、激动人心的'实验'，充满了热情的号召、愤怒、辛辣的讽

---

① 《俄国作家批评家论托尔斯泰》，第 185 页。
② 同上书，第 144 页。

刺、不满、蔑视、在罪恶和道德沦丧的深渊之前的恐怖。"① 这些概括不敢说十分准确，但有一点是肯定的，那就是托尔斯泰后期创作在客观地描绘现实的同时，主观色彩是大大加强了。这主要表现在以下几个方面。

1. 作品中充满愤怒和恐怖的感情

在托尔斯泰晚期作品中，我们感到一种强烈的愤怒，甚至是恐怖的情绪。作家对现存制度以及现代生活的暴力和虚伪充满愤怒，而对资本主义给社会生活带来的灾难和罪恶，特别是给广大农民带来的破产、饥饿、死亡，更是充满恐怖。正如列宁所说："他充满最深沉的感情和最强烈的愤怒对资本主义进行了不断的揭发；这种揭发表达了宗法制农民的全部恐惧。"② 且不说《复活》，托尔斯泰在剧本《黑暗势力》（1886）中揭露了金钱势力侵入俄国农村如何破坏宗法制农村的经济基础和道德基础，愤怒谴责金钱势力对农民的罪恶影响，批判资本主义结下的恶果。在《克莱采奏鸣曲》（1891）中，作家讲述了以性欲为基础的资产阶级爱情带来的家庭悲剧和丈夫杀死妻子的可怕情景。

2. 作品中抨击和政论因素明显加强

在托尔斯泰晚期作品中，作家对现实的揭露和抨击是尖锐的，猛烈的，深刻的。他对现存的国家制度、社会制度、经济制度以及现实生活的暴力和伪善毫不宽容，铁石心肠，常常进行一种严峻、毫不留情的判决。因此我们常常看到作品中带政论性的批判增多了，政论因素加强了。这种创作倾向在长篇小说《复活》中得到了最充分的体现。作家在揭示宗教的虚伪时，先是描写了监狱中的司祭用切碎的小面包块放在葡萄酒里充当上帝的血和肉的鬼把戏，进而尖锐指出这种鬼把戏连司祭本人也不相信，然而他"深信不移的，是十八年来他多亏奉行了这种信仰的种种规定，才得到一笔收入，足以赡养他的家属，送他的儿子进中学，送他的女儿进宗教学校"。至于监狱的长官和看守，他们"隐隐约约"地"体会到这种信仰在为他们残忍的职务辩护"。托尔斯泰的议论一针见血地揭露了宗教的虚伪。在揭露统治阶级的残酷本性时，作家借聂赫留多夫的口说道："所有这些人被捕，监禁起来，或者流放出去，根本不是因为这些人违反

---

① 《俄国作家批评家论托尔斯泰》，第186页。
② 《列宁论文学与艺术》，第211—212页。

了正义，或者有非法的行为，仅仅是因为他们妨碍了那些官僚和富人占有他们从人民手里搜刮来的财富罢了"。托尔斯泰的这些议论在作品里同具体形象的描绘相结合，因此它不仅是尖锐的，同时也是有感染力的。

3. 作品中辛辣的讽刺增多了

在托尔斯泰的早期作品中，讽刺的因素分量不重，甚至可以说是极其微弱。他本人甚至说过："讽刺不合我的性格。"在后来的作品，比如在《安娜·卡列尼娜》中，讽刺的成分明显增多了（如对卡列宁形象的刻画），但作家并没有把讽刺作为一种独立的艺术表现形式。随着托尔斯泰世界观的激变，后期作品中揭露、批判和抗议的激情占了主导地位，与此同时，作品中的讽刺因素明显增强了，并且成为一种重要的艺术表现手段。在《复活》这部作品中，我们看到托尔斯泰广泛使用讽刺的艺术手段，并且取得了很好的艺术效果。例如法庭审判中对法官和检察长的讽刺，在监狱的宗教仪式中对司祭的讽刺，都是非常出色的。透过托尔斯泰的后期作品，我们还可以看出托尔斯泰讽刺的几个明显特点：（1）他突出揭露一定的生活现象和人的行为原则的道德的社会的和历史的不合理性，突出对社会制度的批判。（2）他善于揭露庄严、华丽的背后的卑鄙和丑恶，善于撕下一切假面具。（3）善于站在老百姓的立场，对一切暴力和虚伪进行讽刺，以老百姓的观点和感受同统治阶级人物的凶残和虚伪进行对比。由于托尔斯泰的讽刺同社会批判紧密结合，同时放进了农民的心理和感情，作品表现出很强的艺术感染力。

托尔斯泰后期艺术思维的变化除了影响到作品的内容，同时影响到作品的艺术表现形式。

先看看叙述方法。在后期作品中，作者或者观点同作者接近的人物有力地掌握着叙述的主动权，使作品具有明显的倾向性和政论性。这里可分为两种情况：一种是作者直接出面叙述，作者的观点通过对人物和事件的描写直接表现出来，如《伊凡·伊里奇之死》、《恶魔》、《谢尔盖神父》；一种是叙述者是作品的主人公，事件参与者，他讲述自己经受的一切，同时也表达了作者的观点，如《霍尔斯托麦尔》、《疯人札记》、《克莱采奏鸣曲》。不管属于什么情况，我们此处都能听到作者的观点，感受到作者的感情，或者是作者在替人物说话，或者是人物在替作者发表议论。例如在《霍尔斯托麦尔》中，托尔斯泰讲述了一匹老马的悲惨遭遇，其中作家把自己对私有制的看法包含在老马对自己一生厄运的叙述当中,当老马又被主人卖给另一个主人时,老马想到:"当时,我说什么也弄不懂,把我说成是一个人的私有物究竟是什么意思。我觉得把我这样一匹活生生的马说成是'我的马'实在别扭,就像说'我的土地'、'我的空气'、'我的水'一样。"作家这段关于老马的叙述采用的是陌生化的手法,"我的马"对于我们来说,习以为常,不足为奇,对于马来说就觉得别扭。这种描写就把私有制的反人道和不合理表现得更加醒目,作家对私有制的抗议也通过老马的嘴说了出来。在这里,作者在叙述中的作用是十分突出的。

再看看心理描写。早在托尔斯泰登上文坛时,车尔尼雪夫斯基就敏锐地发现,表现人物"心灵的辩证法"是作家创作的主要特色。所谓"心灵辩证法",就是指人物心灵运动,就是人物"心理过程的本身,它的形式,它的规律"。到了托尔斯泰创作的后期,作家仍然注意揭示人物心理活动的过程,它的形式和规律。但随着作家世界观的变化,托尔斯泰的心理描写也发生了变化。一是在早期创作中托尔斯泰竭力揭示人物心理"永恒的本能",人类的共同本性,到了晚期则十分关注人物的社会分析,关注人物社会地位和社会心理的描绘,突出人物性格中的阶级属性。二是在表现心理活动过程的同时,突出表现人物心理活动的阶段性。托尔斯泰在写《谢尔盖神父》时,曾在日记里写道:"开始写《谢尔盖神父》,并仔细考虑了这部作品。他所经受的各个心理阶段——这就是全部意义所在。"[①] 托尔斯泰这样做其目的在于更直接表现作品的主题和作者的倾向性。例如在《伊凡·伊里奇之死》中,作家把主人公分成几个重要而明显的阶段,突出人物心理活动的阶段性,然而又有一条主线将各阶段连接起来,这就是主人公以"轻松、愉快和体面地生活"为主要内容的生活哲学,其核心也就是亦步亦趋地仿效上司和讨好权势者。三是内心独白中看不见各种心理活动和思想情绪的转换、替代和重叠,而追求思想单一,直线发展,在这里作者或者主人公的内心独白倒好像是在得出什么结论,劝告人们应当如何行事,例如,《伊凡·伊里奇之死》中的主人公一生贪

[①] 见托尔斯泰1890年6月8日日记,《托尔斯泰论艺术与文学》第1卷,俄文版,第461页。

图私利，浑浑噩噩，追求"轻松、愉快和体面地生活"，直到临死才认识到他和周围的人所过的是一种毫无意义的可怕的生活，他临终的内心独白完全是带结论性和劝诫性的："他在他们身上看到了他自己，看到了他过去赖以生存的一切，他清楚地看到这一切统统错了，这一切乃是一个掩盖了生与死的可怕的大骗局。"

（五）托尔斯泰的美学思想和俄国农民心理

托尔斯泰后期世界观的变化，不仅影响他的创作，对他的美学思想也有重大影响。作为伟大的作家，托尔斯泰对文学艺术问题，有来自创作实践的真知灼见，有严肃认真的思考，例如他关于艺术本质的独到见解，关于文学艺术作品三个条件的论述，一直为作家和美学家们称道和珍视，然而他对一些文学问题的见解以及对一些作家的评论，例如他对莎士比亚的创作的评论，又让作家和美学家们感到不可理喻。人们对于托尔斯泰美学思想的矛盾，特别是文学批评中的极端和偏激，往往很难理解。不少人也试图从各种角度加以解释，结果很难令人满意。列宁论托尔斯泰的文章虽然只谈到托尔斯泰世界观矛盾和托尔斯泰创作矛盾的关系，但对于我们解释托尔斯泰美学观的矛盾仍然有指导意义。是不是可以说，托尔斯泰美学观的矛盾有种种原因，但归根到底还是反映了托尔斯泰世界观的矛盾，托尔斯泰美学观的真知和偏颇归根结底也只能是源于俄国宗法制农民的强处和弱点。当托尔斯泰作为伟大作家，从人类文学艺术经验出发，站在人类文学艺术高峰对文学艺术问题发表意见时，他的见解是十分精辟的，是弥足珍贵的，正如萧伯纳在谈到《艺术论》时所说："凡是真正精通艺术的人，都能在这本书里辨认出这位大师的声音来。"当托尔斯泰站在宗法制农民立场，从农民的心理和艺术趣味出发，对文学艺术问题发表意见时，他的大部分见解带着宗法制农民的真诚，是很有特色和很有价值的。他的另外一些意见则带着宗法制农民的局限，是片面的和偏狭的。从这个角度来看，托尔斯泰的美学思想确实是非常复杂和独特的。

托尔斯泰早期曾明确发表过他的艺术主张。第一篇体现他的美学主张的文章是《在俄罗斯文学爱好者协会的演讲》。在这篇文章中，他高度评价俄罗斯文学的成就。他说："我们的文学绝对不像许多人仍然认为的那样，是从异国土壤移植过来的儿戏，它有自己的坚实基础，符合自己社会的各方面需要,已经说出而且还将说出许许多多的话,它是严肃的人民的严肃意识。"然而在同一文章中,托尔斯泰又认为俄罗斯文学的发展出现了片面性,也就是说,致力于暴露现实丑恶的"政治的文学"取代了真正的诗。他说:"不论反映社会暂时利益的政治文学意义如何伟大,不论它对人民的发展如何必要,总还存在另一种文学,它反映永恒的、全人类的利益,反映人民的弥足珍贵的内心意识,为一切民族一切时代所享受,离开它任何一个具有力量和朝气的民族都不能得到发展。"① 虽然托尔斯泰在早期创作和其他文章中都表现出对重大社会问题的关注,但从这篇文章看出,他早期的美学思想是更倾向于纯艺术理论的。

托尔斯泰在完成世界观的转变之后,他对一系列文学艺术问题的看法有了明显变化。艺术问题的探索成了作家思想探索的重要组成部分。他用了十五年的时间写成了美学专著《什么是艺术?》(1898,中文译为《艺术论》)。在这本专著和其他论文中,托尔斯泰阐明了自己独特的美学观点。

人民的问题在托尔斯泰美学思想中占有核心地位。作家从宗法制农民的立场和心理出发,极力主张艺术应当面向人民。他指责贵族和资产阶级不仅在物质上,而且在精神上掠夺人民。托尔斯泰在研究了艺术发展的历史之后发现,艺术的发展存在两种趋势:一部分艺术朝着民主化方向发展,一部分艺术朝着贵族化的方向发展。他认为艺术实际上已经分化为"老爷的艺术"和人民的艺术。而更为深刻的是,他把这两种艺术的产生归为两个阶级的对立:"我们雅致的艺术只能在人民群众受奴役的制度下产生,也只能维持到这种奴役还存在的时候。"② "只要把资本的奴隶们解放出来,就不再会产生这种雅致的艺术;只要使这些奴隶变成艺术的享受者,艺术就不再会是雅致的,因为奴隶们会对艺术找出另外的要求。"③ 从这种观点出发,他认为真正的艺术应当为人民所享受。他说:"艺术,如果它是艺术的话,应该是所有的人都能享受的,特别是那些它为之产生

---

① 《托尔斯泰文集》第14卷,人民文学出版社1992年版,第7—9页。
② 《托尔斯泰全集》第30卷,俄文版,第82页。
③ 《托尔斯泰文论和资料集》,俄文版,第90页。

的人能够享受的。"① 同时，他还说到，真正的艺术家要关注劳动者的生活和劳动，只有那些游手好闲的作家才会认为"劳动人民的生活内容是贫乏的"，而他们的生活是"充满意义的"。② 他坚持只有构成人类"绝大多数"的劳动者才能评判艺术作品的真正价值，他在创作时常有一种"最强烈的愿望——让自己的思想经受劳动者的最终审判"。

从艺术为人民的观点出发，托尔斯泰猛烈抨击资产阶级颓废派的艺术。托尔斯泰确信艺术必须是现代的，但认为并非任何现代的艺术都是真正的艺术。他认为颓废派艺术的出现是文化艺术退化的表现，"艺术的内容变得越来越贫乏，它的形式变得越来越不可理解……艺术竟已丧尽了它所应有的一切特性"，究其原因，托尔斯泰认为是艺术脱离了人民，艺术成了极少数人的享受工具，"上层的艺术因为脱离了全民的艺术而变得内容贫乏，形式粗陋，换言之，变得越来越不可理解。不仅如此，随着时间的推移，它甚至不再是艺术了，而开始为艺术的赝品所替代"。③

托尔斯泰美学思想另一个重要内容是对艺术本质的阐述。托尔斯泰为了弄清什么是艺术，逐一分析了美学史上从鲍姆加通算起70多种关于美的定义，并在这个基础上将它分为两类，一类是"客观的，神秘的"，认为"美是一种独立存在的东西，是绝对完满——观念，精神，思想，上帝——的表现之一"；另一类是"主观的"，认为"美是我们所得到的某种并不以个人利益为目的的快感"。④ 托尔斯泰认为不管是客观的还是主观的定义，都是把美的目的归之于享乐。作家从艺术和人民的关系的角度出发，提出"为了准确地给艺术下定义，首先应该不再把艺术看做享乐的工具，而把它看做人类生活的条件之一。对艺术采取这样的看法之后，我们就不可能不看到，艺术是人与人相互交际的手段之一"⑤。根据这种见解，托尔斯泰给艺术下了如下定义：

在自己心里唤起曾经一度体验过的感情，在唤起这种感情之后，

---

① 《托尔斯泰全集》第25卷，俄文版，第360—361页。
② 《托尔斯泰全集》第30卷，俄文版，第87页。
③ 《托尔斯泰文集》第14卷，人民文学出版社1992年版，第231页。
④ 同上。
⑤ 同上书，第171页。

用动作、线条、色彩、音响和语言所表达的形象来传达这种感情，使别人也体验到同样的感情，这就是艺术活动。艺术是这样一项人类活动：一个人用某些外在的符号有意识地把自己体验过的感情传达给别人，而别人为这些感情所感染，也体验到这些感情。①

托尔斯泰给艺术下的定义是别具一格的，这个定义的核心是情感，是情感交流，他是从创作与接受相结合，内容与形式相结合，情感与形象相结合的角度来把握艺术的情感本质的。这个定义一是强调艺术在人类社会生活中的巨大作用，不是把艺术看成个人的事业，而是看成对全人类具有普遍意义的，非常重要的事业；二是明确指出艺术区别于人类其他精神活动形式的特点，它的形象性和动人的情感力量。

同对艺术本质的认识相联系，托尔斯泰提出了自己评价作品的标准。他认为艺术的三条件是："1. 作者对事物的正确的即道德的态度；2. 叙述的明晰，或者说，形式的美，这是同一个东西；3. 真诚，即艺术家对他所指出的事物的真诚的爱憎感情。"② 艺术感染力的三条件是："1. 所传达的感情具有多大的独特性；2. 传达这种感情的清晰程度如何；3. 艺术家真诚的程度如何，即是说，艺术家自己体验他所传达的那种感情的力量如何。"③ 不管是艺术三条件，还是艺术感染力三条件，托尔斯泰始终认为真诚是首要的决定性的条件。他说："我说艺术价值和艺术感染力决定于三个条件，而实际上只决定于最后一个条件，就是艺术家内心有一个要求，要表达出自己的感情。""因此这第三条——真诚——是三个条件中最重要的一个。"④ 托尔斯泰将真诚视为艺术作品和艺术感染力的首要条件，固然同他对艺术本质的理解有关，深一层看，也是反映了宗法制农民的真诚。

在艺术的内容和形式问题上，托尔斯泰认为内容起主导作用，形式服从于内容。他要求作品的内容要有崇高的理想，要有明确的道德评价。他

---

① 《托尔斯泰文集》第 14 卷，人民文学出版社 1992 年版，第 174 页。
② 《托尔斯泰论创作》，第 85 页。
③ 同上书，第 24 页。
④ 同上书，第 25 页。

认为艺术的目的是"艺术地表达思想",他最关心的是通过作品把错综复杂的交织在一起的思想表现出来。在艺术形式方面,他既反对繁琐和矫揉造作,也反对粗糙简陋,他要求艺术形式和艺术语言尽量简炼和朴素。他对作品内容和形式的这些要求,完全是同农民的审美趣味紧密相连的。

综观托尔斯泰的美学思想,他的强和弱是十分明显的。他从农民的立场出发提倡人民的艺术,反对老爷的艺术,要求艺术为人类事业服务,要真诚,要有艺术感染力,要求艺术要朴素,为人民所理解。同时,对现代资本主义文明和资产阶级艺术的虚假、颓废、没落表示了极大愤怒,作出非常有力的真诚的揭露。这都是很有特色和很有价值的美学思想,这些思想渗透了宗法制农民的心理和感情,体现了他们的审美理想和审美趣味。同样,从农民的立场出发,他简单地否定了所谓老爷的艺术,雅致的艺术,对贵族的艺术、资产阶级的艺术缺乏历史分析的态度,同时他把艺术的退化归之于对宗教信仰的动摇,要求用宗教道德来规范文学艺术作品,认为艺术应遵循的原则应是宗教意识,即"全人类和睦相处",常常把对文艺思想性的理解同对"纯净"宗教的鼓吹联系在一起。这些思想充分体现了农民思想和心理的偏狭和局限。

托尔斯泰美学思想的强和弱,托尔斯泰美学思想的深刻矛盾,在其文学批评中体现得更为具体和深刻,其中最主要的是《〈莫泊桑文集〉序》(1894)和《论莎士比亚戏剧》(1903)这两篇论文。

托尔斯泰在《〈莫泊桑文集〉序》[①]中,以他提出的真正艺术作品的三个条件来评价莫泊桑,他认为莫泊桑是有才华的作家,他的作品有美丽的形式,具有一种真诚,唯一缺乏的是真正作品的第一条件——对所描绘事物的正确的道德态度:有的短篇作品以谈笑形式描写丑恶行径,有的短篇作品把劳动人民描写成畜生。对于莫泊桑的作品《一生》和《俊友》,托尔斯泰作出肯定评价,因为作者站在善的方面,作品是以严肃的思想和感情作为基础,对善表示同情,对恶表示愤慨的。在这之后的作品中,托尔斯泰认为作者对生活的道德态度又开始混乱起来,对生活现象的评价开始摇摆、模糊,甚至颠倒,而这一切导致作者才能衰退。托尔斯泰认为莫泊桑的悲剧应归罪于社会,归罪于那种认为艺术不需要有正确生活态度,

---

[①] 《托尔斯泰文集》第14卷,人民文学出版社1992年版,第66—90页。

而只需"创造一点美"的时髦理论,归罪于无信仰和对基督教的冷漠态度。托尔斯泰指出莫泊桑的悲剧在于缺乏正确的道德态度,是中肯的,然而把这一切归之于无信仰,而企望用宗教来矫正社会则又是荒唐的。

《论莎士比亚戏剧》[①] 一文更是集中暴露了托尔斯泰的美学观的矛盾。托尔斯泰在文章中指出,"不仅不能把莎士比亚看做伟大的、天才的作家,甚至不能看做最平常的文人"。这种偏激、武断的结论令人感到惊异,而托尔斯泰本人却认为这不是"偶然兴至或轻率论事"。因此可以看出,这篇文章是相当深刻地体现了托尔斯泰美学观的矛盾的。归根到底,托尔斯泰是以区分老爷的艺术和人民的艺术为标准来评价莎士比亚的作品的,他是力图站在人民艺术的立场,把莎士比亚的戏剧当做老爷的艺术加以批判的。

第一,托尔斯泰指责莎士比亚主要歌颂国王、王子、贵族而贬低人民,在他的作品中帝王将相占中心地位,普通人只作为陪衬出现,并且是被丑化和轻视的。托尔斯泰把人民看得高于贵族资产阶级老爷,这是十分可贵的,它体现了农民的观点。他用这种观点去看莎士比亚作品,指出它缺乏民主性,也是可以理解的,然而应当看到,莎士比亚并不是一味歌颂国王和王子,他的作品除了有贵族主义的历史局限外,也有人文主义的理想。莎士比亚处于他的时代,把帝王、国王、王子作为主人公,这是阶级局限和历史局限,是可以理解的。

第二,托尔斯泰指责莎士比亚不道德,他的作品中恣意描写凶杀,他的人物都热衷于追求个人幸福和利益,并由此得出结论说:莎士比亚剧作的基础"是一种最低下最庸俗的世界观"。莎士比亚笔下的主人公反对封建禁欲主义,追求个性解放,在当时历史条件下是有进步意义的。何况像哈姆雷特那样的人物考虑的不完全是个人问题,而是人类命运。而托尔斯泰却斥之为"不道德"。这里体现出资产阶级世界观和农民世界观的激烈冲突。当然,托尔斯泰认为莎士比亚作品不道德,更主要的是体现他的宗教观点。他极力鼓吹清洗过的新宗教是拯救和改造人类最好的药方,要求作家们在自己作品中都能体现基督徒的博爱精神,并以此作为评价作品的重要标准,莎士比亚与此大相径庭,托尔斯泰当然格杀勿论了。

---

① 《托尔斯泰文集》第 14 卷,人民文学出版社 1992 年版,第 337—398 页。

第三，托尔斯泰指责莎士比亚作品语言华丽，浮夸，矫揉造作，没有节制，认为这是上流阶级艺术的特点。托尔斯泰的这种指责固然反映了他所代表的宗法制农民的审美要求，以及他对艺术作品形式和语言朴素、明了的追求，但也应当看到托尔斯泰对诗剧的不理解，他是用小说的标准来要求诗剧的，莎士比亚诗剧的语言当然比托尔斯泰小说的语言要显得华丽，但这只是诗剧语言的要求，而不能说是"浮夸"。

托尔斯泰作为伟大的艺术家，他的美学探索和艺术探索是他思想探索的重要组成部分。他的思想探索是真诚动人的，他的美学探索也是真诚动人的。他的美学思想有许多真知灼见，然而有些观点也令人觉得幼稚可笑，尽管如此，人们还是为他的真诚所感动。他对莎士比亚的评价武断、偏激，他对资产阶级现代派艺术的分析也失之笼统，然而在字里行间，我们可以感受到他对上层阶级艺术的激愤，对资产阶级艺术堕落的抗议，这完全非常真诚地表达了原始的农民民主的情绪。他对艺术本质问题的孜孜不倦的探求，他穷根究底要寻找现代艺术堕落的原因和为艺术发展寻找药方，虽然显得软弱无力，幼稚可笑，然而非常真诚，它表达了俄国农民对于解决社会问题的无能为力。可以说，托尔斯泰把千百万农民的真诚和天真，抗议和绝望，完全融进自己的美学思想之中了。

三 卢那察尔斯基文艺批评的社会维度和美学维度及其内在矛盾

卢那察尔斯基对我们来说不是一个陌生的名字，作为革命家，我们知道他是列宁的战友、苏联第一位教育人民委员（教育文化部长），领导了第一个社会主义国家的文化建设工作；作为文艺理论家和文艺批评家，我们知道鲁迅先生当年就译介了他的《艺术论》、《文艺与批评》和《文艺政策》，并指出卢那察尔斯基"是革命者，也是艺术家、批评家"[1]，他

---

[1] 鲁迅：《〈艺术论〉小序》，《鲁迅译文集》第6卷，人民文学出版社1958年版，第3页。

"在现代批评界地位之重要,已可以无须多说了"。①

从 19—20 世纪马克思主义文艺理论的发展来看,在马克思和恩格斯之后,俄罗斯马克思主义文艺理论的发展占有特别重要的地位,它开创了马克思主义文艺理论发展的列宁阶段。在这个阶段,卢那察尔斯基是一位重要的代表人物。在俄国三大马克思主义文艺理论批评家当中,普列汉诺夫在十月革命前逝世,沃罗夫斯基在革命后基本上停止了理论批评活动,唯有卢那察尔斯基亲身参加了社会主义文化建设,参加十月革命后的文艺理论批评实践和文学创作实践,有条件面对新的实践作出新的理论概括。因此,在 20 世纪马克思主义文艺理论批评发展中,卢那察尔斯基自然成为一个需要特别加以关注的重要人物,他的理论批评遗产也就特别值得珍视。

卢那察尔斯基对俄国文学、苏联文学以及欧洲文学都有深入的研究,发表了不少精彩的作家作品评论。据统计,他所写的文学艺术批评文章达 2000 多种,其中论托尔斯泰、高尔基和罗曼·罗兰的文章就各达 30 多篇。卢那察尔斯基一生写下的文学批评文章数量之多、涉及作家之广,在马克思主义文学批评家中是少见的。同时,他的文学批评文章不论在思想分析方面还是在艺术分析方面,都有独到的见解和鲜明的特色。

在许多人看来,马克思主义文艺批评是一种政论批评,有很强的政治意识和政治倾向性,再加上苏联二三十年代的文艺批评有很强的政治意识,一些人把文艺批评当成阶级斗争和政治斗争的工具,这种看法就更加牢固。其实马克思恩格斯倡导的是文学批评的美学观点和历史观点。卢那察尔斯基继承的正是这种文艺批评的传统,当"左"派文艺家强化文艺批评的政治意识时,他强化的是历史意识和美学意识,当"左"派文艺家把文艺批评当作阶级斗争和政治斗争的工具时,他强调文艺批评应当是社会批评和美学批评的结合。当然,他的文艺批评依然坚持马克思主义文艺批评的倾向性,不过他认为倾向性应当同时对作品的社会历史分析相结合,同作品的美学分析相结合,也就是说他坚持马克思主义文艺批评的倾向性和科学性相结合。他的这种批评观念贯穿于他的批评文章之中,使得

---

① 鲁迅:《〈奔流〉编校后记》,《鲁迅全集》第 7 卷,人民文学出版社 1973 年版,第 537 页。

他的文艺批评文章在纷繁复杂的苏联二三十年代文艺批评中显得格外突出。

(一) 卢那察尔斯基文艺批评的社会历史维度

社会历史分析是马克思主义文艺批评的主要特色，卢那察尔斯基的文艺批评一贯坚持对文学现象进行社会历史分析，具体阐明社会历史因素对文学的制约作用。更为难得的是，他以大量的文学批评实践丰富和发展马克思主义文艺批评的社会历史分析。具体来说，在进行社会历史分析时他强调要重视阶级分析，但又不把阶级分析简单化，主张要坚持艺术反映论的观点，反对只看作家阶级出身，不看重作家对历史发展的客观代表性；他既重视从起源学和发生学的角度，深入揭示文学作品生成的社会历史根源，将作家置于具体的时代环境中加以考察，又强调要从功能学的角度对文学作品作出价值判断，指出作品在当时的社会意义，特别是在当代的现实意义；他不仅分析作家作品同社会历史的关系，而且特别重视分析创作主体的个性特征，作家个性的内在矛盾，重视作家如何以自己特有的个性对社会历史作出反应，甚至对时代作出对抗和超越。卢那察尔斯基对文学现象的社会历史分析是独树一帜的，他对马克思主义文艺批评的社会历史分析的新发展是值得认真探索和总结的。

1. 阶级分析和反映论

卢那察尔斯基的社会历史批评有两块重要的基石，一是阶级斗争的观点，一是艺术反映论。他在《列宁与文艺学》中谈到列宁关于资本主义发展两条道路的理论，认为它对于理解俄国的历史和文学起了很大的作用。所谓两条道路就是革命的道路和改良的道路，两条道路的矛盾就是以俄国革命民主主义者为代表的主张自下而上的彻底解放农奴的革命派，同以贵族自由主义者为代表的主张自上而下解放农奴的改良派的斗争。卢那察尔斯基认为"文艺学家应该从两条道路的理论中做出的结论，是非常重要的"，[①] 列宁两条道路理论对于文学研究和文艺批评的意义就在于要用阶级斗争的观点来看待俄国的文学现象，把作家作品放在这两条道路、两种派别的斗争的大背景中加以考察。具体来说，俄国文学中有过主张农奴

[①] 《卢那察尔斯基论文学》，人民文学出版社1983年版，第13页。

制的作家兼思想家，他们的作品美化地主和农民间的封建关系，赞成反动的农奴制，否定任何资本主义发展道路。而影响更大的是同一阵营的自由派，其中包括资产阶级化的贵族作家和资产阶级代表。他们反对走革命的道路，主张走自上而下的解放农奴的改良道路。同自由主义改良派相对立的，则是主张用革命手段彻底消灭农奴制的革命作家，其中包括别林斯基、赫尔岑、车尔尼雪夫斯基和民粹派作家。他认为列宁他们的评论虽然简短，"但它们同列宁整个历史观结合起来，无疑勾出了维护农民的斗争的各个基本阶段，这些阶段也应该成为俄国文学史上的路标"。①

特别值得注意的是，卢那察尔斯基在指出进行社会历史分析要重视阶级分析的同时，又十分强调不能把阶级分析简单化。他说："把'两条道路'的观点运用于文学的时候，不能不注意到列宁对待历史过程现象的态度中占有如此重要地位的反映论。反映论所注意的，与其说是作家隶属的家系，不如说是他对社会变动的反映，与其说是作家主观上的依附性和同某个社会环境的联系，不如说是他对于这种或那种历史局势的客观代表性。"② 也就是马克思主义文艺批评的社会历史分析，不能仅仅看作家的阶级出身如何，而要看他客观上代表了什么历史发展的趋势，批评家看重的是他的作品同时代的联系。正是在这一点上，卢那察尔斯基的社会历史批评同苏联二三十年代庸俗社会学的文艺批评划清了界限，显示出马克思主义文艺批评的科学性和它的无穷魅力。

卢那察尔斯基以列宁论托尔斯泰创作为例，深刻说明马克思主义文艺批评的社会历史分析是如何把阶级分析和艺术反映论统一起来的。他认为列宁论托尔斯泰的文章是运用反映论分析作家创作的"一个突出的范例"，他说："列宁论托尔斯泰的几篇文章需要加以特别仔细的探讨：它在一切重要方面透彻地阐明了托尔斯创作这样伟大的文学现象和社会现象，它们是把列宁的方法运用于文艺学的光辉典范"③，"列宁对托尔斯泰的看法对于今后整个文艺学的道路有巨大的意义"。④ 在卢那察尔斯基看

---

① 《卢那察尔斯基论文学》，人民文学出版社1983年版，第14页。
② 同上书，第6页。
③ 同上书，第43页。
④ 同上书，第33页。

来，列宁对托尔斯泰的评论在方法论上的原则意义就在于从反映论的角度出发，把这位显然不理解俄国革命的伟大的作家的思想和创作看作是"俄国革命的镜子"。列宁反对从阶级出身出发把托尔斯泰看成贵族阶级的代表，也不同意把托尔斯泰的思想矛盾看成是个人思想的矛盾。卢那察尔斯基认为列宁不是着眼于托尔斯泰的阶级出身或托尔斯泰的说教，而是"一开始就对托尔斯泰创作本身的构成作了天才的分析，揭示了他的创作的基本性质和基本矛盾，然后由此出发，去考察这一结果所由产生（而且不能不产生）的社会条件"。[1] 列宁认为托尔斯泰思想和创作的矛盾，他的作品所体现出的革命性和软弱性是1861年至1905年以前俄国实际生活所处的矛盾条件的表现，是这一时期俄国千百万农民思想情绪的反映。卢那察尔斯基在谈到列宁论托尔斯泰对马克思主义文艺批评的启示时指出："在这里，在处理一个真正巨大的、具有重要社会意义的文学现象的方法上，他教导我们要确定发生这一现象的活生生的社会年代，也就是确定作为研究对象的历史基础的、各社会现象之间的联系。其次还必须抓住这些错综复杂的事件的基本环节，发现这些主要环节究竟如何反映在所研究的作品的主要思想特点中，从而当然也反映在作品的形式中。"[2] 分析作家作品不能只看作家出身或者只看作家主观宣言，而要分析作品客观上反映了什么，要把作品所反映的客观结果同一定时代的现实生活作比较，从而确定作家及其作品同一定时代的社会生活和阶级矛盾的客观联系，这是马克思主义文艺批评对作家作品进行社会历史分析的重要原则。

在运用反映论来分析作家作品同一定历史时代社会生活的客观联系时，卢那察尔斯基又十分强调要重视把握历史的具体性和阶段性。他说，"列宁的反映论从来不是意味着同历史脱节，它从来不是用同一把钥匙去开启一切历史局势的抽象公式"，具体来说，"别林斯基、赫尔岑、民粹派、托尔斯泰反映着各个不同的斗争阶段，列宁从未忽视其中每个人的内心矛盾或这些阶段的特点"。[3] 在《亚历山大·塞尔盖耶维奇·普希金》一文中，卢那察尔斯基具体分析了普希金和托尔斯如何对自己的时代做出

---

[1] 《卢那察尔斯基论文学》，人民文学出版社1983年版，第36页。

[2] 同上。

[3] 同上书，第7页。

具体的反映,如何反映出历史的阶段性。在他看来,普希金和托尔斯泰同属于俄国农奴制崩溃和资本主义兴起的大时代,同属于贵族作家,同属于"探索的、惶恐不安的贵族文学"。但具体来说,他们又分属于这个大时代的不同历史阶段。他们同本阶级的对立又处于不同的情况,因此他们的作品所反映的社会生活就具有鲜明的时代特色和历史阶段性,不能统而论之加以对待。具体来说,普希金处于那个时代的开头,处于19世纪的头三十年,农奴制的崩溃和资本主义的兴起刚刚开始,处于比较缓慢的时期,社会矛盾还没有那么触目惊心,他本人并没有彻底背弃贵族立场,而处于摇摆不定的地位,因此他的作品的情绪不如托尔斯泰那么愤怒,批判也不如托尔斯那么强烈。而托尔斯泰是处于那个时代的结尾,处于19世纪的最后三十年,这时农奴制的崩溃和资本主义的兴起非常迅速,社会矛盾异常尖锐,他本人已经彻底背叛贵族立场站到宗法制农民一边来,因此他的作品充满愤怒的情绪和强烈的批判精神,鲜明地体现出时代的特色和历史的具体内容。

2. 起源学和功能学

卢那察尔斯基认为社会历史分析不仅要重视从起源学的角度,从发生学的角度揭示文学作品产生的社会历史根源,而且要从功能学的角度对文学作品作出判断,重视它在每个时代所起的作用,特别是它同当代生活的联系,它的现实意义。

在这个问题上,卢那察尔斯基同普列汉诺夫是有分歧的。他不同意普列汉诺夫把文学批评分成两个步骤,即首先必须从起源上研究社会根源,然后从美学上进行分析,但反对对作品进行论断和评价,"不哭也不笑,而是理解"。他指出:"批评必须先说出对作品的论断。照普列汉诺夫的说法,结果常常是这样:根据科学原则的'真正的'批评家、马克思主义批评家不应该对作品有所论断。显而易见,他是过于偏颇了;普列汉诺夫的思想体系中有这个错误,是因为他当时太热衷于论战,才用了这种粗糙的'客观态度'去对抗主观派社会学家的真正谬论。"[①]

在卢那察尔斯基看来,研究某个艺术作品的社会根源固然重要,但根据马克思主义文学批评的精神,"必须提出该作品的意义,照作者的本意

---

① 卢那察尔斯基:《论俄罗斯古典作家》,人民文学出版社1958年版,第15页。

它应该起什么作用，它在作者生活的时代和以后各个时代确实起什么作用"，特别是具有重要意义的必须回答该作品对我们今天的现实生活"可能有什么损益"。[①] 文学批评的功能分析归根到底是由马克思主义文学批评的性质决定的，是马克思主义文学批评的重要特点，它体现了马克思主义文学批评科学性和革命性的统一，因为它不仅要客观揭示文学现象的客观规律，同时还要对社会变更起积极作用，不仅要说明世界还要改造世界。卢那察尔斯基指出："我们要求一个真正的、完全的马克思主义者还必须具有影响环境一定的能力。马克思主义批评不是文学上的天文学家——向我们解释大大小小的文学星斗运行的必然规律。马克思主义批评家是战士，又是建设者。从这个意义上说，评价的因素在当代马克思主义的批评中应该提到特别的高度。"[②]

卢那察尔斯基认为列宁论托尔斯泰的论文正是既从起源学的角度，又从功能学的角度对托尔斯泰的创作进行社会历史分析的，为马克思主义文学批评树立了榜样。他说："《列·尼·托尔斯泰和他的时代》一文既从起源学方面（即是从产生托尔斯泰的作品的各种力量的角度），又从功能的角度（即是就托尔斯泰作品在存在的各个时代所能起的作用来说），对托尔斯泰作了明确的概括和总的评价。"[③] 所谓起源学的角度，就是列宁指出托尔斯泰创作和学说的矛盾是19世纪最后三十几年俄国实际生活所处的矛盾的表现，是那个时代俄国宗法制农民的力量和弱点的表现。所谓功能学的分析，就是列宁深刻分析了托尔斯泰的创作遗产的意义和作用，以及它们如何随着历史条件的变化而变化。

列宁充分肯定托尔斯泰遗产的价值。他说："托尔斯泰去世了，革命前的俄国也成为过去——但在他的遗产里，却有着没有成为过去而属于未来的东西，俄国无产阶级要接受这份遗产，要研究这份遗产。"[④] 这时列宁一是强调托尔斯泰遗产的重要性，认为它并没有成为过去；二是强调对托尔斯泰遗产必须分析研究，认真区分其中属于过去的成分和属于未来的

[①] 卢那察尔斯基：《论俄罗斯古典作家》，人民文学出版社1958年版，第15页。
[②] 卢那察尔斯基：《艺术及其最新形式》，百花文艺出版社1998年版，第330页。
[③] 《卢那察尔斯基论文学》，人民文学出版社1983年版，第36页。
[④] 《列宁论文学与艺术》，人民文学出版社1983年版，第214页。

成分。

托尔斯泰遗产中属于过去的成分是托尔斯泰创作和学说中消极的部分，是作家所宣扬的道德自我完善和不以暴力抗恶，这些成分对人民是有害的。列宁认为对这部分也需要研究，"俄国工人阶级研究列夫·托尔斯泰的艺术品，会更清楚认识自己的敌人；而全体人民分析托尔斯泰的学说，一定会了解他们本身的弱点在什么地方，由于这些弱点他们不能把自己的解放事业进行到底。为了前进应该了解这一点"。①

列宁认为托尔斯泰遗产中属于未来的成分是对封建农奴制和资本主义的批判，是作家作品永恒的艺术魅力。列宁认为："俄国无产阶级要向劳动群众和被剥削群众阐明托尔斯泰对国家、教会、土地私有制的意义"，其目的是为了"去推翻资本主义，去创造一个人民不再贫困、没有人剥削人的现象的新社会"。② 此外，列宁还着重阐明托尔斯泰艺术作品具有永恒的艺术魅力，认为托尔斯泰"创造了可供群众在推翻了地主和资本家的压迫而为自己建立人的生活条件的时候永远珍视和阅读的艺术作品"。③

值得注意的是，列宁并没有把托尔斯泰的遗产的意义和作用看成是凝固的、停滞的，而认为它将随着历史条件的变化而变化。列宁一方面指出，"托尔斯泰的空想说学正像许多空想学派一样，是具有批判成分的"；同时又指出，"不要忘记马克思的深刻指示：空想社会主义的批判成分的意义'恰与历史进程成反比例'"。如果说此前托尔斯泰主义尽管有空想和反动的特点，但托尔斯泰学说的批判成分有时还能给某些居民带来好处。那么，随着历史的发展，随着无产阶级已经走上历史舞台，随着东方静止不动状态的结束，托尔斯泰的道德自我完善和不以暴力抗恶的说教，"都会造成最直接和最严重的危害。"④

3. 社会历史和创作主体

一个时期以来马克思主义文学批评的社会历史分析只关注作品所反映

---

① 《列宁论文学与艺术》，人民文学出版社1983年版，第220—221页。
② 同上书，第214—215页。
③ 同上书，第210页。
④ 同上书，第236—237页。

的社会历史现实，不重视创作主体如何从自己的创作个性出发对社会历史作出独特的反映，更不重视社会和创作主体之间复杂关系的辩证分析。而卢那察尔斯基在这方面做出了独特的贡献，为我们提供了宝贵的启示。

卢那察尔斯基的社会历史批评既不同于 20 年代至 30 年代中期流行的庸俗社会学，也不同于庸俗社会学基本被肃清之后出现的以超时空的抽象概念代替阶级分析的另一种极端。他在分析文学现象时，总是把它放在一定的社会历史环境中加以考察，并且把阶级斗争当作一条贯穿的主线。通过他对一系列俄国作家作品的分析，我们可以清晰地看到俄国封建农奴制的衰落、俄国资本主义的发展和俄国工人阶级的成长这条历史发展的主线。然而他又不是把文学作品简单看作是历史的图解，而是力求分析不同类型的作家如何从各自的阶级地位和创作个性出发，对历史的大变动和历史的发展作出独特的形象的反映。同样是对农奴制和资本主义制度的批判，卢那察尔斯基认为普希金和托尔斯泰是各不相同的。普希金是从先进贵族、"探索的惶恐不安"的贵族的立场来展开批判的，"他没有彻底背弃贵族的立场，而处于摇摆不定的地位"。因此，他的批判还是有所保留的，不彻底的。而托尔斯泰则是完成了"从绅士立场到农民立场的"[①]，因此他的批判是无情的、彻底的，是体现了农民的愤怒和心理，他心里充满着农民情绪的强大力量。

卢那察尔斯基在关注创作主体如何从自己创作个性出发对社会历史作出独特反应时，特别善于揭示作家创作个性的内在矛盾，并把这种内在矛盾看成是某个时代现实社会矛盾的反映。他非常欣赏列宁关于托尔斯泰创作和学说内在矛盾及其社会历史根源的分析，非常欣赏列宁认为赫尔岑精神悲剧"是资产阶级民主派的革命性已在消亡（在欧洲）而社会主义无产阶级革命性尚未成熟的那个具有世界历史意义的时代的产物和反映"[②]的分析，而他自己关于马雅可夫斯基双重人格的分析也相当精彩。[③] 他在分析马雅可夫斯基诗歌时敏锐地发现，在存在"金属的"马雅可夫斯基、革命家的马雅可夫斯基的同时，还存在一个容貌跟他相同的化身，一个柔

---

① 《卢那察尔斯基论文学》，人民文学出版社 1983 年版，第 105 页。
② 同上书，第 16 页。
③ 同上书，第 389—411 页。

弱的小市民、一个感伤的抒情诗人。"在这副反映出整个世界的金属铠里面跳动着的那颗心不仅热烈,不仅温柔,而且也脆弱和容易受伤。"正是这种双重人格的存在,使得他的诗歌除了雄壮豪迈的主旋律之外还存在柔弱感伤的音调,并且最终导致他悲剧性自杀。同时,他还指出马雅可夫斯基这种双重人格是苏联过渡时期的产物,具有极大代表性。尽管如此,卢那察尔斯基仍然认为马雅可夫斯基是不朽的,他说:"然而存在一个不朽的马雅可夫斯基。这个不朽的马雅可夫斯基不怕同貌人。同貌人则不能不腐朽衰亡,因为他多半是为了个人。即使人们有时会对同貌人所写的比较好的作品感兴趣,那也只不过是历史的兴趣罢了;而'金属的'马雅可夫斯基、革命家的马雅可夫斯基所写的东西,却标志出人类历史的一个最伟大的时代"。

卢那察尔斯基对创作个性和社会时代关系的认识是相当辩证的,他不仅研究作家个性是在什么社会历史环境中生成的,是如何以独特的方式反映历史现实,同时也关注创作个性,特别是强大的创作个性对抗时代,甚至超越时代的可能性。他在谈到普希金的创作时,指出普希金的创作反映的不只是贵族的统治地位、财富和文化教养,还反映了古老贵族的破落、"惨重失败的感觉"和设法战胜屈辱保全尊严的欲望,以及"对这即将到来的阶级灭亡的恐惧",这一切使"他的心都破碎了",但他又力图保持意识的统一。卢那察尔斯基认为"正是这一点,使普希金的作品充满着那样的多样性和光辉,具有那样招人喜爱的深度,以至能高出他的时代,成为流传千古的、不仅属于我国而且属于全人类的瑰宝"。①

(二) 卢那察尔斯基文艺批评的美学维度

卢那察尔斯基认为马克思主义的文艺批评应该是包括社会历史批评和美学批评,两者缺一不可,而且是彼此融合的。在他看来,文学作品的风格问题、技巧问题、形式问题、艺术感染力问题,都应当给予高度重视,只有进入美学批评这扇门,"才能成为真正的、完美的马克思主义文学批评家"。② 针对当时文学批评以政治代替文学,把文学问题极端简单化,

---

① 《卢那察尔斯基文集》,人民文学出版社 1983 年版,第 112 页。
② 《艺术的对话》,三联书店 1991 年版,第 370 页。

不成体统地走向纯政治的极端，他把艺术形式提到重要的地位，认为应当理解艺术形式的重要性，"没有艺术形式作品就根本不再成为任何美学上有价值的东西"。卢那察尔斯基特别强调在对文学作品进行美学批评时，批评家一定要有细腻的文学观和艺术分寸观。他说："我们反正不能拒绝'应当'，拒绝计划性，拒绝政治。可是我们应当把这种细腻的文学观和艺术分寸观包括进这一切之中，没有这种细腻的文学观和艺术分寸观就谈不上艺术。否则我们就要干出许多倒霉的事情来。艺术，虽然是群众性的艺术，虽然从一开始它就是合乎目的的作品，虽然它强调地'带有'一定的倾向性，毕竟是高度细腻的事物。这毕竟是'瓷器'，而在碗店里决不能象在小五金铺的那样乱闯。"[①]

有别于二三十年代那些在"碗店"里的乱闯的"左"派批评家，卢那察尔斯基具有十分敏锐的艺术感受力和十分细腻的艺术感受，他总是能在别人发现不了美的地方发现美，并且作出符合作品实际的细腻的和有分寸的分析，让读者同他一起感受到作家心灵的颤动，一起受到强烈的艺术感染。他的美学批评的重要特点就是善于抓住作家创作的艺术特色，抓住艺术作品的独特性，并且做出细腻的、有分寸的和精到的艺术分析，同时又力求把这种艺术分析同思想分析紧紧结合在一起，把社会历史批评和美学批评紧紧结合在一起。

文学创作贵在独创，真正伟大的作家是对生活和艺术有独到理解的作家，都是具有独特创作个性的作家，出色的文学评论也就要用敏锐的艺术眼光抓住作品特色。卢那察尔斯基非常欣赏列宁关于"托尔斯泰富于独创性"的论述。列宁指出"托尔斯泰的批评并不是新的"，这说的是以往的贵族作家和资产阶级作家都批判过农奴制和资本主义制度。但他强调托尔斯泰不是站在贵族立场和资产阶级立场，也不是站在工人阶级立场，而是站在宗法制农民立场来展开批判的，正是农民的立场和心理给他的批判带来独创性、带来鲜明的思想艺术特色。卢那察尔斯基认为托尔斯泰"如此忠实"地反映了他所代表的阶级的情绪，虽然"忠实"不好，因为农民的情绪是抗议和绝望交织在一起的。可是这"忠实"却赋予托尔斯泰以充沛的感情、热情、说服力、锐气、诚恳、大无限精神。他说："如

[①] 《艺术的对话》，三联书店1991年版，第409页。

果托尔斯泰表述他的批判时没有这份热情的力量,他便不能给文化增添什么东西了。有了热情的力量,他那虽不算'新'但是异常重要的'批判',才成为'全人类艺术发展中向前跨进的一步'。列宁这个论断的重大意义,读者是不会忽略过去。"[1] 卢那察尔斯基在这里提醒我们注意的既有托尔斯泰批判精神的阶级内容问题,更有艺术独创性的问题,也就是说托尔斯泰的批判如果没有独创性,没有给人类文化增添什么新东西,他就不能成为"全人类艺术发展中向前跨进的一步"。

卢那察尔斯基对文学作品精到的艺术分析突出表现在他善于从比较中抓住作家的艺术特色。在《符·加·柯罗连科》一文中,他为了比较准确地把握柯罗连科文笔的特色,竟然一连对比了托尔斯泰、陀思妥耶夫斯基、契诃夫、屠格涅夫、福楼拜等一系列作家的语言特色。让我们看看他是怎样拿柯罗连科同其他作家作比较的。[2]

他首先指出,柯罗连科的小说是用另一种笔法表达了美好的人道主义理论的。他身处沙皇俄国这座监狱,但居然保持平静态度,但这不等于说他冷淡,他满怀激荡人心的真正的爱,强烈的恻隐之心。可是他保持外貌和心灵十分和谐的开朗,保持一种非凡的和谐的文笔,一种富于音乐性的、水晶似的奇妙文体。

接着,卢那察尔斯基比较了其他作家文体的特点。

托尔斯泰不注意雕章琢句,他的目的是给人造成一种无法抗拒的错觉,认为他的叙述是真实的。

陀思妥耶夫斯基类似托尔斯泰,但他的文体不像透明的空气一样,使对象历历可见,他创造的气氛是火热的,由于温度的变化而闪烁不定,常常明显地歪曲了来到你面前的事实和对象。因此,他不可能注意文词的优美和精确。

契诃夫在文笔上力求达到最大限度的朴素,但他比托尔斯泰更重视语言的艺术表现力,他力图迅速抓住成为要害的一切,因此产生词句非凡的内在精炼。

屠格涅夫是爱美者,他想通过非凡的文学美来解决自己的忧愁和问

---

[1] 《卢那察尔斯基论文学》,人民文学出版社1983年版,第43页。
[2] 同上书,第230—232页。

题，他十分注意每个形象和总的结构的明朗和精雅、言词的节奏、每个句子富于音乐性的构造。

福楼拜也是最大的语言崇拜者，但他的语言比屠格涅夫更能抓住人，更有力、更泼辣，屠格涅夫的语言则更优美、华丽、铿锵。

最后，卢那察尔斯基指出，柯罗连科在他达到的文笔的高度优美方面正是屠格涅夫的效仿者，这种美使他的作品几乎完全成了散文诗，使他的作品成为摆脱那横在阴暗现实同他的光明理想之间的矛盾的一条出路。

看了这些精到的艺术分析，我们不能不惊叹卢那察尔斯基丰厚的艺术修养和敏锐的艺术感受力。他对每个作家都有相当透彻的理解，因此才能十分准确地把握住他们每个人的特点，并且通过生动形象的文字把它表达出来。

卢那察尔斯基美学批评的另一个特点是内容分析和形式分析的结合，思想分析和艺术分析结合。他不像普列汉诺夫那样，简单地否定思想家的托尔斯泰，而肯定艺术家的托尔斯泰，把思想和艺术、内容和形式截然分开。列宁在谈到托尔斯泰的作品主要是描写 1861 年后仍然停滞在半农奴制度下的俄国时，曾经说过这样一段著名的话："在描写这一阶段的俄国历史生活时，列·托尔斯泰在自己的作品里能以提出这么多重大的问题，能以达到这样大的艺术力量，使他的作品在世界文学中占了一个第一流的位子。由于托尔斯泰的天才描述，一个被农奴主压迫的国家的革命准备时期，竟成为全人类艺术发展中向前跨进的一步了。"① 卢那察尔斯基对列宁这段话给予高度的评价，认为"这段评语中包含着一个论点，在方法论上具有很大的价值"。② 这种价值何在呢？在他看来，就是马克思主义文艺批评应当把内容和形式，思想和艺术紧紧结合起来，而不是割裂开来。卢那察尔斯基认为列宁肯定托尔斯泰的创作是"全人类艺术发展向前跨进的一步"是两个因素造成的结果。基本因素是强烈要求得到艺术表现的重大素材，即"一个被农奴主压迫的国家的革命准备时期"。俄国 1905 年革命是农民资产阶级革命，这样一个泱泱大国的封建农奴制度的崩溃不仅打击了沙皇统治，而且震撼了静止不动的东方。这场革命本身就

---

① 《列宁论文学与艺术》，人民文学出版社 1983 年版，第 210 页。
② 《卢那察尔斯基论文学》，人民文学出版社 1983 年版，第 40 页。

具有普遍的世界意义。世界上一切从事民主革命的国家的人民，都可以从托尔斯泰对俄国国家制度、宗教制度、经济制度和社会制度的批判中，从托尔斯泰所鼓吹的道德自我完善和不以暴抗恶中，认识俄国革命，并从中吸取经验教训。从这个意义上讲，托尔斯泰所表现的艺术素材是具有全人类意义的。第二个因素是"托尔斯泰的天才描述"，也就是托尔斯泰独特的艺术创造和艺术发现。正是托尔斯泰在长期艺术实践中形成的"撕下一切假面具"的"最清醒的现实主义"的创作原则，才有可能使具有全人类意义的重大素材在作品中获得高度的艺术表现。在卢那察尔斯基看来，重大的艺术素材和天才的艺术描绘是不可分割的。如果只有托尔斯泰的天才和禀赋，没有伟大的社会素材，"那么人类艺术就不会向前跨进一步。我们最多也不过能得到一个灵巧的形式巨匠，他只会重复人所共知的某些东西，或者因为缺乏内容而追求形式的精美"。而在光明的革命时代，特别是在革命的时期，一定会有特别众多的人才脱颖而出，从时代本身获取丰富的创造力。[1] 总之，卢那察尔斯基认为是重大艺术素材和天才的艺术描绘的完全结合，才使得托尔斯泰的创作成为"全人类艺术发展中向前跨进的一步"，才使得托尔斯泰成为具有世界声誉的伟大作家。

卢那察尔斯基在评论陀思妥耶夫斯基的创作时，[2] 也是把思想家的陀思妥耶夫斯基和艺术家的陀思妥耶夫斯基紧紧结合起来分析。在说明艺术家陀思妥耶夫斯基的特征时，他并不只是从技巧和形式着眼，而是力图说明"在他的笔下，形象的艺术语言是怎样同他那内在的、热情的、以矛盾重重为标志的世界观融合起来的"。他指出，陀思妥耶夫斯基是抒情艺术家，而这种风格的形式是由他创作中的两个因素决定的：第一，"他所有的中篇和长篇小说，都是一道倾泄他亲身感受的火热的河流。这是他的灵魂奥秘的连续自由。这是披肝沥胆的热烈渴望"。第二，"当他向读者表白他的信念的时候，总是渴望感染他们，说服和打动他们"。但是陀思妥耶夫斯基并不是采用政论一类的形式直截了当地表达自己的感受和自白，而是采用中长篇的形式，用虚构的叙事的形式来表达他的感受和自白，把他的自白、他的灵魂的热烈呼吁包括在事件的铺叙之中。卢那察尔

---

[1] 《卢那察尔斯基论文学》，人民文学出版社1983年版，第40—41页。
[2] 同上书，第212—216页。

斯基认为促使陀思妥耶夫斯基采用叙事的艺术形式，是由于作家的创作中凌驾于他那直抒情怀、披肝沥胆的渴望之上的，还有第三个因素，这就是"宏大的、无穷的、强烈的生活的渴望"。正是这种热烈的、不可抑制的生活渴望，使陀思妥耶夫斯基"首先变成了艺术家"，使他创作了伟大的和卑劣的人物，使他在痛苦中孕育他的形象，使他能亲自经受他的主角所遭遇的一切事件，为他们的痛苦而痛苦，而且还玩赏这些感受。卢那察尔斯基还指出陀思妥耶夫斯基创作的另一个特色是："他极力使读者去接近他的主角的思想感情的激流、思想感情的万花筒。"他之所以被称为"心理学作家"，也就是因为"他对人类心灵的感受最有兴趣"。卢那察尔斯基就是这样向我们说明了正是思想家陀思妥耶夫斯基决定了艺术家陀思妥耶夫斯基。

（三）卢那察尔斯基文学批评理论结构的内在矛盾和文化根源

作为马克思主义文艺批评家，卢那察尔斯基同普列汉诺夫在批评理论方面都坚持历史的和美学的观点，主张对文学现象进行历史分析和美学分析。但是如前所述，卢那察尔斯基认为马克思主义文艺批评不仅要分析产生文学现象的社会历史根源，而且要从"应当"的角度对文学现象做出价值判断，说明它的社会作用。而普列汉诺夫认为马克思主义批评家不应当对作品有所论断。正是在这个问题上，他们两人存在深刻的分歧。普列汉诺夫从科学的态度出发，从反对政论批评的主观主义和唯美派的印象主义出发，坚持文学批评的客观态度，坚持对文学现象进行客观的社会历史分析。而卢那察尔斯基从马克思主义文艺批评的要求出发，从党对文学艺术的要求出发，坚持对文学现象做出价值判断，对作家艺术家提出社会要求，坚持对文学的"功利"态度。他说："在我们现时对于当前的文学采取消极的—发生学的态度，难道可能吧？对于过去的东西在某种程度上还能容许，可就是在那里我们也要寻找能够帮助我们今天建设的有价值的东西。而对于现代的东西，真正的马克思主义的批评，应当成为作家的助手，在某种关系上甚至应当成为作家的教师，向作家说明与革命一起产生的，并且反映着苏联巨大的建设努力的伟大的社会要求。"[①] 正是从这种

---

① 《关于艺术的对话》，三联书店 1991 年版，第 331 页。

观点出发，卢那察尔斯基认为普列汉诺夫批评结构本身是存在缺点的，是有片面性的，也就是说认为他没有把马克思主义文艺批评历史的、审美的和政论的观点有机统一起来。卢那察尔斯基指出："克服普列汉诺夫的某种片面性，确立所有三种观点的有机联系（发生学的、政论上评价的和审美上评价的观点的有机联系，为此显然需要标准，而对于第一种观点则不需要标准），是我们时代在掌握和真正利用普列汉诺夫观点问题上的任务。"①

卢那察尔斯基在同普列汉诺夫的论战中，提出了马克思主义文艺批评的一个重要问题，这就是在马克思主义文艺批评中政论的、历史的和美学的观点三者之间是什么关系，它们如何有机统一起来。在马克思主义文艺批评史上这不仅是个理论的问题，也是个实践问题。许多文艺批评方面的争论和失误也正源于没有正确认识和处理这三者之间的关系。马克思恩格斯倡导文艺批评的美学观点和历史观点，因此我们常说马克思主义文艺批评是社会历史批评和美学批评的结合。然而我们也不能否认马克思主义文艺批评是有倾向性的，它要对文学现象做出价值判断，发挥文学艺术的社会作用，因此人们往往也把它看成具有强烈的功利性的政论批评，但它也决不能等同于苏联20—30年代"左"的文艺批评。

任何文艺批评都是有倾向性和功利性的，都要对社会生活发生实际作用。马克思列宁主义文艺批评也不例外。就苏联20—30年代"左"的文艺批评而言，问题并不在于强调文艺批评的倾向性和功利性，而在于把文艺批评当成阶级斗争和政治斗争的工具，完全抹杀了文学艺术和文艺批评的特征。其主要表现如下：

第一，把文艺批评当成阶级斗争和政治斗争的工具，借助文艺批评进行政治说教，宣扬自己的政治观点，攻击对方的政治观点，完全无视或任意宰割文学作品的历史真实性。

第二，用纯政治的观点对待文学艺术现象，根据作家的阶级出身来评价文学作品；要求打击"同路人"作家；认为古典文学作品浸透了剥削阶级的思想，必须彻底否定。

第三，把文学作品看成是一定政治观点的图解，当成政治思想的传声

---

① 《关于艺术的对话》，三联书店1991年版，第310页。

筒，完全忽视作家的创作个性，无视文学作品的艺术形式和艺术风格，"把文学作品当作解剖完整的尸体割得七零八碎、再对它发一通枯燥的议论"。

第四，把文艺作品的政治功能摆在第一位，完全忽视文艺作品的认识功能、审美功能，乃至道德伦理的功能。

不能否认马克思主义文艺批评总是要通过对文学作品分析、评价表达某种价值观念和理想，从而达到影响社会和改造社会的目的。它作为一种特殊的意识形态话语，总是要通过对作品的社会历史分析和美学分析来影响社会价值观念，发挥其社会作用。马克思恩格斯对巴尔扎克、莎士比亚的批评是如此，列宁对列夫·托尔斯泰的批评也是如此。与"左"的文艺批评不同之处在于马克思主义文艺批评社会功能的实现是通过社会历史分析和美学分析达到的，而不是把文学作品看成是自己政治的观念的图解。

在当年十分复杂的政治文化斗争环境中，从批评理论和批评实践来看，卢那察尔斯基的文艺批评是坚持了马克思主义文艺批评的原则和精神的，他既反对普列汉诺夫文学批评的客观主义倾向，也反对"左"派文学批评的非艺术倾向，他非常重视文艺批评的社会功能，又强调应当通过社会历史分析和美学分析来实现文艺批评的社会功能，很注意文艺批评中政论的、历史的和美学的观点的有机统一。联系到苏联20—30年代"左"的文艺思潮的猖獗，以及他受到的种种压力，卢那察尔斯基的文艺批评和文艺批评实践从今天来看都是十分难得和十分突出的。然而，由于当年政治文化环境的影响和历史的局限，卢那察尔斯基的文艺批评理论和实践也存在难以避免的内在矛盾，其主要表现如下：

第一，对文艺批评社会功能的理解有时过于简单和狭隘。他强调文学批评要从"应当"的角度对文学提出要求，要求把评价因素提到特别的高度，要坚持车尔尼雪夫斯基、杜勃罗留波夫对待文学的"功利"态度。这都是正确的。问题是不能把这一切归结为政治。他虽然也说过"一个作家为社会服务的事当然决不能仅仅归结为政治"，[1] 但也要求批评对现

---

[1] 《卢那察尔斯基论文学》人民文学出版社1983年版，第236页。

实担负起"众所周知的政治影响"。① 要求把文学看成是"党的极其重要的（教育的）武器"，并且指责说："有批评家说对于马克思主义者来说从应当怎样的方面来对待文学是罪恶，这样的批评家就象是怪诞的孟什维克，要是不是更坏的话"。② 从这个角度出发，卢那察尔斯基在评论古典作家时，在文章的结尾总是毫无例外地指出这位作家对当代有什么意义，有什么用处，而这种分析有时显得过于机械和简单。在《安·巴·契诃夫在我们今天》一文中，卢那察尔斯基虽然指出契诃夫是个对政治淡泊的作家，"不能认为契诃夫给予了我国知识分子在左派或者甚至于中间派什么认识教育"，但他还指出契诃夫"不但作为一个大作家，并且正是作为一名战士而活着"，认为他的印象主义和对庸俗习气的批判仍有用，甚至认为要鄙弃他的调和主义，把"他的微笑变成讽刺的纵声大笑，他的悲伤变成勃然大怒"。③ 后一种说法对古典作家当代意义的理解就显得牵强了。

　　第二，对作家的评论总要把政治放在突出的地位。卢那察尔斯基虽然有很高的艺术修养和艺术鉴赏力，由于生活在阶级斗争剧烈的年代，他首先要从政治上来考虑问题，要用政治标准来衡量作家作品。这样一来，当时就有可能使他的文艺批评变成政治批评，也就是说借助文艺批评来表明他的政治观点。在《赫·乔·威尔斯》一文中，由于作家的长篇小说对资产阶级制度的否定和批判，以及丰富的幻想，卢那察尔斯基给予威尔斯很高的评价，认为"在今天欧洲文学的背景上，赫伯特·威尔斯是个极有创建和异常光辉的人物"。随后他又否定了这个结论，认为他的一项"实质性的缺点"妨碍了他成为一位"意义重大的作家"。所谓的"缺点"，就是威尔斯反对列宁的暴力革命，主张进化革命。为此，卢那察尔斯基展开对威尔斯的政治批判，说他"连孟什维克也说不上，只好把他归入在我国不那么出名、可是同样不容易消灭的一类人，即所谓的费边社会主义者"。④ 同意暴力革命，就可以成为"意义重大的作家"，不同意暴

---

① 《艺术及其最新形式》，百花文艺出版社1998年版，第325页。
② 《关于艺术的对话》，三联书店1991年版，第310—311页。
③ 《卢那察尔斯基论文学》，人民文学出版社1983年版，第238—239页。
④ 同上书，第469—472页。

力革命,"就不可能成为真正的、名副其实的革命者",就不可能成为"意义重大的作家"。在这里卢那察尔斯基进行的完全是政治批评,而不是艺术批评。在另一种情况下,卢那察尔斯基是在政治批评和美学批评之间游移。在《符·加·柯罗连科》一文中,一方面,从美学的角度肯定"他的全部中短篇小说经常写一个基本主题:对人的爱,对人的恻隐心,对那些作践人的势力的憎恨。总之,他的小说用另一种笔法表达了美好的人道主义思想"。[①] 并且认为伟大的思想家和作家可能高于本集团的利益,创造出具有全人类意义的珍品。而从政治的角度看,他又认为在剧烈的阶级搏斗中,"美妙的辞句、温情和人道主义,都可能变成敌人的工具,对我们是很有害的",因此,柯罗连科虽然不是必须查禁或抨击的作家,对他也"应该有较大的保留和强烈的批判精神"。[②]

从文学批评理论和文学批评实践来看,卢那察尔斯基虽然努力同"左"的倾向作斗争,坚持历史分析与美学分析相结合的马克思主义文艺批评原则,但仍然可以看出他的文学批评有很强的政治意识和政论色彩,在他的文学批评中政论的、历史的、美学的因素有时依然不能很好地融为一体,并且存在内在的矛盾。这种情况的出现首先是时代的原因,在把文学和文学批评当作阶级斗争工具看待的年代,作为文化思想领域的领导,他不能不从政治的角度来评价作家作品和一切文学现象,或者借助文学批评来阐明他的政治观点,也就是我们常说的把政治标准放在第一位。

当然,卢那察尔斯基文学批评内在矛盾的产生还有深刻的历史文化根源。马克思主义文论和文学批评作为一种全球性的思潮在一个国家传播和扎根除了需要一定的社会政治经济条件,也需要一定的思想文化条件。一个国家的先进人物在接受外来先进思潮时,总是以本民族进步的文化作为思想文化基础,并且是同本民族先进文化相结合的。正因为各民族文化的多样性,所以才形成马克思主义文论和文学批评的多种形态。俄罗斯马克思主义文论和文学批评是以俄国革命民主主义美学和文学批评作为基础,作为桥梁,来接受马克思主义的,是离不开俄国整体的文化语境的。因此,我们对卢那察尔斯基的文学批评及其矛盾要有深入的理解和把握,就

---

① 《卢那察尔斯基论文学》,人民文学出版社 1983 年版,第 230 页。
② 同上书,第 234 页。

必须深入了解俄国文化和俄国文论。以别林斯基、车尔尼雪夫斯基和杜勃罗留波夫为代表的俄国革命民主主义美学和文学批评,特别强调文学和现实生活的紧密联系,文学改造生活的社会功能,他们的文学批评具有强烈的政论色彩,他们常常通过文学批评来抨击黑暗的现实,表明和宣传自己的政治观点和政治主张。像《黑暗王国的一线光明》、《真正的白日何时到来?》这样一些文学评论的题目,就体现出很强的政治倾向性。他们的文学批评虽然不乏敏锐的美学鉴赏力,但主要形成一种富有论战性的社会政论批评。而这些特点的形成必须从俄国现实和俄国文化语境得到解释。俄国处于农奴专制制度,人民没有任何自由,文学成了反映人民自由思想的唯一论坛,社会思想在这个领域表现得最为自由最为充分,作家、批评家成了人民的代言人、人民的良心。赫尔岑曾经这样说过:"凡是失去政治自由的人民,文学是唯一的论坛,可以从这个讲坛上向民众倾诉自己愤怒的呐喊和良心的呼声。"[①] 卢那察尔斯基在谈到别林斯基为什么从事文学批评时,也指出了俄国当时批评同俄国社会斗争的密切联系。他说:"别林斯基几乎完全献身于文学批评这一点,与当时文艺在俄国所起的巨大作用有直接的联系,当然,这并不是因为这一代在艺术方面有特别的天赋。文学所以起杰出的作用,是因为这是可以稍微自由讲话的唯一论坛……艺术在这样的时期总会努力追求思想,追求审美需要和思想需要的结合。所有一切社会激情都通过这个气门直冲出来。"[②] 韦勒克在《近代文学批评史》中也认为俄国批评是不同于西方文学批评的,他指出别林斯基"具有一种令人瞩目的博大格局,献身于本国文学和社会进步事业的激情,这在西方是难于比肩的。"[③] 从这个角度看,我们就不难理解卢那察尔斯基的文学批评为什么具有很强的政论色彩。其实这一特点也是普列汉诺夫和列宁这样一些俄国马克思主义文学批评家所固有的,他们不乏敏锐的艺术感受力和鉴赏力,不乏对社会历史的深入洞察,但他们更关心的是现实的政治斗争。在列宁一系列论列夫·托尔斯泰的文章中,可以看到他对托尔斯泰创作艺术特色的精到分析,对作家与时代关系的准确把

---

① 《赫尔岑文集》第7卷,莫斯科,科学出版社1956年版,第198页。
② 《关于艺术的对话》,三联书店1991年版,第63页。
③ 《近代文学批评史》第3卷,上海译文出版社1991年版,第317页。

握，但他更关心的是俄国革命，他是力图通过对托尔斯泰创作和思想的分析，把托尔斯泰当作"俄国革命的一面镜子"，来总结俄国 1905 年革命的经验和教训。

如何处理好文学批评中美学的、历史的和政论的关系，是马克思主义文学批评理论和实践需要解决的重要问题。在这方面，卢那察尔斯基为我们提供了有关的经验，也留下了历史的遗憾。

第五章

十月革命后俄罗斯文学理论批评历史与形式融合的新探索和新趋势

一 维戈茨基论艺术作品结构和审美反应的关系

列夫·谢苗诺维奇·维戈茨基（1896—1934）是苏联早期杰出的心理学家，是在十月革命后头一个十年从事文艺心理学研究的。十月革命后，苏联文艺学把主要注意力集中于思想宣传任务和批判唯心主义和形式主义，重点是阐述辩证唯物主义和历史唯物主义艺术观的基本原理，很少顾及艺术特性和艺术规律的研究。同时，文艺界"左"的思潮泛滥，庸俗社会学盛行，他们把研究文艺心理学的人往往不分青红皂白统统斥之为唯心主义者，文艺心理学研究被视为雷区。卢那察尔斯基曾在一次报告中谈到这种情况："不久前我们这里还有各种评论家写文章说，无产阶级作家不应该研究心理学，——说是既然我们根本否定了灵魂，还讲什么心理学？"[①] 这种观点今天听来荒唐可笑，然而却道出了当时严峻的现实。在这种情况下，如何以马克思列宁主义为指导研究文艺心理学的问题，一直没有提到日程上来。20年代也出现了为数不多的文艺心理学著作，这些著作虽然力求在客观材料的基础上把文艺心理学作为一门独立的学科加以研究，但由于受到西方心理学的明显影响，方法论基本上是唯心主义的。

这个时期值得特别重视的文艺心理学研究专著是维戈茨基的《艺

---

① 卢那察尔斯基：《论文学》，人民文学出版社1978年版，第286页。

心理学》(1925)。① 维戈茨基在 1915—1925 年期间，大约用了十年时间才完成这部专著。当年他是个不到 30 岁的青年学者，而他的专著《艺术心理学》却在 20 年代的多种文艺学、文艺心理学论著中异军突起。他既批评唯心主义和形式主义，又批评教条主义和庸俗社会学，力图建立客观的艺术心理学理论体系。维戈茨基是面对文艺界十分复杂的局面而步入文艺心理学领域的。从方法论讲，他坚持的客观分析的方法，也就是客观现实决定心理和意识，客观现实决定艺术创作心理的辩证唯物主义原则，他力求从社会生活和作为社会历史存在的人的生活去理解艺术的功能。为了依据这一原则展开对艺术创作心理的论述，他首先用了不少篇幅清理和批判了各种错误观点：既批判了把艺术仅仅理解为纯认识功能的片面认识，也批判了把艺术理解为手法的形式主义观点，以及指出心理分析学派把人的一切心理活动统统归之为性欲，因而抹杀意识的唯心主义实质。然而，可贵的是维戈茨基并没以简单对待形式主义和心理分析学派。尽管他从方法论上指出它们的唯心主义实质，但同时也看到了其中的有益成分，并把它融化到自己的理论体系之中。他十分强调艺术形式的重要性，认为"艺术开始于形式开始的地方"，"艺术作品只有在它既有的形式中才能发挥它的心理作用"。② 他指出心理分析学说有"积极方面"，有"十分可贵的论点"，"提出了无意识，即扩大了研究的范围，指出了艺术中无意识如何成为社会性的东西"。③ 在这里我们看到，当年这位青年学者既表现出敢于触雷的科学勇气和批判精神，也显示出实事求是的科学态度和恢宏气度。

维戈茨基认为艺术学离不开心理学，心理学对于理解艺术作品的内在结构和艺术的特殊功能，都有重要的意义。他指出："一方面，艺术学越来越需要心理学的论证。另一方面，心理学在力求解释整个行为时，不能不注意审美反应的复杂问题。"④ 他试图在《艺术心理学》中建立一种独具一格的、以文学作品为自身研究对象的客观艺术心理学理论体系。因此

---

① 维戈茨基:《艺术心理学》，上海文艺出版社 1985 年版。
② 同上书，第 41 页。
③ 同上书，第 106 页。
④ 同上书，第 14 页。

他没有在著作中全面、系统地介绍艺术心理学的基本知识，而是不厌其烦地通过对文艺作品的分析和解剖来验证自己的理论观点。作者力图通过对作品的分析把文艺学和心理学有机地结合起来。用他的话说，就是"从艺术作品的形式出发，通过对形式的要素和结构的功能分析，说明审美反应和它的一般规律"。① 这里关键是通过分析艺术作品结构的内在矛盾来揭示美感反应的心理机制。他认为只有抓住这个关键才能理解艺术的特性，洞察伟大艺术作品之所以不朽的奥秘。在专著中，作者利用大量篇幅，通过对克雷洛夫寓言、布宁短篇小说和莎士比亚的悲剧这三种一个比一个高级的艺术形式的详尽分析，从理论和实践的结合上来阐明自己的理论，读来令人觉得具体、生动，韵味无穷。在他看来，分析作品的结构主要是分析结构的内在矛盾，从心理基础来讲就是所谓"逆向感情"的运动。正是这种运动造成艺术的感染力，产生艺术的特殊功能。他认为，"逆向感情"就是构成作品内容的情绪和激情沿着两个相反而又趋向同一终点的方向发展。在终点上仿佛发生"短路"似的，排除了激情，感情得到改造和净化，也就是痛苦的和不愉快的激情得到一定的舒泄，转化为相反的激情。他指出："审美反应本身实质上就可以被归结为这种净化。亦即复杂感情的转化。"② 正是从这个意义上讲，他认为脱离心理学就无法解释文学，心理学对于理解艺术作品的结构和艺术的特殊功能有举足轻重的意义。

首先，通过克雷洛夫的寓言的分析，维戈茨基认为诗体寓言包含着抒情诗、叙事诗和高级文学样式的种子，这种诗体寓言艺术效果的基础是感情逆行，而这种感情逆行是来自寓言情节内部的矛盾结构。在他看来，同一个寓言由于作者的不同的叙述，它所达到的艺术效果和情感反应是不相同。以《乌鸦和狐狸》为例，在以往的叙述中，乌鸦给人的感觉是阿谀者，是卑鄙的；这时我们的感情朝着单一的发展，而在克雷洛夫"诗的叙述"中，由于他通过"富有诗意的暗示"，通过不同的语调，把狐狸写得很俏皮，很机智，把乌鸦写得很愚蠢。这样一来，我们的感情就不是朝着单一的方向发展，而是沿着两个方面发展，我们在狐狸的每句奉承话里

---

① 维戈茨基：《艺术心理学》，上海文艺出版社 1985 年版，第 27 页。
② 同上书，第 282 页。

都听出两层意识：既是阿谀，又是嘲弄。由此，维戈茨基指出："任何寓言，以至我们对寓言的反应，始终是在两个方面发展着，而这两个方面完全是同时不断增长，激化和提高的，因此它们实质上是组成一体，联合在一个动作中，而又始终具有双重性的。"① 在《乌鸦和狐狸》中，阿谀越勤，嘲弄就越厉害；阿谀和嘲弄包含在同一个句子中，这个句子既是阿谀，又是嘲弄，它把两个对立的意思合而为一。据此，他认为"寓言这两个方面所引起的激情矛盾是审美反应的真正的心理基础"。② 而这种激情矛盾最后导致"寓言的逆转"，也就是说在寓言的结尾处，对立得到充分暴露，矛盾达到极点，感情上的双重性也随之得到松缓，"仿佛两股相反的电流发生短路一样，矛盾本身就在短路中爆炸，燃烧，以至被消除。我们反应中的激情矛盾也是这样解放的"。③ 在《乌鸦和狐狸》中，乌鸦"呱呱叫了一声"，这是阿谀的顶点，同时也是嘲弄的顶点，最终乌鸦失去奶酪，狐狸获得胜利。阿谀和嘲弄爆炸和消灭在"短路"中。

其次，维戈茨基通过对布宁短篇小说《轻轻的呼吸》的分析，说明小说材料和形式的关系，说明作者如何用特定的形式和结构去克服材料，用特定的形式和结构去消灭内容，并由此引起读者的审美反应，达到艺术所具有的"净化"目的。维戈茨基认为对审美反应的分析应当以作品为中心，用他的话说，就是"从艺术作品的艺术形式出发，通过对形式和结构的功能分析，说明审美反应和它的一般规律"。④ 那么，这个规律是什么呢？在他看来，读者的审美反应同作品内在形式和结构相关，不同的审美反应源于作品的不同的形式和结构。比如，小说的正叙引起一种审美反应，倒叙则引起另一种审美反应，前者可能引起一种舒缓的情绪，后者则可能引起一种紧张的情绪。这里涉及两个问题：一个问题是作品材料和形式的关系，材料和形式的区别，作者如何用特定的形式和结构去克服材料，去征服内容；另一个问题是作者通过对材料的改造和对内容的征服所要达到的目的，所引起的读者的审美反应，所引起的艺术净化的功能。维

---

① 维戈茨基：《艺术心理学》，上海文艺出版社1985年版，第189—190页。
② 同上书，第190页。
③ 同上书，第191页。
④ 同上书，第27页。

戈茨基通过布宁短篇小说《轻轻的呼吸》的分析，反复说明的就是这两个问题。

首先是材料和形式，形式如何克服材料，如何克服内容的问题。

维戈茨基抛弃了以往文艺学关于内容和形式的概念，而采用俄国形式主义材料和形式的概念。就小说而言，就是本事和情节的概念，作为小说基础的事件本身就是小说的材料，而如何叙述这个事件就是小说的情节，就是作品的形式。他认为小说创作的任务就是对本事进行加工，用形式改造、征服本事，把本文变成诗的情节。作品中作者是如何用形式来加工改造和征服本事的呢？主要是彻底打乱了事件叙述的顺序。按照本事的时间顺序是：女中学生如何成长，如何变成一个美人儿，如何走向堕落，如何同老地主发生爱情瓜葛，如何勾引哥萨克军官，如何被军官打死，以及女班级主任老师常去坟地看她。这种叙述给人的印象是一个女中学生一段乱七八糟的生活，是"生活的混沌"。在小说中，作者并不是按照这种时间顺序去叙述事件，而是彻底打乱时间的顺序，他在小说中一开始就写她的坟墓，然后写她的童年，后来又突然说到她的最后一个冬天，在这之后，才在同女校长的一次谈话中告诉我们去年夏天发生的她的堕落，然后我们知道她的被杀，而几乎在小说结尾我们才知道她很久以前的一段中学生时代的似乎不重要的经历，一段关于美丽的秘诀在于"轻轻的呼吸"的谈话。这样一种彻底打乱时间顺序的叙述，同按照原有故事时间顺序的叙述，给人造成的印象是大不相同，如果说前者给人造成是"生活的混沌"，是沉重之感，那么后者给人造成的印象就是"轻轻的呼吸"，就是"解脱、轻松、超然和生活透明性的感觉"，而这种感觉就是对美好青春的向往，对幸福生活的向往，以及这种愿望得不到实现的淡淡的忧伤。于是，维戈茨基得出结论说："在艺术作品中总是包涵着材料和形式之间的某种矛盾和内在的不一致，作者好象故意挑选费劲的、对抗的材料，这一材料以它的特性对抗着作者想要说出他想说的东西的一切努力。材料本身越是不易克服，越是顽强，越是敌对，对于作者仿佛也就越是适用。作者把形式赋予这一材料，目的不是为了揭示材料本身所含有的特性，不是为了彻底地、在它的全部典型性和深度上暴露一个俄国女中学生的生活，不是分析和浏览一下事件的真正本质。恰恰相反，是为了克服这些特性，为了使可怕的东西用轻轻的呼吸的语言说话，为了使生活的混沌象料峭的春风那样飒飒鸣响。"①

　　其次是作者对材料的改造和对内容的征服同读者审美反应的关系。维戈茨基认为作者不是为改造、征服材料而改造、征服材料，他对材料的改造和征服是造成读者不同印象，是要引起读者不同的审美反应。反过来就是说，读者的审美反应同作者对材料的改造和征服，同作品的形式和结构，同由此造成的激情的矛盾，感情的对立、冲突有内在的联系。就是说，维戈茨基不是从作者那里，不是从读者那里，而是要从作品本身来理解艺术的审美反应及其规律。从布宁的《轻轻的呼吸》来看，对事件的不同叙述就造成了不同的心理反应。按事件本身原有的时间顺序来叙述故事，就给人一种沉重感，一种痛苦的紧张，这不是审美的感情。作者打乱了故事本身的时间顺序，形成一种艺术的情节，它给人的感觉就是"轻轻的呼吸"。尽管我们读到的是有关凶杀、死亡这些可怕的事，但是由于作者对事件的艺术处理，这时我们仿佛看到的却不是可怕的事，仿佛作品的每一部分都包含着对这种可怕的事的说服和缓解，我们感受到的不是痛苦的紧张，不是沉重的感觉，而是一种哀而不露的情感，一种病态的轻松，这就是一种审美的感情。正如维戈茨基所说："激情的矛盾，两种对立感情的冲突看来就是艺术小说一条奇异心理学规律。我所以说是一条奇异的规律，是因为整个传统美学养成了我们一种完全相反的艺术观：千百年来，美学家们一直在强调形式和内容的和谐一致，强调形式图解、补充和配合内容；而我们忽然发现，这是一个莫大的谬误，形式是在同内容作战，同它斗争，形式克服内容，形式和内容的这一辩证矛盾似乎正是我们审美反应真正心理学涵义。"②维戈茨基的这一发现，对于理解艺术创作的特殊规律，对于理解审美反应的特殊规律，都要有重要的理论价值。

　　最后，维戈茨基通过对莎士比亚的悲剧《哈姆雷特》的分析，指出故事、情节和人物是悲剧的三重结构，而三者的矛盾便是悲剧所具有的多重矛盾。在悲剧《哈姆雷特》中，第一个矛盾是故事和情节的矛盾。如果按照原本的故事来叙述，故事应该是直线展开，也就是哈姆雷特在鬼魂把真相揭发出来之后立刻杀死国王为自己的父亲报仇，这样走的就是两点

---

① 维戈茨基：《艺术心理学》，上海译文出版社1988年版，第213页。
② 同上书，第213页。

之间最近的距离。然而作者所安排的情节却采取另一种叙述方法，让剧情出现偏差和迂回。维戈茨基认为悲剧原本的故事（本文）讲的是哈姆雷特如何杀死国王以报杀父之仇，而悲剧现有的情节讲的都是他如何迟迟不杀国王，而当他杀死国王的时候也并非由于报杀父之仇。这个悲剧的基础就是这种情节的两重性，而这种情节结构内在矛盾的心理基础就是"逆向情感"的运动：悲剧仿佛在戏弄观众的感情，向我们许诺一开始就呈现在我们面前的目标，可是又总使我们离开这个目标。我们原以为两条路线是走着相反的方向，可是最后却在国王被杀这场戏上相遇。导致杀死国王的因素就是始终推迟杀死国王的因素，这样两股道上的电流"短路"了。观众的感情并不因为国王被杀而感到满足和轻松。国王被杀后，观众的注意力马上闪电似的转到哈姆雷特的死亡上，从新的死亡中感受到和体验到观看悲剧时始终折磨他的意识的种种令人痛苦的矛盾。观众的感情也在这个过程中得到净化。悲剧的第二个矛盾是人物和情节的矛盾，即主人公的性格和情节发展之间的矛盾，维戈茨基认为悲剧人物在每一时刻都把上面所说的故事和情节的矛盾这两方面统一起来，他是"悲剧中矛盾的最高的和始终存在的统一"，是连接两股相反电流的力量，这一力量就是"把两股相反的情感集合成一种体验并把它赋予主人公"。[①]

通过以上对寓言、短篇小说和悲剧三个个案的分析，维戈茨基进一步向我们展示了自己的审美反应理论，这也是他对文艺心理学最重要的贡献，这个审美反应理论包含以下几个主要方面。

第一，审美反应的基础在于艺术形式和结构

维戈茨基审美反应理论的主要特点在于把审美反应分析和作品的形式结构分析结合起来，认为审美反应的基础在于艺术的形式和结构，必须通过形式要素和结构的功能分析来阐明审美反应和它的一般规律。他非常赞同席勒关于悲剧形式作用时所说的一句话："大师的真正的艺术奥秘就于用形式消灭内容。"[②] 艺术家正是通过对材料，对内容的征服和改造，通过形式对内容的消灭，来引起读者的审美反应。且不说，情节的不同安排，情节的不同叙述，引起不同的审美反应，他指出，节奏作为形式的要

---

① 维戈茨基：《艺术心理学》，上海译文出版社 1988 年版，第 255 页。
② 同上书，第 284 页。

素也能引起不同的审美反应。布宁在《轻轻的呼吸》中是用淡漠平静的节奏叙述凶杀、枪声和情欲的。他的节奏所引起的效果同他的小说的对象所引起的效果是完全相反的。结果审美反应便成为净化,我们经历了复杂的情感舒泄,情感的相互转化,我们产生的是高尚、清醒的轻轻呼吸的感觉,而不是由小说内容所引起的痛苦体验。由此,他得出结论:"我们在艺术形式和内容的结构上所发现的对立,就正是审美反应净化作用的基础。"①

第二,审美反应的实质在于"净化"。

维戈茨基在论述审美反应时借用了亚里士多德的"净化"概念,但对它作了自己独特的、全新的解释。在他看来,任何艺术作品,不论是寓言、短篇小说,还是悲剧,其审美反应的规律是都包含有两个相反方向发展的激情矛盾,这种激情最后消失在一个终点上,好像电流"短路"一样。而这种艺术作品的真正效果就可以称为"净化"。他说:"心理学迄今所使用的任何其他术语都不能为此完满的、清晰地表达审美反应的这一主要事实,即痛苦的和不愉快的激情得到一定舒泄、消灭、转化为相反的激情。审美反应本身实质上就可以被归结为这种净化,亦即复杂的情感转化。"② 在他看来,审美反应的净化作用就在于这一激情的转化,就在于激情的自燃,就在于导致此刻被唤起的情绪得到舒泄的爆炸式反应。他说:"艺术最直接的特点是:它在我们身上引起相反方向的激情,只是由于对立定律而阻滞情绪的运动的表现;它使相反的冲动发生冲突,消灭内容的激情和形式的激情,导致神经能量的爆炸和舒泄。"③ 总之,在维戈茨基看来,净化是审美反应的过程,也是审美反应的目的。由于作品形式结构的对立引起的激情矛盾和它的发展是审美反应的过程,而激情矛盾的相碰,短路,最后导致激情矛盾在"短路"中获得解决,导致激情的舒泄和转化,则是审美反应的目的。

第三,从社会生活的角度来理解审美反应和艺术的功能。

维戈茨基作为苏联心理学中社会文化历史学派的代表人物,他很重视

---

① 维戈茨基:《艺术心理学》,上海译文出版社 1988 年版,第 283—284 页。
② 同上书,第 282 页。
③ 同上书,第 284 页。

社会历史文化条件对人的心理、意识的发展和形成的制约。因此在论述艺术的审美反应和艺术的功能性时，他就不只是停留在谈论个人情感的舒泄，而是进一步强调个人情感向社会情感的转化，强调艺术的社会功能。他不同意把艺术归结为一种最普通的情绪，把艺术只看成是感染感情的共振器、放大器和传送器。他说："如果表现悲伤的诗除了因作者的悲伤感染我们而外别无其他任务，这对艺术来说岂不是太可悲伤吗？艺术的奇迹更像福音书上的另一个奇迹——把水变成酒。因此艺术的真正本性总是包含有改变和克服普通情感的某种东西，由艺术引起的同样的恐惧、痛苦和不安，除了它们本身所含有的东西外，还含有某种别的东西。这某种别的东西能克服这些情感，使这些情感清澈起来，把这些的水变成酒，艺术的使命就是这样实现的。"[①] 这是所说的"某种别的东西"是什么呢？就是"社会情感"，艺术的使命就是要把个人情感转化为社会情感。艺术不是简单地延长人的情感，艺术是对原有情感的超越。他指出，在艺术起源过程中，劳动歌曲不仅组织了集体劳动，使不堪的紧张得到松懈。艺术在它的最高阶段，在失去同劳动的直接联系之后，也还应当组织或联合社会情感，使不堪的紧张得到缓解和松懈。在这里，维戈茨基指出了审美反应一个新的方面，它不只是个人情感的舒泄，它还要求激发人的一定行为和举动。只不过他认为艺术从来不会由自身直接产生任何实际动作，它只是使机体去准备实现这一动作。

维戈茨基的文艺心理学研究是别具一格的，他在批判总结前人研究的基础上，提出以艺术作品为对象，通过对形式和结构的功能分析，阐明审美反应的规律，并且对"净化"理论和艺术的独特功能做出新的阐释，这一切都给人耳目一新的感觉，特别是对个人情感和社会情感关系的论述，也充分体现社会历史文化学派文艺心理学固有的特色。

二　普罗普的故事结构研究和历史研究

弗·雅·普罗普（1895—1970）是具有世界影响的俄罗斯著名的民间文艺学家，他的代表作《故事形态学》（1928）对100个俄罗斯神奇故

[①] 维戈茨基：《艺术心理学》，上海译文出版社1988年版，第323页。

事做形态的比较分析，从中发现神奇故事的结构要素以及这些要素的组合规律，阐明各个要素之间的相互关系以及它们和整体的关系。在故事结构研究的基础上，他的另一部专著《神奇故事的历史根源》（1946），又进一步从历史研究的角度，探讨神奇故事的起源，寻找它同"历史往昔"的关系。

普罗普的研究在民间文艺学中是一场革命。他不是从故事的外部而是从故事的内部，从故事的结构来回答故事是什么的问题。同时他又从历史的角度回答故事从何而来的问题。这两部专著奠定了普罗普在故事研究，在民间文艺学中的重要地位。

问题是一位民间文艺学家，一位故事研究者的研究成果，为什么会引起思想文化界，引起文艺学界的高度重视？他作为"结构主义民间文艺学的奠基人"被西方结构主义理论家奉为精神源头，列维－斯特劳斯虽然对他的专著有保留意见并提出一些异议，但对他的"丰富的直觉"、"洞察力"和"预见性"仍然赞叹不已。

关键在于普罗普的研究改变了人们观察问题的角度，具有方法论的意义，具有理论的穿透力，并且成为学术前进的动力。

就故事的结构研究而言，它打破了传统的从外部研究故事的做法，而从故事内部的形态结构阐释故事的本质。他的形态结构分析对人文科学是有着普遍意义的。俄罗斯著名民间文艺学家谢·尤·涅赫留多夫在评论《故事形态学》时指出："书中所包含的认识论意义上的可能性及建构的可能性如此巨大，以致于才过了三十年时间，在人文科学就形成了足以理解它的语境。该书对当代描述性科学整个领域（即构建叙事文本理论），而且不仅仅是民间叙事文本理论发生了巨大影响。"[①]

就故事的结构研究和历史研究相结合而言，普罗普是具有高度的理论自觉性的，其方法论意义是重大的，其理论价值是很高的。从20世纪俄罗斯文艺学的发展来看，普罗普的结构研究和历史研究的结合是很重要的一个环节。

20世纪初，俄国形式主义重视形式结构研究忽视历史文化研究，俄国文艺社会学重视历史语境研究忽视形式结构研究，各有其优势，也各有

[①] 普罗普：《故事形态学》，中华书局2006年版，第3页。

其片面性，并影响了文艺学的发展。普罗普的研究方法虽然是在故事研究领域进行，但他的两结合的研究方法却具有普遍性的方法论意义，因为它是符合文学的实际，符合文学研究的规律。同时代的巴赫金文化诗学研究或者之后的洛特曼的结构诗学研究，其实走的都是结构研究和历史研究相结合的路子。他们试图把文学的内部研究和外部研究结合起来的艰难探索和共同努力，为文艺学研究开辟了新的理论空间，对文艺学发展是有重要意义的。

（一）普罗普的故事结构研究

普罗普的结构研究是以故事，以神奇故事作为研究对象。在他之前，故事研究已经取得一定成绩，积累不少材料。在回顾研究的历史时，普罗普尖锐指出，故事研究无法取得突破，关键"问题不在材料的数量。问题在于别的方面：在于研究的方法"。[①] 那么研究方法存在什么问题以至于影响故事研究的发展呢？他指出，以往的研究侧重于故事的外部研究，面对浩如烟海的故事材料，无法对故事进行正确的分类。他们或者按故事的内容，或者按故事的类别，或者按故事的情节进行分类，其结果相互矛盾，无法自圆其说。比如按故事内容将故事分为有神奇内容的故事，日常生活故事和动物故事。而实际上各种类别故事内容是相互交叉的，动物故事就包括神奇故事的因素，而神奇故事中动物也扮演重要角色。普罗普认为从外部，以内容出发，无法对故事进行科学分类，更无法"从本质上描写故事"，说明故事是什么，故事到底是由什么组成的，构成故事的最小单位是什么。以往故事研究、故事分类研究中存在的问题正是普罗普思路新的起点。他在以往故事分类存在的种种矛盾中开始意识到"故事极容易将同样的行动归在不同的人、物件、动物名下"[②]，"神奇故事具有十分特殊的结构"。[③] 从这种发现和这种思路出发，他明确指出应当将故事结构作为故事划分的基础，将故事划分置于新的轨道，进一步说，也就是将故事研究从外部研究转向内部研究，转向故事的形式结构研究，并从故

[①] 普罗普：《故事形态学》，中华书局2006年版，第2页。
[②] 同上书，第4页。
[③] 同上书，第5页。

事的形式结构来观察故事的本质，回答故事是什么的问题。

普罗普对故事研究方法新的思路和重大转折不是凭空产生的。首先是来自实证的研究，他是从100个俄罗斯神奇故事的实证分析归纳出故事结构的内在规律。当然，他的方法论创新和理论创新也来自先辈理论和方法的启发，也是有其理论源头和精神源头的。从国外来讲，有歌德运用精确方法进行形态学研究从而达到解释事物内在规律的思想的影响，有贝迪厄关于故事存在稳定因素和可变因素思想的影响。从国内来讲，作为学界前辈的俄国学院派文艺学代表人物维谢洛夫斯基和同时代的俄国形式主义的影响，就更为直接和更为重要。维谢洛夫斯基的历史诗学研究非常关注艺术形式变化的研究，把掌握艺术形式变化规律视为首要任务。他在"情节诗学"中关于母题是原生，情节是派生的思想，关于划清母题和情节的界限的看法，给普罗普很多重要的启示。他在《故事形态学》的"结语"中明确表明："我们看似新颖的理论，有人对其已有直觉预见，这不是别人，正是维谢洛夫斯基。"[1] 普罗普尽管不承认自己是"形式主义者"，但他的思想同俄国形式主义是相通的，两者都重视艺术形式的研究，都努力将文学的外部研究转为内部研究，探讨文学作品形式结构的内在规律。普罗普曾向形式主义的代表人物艾亨鲍姆请教[2]，他在《故事形态学》中也提到的俄国形式主义另一个代表人物什克洛夫斯基关于未进行形式研究就去做故事起源研究是说不通的见解。[3] 而俄国形式主义的一个代表人物雅科勃松则高度评价了普罗普"发现决定民间创作材料布局的规律"，是"俄罗斯诗学最重要的一个发现"。[4]

普罗普故事研究的重要意义在于把故事的外部研究转为内部研究，而他的内部研究主要是故事的形态结构研究。他在比较分析了100个俄罗斯神奇故事的文本之后，发现神奇故事都有内在不变的、稳定的形态结构。他举出四个故事进行比较：

---

[1] 普罗普：《故事形态学》，中华书局2006年版，第113页。
[2] 同上书，第201页。
[3] 同上书，第13页。
[4] 《俄苏形式主义文论选》，中国社会科学出版社1989年版，第3页。

沙皇赠给好汉一只鹰，鹰将好汉载到另一个王国。

老人赠给苏钦科一只马，马将苏钦科载到另一个王国。

巫师赠给伊万一只小船，小船将伊万载到另一个王国。

公主赠给伊万一个指环，从指环中出来的英俊青年将伊万载到另一个王国。

普罗普通过四个故事的比较，指出一个重要结论："在上述例子中可以看出不变的因素和可变的因素，变换的是角色的名称（以及他们的物品），不变的是他们的行动或功能。由此可以得出说，这就使我们有可能根据角色的功能来研究故事。"① 在他看来，对于故事研究来说，重要的问题是故事人物做了什么，至于是谁做的以及怎样做的，则不过是要附带研究的问题，这使他深刻地揭示了神奇故事的双重物性：人物的多样性和功能的重复性。

这样，在普罗普的故事形态结构研究中，"人物做了什么"，也就是角色的功能成了关键问题，成了核心概念。他认为："功能指的是从其对于行动过程意义角度定义的角色行为。"② 在他看来，（1）角色的功能充当了故事稳定不变的因素，它不依赖于由谁来完成以及怎样完成。它构成了故事的基本组成部分。（2）神奇故事已知的功能项是有限的。（3）功能项的排列顺序永远是同一的。（4）所有神奇故事按其构成都是同一类型。他在研究100个俄罗斯神奇故事的基础上，按照神奇故事本身论述的顺序列举出神奇故事的31项功能：

一、一位家庭成员离家出走（外出）。

二、对主人公下道禁令（禁止）。

三、打破禁令（破禁）。

四、对头试图刺探消息（刺探）。

五、对头获知其受害者信息（获悉）。

六、对头企图欺骗受害者，以掌握他或他的财物（设圈套）。

---

① 普罗普：《故事形态学》，中华书局2006年版，第17页。
② 同上书，第18页。

七、受害者上当并无意中帮助了敌人（协同）。

八、对头给一个家庭成员带来危害或损失（加害）。

八$_{a1}$、家庭成员之一缺少某种东西，他想得到某种东西（缺失）。

九、灾难或缺失被告知，向主人公提出请求或发出命令，派遣或允许他出发（调停）。

十、寻找者应允或决定反抗（最初的反抗）。

十一、主人公离家（出发）。

十二、主人公经受考验，遭到盘问，遭受攻击等等，以此为他获得魔法或相助者做铺垫（赠与者第一项功能）。

十三、主人公对未来赠与者的行动做出反应（主人公的反抗）。

十四、宝物落入主人公的掌握之中（宝物的提供、获得）。

十五、主人公转移，他被送到或被引领到所寻之物的所在之处（在两国之间的空间移动）。

十六、主人公与对头正面交锋（交锋）。

十七、给主人公做标记（打印记）。

十八、对头被打败（战胜）。

十九、最初的灾难或缺失被消除（灾难或缺失的消除）。

二十、主人公归来（归来）。

二十一、主人公遭受追捕（追捕）。

二十二、主人公从追捕中获救（获救）。

二十三、主人公以熟人认不出的面貌回到家中或到达另一个国度（不被觉察的抵达）。

二十四、假冒主人公提出非分要求（非分要求）。

二十五、给主人公出难题（难题）。

二十六、难题被解答（解答）。

二十七、主人公被认出（认出）。

二十八、假冒主人公或对头被揭露（揭露）。

二十九、主人公改头换面（摇身一变）。

三十、敌人受到惩罚（惩罚）。

三十一、主人公成婚并加冕为王（举行婚礼）。

普罗普在按照故事发展的顺序依次排列出 31 项功能之后，又将功能按照角色来进行划分，提出"行动圈"的概念。因为从逻辑上讲，很多功能是按照一定的范围联结在一起的。这些范围整体上与完成者相对应，这就是行动圈。他归纳出 7 种角色的行动圈，以此涵盖故事中各种人物以及他们的行动。这 7 种角色的行动圈是：

对头（加害者）的行动圈。
赠与者（提供者）的行动圈。
相助者的行动圈。
公主及其父王的行动圈。
派遣者的行动圈。
主人公的行动圈。
假冒者的行动圈。

其中，例如对头（加害者）的行动圈对应的是第八项功能（加害）、第二项功能（禁止）、第二十一功能（追捕），赠与者（提供者）的行动圈对应的是第十二项功能（赠与者第一项功能）、第十四项功能（宝物的提供、获得）。

值得注意的是，普罗普并不是孤立研究故事不变的各项功能，也十分重视故事中的可变成分以及各项功能之间的联系。他认为故事的可变项分为两类，一类是在功能与功能之间起联结作用的辅助性因素，例如说明故事的缘起，消息的传递；一类是角色名称及其标志。故事可变项的研究虽然不是普罗普研究的重点，但它涉及故事的类同性和多样性问题。如果说故事的类同性源于故事的不变的功能，那么故事的多样性就源于故事的多项可变成分。

应当说，通过故事功能的分析寻找故事构成的元素，对普罗普来说是十分重要的，但还不是最终目的。他在做了功能分析的基础上，还下了很大功夫把这些功能运用于民间故事的结构分析并进一步研究各项功能、各种因素之间的关系，以及由这种关系构成的故事基本结构类型。通过研究，他找出故事的四种基本叙事功能类型（战斗型、任务型、二者兼而有之、二者皆不包括）。最后又进一步简化，将上述四种类型的故事功能模式综合成一个最基本的叙述结构模式。在他看来，所有的俄罗斯神奇故事尽管变化无穷，但都是在这个基本的叙述结构模式中展开和变化，而这就是故事深层结构。

普罗普的《故事形态学》，他的故事形态结构研究，的确对故事研究作出了重大贡献，其研究方法和研究内容都具有创新意义，都是一种方法论创新和理论创新。从方法论角度看，他不是从抽象的假定和推理出发，而是重实际事实描述，重实证，运用"准确化的方法"，从大量故事中寻找故事内在结构的规律。从研究内容看，他把故事研究从外部研究转向内部研究，从故事内部结构回答什么是故事的这个元科学性质的问题，从而成为故事研究的转折点和分水岭。

然而，普罗普的故事形态结构研究，在国内受到民间文艺学家、民俗学家和文艺学家肯定和欢迎的同时，也有人一直指责它是形式主义。国际上列维－斯特劳斯在肯定其成就的同时，也认为他的形态研究是形式主义的，是随意的、抽象概念的，是不考虑历史的。这些指责其实是不公正的，普罗普的故事形态结构恰恰是同形式主义划清界限的。第一，他的故事研究不是停留在描述表层的现象，而是努力揭示故事深层的本质，揭示故事内在的结构和规律。第二，他的故事研究不是抓住研究故事的各个要素和各项功能，而是十分重视各故事、各个要素和各种功能之间的内在联系，比如他指出功能的成对排列和分组排列问题，注意到了在功能之间起联结作用的非功能项。同时，他辩证看待故事不变的功能因素和可变的非功能因素的关系。第三，他的结构研究是同历史研究相联系的。他明确指出结构研究是历史研究的首要条件和前提，是第一步，反对将形式研究与历史研究割裂开来并将其对立。[①]

（二）普罗普的故事历史研究

在相当一个时期，人们只关注普罗普的故事形态结构研究，不重视普罗普的故事历史研究，西方学者普遍认为普罗普后来转向故事历史研究是迫于外界压力，怕被指责为形式主义不得已而为之。其实这是不了解学者故事研究的整个构想，也不符合历史事实。如前所述，普罗普从故事研究

[①] 普罗普：《故事形态学》，中华书局2006年版，第184页。

一开始，就有明确的完整的构想，他明确宣称："形态研究应该与历史研究联系起来"，认为前者是后者的前提和基础。他指出："《形态学》和《历史根源》就好像是一部大型著作的两个部分或两卷。第二卷直接出自第一卷，第一卷是第二卷的前提。"① 普罗普原来是计划在一本书中完成故事研究和历史研究这两项任务的。现在看到的《故事形态学》只有九章，原稿还有第十章，内容是对故事历史起源的分析。但是据《故事形态学》的出版者日尔蒙斯基回忆，他建议普罗普将第十章拿出来加以扩展，单独成书。普罗普接受这个建议，在用十年完成《故事形态学》（1928）之后，又用十年于1938年写出《神奇故事的历史根源》一书，并于1939年作为博士论文提交答辩通过。由于不久二战爆发，专著在战后1946才得以出版。

普罗普在《神奇故事的历史根源》中，把故事研究从形态结构转向历史，从而在回答故事是什么的基础上回答故事是从何而来的问题。如果说，《故事形态学》所做的是在结构类型学的范围内描述故事的内在结构，说明故事的本质，那么《神奇故事的历史根源》则是通过故事与历史的对比，追寻故事的历史根源。他说："我们将既不去猜测历史事实，也不去证实它们与民间创作的一致。我们想研究的是历史往昔的那些现象（不是事件）。与俄罗斯的故事相符合并且在何种程度上确实决定并促进了故事的产生，换言之，我们的目的在于阐明神奇故事在历史现实中的根源。"② 这里普罗普提出了一个故事历史研究的重要方法的问题，这就是故事的历史研究并不是去猜测具体的历史的事实、历史事件同故事的关系，在故事和具体的历史事实、历史事件之间做考证工作，而是研究故事与往昔的历史现实的关系，研究历史往昔的哪些现象与故事是相符合的并在何种程度上决定故事的产生。这说明普罗普对历史和故事之间的区别有明确的认识，历史是反映具体的历史事件的，故事作为一种艺术形式，它不是历史现实，更不是历史事件的直接反映。

普罗普在故事的历史研究中明确指出："须将故事与往昔的历史现实

---

① 普罗普：《故事形态学》，中华书局2006年版，第184页。
② 普罗普：《神奇故事的历史根源》，中华书局2006年版，第1—2页。

进行比较，并在其中寻找故事的根源。"① 那么，什么是"历史的往昔"，什么是"往昔的历史的现实"呢？他认为包括生活现实和观念现实两层面，前者包括社会法规、宗教法规、仪式习俗和神话，后者包括原始初民的思维方式。他指出："仪式、神话、原始思维及某些社会制度都是前故事，我认为通过它们来解释故事是可能的。"②

先说说普罗普关于故事同历史往昔的生活现实的关系的研究。这方面的研究，他关心的是故事是在什么样的社会制度下被创作出来的，但是制度又比较笼统，于是又具体化为社会法规，具体研究故事与社会法规的关系。比如说，故事主人公总是到远方去寻找未婚妻，而不在身边寻找未婚妻，他认为这种婚姻形式可能是当时存在的外婚制的反映。由此，他得出结论："故事保存了业已消失的社会生活的痕迹，必须研究这些遗迹，这样的研究将会揭示许多母题的来源。"③ 然而，并不是所有故事的母题都可以用社会法规来解释，普罗普认为祭祀、宗教严格说也可以被称为法规，就像社会制度是通过社会法规表现出来的一样，宗教也是在一定的祭祀活动中表现出来。然而，正如无法将故事通过社会制度作具体比较一样，故事也不能同具体的宗教做比较，它必须同宗教的具体表现形式进行比较，这样具体表现形式便是仪式和习俗。从这个意义上讲，仪式和习俗也是宗教法规的具体表现形式，在将故事同仪式、习俗进行历史比较研究时，普罗普特别注意到故事与仪式的对应关系并不是那么简单的，而是多种多样的，有故事和仪式直接对应的，有故事对仪式重解的，有故事对仪式的转化的，后一种情况是故事中所保留的仪式痕迹与仪式本来的内涵或意义相反。例如，历史上有过祭祀人牲的习俗，春天播种时，将一个姑娘投进河里喂怪兽，以求五谷丰登。但故事里却是主人公从怪兽口中将姑娘救出来。正如普罗普所言，故事"情节有时产生于对往昔曾有过的历史现实的否定态度"。④ 在将仪式作为宗教的体现形式之一进行观察之后，普罗普又将神话作为宗教的另一种体现形式观察故事和神话的关系，将神

---

① 普罗普：《神奇故事的历史根源》，中华书局2006年版，第8页。
② 同上书，第24页。
③ 同上书，第9页。
④ 同上书，第13页。

话作为故事的可能源泉之一。尽管人们对神话的概念有多种各样的解释，他将神话理解为"关于人民实际信仰的神或神性人物的叙述"，他强调"信仰不是作为一种心理因素，而是作为历史因素"。① 正是从历史的角度看问题，而不是从形式的角度看问题，他认为神话不是从形式上有别于故事，"神话与故事的区别不在其形式，而在其社会功能"。② 他认为神话作为一种历史现象，它的社会功能不是一成不变的，而是有赖于不同历史阶段的人民的文明程度。如果研究的不只是文本，而是文本的社会功能，那么许多所谓的"原始人的故事"就不是故事，而是应作为神话。这样，这些神话就常常被视为理解故事的钥匙。考虑到文明程度的差异，他指出应该区分不同的神话类型，尚未有阶级分化阶段的神话可以作为直接源头来观察，而文明古国统治阶级转述过的神话则只是一种间接说明。他再三强调，"我们要着重研究的，不是现象本身，不是文本，而是要弄清楚神话与它生存其中的土壤的关系"。③

在研究了故事同往昔的生活现实（社会法规、宗教法规、仪式习俗和神话）之后，普罗普又进一步研究故事和历史往昔的观念现实，与初民的原始思维的关系。他指出，在神奇故事中，有些现象显然不是源于直接的现实，如会飞的恶龙、长翅膀的马、鸡冠小木屋，等等，如果将它看作是某种历史史实的叙述，那将是愚蠢的错误，"但它们又是符合历史的，不过这种符合不是指它们本身，而是指他们的产生是有历史根据的"。④ 这种历史根据，在他看来就是初民的思维形式在故事中的折射。他以跳舞祈雨为例，说明若为求雨而跳舞好理解，但为达到祈雨的目的为什么单选跳舞而不做别的事情就不好理解。他认为："这个例子显示，经济利益所引发的行为不是直接的，而是通过了最终由行动自身所决定的一定思维的折射。无论神话还是仪式，都是某种思维的产物。"⑤ 何谓原始思维呢？它不懂抽象概念，而表现在人的活动，社会组织形式，民间文学和语言之中，因此，某些故事的母题的基础用上述种种前提是无法解释

---

① 普罗普：《神奇故事的历史根源》，中华书局2006年版，第15页。
② 同上书，第15—16页。
③ 同上书，第18页。
④ 同上书，第20页。
⑤ 同上书，第21页。

的，只能用我们所不习惯的另一种对时空和集合的理解来解释，用原始思维形式来解释。最有意思的是，普罗普强调思维也是一个历史范畴，不可以"将思维的现实当成日常生活的现实"，例如不可以将老妖婆威胁要吃掉主人公当作是食人风气的残余，因为"食人妖婆的形象可以是作为某种思维（就这个意义而言也是历史的）、而非现实生活的反映"。①

综前所述，普罗普从生活现实和观念现实两方面，从社会制度、宗教法规、风俗仪式、神话、原始思维各方面对故事起源做了多元的探讨。但他认为这些来源不是互不相干的，故事起源的各种因素往往是交织联合在一起的。其中，他认为授礼仪式、成年礼和关于死亡的观念是主干部分，"这两个系列加起来产生了几乎是全部（但还不是全部）主要故事"。②也就是说，成年礼和死亡观念同神奇故事存在一种对应关系。在这里体现了普罗普故事历史起源研究的整体观念。

普罗普在故事的历史研究方面给自己提出的任务是找到神奇故事得以产生的历史根基，但他并不是故事研究的开创者，这方面的研究早已有之，那么普罗普的故事历史研究有什么新意，有什么创新之处呢？我觉得主要表现在研究方法方面的创新。在他生活的年代，马克思主义文艺学，马克思主义民间文艺学显然还不够成熟，庸俗社会学和教条主义甚至还很严重，文艺学常常机械搬用马克思主义来阐明文艺现象，机械地寻找文艺现象同社会、经济、政治的关系。然而普罗普却是努力把马克思主义运用于故事研究，而不是搬用于故事研究。正如他所说的："历史研究不能一蹴而就——这是经年累月的事业，不是一个人而是几代人的事业，是我们朝着正处在萌芽状态的马克思主义民间文艺学的事业。起源学研究正是朝着这个方向迈出的第一步。"③普罗普以马克思主义为指导的研究方法创新表现在以下一些方面。

首先，他认为故事的历史研究不能像编年史家那样，不能像历史学派那样，去猜测故事同历史事实的联系，同具体的历史事件的联系。他说："我们将既不去猜测历史事实，也不去证实它们与民间创作的一致。对我

---

① 普罗普：《神奇故事的历史根源》，中华书局2006年版，第21页。
② 同上书，第466页。
③ 同上书，第2页。

们来说问题全然是另外一个。我们想研究的是历史往昔的哪些现象（不是事件）与俄罗斯的故事相符合并且在任何程度上决定并促进了故事的产生，换言之，我们的目的在于阐明神奇故事的历史根源。"① 在这里，普罗普对作为艺术创作的故事同作为科学的编年史的区别有清醒的认识，他看到故事并不是直线地、直接地、机械地反映现实。

其次，他将历史唯物主义作为研究故事历史根源的指导原则，但又不机械搬用，充分考虑到了问题的复杂性。他引用马克思的"物质生活的生产方式制约着整个社会生活、政治生活和神话生活的过程"的论述，同时又指出"故事与其所广泛而持久地生存其中的生产方式并不适应"，②上层建筑的变更、快慢并不同经济基础的变更、快慢完全一致。因此，他认为不能直接从生产方式去寻找故事的历史依据，而"须将故事与往昔的历史现实进行比较，并在其中寻找故事的历史根源"。③ 他所说的"往昔的历史现实"就是生活的现实（社会制度、社会法规、宗教法规、仪式习俗和神话）和观念现实（初民的原始思维形式）。归根到底，普罗普是将故事当作一种精神文化现象，不是从物质生产方式，而是从社会上层建筑（制度和观念），去寻找故事的历史根源。

第三，他在研究故事同历史往昔的生活现实和观念的关系时，反对简单进行对比，机械加以对应，十分重视对问题进行具体的、历史的分析，寻找历史根基向民间文艺学事实转化的规律性。他说："民间文学，尤其是处于早期阶段的民间文学，不是记事录。现实的转化不是直线式的，而是通过某种思维的棱镜，而这种思维与我们的思维是截然不同的，许多民间文学现象很难与任何事情进行对照，问题因此而变得极其复杂和困难。"④ 正是重视这种复杂性，重视现实向故事转换的研究，他的分析才显得符合实际，并且有说服力。例如前面说过的，他就指出仪式和故事不完全是对应的，其中有对应的，也有重释和转化的。

普罗普的故事历史研究的创新除了上述所说的研究方法的创新，还表

---

① 普罗普：《神奇故事的历史根源》，中华书局2006年版，第1页。
② 同上书，第7页。
③ 同上书，第8页。
④ 同上书，第26页。

现在他有宏远的研究目标，他不只是停留在研究故事产生的历史根源，他要通过故事的历史研究揭示故事蕴含的历史文化价值，进而加深对人类所走过的道路和人类本身的认识。在他看来，故事是一种"精神文化现象"①，它蕴含着丰富的精神文化内涵，它折射着古代社会的制度、习俗、观念，以及初民对现实的认识，他们的价值观和思维方式。他曾指出："只有在研究了故事的形式系统并确定了它的历史根源之后，才有可能在其发展中客观科学地揭示故事中包含的最有意思最意味深长的民间哲学和民间道德的世界。"② 同时，由于故事的产生和演变始终是在一定的社会历史文化的土壤中完成的，它所蕴含的精神文化内涵也是不断变化的，通过故事的研究也可以了解人类社会和人类本身产生和发展的规律。从这个角度讲，故事的历史研究的理论价值和意义已经大大超过研究对象本身。

（三）普罗普的故事研究和文艺学

普罗普的研究对象是故事，他的故事研究，他的故事结构研究和历史研究，是属于民间文艺学。民间文学和作家文学，民间文艺学和文艺学之间虽有区别，但是它们之间也有共通之处，因此普罗普的研究也给文艺学提供了不少有意义的启示，主要体现在他的形态结构研究对叙事学的影响，以及他的形态结构研究和历史研究相结合对文艺学研究方法的启示两个方面。

首先，叙事学是美学的分支，它兴起于 20 世纪 60 年代，主要是受结构主义思潮的影响，普罗普 20 年代的故事形态结构研究，应当说对 60 年代结构主义叙事学的兴起有重要影响。他是这一流派研究的先驱，并作出了重要的贡献。在西方，结构主义者列维－斯特劳斯、罗兰·巴特、布列蒙和格雷马斯等非常重视普罗普的研究，对他的研究有吸收，也有发展。美国的学者也试图将普罗普的结构分析方法运用于分析复杂的文学形式。查特曼就运用普罗普的功能理论来研究乔伊斯的心理小说。

叙事学是一门年轻的学科，它研究叙事的本质、形式和功能，研究对象主要包括故事（叙事功能和叙事语法）、叙事话语（叙事时间、情境、

---

① 普罗普：《神奇故事的历史根源》，中华书局 2006 年版，第 6 页。
② 同上书，第 195 页。

叙事声音）、叙事行为，等等。从叙事学角度看，普罗普最主要的贡献和理论影响是提出叙事功能的概念，揭示出故事深层的叙事结构。普罗普故事研究的思路是这样的：面对纷繁复杂形态各异的动态故事，要对其进行科学描述和研究，第一步便是科学分类，而科学分类的前提是进行比较。进一步说，要进行比较，则必须寻找故事的基本要素，故事的不变因素。这个基本的不变的要素便是角色的功能。然后，还必须在叙事功能研究的基础上寻找各种因素之间的联系，揭示相关的基本结构类型。普罗普故事结构研究对叙事学的启示有二，一是寻找叙事的基本的因素及其联系，二是寻找其内在的深层结构。这种寻找事物内部的系统和结构的理论和方法，不仅对于叙事学，对于结构主义，对于人文社会科学的研究也是有普遍意义和重要影响的。

将普罗普的理论运用于叙事学时，充分注意民间文学叙事学和作家文学叙事学之别是非常重要的。可贵的是，普罗普对此有十分清醒的认识。在《神奇故事的结构研究和历史研究》一文中，普罗普强调他的研究对象虽然只是民间神奇故事，是"关于民间文艺学的局部问题的专项研究"，但是"按照角色功能来研究叙事体裁的方法不只运用于神话故事，也可以用于其他故事形式，还可以运用于研究整个世界的叙事性作品，结果都会有成效"。尽管如此，他看出，研究的具体结果会是"大相径庭"，因为"方法是可以广泛应用的，结果却严格受民间叙事创作样式的限制"。[①] 也就是说，这种形态结构分析方法的使用还要有自己的界限，它更适合于讲重复性、同一性的民间文学，对于讲作家主体性、艺术原创性和多样性的文人创作，就难于完全适应。他说："在要求成为独一无二的天才创作领域的地方，就只有将对重复性的研究和对唯一性的研究结合起来，那时采用准确的方法才会有积极的结果。"[②]

其次，再谈谈普罗普结构研究和历史研究相结合的方法对文艺学研究方法的启示。

必须指出的是，普罗普对故事的研究是比较系统的，把故事形态结构和历史研究加以结合也是有高度的理论自觉的。他的结构研究和历史研究

---

① 普罗普：《故事形态学》，中华书局2006年版，第182页。
② 同上书，第198—199页。

虽然有先后顺序，但是对两者关系的认识，对两者结合必要性的认识是深刻的。他在《故事形态学》第一章就明确指出："毋庸置疑，我们周围的现象和对象可以或者从其构成的结构方面、或者从其起源方法、或者从其所经历的变化方面进行研究。无论什么现象，只有在对其进行描述之后才能够去谈它的起源。这也是无须任何证明就十分清楚的。"[1] 可见，普罗普是用一种宏观的眼光来进行故事研究，将结构、过程和起源三方面循序渐进的研究构成一个完整的研究系统，这在故事研究史上是前所未有的。在苏联文艺学史上，面对当年出现的结构研究和社会历史研究的分裂，普罗普也是最早自觉地将结构研究和历史研究加以结合的文艺学家之一。

结构研究和历史研究实际上是共时研究和历时研究的结合，两者是相互联系、相互作用、相互检验和相互印证的。普罗普在故事研究中科学地阐明两者的关系，对文艺学研究有重要的启示。他指出："不应该将形式研究与历史研究割裂开来并使之对立。恰恰相反：对所研究材料的形式研究和准确的系统描述是历史研究的首要条件和前提，同时也是第一步。"[2] 在他看来，"没有正确的形式研究，便没有正确的历史研究"。因为如果结构形态研究做得不好，如果不能将故事分成一个个组成部分，就无法进行正确的比较，就无法回答多国故事的关系的问题，无法回答故事与宗教、神话的关系的问题，也就无法回答"全世界故事类同"的普遍性的问题。[3] 正如巴赫金所指出的，共时研究做得好，就有助于历时研究，如果没有共时研究，没有初步定向，所谓历时研究将会流于一连串毫无联系的偶然对比。[4] 当然，普罗普在强调形态结构研究重要性的同时，也十分重视历史研究。他深知故事是一种精神文化现象，它不是封闭自足的体系，不是永远僵固不变的，它的发生和变化是同一定的历史文化土壤相联系的，是受历史制约的。如果故事的研究只止步于结构研究，忽视和否定历史研究，不与历史研究相结合，那它将失去价值。

总之，普罗普在故事研究中以结构研究为先导，为前提和条件，以历

---

[1] 普罗普：《故事形态学》，中华书局2006年版，第3页。
[2] 同上书，第184—185页。
[3] 同上书，第15页。
[4] 巴赫金：《陀思妥耶夫斯基诗学问题》，三联书店1988年版，第31页。

史研究为旨归，将结构研究和历史研究结合起来，不仅开辟了故事研究的新篇章，对文艺学研究也是有普遍意义的。因为作为文艺学研究对象的文学作品本身既是审美结构又是社会历史文化的产物，文艺学研究既可从形式结构出发，也可从社会历史文化出发，但是如果是科学的文艺学研究，它追求的必然是结构研究和历史研究的统一。

三　洛特曼论诗歌的结构和意义的生成

尤里·米哈伊诺维奇·洛特曼（1922—1993）是俄罗斯20世纪具有世界影响的学者，他的研究涉及文艺学、符号学、文化学等领域，他是塔尔图符号学派和俄罗斯结构诗学的奠基人，国际符号学学会副主席。他的代表作有《结构诗学讲义》（1964）、《艺术文本的结构》（1970）、《诗歌文本的分析·诗的结构》（1972）、《电影符号学和电影美学问题》（1973）、《文化的与断裂》（1992）、《在意义的世界里》（1990），以及这两部著作的合集《符号场》（2001）等。他的研究主要以诗歌为对象。不同于苏联传统的文艺社会学研究方法，他运用结构主义和符号学的理论，着重研究文学文本的内部结构，同时又把内部结构的研究同外部的社会文化语境联系起来，开辟了文学研究新的理论空间，从这个意义讲，西方有的评论认为"洛特曼的书将在文学研究中的确带来一场哥白尼革命"。[①]

（一）"文艺学应当成为一门科学"

洛特曼的结构诗学研究是不同于占重要地位的苏联传统的社会学诗学研究。在一个马克思主义文艺社会学占统治地位的国家，在俄国形式主义遭到毁灭性批判的四十年之后，在苏联为什么又会出现一个具有世界影响的结构诗学流派呢？这是一个令人深思的问题。

20世纪60年代，结构诗学在苏联的出现，有其理论的渊源，有苏联文艺学历史发展的必然性和现实的要求。

洛特曼结构诗学的理论源头是以索绪尔为代表的结构主义语言学和俄国形式主义。索绪尔的语言学一反以往侧重语言和社会关系研究的外部语

---

① 佛克马·易布思：《二十世纪文学理论》，三联书店1988年版，第50页。

言学，突出语言的内部结构研究，他的语言学研究以及在他的影响下后来兴起的西方结构主义思潮，对洛特曼的结构诗学研究有深刻的影响。就国内而言，俄国形式主义对洛特曼的结构诗学的影响就更为直接。他在俄国形式主义的大本营之一的彼得堡大学学习，受到了俄国形式主义重要理论家思想的影响。同俄国形式主义一样，洛特曼重视运用语言学方法研究文学，重视文学的文本，重视作品的形式和结构。当然，洛特曼的结构诗学又不完全等同于西方的结构主义和俄国形式主义，他更重视各种艺术手段和形式之间的联系，重视艺术形式和意义的关系，重视艺术文本和社会文化环境的关系，等等。

20 世纪 60 年代洛特曼结构诗学在苏联的崛起也同当时苏联思想文化的松动有密切的关系。50 年代中期，苏联社会产生重大变化，出现了"解冻"。在文艺学领域，冲破了庸俗社会学和教条主义的束缚，冲破了传统认识论的束缚，开始重视艺术特点和艺术规律，开始认真思考文艺学的研究对象。一方面是过去遭到批判的俄国形式主义的著作，以及普罗普、巴赫金的著作得以出版，得到重新评价；另一方面是西方的理论开始被介绍过来。正是在这种社会文化背景下，爱沙尼亚塔尔图大学的洛特曼和莫斯科的乌斯宾斯基开始从事文艺的结构符号研究，形成了苏联研究结构符号学的塔尔图－莫斯科学派。这个学派直接受到西方控制论、信息论、系统论以及符号学、结构主义语言学、机器翻译的影响，积极展开结构符号研究。1962 年，苏联科学院斯拉夫学和巴尔干学研究所（设有斯拉夫语言结构类型学研究室）和控制论委员会，在莫斯科联合召开"符号系统的结构研究"讨论会，并出版了论文集《结构类型学研究》。之后，1964 年、1966 年、1968 年、1970 年、1974 年又在塔尔图等地先后召开一系列讨论会。从 1964 年起，在塔尔图大学出版了二十多辑《符号系统研究论文集》。洛特曼本人除了参加和主持上述活动，还在塔尔图大学开设用结构方法讲授诗学的课程（1962），并将该课程的讲义《结构诗学讲义》（1964）出版，后来将其修改、补充，出版了《诗歌文本的分析·诗的结构》（1972）。这本专著，特别是后来的《艺术文本的结构》（1970），奠定了以洛特曼作为代表人物的苏联结构诗学的理论基础。

从以上情况看，洛特曼从事结构诗学研究不是心血来潮，不是赶时髦，是有其理论渊源和社会文化背景的。如果再深一层看，更是同他本人对文艺学学科存在问题的思考,对文艺学学科如何成为一门科学的思考相联系的。历史地看,20世纪初,俄国形式主义就尖锐地提出文艺学的研究对象问题,他们认为文艺学应当有独立的研究对象,它的研究对象是"文学性",不能混同于其他科学的研究对象。尽管俄国形式主义的理论有其缺陷,但他们对文艺学研究对象的思考是有其合理性的。在他们被批判之后,苏联不少著名的文艺学家,如普罗普、维戈茨基、巴赫金,在他们的研究和著作中,其实一直进行这种思考。洛特曼是在新的历史条件下继续文艺学研究对象的思考,继续建立科学的文艺学的思考。1967年,洛特曼在他的结构诗学研究遭到苏联文艺学界一些重要人物(如季莫菲耶夫)的责难和批评时,写了论文《文艺学应当成为一门科学》,[①] 阐明他对建立科学文艺学的看法,批驳对结构诗学研究的指责。

首先,洛特曼指出文艺学应当成为一门科学,结构诗学研究不是反对"传统文艺学",而是给"传统概念注入新的内容"。结构诗学研究的一个根本出发点就是要把科学思维运用于文艺学研究。文艺学要成为一门科学就不能只靠艺术感受,特别需要科学思维,要"捕捉不可捕捉者","挖掘不可挖掘者"。他指出传统文艺学存在两种互相之间没有任何联系的各自独立的研究体系:一种是细致考察作品的形式、结构和风格;一种是把文学作品当作社会意识的特殊形式,在同其他社会思想的联系中加以研究。他反对这种相互割裂的研究方法,认为文学艺术作品是一个系统,一个结构,应当从文学艺术作品的结构中去寻找作品的思想意义。在他看来,文学作品不是一系列特征的集合体,而是一个行使功能的系统和结构。文学艺术作品的思想不是外在于作品的结构,而是通过作品的一定的结构形式表现出来。思想意义和作品结构的关系同细胞的生物学构十分相似,细胞是一个具有复杂功能的自我调节系统,细胞功能的实现就是生命。文学艺术作品也是一个具有复杂功能的自我调节系统。思想是作品的生命,但这种生命不能存在于作品躯体之外,也不可能存在于被解剖家肢解得七零八落的躯体之上。

其次,洛特曼针对文艺学界一些人对结构主义"去人文化"和"反

[①] 俄文见《文学问题》1967年第1期,译文见《文化与诗学》2010年第1辑,北京大学出版社2010年版。

历史主义"的责难，强调结构研究是同历史研究相结合的，科学主义和人文主义是不矛盾的。在他看来，艺术研究中的不确定性和或然性往往不自觉地为谎言打开大门，而谎言是不具有人文精神的。科学的本质是满足人们对真理的追求，对真理的追求本身是具有人文精神的，结构诗学研究拓展了文艺学研究的科学思维，是对真理的追求，因而不是"去人文化"的。同时文艺学的结构研究也不是反历史主义的。他认为文学艺术属于复杂的结构，要深入这个复杂的结构，就不能只停留在对文学艺术作品结构本身的研究，因为这个结构属于更大更复杂的结构，这就是"文化"和"历史"，因此必须把文学艺术作品放在更大的结构即历史文化中进行研究。

显然，洛特曼的结构诗学研究，不仅仅是文艺学研究方法的一种创新，其中蕴含着他对文艺学研究对象的深入思考，对建立科学的文艺学的深入思考，这种思考是从20世纪初俄国形式主义开始的，洛特曼的思考是对他们的继承和发展。

（二）艺术是一种特殊的语言系统

洛特曼的结构诗学研究是从语言切入的，他的艺术文本结构分析是同语言密切相关的。为什么艺术文本结构的分析一定要从语言切入，并把它作为基础？这是同洛特曼对文学艺术本质特性的认识，对语言的认识，对文学艺术和语言关系的认识，对艺术语言结构同艺术文本结构关系的认识相关的。洛特曼结构诗学研究的出发点就是把文学艺术看作为一种语言，把文学艺术看作为一种特殊的语言系统，这是他的结构诗学的理论基点。因此，要深入理解洛特曼的结构诗学，首先需要了解洛特曼对文学与生活关系的看法，对自然语言和文学语言关系的看法。

洛特曼同其他文艺学家一样，认为艺术是认识生活、再现生活的特殊手段，也认为艺术和生活之间既有同一性也有差别性。问题是你从什么角度来认识艺术和生活的差别。传统的做法是抓住形象，认为艺术是通过形象来再现生活。与这种看法不同，洛特曼是从语言的角度，通过语言来认识艺术和生活的同一性和差别性。在他看来，艺术对生活的认识和再现总是通过一定物质材料来实现的，艺术作品就其本性而言，一方面既是社会意识形态，具有精神产品的特征，另一方面又有物质产品的特征，它对生活的反映和再现需要通过一定的物质材料和物质手段才能实现。马克思也说过，"彩色和大理石的物质性质没有超出绘画和雕刻的范围"。① 具体来说，音乐的材料是声音，绘画的材料是颜料，雕塑的材料是石料，舞蹈的材料是人体，而文学的材料是语言，文学正是依靠语言才得以存在。因此，要认识文学的本质特征，认识文学反映和表现生活的特征，必须抓住语言；要理解文学作品的结构，也必须抓住语言。

问题的关键在于文学的语言是不同于普通的语言的，洛特曼在从语言的角度认识文学反映和表现生活的特征时，正是从文学语言和自然语言的联系和区别入手的。他认为文学语言不仅有反映生活的功能，而且有表现生活的功能，正是因为文学语言是不同于自然语言的。

洛特曼在《艺术文本的结构》中，将语言分为两种模式系统。

第一种模式系统，或者叫第一性语言，包括两种类型。一是自然语言，比如俄语、法语、捷克语、爱沙尼亚语等。自然语不仅是一种最早的语言，也是人类社会中最得力的交流系统。正是靠结构的力量，自然语言才对人类心理和人类社会生活的方方面面产生巨大的影响。二是人工语言：科学语言，比如化学语言、数学语言等；约定俗成的语言，比如路标等。

第二模式化系统，或者叫第二性语言，这就是文学语言，艺术作品是用这种语言写成文本。这种语言既是建立在自然语言之上的，是同自然语言相关的，但它又是一种特殊的语言，是自然语言的重构。它既要遵循自然语言的规范，另一方面又要遵循艺术的规律。也就是说，文学语言作为一种特殊的语言形式，它必须有自己一套特殊的结构规则，一套独特的组合原则，一套特殊的连接方式，这样它才有可能比自然语言传达更独特的、更丰富的信息和内容。

那么，作为特殊语言系统的文学语言，它的特殊性何在呢？以往的文艺学只是从形象性，从准确、鲜明、生动等方面来阐明文学语言的特征，但这还不能完全说清楚这个问题。洛特曼在阐明文学语言的特征时，却是另辟蹊径，他是从文学语言的结构特点、连接规则和组合方式来说明这个问题，给人耳目一新的感觉。他认为要了解艺术的特征就必须了解艺术的

---

① 《马克思恩格斯全集》第 46 卷（上册），人民出版社 1979 年版，第 121 页。

结构，要了解艺术的结构就必须了解艺术语言的组合规则。在他看来，文学语言和自然语言并不是对立的，但文学语言是按照一定的组合规则对自然语言进行重组和改造，这样就使自然语言产生变化，导致自然语言的"非语义化"，这一方面使自然语言的原义变得模糊，另一方面又产生更丰富的语义。比如在诗歌中，通过重复和对举等组合规则，通过多种成分的对立和对比，各种成分的矛盾和冲突，就使文学语言比自然语言具有更丰富的信息内涵和审美内涵。

洛特曼正是从文学语言的结构和特征出发，来进一步探讨艺术语言和艺术文本结构的关系，探讨艺术文本的结构。他认为艺术文本的结构是同文学语言的结构和特征相关的。把艺术当作特殊的语言学系统，正是洛特曼艺术文本结构分析的基础，也是洛特曼结构诗学的基础。

（三）诗歌的文本结构和意义的生成

洛特曼是从系统结构的观点来分析诗歌文本的结构，他对诗歌文本结构的分析体现了他对诗歌文本结构的一系列重要观点，一系列理论原则，只有首先把握这些观点和原则，才能深入理解他的诗歌文本结构分析。其中主要包括以下几个方面。

第一，作品的思想内容和作品的结构是不可分离的，"作品的思想内容就是作品结构本身"，"思想"是由整个艺术结构表达出来，思想是实现在相应的结构之中，而不是存在于结构之外，艺术文本的所有因素都充满意义。[①]

第二，艺术文本是一个整体结构，是一个完整的系统，它不是各个结构要素的简单相加，艺术文本的结构分析不能仅停留于诸结构要素的分析，而要做系统的整体考察，着重分析各个结构要素之间的关系，揭示整体结构同各个组成部分的内在联系。整体是大于部分的，艺术作品的整体所提供的信息量要大于各部分所提供的信息量的总和。

第三，文本结构的复杂性与所传达的信息量成正比。"结构的复杂性与信息传递的复杂性恰好成正比。信息的性质越复杂，用于传递信息的符

[①] 洛特曼：《艺术文本的结构》，中山大学出版社2003年版，第16—17页。

号系统也就越复杂。"① 艺术文本的结构比其他文本的结构要复杂得多，因此，艺术性强的艺术所传达的信息就要复杂得多，丰富得多。

第四，艺术文本是复杂的结构，它是更大的结构系统的一部分。艺术文本的结构分析不能只局限在文本结构内部，应当考虑它同非文本结构的联系，也就是说把它放在更大的文本之中，更大的结构系统之中，放在一定的历史、文化、心理语境中进行分析。只有这样做，才能对艺术文本有更深刻的理解和把握。

第五，艺术文本结构之中各种要素之间的矛盾和冲突，对立和统一，是艺术文本意义生成的重要机制，是艺术文本艺术能量的源泉，"创新文本的力量和生命力，在很大程度上取决于其在道路上遇到的阻力的程度和力量"。②

具体来说，洛特曼的诗歌文本分析包括诗歌文本的结构层次、结构原则和意义生成机制等方面。

首先是诗歌文本结构的层次问题。

洛特曼认为作品不等于文本，作品是一个实体概念，文本是一个结构概念，"文本是指获得语言表达的结构关系的总和"。它具有三大特征，一是表现性，艺术文本是由一定符号或物质来体现的，是现实的物质体现。二是界限性，艺术文本的物质体现特征明显区别于其他文本物质体现的特征。三是结构性，艺术文本是个有机的结构，这个结构由各个成分、要素组成，并分为各种层次，这些有机组成的要素和层次，最后构成艺术文本的结构整体。

洛特曼把诗歌文本分为音韵、词义、句法、段落等要素和层次。他对艺术文本的层次分析体现了几个明显的特点：一是重视多层次之间的联系，各层次之间的对立和冲突，以及这种联系和冲突对于诗歌意义生成的重要作用。二是重视各层次表层意义和深层意义的联系，力求透过表层揭示诗歌的深层意义。三是重视内部层次和外部层次的关系，既深入分析艺术文本的内部结构、内部层次，又注意艺术文本内部结构、内部层次同外部结构、外部层次（社会历史文化）的联系。

---

① 洛特曼：《艺术文本的结构》，中山大学出版社2003年版，第13—14页。
② 同上书，第276页。

其次是诗歌结构原则问题。

洛特曼将诗歌作为文本研究的主要对象，这是因为诗歌文本各个要素和各种关系之间的结构和内涵更为复杂，更能传达出丰富的意义。诗歌文本的不同要素、不同层次用什么结构原则组成完整的艺术结构，并生成艺术文本的思想意义和审美蕴含，这是洛特曼结构诗学关注的中心问题。洛特曼在不同著作中，从不同的方面和不同的角度涉及诗歌的结构原则问题，存在一些不同的提法，似乎并不只用一种提法来概括诗歌结构的全部原则。这里只分析他着重提到的横组合和纵聚合、重复和对举这两组重要结构原则。

1. 诗歌结构的横组合和纵聚合

洛特曼认为，"艺术文本就是建构在两类联系的基础上：相等要素的反复对照和对比，以及近邻（不相等）要素的对照和对比"。[①] 这段话涉及诗歌结构的两个重要的结构原则：所谓相等关系和相邻关系，也就是洛特曼所说的诗歌结构的纵聚合横组合的原则。所谓反复和对照、对比，也就是洛特曼所说的诗歌结构重复和对举的原则。下面先谈谈纵聚合和横组合的原则。

洛特曼所说的诗歌结构的纵聚合关系和横组合关系是从索绪尔提出又经雅科勃松所发展的"二轴说"而来的。他们所说的聚合轴和组合轴指的是语言系统中最基本的聚合关系和组合关系，语义的生成和转移就发生在这两个过程之中。在他们看来，横组合是指语言系统组成成分之间的顺序和排列组合，纵聚合指的是横组合段中任何一个成分背景中存在的可以代替它的一连串成分。以穿衣做比喻，帽子、上衣、裤子、鞋子的搭配是横组合，而其中如上衣的款式、料子、颜色的选择则是纵聚合。前者突出的是排列、组合、搭配，后者突出的是选择、联想。一般来说，纵聚合是一种相似关系，横组合是一种相邻关系；纵聚合是一种联想，横组合是一种选择；纵聚合是历时的，横组合是共时的；纵聚合是一种隐喻，横组合是转喻；纵聚合是一种隐含，横组合是一种显示。就文学艺术而言，诗歌是纵聚合，散文是横组合；浪漫主义是纵聚合，现实主义是横组合；美术是纵聚合，音乐是横组合；电影的镜头叠印是纵聚合，蒙太奇特写是横

---

① 洛特曼：《艺术文本的结构》，中山大学出版社2003年版，第112页。

组合。

洛特曼把这套关于语言系统纵聚合和横组合的理论运用于诗歌结构分析，试图说明诗歌结构的原则。在他看来，诗歌结构的横组合指的是诗歌各成分各要素之间的排列、联系、组合，如词与词的联系，词连成句子，句子连成诗行，诗行连成诗节，等等。而诗歌的纵聚合则指的是本文内所选择的词语，同本文外落选词语的关系。以古诗为例，贾岛的诗句"僧敲月下门"其中僧是主语，敲是谓语，月下门是补语，它们之间的搭配、联系是一种横组合关系；而其中的炼字、选字则是一种纵聚合关系，敲也可以选择推、开、撞，其动作有共同特点，而诗人选择敲则是与特定的情境相吻合的，它更能传达出月夜的寂静。再以戴维·洛奇所列的句子为例：① Ships ploughed the sea（轮船犁过大海），其中轮船是主语，犁过是谓语，大海是补语，这是横组合关系，而其中犁过的选择则是纵聚合关系，因为它也可以选择"横渡"（Crossed）等。选择"犁过"与大海搭配，是一种隐喻，犁过除了同"横渡"、"驶过"一样，有"经过"、"费力"等共同语义特征，同时还借助隐喻方式传达出别样的意味，强调一种劳作的艰辛，这也正是诗歌的魅力所在。

2. 诗歌结构的重复和对举

在谈到诗歌结构的纵聚合和横组合时，洛特曼其实已经涉及诗歌结构的重复和对举的原则，他已经看到无论在纵聚合中或是在横组合中处处存在重复和对举的现象，他认为重复和对举也是诗歌结构的重要原则。

洛特曼说，"不同层次上的重复在文本组织结构中充当主要角色"，②"重复的趋势可以看作是诗歌建构的原则，结合的趋势可以看作是散文建构的原则"。③ 重复既然是诗歌结构的重要原则，它当然要体现在诗歌结构的各个层面上，其中包括音韵、词汇、语法、诗行等各个方面。语音包括韵脚，俄语还包括重音。语法的重复包括词语与词语的重复，句子和句子的重复。然而，洛特曼强调这种诗歌结构的重复绝不是机械的完全的等

---

① 转引自童燕萍《语言分析与文学批评——戴维·洛奇的小说理论》，《国外文学》1999年第2期。
② 洛特曼：《艺术文本的结构》，中山大学出版社2003年版，第277页。
③ 同上书，第112页。

同，在诗歌的重复中包含着差异，例如词汇的重复、交叉、重叠，往往是互为对象、互为同义词和反义词。同时，重复本身并不是目的，诗歌结构总是要通过重复的手法传达出一定的意义，使诗歌的意蕴更为丰富和隽永。下面以苏联著名诗人奥库扎瓦表现卫国战争的诗句为例：①

> 您听：战鼓已经隆隆敲响，
> 战士啊，快别她而去，别她而去，
> 队伍走出大雾茫茫，雾茫茫，雾茫茫，
> 但往事却越来越清晰，清晰，清晰……

在这四句诗行中，诗歌结构中的重复原则表现得淋漓尽致。第二句中的"别她而去"的两次重复，决不只是表示再次告别，而是包含着"快告别吧，要不队伍已经走远了"，"快告别吧，这可能是最后的告别"，"快告别吧，别让战士依依牵挂"等丰富的情感。第三句"队伍走进大雾茫茫，雾茫茫，雾茫茫"，可以领悟为"队伍走进雾中，越来越远，最后在视野中消失"，也可以领悟为"战士走了，他的命运迷茫"。最后一句"但往事却越来越清晰，清晰，清晰……"，可以直接理解为"往事越来越清晰"，也可以理解为"往事越来越刻骨铭心，难以忘怀"。

洛特曼谈到的另一个诗歌结构原则是对举，也把它看作是诗歌语言结构中最基本的机制。在他看来，诗歌中不是多个词语意义的简单叠加和意义的组合，而是多个语义场相互交叉、对照、对立、冲撞，并由此产生新的意义，而支配这种机制的原则之一就是对举。对举原则与等价性密切相关，同重复一样，它可以体现在诗歌文本结构的各个层面，从词、诗句以至诗段。洛特曼指出："对举指一种'二项式'，其中的一部分只有通过另一部分才能被认识，后者作为前者的相似物，既不等同于前者，又不能和它分离，处于类比关系之中——它与前者有共同的总体特征，这些特征正是为了在前者中得到认知才被突现出来。"② 重复突出诗歌结构中符合规律的"同"的一面，而对举则在诗歌结构中有意识打破规则，突出

---

① 洛特曼：《艺术文本的结构》，中山大学出版社2003年版，第179页。
② 洛特曼：《诗歌文本的分析》，中山大学出版社2003年版，第131页。

"异"的一面。对举可能是对应也可能是对立的，可能是同义词也可能是反义词，苏联著名诗人阿赫玛托娃有这样两行诗"别人对我赞扬——我却认为是中伤，你即使对我毁谤——我也觉得是褒奖。"① 这里别人和你构成对举，赞扬和中伤构成对举，毁谤和褒奖构成对举。这种情况在普通语言中是不可能存在的，赞扬不能等于中伤，毁谤不能等于褒奖，而在诗歌中作为一种对举，却是可能，不仅是可能，而且由于这种对举，这种对常规的违反，它产生了新意，在第一句中表现了关系的疏远，甚至敌对，在第二句中表现了关系亲近，甚是亲密无间。对举和重复不是毫不相干的。在具体的诗歌文本中，我们往往又看到对举和重复是相伴相随的。在前面所引用的奥库扎瓦的诗中，既有"快别她而去，别她而去"，"雾茫茫，雾茫茫，雾茫茫"，"越清晰，清晰，清晰"的重复，也有"茫茫"和"清晰"的对举。战士一去，形象越来越模糊，但在亲人的记忆里，在亲人的思念中，他的形象却是越来越清晰。"茫茫"和"清晰"的对立举表现了亲人对战士动人的、深切的情感。

最后再回到结构和意义生成机制的问题。

上面谈了诗歌结构的层次问题和结构原则问题，其中实际上已经涉及诗歌意义生成机制问题。在洛特曼看来，诗歌的意义是同结构相联系的，而诗歌的一系列结构原则，诗歌的纵聚合和横组合，诗歌的重复和对举，归根到底是为了更好表现诗歌的意义，使诗歌具有更丰富的意蕴。

诗歌的结构系统不仅是一个复杂的有机结构，而且是一个充满矛盾和冲突的有机结构。从这个角度讲，洛特曼指出，"诗歌建构造成特殊的语义合并世界，类似、对比和对立不是与自然语义网相一致，而是参与同它们的冲突和对立"。② 如果说自然语言、普通语言在日常交际中遵循的是规范，是各种语言要素的和谐统一；那么，在诗歌文本中，在诗歌语言中，遵循和违背往往是同时存在，不同的结构组成部分往往处于矛盾和对立之中。诗人们正是在规范和突破规范之中，在种种矛盾和对立之中增加诗歌的能量，创造诗歌的艺术奇迹。洛特曼指出："在韵文组织中，我们可以找到对于冲突和抵触的永恒趋向，即不同结构原则之间的斗争……当

---

① 洛特曼：《艺术文本的结构》，中山大学出版社2003年版，第268页。
② 同上书，第270页。

对立统一趋向一致时，我们不是遇到斗争的缺少，而且斗争的特殊情况：即结构能力的零度表现。"① 例如在纵聚合和横合组合这一组诗歌结构原则中，我们可以清楚看到诗歌的对立和冲突并由此产生意义的机制。在纵聚合关系中，"异质"的语言材料被放置在一起，在等值关系中，成为功能反义词或功能同义词，从而产生语义的转移和新的意义。在横组合关系中，语义的转移和产生则表现为诗歌语言冲破自然语言的规范，打破自然语言搭配意义的限制，将语义完全不相关的词搭配在一起，使之产生相互冲突和碰撞，新的意义于是产生。洛特曼指："创新文本的力量和积极性在很大程度上取决于它所遇到的阻力的程度和强度。"② 显然，正是诗歌中音韵、词语、句子、诗行等不同成分之间的相似、对照、对立，它们之间的矛盾和冲突，产生了艺术的张力，形成了诗歌文本意义生成的动力。这就是诗歌文本意义生成的重要机制。

（四）艺术文本结构和非文本结构

洛特曼诗歌结构文本分析的一个重要特点是没有局限于文本结构内部。他把艺术文本看成社会历史文化的存在物，认为文学艺术是在一定的社会历史文化环境中产生的，只有把它放在一定的社会历史文化环境中加以考察，对它才能有真正的理解。为此，他提出了艺术文本结构和非文本（外文本）结构的概念，指出，"文本的概念不是绝对的，它与许多伴随的历史，文化和心理结构相互联系"。③ 洛特曼不仅提出了文本结构和非文本结构的概念，而且指出两者是一个有机的统一体，认为"非文本结构作为一定层次的结构要素构成作品的有机组成部分"。④ 也就是说，对艺术作品的理解，必须在文本和非文本结构的统一体内才能进行。在他看来，分析艺术文本内部结构只是第一步，只有以更广阔的视野，把它放在非文本中，放在历史、文化和心理的背景中加以考察，才能洞察其深层意蕴。

---

① 洛特曼：《艺术文本的结构》，中山大学出版社2003年版，第267页。
② 同上书，第276页。
③ 同上书，第397页。
④ 洛特曼：《结构诗学讲义》，转自《苏联文艺学派》，北京大学出版社1999年版，第262页。

如前所述，当年苏联有些学者出来指责洛特曼的诗歌结构分析是形式主义的，是过于强调文本内部结构因素，忽视艺术文本的外在因素，忽视艺术文本生成的社会历史文化语境。为此，洛特曼撰写论文《文艺学应当成为一门科学》（1967）加反驳，其中有一段很重要的话："现在已经很清楚，当我们与复杂结构（而艺术就属于此类结构）打交道时，由于此类结构的多因素性，进行共时描述一般就是很困难的，对此前状态的了解是成功进行模式化的一个必要条件。因此，结构主义不是历史主义的敌人，不但为此，考量作为比较复杂的结构要素——'文化'、'历史'——的个别艺术结构要素，是一个十分迫切的任务。不是数学和语言学取代历史，而是数学和语言学与历史一起工作，这就是结构研究之路，也是文艺学家的同盟者阵营。"[①] 1974年，洛特曼在给姐姐莉季雅的信中就她的一篇分析俄罗斯诗人费特的论文发表看法，他这样写道："他对文本的中间层次，即词汇和布局的层次做了非常好的分析，这是应该的，因为这是诗篇中最重要的层次。但是低一些的层次也不是无事可作，如语音的层次，韵律的层次……另外，还有另一个更高级的层次：文本有自己的思想，同时还有自己的神话来源。"[②] 这两段话再次说明洛特曼的诗歌结构分析是建立在系统论的基础上，在他看来，诗歌的内部结构分为不同层次的系统，有语音、韵律层次，有词汇、布局层次，还有思想层次，同时诗歌文本结构还属于更大的系统，这就是现实生活、历史文化、社会心理、思想观念、文学观念，等等。在他看来，文学系统离开更大的社会历史文化系统也无法真正理解文学艺术作品，文艺学唯一出路只有将结构分析和历史分析紧密结合起来。例如洛特曼在《〈叶甫盖尼·奥涅金〉的艺术结构》[③]一文中，就指出普希金这部长诗的特殊结构与俄国当时现实和文学的关系，认为它的句法旋律和词法旋律构造之间有一种不对应的关系，这种关系破坏了传统的诗的结构，造成"风格断裂"，而这种变化正反映了俄国现实和俄国文学的变化。他认为普希金之前的俄国文学

[①] 洛特曼：《文艺学应当成为一门科学》，《文学问题》1967年第1期，译文见《文化与诗学》2010年第1辑，北京大学出版社2010年版。

[②] 洛特曼：《书信》，学校出版社1997年版，第58页，转引自《洛特曼学术思想研究》，黑龙江人民出版社2006年版，第4页。

[③] 赵毅衡编选：《符号学论文集》，百花文艺出版社2004年版，第102页。

中，文学作品的特点是固定结构，这样读者就被"吸收"入观点的一致性中。而普希金的现实主义使文本多元化，并且具有开放的性质，从而使单一固定的文本变成复杂、开放的结构体系。文本结构这一变化，归根到底反映了俄国社会现实和文学创作的深刻变化。

洛特曼在晚期的学术研究中，又从文学扩展到文化，从结构诗学研究扩展到文化符号学研究，在《在意义的世界里》（1990；1996）、《文化与断裂》（1992）以及包含这两部著作的合集《符号场》（2000）等著作中，涉及文化场、文化断裂、意义的建构等一系列文化符号研究的重要理论问题，但这已不是我们这里所着重研究的问题。

（五）结构和历史、科学和人文的纠结和出路

洛特曼的结构诗学研究尽管深受俄国形式主义和西方结构主义思潮的影响，但他本人完全是在俄罗斯人文学术传统熏陶下成长起来的学者，俄罗斯文艺学强大的历史主义传统和人文精神显然在他的学术研究中打下深深的烙印。这样一种双重的影响，这样一种独特的学术环境，使得他的结构诗学研究不同凡响，独树一帜，不仅在俄罗斯，而且在世界范围具有独特的理论价值和影响。

洛特曼的诗学结构研究，显然是继承了俄国形式主义的理论遗产，他们都重视艺术特性的研究，都关注艺术的形式，但洛特曼比形式主义是大大前进了一步：第一，他克服了形式主义孤立研究技巧和形式的弊病，把艺术文本看成是一个完整的结构，是结构的各个组成部分相互联系和相互作用的整体；第二，他克服了形式主义把形式和内容加以割裂的弊病，强调形式和内容的紧密联系，认为作品的任何形式和结构都是有意义的，作品的思想内容是从整个艺术结构表现出来。诗歌的意义正是产生于诗歌各个组成要素的矛盾和冲突之中。

洛特曼的结构诗显然也受西方结构主义思潮的影响，试图用一种系统的观念，结构的观念来看待艺术文本，然而他又突破了西方结构主义的只分析艺术文本内部结构，把自己封闭于文本之中的孤立性、封闭性、静态性，指出了艺术文本和非文本的密切联系，主张把艺术文本结构置于更广阔的社会历史文化语境之中，进行更全面、更深入和更有动态性的研究。

从 20 世纪初始年代起，俄国形式主义不满于将艺术等同于生活的庸俗社会学，强调艺术的特性，试图建立科学的文艺学，但他们割裂了文艺的形式和内容的关系。之后，许多有见识的文艺学家力图克服形式主义的弊病，努力将内容和形式加以结合，将结构和历史加以结合，探索科学和人文融合的新路。其中如普罗普故事研究中结构研究和历史研究的结合，维戈茨基文艺心理学研究中艺术作品结构和审美反应关系的研究，巴赫金复调小说研究中小说体裁结构特点和狂欢化文化关系的研究等。洛特曼的结构诗学研究应当说是这些研究的继承，走的也是内容与形式、结构与历史、科学与人文相结合的道路。同时，也可以看到洛特曼又有自己的发展，有自己独特的理论贡献，其中最重要的有两个方面：一是把艺术文本看成是一个有机的结构，并揭示了艺术作品意义生成的机制；二是提出了艺术文本和非文本的概念，明确提出不仅要分析艺术文本的内在结构，而是要把它放在更大的结构之中，放在社会历史文化语境之中加分析。

内容和形式、结构和历史、内部和外部、科学和人文，这些关系一直是文艺学家感到纠结的问题，经过了几代文艺学家走过的弯路和艰难的探索，开始有了新的理论认识和批评实践，但这种认识和实践还远远没有终止。就洛特曼的结构诗学研究而言，艺术文本的分析如何同艺术非文本分析相结合，艺术文本结构的科学分析同对艺术文本的感悟是什么关系，这都值得进一步思考和探索。

四 巴赫金形式和历史结合的整体诗学研究

一部《陀思妥耶夫斯基诗学问题》，讲的是陀思妥耶夫斯基的复调小说问题。在我看来，这部专著与其说是陀思妥耶夫斯基的诗学，不如说是巴赫金的诗学，巴赫金是通过对陀思妥耶夫斯基复调小说的分析来阐明自己的诗学观点的。巴赫金的诗学研究是多方面的，他在自己的著作中提到的就有社会学诗学、体裁诗学和历史诗学，当然还应当包括文化诗学。在诗学研究中，他既注重文学的社会历史根源和文化根源的研究，更注重文学内部结构的研究和文学体裁形式的研究，而且将二者有机结合起来。一部《陀思妥耶夫斯基诗学问题》，既是体裁诗学研究——他极力主张"诗学研究恰恰应从体裁出发"①，同时又是文化诗学和历史诗学，他又竭力揭示复调小说体裁产生的文化历史根源。在此他看来，诗学研究不应局限于某个方面，它广泛涉及体裁诗学、社会学诗学、文化诗学和历史诗学各个领域，同时多个领域的诗学研究又不是毫不相干的，它们之间有深刻的内在联系，并形成一个诗学研究的整体，他的诗学研究是一种整体诗学的研究。对巴赫金的诗学研究要从整体上加以全面把握是有相当难度的，难怪克拉克和霍奎斯特颇有感叹："巴赫金为各种派别所接纳的沉重代价是牺牲其思想的多面性，许多人借重于巴赫金，但窥其全豹者却寥寥无几。"②尽管如此，我们还应当努力去把握巴赫金诗学的多面性和整体性，揭示巴赫金整体诗学存在的理论依据和当代意义。

（一）巴赫金整体诗学研究的历史针对性和理论依据

作为20世纪文学理论大家、诗学研究大家，巴赫金对整体诗学研究的关注既有历史的针对性，也有理论的合理性；既有对20世纪文艺学研究的历史反思，也有对文学研究对象的理论思考。在他看来，文学现象本身是复杂的和多侧面的，而文艺学研究本身却存在极大的片面性。在20世纪文艺学的发展中，社会历史研究、精神分析、形式主义、结构主义和文化研究，各种研究方法和研究视角，都曾经大显身手，充分展示自己的优势，同时也都暴露各自存在的局限和不足。历史经验告诉我们，单一的研究方法和研究视角是无法深入地阐释复杂而多面的文学现象。因此，巴赫金反对无视文学研究对象的复杂性和多面性，不赞成对文学现象进行单一的割裂的研究，他十分强调文学研究对象的复杂性和多面性，坚持对文学现象进行整体的综合的研究。

1. 整体诗学研究的历史针对性

20世纪20年代，当巴赫金在苏联文论界出场时，面对的是庸俗社会学和形式主义两种重要思潮。正是在同它们的交锋和对话中，巴赫金开始了诗学研究的思考。

庸俗社会学是学术界把马克思主义运用于学术领域的不成熟阶段的产

---

① 巴赫金：《文艺学中的形式主义方法》，漓江出版社1989年版，第174页。
② 克拉克和霍奎斯：《米哈伊尔·巴赫金》，中国人民大学出版社1992年版，第9页。

物，它忽视文艺的特性和规律，直接用经济因素和阶级因素去解释文学作品的内容和形式，把文学变成社会学的形象图解，可称之为非诗学的社会学。庸俗社会学的主要问题就是机械地理解文艺与经济、文艺与政治的关系，直接寻找文艺与经济、文艺与政治的关系，不考虑它们之间的中间环节。正是在同庸俗社会学的交锋和对话中，巴赫金提出要在一个时代整体文化语境中来理解文学现象，要把文化看成是文学艺术和社会经济政治产生联系的中介环节，开始了有关文化诗学研究的思考。

形式主义是巴赫金当年面对的另一种重要思潮，俄国形式主义对文学有整套看法，它力图从文学自身的形式结构因素来理解文学，尖锐地提出文学的自主性问题，它针对以往文艺学的弊病，试图以语言为基础，以文本形式为依据，建立本体论的文艺学。形式主义的出现标志着文论研究从社会历史转向作品文本，它对20世纪文论的发展产生了重大影响。巴赫金同形式主义关系十分复杂，他肯定形式主义提出的新问题，把文学科学极其重要的问题提上日程，而且提得十分尖锐，富有积极意义，并且从中吸取有益的成分。同时，他认为形式主义的根本弱点在于："他们把特点、独特性设想为对一切别的事物的保守的和敌视的力量，也就是说，他们不是辩证地理解独特性，因而不能把独特性与社会历史生活的具体统一体中的生动的相互影响结合起来。"他指出形式主义坚持的是"艺术结构本身的非社会性"，力图建立的是"非社会学诗学。"[①]

通过同庸俗社会学和形式主义的对话，巴赫对诗学研究进行深入的思考。他坚持文学的社会性，又不同意庸俗社会学直接用社会经济政治来解释文学现象，认为那是非诗学的社会学，他力求寻找两者之间的中介，把文化提到重要的地位。他肯定形式主义对艺术内在形式和结构的关注，又不同意形式主义坚持艺术形式的非社会性，认为那是非社会学的诗学。正是在这种对话中，巴赫金提出了他的诗学研究见解，认为文学是一种审美文化现象，主张诗学研究应当从文学的形式和体裁切入，但不能脱离社会历史语境和文化语境。也就是说，要把语言和形式的研究同社会历史文化研究完全融为一体，体现诗学研究的整体性，一部《陀思妥耶夫斯基诗学问题》就十分充分而深刻地体现了巴赫金整体诗学研究的思想。

---

① 巴赫金：《文艺学中的形式主义方法》，漓江出版社1988年版，第48—49页。

2. 整体诗学研究的理论思考

到了 70 年代，巴赫金继续诗学研究的思考。在《人文科学方法论》（1974）中，他肯定形式主义的积极意义（艺术的新问题和新侧面），又批评形式主义对内容的轻视而导致"材料美学"，把创作变成制作，不理解历史性和更替。他"高度评价结构主义"，又反对结构主义"封闭于文本之中"，"一贯始终的形式化和非人格化"。①

在《答〈新世界〉编辑部问》（1970）一文中，巴赫金对诗学研究、整体诗学研究的必要性进行了更为深入的理论思考。

首先，巴赫金认为整体诗学研究的必要性是由文学这一研究对象的复杂性和多面性决定的。文学有社会层面、文化层面、心理层面、形式层面等，因此，诗学研究应当运用多种诗学（社会学诗学、文化诗学、心理诗学、形式诗学等）进行整体研究，而不是只用单一的诗学进行研究，否则很难全面而深入地把握文学现象。他指出："这里应当强调，文学是一种极其复杂和多面的现象，而文艺学过于年轻，所以还很难说，文艺学有什么类似'灵丹妙药'的方法。因此，采取各种不同的方法就是理所当然的，甚至是完全必要的，只要这些方法是严肃认真的，并且能揭示出新研究的文学现象的某种新东西，有助于对它的更加深刻的理解。"②

其次，巴赫金认为在运用各种方法、各种诗学研究文学现象时，必须特别注意克服狭隘的专业化。他指出俄罗斯有高水平的学术传统，目前存在的问题是缺乏理论勇气，"不敢提出基本的问题，在广阔的文学世界没有开拓出新的领域或发现一些重大的现象"。③ 他指出文艺学长期以来特别关注文学的特性问题是必须的和有益的，但是由于迷恋于专业化而忽视了文化学与文化的深刻联系，忽视真正决定作家创作的强大而深刻的文化潮流，于是难于深入到伟大作品的底蕴。因此，他提出"文艺学应当与文化史建立更紧密的联系"，力求在一个时代整个文化有区分的统一体中来理解文学现象。④

---

① 《巴赫金全集》第 4 卷，河北教育出版社 1998 年版，第 391 页。
② 同上书，第 365—366 页。
③ 同上书，第 363 页。
④ 同上书，第 364—365 页。

总之，诗学研究存在的单一性和狭隘的专业化，是巴赫金整体诗学研究的历史针对性；诗学研究对象的复杂性和多面性，是巴赫金整体诗学研究的理论根据。

（二）巴赫金整体诗学研究的格局和特色

巴赫金的整体诗学研究是如何进行的，各种诗学在整体诗学研究中占有什么地位、起什么作用？各种诗学如何在相互联系和相互作用中形成整体诗学研究的格局？巴赫金在《陀思妥耶夫斯基诗学问题》中为我们展示了整体诗学研究的理论风采和操作范例。

在《陀思妥耶夫斯基诗学问题》中，巴赫金为我们展示的整体诗学研究的基本格局是：以体裁诗学为切入点，以文化诗学为中心，同时十分重视历史诗学的研究，最终形成一种艺术内容研究和艺术形式研究相融合、"外部研究"和"内部研究"相贯通、共时研究和历时研究相结合的整体诗学研究。

1. 诗学研究应从体裁出发

诗学研究应从哪儿出发，应从哪儿切入，从哪儿下手，这是一个没有得到很好解决的问题，也是一个涉及诗学研究走什么路子的问题。我们的诗学研究以往常常是从内容切入，先分析作品的人物形象、主题思想，然后再分析形式、结构、语言。这种研究导致内容和形式的割裂。与这种研究不同，巴赫金却主张在诗学研究中要把形式、体裁放在重要地位，他认为"体裁具有特别重要的意义"，[①]"诗学恰恰应从体裁出发"。[②]

巴赫金把体裁、体裁诗学提到重要地位，是同他对诗学研究的看法相联系的，他认为诗学研究应当深入到文学的内部，离开文学内部结构的研究，离开体裁和形式的研究，就算不上诗学研究。在同形式主义的对话中，巴赫金指出形式主义对体裁没有给予足够的重视，把体裁仅仅看成是各种手法的组合。他提出诗学研究应当把体裁诗学当作出发点和立足点，这是因为：第一，体裁是作品的存在形式，"体裁是整个作品、整个言谈

[①] 《巴赫金文集》第4卷，河北教育出版社1998年版，第368页。
[②] 巴赫金：《文艺学中的形式主义方法》，漓江出版社1989年版，第174页。

的典型形式。每个成分的结构意义只有与体裁联系起来才能理解"。① 第二，体裁是已完成的整体，"体裁是艺术言谈的一个典型的整体，而且是一个重要的整体，是已经完成和完备的整体"。② 对于文学艺术之外的意识形态创作来讲，并不存在本义上完成，而在文学中全部问题正好是在这种"本质的、实物的、主题的完成"。而艺术分为各种体裁，"在很大程度上正是由于整个作品完成的样式不同而产生的"。③ 第三，更为重要的是，体裁不仅仅是一种外在的形式，它是作家观察和思考世界的形式，是富有潜在涵义的形式。他说："体裁具有特别重要的意义。在体裁中（文学体裁和言语体裁中），在它们若干世纪的存在过程里，形成观察和思考世界特定方面所用的形式。作家如果只是工匠，体裁对他只是一种外在的固定样式；而大艺术家则能激活隐藏在体裁中的潜在涵义……"④

正是根据对体裁的这种理解，在《陀思妥耶夫斯基诗学问题》中，巴赫金首先是从体裁出发，分析作家在小说体裁上的创新。在他看来，陀思妥耶夫斯基最大的贡献是创造了一种新的小说体裁、新的艺术形式，而且也是新的思维形式，是看待生活的新原则。作家对小说复调形式的创造是同作家对现实生活中对话性的发现相联系的，作家是通过复调的新形式来表现他对生活的新发现。因此他认为只从思想入手是无法真正理解作家创作的本质，只有抓住作家在小说体裁上的创新，在艺术形式上的创新，才能真正把握作家创作的本质。拿作家的《穷人》和果戈理的《外套》作比较，两篇小说都是写小人物，"内容上没有发生什么变化"，但是作品的艺术视觉和艺术结构的重心发生变化了。《外套》的主人公是由作者控制的，是独白小说；而《穷人》是复调小说，作者对主人公采取全新的立场，作者不控制主人公，主人公完全按照自己的眼光来看待自己、看待世界。这种新的小说体裁的创新，恰恰展示了俄罗斯文学小人物形象自我意识的增长。巴赫金指出："整个艺术视觉和艺术结构重心转移了，于是整个世界也变得焕然一新。"⑤ 在这里，小说体裁、艺术形式的创新和

---

① 巴赫金：《文艺学中的形式主义方法》，漓江出版社1989年版，第174页。
② 同上。
③ 同上书，第175页。
④ 《巴赫金文集》第4卷，河北教育出版社1998年版，第368页。
⑤ 《陀思妥耶夫斯基诗学问题》，三联书店1988年版，第85页。

小说内容的创新是完全一致的。

2. 以文化诗学为中心

文化诗学研究是巴赫金诗学研究的中心,他的诗学研究在从体裁诗学切入之后,一头伸向文化诗学,研究复调小说体裁同文化,特别是同民间文化的关系;一头伸向历史诗学,研究复调小说体裁同狂欢体小说体裁的历史渊源。

巴赫金为什么把文化诗学作为诗学研究的中心呢?这里既有对文艺学发展的历史反思,也有对文学本身的理论思考。在文艺学研究中,如前所述,巴赫金在历史上反对过非诗学的庸俗社会学,也反对过非社会学的形式主义。在总结文艺学研究历史经验教训的基础上,70年代他明确提出反对文艺学研究中的两种倾向。一是反对过分强调文学特性,"把文学同其余的文化割裂开来"。他认为在一个相当长的时间文艺学界特别关注文学特性问题,是必须的和有益的,但文学科学狭隘的专业化是不利于文学研究的,也是同俄罗斯文艺学优秀的传统格格不入的。二是反对"越过文化把文学直接与社会经济因素联系起来"。在他看来,文化是社会经济因素影响文学的中介,社会经济因素作用于整个文化,"只是通过文化并与文化一起作用于文学"。[1] 在文学和社会经济之间,为了克服庸俗社会学的弊病,以往许多文论家都在寻找中介,其中有政治中介说,有社会心理中介说,这都自有其道理和理论价值,但就文学与社会经济因素关系而言,巴赫金的文化中介说更有其高明之处,因为文化丰富地积淀着、蕴含着和折射着种种社会因素,文化本身也同文学最为贴近。根据这种理论认识,巴赫金提出"文艺学与文化史建设更紧密的联系","力求在一个时代整个文化有区分的统一体中来理解文学现象",深入揭示"那些真正决定作家创作的强大而深刻的文化潮流(特别是底层的民间潮流)"。[2]

根据自己对文学和文化关系的深刻理解,巴赫金在陀思妥耶夫斯基和拉伯雷的小说研究中,深入揭示这两位大家的小说同民间文化,同民间狂欢文化、诙谐文化(笑文化)的内在联系。他认为陀思妥耶夫斯基的复调小说作为一种小说体裁是植根于民间狂欢文化的,是欧洲文学中狂欢化

---

[1] 《巴赫金文集》第4卷,河北教育出版社1998年版,第364—365页。
[2] 同上。

文学体裁的继承和变体。而拉伯雷的小说长期不被理解就是没有弄清他的小说同民间诙谐文化，同狂欢式笑的内在联系。他认为拉伯雷的小说是"怪诞的现实主义"，而这种"怪诞的现实主义"正是民间诙谐文化、狂欢式的笑文化的体现，拉伯雷是"民间诙谐文化在文学领域里最伟大的代表"。①

3. 重视历史诗学的研究

巴赫金既把体裁诗学研究同文化诗学研究相联系，也把体裁诗学同历史诗学相联系。他在阐明陀思妥耶夫斯基复调小说的体裁和情节布局特点之后，明确提出："现在我们该是从体裁发展史的角度来阐述这一个问题，也就是把问题转到历史诗学方面来。"② 他把作家的复调小说看成是同独白小说相对立的小说体裁，一种新的体裁形式。为了更深入地了解和把握复调小说的本质和特征，他不满足于对这种小说的新形式从体裁诗学的角度进行分析，还力求对这种小说体裁是如何形成的做历史分析。如果说体裁诗学是从共时的角度研究文学体裁和形式，历史诗学就是从历时的角度研究文学体裁和形式是如何形成和发展的。他在谈到从事历史诗学研究的目的时就明确指出："我们所作的历时性分析，印证了共时性分析的结果。确切地说，两种结果相互检验，也相互得到印证。"③

巴赫金认为陀思妥耶夫斯基在欧洲小说史上创造了全新的复调小说，但他又不是"孑然独立"，他所创造的复调小说也不是从天上掉下来的。巴赫金指出："艺术观察的形式，是经过若干世纪缓慢形成的，而某一时代只是为这形式的最后成熟和实现，创造出最适宜的条件。揭示复调小说的这一艺术积累过程，是历史诗学的一项任务。"因此他认为欧洲小说体裁有三个基本来源，这就是史诗、雄辩术和狂欢节，随着哪个来源占主导地位，就形成了欧洲小说史上的三条线索：叙事、雄辩和狂欢体。

陀思妥耶夫斯基的复调小说正是属于狂欢体这条线索，是狂欢体的变体。而这种狂欢体的历史源头是同狂欢文化相联系的古希腊罗马的庄谐体体裁，它包括苏格拉底对话和梅尼普体。陀思妥耶夫斯基的复调小说不是

---

① 《巴赫金文集》第6卷，河北教育出版社1998年版，第4页。
② 巴赫金：《陀思妥耶夫斯基诗学问题》，三联书店1988年版，第155页。
③ 同上书，第248页。

简单的重复古代的狂欢体，而是在历代狂欢体文学的基础上加以创新，并把它发展到顶峰。我们只有了解狂欢体历史演变的过程，才能更深入地把握复调小说的本质和特征。巴赫金说，历史的回顾"可以帮助我们更深入更准确地理解陀思妥耶夫斯基的体裁和情节布局的特点"，同时，"这个问题对文学体裁的理论和历史，有着更为广泛的意义"。[1]

从体裁诗学、文化诗学到历史诗学，巴赫金把诗学研究既看成是一个不断深入的研究过程，同时也看成是一个整体的研究，其中体现着艺术内容研究和艺术形式研究相融合，"外部研究"和"内部研究"相贯通，共时性研究和历时性研究相结合。

首先是内容研究和形式研究相融合，"外部研究"和"内部研究"相贯通。

在传统的文艺学研究中，内容和形式的研究往往是割裂，一提到体裁就把它归之为形式，似乎同内容不搭界，而巴赫金却认为复调小说作为一种新的小说体裁，它的创造是同作家对生活对话性的发现相联系，文艺学家的研究必须从体裁和形式切入，努力挖掘其蕴含的文化思想内容，达到内容分析与形式的融合。民间狂欢文化，通常看来是一个文学研究的"外部问题"，研究者至多也就是研究民间狂欢文化对文学作品内容的影响，而巴赫金却认为狂欢化有构筑体裁的作用，有构成新文体的力量，它不仅决定着文学作品的内容，还决定着文学作品的体裁基础，具有生成体裁的作用。[2] 同时，他还认为，"文学狂欢化问题，是历史诗学问题，主要是体裁诗学的非常重要的课题之一"。[3] 这样就很自然地把"外部研究"和"内部研究"贯通起来。

其次是共时性研究和历时性研究的结合。

巴赫金对复调小说的研究基本上是分两步走，先进行共时性研究，后进行历时性研究，而且把两者紧密结合起来。

共时性研究，这是揭示复调小说的特点，给陀思妥耶夫斯基定位。这个共时性分析做得好，将有助于探索和观察陀思妥耶夫斯基所继承的体裁

---

[1] 巴赫金：《陀思妥耶夫斯基诗学问题》，三联书店1988年版，第70页。
[2] 同上书，第187页。
[3] 同上书，第157页。

传统，真正追溯到古希腊罗马的体裁渊源。如果没有共时性的分析，没有初步的定向，所谓的历时性分析，将会流于一连串无联系的偶然对比。①

历时性分析，这是追溯复调小说的历史渊源，它同源于民间狂欢文化的狂欢体裁的历史联系。进行历时性分析，是为了帮助我们更深入和更准确地把握复调小说的特点。巴赫金认为每一种体裁的发展都有自己的逻辑，不过体裁的逻辑不是一种抽象的逻辑，体裁的每一种新变体总是要以某些因素充实丰富这一体裁。因此理解一种体裁就必须了解其来源。他指出："我们越是全面具体地了解艺术家的体裁渊源，就可以越发深入地把握他的体裁特点，越发正确地理解他在体裁方面传统和创新的相互关系。"②

（三）巴赫金整体诗学研究对当代文艺学建设的启示

巴赫金有关整体诗学研究的主张和实践已经成为历史，但当年他的主张所针对的问题今天依然存在，他的整体诗学研究对当代文艺学依然有重要的启示。

首先，文学研究要走整体诗学的道路，走综合研究的道路。

一个多世纪以来，在文学研究领域，各种诗学、各种研究方法都做了充分的表演，其中有社会学诗学、形式诗学、结构诗学、体裁诗学、心理诗学、历史诗学、文化诗学，等等，任何一种诗学和方法都展示了固有的优势，也都存在固有的不足。为巴赫金所言，文学的研究对象是复杂和多面的，文学研究没有什么灵丹妙药，只有走整体研究和综合研究的道路。苏联在20世纪70—80年代就动员各个学科的专家成立艺术综合研究委员会，开展艺术综合研究。我国在新时期文艺学也出现了诗学研究多元化的局面，大家运用各种文学研究方法，在不同的诗学领域对文学进行研究。这时学界也提出文艺学研究要走多元、创新、综合的道路。总结巴赫金整体诗学研究和其他学者文学综合研究的经验教训，在整体和综合研究中有两个原则是十分重要的。一是必须十分尊重研究对象——文学艺术创作本身的审美特性。巴赫金在整体诗学研究中把体裁诗学提到重要地位，提出

---

① 巴赫金：《陀思妥耶夫斯基诗学问题》，三联书店1988年版，第31页。
② 同上书，第220页。

诗学研究要从体裁和形式出发，就体现了对研究对象审美特性的尊重。二是明确各种诗学、各种研究方法在整体诗学和综合研究中的地位、作用和相互之间的联系，处理好部分和整体的关系。巴赫金在整体诗学研究中就把体裁诗学、文化诗学和历史诗学放在各自恰当的位置，同时重视它们之间的联系，如指出文学狂欢化问题，既是文化诗学问题，也是体裁诗学问题和历史诗学问题。

其次，文学研究既要专业化又要有广阔的文化视野。

文学研究的专业化和狭隘专业化是一对难以解决的矛盾，巴赫金的整体诗学研究也许能为解决这一矛盾提供一种启示。

20世纪初俄国形式主义尖锐地提出文学自主性问题，把自己看成是文学特性专家，后来被伊格尔顿称之为20世纪文论重大变化的开端。对此，巴赫金当时就有警觉，批评形式主义是不能辩证地理解文学特性和社会历史生活的关系，是"彻底的非社会学诗学"。直到70年代，巴赫金还批评文艺学过分强调文学的特性，存在狭隘的专业化，要求文艺学与文化史建立更紧密的联系，从更广阔的文化背景上研究文学现象。从文化的视野中研究文学是不是就会导致抹杀文学的特性呢？巴赫金的整体诗学研究可以消除人们这种顾虑。这种研究的出发点和立足点是体裁，是形式，是文学文本本身，它是从体裁诗学出发进行文化诗学研究和历史诗学研究，最终还是为更好地理解和把握文学现象本身。

最近一些学者对国内一些人的"文化研究"提出质疑，这不是因为文化研究本身有什么过错，从文化的角度研究文学有什么过错，而是他们在反对文艺学狭隘专业化的时候，走的不是巴赫金文化诗学的路子，不是整体诗学的路子，而是一条非专业化的道路，最终有可能导致取消文艺学学科。

文学研究既要专业化，又要有广阔的文化视野，这是一个理论问题，也是一个实践问题，需要在长期的文学研究实践中得到逐步的解决。

附录一

俄罗斯文艺学的历史主义传统与创新

我国新时期文艺学有很大发展，取得了显著的成就，也存在种种矛盾和问题。其中一个重要的问题就是历史主义的缺失，一些文论研究只热衷于名词概念翻新和理论体系建构，不重视历史语境，不在掌握资料方面下功夫。从文艺学研究的方法论角度看，如何坚持文艺学的历史主义传统，如何看待历史主义和结构主义的关系，是关系到文艺学今后发展的重要问题。这方面，俄罗斯文艺学从19世纪到20世纪的发展，为我们提供了丰富的历史经验，值得我们认真记取。

（一）

基于对文学和社会历史关系的科学认识，文艺学的历史主义有着悠久的深厚的传统，意大利的维柯，法国的卢梭，法国的赫尔德，美国的柏克，德国的黑格尔以及俄国的别林斯基等代表人物，对历史主义都有深刻的阐述，他们强调历史发展的必然性和连续性，强调社会历史发展进程对文学发展的影响，认为文学发展是有社会历史原因可寻的。特别是在马克思主义文论出现之后，以历史唯物主义为基础，文艺学的历史主义更有了全新的内容。马克思主义的历史主义强调社会政治经济对历史发展的决定作用，认为社会发展和文学发展都是有规律可循的。

进入20世纪，传统的历史主义面临挑战，一方面是形式主义和结构主义强调以文本为中心，抛弃了历史；另一方面是传统的历史主义暴露出既忽视主体又忽视文本的历史决定论的缺陷。于是新历史主义在批判文本中心论和历史决定论的基础上，提出了"文本的历史性"和"历史的文本性"，试图使文艺学研究重新回到历史语境，同时又同文本紧密结合。

按道理说，在我们这个以马克思主义作为指导思想的国度，文论理应有比较深厚的历史主义传统。其实不然，在历史主义还来不及扎根的时候，面对形式主义和结构主义的浪潮，我们很快淡漠历史主义，跟着人家大讲形式、结构和语言。当人家发现形式主义和结构主义的不足，又回到历史，亮出新历史主义，我们简直就手足无措了。还没有弄清楚新历史主义是什么东西，我们又跟着既反对形式主义和结构主义，又反对历史主义，好像历史主义已经一文不值了。这样做的结果是，我们既没有真正吸收新历史主义的精华，又把历史主义的优良传统完全丢掉了。在文艺学研究中我们处于一种非常尴尬的地位，对新潮文论缺乏理性分析，一味生吞活剥，对传统的文论也缺乏认真清理，辩证对待，简单斥之为教条主义和庸俗社会学。这样一种态度和做法，也许是文艺学长期举步维艰的原因之一。

文艺学研究历史主义的缺失，表现在以下几个方面。

文论研究只讲逻辑不讲历史，不重视历史语境，不在掌握资料方面下苦功夫，只热衷于关起门来搞名词概念翻新，搞所谓理论体系建构。这种研究看起来很热闹，但由于缺乏历史意识，不能还原历史语境，结果只能从概念到概念，从理论到理论，谈不上历史的深度，更谈不上理论创新。

文学作品研究只讲文本不讲语境，把文本封闭起来，把形式放在第一位，只分析语言和结构，不顾及社会历史语境和文化语境。这种研究脱离了人、脱离了历史，结果就失去了对人、对社会人生的关怀，失去了深厚的人文精神。

文论教学从定义到定义，从理论到理论，讲课只是逻辑推理加举例说明，缺乏对理论问题具体的、历史的阐述，学生记住的只是干巴巴的定义和条条。这种教学使得学生对理论问题毫无历史感，不了解理论问题的来龙去脉，不了解理论问题复杂的、生动的、鲜活的历史内容，结果就很容易把复杂的理论问题简单化，把理论只当成概念和条条，慢慢地对文论课程失去兴趣。

历史主义的缺失是理论问题，也是方法论问题，它已经对文论研究和文论教学产生严重的影响，总结我国和其他国家文论发展的经验和教训，呼唤文论历史主义的传统和创新，深入思考历史主义和结构主义的关系，是文论研究和文论教学的当务之急。

(二)

巴赫金在谈到俄罗斯文论为什么"具有巨大潜力"时，指出其中的两个因素：一是"因为我们有一大批严肃认真而又才华出众的文艺学家，其中包括年轻的学者"；二是"有高水平的学术传统"，其中包括过去的传统，即俄国文艺学的传统，也包括苏维埃时期的传统。① 巴赫金对俄国文艺学学术传统的评价是很高的，这个高水平的学术传统就包括俄国文艺学的历史主义传统，其中他也特别提到俄国文艺学比较历史学派的创始人维谢洛夫斯基。

俄国文艺学的历史主义传统是十分丰富、十分深厚的，而且是不断发展和创新的，其中包括革命民主主义美学的历史主义传统，俄国文艺学学院派的历史主义传统，俄国马克思主义文论的历史主义传统。

俄国革命民主主义美学和文艺学体现了深厚的历史主义传统，其中杰出的代表是别林斯基。他明确提出文学研究和文学批评要坚持美学的观点和历史的观点，他总是把文学现象和文学问题放在一定的社会历史环境中加以考察。他正是从历史地分析俄国文学从浪漫主义向现实主义发展的过程，从总结普希金和果戈理创作的历史经验，提出现实主义的理论、典型的理论和人民性的理论。他以文学的历史发展过程作为理论研究的基础，以理论作为文学历史研究的根据，他不论研究什么理论问题都从历史的观点出发。理论和历史的紧密结合，正是别林斯基理论批评成功的必要条件。别林斯基理论批评的历史主义有两个鲜明的特色：一是从现实生活出发，从创作实践出发。他的历史主义有别于黑格尔的历史主义，后者在历史辩证法思想影响下，历史的批评大都是从抽象的理念出发，而不是从现实出发、从作品实际出发，于是不是陷入抽象的思辨，就是落入烦琐的考证。二是历史观点和美学观点、历史批评和美学批评的有机结合。别林斯基深刻指出："不涉及美学的历史批评，以及反之，不涉及历史的美学批评，都将是片面的，因而也是错误的。"② 他认为历史批评应当同美学批评相结合，是由文学艺术本身的特点和发展规律所决定的，"美是艺术不

---

① 《巴赫金全集》第4卷，河北教育出版社1998年版，第363页。
② 《别林斯基选集》第3卷，上海译文出版社1980年版，第595页。

可缺的条件，没有美也就不可能有艺术……可是光有美，艺术还是不含有什么结果的，特别在我们今天是如此"。①

俄国文艺学历史主义传统另一个重要代表是俄国文艺学学院派。这个学派形成于 19 世纪中期，到了 20 世纪初依然十分活跃。它包括神话学派、文化历史学派、比较历史学派和心理学派四大学派，各学派代表人物大都是教授和院士，故称学院派。他们在文艺学研究中重视吸收欧洲社会科学和自然科学的新成就，大胆革新文学观念和研究方法，重视文艺学研究和文学史研究的结合，重视掌握历史资料和实证研究，体现出很强的历史主义精神。以佩平为代表的历史文化学派的文学研究其最大特点就是具有突出的历史观念。随着俄国民族意识的高涨，他们要求摆脱文学本体论的束缚，把文学理解为民族历史生活与发展的反映，把文学作品看成是一定时代历史文化发展的文献，着重研究文学所体现的民族自我意识和文学所反映的社会生活，把作家看成是社会和历史的意识的表达者。同时，他们重视宏观地、系统地研究文学现象，寻找文学发展的继承关系。这种研究强调文学的社会制约性，认为文学发展是有规律可循的，表明文艺学研究的历史主义观念正走向成熟。他们研究的缺点是忽视文学的审美特性和文学形式，往往把文学史等同于文化史和思想史，把文学作品仅仅看成是反映社会思想和历史文化的文献，后来的比较历史派在相当程度上克服了这一缺点。以维谢洛夫斯基为代表的比较历史学派是有国际影响的学派，维谢洛夫斯基运用比较历史的方法研究文学发展的规律。有别于文化历史学派，他提出研究文学发展要关注艺术形式变化的问题，把掌握形式变化的规律视为首要任务。他认为艺术形式的变化取决于内容，即人类的观念和情感，而观念和情感是通过艺术形式和艺术手段表现出来的，传统的观念是同传统的形式连在一起的，当新的内容出现时也必定要修正传统的形式，这就会引起形式的变化。内容和形式变化的辩证关系就形成文学发展的规律，文学发展的历史就是在这种不断更新中进行的。就是在这种思想的指导下，他展开历史诗学的研究，运用比较历史的方法研究各种文学样式、文学形式、文学手段的形成过程，其中还包括研究情节史和修饰语史。他的这种历史诗学研究，归根到底是力图"从诗的历史中阐明诗的

---

① 《别林斯基选集》第 3 卷，上海译文出版社 1980 年版，第 582 页。

本质",从文学的发展中阐明文学理论问题,把诗学理论的研究同文学史研究有机结合起来。

俄国文艺学历史主义传统的最高体现是俄罗斯马克思主义文论。以普列汉诺夫和列宁为代表的俄国马克思主义者,在批判主观社会学,批判历史唯心主义的基础上,把历史唯物主义运用于文艺领域,使俄国文艺学的历史主义传统产生根本性的变化。普列汉诺夫在《没有地址的信》中明确指出:"我对于艺术,就象对于一切社会现象一样,是从唯物史观来考察的。"[1] 他认为文艺学和文艺批评"只有依据唯物史观,才能够向前迈进"。[2] 他正是运用历史唯物主义的观点阐明了艺术的起源,阐明了阶级社会中社会物质生产和艺术发展的复杂关系,强调了"社会心理"作为中间环节的作用。他对艺术发展规律的理解既坚持了历史唯物主义的观点,又不把历史唯物主义当作教条,这对于文艺学历史主义的阐释有重大的理论意义。列宁文学批评的方法论核心也是坚持历史主义的原则,他总是把一定的文学现象放在一定的社会历史环境中加以考察,把它看作是一定社会历史条件下的产物。他把托尔斯泰的创作和思想的基本性质和基本矛盾看作是19世纪最后三十年俄国实际生活所处的矛盾条件的表现。在《纪念赫尔岑》(1912)中,他运用历史唯物主义的观点,把赫尔岑放在俄国解放运动三个阶段的广阔背景上来加以考察,由此确定他的历史作用和历史地位。同时,他把赫尔岑的精神悲剧,赫尔岑的动摇和弱点,看成是"资产阶级民主派的革命性已在消亡(在欧洲)而社会主义无产阶级革命性尚未成熟的那个具有世界意义的时代的产物的反映"。[3] 从批评实践来看,列宁文学批评运用历史主义原则所呈现的一个重要特点是历史评价和党性原则的结合。正如卢那察尔斯基所说:"整个列宁遗产所特有的战斗的党性的精神,这份遗产所固有的政治尖锐性同哲学深度和历史具体性的结合,必定使马克思主义文艺学富有创造力量,过去和将来都是如此。"[4] 这里所说的"历史的具体性"就是指历史主义的原则;而历史主

---

[1] 《普列汉诺夫美学论文集》第1卷,人民文学出版社1983年版,第309页。
[2] 同上书,第344页。
[3] 《列宁论文学与艺术》,人民文学出版社1983年版,第126—127页。
[4] 《卢那察尔斯基文集》第8卷,莫斯科,1967年,第406页。

义和党性的结合，主要是指在对文学现象做出分析时，要公开站到一定的阶级立场上做出历史评价，并且把它同当代的迫切问题联系在一起。列宁文学批评这一特点在很大程度上体现了马克思主义文学批评的特点，体现了马克思主义文学批评对历史主义的理解。

（三）

19世纪俄国文论的历史主义虽有深厚的传统，但到了20世纪依然面临形式主义和结构主义的严重挑战。伊格尔顿把俄国形式主义看作是20世纪文论的开端，[①]俄国形式主义的出现不是偶然的现象，其中有西方索绪尔语言学的影响，更重要的是针对俄国文艺学存在的只重视社会历史分析，忽视文学审美特性，忽视语言形式分析的弊病。他们力图从文学自身的形式结构来理解文学，尖锐地提出文学的自主性问题，把文学研究封闭于文本之中，封闭于语言、结构之中，从社会历史转向文本，在文学研究中抛弃了历史主义原则。

面对形式主义的挑战，俄罗斯文论并没有放弃历史主义的原则，依然坚持文艺学的历史主义传统，在专著和教科书中依然坚持运用历史主义原则来分析文学现象，研究文学理论问题。这里可以举出几个例子。

一是梅拉赫（1909—1987）的《列宁和19世纪末20世纪初的俄国文学问题》（1947年到1970年共出4版，中译本为《列宁和俄国文学问题》）。书中包括列宁和文学中的民粹主义、列宁和第一次俄国革命时期的文化和文学问题、列宁和1908—1910年时期文学和美学问题、列宁论列夫·托尔斯泰的文章、列宁和十月革命最新年代古典遗产的命运，以及列宁和俄国文学语言发展等内容。全书材料十分丰富、翔实，作者力求联系列宁文艺言论发表的具体历史背景，深入揭示列宁文艺思想具体的、历史的和方法论的内容。其结果是理论问题在书中呈现出鲜活的历史内容，并且由于历史的阐述而得到深化。1954年，评论家留里科夫在苏联作家二大的报告《苏联文学批评的几个问题》中指出，"梅拉赫所写的详尽而认真的专著分析了列宁关于俄国文学的意见"，"充满着已经成熟的历史

---

① 伊格尔顿：《当代西方文学理论》，中国社会科学出版社1988年版，第12页。

观点的感觉,历史具体性和艺术具体性的感觉"。①

二是苏联科学院高尔基世界文学研究所集体编写的三卷本的《文学理论》(1962、1964、1965)。这本专著名曰"文学理论",副标题则是"对基本问题的历史阐述",它以历史主义为基本原则,研究了一系列重大的文学理论问题。全书第一卷讨论形象、形象的内在结构和现实主义的关系,第二卷讨论体裁问题,第三卷讨论风格问题。作者在第一卷开头,就表明全书以"历史主义的阐明"为指导思想,认为只有运用历史主义的观点,把文学看作历史现象,通过掌握大量的文学史材料,对其进行历史的具体的探讨,才能阐明文学基本理论问题和文学的规律。

三是苏奇科夫(1917—1974)获得国家奖金的专著《现实主义的历史命运:关于创作方法的思考》(1967、1970)。在这部专著中,作者不是从逻辑层面上研究现实主义,把现实主义特点简单归结为真实性、典型性,而是从历史层面上研究现实主义。作者运用历史主义的原则,通过详细研究现实主义的产生、发展及其在各个历史时期所呈现出的特征,最后才得出现实主义的基本特征是表现人和世界、个性和社会、主人公与环境不可分割、相互联系、相互制约的关系,现实主义艺术中的人物是历史的具体的人物,现实主义创作方法的核心是社会分析、历史主义和史诗性等重要结论。评论认为专著显示了"苏奇科夫才华的显著特征,他的深刻的历史主义、丰富的联想和严谨的思维逻辑"。②

从以上事实来看,20世纪俄罗斯文论继承19世纪俄罗斯文论深厚的历史主义传统是确定无疑的。问题是20世纪俄罗斯文论的历史主义并不是停滞不前的,而是不断发展、不断创新的。20世纪初的俄国形式主义和后来的结构主义固然向历史主义发起挑战,但实际上俄罗斯文论的历史主义也从形式主义和结构主义那里吸收养分,使自己得到更新和发展。同时,由于俄罗斯文论历史主义传统的强大影响,俄罗斯文论的形式结构研究也不同于西方的形式结构研究,俄罗斯的形式主义和结构主义也从历史主义那里吸收养分,以克服自己的不足。以洛特曼为代表的结构符号研究在重视艺术文本的语言和结构的同时,也主张语言结构的研究同历史文化

---

① 《苏联人民的文学》上册,人民文学出版社1956年版,第226页。
② 《苏奇科夫文集》第1卷,莫斯科,1984年,第5页。

语境研究相结合，主张艺术作品是艺术文本和非文本结构的统一体。这样做的结果，在俄罗斯文艺学中逐渐出现了历史主义和结构主义相融合的发展趋势。这个过程固然是相当复杂的，而且是长期的，但很值得加以关注和深入研究。

下面通过分析普罗普、巴赫金和赫拉普钦科这几个理论家个案来看看20世纪俄罗斯文论的历史主义是如何发展、创新的，是如何同形式主义、结构主义相融合的。

一是普罗普（1895—1970）。普罗普是俄罗斯著名的文艺学家，民间文艺学家。他继承了俄国文艺学学院派维谢洛夫斯基历史诗学的传统，在《故事形态学》（1928）中，利用形态分析的方法，对大量俄罗斯神奇童话故事的内部结构进行分析，揭示故事构成的结构要素和诸要素的相互关系，归纳出神奇故事的31种功能，从而把故事学的研究从传统的外部研究转向内部研究。普罗普的民间故事结构形态研究后来对西方结构主义和叙事学产生很大的影响。在世人眼里，普罗普的研究只是一种结构形态研究，实际上这种看法是不全面的，因为许多人不清楚普罗普还另有一本专著《神奇故事的历史根源》（1938）。我们现在看到的《故事形态学》只有九章，原稿还有第十章，内容是分析故事的历史根源。出版时，日尔蒙斯基建议他将这一章拿出来加以扩展，单独成书。普罗普接受了这一建议，又用十年时间写出了《神奇故事的历史根源》。在这本著作中，普罗普从文本转向历史，从结构类型研究转向历史类型研究。他力求将故事与历史对比，找到神奇故事产生和存在的历史文化根基，解答故事从何而来的问题。他认为由成年礼和原始人的死亡观念这两个系列产生的绝大多数母题是神奇故事的主要源头。他这种研究把结构功能研究和历史起源研究、共时研究和历时研究有机结合起来，继承和发展了俄罗斯文艺学的历史主义传统。

二是巴赫金（1895—1975）。巴赫金在《陀思妥耶夫斯基诗学问题》中阐明了他对诗学的看法，这部专著与其说是陀思妥耶夫斯基诗学，不如说是巴赫金诗学。巴赫金虽然批判形式主义，但与形式主义却有千丝万缕的关系。在诗学研究方面，他主张从形式切入，从体裁切入，把形式和体裁放在重要地位。他认为"体裁具有特别重要的意义"，[①]"诗学研究恰恰

[①]《巴赫金文集》第4卷，河北教育出版社版1998年，第368页。

应从体裁出发"。① 在该专著中,他高度评价作家在小说体裁方面的创新,创造了区别于独白小说的复调小说。他认为作家是通过复调小说的新形式来表现他对生活的新发现,只有紧紧抓住作家体裁的创新,才能真正把握作家创作的本质。可见巴赫金是把形式和体裁提到相当高的高度。然而巴赫金并不满足于对复调小说体裁、情节布局和语言等方面的分析,他在对复调小说作出共时分析之后明确提出:"我们该是从体裁发展史的角度来阐述这个问题,也就是把问题转到历史诗学方面来。"② 于是他对复调小说体裁的源头——狂欢体的历史演变,做了详尽的考察。他认为只有了解狂欢体的历史演变过程,才能深入地把握复调小说的本质和特征。他说:"我们越是全面具体地了解艺术家的体裁渊源,就可以越发深入地把握他的体裁,越发正确地理解他在体裁方面传统和创新的相互关系。"③ 在巴赫金的诗学研究中,可以清楚看到,体裁诗学和历史诗学是融为一体的,结构研究和历史研究是紧密结合的,共时研究和历时研究是相互贯通的。

三是赫拉普钦科(1904—1986)。赫拉普钦科是 20 世纪俄罗斯文艺学的大家,是文艺学界唯一的列宁奖金获得者。他的研究领域涉及文学基本理论和文艺学研究方法的各个领域,这里主要谈谈他关于建立马克思主义历史诗学的思考。赫拉普钦科在 1974 年的论文《历史诗学及其对象》中首次提出建立马克思主义历史诗学是苏联马克思主义文艺学面临的任务。1986 年苏联科学院高尔基世界文学研究所出版了论文集《历史诗学:研究总结和前景》,对历史诗学研究进行初步总结。论文集也收有赫拉普钦科的论文《历史诗学是主要研究倾向》,他在论文中系统地阐述了历史诗学研究的方向和任务。他认为历史诗学应当研究"诗学意识及其形式的演变过程",历史诗学不应当局限于研究诗歌语言、情节、风格和艺术手段演变的历史,还应当考虑到创作思想和创作方法的历史发展。他指出历史诗学应当在广阔的思想文化视野和美学视野中去"研究形象把握世界方式和手段的演变,研究这些方法和手段的社会、审美功能,研究一系

---

① 巴赫金:《文艺学中的形式主义方法》,漓江出版社 1989 年版,第 174 页。
② 巴赫金:《陀思妥耶夫斯基诗学问题》,三联书店 1988 年版,第 155 页。
③ 同上书,第 220 页。

列艺术发现的命运"。① 他认为历史诗学的基本内容应当包括以下四个方面：总的历史诗学的建立；各民族文学的诗学研究；杰出语言大师的诗学研究；各个文学种类和艺术表现手段演变的研究。赫拉普钦科的马克思主义历史诗学是继承了维谢洛夫斯基历史诗学的传统，继承了俄罗斯文论在广泛占有材料基础上历史地探讨文学发展规律的传统，同时又有新的发展：一是强调研究对象不要局限于艺术形式和艺术手法，要扩大到诗学意识、创作思想和创作方法；二是强调研究要在广阔的思想文化背景和美学背景中进行。历史诗学研究由于体现了诗学研究的历史主义精神，体现了诗学研究历史和结构的融合，体现了诗学研究的重要趋势，因此，被苏联科学院下属的高尔基世界文学研究所和俄罗斯文学研究所列为"最主要、最有价值的科研方向之一"。② 赫拉普钦科在20世纪80年代在谈到苏联文艺发展方向时也指出，苏联文艺学要继承和发扬俄罗斯历史诗学的传统，在马克思主义统一的哲学美学方法论的基础上，广泛地吸收现代各文艺学流派的新成果、新方法，把传统方法和新的方法结合起来。他指出："在我看来，如果把文学的历史起源研究和它的历史职能研究有机结合起来，再加上深入到作品内部结构的诗学研究，那将是真正具有发展前途的文艺科学。"③ 这里讲的文艺学研究新格局，也就是历史研究和结构研究的融合。

（四）

从俄罗斯文论发展的历史可以看出，历史主义是俄罗斯文论的重要传统，而历史主义与结构主义的融合又是俄罗斯文论发展的趋势。这种融合最终将形成"内部研究"和"外部研究"相贯通，形式研究和内容研究相结合，共时研究和历时研究相渗透的研究格局，为文艺学发展开拓新的理论空间。

那么，历史主义为什么需同结构主义相融合呢？

---

① 《历史诗学：研究总结和前景》，莫斯科，科学出版社1986年版，第13页。
② 格·别尔德尼科夫：《荣获各民族友谊勋章的高尔基世界文学研究所》，见《苏联文学》1985年第4期。
③ 刘宁：《当代苏联文艺学发展趋势——访米·鲍·赫拉普钦科院士》，《文艺研究》1987年第1期。

从文艺学研究对象来看，文学、文学作品本身是审美结构，研究文学、研究文学作品必定要面对艺术结构、艺术形式。同时，文学、文学作品是社会历史的反映，是有历史内容的，它不仅有艺术的具体性，也有历史的具体性。文艺学研究可以从历史出发，也可以从结构出发，但如果是科学的研究，它所追求的必然是历史和结构的统一。文艺学研究如果从历史出发，那么历史研究的客体就是审美结构；如果从结构出发，那么也只有靠历史的阐释才能理解结构的整体意义，对结构的认识和理解只通过历史的阐释才能得到深化。

历史研究和结构研究实际上就是历时性的研究和共时性的研究，这两种研究是互相检验和互相印证的。巴赫金在分析了复调小说体裁和情节布局之后，也就是在对复调小说共时分析之后，明确提出要转到体裁发展史上来，转到历史诗学上来。为什么在做了共时性分析之后还要进行历时性分析呢？他认为历时性的分析是为印证共时性分析的结果，"确切地说，两种结果相互检验，也相互得到印证"。[1]

共时性研究，这是揭示复调小说的特点，给陀思妥耶夫斯基的小说体裁定位。这个共时分析做得好，将有助于探索和观察陀思妥耶夫斯基所继承的体裁传统，真正追溯到古希腊罗马的体裁渊源。如果没有共时分析，没有初步的定向，所谓的历时分析将会流于一连串无联系的偶然对比。[2]

历时性的分析，这是追溯复调小说的历史渊源，它同源于民间狂欢文化的狂欢体体裁的历史联系。进行历时性分析，是为了帮助我们更深入和更准确地把握复调小说的特点。巴赫金认为每一种体裁的发展都有自己的逻辑，不过体裁的逻辑不是一种抽象的逻辑。体裁的生命在于更新，体裁在自己的发展历史中总是既旧又新，体裁在每一个富有独创性的作家身上总要得到别具一格的、焕然一新的体现，体裁的每一种新变体总要以某些因素充实和丰富这一体裁。因此，理解一种体裁就必须了解其来源，只有了解体裁的来源才可能对体裁有更深刻的认识。

（原载《外国文学评论》2006年第1期）

---

[1] 巴赫金：《陀思妥耶夫斯基诗学问题》，三联书店1988年版，第248页。
[2] 同上书，第31页。

附录二

俄罗斯文艺学的结构研究和历史研究

俄罗斯文艺学是以具有悠久和深厚的历史主义传统著称的，其中包括俄国革命民主主义美学的历史主义传统、俄国文艺学学院派的历史主义传统和俄国马克思主义文艺学的历史主义传统等三大传统。[1] 巴赫金在谈到俄罗斯文论为什么"具有巨大潜力"时，指出其中的两个因素：一是"因为我们有一大批严肃认真而又才华出众的文艺学家"；二是"有高水平的学术传统"[2]。这个高水平的学术传统就包括俄罗斯文艺学的历史主义传统。

19世纪俄罗斯文艺学虽有历史主义的深厚传统，到了20世纪仍然面临形式主义和结构主义的挑战。俄国的形式主义被伊格尔顿认为是20世纪文论的开端。[3] 他们针对苏联文艺学只重视社会历史分析，忽视审美特性，忽视语言形式的弊病，力图从文学自身的形式结构来理解文学，尖锐地提出文学自主性问题。但是他们把文学封闭于文本之中，封闭于语言形式、结构之中，在文学研究中抛弃了历史主义原则。

面对形式主义的挑战，20世纪俄罗斯文艺学出现了新的局面。一方面是一大批俄罗斯文艺学家在他们的研究中仍然坚持历史研究，仍然坚持俄国文艺学的历史主义传统，创作出不少具有很高学术价值的文艺学专著。另一方面是不少俄罗斯文艺学家开始重视形式结构研究，他们不是简单否定形式主义和结构主义，而是很注意从形式主义和结构主义那里吸收

---

[1] 程正民：《俄罗斯文艺学的历史主义传统与创新》，《外国文学评论》2006年第1期。
[2] 巴赫金：《巴赫金全集》第4卷，河北教育出版社1998年版，第363页。
[3] 伊格尔顿：《当代西方文学理论》，中国社会科学出版社1988年版，第12页。

养分，从俄罗斯文艺学学院派代表人物维谢洛夫斯基的历史诗学研究中吸收养分，其中如普罗普的故事形态研究，洛特曼的结构符号研究，巴赫金的体裁诗学研究等。但是由于俄罗斯文艺学历史主义传统的强大影响，他们的形式结构研究也不完全等同于西方文艺学的形式结构研究，而是力图实现形式结构研究和历史研究的结合，为文艺学的发展开拓新的理论空间。当然，在社会历史研究占主导地位的文艺学界，他们的探索是很艰难的，常常得不到理解，被批评为搞形式主义，于是他们也必须不断地为自己辩护。在40年代中期以前，普罗普在教科书和历史文献概述类的著作中，是被作为民间文艺学界形式主义的代表遭到批评。当结构符号研究在60年代遭到非议时，洛特曼就站出来声辩："结构主义并非历史主义的敌人"。[1] 老一代著名的文艺学家利哈乔夫在谈到结构主义和历史主义的关系时，曾经指出，"文本学是文艺学坚实的基础"，但可以以不同观点，以不同方法研究文本。他说："可行的方法之一是结构主义的。但重要的是在俄罗斯结构主义研究系统中越来越顽强地流露出历史主义的态度，它归根结底将结构主义变成非结构主义，因为历史主义摧毁着结构主义，同时又允许从中吸收最好的因素。结构主义在形式与内容相关联的形式研究过程中发现了许多新东西。"他认为洛特曼等学者的专著"对扩大文学研究提供很多东西"。[2]

纵观俄罗斯20世纪文艺学的发展，文艺学的历史研究和结构研究并不是对立的，而是互补的。俄罗斯文艺学出现的历史研究和结构研究的结合的新经验在某种意义上纠正了西方结构主义的偏颇，因此他们的经验是很值得重视和研究的。下面通过分析普罗普、洛特曼、巴赫金这三个理论家个案，来看看俄罗斯文艺学的结构形式研究是如何同历史研究结合的。

（一）普罗普：故事的结构研究和历史研究

普罗普（1895—1970），是俄罗斯著名的文艺学家、民间文艺学家。普罗普的故事研究具有世界影响，他用十年工夫写成的代表作《故事形

---

[1] 洛特曼：《文艺学应当成为一门科学》，《文学问题》1967年第1期。
[2] 利哈乔夫：《关于文学研究的思考》，《解读俄罗斯》，北京大学出版社2003年版，第313—315页。

态学》(1928),运用形式结构分析的方法对大量俄罗斯童话故事的内部结构进行分析,揭示故事构成的结构要素和诸要素的相互关系。他的研究开了故事结构形态研究的先河。以往的研究侧重于故事的外部研究,或按故事,或按故事的情节对故事进行分类,但都无法说明故事是什么,故事到底是由什么组成的,即构成故事的最小单位是什么。他提出必须从本质上描述故事,进入故事迷宫的内部。他并不反对对故事进行历史研究,但始终坚持形态研究应该先于历史研究的观点,认为"没有正确的形态研究,便不会有正确的历史研究"。[1]

普罗普故事形态分析的核心概念是故事角色的功能,他认为"功能指的是从其对于行动过程意义角度定义的角色行为"。[2] 在他看来,对于故事研究来说,重要的是故事中的人物做了什么,而不在于谁做的以及他怎么做的。他指出,在故事中"变换的是角色的名称(以及他们的物品)不变的是他们的行为或功能。由此可以得出结论说,故事常常将相同的行动分派给不同的人物。这就使我们有可能根据角色功能来研究故事"。[3] 在这种思想指导下,普罗普从100个神奇故事的分析中,归纳出31种功能,7个角色,从本质上说明了故事是什么。

普罗普故事形态研究重要的理论意义在于把故事的外部研究转为内部研究,从而回答了故事是什么这个基本问题。以往的故事研究,无论是德国的神话学派、英国的人类学派、荷兰的历史地理学派,还是俄罗斯的历史文化学派,大都着眼于故事的起源、流传,故事与社会历史文化的关系等外部问题,无法回答故事是什么的问题。普罗普的故事形态研究则是首次把研究对象确定为故事的内部结构,通过对故事文本的系统分析,揭示故事构成的结构要素及诸要素之间的关系。这就使故事的研究发生根本性的转折,并且对后来的结构主义产生深刻的影响。

在相当一段时间,在一些人看来,普罗普的故事研究只是一种结构形态研究,只是一种内部研究。实际上,这种看法是不全面的,因为许多人不清楚普罗普还有另一本专著《神奇故事的历史根源》(1938),他认为

---

[1] 普罗普:《故事形态学》,中华书局2006版,第15页。
[2] 同上书,第18页。
[3] 同上书,第17页。

这部专著与《故事形态学》有密不可分的联系，是"一部大型著作的两卷"。普罗普在从事故事研究时，就明确形态研究应该与历史研究联系起来。原来，普罗普准备在一本书里完成这两项任务。我们现在看到的《故事形态学》只有九章，原稿还有第十章，内容是故事起源的历史研究。出版时，俄罗斯著名的文艺学家日尔蒙斯基建议他将论述故事历史根源的第十章抽出来加以扩展单独成书，普罗普接受他建议，又用了十年工夫于1938年写出姐妹篇《神奇故事的历史根源》，并作为博士论文在1939年提交答辩获得通过，后因战争影响直到战后1946年才面世。

普罗普在《神奇故事的历史根源》一书中把故事的研究从文本转向历史，从形态结构研究转向历史研究，从而在回答故事是什么的基础上回答故事从何而来的问题。如果说《故事形态学》所做的是封闭式的故事文本研究，是在结构类型学的范围内描述故事的本质，那么《神奇故事的历史根源》则是故事与历史的对比，解答故事从何而来的问题。他说："我们想研究的是历史往昔的那些现象（不是事件）与俄罗斯的故事相符合的并在何种程度上确实决定并促进了故事的产生，换言之，我们的目的在于阐明神奇故事在历史现实中的根源。"[①] 什么是往昔的历史现实呢？他认为包括生活现实和观念现实两个层面，前者包括社会法规、宗教法规、仪式习俗和神话，后者包括原始的思维形式，他指出"仪式、神话、原始思维形式及某些社会制度都是前故事，通过它们来解释故事是可能的"。[②] 看来，普罗普采取的主要研究方法是联系远古时代的一定历史阶段和初民的宗教、信仰、仪式、习俗来追溯故事的起源。这种研究的理论意义在于把故事当作一种精神文化现象，认为它不是一个完全独立自主的体系，它的产生、演变始终是在一定的社会历史文化土壤中完成的，同时也因此揭示出故事所具有的历史文化价值，加深我们对人类所走过的道路的认识，对人的本质的认识。

必须指出的是，普罗普对故事的研究是比较系统的，把故事的形态结构研究和历史研究加以结合也是相当自觉的，虽然他的结构研究和历史研究有前后顺序，但他对两者的关系的认识是深刻的。他在《故事形态学》

[①] 普罗普：《神奇故事的历史根源》，中华书局2006版，第1页。
[②] 同上书，第24页。

第一章就明确指出:"毋庸置疑,我们周围的现象和对象可以或者从其构成与结构方面、或者从其起源方面、或者从其所经历的变化和过程方面进行研究。无论什么现象,只有在对其进行描述之后才可以去谈论它的起源,这也是无须任何证明就十分清楚的。"[1] 可见普罗普是用一种宏观的眼光来进行故事研究,结构、过程和起源三方面循序渐进的研究构成一个完整的系统,这是故事研究历史上前所未有的。同时,在俄罗斯文艺学中,普罗普也是最早将结构研究和历史研究加以结合的文艺学家之一。

(二) 洛特曼:艺术文本和非文本结构

洛特曼(1922—1993),俄罗斯具有国际影响的文艺学家,是俄罗斯文艺学结构符号学派的代表人物。他的代表作有《结构诗学讲义》(1964)、《艺术文本的结构》(1970)等。

洛特曼结构符号研究的内容十分丰富,如果从如何处理结构研究和历史研究的关系的角度来看,基本包括两个问题,一个是艺术文本结构的问题,一个是艺术文本和非文本结构的问题。

洛特曼的艺术文本结构研究明显不同于苏联文艺学认识论的研究方法,他是以诗歌作为研究对象展开艺术文本结构的研究。洛特曼结构符号文艺学研究的基本出发点不仅是把艺术看成是语言的艺术,而且看成是特殊的语言系统。他把语言分成两类,即第一性语言和第二性语言,前者是自然语言和科学语言,后者是建立在自然语言基础上的艺术语言。艺术文本就是由第二性语言组成的。语言是交流信息的工具,艺术像语言一样也是交流信息的工具。他认为艺术文本就是艺术信息的承载者,而艺术文本承载艺术信息的多少是由艺术文本的结构决定的。艺术文本的结构越复杂它承载的信息量越大。从这个角度出发,洛特曼把艺术文本结构的分析,特别是诗歌文本结构的分析,当作结构符号研究的中心。在他看来,艺术作品的内容和形式是不可分割的,艺术作品的思想内容不是外在于作品的形式和结构,而是通过一定的形式结构表现出来,艺术文本的结构和形式本身都是有意义的成分,而艺术文本结构和形式的变化就会带来不同的意义。就诗歌文本的结构而言,他指出诗歌的语义要素和音响要素是紧密联

---

[1] 普罗普:《故事形态学》,中华书局 2006 年版,第 3 页。

系在一起的，是相互依存、密不可分的。诗歌语言的音响本身也是传递信息的一种方式。诗歌语言的音乐性是不同于一般语言的语音语调，诗歌韵脚的音乐性是同蕴含其中的信息量和语义负荷相关。再说诗歌文本的语法功能、语法结构在艺术文本和非艺术文本中的功能是不同的。在艺术文本中，语法的重复能使不同类型的词汇集中起来，按一定规则排列在一起，形成同义词、反义词以及它们之间的相互对照，起到补充意义的功能。而诗歌文本的对仗原理，多种结构的对称交叉，也会增强诗歌意义的能量。总之，在洛特曼看来，诗歌文本中各种不同的结构成分之间的对比、对立和斗争，产生诗歌文本的意义能量，产生诗歌文本的艺术魅力和艺术力量。从艺术文本结构的分析来看，洛特曼坚持的基本观点是：任何艺术文本都是内容和形式的统一，任何艺术文本和结构都是有意义的现象，而具有独特结构的艺术文本所蕴含的信息含量要大大超过任何非艺术文本。

洛特曼的艺术文本结构分析当时在苏联文艺学界是独树一帜的，同传统的认识论文艺学是有很大不同的，于是就有人出来批评他的结构符号研究是形式主义的，是过于强调文本的内在因素，忽视艺术文本的外在因素，忽视历史文化语境。其实这种指责是片面的，是一种误解。洛特曼不仅重视艺术文本的结构分析，同时也很重视艺术文本和非艺术文本的关系，也就是结构研究和历史研究的关系。1967年，他在为结构符号研究辩护而写的重要论文《文艺学应当成为一门科学》中，说过这样一段很重要的话："有一点现在已经很清楚，即当我们同一些复杂的结构（艺术正属于此列）打交道时，对此类具有多重结构的因素进行共时描述，一般来说是很困难的。了解此结构先前的状况，是对结构成功进行模式化的必要条件。因此，结构主义并非历史主义的敌人；不仅如此，懂得将单个艺术结构（作品）当作更为复杂的统一体的成分，是当前最迫切的任务，而这个更为复杂的统一体就是'文化'、'历史'。"[①] 1974年，洛特曼在给姐姐莉季雅的信中就她的一篇分析俄罗斯诗人费特的论文发表看法，他这样写道："你对文本的中间层次、即词汇和布局的层次做了非常好的分析，这是应该的，因为这是诗篇中最重要的层次。但在低一些的层次中也不是无事可做，为语音的层次、韵律的层次……还有另一个更高级的层

---

① 洛特曼：《文艺学应当成为一门科学》，《文学问题》1967年第1期。

次：文本有自己的思想，同时还有自己的神话来源。"[1]

显然，洛特曼认为研究文学艺术不能局限于封闭的艺术文本结构，应当把它放在更为复杂的统一体中进行研究，也就是放在一定的文化历史语境中进行研究，正是从这个意义上讲，他指出结构主义不是历史主义的敌人，结构研究应当同历史研究结合起来。在这里，他提出了艺术文本和非文本结构的概念。在他看来，艺术文本是内容和形式的统一体，是一个结构的整体。分析艺术文本不仅要分析个别结构要素，而且要对艺术文本结构进行整体分析，这样才能对艺术作品作出正确评价。但这还不够，艺术文本本身又是属于更大的系统，更复杂的结构，这就是所谓非文本结构。这个非艺术文本结构包括文本产生和读者接受时的现实生活、社会心理、历史文化背景、思想观念、文学观念等。洛特曼认为"非文本结构作为一定层次的结构要素构成作品的有机组成部分"。[2] 文本如果不与非文本结构联系就不可能产生和存在。因此对艺术作品的理解必须了解非文本结构，必须在文本和非文本的统一体内进行，文本也只有在非文本系统的广阔背景中才能被正确理解和评价。例如，洛特曼在《〈叶甫盖尼·奥涅金〉的艺术结构》[3] 一文中，就指出普希金这部长诗具有特殊的结构，它的句法旋律和词法旋律构造之间有一种不对应关系，破坏了传统的诗的结构，造成"风格断裂"，这种变化正反映了俄国现实和俄国文学的变化。他认为普希金之前的俄国文学中，文学作品的特点是固定的结构，读者被吸入观点的一致性中。而普希金的现实主义使文本多元化，从单一固定的结构变成复杂变化的结构，这就反映了俄国现实的重要特征。

（三）巴赫金：体裁诗学和历史诗学

巴赫金（1895—1975）是俄罗斯具有世界声誉的思想家和文艺学家，他的代表作是《陀思妥耶夫斯基诗学问题》（1929）和《拉伯雷的创作与中世纪和文艺复兴时期的民间文化》（1940）。

---

[1] 洛特曼：《书信》，学校出版社1997年版，转引自王立业主编《洛特曼学术思想研究》，黑龙江人民出版社2006年版，第4页。

[2] 洛特曼：《结构诗学讲义》，转引自《苏联文艺学学派》，北京大学出版社1999年版，第262页。

[3] 赵毅衡编选：《符号学文学论文集》，百花文艺出版社2004年版，第102—142页。

一部《陀思妥耶夫斯基诗学问题》,讲的是陀思妥耶夫斯基的复调小说问题。在我看来,这部专著与其说是陀思妥耶夫斯基的诗学,不如说是巴赫金的诗学,巴赫金是通过对陀思妥耶夫斯基复调小说的分析来阐明自己的诗学观点的。巴赫金的诗学研究是多方面的,他在自己的著作中提到的就有社会学诗学、体裁诗学和历史诗学,当然还应当包括文化诗学。在诗学研究中,他既注重文学的社会历史根源和文化根源的研究,更注重文学内部结构的研究和文学体裁形式的研究,而且将二者有机结合起来。一部《陀思妥耶夫斯基诗学问题》,既是体裁诗学研究———他极力主张"诗学研究恰恰应从体裁出发",同时又是文化诗学和历史诗学,他又竭力揭示复调小说体裁产生的文化历史根源。在他看来,诗学研究不应局限于某个方面,它广泛涉及体裁诗学、社会学诗学、文化诗学和历史诗学各个领域,同时多个领域的诗学研究又不是毫不相干的,它们之间有深刻的内在联系,并形成一个诗学研究的整体,他的诗学研究是一种整体诗学的研究。

在诗学研究中,巴赫金把形式结构,把体裁、体裁诗学提到重要的地位。他认为"体裁具有特别重要的意义",[①] "诗学恰恰应从体裁出发"。[②] 他的这种认识是同他对诗学的看法相联系的,他认为诗学研究应当深入到文学的内部,离开文学内部的形式结构研究,离开体裁的研究,就算不上诗学研究。在同形式主义的对话中,他批评形式主义对体裁没有给予足够的重视,把体裁仅仅看成各种手法的组合。他提出把体裁诗学作为诗学研究的出发点和立足点,除了看到体裁是作品存在的形式,是已完成的整体,看到作品每个结构成分只有和体裁相联系才能理解外,对体裁的重要性他是从两方面加以理解的,第一,他认为体裁不仅仅是形式,内容和形式是不可分割的。他指出,"每一种体裁都具有它所特有观察和理解现实的方法和手段","不能把观察和理解现实的过程与以一定体裁的形式艺术地表现现实的过程割裂开来","艺术家应该学会用体裁的目光来看现实"。[③] 这就是说,体裁不仅仅是一种外在的形式,它是作家艺术家观察

[①] 巴赫金:《巴赫金全集》第4卷,河北教育出版社1998年版,第365页。
[②] 巴赫金:《文艺学中的形式主义方法》,漓江出版社1989年版,第174页。
[③] 同上书,第180—181页。

和思考世界的形式，是富有潜在含义的形式。第二，体裁不仅具有作家的个性，它也是具有社会性的，体裁的产生和变化融合着社会历史文化的变化和作家个性的变化。他指出："体裁的现实性是它在艺术交往过程中实现的社会现实性。因此，体裁是集体把握现实、旨在完成这一过程的方法的总和。通过这种把握能掌握现实的新的方面。"从这个角度讲，他认为"体裁的真正诗学可能是体裁的社会学"。[①] 正是根据对体裁的这种理解，在《陀思妥耶夫斯基诗学问题》中，巴赫金首先是从体裁出发，分析作家在小说体裁上的创新。在他看来，陀思妥耶夫斯基最大的贡献是创造了一种新的小说体裁、新的艺术形式，而且也是新的思维形式，也是看待生活的新原则。作家对小说复调形式的创造是同作家对现实生活中对话性的发现相联系的，作家是通过复调的新形式来表现他对生活的新发现。因此他认为只从思想入手是无法真正理解作家创作的本质的，只有抓住作家在小说体裁上的创新，在艺术形式上的创新，才能真正把握作家创作的本质。巴赫金对小说体裁形式的分析，是同对小说社会生活内容的分析紧紧结合在一起的，并没有先后顺序之分，这是他的结构研究、体裁研究的重要特色。

巴赫金的诗学研究在从体裁诗学切入之后，又进一步引向深入，一头伸向文化诗学，研究复调小说体裁同民间狂欢文化的关系，深入揭示复调体裁所蕴含的历史文化内涵；另一头伸向历史诗学，从形式和体裁历史演变的角度，研究复调小说体裁同狂欢体小说体裁的历史渊源关系，这是巴赫金诗学的历史研究最有特色、最精彩的部分。巴赫金在阐明复调小说的体裁和情节布局特点之后，明确指出："现在我们该从体裁发展史的角度来阐述这一个问题，也就是把问题转到历史诗学方面来。"[②] 他把作家的复调小说看成是同独白小说相对立的小说体裁、一种新的体裁形式。为了更深入地了解和把握复调小说的本质和特征，他不满足于对这种小说的新形式从体裁诗学的角度进行分析，还力求对这种小说体裁是如何形成的做历史分析。如果说体裁诗学是从共时的角度研究文学体裁和形式，历史诗学就是从历时的角度研究文学体裁和形式是如何形成和发展的。他在谈到

---

① 巴赫金：《文艺学中的形式主义方法》，漓江出版社1989年版，第182页。
② 巴赫金：《陀思妥耶夫斯基诗学问题》，三联书店1988年版，第155页。

从事历史诗学研究的目时就明确指出:"我们所作的历史性分析,印证了共时性分析的结果。确切地说,两种结果相互检验,也相互得到印证。"①

巴赫金认为陀思妥耶夫斯基在欧洲小说史上创造了全新的复调小说,但他又不是"孑然独立",他所创造的复调小说也不是从天上掉下来的。巴赫金指出:"艺术观察的形式,是经过若干世纪缓慢形成的,而某一时代只是为这形式的最后成熟和实现,创造出最适宜的条件。揭示复调小说的这一艺术积累过程,是历史诗学的一项任务。"②他认为欧洲小说体裁有三个基本来源,这就是史诗、雄辩术和狂欢节,随着哪个来源占主导地位,就形成了欧洲小说史上的三条线索:叙事、雄辩和狂欢体。陀思妥耶夫斯基的复调小说正是属于狂欢体这条线索,是狂欢体的变体。而这种狂欢体的历史源头是同狂欢节文化相联系的古罗马的庄谐体体裁,它包括苏格拉底对话和梅尼普体。陀思妥耶夫斯基的复调小说不是简单的重复古代的狂欢体,而是在历代狂欢体文学的基础上加以创新,并把这发展到顶峰。我们只有了解狂欢体历史演变的过程,才能更深入地把握复调小说的本质和特征。巴赫金说,历史的回顾"可以帮助我们更深入更准确地理解陀思妥耶夫斯基的体裁和情节布局的特点",同时,"这个问题对文学体裁的理论和历史,有着更为广泛的意义"。③

从体裁诗学、文化诗学到历史诗学,巴赫金把诗学研究既看成是一个不断深入的研究过程,同时也看成是一个整体的研究,其中体现着艺术内容研究和艺术形式研究相融合,结构研究和历史研究相结合。

(四)结构研究和历史研究相结合的启示

从上面几个个案分析来看,20世纪俄罗斯文艺学经过了曲折和反复,经过了克服非社会学的诗学——形式主义和非诗学的社会学——庸俗社会学之后,在融合19世纪俄罗斯文艺学的优良传统和西方文艺学的精华的基础上,终于走上了形式研究和内容研究相融合,结构研究和历史研究相结合,内部研究和外部研究相贯通的道路。这种研究既认同俄罗斯认识论

---

① 巴赫金:《陀思妥耶夫斯基诗学问题》,三联书店1988年版,第248页。
② 同上书,第70页。
③ 同上书,第156页。

文艺学对社会历史文化语境的关注和排除其对艺术特征的忽视，另一方面又吸收西方文艺学对形式结构的重视和纠正其离开社会历史文化语境的偏颇，这就为文艺学的创新和发展找到新的出路，开拓了新的理论空间。

结构研究和历史研究的结合是文艺学研究的一种重要趋势，但每个文艺学家的研究对象在具体做法上又是各不相同，独具特色的。普罗普、洛特曼和巴赫金这三个案就充分体现这个特点。普罗普的研究对象是民间故事，他的研究是从故事形态结构起步，最后再追寻故事的历史根源。洛特曼的研究对象是诗歌，他的研究是从诗歌的文本研究入手，再进一步分析艺术文本结构和非艺术文本结构（社会历史文化语境）的关系。巴赫金的研究对象是小说，他的研究是从体裁切入，再分析复调小说体裁的历史演变和文化蕴含，把体裁诗学和文化诗学、历史诗学的研究统一起来，形成一种整体诗学，在诗学研究方面达到一个更高的层次和理论境界。

尽管三位文艺学大家在结构研究和历史研究的结合上各具特色，但他们的研究还是具有一些共同的特点，也为我们建设具有中国特色的文艺学提供了有益的启示。

首先，他们都把形式结构的研究放在重要地位，具有强烈的学科意识。

普罗普从故事外部研究转向故事内部研究，从结构形态的角度研究故事，认为这样才能回到故事的本体，真正说明故事是什么，真正从本质上描述故事。洛特曼在《文艺学应当成为一门科学》（1967）中竭力为文艺学的结构研究辩护，他认为文艺学的研究不能只从感觉出发，只有从作品的形式结构入手，才能建立科学的文艺学。巴赫金更是提出诗学研究应当从体裁出发，从体裁切入，体裁具有特别重要的意义。他认为如果不掌握陀思妥耶夫斯基复调小说体裁的特点，就无法理解作家的创作，就无法理解作家作品的创新意义。他们之所以把形式结构研究放在重要的地位，是同他们对形式结构的理解相关。普罗普认为故事的结构是有意味的结构，繁重的形式研究，"正是通往概括有意味的结构的途径"。[①] 洛特曼认为诗歌文本结构的一系列特征都体现了一定时代的历史文化特征。巴赫金指出体裁形式是作家艺术家观察和思考世界的形式，是具有潜在含意的形式。

---

① 普罗普：《故事形态学》，中华书局 2006 年版，第 15 页。

其次，他们以形式结构研究作为基础，作为切入点，但又不局限于形式结构研究，他们总是自觉地将形式结构研究同历史研究结合起来。

结构研究为什么需要同历史研究相结合呢？从文艺学的研究对象来看，文学、文学作品本身是审美结构，研究文学、文学作品必定要面对艺术结构、艺术形式。同时，文学、文学作品又是社会历史生活的反映，是有历史内容的，它不仅有艺术具体性，也有历史的具体性。文艺学研究可以从结构出发，也可以从历史出发，但如果是科学的文艺学研究，它所追求的必然是结构研究和历史研究的统一。文艺学研究如果从历史出发，那么历史研究面对的客体就是审美结构；如果从结构出发，那么也只有靠历史的阐释才能理解结构的整体意义，对结构的认识和理解也只能通过历史的阐释才能获得丰富、生动的内容，才能深入。历史研究在某种意义上就是解构本质主义的最好方法。

结构研究和历史研究的结合，实际上就是共时研究和历时研究的结合，这两种研究在他们看来是相互联系、相互作用和相互检验、相互印证的。普罗普指出形态研究是历史研究的首要条件和前提，形态研究要先于历史研究，坚持没有正确的形态研究便不会有正确的历史研究。如果结构形态研究做得不好，就无法回答故事的普遍性问题，就无法回答"全世界故事的类同"这一重要问题，就无法进行比较历史研究。他说："如果我们不能将故事分解成一个个组成部分，那我们就无法进行比较……如果我们无法将故事进行比较，那怎么研究故事与宗教的关系，怎么比较故事与神话。"[1] 但他又没有止步于结构形态研究，他深知故事是一种精神文化现象，它不是封闭的自足体系，它的发生变化是同一定的历史文化土壤相联系的，是受历史制约的，如果要从发生学角度研究，离开历史研究的方法，是无法进行的，巴赫金在对复调小说体裁的特点进行共时分析之后，也明确指出必须转到历时研究，转到历史诗学研究，他认为共时研究是给复调小说体裁定位。这个研究做得好，将有助于追溯复调小说的历史渊源。如果没有共时研究，没有初步定向，所谓的历时性分析，将会流于一连串毫无联系的偶然对比。[2] 而历时研究通过追溯复调小说的历史渊

---

[1] 普罗普：《故事形态学》，中华书局2006年版，第15页。
[2] 巴赫金：《陀思妥耶夫斯基诗学问题》，三联书店1988年版，第31页。

源——狂欢体小说的历史演变过程,既是为了印证共时分析的结果,更是为了更深入和更准确地把握复调小说体裁的特点。他认为体裁的生命在于更新,它在自己的发展过程中总是既旧又新,总要在每一个富有独创性的作家身上得到别具一格、焕然一新的体现。因此,他指出:"我们越是全面具体地了解艺术家的体裁渊源,就可以越发深入地把握他的体裁特点,越发正确地理解他在体裁方面传统和创新的相互关系。"①

第三,他们认为实证的科学精神是结构研究和历史研究相结合的保证。无论是结构研究还是历史研究,都是一种十分繁杂和艰巨的科研工作,如果不在大量掌握第一手材料方面下功夫,不长期不懈进行研究工作,是很难获得成功的。普罗普的故事形态结构研究是在分析100个神奇故事的基础上进行的,他认为科学只同思考事实的方法打交道。他反对玄学思辨,面对浩如烟海的繁多杂芜的故事材料,他坚持实证的科学研究,他自称为经验论者,"并且是一个坚定不移的,首先注重仔细观察事实并精细入微和有条不紊地对其进行研究的经验论者"。② 正是这种实证的科学精神,使他用了20年的工夫写成两本专著,回答了故事是什么和故事是怎么来的两大问题,建构了独特的故事理论体系。巴赫金的专著给人留下最深刻的印象也是实证的科学精神,他从不发空论,总是在掌握第一手材料的基础上,对所论问题进行具体的、历史的、令人信服的论述。他从人物形象、情节结构和语言各个方面,对陀思妥耶夫斯基的复调小说特征做了令人叹服的细致入微的文本分析。之后,又详细地考察了同复调小说相关联的狂欢文化和狂欢体小说在欧洲各个历史时期的历史演变过程。全书材料翔实,分析深刻富有启示,既有理论高度又充满历史感。在这些俄罗斯文艺学大家的身上,可以感受到以维谢洛夫斯基为代表的俄罗斯文艺学学院派的学术精神。从19世纪到20世纪,一百多年以来,俄罗斯文艺学界能不断涌现出具有世界影响的理论学派和大师级的文艺学家,是同这种学术传统和学术精神的培育分不开的。我们虽不能至,但心向往之。

(原载《俄罗斯文艺》2008年第3期)

---

① 巴赫金:《陀思妥耶夫斯基诗学问题》,三联书店1988年版,第220页。
② 普罗普:《故事形态学》,中华书局2006年版,第179页。

附 录 三

拓展文艺学的理论空间——俄罗斯文艺学大家论文艺学建设

新时期以来，我国文艺学摆脱了教条主义和庸俗社会学的影响，在经过三十多年的艰难探索之后，终于逐渐走上健康的、科学的发展道路。在马克思主义思想指导下，文艺学界对文艺学的建设进行多方面的探索和大胆创新，出现了主导、多样和创新的局面。但是不论就我国而言或就世界范围而言，文艺学毕竟还是一门年轻的科学，我国文艺学建设当前依然存在不少需要进一步思考和解决的问题，需要进一步拓展新的理论空间。此时，听听国外文艺学大家关于文艺学建设的声音，看看他们所走过的道路，也许能够给我们提供一些思考的空间和新的启示。这里着重谈谈俄罗斯文艺学大家对文艺学建设的看法。

这些年来，我们听到得更多的是西方文艺学大家关于文艺学建设的声音，俄罗斯文艺学家的声音，听到的相对少了，这固然同国内的思想因素有关，也同我们思想方法的片面性有关。新中国成立后随着政治上向苏联一边倒，西方文论被排斥，俄苏文论一统天下。俄苏文论给我们带来马克思主义文论，也带来庸俗社会学和教条主义。改革开放后，西方文论像洪水般向我们涌来，而俄苏文论一时却被冷落了，在有些人那里，俄苏文论等于同庸俗社会学和教条主义。实际上，俄苏是世界文论大国，它有深厚的历史传统，在克服庸俗社会学和教条主义之后又有新的发展。几十年过去了，现在是到了冷静对待俄苏文论和西方文论的时候了。俄苏文论和西方文论有各自生成的社会历史文化语境，有各自独特的价值、独特的优势和独特的功能，它们之间不是相互对立、相互排斥的关系，而是一种互补的关系、对话的关系,世界文论正是在各国文论的互补和对话中得到不断发展。因此,在我们建设具有中国特色的文艺学的时候,不仅要倾听西方文艺学大家的声音,也要倾听俄罗斯文艺学大家的声音,要在世界文艺学的大格局中认清俄罗斯文艺学大家关于文艺学建设看法的独特价值、独特优势和独特功能,并且从中吸取有利于我们建设具有中国特色的文艺学的理论资源和理论营养。

一个时期以来,俄罗斯文艺学大家在继承俄罗斯文艺学优良历史传统和总结俄罗斯文艺学发展正反面经验教训的基础上,针对俄罗斯文艺学发展的现状和问题,对俄罗斯文艺学的建设发表了许多理论视野开阔,并具有前瞻性的意见。这里只介绍洛特曼、利哈乔夫、巴赫金三位俄罗斯文艺学大家在不同时期关于文艺学建设的看法。他们的看法当然无法囊括俄罗斯文艺学界的全部看法,但却是具有代表性和权威性的。

(一) 洛特曼《文艺学应当成为一门科学》

洛特曼《文艺学应当成为一门科学》一文,俄文见《文学问题》1967年第1期;中译文见《文化与诗学》2010年第1辑,北京大学出版社2010年版。

洛特曼(1922—1993),俄罗斯具有国际影响的文艺学家,俄罗斯文艺学结构符号学派的代表人物,曾任国际符号协会副主席。他的代表作有《结构诗学讲义》(1964)、《艺术文本的结构》(1970)等。

洛特曼是俄罗斯文艺学界具有创新意识的文艺学家,他在20世纪60年代开创了文艺学结构符号研究,主张把科学思维运用于文艺学研究之中。他的研究在反映论占主导的俄苏文艺学界立即被视为异端,文艺学界像季莫菲耶夫这样的一些权威人物纷纷对他的研究进行指责,认为他是在复活形式主义,是在文艺学中搞机械主义,把审美归结于数学,认为他的结构符号研究是反历史主义的,是"去人文化"的。洛特曼的《文艺学应当成为一门科学》就是为了反驳文艺学界一些人的指责,说明他的结构符号研究的主要观点,并且对文艺学学科建设发表自己的看法。

洛特曼结构符号研究的一个根本出发点就是要把科学思维运用于文艺学研究。他认为文艺学应当成为一门科学,而要成为一门科学就不能只依靠艺术感受,特别需要有科学思维,要"捕捉不可捕捉者","挖掘不可挖掘者"。他指出传统的文艺学研究存在两种互相之间没有任何联系的各自独立的研究体系：一种是细致考察作品的形式、结构和风格，一种是把文学作品当作社会意识的特殊形式，在同其他社会思想联系中加以研究。他反对这样相互割裂的研究方法，认为文学艺术作品是一个系统，一个结构，应当从文学艺术作品的结构中去寻找作品的思想意义。在他看来，文学艺术作品不是特征的集合，而是一个行使功能的系统，一个结构，文学艺术作品的思想内容不是外在于作品的结构，而是通过作品一定的结构形式表现出来。艺术思想和作品结构的关系同细胞生物学构造十分相似，细胞是一个具有复杂功能的自行调节系统，细胞功能的实现就是生命。文学作品也是一个复杂的自我调节系统，思想就是作品的生命，而这种生命不可能存在于作品的躯体之外，也不可能存在于被解剖家肢解得七零八落的躯体上。

洛特曼文章更有意义更有价值的部分是进一步阐明结构符号研究不是"去人文化"的，不是反历史主义的。在他看来，学术研究中的不确定性和或然性往往自觉不自觉地为谎言打开大门，而谎言是不具有人文精神的。科学的本质就是满足人们对真理的追求，对真理的追求本身是具有人文精神的。结构符号研究拓展了文艺学研究的科学思维，是对真理的追求，因而不是"去人文化的"。同时，文艺学的结构符号研究也不是反历史主义的。他认为文学艺术是属于复杂的结构，要深入了解这个复杂的结构，就不能只停留在对文学艺术作品本身进行共时的研究，因为这个结构属于更大的更复杂的结构要素，这就是"文化"和"历史"，因此还必须把作品放在更大的结构要素中，放在历史文化中进行历时的研究。他说："当我们与复杂结构（而艺术就属于此类结构）打交道时，由于此类结构的多因素性，进行共时态描述一般说是很困难的，对此前状态的了解是成功进行模式化的一个必要条件。因此，结构主义不是历史主义的敌人。不但如此，考量作为比较复杂的结构体要素——'文化'、'历史'——的个别艺术结构（作品），是一个十分迫切的任务。"[①] 我们清楚看到，洛特曼虽然是倡导结构符号研究，但他认为结构研究和历史研究是结合的，科

[①] 洛特曼：《文艺学应当成为一门科学》，《文学问题》1967 年第 1 期，译文见《文化与诗学》2010 年第 1 辑，北京大学出版社 2010 年版，第 6 页。

学主义和人文主义是不矛盾的。

(二) 利哈乔夫《关于文学研究的思考》

利哈乔夫《关于文学研究的思考》一书，俄文见《沉思俄罗斯》，逻格斯出版社1999年版；中译本见《解读俄罗斯》，北京大学出版社2003年版。

利哈乔夫（1906—1999），俄罗斯文学史家、文艺学家、版本学家、文化学家、科学院院士。他不仅对古代俄罗斯文学有精深的研究，同时也十分关心当代文艺学的进程和俄罗斯文化的发展。《关于文学研究的思考》集中反映了他对当代文艺学发展的看法。

作为古代文学研究专家，作为版本学家，利哈乔夫在谈到文学研究时，特别强调文本研究的重要性，他明确指出，"文本研究构成文艺学的基础"，因为"正是文本学将文艺学变成科学，使它能够在文艺学的任何领域取得坚实的基础，包括诗歌研究、文本的语言研究及其文本的风格分析等等"。[①] 有意思的是，同洛特曼一样，他关注的也是文艺学如何才能为一门科学，关心的是文艺学的科学基础，在他看来，当艺术文本本身模糊不清或不确定时，就无从谈起文学研究。为了把文学研究引向深入，使这种研究变得更加可靠和更加精细，他认为必须不断完善文本的研究，其中包括作品的文稿和有关手稿。以普希金的研究为例，对待普希金工作笔记的手稿采用不同的态度，就会有不同的研究成果。他认为正是对普希金手稿的研究采取的不是"各取所需"的态度，而是完整对待的态度，才可能产生普希金遗产研究的真正转折。

利哈乔夫在指出文本研究为文艺学研究提供一个坚实基础，一个科学性和准确性的基础的同时，又不认为它是文艺学研究的全部，他特别强调"可以从不同观点并且以不同的学科（语言学的、诗歌学的、起源学的、历史学的、社会思想史观点的、哲学史的等等）方法研究文本"。[②] 正是从这种观点出发，在有关文艺学结构主义研究方法的争论中，他明确站到

[①] 利哈乔夫：《关于文学研究的思考》，《解读俄罗斯》，北京大学出版社2003年版，第313—314页。

[②] 同上书，第315页。

洛特曼等人的一边，认为他们的名著"对扩展文学研究提供了很多东西"。同时，他又特别强调文艺学研究中的结构主义和历史主义并不是对立的，而是相互融合的。他说，研究文本的"可行方法之一是结构主义的。但重要的是在俄罗斯的结构研究系统中越来越顽强地流露出历史主义的态度，它归根结底将结构主义变成非结构主义，因为历史主义摧毁着结构主义，同时又允许从中吸收最好的因素。结构主义在形式与内容相关联的形式研究中过程中发现了许多新的东西"。[①] 利哈乔夫的看法同洛特曼不谋而合，我们可以从中看出文艺学发展的某种趋势，这就是在文本研究的基础上求得结构研究和历史研究的结合。

（三）巴赫金《更大胆地利用各种潜力——答〈新世界〉编辑部问》

巴赫金《更大胆地利用各种潜力——答〈新世界〉编辑部问》一文，俄文见《新世界》1970年第11期；中译文见《巴赫金集》第4卷，河北教育出版社1998年版。

巴赫金（1895—1975），俄罗斯具有世界声誉的文艺学家，这篇文章是他晚年应《新世界》编辑部的要求，对俄罗斯文艺学的现状和发展提出自己的看法。比起前两篇文章，巴赫金的这篇文章理论视野更为开阔、更带前瞻性、更有理论价值，因而在文艺学界产生了更大的影响。评论认为这篇文章连同《人文科学方法论》（1994）等文章，包含着巴赫金60年来对文艺学重大理论问题的思考的成果，"是对自己所走过的艰难学术道路加以了系统的总结"。[②]

巴赫金对当年文艺学界的现状是不满的。他认为俄罗斯文艺学是有巨大潜力的，既有过去的传统又有新的传统，既有高水平的学术传统，又有一大批才华出众的文艺学家，然而这些巨大的潜力没能得到应有的发挥，其中重要的原因在于缺乏学术勇气，"不敢大胆提出基本问题，在广阔的文学世界中没有开拓出新的领域或发现一些重大的现象，没有学派之间真

---

① 利哈乔夫：《关于文学研究的思考》，《解读俄罗斯》，北京大学出版社2003年版，第315页。

② 孔金、孔金娜：《巴赫金传》，东方出版中心2000年版，第368页。

正健康的斗争",其结果"必然导致陈陈相因和千篇一律成为主流"。①

那么,文艺学应当如何发展呢?巴赫金开出了两副药方。

一是强调文艺学应与文化史建立更紧密的联系,力求在一个时代整个文化有区分的统一体中来理解文学现象。他指出:"文学是文化不可分割的一部分,脱离了那个时代整个文化的完整语境,是无法理解的。不应该把文学同其余文化割裂开来,也不应像通常所做的那样,越过文学直接与社会经济因素联系起来。这些因素作用于整个文化,只是通过文化并与文化一起作用于文学。"②巴赫金强调文学与文化的联系,文艺学与文化史的联系,首先是考虑到文艺学研究对象固有的特点。他指出:"文学是一种极其复杂和多面的现象,而文艺学又过于年轻,所以还很难说,文艺学有什么类似'灵丹妙药'的方法。因此,采取各种不同的方法就是理所当然的,甚至是完全必要的。只要这些方法是严肃认真的,并且能揭示出新研究的文学现象的某些新东西,有助于对它们更加深刻的理解。"③ 其次,也是针对文艺学发展中存在的问题。苏联文艺学在相当一个时期存在庸俗社会学和教条主义,在文学研究中忽视文学的特性,把文学等同于政治,把文学研究融化于社会政治思想的研究之中。20世纪50—60年代,这种现象得到纠正,开始关注文学特征问题,这在当时是必须的和有益的。然而在纠正一种倾向时又出现另一种倾向,出现了巴赫金称之为"狭隘专业化"的倾向。他指出,这种倾向是同俄罗斯优秀的学术传统格格不入的,"由于迷恋于专业化的结果,人们忽略了各种不同文化领域间的相互联系和相互依赖的问题,往往忘记了这些领域的界线不是绝对的,在不同时代有着不同的划分,没有注意到文化所经历的最紧张、最高成效的生活,恰恰出现在这些文化领域的交界处,而不是在这种文化领域的封闭的特性中"。④

巴赫金给文艺学开的另一个药方是文学研究除了不能脱离整个文化来研究,同时不能封闭在文学作品所产生的时代来阐释作家和作品,作品的深刻

---

① 《巴赫金全集》第4卷,河北教育出版社1998年版,第363页。
② 同上书,第364页。
③ 同上书,第366页。
④ 同上书,第365页。

含义必须在今后不同的时代里，在长久的时间里得到不断的深入的阐释。这是因为文学作品不仅是当代的产物，它还植根于遥远的过去，伟人的作品是经过上百年上千年创造和积淀下来的，它的含义隐藏于作品的语言、体裁和作家的思维方式之中，需要通过不同时代的阐释不断地把它揭示出来。

巴赫金给文艺学、给文学研究开出的这两副药方，集中展现了巴赫金开阔的理论视野，他反对文艺学研究狭隘的专业论，反对文学研究的封闭性，倡导文艺学研究和文学研究的开放性和对话性，主张文艺学向其他文化领域开放，主张文学研究同各个时代展开对话，认为只有通过开放和对话才能使文艺学和文学研究获得新的活力和生机。在论述这个问题时，他提出了"外位性"的重要思想，也就是说在向其他文化开放时不能完全融于其他文化之中，而必须保持自己文化的主体性。他认为："在文化领域中，外位性是理解最强大的推动力，别人的文化只有在他人文化的眼中才能较为充分和深刻地揭示自己。"[1] 同时，不同含义只有在交锋和对话之后才能呈现出自己深层的底蕴，不同的文化通过交锋和对话才能互相得到丰富和充实。

洛特曼、利哈乔夫和巴赫金这三位俄罗斯文艺学的大家，虽然都有自己独特的学术个性和学术研究方向，但他们所发表的意见从不同角度都触及到了我们所关注的文艺学学科发展的一些重要问题，也自然引发我们对文艺学学科发展的一些新的思考。

第一，文艺学是一门年轻的学科，是一门正在不断发展中的学科，发展文艺学必须大胆创新，不断开拓新的领域，发现新的重大的文学现象。

文艺学的研究对象——文学是一个多面而复杂的现象，是一个不断发展变化的现象，因此文艺学的研究必须不断发展和创新。巴赫金认为阻碍苏联文艺学发展的原因一是不能充分发挥俄罗斯文艺学新老传统的潜力；二是对学术风险的恐慌，缺乏流派的健康斗争，其结果"必然导致陈陈相因和千篇一律成为主流"。这方面倡导结构符号研究的洛特曼就深有体会。他认为苏联文艺学界多数是"满足"派，满足于传统方法，"不满"派一出现就被斥之为形式主义。实际上，结构符号研究不是反对"传统文艺学"，只不过是给传统注入新的内容。俄罗斯文艺学所走过的道路其实我们也是很熟悉，在思想禁锢的年代，我国文艺学也只能有一种思想、一种流派、

---

[1] 《巴赫金全集》第4卷，河北教育出版社1998年版，第370页。

一种方法，其余统一被斥之为异端，并且加以清除。只有改革开放和思想解放，才能有文艺学的创新和发展。文艺学今后继续发展还要进一步解放思想，还要不断大胆创新。一是要更大胆地利用和发挥各种潜力，要更好地发挥我国文论新老传统的潜力，也要更好地从外国文论吸收理论营养。但是，我们也不能成为别人的附庸，让中国文艺学变成外国文艺学的"派出所"，我们要在研究中坚持自己的主体立场，努力发出中国学者的独特声音，为世界文论的发展做出独特的贡献。二是要敢于面对活生生的新的重大文学现象，对其进行理论阐释和理论概括，不断开拓新的研究领域。例如如何从史和论结合的角度阐明俗文学和雅文学的相互联系和相互转化，例如如何看待网络文学和传统纸质的文学，等等。只有大胆地提出基本的、重要的问题，不断开拓新的研究领域，才能把文艺学建设不断推向前进。

第二，文艺学的研究必须采取各种不同的方法，要有学派意识，要展开学派之间真正的健康的斗争。

巴赫金指出文学是一种极其复杂而多面的现象，而文艺学又过于年轻，因此，采取各种不同的方法就是理所当然的，甚至是完全必要的。利哈乔夫也指出，可以从不同的观点并且以不同学科的方法研究文本。正是倡导和坚持运用不同的方法和从不同角度研究文学，俄罗斯的文艺学才结束了文艺社会学方法长期一统天下的局面，在文学研究领域出现从文艺心理学、语言学、结构符号学、文化学、历史诗学等不同角度研究文学的生动局面，推动了文艺学的迅速发展。

在强调运用不同方法研究文学现象时，巴赫金特别指出要有学派意识，要展开学派之间真正的健康的斗争。这是关于文艺学发展的重要思想。在学科发展中我们不能小看学派的存在和学派之间的竞争的重要意义，从某种意义上讲，这是学科发展和成熟的标志。今天闻名于世的19世纪末20世纪初俄罗斯文艺学学院派就存在四大学派：神话学派、文化历史学派、比较历史学派和心理学派。十月革命后的20年代，苏联文学界和理论界也曾经出现过文学流派林立的局面。可是，后来的思想一元化完全扼杀了流派的存在，把学术学派和创作流派当成小团体、小集团加以打击，把不同的学术观点视为异端加以批判，其结果是完全窒息了文学创作和文学研究的生机。

我国文艺学界的情况同苏联基本相似，相当一个时期，在文学创作和文学研究领域实行是舆论一律，思想一元，是不谈流派和流派竞争，稍有不同观点就有被批判的危险，乃至被残酷镇压，胡风和他的同道被打成反革命集团就是血的教训。在"文化大革命"中，文艺界只存在一种艺术样板戏，只存在一种理论——"三突出"的理论。改革开放后，情况有了根本变化，文学创作的流派受到重视，文艺学界也试图运用各种不同方法来研究文学现象，心理学、语言学、符号学、阐释学、系统学、文体学等十八般武艺我们都试过，一切最新的研究方法我们也试过。这也确实给文艺学带来了新的气象。问题是多种方法都是浅尝辄止，都是各领风骚一两年，像狗熊掰棒子似的拾一个丢一个，都没有把它做深做透。这方面，巴赫金关于文艺学发展要有流派竞争的看法，很值得我们深思。文艺学要有大的发展，就应当通过长期的艰苦的努力，形成不同的流派，进行流派之间的竞争。我们不能是一搞文艺心理学，全国一窝蜂都来搞文艺心理学，过几年，又偃旗息鼓了，现在全国好像再也找不出搞文艺心理学的人了。要形成学派，就必须是多个学校、多个研究单位根据自己的特点、自己的优势、自己的传统，抓住一种方法长期做下去，把它做深做透，做出极致来。比如我可以成为国内文艺学形式研究的学派，你可以成为国内文艺心理学派，他可以成为国内文艺学文化诗学学派，等等，如果各种学派真正形成，我国文艺学的成熟也就指日可待了。

第三，文艺学在运用各种方法进行研究的同时，要重视各种方法之间的关系，重视结构和历史研究的结合，科学主义和人文主义的融合，为文艺学发展开拓新的理论空间。

巴赫金反对文学研究狭隘专业化，反对文学同其他文化割裂开来，主张文艺学应当与文化史建立紧密的联系，但他并没有把文艺学的研究和文化史的研究等同起来，把文学同其他文化等同起来，相反，他在强调文学研究的文化角度的时候，一直十分重视文学本身的特性，他向来主张诗学研究应当从体裁切入、从形式结构切入。以结构符号研究为特色的洛特曼，也明确宣称结构主义并不反对历史主义，文学文本这个结构应当放到历史文化这个更大的结构中加以研究。利哈乔夫就更进一步，他指出结构研究中所流露出的历史主义态度将摧毁结构主义，将结构主义变成非结构主义，也就是结构研究和历史研究将达到一种融合。

俄罗斯文艺学大家所指出的各种研究方法的结合，结构研究和历史研究的结合，实际上解决了文艺学研究中长期存在的科学主义和人文主义的对立，在很大程度上是呈现出文艺学发展的重要趋势，为文艺学发展拓展了新的理论空间。但他们对文艺学发展的这种理论思考，并不是在书斋里空想出来的，而是俄罗斯文艺学百年来所走过的艰难道路的历史总结和理论概括。19世纪俄罗斯文艺学是以具有悠久和深厚的历史主义传统著称，其中包括"以别、车、杜为代表的俄国革命民主主义美学和文学批评的历史主义传统、以维谢洛夫斯基为代表的俄国文艺学学院派的历史主义传统和以普列汉诺夫、列宁为代表的俄国马克思主义文艺学的历史主义传统。俄国文艺学这种历史主义传统在20世纪初遇到了形式主义的挑战，他们针对苏联文艺学只重视社会历史分析，忽视审美特性，忽视语言、形式、结构的弊病，力图从文学自身的形式结构来理解文学，尖锐地提出文学自主性的问题，但他们把文学封闭于文本之中，在文学研究中抛弃了历史主义的原则。面对形式主义的挑战，不少俄罗斯文艺学家在传统反映论文艺学的重压下，开始重视形式结构研究，他们不是简单否定形式主义和结构主义，而是很注意从形式主义和结构主义那里吸收养分，从俄国文艺学学院派的代表人物维谢洛夫斯基的历史诗学研究中吸收养分，其中如普罗普的故事形态研究，洛特曼的结构符号研究，巴赫金的体裁诗学研究，都取得了世界瞩目的成就。但是由于俄罗斯文艺学历史主义传统的强大影响，他们的形式结构研究也完全不同于西方文艺学的形式结构研究，而是力图体现结构研究和历史研究的结合，形式研究和内容研究的融合，内部研究和外部研究的贯通，为文艺学研究开拓新的理论空间"。[①]

俄罗斯文艺学所走过的道路是值得我们深思的。新时期以来，我们开始运用不同方法从不同学科的角度来研究文学现象，但往往又把各种方法和各门学科割裂开来，往往忽视它们之间的联系，其结果是从一个极端走向另一个极端。比如从个性心理的角度研究作家，就忽视社会心理在个性形成中的作用；比如从语言学角度研究文学就只关心作家个人的语言特色，忽视语言是一种社会现象，忽视语言的社会色调；比如从文化的角度研究文学，往往又忽视文学本身的特性，把文学研究变成文化研究。我们的文艺学只有在克

[①] 参见笔者的文章《俄罗斯文艺学结构研究和历史研究的结合》，《俄罗斯文艺》2008年第3期。

服种种极端之后，在形式和内容、结构和历史、外部和内部、科学主义和人文主义之间找到一种张力，一种融合，才能有希望得到健康的发展。

第四，随着文艺学学科的发展和变化，对文艺学家也提出了新的要求。

利哈乔夫认为文学创作和文学研究都应当有广阔的视野，文艺学家面临着巨大而重要的任务，这就是要着力培养有广阔智性的、有欣赏力的、有文化的人。① 就文学创作而言，他反对按题材、按主题进行创作，分什么工人题材、农村题材，认为那样做就会"将文学琐碎化"。他说："如果将批评家经常给现代作者提出的这种要求提交给陀思妥耶夫斯基和普希金等作家，那么，我们就没有世界文学了。"以当代作家拉斯普京的名著《告别马焦拉》为例，他认为这"不是关于为了伟大工程而淹没的西伯利亚乡村命运的作品。这是世界主题的作品，因为对故乡态度的主题使全世界的人感兴趣"。② 就文学研究而言，利哈乔夫认为文艺学家不能使自己的研究过于狭窄，比如专门研究"涅克拉索夫学"，专门研究"肖洛霍夫学"。这种做法他以为"纯粹是胡闹"，因为"这种做法由于只研究同一作者而使这些专家失去了必要的视野"。他指出："科学在宽阔的战线上发展着。只集中在一个狭窄的地段，忘记其他地段是非常危险的。"③

洛特曼则从另一个角度提出问题。他指出随着运用科学的方法来进行文艺学研究，随着在文艺学研究领域中运用科学的思维，做一个文艺学家变得艰难起来，而且会变得更加艰难。他认为一个新型的文艺学家，"必须把广泛掌握、独立获得的经验材料与通过精密科学所培养的演绎思维技能结合起来"。照他看来，新型的文艺学家应当是语言学家、文献学家、心理学家……文艺学不应当变成没有专门技能要求的"轻松的职业"。④

（原载《文化与诗学》2010 年第 1 辑）

---

① 利哈乔夫：《关于文学研究的思考》，《解读俄罗斯》，北京大学出版社 2003 年版，第 320 页。
② 同上。
③ 同上书，第 319—320 页。
④ 洛特曼：《文艺学应当成为一门科学》，《文学问题》1967 年第 1 期，译文见《文化与诗学》2010 年第 1 辑，北京大学出版社 2010 年版，第 14—15 页。

附录四

回归历史研究，开拓文论研究的新境界

新时期文论研究取得了重大成绩，出现了繁荣的景象，这是不容抹杀的。回顾和反思文论研究三十多年的历史进程，我认为影响文论研究进一步发展的因素之一，是历史主义精神的缺失，是对历史研究的忽视。文论研究要进一步发展，要出现新的局面，需要回归历史研究，重视论与史的结合，逻辑和历史的结合，重视回到历史现场，在掌握第一手材料方面下硬功夫，下苦功夫。

（一）

历史的和逻辑的辩证统一的方法论是马克思主义科学的方法论，也是美学、文艺学研究的基本方法。所谓"历史的"，是指客观事物自身的发展过程和人类认识的历史发展过程；所谓"逻辑的"是指上述历史过程在概念、判断和推理等思维形式中的概括反映，历史的和逻辑的辩证统一揭示了逻辑认识过程和人类历史发展过程之间的相互关系。马克思主义科学所坚持的历史的和逻辑的辩证统一的方法论，是在马克思以唯物辩证法改造了黑格尔的唯心主义哲学，一方面以生动的历史过程作为基础，把丰富的社会现象作为认识的客观对象，反对主客观唯心主义；另一方面又与经验论相区别，承认事物现象和事物本质的差别，把生动的实在的历史过程作为认识社会现象的前提，以逻辑的方式分析、概括、综合客观感性材料，从而达到对事物本质的认识。马克思对资本主义商品经济做出深刻的分析，正是由于抓住了社会经济现象中商品这"最简单的规定"，而他能抓住这一"最简单的规定"，恰恰是运用的历史的和逻辑的方法。

马克思主义科学所坚持的历史的和逻辑的方法对于美学和文学理论研

究具有重要意义，它为美学和文学理论的发展指出正确的方向和不断发展的可能性，它告诉我们文论的研究必须以生动的历史过程作为基础和前提，历史的开始也就是思想的开始，历史进程的无限性也必然给文论的发展带来无限的生机。文论发展的历史也告诉我们，如果违背了历史的和逻辑的辩证统一的方法，也必然严重阻碍文论的发展。这方面历史和现实都为我们提供了教训。

新中国成立后，在学术界和文论界开始是忽视正确观点的指导，忽视马克思主义思想的指导。后来在克服这种偏向时又走向另一种极端，提出了"以论带史"的口号，后来甚至发展到以论代史，好像只要有马克思主义理论做指导，一切都好办了，材料也显得不重要了，甚至把马克思主义现成的结论作为套语，空发议论，乱贴标签。20世纪60年代，在主持文科教材编写工作时，周扬对"以论带史"的口号提出批评，认为事实上是先有史后有论，论从史出，论是研究史的结果而不是相反。他说："我们研究历史，不能先有一个公式，先立下一个结论，然后再找一些史料来套，来证明。这种做法是直接违反历史唯物主义的。研究历史应当从史料出发，包括文字材料和地下发掘的材料；研究现状应是从现状出发，否则就容易鼓励一种风气，好像有几个公式，有几条规律，就可以解决一些问题，不管这些公式，这些规律是否正确。"[①] 拿文学史的编写来说，他认为文学史要系统地叙述文学的发展过程，讲解历史上重要的作家作品，要探索文学发展的规律。然而，规律应当是从文学史的事实中去寻找，而不是先定下公式和规律，去套文学的史实，"套得上就套，套不上不要勉强。你如能得出另外的结论，就得出另外的结论，不要感到有顶帽子压在头上"。[②] 拿《文学概论》的编写来说，他强调理论课不是讲文学的基本知识，而是要讲规律性的知识，如果讲不出规律，就没有灵魂。问题是如何讲出规律，周扬有个精彩的说法："规律一定要从历史研究中得来。"[③] 他认为规律一不能凭空编造，二不能硬搬外国的，要老老实实总结几千年的经验，总结中国古代的经验，总结今天的经验，总结外国的经

[①] 《周扬文集》第3卷，人民文学出版社1990年版，第312—313页。
[②] 《周扬文集》第4卷，人民文学出版社1991年版，第68页。
[③] 《周扬文集》第3卷，人民文学出版社1990年版，第230—231页。

验，并且多次强调编文学概论最好有搞文学史的人参加。在教科书的具体写法上，周扬强调要少发议论，用事实说话，用材料说话，不要只用概念的方法，应当采用历史的方法，叙述任何问题都应是从历史过程的角度来阐述。他说："写理论，历史的方法和逻辑的方法要统一，文学发展的过程需要讲，在文学概论中要贯穿历史的观点，这样，知识、材料才会丰富，否则单在概念中兜圈子，会陷在里面走不出来。"①

周扬讲的是文学教科书的编写，但他强调的论从史出，规律应从历史研究中得来，历史的和逻辑的统一，这些重要的看法对于文论的研究，同样是有重要的意义。问题是，过了四十年，在文学理论研究中不重视历史研究，"以论带史"的问题依然存在。新时期以来，文论研究存在的已不是拿马克思主义去乱贴标签，去套文学的事实，而是随着改革开放，随着西方文论的大量涌进，一部分文论研究热衷于追洋逐新，热衷于引用当代西方文论的新名词、新概念，并且生硬地去套中国文学的事实。这种研究不重视历史语境，不在掌握资料方面下苦功夫，看起来很热闹，但由于缺乏历史意识，不能还原历史语境，不能再现复杂、生动、鲜活的历史内容，结果只能从概念到概念，从理论到理论，谈不上历史的深度，更谈不上理论的创新。为了尽快结束这种局面，推进文论研究的健康发展，现在是重新认识历史研究对文论研究的重要性，回归历史研究的时候了。

（二）

论从史出，理论是在历史中产生的，历史是理论产生的基础和前提，只有回归历史，才能对理论产生的针对性，理论产生的历史语境，理论丰富的历史内容和价值，以及理论的局限性有深刻的理解。

马克思主义坚持历史的和逻辑的辩证统一的研究方法，历史的研究和逻辑的研究都是重要的，问题是如何处理两者的关系。黑格尔也讲历史和逻辑的统一，但马克思主义所讲的历史和逻辑的统一同黑格尔是不同的，是建立在辩证唯物论基础上的。黑格尔把逻辑看成是历史的前提和基础，而马克思是把历史看成是逻辑的前提和基础。马克思在《〈政治经济学批判〉导言》中论述政治经济学的方法时说："从实在和具体开始，从现实

---

① 《周扬文集》第3卷，人民文学出版社1990年版，第232页。

的前提开始,因而,例如在政治经济学上从作为全部社会生产行为的基础和主体的人口开始,似乎是正确的。但是,更仔细考察起来,这是错误的。"因为,"具体之所以具体,因为它是许多规定的综合,是多样性的统一。因此它在思维中表现为综合的过程,表现为结果,而不是表现为出发点"。①

马克思主义在主张历史的和逻辑的辩证统一的同时,把历史研究看作是逻辑研究的基础和前提,对文论研究来讲是有重要意义的,它告诉我们,文论研究不能从概念到概念,从理论到理论,逻辑的分析必须以具体的丰富的生动的历史分析作为基础,要尊重历史,尊重事实,要掌握大量的第一手材料,只有这样做才能对理论有更深刻的理解。俄罗斯文艺学的历史诗学研究,强调"从诗的历史阐明诗的本质",苏联科学院三卷本的《文学理论》把副标题定为"对基本问题的历史阐述",都说明他们深刻认识到历史研究对文论研究的重要性。事实证明,只有坚持历史研究才能达到对理论问题的深刻认识,才可能把文论研究提升到一个新的境界。

拿马列文论的研究来讲,以往我们研究和讲授列宁的著名论断"列夫·托尔斯泰是俄国革命的一面镜子"时,走的是从概念到概念,从理论到理论的逻辑分析路子,很难达到对理论本身深刻的认识。苏联著名理论家梅拉赫(1909—1987)在其获得国家奖金的理论名著《列宁和俄国文学问题》②中却另辟蹊径,走的是历史研究的路子。他掌握大量丰富翔实的历史材料,揭示列宁文艺论述具体的、历史的、方法论的内容。他详细分析了列宁论文发表前后围绕托尔斯泰生日和逝世官方和自由派对作家的歪曲,革命队伍内部对托尔斯泰"左"的评论;研究了列宁 1905—1908 年写的一系列分析第一次俄国革命及其动力的著作;考察了列宁在《唯物主义和经验批判主义》一书中对哲学斗争和反映论的论述。在这个基础上,梅拉赫指出列宁是在把握围绕托尔斯泰及其创作展开的社会政治斗争、哲学思想斗争和文学斗争的丰富材料的基础上,在广阔的历史背景上,抓住了托尔斯泰和俄国革命这一核心问题,做出了"托尔斯泰是俄国革命的镜子"这一科学论断,因此这一论断本身也就有机地综合着社

---

① 《马克思恩格斯选集》第 2 卷,人民出版社 1972 年版,第 102—103 页。
② 梅拉赫:《列宁和俄国文学问题》,中国社会科学出版社 1982 年版。

会政治历史的、哲学认识论的和文学审美的丰富内容。经过梅拉赫的历史研究，理论问题呈现出鲜活的历史内容，并且由于历史的阐述而得到深化。

拿当前对文学本质的争论来说，依然存在两种思路、两种方法。一种是从理论到理论，凭逻辑推理来研究问题；一种是从文学的事实出发，从历史的事实出发，通过历史的方法来研究理论问题。钱中文的"文学审美意识形态论"的研究，最大的特色就是有很强的历史感，其中最有理论价值的部分也正是对审美意识形态历史生成的研究。他在《论文学审美意识形态的逻辑起点及其历史生成》中，明确提出"试图从发生学、人类学的观点，揭示文学的原生点及其在历史发展生成中的自然形态"，"期望在文学本质探讨中和文学观念的形成中找回其自身的历史感"，①他的主要观点是：审美意识与意识一样古老，形成于人的长期劳动、生存实践活动中。审美意识在长期发展中积淀了人的生存感受与感悟，先在口头语言形式中获得表现，成为一种审美意识形式；其后融入了具有符号象征意义的文字，融入了具有独特的节奏、韵律的诗性语言的文字结构，使得审美意识获得了书写、物化的形式，特别在话语、文字多种结构的样式中，显示了与生俱来的诗意的审美与社会价值、意义、功能复式构成的特性，以及它们之间高度的张力和平衡，历史地生成而为现代意义的审美意识形态。这种历史的研究有力地说明了审美意识形态论既不是人为编造出来的，也不是"审美"和"意识形态"两个概念的"硬拼凑"，而是历史生成的与生俱来的复式构成。由于这种科学的历史阐释，"文学审美意识形态论"获得了很强的理论说服力。

（三）

论从史出，历史是理论产生的前提，同时，理论也在不断发展的历史中得到检验和发展，在不同的历史语境中得到阐释。

恩格斯在谈到政治经济学的研究方法时，认为既可以依照历史的方法，也可以依照逻辑的方法，但他强调理论必须得到历史的检验，理论必须在历史过程中得到修正。第一，他认为理论和原则不是研究的出发点，

---

① 《文学评论》2007年第1期，第42页。

必须受到历史的检验。他在《反杜林论》中指出:"原则不是研究的出发点,而是它的最终结果;这些原则不是被应用于自然界和人类历史,而是从它们中抽象出来的;不是自然界和人类去适应原则,而是相反,原则只有在适合于自然界和历史的情况下才是正确的。"① 第二,他认为理论必须在历史过程中得到不断修正。他在《论马克思的〈政治经济学批判〉》中,指出:"历史从哪里开始,思想进程也应当从哪里开始,而思想进程的进一步发展不过是历史过程在抽象的、理论上前后一致的形式上的反映;这种反映是经过修正的,然而是按照现实的历史过程本身的规律修正的……"②

当前文论研究历史主义精神的缺失,对历史研究的忽视,除了表现在不是把历史做研究的前提和基础,还表现在离开历史过程和历史实践的检验,离开历史的发展,把理论凝固起来,把理论当成套语和标签,用它来套用一切历史事实和研究对象。这样做的结果,让我们看不到理论随着历史的发展而做的修正和发展,看不到理论在历史发展过程中所呈现出的历史形态和丰富生动的内容。

拿现实主义的研究来说,长期以来,我们只是在概念上打转转,缺乏艰苦的历史研究。于是,理论得出的结论要么经不起历史的检验,要么显得简单、苍白,无法反映出现实主义的历史发展和生动的历史内容。那么,现实主义究竟是什么呢?一般的理论专著和教科书只是下了一个简单的定义,比如"按照生活本来的样子反映生活",或者概括为真实性、客观性、典型性,等等。这样一种理论概括无法反映现实主义的历史发展和丰富的理论内容,并不受学生的待见。但在俄罗斯我们看到了运用历史研究的方法研究现实主义的另一片新天地。苏奇科夫(1917—1974)在他获得国家奖金的专著《现实主义的历史命运:创作方法探讨》(1967、1970)中,不单是把现实主义的特点简单归结为真实性、客观性、典型性,而是从历史层面上研究现实主义。作者运用历史的方法,通过详细研究现实主义的产生、发展及其在各个历史时期呈现出的特征,最后才得出现实主义的基本特征是表现人和世界、个性和社会、主人公和环境不可分

---

① 《马克思恩格斯选集》第3卷,人民出版社1972年版,第74页。
② 《马克思恩格斯选集》第2卷,人民出版社1972年版,第122页。

割、相互联系、相互制约的关系，现实主义艺术中的人物是历史具体的人物，现实主义创作方法的核心是社会分析、历史主义和史诗性等主要结论。评论认为专著显示了"苏奇科夫才华的显著特征，他的深刻的历史主义、丰富的联想和严谨的思维逻辑"。[①]

理论不仅在不断发展的历史中得到检验和发展，同时也在不断发展的历史中得到阐释，在不同时代的具有不同理论个性的理论家那里得到阐释，也正是在这种历史的阐释中，理论展示出它的丰富内涵，也让我们更深刻地认识到理论本身的多重价值。这个问题以往我们没有给予足够重视，我们只谈经典作品的艺术接受，只谈一千个读者有一千个哈姆雷特，只谈作品是在读者接受中实现其艺术价值。其实理论和理论经典也有个接受问题，有个历史阐释问题。理论虽然没有文学著作那么多读者，不存在一千个读者有一千个哈姆雷特的问题，但不同时代不同理论家对同一理论和同一理论经典确实有不同的解读。列宁和毛泽东处于不同时代不同国家并且具有不同个性，他们对马克思恩格斯著作的解读就各不相同。这种现象的存在，既因为不同历史时代对理论经典有不同的需求、不同的理解，不同的理论接受者有自己独特的理论个性，同时更是因为理论经典有丰富的理论空间。从这个角度讲，运用历史的方法对理论经典进行历史阐释是十分重要的，只有通过这种历史的对话，才能达到对理论经典价值的真正认识。

毛泽东的《在延安文艺座谈会上的讲话》是马克思主义文学理论中国化的至今为止唯一的最重要的理论成果，尽管研究它的著作和论文数不胜数，但同它相匹配的、真正有理论价值的论著并不多。这方面的原因很多，其中重要的原因是只停留在对《讲话》的内容做概念的理论的归纳和概括，只总结出文学与革命、文学与生活、文学与群众、文学与传统等几条干巴巴的内容，既缺乏对《讲话》产生的历史语境、历史针对性做深入的研究，也缺乏对《讲话》在不同历史时期不同理论家那里是如何被历史阐释的做艰苦的研究。事实上《讲话》在40年代、50—60年代和今天是被作了不同的历史阐释的，同时在具有不同学术个性的理论家那里也被作了不同的理论阐释，胡乔木、周扬、林默涵是一种阐释，胡风、冯

[①] 《苏奇科夫文集》第1卷，莫斯科，文艺出版社1984年版，第5页。

雪峰是一种阐释，王朝闻又是另一种阐释。如果对《讲话》产生的历史语境以及它在不同历史语境中是如何被阐释的有深入的研究，那么我们对《讲话》的蕴含和价值就可以有更深刻的领悟和认识。

（四）

弘扬文学理论研究的历史主义精神，坚持历史的和逻辑辩证统一的方法，是文论研究取得成功的可靠保证，也只有这样做才能为文论研究开拓新的境界。但是要做到这一点并不是轻而易举的事，坚持历史研究是一件十分艰难和繁杂的工作，必须在掌握大量第一手材料方面下大功夫，必须有实证的科学精神。

19世纪后期和20世纪初，俄国文艺学出现了十分活跃的学院派。这一学派的代表人物（如神话派的布斯拉耶夫、文化历史学派的佩平和吉洪拉沃夫、比较历史学派的维谢洛夫斯基、心理学派的波捷勃尼亚和奥夫相尼科-库里科夫斯基等）大都是大学的教授和科学院院士。他们学识渊博，站在俄国和西欧人文科学发展的前沿，在不同程度上继承和发扬了俄国革命民主主义美学和文学批评的优良传统，同时又批判地吸收了西欧以实证主义为基础的文艺学、文化学的研究成果。他们的文艺学研究有两个突出的特点：一是有强烈的历史意识。他们力求把文艺学研究同文学史、文化史的研究结合起来，革新文学观念和文艺学的方法论，从不同的视角历史地深入地探讨文艺发展和文学创作的规律。例如维谢洛夫斯基的历史诗学研究力主"从诗的历史阐明诗的本质"，他从历史的角度研究叙事诗、抒情诗和戏剧的历史形成过程，研究情节史和修饰语史。二是有实证的科学精神。他们很重视民间文学、神话传统、古代文学，以及人种学、民俗学、文化史方面文献资料的发掘、整理、考证等实证性的研究。如神话学派的阿法纳西耶夫为了进行神话研究，收集、整理、出版了八卷本的《俄国民间故事集》（1855—1864）；历史文化学派的吉洪拉沃夫编辑出版了八卷《俄国文学史和古代文化编年史》（1895），两卷本《俄国文学禁书文献》（1863）。

进入20世纪以后，一百多年以来俄罗斯文艺学界能不断涌现出像什克洛夫斯基、雅科勃松、普罗普、巴赫金、洛特曼、利哈乔夫、赫拉普钦科这样一些具有世界影响的大师级的人物，是同19世纪俄国文艺学所培育的历史主义精神和实证的科学精神分不开的。

拿俄罗斯著名的文艺学家、民间文艺学家普罗普（1895—1970）的故事研究来说，他首先进行的是故事的形态结构研究，他运用实证的方法分析了 100 个神奇故事，从中归纳出 31 种功能、7 个角色，从本质上说明故事是什么，用十年工夫写成《故事形态学》（1928）；继而又用十年工夫，在掌握大量历史材料的基础上研究故事形成的历史根源，最终写成《神奇故事的历史根源》（1938），回答了故事是怎么来的。他在谈及自己的研究工作时，反对玄学思辨，强调科学同思考事实的方法打交道。面对浩如烟海和繁多芜杂的故事材料，他坚持实证的科学研究，自称为经验论者，"并且是一个坚定不移的，首先注重仔细观察事实并精细入微和有条不紊地对其进行研究的经验论者"。[①] 正是这种实证的科学精神使他用了二十年的工夫写成两本专著，回答了故事是什么和故事是怎么来的两大问题，在世界范围内首次建立了独特的故事理论体系，并对文学理论的叙事学研究产生重要影响。同样，巴赫金的一系列专著给人留下的深刻印象也是一种实证的科学精神，他从不发空论，总是在掌握第一手材料的基础上，对所论问题进行具体的、历史的、令人信服的论述。他在《陀思妥耶夫斯基诗学问题》中，从人物形象、情节结构和语言各方面，对陀思妥耶夫斯基复调小说的特征做了令人信服的细致入微的文本分析。之后，又详细考察了同复调小说相关的狂欢文化和狂欢体小说在欧洲各个历史时期的历史演变过程。全书材料翔实，分析深刻富有启示，既有理论的深刻性又充满历史感。

俄罗斯 19 世纪和 20 世纪文艺学成功的范例说明有理论价值的文学理论研究必须坚持历史主义精神，坚持历史研究和逻辑研究的辩证统一，而达到这一境界的保证则是实证的科学精神。

（原载《河南社会科学》2010 年第 2 期）

[①] 普罗普：《故事形态学》，中华书局 2006 年版，第 179 页。

第二编

20世纪俄罗斯马克思主义文论的发展

第 一 章

20世纪俄罗斯马克思主义文论的发展和特点

19世纪末20世纪初，俄罗斯的马克思主义者把马克思主义运用于文艺研究领域，于是产生了俄罗斯的马克思主义文论。俄罗斯马克思主义文论的崛起，是20世纪世界文论的重大事件，它改变了俄罗斯文论的整体面貌，对20世纪世界文论的发展也产生了重大的深刻的影响。苏联的十月革命开辟了人类历史的新纪元，随着新的历史时期的出现，俄罗斯马克思主义文论也揭开了新的篇章。这时，马克思主义文论已经不仅仅是俄罗斯文论中的一个理论流派，而是成了俄罗斯文论的主潮，成了苏联文艺界的指导思想。这是20世纪俄罗斯文论区别于西方文论最重要的特点，20世纪俄罗斯文学和文论的发展是与此息息相关的，离开这个基本特点，不承认这个基本的历史事实，就很难对20世纪俄罗斯文论做出实事求是的科学阐述。当然，20世纪俄罗斯马克思主义文论的发展从一开始就不是一帆风顺的，它取得了世界瞩目的成就，也经历了挫折和失误。在它的整个发展过程中，值得关注的是它始终植根于俄国文化和文论的优良传统，它始终同内部和外部的文论流派展开紧张的对话，并且在这个进程中不断得到发展。

一 20世纪俄罗斯马克思主义文论发展的脉络

根据20世纪俄罗斯马克思主义文论百年所走过的曲折历程，它的发展历史大致可以分为四个时期：19世纪末20世纪初；20—30年代；50—

60年代；70—80年代。四个时期从总体上讲有共同的特点，而每个时期又有自己的内容和特点。

第一个时期：崛起（19世纪末20世纪初）。

这是俄罗斯马克思主义文论产生的时期。19世纪末20世纪初的俄国是一个充满复杂矛盾和斗争的时期，一个新旧交替的时期，这是俄国历史的转折期。这个时期俄国文坛的文学理论批评也同样是呈现出复杂、多元的局面，当时存在民粹主义文学理论和批评，现代主义文学理论和批评，学院派文学理论和批评，以及马克思主义文学理论和批评，马克思主义文学理论批评当时并不是唯一的理论批评流派，但在多种理论批评流派中占有重要地位，并日益扩大其影响，它的崛起是文学理论批评界的重大现象。

马克思主义文学理论批评在俄国崛起是有深刻的社会历史原因的，它是同俄国革命进入无产阶级革命时期，同马克思主义在俄国的传播密切相连的。这个时期，俄罗斯马克思主义文学理论批评的发展可以划分为普列汉诺夫阶段和列宁阶段，普列汉诺夫是俄罗斯马克思主义文学理论批评的开拓者，列宁则是俄罗斯马克思主义文学理论批评的奠基者。

俄罗斯马克思主义文学理论批评从诞生开始便具有一些明显的特点。

首先他们独立地把马克思主义理论运用于俄国文学理论批评，解决理论批评的实践问题。当时马克思恩格斯的重要著作《德意志意识形态》、《自然辩证法》、《1844年经济学－哲学手稿》，以及他们关于文艺问题的重要信件，都没有公之于世，列宁和普列汉诺夫都没有看到。恩格斯在1859年给拉萨尔的信中，1888年给哈克纳斯的信中，提到了现实主义问题，世界观和创作方法问题。普列汉诺夫在1888年评论民粹派作家乌斯宾斯基的论文中，列宁在评论列夫·托尔斯泰的论文中，也都涉及作家的世界观和创作方法问题。他们在许多观点上不约而同，不谋而合。

他们在运用马克思主义的同时，也继承了俄罗斯革命民主主义美学和文学批评的优良传统，他们之间有深刻的思想渊源关系。前者对文学和生活关系的唯物主义理解，关于文学倾向性和社会作用的观点，关于现实主义和人民性的见解，都给后者深刻的启示和影响。

其次，他们是在批判民粹派和资产阶级颓废主义的斗争中，在批判自己队伍内部错误倾向的斗争中得到发展的。俄罗斯马克思主义文学理论批评是从批判民粹派开始发展的，普列汉诺夫本人来自民粹派，反过来又批判民粹派，并在批判中树立了历史唯物主义的美学观。

第三，他们是在总结无产阶级文学运动和文学创作的基础上得到发展的，他们非常关心和重视高尔基的创作和其他无产阶级作家的创作，并在总结他们经验的基础上，确定了无产阶级文学的发展方向。

第二个时期：确立（20—30年代）。

这是马克思主义文学理论批评在俄罗斯文论中确立主导地位的时期，也是俄罗斯文论由多元走向一元的时期。

这个时期马克思主义文论在俄罗斯文论中主导地位的确立，有两个重要的标志。

一是马克思、恩格斯和列宁的文艺论著和文艺思想在俄罗斯得到传播和研究，并逐渐扎下根。在这之前，马克思、恩格斯和列宁的文艺论著在俄罗斯的介绍是零星的，不成系统的，有人认为马克思恩格斯的文艺思想不成体系，有人认为马克思主义文论的权威是普列汉诺夫而不是列宁。到了30年代，情况才产生根本变化，系统出版了《马克思恩格斯论艺术》、《列宁论文化与艺术》。同时，研究马克思恩格斯文艺思想的专著和研究列宁文艺思想的专著也出现了。

二是马克思主义文论成为引导俄罗斯文学和文论发展的正确的指导思想。十月革命后，面对如何建设社会主义文化的崭新课题，文艺界展开尖锐的思想斗争，以波格丹诺夫为首的无产阶级文化派否定文学传统，脱离生活和脱离人民，试图关起门来创造所谓纯粹的无产阶级文化。以列宁为代表马克思主义文论家同他们展开坚决斗争，列宁提出了继承传统、面向生活、扎根人民的社会主义文化建设纲领，保证社会主义文化艺术沿着正确的方向发展。20年代，面对文艺界无休止的争论，在马克思列宁主义文艺思想正确指导下，联共（布）中央通过《党在文学方面的政策》的决议。决议针对文艺界存在的问题，正确分析了形势，阐明了党领导文艺的一系列根本问题，为苏联文学的发展指明了正确的方向。

这个时期的马克思主义文论是在同外部和内部各种文艺思潮的斗争中、对话中得到发展的，是在一种多元的文化语境中得到发展的。以列宁、卢那察尔斯基、高尔基为代表的一批俄罗斯的马克思主义文论家，他们同无产阶级文化派、形式主义和庸俗社会学的文艺思潮展开斗争和对话，他们其中不少人在浓厚的政治语境中，在"左"的文学氛围中，艰难地坚守艺术品位，坚守文学发展的正确方向。生动活泼的多元的文化语境促进了马克思主义文论的发展。1934年取消一切文学团体，成立统一的苏联作家协会，文学界由多元走向一元，在某种程度上也影响了马克思主义文论在多元对话语境中的发展。

第三个时期：转折（50—60年代）。

50—60年代，社会生活产生的重大转折和变化，也引起了俄罗斯文学和文论重大的转折和变化，整个文化语境又由一元走向多元。在这个大背景下，50—60年代俄罗斯马克思主义文论也发生了重大的变化和转折，这表现在这个时期的马克思主义文论力图清算和摆脱教条主义和庸俗社会学的影响，努力恢复文论中的现实主义传统和人道主义传统，并且以马克思主义作为指导，更深入地探讨文学的特点和审美本质，使马克思主义文论的方法论基础产生深刻的变化。

50—60年代马克思主义文论的变动和转折是经历了一个复杂的和逐步深入的过程。变动第一阶段，变动开始时，首先提出的是反对文学创作的"无冲突论"，反对文学创作的公式化概念化，要求"写真实"，干预生活，要求表现作家的自我和作家的个性。这一切确实是创作和理论存在的问题，但只是现象。变动的第二阶段就开始从理论上思考产生这些问题更为深层的原因，这就涉及理论上更为重要的问题，这就是现实主义理论问题和人道主义理论问题，文学的特征和文学的对象问题。一涉及文学的特征和对象，这就促成对马克思主义文艺学的基本内容和方法论的基础的深入思考。

俄罗斯20—30年代的马克思主义文论是以认识论和反映论为基础，把意识形态问题、阶级性、党性和人民性放在重要地位。50—60年代俄罗斯马克思主义文论的重要转折，就体现在不断扩大和深化文艺学研究的方法论基础。不再仅仅局限于从反映论的角度和意识形态论的角度来思考文学问题。理论家提出的文学艺术的特点不仅体现在表现形式上，也体现在表现内容上，第一次提出文学艺术有自己独特的对象和独特的内容，这就是活生生的人，活生生的人的性格，就是处在社会和个人有机统一之中的活生生的人。在理论上，他们也完成了从文学意识形态本质论到文学审美意识形态本质论的转变。这一切从根本上挖掉长期统治文论的教条主义和庸俗社会学的老根,使马克思主义文论对文学艺术特征和本质的认识获得更新和充实。

第四个时期:更新(70—80年代)。

同50—60年代相比,70—80年代俄罗斯马克思主义文论的发展进入了一个更新的阶段,一个稳定发展的阶段。由于现代生活的发展,科学技术的发展和国际交流和对话的扩展,在马克思主义文论的发展中理论建设多于理论争论,创新意识大大增强,并且出现了各种文论观点、理论流派得到整合的趋势。

首先是出现了注重理论建设的氛围。与50—60年代争论剧烈,好走极端不同,这个时期在总结历史经验的基础上,力求对一些重要的理论问题做出比较全面、系统和深入的理论阐释和理论概括,出现了多种文学史、美学史、文艺学史和批评史,出现了很有分量的探讨风格理论问题、现实主义问题和创作个性问题的理论著作,在马克思主义文艺论著和文艺思想研究方面也比以前更为系统和深入,除了马克思、恩格斯和列宁文艺思想研究继续深化,普列汉诺夫和卢那察尔斯基等马克思主义文论经典作家的研究也有很大进展。

其次,文学观念和文学研究方法得到更新。文学观念的变化集中体现在对文学本质功能的重新认识,对创作主体的积极性和创造性的强调和文学多样性的强烈要求。文学观念的变化也必然带来文学研究方法的更新,文学研究方法由过去的一元走向多元化。第一,传统的以历史唯物主义为基础的社会历史分析方法不仅仍然坚持而且得到进一步发展。第二,恢复和发展过去曾经受到批判的研究方法,如历史比较研究和文艺心理学研究。第三,引进和创造一系列新的研究方法,其中包括系统分析方法、类型研究方法、结构符号研究和历史职能研究等。其中,最值得重视的是理论界所开拓的新的研究方向,如梅拉赫提出的艺术综合研究,赫拉普钦科提出的历史诗学研究。以上所有研究方法的创新都有一个共同特点,就是在运用现代科学成果来更新研究方法时非常重视马克思主义方法的指导,坚持把新方法的运用同文学的审美特点联系起来,坚持分析它同社会现实生活复杂的、辩证的审美关系,它的社会历史制约性。

第三,出现多种文论观点和理论流派得到整合的趋势。20世纪初的社会历史研究更多强调外部研究,把文学的社会历史制约性放在首位,后来的形式主义更多的强调内部研究,把语言形式分析放在首位。到了70—80年代,情况发生变化,不同的观点和流派在显露各自优势的同时也暴露出各自的片面性,于是逐渐出现了文学作品文本研究同文化语境研究相结合,形式结构研究同历史文化研究相贯通,结构主义和历史主义相融合的趋势。其中,洛特曼的结构符号学研究对文化语境的重视,赫拉普钦科的历史诗学问题研究,巴赫金的整体诗学研究,都体现了马克思主义文艺学这种历史发展趋势,这是非常值得关注和认真研究的,因为它有可能为文艺学的发展开拓全新的理论空间。

二 20世纪俄罗斯马克思主义文论的若干特点

十月革命后,建立了由共产党领导的社会主义的国家,马克思主义成为国家主流意识形态,马克思主义文论也在文艺领域取得主导和支配的地位,由于这些特殊的环境和条件,使得20世纪俄罗斯马克思主义文论具有自己鲜明的特点,既不同于19世纪俄罗斯马克思主义文论,也不同于后来的西方马克思主义文论。

(一) 政党的文论

由于共产党是国家的唯一的执政党,马克思主义成为党和国家主流的意识形态和指导思想,因此20世纪俄罗斯马克思主义文论的发展是同党和国家息息相关的,马克思主义文论的建设是被纳入党和国家的政治轨道,是党和国家事业的一部分,是必须为党和国家的政治服务的。

首先,马克思主义文论的重要问题往往是通过党和国家领导人讲话的形式,通过党的决议形式来表述,这些讲话和决议又常常成为理论阐述和理论研究的重要根据。十月革命后,对无产阶级文化派否定人类文艺遗产的斗争就是由列宁亲自发动的,除了由他在共青团三大发表讲话,他还指定雅可夫列夫在党报上发表长篇理论文章进行批判,最后由他领导俄共(布)中央做出决议。20年代,文艺界两派围绕文学的性质、无产阶级文学、文学遗产、同路人作家等重要问题展开激烈争论,这场争论最后以俄共中央召开讨论会,做出《党在文学方面的政策》的决议而告终,当时参与讨论和参与制定决议的就有托洛茨基、布哈林、伏尤芝和卢那察尔斯基等党和国家的领导人。30年代，关于社会主义现实主义创作方法的制定和这个创作方法的理论阐述，除了文艺界的讨论，也是由斯大林表示肯定，最后把它的定义写入作协章程之中。40年代后半期，联共中央就文艺问题做出了一系列决议，中央书记日丹诺夫也做了相应的报告，对作家左琴科、阿赫玛托娃，对所谓世界主义和形式进行粗暴的批判。

其次，马克思主义文论的研究、教学、传播和出版不是个人的行为，而是由党和国家所领导的科研机构、高等学校和报刊出版机构进行的。党和国家为他们的研究创造了条件，他们的研究成果就必须适应党和国家的政治需要，为党和国家的政治服务。他们所编写的专著和教材，诸如《马克思主义文艺学》、《马克思主义美学史》，如果符合要求就能出版，如果不符合要求就难出版。

把马克思主义文论纳入党和国家的轨道，把它提到一个至高无上的地位，为它的研究创造各种优越的条件，这确实为它的发展带来一些积极的影响，但同时也产生一些负面的影响：一是很容易把理论问题同政治问题直接挂钩，把理论问题当成政治问题。如把艺术典型问题当成政治问题，其结果是完全削弱学术问题的研究。二是党的决议和领导人的讲话一锤定音，很难在一种多元的文化语境中展开学术争鸣，其结果很可能窒息学术的发展。

（二）政治化的文论

20世纪俄罗斯马克思主义文论既然纳入党和国家的政治轨道，它必然要为党和国家的政治服务，这使文论带有很强的政治倾向性。马克思主义具有科学性、革命性和实践性，作为无产阶级革命和社会主义建设的指南，它必然具有政治倾向性。同样，马克思主义文论作为无产阶级文艺运动和社会主义文化建设的指南，也必然具有政治倾向性。具有强烈的政治倾向性是20世纪俄罗斯文论的重要特点，这是不争的事实。但有两个值得思考的问题，一个问题是它所服从的政治是什么政治，是不是代表广大人民大众利益的政治；另一个问题是，如何处理好理论和政治的关系、学术问题和政治问题的关系。

在文学理论问题和政治问题关系上，突出的问题就是将文论视为政治问题，把文学和政治混为一谈。20—30年代"拉普"在得势的时候，常常把党一时的政治口号搬到文学中来，完全忽视文学的特点和规律。1931年6月斯大林对经济工作者做了《新的环境和新的经济建设任务》的报告，"拉普"立即做了《关于斯大林的讲话和"拉普"任务》的决议。斯大林提出"技术第一"，"拉普"就号召学习艺术技巧。决议说"斯大林讲话的每一部分都是艺术作品有价值的主题"。① 在50年代，像艺术典型这样的文学理论问题竟然成了马林科夫所做的苏共十九大总结报告的内容，报告居然确定典型是"党性在现实主义艺术中表现的基本范围"，"典型问题在任何时候都是一个政治问题"。②

把文学理论问题等同政治问题，还表现在完全是从政治的角度来理解文艺的性质、文艺的功能和文艺批评，把文艺看成是"特定阶级意识形态的产物"，"阶级斗争强有力的工具"，把文学批评混同于思想斗争和政治斗争，当成阶级斗争的武器。

应当承认文艺问题是同政治有关联的，但又不是一切文艺问题都是同政治相关联的，不顾文艺本身的特点，如果把文艺问题完全等同于政治问题，其结果就会完全取消文艺的特点，取消文艺学科的自主性，就会完全扼杀文学理论研究的生机。

（三）论争的文论

马克思主义文论不是生活的真空中，20世纪俄罗斯马克思主义文论发展的一个重要特点就是论争连绵不断，而马克思主义文论就是在不同理论派别和不同理论观点的论争中得到发展的。

19世纪末20世纪初，以列宁和普列汉诺夫为代表的俄国马克思主义者，坚持历史唯物主义的观点，对民粹派在政治领域和文学领域所表现的主观社会学展开斗争，正是在这场斗争中产生了俄国马克思主义和俄国马克思主义文艺学。

十月革命后，以列宁为代表的俄国马克思主义者同否定人类文化遗产的无产阶级文化派展开斗争，在如何建设崭新的社会主义文化艺术问题上

---

① 《在文学岗位上》1931年第24期。
② 参见苏联《共产党人》杂志专论《关于文学艺术中的典型问题》，见《文艺报》1956年第3期。

展开争论,并且在这场斗争和论争中逐渐明确建设社会主义文化的正确途径,提出了继承遗产、面向生活、扎根人民的社会主义文化建设纲领。

20年代,在无产阶级作家内部,"山隘派"和"岗位派"也就文艺的性质、无产阶级文学、"同路人"作家等问题展开激烈的争论。争论的结果是,经俄共中央组织讨论,最后形成俄共中央关于《党在文学方面的政策》的决议。决议指出文学战线的阶级斗争虽然没有停止,但形式已经改变,要求正确对待"同路人"作家,主张各种流派自由竞争,根除党对文学事业的专横和行政干涉。

20年代,除了上述这场鲁迅也曾关注的文艺论争外,俄国马克思主义文论也同文艺学中的形式主义和庸俗社会学展开斗争和论争,既克服了把文艺同政治和经济简单挂钩的庸俗社会学,又批评了"封闭于文本之中"的不重视创作主体和历史文化语境的形式主义,使年轻的俄罗斯马克思主义文论逐渐走向正途。

30年代,围绕社会主义现实主义创作方法问题,文艺界曾就写真实、浪漫主义、风格流派、世界观和创作方法的关系等问题展开热烈的争论,报刊上共发表了400多篇文章。这场讨论澄清了不少理论问题,对于马克思主义文论的发展是十分有益的。

50年代以后,文艺界的争论一直连绵不断,先后就写真实、自我表现、理想人物、现实主义、人道主义、社会主义现实开放体系、全人类价值优先论等问题展开激烈的争论。

以上事实表明通过论争辩明理论是非,这对于马克思主义文论发展是有益的。但也应当看到这种论争也存在重大缺陷,那就是往往把理论争论当成政治斗争,混淆学术问题和政治问题的界限。上面提到的20年代"山隘派"和"岗位派"的论争,原是革命队伍内部关于无产阶级文学建设的一场争论,可是由于沃隆斯基对于无产阶级文学新生力量的轻视,再加上他同托洛茨基个人关系密切,理论斗争很快升格为政治斗争。20年代优秀的马克思主义文艺批评家顿时就被打成托洛茨基分子,被开除党籍,在肃反中又被清洗。把理论争论当成政治斗争的另一个恶果是往往把争论变成批判、斗争,而不是不同理论观点的对话,结果就扼杀了理论的生机。20年代对形式主义的批判就是毁灭性的,被批得一无是处,后来形式主义就成了骂人的话。形式主义固然有其理论缺陷,但它强调语言形式的重要性、文艺学科的自主性是有重要理论意义。几十年后，当西方把形式主义看成20世纪文论的开端时，苏联文论界才感到自己重大的失误，而巴赫金、洛特曼等文论大家正是从形式主义中吸收其有益成分，才把自己的理论推向前进的。

（四）学术化的文论

同上述政党文论、政治化文论并存的，在20世纪俄罗斯马克思主义文论还有一种学术化的文论，主要指有相当多的学者在浓厚的政治化的语境中依然孜孜不倦地从事文论研究，从事马克思主义文论的研究，在浓厚的政治化的语境中艰难地坚守艺术的品位，坚守马克思主义文论的学术品格。他们大概包括以下几种类型的学者。

第一种是长期专门从事马克思主义文艺论著和马克思主义美学史和文艺学史研究的学者。他们几十年如一日长期从事马克思主义文艺论著的编选和研究，从事马克思主义美学史和文艺学史的研究。其中如编选《马克思、恩格斯论艺术》（1933、1938、1957）、《列宁论文学与艺术》（1938）和著有《卡尔·马克思：艺术和社会理想》（1972、1979）的里夫希茨，著有《马克思恩格斯和文学问题》（1962、1968）的弗里德连杰尔，主编《美学史：世界美学思想文献》（五卷本，1970年，第五卷为马克思主义美学思想文献）的奥夫相尼科夫，著有《马克思列宁主义美学讲义》（1974年）和《美学史讲义》（第4册为马克思主义美学史，1980）的卡冈，著有《马克思主义文艺学》（1983年）的尼古拉耶夫等。

除外，还有在学院里长期从事文论研究和马克思主义文论研究的学者。如活跃在20年代，著有《艺术社会学》（1926）的弗里契，著有《文艺学》的彼列维尔泽夫，著有《马克思主义与语言哲学》（1929）、《文艺学中的形式主方法》（1928）、《陀思妥耶夫斯基的创作问题》（1929）的巴赫金以及后来的洛特曼、彼斯别洛夫、利哈乔夫、赫拉普钦科等。

第二种是学者型的党和国家的领导人。革命前有马克思主义文艺理论家普列汉诺夫，马克思主义文艺批评家沃罗夫斯基，革命后有马克思主义文艺学家和文艺批评家卢那察尔斯基、沃隆斯基，此外还有著有《文学与革命》的托洛茨基以及布哈林。这些人虽然身为党和国家领导人，但他们有很高的文化素养和理论素质，对文学艺术有深切的感悟和理解。因此，他们能在深厚的政治文化语境中反对教条主义和庸俗社会学，坚守艺术的品位和学术的品格，对文学理论问题做出符合文学艺术特点和规律的阐述，为发展马克思主义文论做出独特的贡献。

第三种是作为作家的文论家和批评家。他们虽然不是专业的文论家和批评家，但他们对创作有真切的体验，有来自创作实践的真知灼见，因此他们能对理论批评问题阐发很有见地、很有理论分量的意见，他们对马克思主义文论的发展，也做出了自己的贡献。如作家高尔基同时也是马克思主义文学批评家，他对文学真实性、文学典型和典型化、文学语言和文学技巧等一系列重要理论问题的阐述，也丰富了马克思主义文论的宝库。

应当看到，学术化的文论和政治化的文论，都是20世纪俄罗斯马克思主义文论的组成部分，他们共同构成20世纪俄罗斯马克思主义文论全面的图景。其实俄国19世纪的理论批评也是如此，其中既有别、车、杜的政论式的文学批评，也有维谢洛夫斯基式的学院派的理论批评。学术化的文论和政治化的文论在20世纪俄罗斯马克思主义文论中也并不是完全对立、完全隔绝的，它们是相互联系、相互渗透和相互作用的，在学术化的文论中有政治文化的因素，在政治化的文论中也有学术化文论的成分。

三 20世纪俄罗斯马克思主义文论与俄国文化和俄国文论

任何一种社会思想的兴起，不仅有本国的现实需要作为依据，同时也是同本国的文化传统相联系的。马克思主义文论在19世纪末20世纪初能在俄罗斯迅速传播并扎下根来，是同俄国文化和俄国文论固有的特点分不开的。因此，要深入了解20世纪俄罗斯马克思主义文论的特点，就必须深入了解俄国文化和俄国文论所固有的特点，寻找马克思主义文论能在俄罗斯扎根的历史文化原因。

（一）20世纪俄罗斯马克思主义文论与俄国文化

俄罗斯马克思主义文论虽然源于欧洲，但却深深植根于深厚的俄国文化。当俄国的马克思主义者运用马克思主义理论考察和研究俄罗斯文学现象时，都深深带上俄国文化的烙印，使他们的马克思主义文论带有鲜明的俄国文化的特点。

俄国文化是一种十分复杂和多面的现象，是一种不断变化的现象，不同的人可从不同角度进行不同的解读，这里仅从俄罗斯马克思主义文论和俄国文化关系的角度来解读俄国文化。

如前所述，20世纪俄罗斯马克思主义文论是一种政党的文论、政治化的文论、论争式的文论，它不特别注重文学家和艺术家个性，不特别注重文学艺术的特殊性，而特别强调文艺的政治倾向性和党性，强调文艺的社会功能：他们指出文艺不应当成为个人的事业，而应当成为党的事业的一部分，成为党的机器的齿轮和螺丝钉；他们指出文艺是一种社会意识形态，是阶级斗争的工具，应当在社会政治斗争中和阶级斗争中发挥作用；他们指出文艺不仅要真实反映生活，更重要的是要改造生活，要把真实反映生活和用共产主义思想教育人民的任务结合起来，要求作家成为人类灵魂的工程师。以上这些特点我们都可以从俄国文化中寻找到它的文化土壤，它的文化根基。

在考察俄国文化特点时，应注意影响俄国文化的两个重要因素：一是俄国资本主义发展比较晚，俄国社会长期保持农奴制度，广大农村一直存在相对封闭的和重集体经个人的俄国村社；二是俄国是横跨欧亚两洲的国家，它的文化始终受东西方两种文化的影响，兼有东西方文化的特点，而且这两种文化一直存在矛盾和冲撞。具体来讲，俄国文化以下两个重要的方面，是俄国接受马克思主义和马克思主义文论的文化基础。

一是俄国村社所体现的重集体轻个性的民族精神个性。

俄国长期处于农奴制，广大农村一直存在村社。马克思和恩格斯在《共产党宣言》1882年俄文版序言中曾经指出："假如俄国革命将成为西方无产阶级的信号而双方互相补充的话，那么现今的俄国土地公有所有制便能成为共产主义发展的起点。"[①] 这里所说的"俄国土地公有所有制"指的就是俄国村社，即所谓原始共产主义。俄国村社是俄国农村的社会组织形式，是俄国社会价值观体系的根本土壤。

俄国村社是俄国农民进行自我管理的形式，主要权力机构为村民大

---

① 《马克思恩格斯选集》第1卷，人民出版社1972年版，第231页。

会，大会通过民主表决形式决定村落的重大问题，并由相关民选的公职人员去落实。村社的职能在经济生活方面主要有两方面：第一，在农民中间定期重分土地。土地所有权属于国家、寺院或地主，占有权和使用权属于村社，再由村社落实到有能力承担赋役的农民。第二，保证税赋的征收和劳役的完成。在社会生活方面，村社主要是负责完成农村的司法活动。

俄国村社这样一种农村社会组织的形成不仅决定了农民经济的性质，而且也决定了俄国农民的精神个性和价值观。俄国村社是一种经济和生活的联合体，是一种向国家和地主负责的集体，是一种同甘共苦的集体，这种集体在长久的发展中培养了俄国农民轻个性重集体的精神个性和价值观。别尔嘉耶夫曾经说过："俄罗斯人，总喜欢在温暖的集体中、在土地使人消融于其中的惬意的环境中，在母亲的怀抱中生活。骑士精神，锻造着个人的价值感和荣誉感，造成个人的坚定性，俄罗斯的历史没有创造出这种个人的坚定性。"[①]

俄国文化中的集体精神也同俄国农民对东正教的信仰有关，东正教教育俄国农民要与有组织的集体和谐一致，要服从它的制度和秩序。东正教有一个核心理念就是"聚合性"，它强调人与人之间的精神交流，它的落脚点就是集体性，集体性是绝对的，个人是相对的，是从属于集体的；俄国农民应当在对上帝的信仰中获得精神的和谐和集体的拯救。

马克思主义的价值观是建立在集体价值观的基础上的，个人的价值只有被纳入集体之中才能得到体现和实现。俄国村社所体现的集体精神和俄国东正教所倡导的"聚合性"，正是俄国接受马克思主义的文化基础。

二是浓厚的宗教情怀所体现的强烈的救世主义。

浓厚的宗教情怀是俄国文化一个重要的特征，俄国文化中深深打上了宗教的印记，别尔嘉耶夫说："俄罗斯人民的灵魂是由东正教教会培育的，它具有纯粹的宗教形式。这种宗教形式一直保存到现在，保存到俄罗斯的虚无主义者和共产主义者身上。"[②]

俄罗斯人的宗教信仰是要通过日常生活表现出来的，但在俄罗斯文化中的宗教情怀主要不是体现为俄罗斯人对宗教教条的恪守，而是体现为他

---

① 别尔嘉耶夫：《俄罗斯的命运》，俄文版，1918年，第6页。
② 别尔嘉耶夫：《俄国共产主义的由来和意义》，俄文版，1990年，第8页。

们带浓厚宗教色彩的生活态度，他们从宗教的角度对生命的意义，对人与人的关系，对灵魂和未来等一系列问题进行关注和思考。

俄罗斯文化中的宗教情怀除了表现为在日常生活中对未来和理想的关注，对现实之外的世界的追求，更重要的是表现为一种强烈的救世主义，或者叫普世主义。而这种救世主义同基督教的历史有关，同"第三罗马学说"有关。在基督教历史上罗马长期被认为是基督教的中心，第一罗马即西罗马帝国，西罗马帝国由于异族入侵而灭亡。第二罗马即拜占庭帝国，即东罗马帝国，在西罗马帝国灭亡之后，东罗马帝国的首都君士坦丁堡欲取代西罗马基督教中心的地位，以第二罗马自居。后来由于伊斯兰教的入侵，东罗马帝国灭亡，这时基督教中心又转到莫斯科，出现了把莫斯科称为第三罗马的说法。他们认为俄罗斯人具有捍卫和发扬基督教的历史使命，俄国是基督教世界的中心，是基督教希望所在，认为他们的东正教才是唯一的正统的宗教。这种第三罗马的理论强调俄罗斯具有普济天下的使命，充满强烈的救世精神。这种东西渗透到俄国文化中去，就使俄罗斯人具有一种救世的责任感，也老想教导人、训诫人。这种救世主义深刻地影响了俄国文化，在俄国文学中，在果戈理、陀思妥耶夫斯基、托尔斯泰这些文学大师的作品中，表现出一种对人类命运深切关注的深沉的忧患意识，以其强烈的救世精神震撼人的心灵。正如别尔嘉耶夫所说："俄国文学不是产生于愉快的创作冲动，而是产生于人和人民的痛苦和多灾多难的命运，产生于对拯救全人类的艰苦思考。但是，这表明俄国文学主要动机是宗教性的，作为它的特点的怜悯之心和全人类性震撼了整个世界。"①

马克思主义文论强调文学艺术对现实的反映，对人类命运的关心，强调文学艺术的社会教育功能，这同俄国宗教所体现的强烈的救世主义，也有某种内在联系。

（二）20世纪俄罗斯马克思主义文论与俄国文论

如果说20世纪俄罗斯马克思主义文论同俄国文化固有的特点有某种内在联系，那么20世纪俄罗斯马克思主义文论同俄国文论，特别是同俄国革命民主主义美学和文学批评的内在联系就更为直接和具体。俄国革命

---

① 别尔嘉耶夫：《俄国共产主义的由来和意义》，俄文版，1990年，第63页。

民主主义美学和文学批评可以说达到了马克思主义以前的美学和文学批评的最高成就,是最接近马克思主义的。应当承认俄罗斯马克思主义文论在形成和发展过程中,俄国革命民主主义美学和文学批评对它的影响是巨大和深刻的。苏联作家协会第一书记马尔科夫在1981年苏联作家七大上曾经指出:"必须强调别林斯基、车尔尼雪夫斯基、赫尔岑,所有革命民主主义者同我们血肉相连,我们共产党人是他们的唯一后代和继承者,忘了这一事实就等于忘记了自己的家谱,就是抛弃了自己的至亲。爱护和珍惜革命民主主义的传统,就意味着发展列宁文学党性和人民性原则,经常保持革命创作思想的纯洁性。"[1] 从某种意义上讲,俄国马克思主义者是通过俄国革命民主主义走向马克思主义的,是通过俄国革命民主主义美学和文学批评走向马克思主义文学理论和文学批评的。

俄国马克思主义者对俄国革命民主主义的遗产都非常熟悉并有深入的研究。列宁从小就独立阅读他们的作品,克鲁普斯卡娅曾经说过:"皮萨列夫、杜勃罗留波夫、车尔尼雪夫斯基、赫尔岑、涅克拉索夫等人的著作,以及《火星报》诗人们的作品,列宁从幼小时候起,就对他产生过巨大影响。"[2] 列宁在1904年同瓦连廷诺夫的一次谈话中说:"车尔尼雪夫斯基使我初次接触到哲学上的唯物主义。也是他第一个给我指出黑格尔在哲学思想发展上的作用,从他那里我懂得了辩证法,以后我掌握马克思主义的辩证法就容易得多了。我从头到尾读过车尔尼雪夫斯基论述美学、艺术和文学的气势磅礴的文章,对别林斯基的形象也看得清楚了。"[3] 普列汉诺夫1897年针对伏伦斯基等人对革命民主主义批评的攻击,撰写了四篇总标题为《俄国批评的命运》的一组文章。他一生中所写的关于别林斯基的文章将近十篇,还写了一部关于车尔尼雪夫斯基的专著,对于杜勃罗留波夫的文学观点和"现实批评"也有专文论述。卢那察尔斯基高度评价俄国革命民主主义文学批评,对别林斯基、车尔尼雪夫斯基、杜勃罗留波夫都写有不止一篇专文进行研究。他曾指出:"我敢断定,任何俄罗斯作家都不像别林斯基,车尔尼雪夫斯基和杜勃罗留波夫那么接近我们

---

[1] 《苏联文学》1981年第4期,第140页。
[2] 《论政治》,莫斯科,政治出版社1960年版,第83页。
[3] 《文学问题》1957年第8期,第133—134页。

的观点,接近无产阶级的观点。列宁是完全正确的,他提到他们时总是抱着极大的敬意,普列汉诺夫也是完全正确的,他的一大功绩,就在于他恰恰指出六十年代的革命家和更早的别林斯基,都是我们艺术科学的先驱。"①

那么,俄国文论,特别是俄国革命民主主义美学和文学批评给予20世纪俄罗斯马克思主义文论和文学批评什么影响呢?主要有以下几个方面。

一是唯物主义美学观和现实主义的文艺观。

别林斯基为俄国文论和俄国批评确立的最基本的美学观和文学观,就是文艺既要忠实于现实生活又要积极影响生活。在艺术和现实的审美关系上,他由早期信奉黑格尔的唯心主义的理念说转向艺术是现实的创造性再现的唯物主义美学观,同时又强调艺术区别于科学的审美特性在于"形象思维"。车尔尼雪夫斯基、杜勃罗留波夫、皮萨列夫等人也都坚持文学既要忠实地再现生活,又要说明生活、对生活下判断的唯物主义美学观和现实主义的美学原则,提出"美是生活"的唯物主义命题和文艺应当成为"生活教科书"的战斗号召。他们要求俄国现实主义文学不仅要揭露现实的黑暗,探究解决问题的答案,并且要展示社会理想。俄国马克思主义文论继承和发展了革命民主主义的唯物主义美学观,列宁运用辩证唯物主义的观点,把辩证唯物主义的反映论运用于文艺领域,说明文艺的认识论本质,说明文艺与社会生活的辩证关系,指出艺术是客观现实的反映,同时强调艺术家对生活的反映不是机械的、僵化的,而是能动的、富有创造性的艺术反映,强调艺术不仅反映现实世界,同时对现实有巨大的作用。这种辩证唯物主义的艺术反映论既反对唯心主义文艺观,又反对机械唯物主义文艺观,把文艺学真正建立在科学的基础上。

二是强调文艺的思想性、政治倾向性和社会教育功能。

在专制农奴制度统治下的俄国,俄国作家和俄国革命民主主义者,不仅把文学看成是认识生活的手段,而且把文学看成是生活的教科书,是改造生活的手段,他们自觉地认为自己应充当人民的代表人。赫尔岑曾宣称:"凡是失去政治自由的人民,文学是唯一的论坛,可以从这个讲坛上

---

① 《论俄罗斯古典作家》,人民文学出版社1958年版,第73页。

向民众倾诉自己愤怒的呼声和良心的呐喊。"① 俄国革命民主主义者既是作家、批评家，又是思想家、革命家。别林斯基毕生以文学批评为武器奋起反对沙皇专制和农奴制，车尔尼雪夫斯基等人在激烈的思想斗争和文学斗争中，通过文学批评手段提出关系到俄国社会和俄国革命的一系列重大问题。对此，列宁曾经给予高度评价，他在《怎么办？》一文中指出："现在我们只想指出一点，就是只有以先进的理论为指南，才能实现先进战士的作用。读者如果要稍微具体地了解这句话的意思，就请回想一下俄国社会民主主义先驱者赫尔岑、别林斯基、车尔尼雪夫斯基以及70年代那一群光辉的革命家。就请想想俄国文学现在所获得的世界意义……"② 这段话深刻说明俄国革命民主主义同俄国解放运动的血肉联系。俄国马克思主义者发扬这种优良传统，从党性原则出发，强调文艺应当成为党的事业的一部分，自觉为无产阶级政治服务，为千千万万劳动人民服务。卢那察尔斯基作为马克思主义文艺批评家，他也特别强调文艺批评的倾向性和功利性。在评论古典作家时，他总要指出这位作家对当代有什么损益。他认为："真正的马克思主义批评，应当成为作家的助手……向作家证明与革命一起产生的，并且反映着苏联巨大建设努力的伟大的社会要求。"③

三是鲜明的论战性和强烈的政论色彩。

革命民主主义美学和文学批评同俄国解放运动有密切的联系，它承担着参与社会政治思想斗争和社会启蒙教育的重任，因此它具有鲜明的论战色彩和强烈的政论风格，这与俄国和欧洲一些学院派的文论和批评是大不相同的。19世纪的俄国，文学批评成了各种社会政治思想斗争的阵地，30—40年代多种批评流派围绕果戈理和自然派创作的评价展开论战，车尔尼雪夫斯基对此指出："在本质上，敌我双方与其说是关心纯美学的问题，毋宁说主要是关心社会发展问题。"④ 革命民主主义的美学家和批评家其实都有很高的美学鉴赏能力和美学分析能力，批评也都是以作家作品为基础，但他们的批评往往着眼的是阐明对重大社会政治问题的主张和批

---

① 《赫尔岑文集》第7卷，莫斯科，科学出版社1956年版，第198页。
② 《列宁全集》第5卷，人民出版社1959年版，第377页。
③ 卢那察尔斯基：《关于艺术的对话》，三联书店1991年版，第331页。
④ 《车尔尼雪夫斯基论文学》上卷，上海译文出版社1978年版，第38页。

判错误的社会政治思潮和文艺思潮,往往就成了一种富于论战性的政论批评。这种论战性的政论批评给俄国马克思主义文论很深刻的影响,列宁在1904年谈到杜勃罗留波夫文学批评给他的影响时说:"他的两篇文章(一篇是评论冈察洛夫的小说《奥勃洛莫夫》的,另一篇是评论屠格涅夫的小说《前夜》的)像雷电似劈来。他把对《奥勃洛莫夫》的评论变成呐喊,号召人们向着自由、进取和革命斗争前进,而把《前夜》的分析变成一篇真正的革命宣言,文章写得至今令人记忆犹新。就得这样写啊!《曙光》社创办时,我常对斯塔罗威尔(波特列索夫)和扎苏里奇说:'我们正需要这样的文学评论。哪儿去找啊,我们还没有被恩格斯称为社会主义的莱辛和杜勃罗留波夫那样的人才'。"[①] 其实,列宁论托尔斯泰的一组评论,普列汉诺夫对俄国批评的评论、对民粹派作家、托尔斯泰和高尔基创作的评论,沃罗夫斯基对安德烈耶夫、索洛古勃和高尔基的评论,卢那察尔斯基对高尔基和马雅可夫斯基的评论,都属于列宁所向往的富有论辩色彩的政论批评,这种批评在很大程度上体现了马克思主义批评的富有战斗性和论辩性的固有特色。

四是深厚的历史主义精神。

俄国文论的历史主义传统是十分深厚的,其中的杰出代表是别林斯基,他明确提出文学研究和文学批评要坚持美学观点和历史观点的统一,他总是把文学现象和文学问题放在一定的社会历史环境中加以考察。他正是从历史地分析俄国文学从浪漫主义向现实主义发展的过程,从总结普希金和果戈理创作的历史经验,提出现实主义的理论、典型的理论和人民性的理论。他的历史主义是从现实生活和创作实践出发的,是有别于黑格尔陷入抽象思辨的历史主义,同时,他的历史主义是强调历史观点和美学观点的结合,历史批评和美学批评的结合,认为这种结合是由文学艺术本身的特点和发展规律所决定的。除了革命民主主义,俄国学院派也是俄国文论历史主义的重要代表。他们在文论研究中重视吸收欧洲社会科学和自然科学的新成就,重视文艺学研究和文学史研究的结合,重视掌握历史资料和实证研究,体现出很强的历史主义精神,其中杰出的代表是比较历史学派的维谢洛夫斯基。有别于把文学史等同于文化史和思想史,忽视文学审

---

① 《文学问题》1957年第8期,第134页。

美特征的历史文化学派,他在运用比较历史的方法研究文学发展规律时,把研究艺术形式变化的规律视为首要任务。在这种思想的指导下他展开历史诗学的研究,研究各种文学样式、文学形式和文学手段的形成过程,其中包括研究情节史和修饰语史。他的这种历史诗学研究,归根到底就是力图"从诗的历史中阐明诗的本质",从文学的发展中阐明文学理论问题,把诗学理论研究同文学史研究有机结合起来。

俄罗斯马克思主义文论继承了俄国文论的历史主义传统,以普列汉诺夫和列宁为代表的俄国马克思主义者,在批判主观社会学,批判历史唯心主义的基础上,把历史唯物主义运用于文艺研究领域,使俄罗斯文艺学的历史主义传统得到更新,产生根本性变化。普列汉诺夫在《没有地址的信》中明确指出:"我对于艺术,就象对一切社会现象一样,是从唯物史观来考察的。"[1] 他认为文艺学和文艺批评"只有依据唯物史观,才能向前迈进。"[2] 他正是运用唯物史观阐明了艺术的起源,阐明了阶级社会中社会物质生产和艺术发展的复杂关系,强调了"社会心理"作为中间环节的重要作用,他对文学艺术发展规律的理解既坚持了历史唯物主义的观点,又不把历史唯物主义作为教条,这对于运用历史主义阐释文艺问题有重要的理论意义。列宁文学批评方法论的核心也是坚持历史主义的原则,他总是把一定的文学现象放在一定的社会历史环境中加以考察,把它看作是一定社会历史条件下的产物。他把托尔斯泰创作和思想的基本性质和基本矛盾看作是19世纪最后三十年俄国实际生活所处矛盾条件的反映。从批评实践来看,列宁文学批评运用历史主义原则所呈现的一个重要特点是历史评价和党性原则的结合。正如卢那察尔斯基所说:"整个列宁遗产所特有的战斗的党性精神,这份遗产所固有的政治尖锐性同哲学深度和历史具体性的结合,必定使马克思主义文艺学富有创造力量,过去和将来都是如此。"[3] 这里所说的"历史的具体性"就是指历史主义的原则,而历史主义和党性的结合,主要指在对文学现象做出分析时,要公开站到一定的阶级立场上做出历史评价,并且要把它同当代的迫切问题联系起来。列宁

---

[1] 《普列汉诺夫美学论文学》第1卷,人民出版社1983年版,第309页。

[2] 同上书,第344页。

[3] 《卢那察尔斯基文集》第8卷,莫斯科,1967年,第406页。

文艺批评的这一重要特点在很大程度上体现了马克思主义文艺学对历史主义的理解。

除了俄国革命民主主义美学和文学批评，俄国文艺学的学院派对马克思主义文论和文学批评也有重要影响。俄国文艺学的学院派形成于19世纪中期，到19世纪末20世纪初，这个学派还相当活跃。学院派分为神话学派、文化历史学派、历史比较学派和心理学派等四大学派。由于各个学派的代表人物都是教授和科学院院士，故称学院派。学院派的代表人物，如费·布斯拉耶夫、亚·佩平、亚·维谢洛夫斯基、阿·波捷勃尼亚等人，个个学识渊博，视野开阔，十分重视吸收欧洲社会科学和自然科学的新成果，在文艺学研究中重视更新文学观念和文学研究方法，力求把文艺学研究和文学史研究结合起来。总的来说，他们的研究中所体现的强烈的历史主义精神，对俄罗斯马克思主义文论和文学批评产生了深刻的影响。其中，历史文化学派寻求制约文学创作的环境因素和条件，体现了马克思主义的趋势；心理学派重视作家及其阶层的心理状态，启发普列汉诺夫建立社会心理是艺术的主要源泉的学说。在这些方面，学院派的理论批评显示出同马克思主义文艺理论批评的接触点。

俄国文论，特别是俄国革命民主主义美学和文学批评对俄罗斯马克思主义文论和批评产生影响这一事实告诉我们：马克思主义在一个国家的传播和扎根，除了需要一定的社会政治经济条件，也需要一定的思想文化准备。一个国家的先进人物在接受马克思主义思想时，总是以本民族的进步文化作为思想文化准备，并且总是要同本民族的进步文化相结合的。从这个角度看，俄国文论，特别是俄国革命民主主义文论和批评，是俄国马克思主义者通向马克思主义文论的桥梁。

第二章

19世纪末20世纪初俄罗斯马克思主义文论的崛起

19世纪末20世纪初是俄国历史的转折时期，也是俄国文学理论批评的转折时期。这时俄国文学理论批评出现了多元、复杂的局面，马克思主义文学理论批评虽不是唯一的理论批评流派，但它的崛起是俄国文学理论批评的重大现象，也对20世纪世界范围的马克思主义文学理论批评的发展产生了深刻的影响。

马克思主义文学理论批评在俄国的崛起是有深刻的社会历史原因的，它同马克思主义在俄国的传播密切相连。早在19世纪40年代到70年代，马克思主义就传入俄国，但马克思主义的广泛传播是从80年代开始的。这时随着资本主义在俄国的迅速发展，阶级矛盾的日益加剧，工人阶级觉醒，俄国人民解放运动进入了第三个时期——无产阶级革命时期（1883—1917），俄国最终成为全世界，首先是欧洲的革命中心。所有这一切为马克思主义在俄国的传播，为马克思主义同俄国革命实践的结合，创造了必要的社会历史条件。俄国早期的马克思主义者，如普列汉诺夫和列宁，在运用马克思主义理论观点分析和解决俄国革命的现实问题时，也运用马克思主义理论观点解决俄国文学发展的现实问题，于是产生了俄罗斯的马克思主义文学理论批评。

一 俄罗斯早期马克思主义文论的代表人物

俄国早期的马克思主义文学理论批评家群星灿烂，有普列汉诺夫、列宁、奥尔明斯基、沃隆斯基、卢那察尔斯基、邵武勉、高尔基等人，其中的代表人物是普列汉诺夫和列宁。如果说普列汉诺夫是俄罗斯马克思主义文学理论批评的开拓者，列宁则是俄罗斯马克思主义文学理论批评的奠基者。俄罗斯文学理论批评的发展可以划分为两个阶段：普列汉诺夫阶段和列宁阶段。注意到这个发展过程是至关重要的。普列汉诺夫和列宁在俄罗斯马克思主义文学理论批评的不同发展阶段起着不同的作用，各自产生重大的影响，过分抬高列宁而贬低普列汉诺夫或过分抬高普列汉诺夫而贬低列宁，都是不符合历史实际的。

普列汉诺夫（Г. В. плеханов，1856—1918）是俄国最早的马克思主义者，是在俄国传播和宣传马克思主义的第一人；他于1883年在日内瓦建立俄国第一个马克思主义组织"劳动解放社"，是俄国无产阶级政党创始人之一；他同时也是俄国第一个将马克思主义观点运用于文学理论批评领域的人，是俄国最早的马克思主义文学理论批评家。在俄国，普列汉诺夫最早起来批判民粹派的主观社会学，他在《社会主义和政治斗争》、《我们的分歧》、《论一元论历史观的发展问题》中，系统阐述了马克思主义的基本问题，揭露了民粹派方法论的唯心主义基础，宣扬了马克思主义的历史唯物主义。在文学艺术领域，普列汉诺夫是最早对文艺问题做过专门研究并写有专著的一个。在俄国，他首次将历史唯物主义运用于美学和文学理论批评领域，在《没有地址的信》（1899—1900）、《艺术和社会生活》（1912—1913）、《从社会学观点看18世纪法国戏剧文学和法国绘画》（1905）、《无产阶级运动和资产阶级艺术》（1905）等文艺论著中，阐明了艺术起源于劳动、阶级社会的艺术发展、艺术的对象和特点、艺术的内容和形式、现实主义、世界观和创作方法，以及无产阶级艺术等一系列重要的文学理论问题。其中，他最大的理论贡献在于阐明在阶级社会中物质生产和精神生产的复杂关系，提出著名的社会结构"五个环节"说，指出在研究社会经济基础决定社会上层建筑、社会经济基础影响文学艺术时，必须考虑到社会心理这一中间环节，而在阶级社会，社会心理又是受到阶级斗争制约的。他的这一学说既坚持了历史唯物主义，又没有把历史唯物主义简单化和庸俗化，科学地阐明了阶级社会文学艺术发展的客观规律，为马克思主义文学理论批评的发展做出了重要的贡献。此外，普列汉诺夫运用历史唯物主义的观点，在文学批评领域科学地评价别林斯基、车尔尼雪夫斯基、杜勃罗留波夫等俄国革命民主主义美学和文学理论批评遗产，最早批判民粹主义文学以及资产阶级颓废派文学，并且高度评价了新生的无产阶级文学。

列宁（В. И. ленин，1870—1924）非常重视文学艺术问题，非常重视文学艺术在无产阶级革命事业中的重要作用。他的一系列文艺论著继承和发展了俄国革命民主主义美学和文学理论批评的优秀传统，总结了无产阶级文艺发展的新鲜经验，把马克思主义的基本原理创造性地运用于文学理论批评领域；把马克思主义文学理论批评推进到一个崭新的阶段。如果说马克思和恩格斯在19世纪创立了马克思主义文学理论批评，而20世纪马克思主义文学理论批评的发展则首先是同普列汉诺夫、列宁的名字相联系的。列宁在十月革命前发表的《唯物主义和经验批判主义》（1909）、《哲学笔记》（1895—1916）、《党的组织和党的出版物》（1905）、《纪念赫尔岑》（1912），以及论列夫·托尔斯泰的论文（1908—1911）等一系列哲学论著和文学论著中，论述了马克思主义文学理论批评的一系列根本问题，并且形成了一个严整的列宁文艺思想体系。在文学艺术和现实关系问题上，列宁坚持能动的反映论，认为艺术反映的对象是不依赖艺术家的艺术和感觉而存在的，艺术是客观现实的反映，而且指出作为反映主体的艺术家是具有能动作用的，艺术家反映现实是一个充满矛盾的双向运动过程，艺术作品是创作主体和创作客体相互结合的产物，同时，艺术既要反映客观世界，又要改造客观世界，艺术对现实有巨大的反作用。列宁能动的反映论不仅同主观唯心论划清了界限，也同机械唯物论划清了界限。在文学艺术同无产阶级革命事业的关系问题上，列宁提出了文学党性学说，强调文学艺术是党的事业的一部分，文学艺术要为千千万万劳动人民服务，同时又指出文学艺术是党的事业中独特的一部分，要注意文学艺术的特殊规律。在文学艺术同传统的关系问题上，列宁提出了两种文化学说，强调要用阶级斗争的观点来对待民族文化遗产，从民族文化遗产中吸收民主的和社会主义的成分。列宁对赫尔岑、列夫·托尔斯泰和高尔基等作家的评论，也坚持了能动的艺术反映论和历史主义的观点，不是从作家的阶级出身出发，而是从作家的作品同所处的历史时代的关系出发，来考察作家作品的艺术价值，为马克思主义的文学艺术批评树立了榜样。列宁的文学理论批评不仅为无产阶级政党制定文化艺术政策奠定了理论基础，而且把马克思主义文学理论批评的发展推到了一个新的阶段。

除了普列汉诺夫和列宁外,沃罗夫斯基、卢那察尔斯基和高尔基等人,也为发展早期俄罗斯马克思主义文学理论批评做出了自己的贡献。其中卢那察尔斯基的主要成就在十月革命之后,而沃罗夫斯基(В. В. Воровский,1871—1923)是在十月革命前从事马克思主义文学理论批评比较突出的一位。他是著名的俄国革命家,杰出的马克思主义文学理论批评家,除了列宁,沃罗夫斯基同普列汉诺夫、卢那察尔斯基一起被称为俄罗斯三大早期马克思主义文艺批评家,并以革命立场和理论观点的坚贞著称。在文学艺术和生活关系问题上,沃罗夫斯基既坚持文学的倾向性的观点,同时又主张倾向应隐蔽起作用,反对非艺术的倾向性。他还认为艺术创作活动既要符合生活的真实,也必须符合内在的真实,受作家创作心理的约束。他还提出"审美的意识形态"的重要概念,要求把文学和社会联系起来,把社会批评和美学批评有机结合起来。沃罗夫斯基的文学批评涉及评论俄国革命民主主义文学遗产、俄国现代主义和颓废派文学以及新生的俄国无产阶级文学。其中他对高尔基创作的评论最具特色。当资产阶级评论攻击高尔基的创作时,他给作家很高的评价,认为高尔基是社会大变革时期的"为了倾听刚刚诞生出来的还很微弱的新生活气息"而出现的作家。他把高尔基的创作分成写流浪汉、写知识分子、写工人阶级三个时期,指出其中不变的是人道精神,对真理的顽强探求,对被压迫者的忠诚,对压迫者的仇恨。最值得称道的是,沃罗夫斯基以其敏锐的艺术感受力,尖锐指出高尔基所写的流浪汉小说艺术成就最高,而大部头小说写得不成功,前者成功的原因在于"作者的艺术感受和他所描写的人群之间建立了稳固而和谐的关系",[1] 后者不成功的原因在于作者"开始把一定的社会任务提给自己去解决的时候,其艺术形式在社会内容面前就越来越退居次要的地位"。[2]

19世纪末20世纪初的俄罗斯早期马克思主义文学理论批评家,尽管各自情况不同,成就高低不一,但他们都有丰富的革命生活实践,相当高的理论素养以及丰厚的艺术素养,敏锐的艺术感受力,因此为俄罗斯马克

---

[1] 《沃罗夫斯基论文学》,人民文学出版社1981年版,第292页。

[2] 同上。

思主义文学理论批评奠定了坚实的基础，写好了精彩的开篇。

二 俄罗斯早期马克思主义文论的特点

俄罗斯早期马克思主义文学理论批评，总的来看，呈现出以下几个特点。

首先，他们创造性地发展马克思恩格斯的文艺思想，同时也独立地把马克思主义的经典著作运用于俄罗斯文学理论批评领域。

俄罗斯早期马克思主义文学理论批评的创立是以马克思主义的哲学，以辩证唯物主义和历史唯物主义为思想基础和方法论基础的，同时，他们又直接继承和发展了马克思恩格斯的文艺思想，马恩思考和研究文艺问题的基本立场、基本原则和基本方法，都为俄国早期马克思主义文学理论批评奠定了基石。其中诸如文学艺术是由经济基础所决定的上层建筑的社会意识形态，必须从人类物质生产去说明一切文艺发展根源的思想，诸如文学批评的历史和美学标准的思想，都是他们思考和研究文艺问题的出发点，是他们文艺思想的源泉。同时也可以看到，他们根据时代的发展和文艺的发展，又进一步发展了马克思恩格斯的文艺思想。列宁的文学党性学说是马克思恩格斯文学倾向性理论的进一步发展。在研究社会物质生产和精神生产的复杂关系方面，恩格斯晚年提出要研究"那些更多地悬浮于空中的思想领域"同经济基础的复杂关系，普列汉诺夫就进一步提出社会结构的"五个环节"说，指出要关注社会心理这一重要环节。

值得注意的是，俄国早期马克思主义文学理论批评家还独立地把马克思主义经典著作运用于俄国文学理论批评。当时马恩的重要著作《德意志意识形态》、《自然辩证法》、《1844年经济学－哲学手稿》，以及有关文艺问题的重要信件，都没有公之于世，普列汉诺夫和列宁都没有看到。恩格斯在1859年给拉萨尔的信中，1888年给哈克纳斯的信中，提到了现实主义问题，认为作家如果能够按照现实主义原则忠于现实的真实，就能战胜世界观的局限，取得"现实主义的胜利"。普列汉诺夫在1888年评论乌斯宾斯基的论文中，列宁在评列夫·托尔斯泰的论文中，也都涉及现实主义作家的世界观和创作方法问题，普列汉诺夫就认为民粹派作家运用现实主义方法创作就战胜了作为政论家的民粹派的世界观的局限，真实地反映了俄国农村的真实。他们不约而同地涉及共同的问题，而且在观点上不谋而合。

其次，他们在运用马克思主义的同时，也继承和发展了以别、车、杜为代表的俄国革命民主主义美学和文学理论批评传统。

普列汉诺夫、列宁等俄罗斯早期马克思主义文学理论批评家，对俄国革命民主主义美学和文学理论批评的理论遗产非常重视，也非常熟悉。列宁从小就独立阅读他们的作品，从头到尾阅读过车尔尼雪夫斯基论述美学和文学艺术的文章。普列汉诺夫专门写过研究俄国批评的总标题为《俄国批评的命运》的一组文章和一部关于车尔尼雪夫斯基的专著。卢那察尔斯基也高度评价他们的文学理论批评，认为普列汉诺夫的一大功绩就在于指出他们是"我们艺术科学的先驱"。俄国革命民主主义美学和文学理论批评所坚持的唯物主义美学观和现实主义的文艺观、文艺的思想性、政治倾向性和社会教育功能，以及深厚的历史主义精神等，都对俄罗斯马克思主义文学理论批评产生了深刻的影响。

俄国革命民主主义美学和文学理论批评对俄罗斯马克思主义文学理论和批评的影响说明，马克思主义在一个国家的传播和扎根，除了需要一定的社会政治经济条件，也需要一定的思想文化准备。一个国家的先进人物在接受马克思主义思想时，总是以本民族进步文化作为思想文化准备的，总是要同本民族进步文化相结合的。从这个角度看，俄国革命民主主义美学和文学理论批评，可以说是俄罗斯马克思主义者通向马克思主义文学理论批评的桥梁。

第三，他们是在同民粹派、颓废派等文艺思潮的斗争中，同内部各种不同思想的对话中得到发展的。

马克思主义从一诞生起就富有强烈的批判精神，它是在批判各种资产阶级思潮中得到发展的。俄罗斯马克思主义文学理论批评就是从批评俄国民粹派的斗争中开始发展的。俄国民粹派倡导一种主观社会学，他们否定俄国的资本主义道路，认为资本主义在俄国的发展不是历史的必然，鼓吹用农民村社来遏止资本主义在俄国的发展。普列汉诺夫和列宁对民粹派的主观社会学展开批判，认为他们的根本错误在于否定社会存在决定社会意识的根本原理，无视历史发展的客观规律，以为社会关系可以按照自己任意选择的理想加以改造。在批判民粹派的同时，他们也意识到了作为作家的民粹派和作为政论家的区别，对民粹派作家的创作作一分为二的分析。通过对民粹派主观社会学的批判，俄国马克思主义者在文学理论批评领域树立了历史唯物主义的指导思想。

除了对外部错误思潮的批判，俄国马克思主义理论批评也在自己内部展开积极对话，通过对话促进理论批评的发展。在对于列夫·托尔斯泰的创作，列宁和普列汉诺夫都给予崇高的评价，也都揭示了作家创作的矛盾。而在分析矛盾的根源时，列宁更多地着眼于时代，普列汉诺夫则更多地着眼于作家的出身和个人的思想。再有，对高尔基创作的评价，同是马克思主义文艺理论批评家，列宁同普列汉诺夫、沃罗夫斯基和卢那察尔斯基也不尽相同。他们都把高尔基看成是具有才华的新型的无产阶级作家，列宁更多从政治上肯定高尔基的创作，高度评价《母亲》，称之为"一本非常及时的书"，认为高尔基是无产阶级艺术"最杰出的代表"。而其他人在肯定高尔基创作的同时，有的人也从艺术的角度指出《母亲》的不足，例如沃罗夫斯基就认为从纯艺术的观点看，高尔基的大部头小说不如早期那些写流浪汉的短篇小说。内部不同意见的存在和对话，展示了俄国马克思主义文学理论批评符合历史实际的丰富性和复杂性，也有利于它的发展。

第四，他们是在回应19世纪末20世纪初文学创作和文学理论批评提出的新现象、新问题，总结无产阶级文学运动新鲜经验的基础上得到发展的。

理论来自实践经验的总结，实践性是马克思主义文学理论批评的重要品格。19世纪末20世纪初，无论就俄国文学而言还是就世界文学而言，都是一个重要的、复杂的转折时期，这时现实主义文学有了新的发展，同时又出现了现代主义文学思潮，新生的无产阶级文学又有了新的发展，文学创作和文学理论批评提出的一系列重要的紧迫的问题，都需要俄国早期的马克思主义文学理论批评做出回答，并在这一过程中使自身得到发展。普列汉诺夫就是在批判多种主观社会学的文艺思潮中，运用历史唯物主义的基本观点阐明文学的起源和阶级社会文学发展的客观规律，既批判了主观唯心主义，又批判了机械唯物论。列宁面对列夫·托尔斯泰的创作这一伟大而复杂的文学现象，运用唯物主义的反映论科学阐明托尔斯泰创作的矛盾及其与时代的复杂关系，并在这一批评实践的基础上进一步发展了唯物主义的能动的艺术反映论,为阐明文学与生活的关系奠定了科学的基础。

更值得关注的是,面对无产阶级文学的新发展,俄国早期马克思主义文学理论批评家都非常关心和高度重视高尔基的创作和其他无产阶级作家的创作,并且在总结他们创作经验的基础上,阐明无产阶级文学的特点,以及他们进一步发展的方向和远景。面对资产阶级对高尔基的攻击,普列汉诺夫称高尔基是"无产阶级战士形象的第一创造者",是"具有高度才华的无产阶级作家",专门写了评《仇敌》(1907)的文章,阐明高尔基的创作与工人心理的关系,捍卫新生的无产阶级文学。列宁把高尔基当作"无产阶级艺术的最杰出的代表",肯定他在1906年写的《母亲》是"一本非常及时的书",指出高尔基"用他的伟大的艺术作品把自己同俄国和全世界的工人运动结合得太牢固了"。沃罗夫斯基更是写了一系列文章,对高尔基的创作进行系统的、深入的评论。他指出高尔基是"为了倾听刚刚诞生出来的还很微弱的新生活的气息"而出现的作家,说"他出现在我们社会开始发生巨大变革的时刻,因此,他是站在两代人的交界线上"。沃罗夫斯基还总结了高尔基创作发展的三个时期(写流浪汉、知识分子、工人阶级),细致地分析了高尔基创作的思想特色和艺术特色,也尖锐指出高尔基创作的不足,比较早地提出无产阶级文学创作要处理好所承担的社会任务和艺术形式的关系问题,无产阶级作家要熟悉工人阶级的生活,要同他们建立"稳固而和谐的关系"。后来,无产阶级文学发展的历史经验教训证明,这些观点是非常中肯的和富有远见性的。

第三章

20—30年代俄罗斯马克思主义文论的确立和内部对话

19世纪末20世纪初俄罗斯马克思主义文论的崛起，改变了俄罗斯文论的面貌。苏联十月革命开辟了人类历史的新纪元，随着新的历史时期的出现，俄罗斯马克思主义文论也揭开了新的篇章。这时，马克思主义文论已经不仅仅是俄罗斯文论中的一个流派，而是成为俄罗斯文论的主潮，成为苏联文艺界的指导思想。这是20世纪俄罗斯文论区别于西方文论最重要的特点，离开这个基本点，不承认这个基本的历史事实，就很难对20世纪俄罗斯文论做出科学的阐述。当然，俄罗斯马克思主义文论的发展从一开始就不是一帆风顺的，它同内部和外部的文论流派一直展开紧张和尖锐的论争和对话，并在这个过程中得到发展。

一 20—30年代俄罗斯马克思主义文论发展的主要阶段

20—30年代马克思主义文论的发展可以分为两个阶段：一是十月革命后到20年代，一是30年代。这两个阶段既有连贯性，又有鲜明的阶段特征，需要分别加以论述。

如果说，19世纪末20世纪初崛起的俄罗斯马克思主义文论面临的是文艺与俄国革命的关系问题，那么，十月革命后的最初年代的马克思主义文论面临的则是文艺如何继承文学遗产和如何表现新的生活的问题。以波格丹诺夫为首的无产阶级文化派否定文学传统，脱离生活和背离人民，企图关起门来创造所谓纯粹的无产阶级文化,以列宁为首的马克思主义文论家同无产阶级文化派展开坚决的斗争。列宁在年轻的苏维埃社会主义共和国最困难的时期,对文化艺术建设倾注了极大的心血,他进一步发展了十月革命前所提出的艺术反映论、文学党性原则和两种文化学说,在同"左"和右的各种错误倾向的斗争中,在总结社会主义文化艺术建设新鲜经验的基础上,提出了继承传统、面向生活、扎根人民的社会主义文化建设纲领,实践和发展了党领导文化艺术的马克思主义原理,把俄罗斯马克思主义文论推向新阶段。

20年代联共实行新经济政策,随着经济的放开,文学生活也十分活跃,出现了文学创作和文学理论相对繁荣的局面。这个时期文学团体林立,文学流派纷呈,文学论争不断,文学理论领域也是多种主张和流派纷然并立,作为主潮的马克思主义文论正是在同各种文论流派和文论主张的论争和对话中得到发展。

这种论争和对话有一种是在文学团体之间展开的,以罗多夫等人为首的"岗位派"强调文学是阶级斗争的工具,主张在文学界展开不调和的斗争,他们反对"同路人"作家,认为这些作家的小资产阶级本性使他们不总是可靠的;他们否定文学遗产,认为过去的文学都渗透了剥削阶级的精神。而以沃隆斯基为首的"山隘派"则认为文艺首先是对生活的认识,是反映和认识生活的手段,不能只归结为阶级意识的产物,他们主张继承人类文艺遗产,团结"同路人"作家。这场争论直到1925年俄共颁布《关于党在文学方面的政策》的决议才告一段落。这个决议指出新的历史条件下文学阶级性的表现形式无限多样,无产阶级的任务更为复杂。党要帮助无产阶级作家掌握领导权,要周到、细心地对待"同路人"作家。党主张多种集团和流派自由竞赛,反对对文学事业的专横和外行的行政干涉。决议体现出较高的马克思主义水平。

20年代另一种文论的论争和对话是在文论派别之间展开的,当时马克思主义文论面对的文论流派主要是形式主义学派和庸俗社会学派。以什克洛夫斯基为代表的俄国形式主义学派在20世纪初出现,他们把形式和语言放在首位,强调"文学性",体现了文艺学的学科自觉意识,被西方认为是20世纪文论的真正开端。然而他们把自己封闭于文本之中,脱离文学的社会文化语境,因而不能把文学的独特性和社会历史生活之间生动的相互影响结合起来，他们的诗学是非社会学的诗学。以弗里契为代表的是庸俗社会学派，庸俗社会学是学术界把马克思主义运用于学术领域不成熟的产物，它忽视文艺的特性和规律，不考虑文艺与经济、文艺与政治之间的中间环节，直接用经济因素和政治因素去解释文学作品的内容和形式，把文学变成社会学的形象图解，可称之为非诗学的社会学。20年代的马克思主义文论正是在同形式主义学派和庸俗社会学派的论争和对话中得到发展的，他们既反对非诗学的社会学，也反对非社会学的诗学，既重视文学本身的特性，也强调文学的社会历史文化语境。他们试图摆脱阶级论的影响，把列宁的反映论运用于文学艺术分析，认为文学艺术是反映和认识现实的特殊手段，积极探讨文学艺术发展和社会发展的关系，探讨文学艺术历史发展的规律和发挥社会职能的规律。

30年代是社会历史发展的重要时期。如果说20年代的文论以马克思主义文论为主导，出现了相对繁荣的多元格局，各种文论流派纷然并立。那么，到了30年代，随着1934年作家"一大"的召开，苏联作家协会的成立，苏联文艺界和文论界就逐渐形成大一统的局面，文论由多元格局走向一元格局。由于个人崇拜和"左"的思潮的影响，30年代的文学创作和文学理论其发展都不如20年代，但应当看到马克思主义文论在艰难行进中继续得到发展。这个时期最重大的事件是马克思、恩格斯和列宁的文艺论著的发表和研究，他们的文艺论著和文艺思想为苏联的文学理论批评确立了正确的指导思想。正是马克思列宁主义文论的正确指导下，文学界继续清理庸俗社会学的影响，在文学理论批评中针对把文艺与阶级关系简单化的做法，提出了文学反映论和人民性问题。同时，在社会主义现实主义的讨论过程中，也就艺术的真实性、浪漫主义创作方法、文学的风格流派和世界观与创作方法关系一系列重要理论问题进行深入的探讨。

30年代末苏联开始了肃反扩大化，斯大林宣布阶级斗争随着社会主义的发展越来越尖锐，把生活和文学艺术中的一切冲突都看成是阶级敌人活动的结果；另一方面为了维持其统治地位，掩盖现实生活中的矛盾，又宣传所谓的"无冲突"论。30年代末40年代初出现的艰难和复杂的局面，使苏联文论又走上曲折的道路，这种情况直到50年代中期才开始发生变化。

二 20—30年代俄罗斯马克思主义文论的主要贡献

20—30年代俄罗斯马克思主义文论的发展的道路虽然是不平坦的，但总的来说还是有很大进展，并且在20世纪俄罗斯马克思主义文论的发展中占有重要地位，对20世纪世界各国马克思主义文论的产生和发展也产生了深远的影响。其主要贡献有以下三个方面。

(一) 传播和研究马克思、恩格斯、列宁的文艺论著和文艺思想

20年代，马克思、恩格斯和列宁的文艺思想是不受重视的。当时流行一种看法，认为马克思、恩格斯的文艺思想不成体系，只有一些零星的意见，理论界只承认普列汉诺夫是马克思主义文艺理论的权威。

到了30年代，情况才发生根本变化。文论界传播、学习和研究马克思、恩格斯和列宁文艺论著和文艺思想是从30年代才真正开始的。1931—1932年，苏联的《文学遗产》丛刊第1、2、3集首次发表了马克思和恩格斯就剧本《济金根》给拉萨尔的两封信和恩格斯给敏·考茨基和玛·哈克奈斯的两封信。1932年，经苏联马克思、恩格斯、列宁研究院整理，马克思早期著作《1844年经济学－哲学手稿》全文辑入了阿多拉茨基主编的《马克思恩格斯全集》（德文版）第三卷中。1933年为纪念马克思逝世50周年，共产主义学院出版了由卢那察尔斯基主持并作序，由米·里弗希茨和弗·席勒尔编辑的《马克思恩格斯论艺术》，全书分为两编，上编为"艺术在社会生活中的地位"，下编为"关于文学遗产"。1938年在上述版本的基础上，又出版了由里夫希茨编辑，A.维果德斯基和T.弗里德连杰尔注释的《马克思恩格斯论艺术》，这个版本内容较为完备，结构上更为系统和合理，被认为是30年代整理和研究马克思恩格斯文艺思想的"总结"。理论界在整理和出版马克思恩格斯文艺论著的同时，也很重视对他们的文艺思想进行阐述和研究。1932年，里夫希茨在为《文学百科全书》第6卷所写的《马克思》辞条中，就具体阐述了马克思美学思想的形成过程，认为美学观点是马克思整个科学世界观的一个有机的组成部分。1933年，他又在《关于马克思的艺术观点问题》一书中，进一步系统地论述了马克思哲学和美学思想的形成过程，阐述了马克思美学观点同他的先驱者之间的批判继

承关系，揭示了马克思关于阶级对抗社会条件下物质生产和精神生产发展不平衡的论断在美学上的重要意义。卢卡契、席勒尔也在有关著作中论述了马克思恩格斯关于悲剧冲突、现实主义、世界观和创作方法等问题的观点，论述了恩格斯的美学观和批评观。

列宁文艺论著和文艺思想也是在30年代才引起重视的。1929—1930年出版《列宁文集》第9卷和第12卷，首次刊载了列宁的《哲学笔记》，推动文艺界对列宁反映论和辩证法同文艺关系问题的研究。1932年出版了列宁致高尔基的书信集。1938年出版了里夫希茨编选的《列宁论文化与艺术》一书，全书共分三部分：第一部分关于列宁主义的哲学基础以及列宁对现实主义和文化问题的论述；第二部关于资本主义社会的文化和艺术问题；第三部分关于工人阶级在文化领域中的任务。内容虽然不够完备，但当时对于宣传列宁文艺思想有重要意义。30年代对列宁文艺思想的深入研究当推卢那察尔斯基，他为《文学百科全书》撰写的词条《列宁》（1932），后又出版专著《列宁与文艺学》（1934），论述了列宁文艺思想的重要地位，揭示了反映论和两种文化学说的重大意义，并阐述了列宁文艺思想的方法论问题。论著的内容相当系统、全面，可谓列宁文艺思想研究的开山之作，为这方面的研究打下了坚实的基础。

20—30年代对马克思、恩格斯和列宁文艺思想的传播和研究，是20世纪马克思主义文论发展的重大事件，也是俄罗斯马克思主义文论发展的重大转折，它对世界的和俄罗斯的马克思主义文论的发展影响十分深远，世界各国大都是通过苏联对马克思列宁主义文艺思想的介绍和研究来了解马克思主义文论，并把它作为指导思想。这个时期马列文艺思想的传播和研究又是同20—30年代文艺思想斗争相联系的，它是现实提出的要求。20—30年代"左"的文艺思想泛滥，文艺论争不休，除了有一定社会历史原因外，归根到底是文艺界马克思主义文艺理论水平不高，以致十分尊崇号称"列宁主义"的庸俗社会学，其中的教训十分深刻。马列文艺思想的传播和研究澄清了许多理论是非，分清了真假马克思主义，这才有可能将马克思主义文论推向前进。当然它要在文艺界真正扎下根，也不是一朝一夕的事，其间必然要经历不断的斗争，甚至是几代人的努力。

（二）总结社会主义文学实践的新鲜经验，制定马克思主义政党的文艺政策，进一步发展马克思主义文艺理论

马克思主义文论的生命力在于同实践的结合，它总是在同实践的生动结合中发展自己的理论。如果说马克思恩格斯是在总结无产阶级文艺运动的基础上创立和发展马克思主义文论，那么在十月革命后以列宁主义为代表的马克思主义者，便是在总结社会主义文学艺术新鲜经验的基础上发展了马克思主义文论。20—30年代马克思主义文论的发展是同社会主义文化艺术建设正反面经验的总结相联系的，是同与文艺界的"左"和右的文艺思潮的斗争，与多种文论流派的紧张对话相联系的，也是同党的文艺政策的制定相联系的。这个时期马克思主义文论的代表人物虽有弗里契、彼列维尔泽夫、卢卡契、里夫希茨这样一些学院派的学者，但影响更大的是列宁、卢那察尔斯基、托洛茨基、布哈林这样一些具有很高理论修养和文学修养的党和政府的领导人。因此，同政党的联系、同政党文艺政策的联系、同政党领导人的联系，是这个时期马克思主义文论发展的一大特点。

十月革命后，面临着历史上未曾有过的建设社会主义文化艺术的课题，列宁在同无产阶级文化派的激烈斗争中，提出了继承传统、面向生活、扎根人民的社会主义文化建设纲领，这不仅为社会主义文化艺术建设指明了方向，为党的文化艺术政策的制定奠定了理论基础，同时发展了马克思主义文论，具有重要的理论意义。历史证明，他所深刻阐发的文艺与传统的关系、文艺与生活的关系、文艺与人民的关系，正是发展社会主义文化艺术要解决的根本理论问题。这些问题的阐发和解决，后来对中国和其他社会主义国家社会主义文化艺术的建设和文艺政策的制定都产生了深远的影响。毛泽东文艺工农兵方向的提出就同列宁文艺与人民关系的思想有密切联系。1942年，在毛泽东发表《在延安文艺座谈会上的讲话》期间，在他的亲自指导下，《解放日报》就突出地发表了列宁的《党的组织和党的文学》和《列宁论文学》，后来又发表了蔡特金的《关于列宁的回忆》，其中涉及列宁关于艺术属于人民的重要思想。

列宁逝世后，针对文艺界两派无休止的争论，联共（布）中央1925年5月9—10日召开讨论会，并于6月18日通过《党在文学方面的政策》的决议。决议认为无产阶级夺取政权之后阶级斗争形式已经改变，应当把"和平组织工作"提到第一位。指出文学方面的领导权"整个是属于工人

阶级的",要"反对摆共产党员架子",要"周到和细心"地对待"同路人"作家,"以容忍的态度对待中间的思想状态"。决议还指出党不能偏袒和支持某一文学派别,党主张"各种集团和流派自由竞争"。同时也强调"党应当用一切办法根除对文学事业的专横和外行的行政干涉"。这个决议针对文艺界存在的问题,正确和清醒地分析了形势,并在此基础上深刻地阐明了党领导文学的一系列根本问题,既为年轻的苏联文学的发展指明了方向,又从理论层面上阐发了党领导文艺的基本原则,既有实践意义又有理论价值,应当说这是共产党历史上有关文艺问题最有理论水平的决议,它对各国共产党文艺政策的制定有着重要影响。《人民日报》1951年1月28日发表这个决议时在"编者按"中指出,决议"在苏联文学发展历史上起了极巨大的作用",虽然历史条件有很多差别,"但这个决议中所提出的关于党领导文学活动的基本原则在今天仍有现实的教育意义"。

(三) 在一系列文学论争中推进马克思主义文论基本理论问题的阐发和研究

文学论争不断是20—30年代马克思主义文论发展的一大特征,其中有十月革命后最初年代列宁和无产阶级文化派的斗争;20年代"山隘派"和"岗位派"的论争,马克思主义文论和形式主义学派、庸俗社会学派的论争,马克思主义文论和"拉普"的斗争;30年代关于社会主义现实主义问题的热烈争论等。20—30年代的马克思主义文论正是在这些论争中批判和理清一些错误的文艺思想,阐发和研究了一些重要的基本理论问题,把马克思主义文论推向前进。

这个阶段的主要理论成就是在批判庸俗社会学的基础上,使文论转向列宁的反映论,承认并研究了文学的认识作用。庸俗社会学简单地理解文学和经济、政治的关系,简单地理解文学的阶级性。20—30年代的马克思主义文论在批判庸俗社会学的错误观点时,坚持了列宁的艺术反映论,正确理解文学和生活的关系,使马克思主义文论真正建立在科学的辩证唯物主义的基础上。卢那察尔斯基在当年就以列宁的反映论为武器,针对庸俗社会学把文艺看成是"经济的审美表现形式"、"阶级的等同物"和"阶级心理的投影",强调反映论所注意的不是作家的阶级属性,而是对于历史局势的客观代表性。同时指出运用反映论去分析作家创作时,不能忽视作家创作主体的内心矛盾和各个历史阶段的具体特点。里夫希茨指出:"反映的真实性并不是同阶级性相矛盾的,精神现象的阶级实质不取决于它的主观色彩,而取决于它们对现实理解的深度和正确性。阶级意识主观色彩的本身就是来自客观世界。"① 卢卡契在谈到人民性和真实性的关系时也指出,具有人民性的作品并不表现在作品的主人公是不是下层人物,而是在于是否反映出人民的命运,是否触到时代的巨大问题。② 与此同时,也应当看到仅仅从反映论、认识论的角度来理解文学艺术的本质,是很难深入阐明艺术把握现实时客观和主观、认识和评价的复杂关系,很难充分重视审美特征。这种认识虽然有历史的特殊性,但也限制了这个时期马克思主义文论达到更高的成就。

这个时期另一个理论成就是对现实主义和社会主义现实主义的探索。1932年4月23日联共(布)中央通过《关于改组文学艺术团体》的决议,取消一切文学团体。1934年8月召开苏联作家"一大",成立统一的苏联作家协会,确定"社会主义现实主义作为苏联文学与文学批评的基本方法",从此形成文学界大一统的局面。社会主义现实主义的提出有其历史必然性,但一直存在争议。其中值得重视的是从1932年4月到1934年8月,展开的关于社会主义现实主义的热烈讨论,当时报刊上共发表了400多篇文章。这场讨论涉及文学理论的一些基本问题,如强调艺术首先要真实地反映生活;强调艺术风格流派的多样化,浪漫主义可以作为一种风格或一种成分加入社会主义现实主义。其中特别是关于世界观和创作方法关系问题得到了深入的探讨。讨论中普遍反对把世界观和创作方法等同起来。具体来说,一种意见认为二者是矛盾的,现实主义的创作方法可以违反作家的世界观。另一种意见认为二者是一致的,认为作家的世界观不等于政治观,作家创作的矛盾是作家世界观本身内部矛盾的反映。这场讨论在当时还是具有民主气氛和学术气氛的,争论虽然不能解决一切问题,但是也澄清了不少基本理论问题,对马克思主义文论的发展还是起了促进作用。同时也应当看到,把现实主义抬到至高无上的地位,把社会主义现实主义定为社会主义文学唯一的创作方法,则把马克思主义的现实主义理论庸俗化了,严重束缚了社会主义文学艺术的发展,这个教训是很值得吸取的。

---

① 《文学报》1936年1月26日。
② 《卢卡契文学论文集》第1卷,中国社会科学出版社1980年版,第126—128页。

第四章

50—60年代俄罗斯马克思主义文论的反思和拓展

50—60年代，苏联社会发生巨大、深刻的变化，文艺界和文化界也引起激烈的争论和紧张的探索。在20世纪俄国马克思主义文论发展进程中，这是一个十分复杂和独特的时期，一个充满矛盾、争论和探索的时期，一个新旧交替的转折时期，这个时期的文学理论批评一方面充满争论，十分活跃，同时又是各执一端，往往相当混乱；一方面出于重新评价过去的愿望，对一些理论问题进行紧张的有益的探求，同时又往往走向片面和极端。50—60年代的马克思主义文论是在艰难中行进，尽管不乏理论建设，但拨乱反正式的争论多于富有成果的理论建树。

一 50—60年代俄罗斯马克思主义文论发展的主要阶段

这个时期大致可以分为两个阶段：第一阶段为50年代初期，第二阶段为50年代中期到60年代中期。第一阶段只是苏联文学和文化变动的开端，是所谓"解冻"，是变动期，第二阶段才是苏联文学和文论的真正转折，是峰回路转，是转折期。

首先是50年代初的变动期。

谈到变动，先得从二战后文学和文论的状况说起。这个时候文学和文论发展的主要障碍是"无冲突论"。这种理论早在二战前就出现，1936年苏联宣布消灭阶级和建成社会主义之后，理论界就宣传社会主义社会不存在矛盾，在政治上是高度一致的。这种看法也影响了创作和理论，有的作家指出，"在我们这里开始形成一种无冲突的特殊理论，把生活看得象吸气一样轻松，如同遗迹一般，害怕描写反面的、有害的和犯罪的东西"，[①]二战后随着和平时期到来，"无冲突论"又得到发展，文学家似乎只能写好和更好的矛盾和冲突，不能涉及现实的矛盾、困难和阴暗面。特别是在冷战背景下，1946年到1949年联共（布）中央发布关于《星》和《列宁格勒》杂志，关于戏剧、电影、音乐等一系列文艺问题的决议，对一些作家艺术家和他们的作品的缺点无限上纲，扣上了恶毒攻击现实的反苏主义，反人民的形式主义，反爱国主义的世界主义等吓人的帽子。从此，作家们只能歌颂不能暴露，只能写正面的英雄的人物，不能写反面的平凡的人物，粉饰生活的作品充斥文坛，"无冲突论"越发严重。与"无冲突论"相联系的是所谓的"新典型论"，认为苏联社会中典型只能是正面的事物，反面的事物只是个别现象，不能成为典型。在1952年苏共19大的总结报告中，更是提出典型是"与一定社会的历史现象的本质相一致"的，是"党性在现实主义艺术中表现的基本范围"，"典型问题任何时候都是一个政治性的问题"。这种看法完全抹杀了艺术反映现实的特点，把艺术问题完全等同于政治问题。其结果是大大助长了创作中的公式化和概念化的倾向。从1952年起，《真理报》相继发表《克服戏剧创作中的落后现象》（1952年4月7日）、《克服文艺学的落后现象》（1953年6月9日）、《进一步提高苏联戏剧的水平》（1953年11月3日）等系列社论，在批判"无冲突论"，反对粉饰生活，要求"写真实"，正确反映现实生活的矛盾和冲突，"积极干预生活"以后，文学界出现了一批大胆描写生活的矛盾和阴暗面，大胆干预生活的作品，如奥维奇金的《区里的日常生活》（1952）、爱伦堡的《解冻》（1954—1956）等。

在批判"无冲突论"，要求"写真实"和"积极干预生活"的同时，文艺界和文论界也批判创作中的无个性化和公式化、概念化，要求重视作家的个性，表现人的丰富的内心世界，呼吁作家的真诚。如诗人别尔戈丽茨在《谈谈抒情诗》（《文学报》1953年4月16日）中，指出许多诗人的作品"没有抒情主人公"，"没有人"，因此缺乏艺术感染力，她要求诗

[①]《文学报》1941年2月4日。

人表现自我,提出了"自我表现"的口号。作家爱伦堡在《谈作家工作》(《旗》1953年第12期)中,指出"描绘世界不能仅仅用黑白两种颜色",文学要写"活生生的人","揭示隐藏在人的内心深处的光明与黑暗的斗争",帮助人们"更充分地认识人的内心世界"。波梅朗采夫在《文学的真诚》(《新世界》1953年第12期)中,认为文学界粉饰生活和公式化概念化种种问题的根子在于作家"缺乏真诚",他提出"评价作品的首要标准应该是真诚的程度"。

其次是50年代中期至60年代中期的转折期。

如果说50年代初期斯大林逝世引发的文论的变动,只涉及反对"无冲突论",反对个性化和公式化概念化,要求"写真实",要求表现作家的个性,只涉及文学创作存在的种种现象,那么从50年代中期开始,文论界开始从理论上探讨产生这些问题的深层次的原因,开始涉及理论上更为根本性的问题,这就是对现实主义理论和人道主义理论的深入思考,对文学艺术审美本质的深入思考,这就形成了文论的历史性转折。而这一切变化又是同1956年苏共20大公开批判个人崇拜,1961年苏共22大提出"一切为了人、一切为了人的幸福"的新纲领所引发的社会生活和社会思潮的重大变动分不开的。

从1956年苏共20大批判斯大林个人崇拜及其严重后果开始,文艺界和文论界变得更加活跃,同时也更加复杂了。50年代初期由于反对"无冲突论",反对粉饰生活,"写真实"的口号被提出来了。到了50年代中期,随着对个人崇拜的批判,随着现实生活中批判因素的增强,不少人认为"写真实"就是一切,文艺的任务就是揭露和批判。这样一来,在恢复现实主义传统的同时,提出了什么是现实主义传统的问题,社会主义现实主义和批判现实主义关系问题,以及文学史上所谓现实主义和反现实主义的问题。于是,现实主义问题在理论界被突出提出来了,成了大家最关心的问题之一。1957年和1959年,相继召开了"世界文学中的现实主义问题"和"社会主义现实主义问题"学术讨论会,对现实主义的理论问题进行深入探讨,指出不能把写真实和现实主义等同起来,不能把社会主义现实主义和批判现实主义等同起来,不能用现实主义和反现实主义的公式来阐明文学史。

50年代中期文论界在关注现实主义问题的同时,针对长期存在的庸俗社会学倾向和文艺创作中长期存在的公式化、概念化倾向,也开始关注文艺的特点问题。长期以来,文论界认为文艺的特点只体现在表现生活的手段,而不体现在所表现的内容。对此,1956年,布罗夫在他的论文《美学应该是美学》和专著《艺术的审美本质》中,大胆提出挑战,认为艺术的特点不仅表现在形式上也表现在对象和内容上,艺术应该有特殊的对象和内容,艺术的特殊对象是"活生生的人的性格",人的性格和内心活动的艺术真实,就是艺术的特殊本质,就是艺术的特点。这一看法触及到庸俗社会学和公式化概念化的病根,动摇了艺术"意识形态本质论"和"艺术认识本质论","艺术审美本质论"从此进入文论和美学。

人道主义是这个时期文论关注的另一个重要理论问题。随着社会生活的深刻变化,人道主义逐渐成为文学的主要潮流。1961年苏共22大的召开,"一切为了人,一切为了人的幸福"的口号的提出,从理论上探讨文学人道主义问题就显得更加突出。1962年,苏联作协和苏联科学院世界文学研究所联合召开了"人道主义和现代文学讨论会"。文论界把人道主义看成是"时代问题",并且认为文艺的发展始终是同人道主义思想的发展相联系的,强调"艺术的人道主义是艺术美学本质的表现和艺术的内在规律"。在艺术创作中,反对不关心人,把人看成是"螺丝钉"和"历史的燃料",要求赞美平凡的人、"小人物",把他们的命运置于艺术描写的中心,展现人的美和全部价值。

现实主义和人道主义两大文学传统和文论传统的恢复,文学观念上从"社会意识形态本质论"、"认识本质论"逐渐向"艺术审美本质论"转化,这标志着50—60年代文论的根本转折。

二 50—60年代俄罗斯马克思主义文论的主要贡献

50—60年代由于社会和文学的重大变化和震荡,许多重要的文学问题需要从理论上做出阐释和回答,不少新旧交替时期出现的片面的文学观念也需要从理论上加以澄清和纠正,这就为马克思主义文论的发展提供了机会。50—60年代马克思主义文论就是在十分复杂的条件下得到发展的,它对20世纪马克思主义文论的贡献主要体现在以下三个方面。

（一）马克思、恩格斯和列宁文艺论著和文艺思想的阐发和研究

50—60年代马克思、恩格斯和列宁文艺遗产的研究，比起30年代又有新的发展和新的提高。

首先，是出版了更为完备的马克思、恩格斯、列宁论文艺的新版本。在1933年初版和1938年增订本的基础上，里夫希茨在1967年又重新编辑了《马克思恩格斯论艺术》一书（两卷本，1960年的中译本分为四册出版）。继1938年里夫希茨编辑的《列宁论文化和艺术》，1941年谢尔宾纳编选并作序的《列宁论文学》之后，1956年出版了由克鲁季科娃编选和梅拉赫作序的《列宁论文化与艺术》，1957年出版了由克鲁季科娃编选、留里科夫作序的经过增订的《列宁论文学与艺术》（1960年的中译本是根据这个版本翻译的），这些马克思恩格斯论文艺和列宁论文艺的新版本后来又不断出版，并在世界多地流传，对于传播和研究马克思列宁主义文艺理论产生了很大影响。

其次，是出版了一批高水平的研究专著。马克思恩格斯方面，有叶祖伊托夫的《马克思恩格斯美学中的现实主义问题》（1957），弗里德连杰尔的《马克思恩格斯和文学问题》（1962、1968），后者比较完整地、清晰地阐明了马恩文艺思想的来源，其形成发展史，其基本内容和特征，其科学的理论基础和方法，被誉为每个文艺学者"案头必备的参考书"。列宁方面，有梅拉赫的《列宁和19世纪末20世纪初的俄国文学问题》（1947—1970共出四版，1980年的中译本改为《列宁和俄国文学问题》），谢尔宾纳的《列宁和文学问题》（1961），特罗菲莫夫的《列宁的党性和艺术中的现实主义》（1966），其他还有几本论文集。其中梅拉赫的专著材料丰富、翔实，联系列宁文艺言论发表的具体历史背景，深入揭示列宁文艺思想具体的、历史的和方法论的内容，获得了文论界高度的评价，被誉为"充满着已经成熟的历史观点的感觉，历史具体性和艺术具体性的感觉"。

第三，出版了马克思列宁主义文论史和美学史的专著和教科书，马克思主义文论进入课堂。这方面的专著有特罗菲莫夫的《马克思主义美学史概论》（1963），教科书有济斯的《马克思列宁主义美学教程》（1956—1960），以及《马克思列宁主义美学原理》（1960）、《马克思列宁主义美

学概要》(1960)、《马克思列宁主义美学》(1966) 等。

应当看到，50—60年代尽管文艺界各种观念和思潮十分活跃甚至是混乱，马克思、恩格斯、列宁文艺遗产的研究依然受到高度重视，文论界马克思列宁主义文论还是占主导地位，无论是对庸俗社会学和教条主义文艺观点的清算，对新出现的矫枉过正的文艺观点的批评，还是对新的理论问题的探讨和建树，都是在马克思列宁主义文艺观点指导下进行的，马克思主义文论也正是在这个过程中得到进一步发展。而这一切成绩的取得，都源于对马克思主义文论经典遗产、经典原著的整理出版，对马克思列宁主义文论基本理论观点的正确阐发和深入研究。许多学者在这方面长期所做的扎实、认真的基础理论建设，是值得高度评价的。

(二) 现实主义和人道主义的研究

现实主义和人道主义是俄罗斯文学的两大传统，俄罗斯文学所取得的伟大成就是同它们相关联的。然而在一个时期这两大传统遭到破坏，50年代初文学的"解冻"就是从恢复这两大传统开始的。为恢复现实主义传统，文学反对"无冲突论"和粉饰生活，提出"写真实"的号；为恢复人道主义传统，文学界反对对人的不关心和蔑视，要求重视人的价值，关心小人物和普遍人。在文学界恢复这两大传统的同时，也从创作实践和理论争论中提出不少问题，需要运用马克思主义观点从理论上加以阐明，这就大大促进了现实主义和人道主义问题的理论研究。

在现实主义问题的研究中涉及三个问题。

一是现实主义和"写真实"关系问题。文论界同意作家应当真诚地写作，真实是艺术的生命，但又指出不能把现实主义和真诚、"写真实"、真实性完全等同起来，因为真诚并不能完全保证艺术描写的真实性，而一个作家写什么和怎么写是同他的世界观和审美理想相联系的。

二是现实主义和社会主义现实主义问题。以往的观点普遍以为社会主义现实主义是现实主义的崭新阶段，社会主义现实主义和批判现实主义有本质区别。50年代起开始引起争论，最早是西蒙诺夫在1954年作家"二大"提出删去作协章程中社会主义现实主义定义的下半段："同时艺术描写的真实性和历史的具体性必须与用社会主义精神从思想上改造和教育劳动人民的任务结合起来",认为这种表述影响真实反映生活。后来又有人进而提出要求"拆除批判现实主义和社会主义之间的铁幕",认为社会主义现实主义失败了。在1957年和1959年召开的现实主义和社会主义现实主义全国学术讨论会上,文论界一方面坚持社会主义现实主义和批判现实主义有本质不同,是两个不同的美学体系,具有不同世界观,同时也提出要总结苏联文学的新鲜经验,反对僵化地理解社会主义现实主义,开始重视和提出作家的创作个性问题、社会主义现实主义文学艺术形式和艺术风格的多样性问题。

三是现实主义和反现实主义问题。苏联文论传统观点一贯是抬高现实主义,贬低浪漫主义,法捷耶夫在"拉普"时期就把现实主义等同于唯物主义,浪漫主义等同于唯心主义。直到50年代,涅多希文的《艺术概论》和其他论著仍然认为"文学史是现实主义和反现实主义的历史",用这种公式去剪裁文学史就把丰富多彩的文学史简单化了,否定了浪漫主义等有价值的文学流派。这种状况50年代中期才得到纠正。艾里斯别格在1956年5月10日的《文学报》发表文章《现实主义和所谓反现实主义》,指出这一公式的"庸俗性质和反科学性质",从此浪漫主义和其他流派在文学史上的地位和作用才得到肯定。这个问题的正确阐述对于文学史研究和文学批评有重要理论意义。

在人道主义问题的研究中也涉及三个问题。

一是探寻马克思恩格斯著作中的人道主义理论遗产,把它作为人道主义研究的理论根据和指导思想。50年代中期以前,很少涉及这方面的问题。1957年出版的《马克思恩格斯论艺术》一书,开始大量摘录马克思《1844年经济学-哲学手稿》中及其他著作中有关人道主义的言论,理论界认为马克思恩格斯有关人道主义的论述对于研究文学艺术和美学中的人道主义问题有重要意义,这方面的论文和专著开始出现。其中,有人开始提出社会主义条件下特别是个人崇拜条件下人的异化问题,认为这种现象也应当引起文学创作和文学理论的重视。

二是研究文学艺术同人道主义的内在联系。文论界从文学表现对人的关心,对人的价值的重视,进而从理论上探讨文学同人道主义的内在联系。他们指出文学艺术的发展始终是同人道主义思想的发展相联系,俄罗斯文学就充满了人道主义思想。文学是人学，文学的特殊表现对象和基本内容是人和人的命运。从这个意义讲，人道主义是崇高先进的文学艺术的生命源泉，有人甚至提出"艺术的人道主义是艺术美学本质的表现和艺术的内在规律"，把人道主义同文学艺术的本质联系在一起，这是从未有过的理论阐述。

三是区分不同形式的人道主义。针对有些人宣扬统一的抽象的人道主义，文论界认为这种统一的抽象的人道主义是不存在的。历史上和现实中只存在不同形式的人道主义，文学中的人道主义的表现形式也是多种多样的。资产阶级的人道主义在历史上具有进步意义，同时也有其阶级局限性，它不可能把人的解放同消灭私有制联系在一起，而社会主义人道主义是把人的解放同消灭私有制，同革命解放运动相联系的，是同培养具有新的世界观和新的理想的人相联系的。

（三）文学特点和艺术审美本质的研究

苏联文学理论批评长期存在庸俗社会学的倾向，并由此导致文学创作的公式化概念化，其中重要的原因是不重视文学艺术特点规律的研究，常常把文艺同政治、经济直接挂钩，总是把文艺同其他意识形态混淆起来。这个问题应当说是马克思主义文论长期得不到长足发展的重要障碍。50年代中期马克思主义文论有了新的发展，其中的重要标志就是文论界在文学特点和艺术审美本质的研究方面有了新的突破，并由此挖到了庸俗社会学的老根。

长期以来文论界总是认为文艺与科学的认识对象都是现实生活，只不过表现的手段不同而已。文艺究竟有没有自己特殊的反映对象？这是长期困惑文论界的问题。普列汉诺夫就曾对传统的看法提出挑战，他认为"不是任何思想都可以用生动的形象表现出来"，他一再强调"艺术的主要对象是人"。

1956年布罗夫在论文《美学应该是美学》和专著《艺术的审美实质》中，继续进行艺术特点和艺术特殊审美对象的思考。他第一次明确指出文艺具有自己独特的对象和独特的内容。他指出，艺术的特殊对象就是"活生生的人的性格"，或者说，"艺术的特殊客体是人的生活，更确切些说，是处在社会和个人有机统一中的社会的人，这种统一是人按其客观的实质来说所固有的。这个对象就是艺术认识的对象"。① 人的性格和内心活动的艺术真实,这就是"艺术内容的核心,是艺术内容特征的实质,从而也就是整个艺术的特征"。② 与布罗夫持同样见解的还有斯托洛维奇的论文《艺术的审美本质的几个问题》(1955)。他们提出"艺术的审美本质"这一理论之后,很快在文论界和美学界形成很有影响的"审美学派"。尽管在一些问题上还有不同看法的争论,但多数人都肯定"审美学派"的理论价值和意义。

从20世纪俄罗斯马克思主义文论发展的角度来看,"审美学派"是马克思主义文论在长期经历庸俗社会学和教条主义影响之后的重要突破和重大转折。一方面它挖出了长期统治苏联文论的庸俗社会学和教条主义的老根,摧毁其赖以生存的理论基础使其难以兴风作浪,使得社会主义文艺得以健康发展;另一方面它使文论开始从"社会意识形态本质论"逐步向"审美本质论"转变,使马克思主义文论对艺术特点和本质的认识获得重大的更新和充实,这不能不说是对马克思主义文论发展的重要贡献。

M. C. 卡冈主编的《马克思主义美学史》认为,20世纪50—60年代苏联的马克思主义美学理论,尤其是在方法论基础方面取得了突出的进展和成就,主要体现于两个方面:其一,是以认识论为依据的方面,即把"主要侧重点放在艺术应有认识、有理解地反映现实现象这一点上","与艺术家的认识活动有关的问题被提到首位",研究"这种活动的特点以及进行这种活动时所取的方式"。③ 卡冈指出,这方面的成果"揭明了列宁反映论的方法论意义,表明了艺术家创作活动的复杂性与多面性,确定了作为艺术形象——即艺术思维的独特表现形式——之标记的一系列重要特点与征状"④。其二,是"不仅以认识论为依据,而且以马克思列宁主义哲学的其他部分为依据,去更加广泛、更加全面地把握问题"的方面。这方面的研究"渴望更充分地利用马克思列宁主义哲学的方法论潜力,更深入地钻研那些决定美学科学之发展的理论原理"⑤。这两个方面,可

---

① 布罗夫:《艺术审美实质》,上海译文出版社1985年版,第145页。
② 同上书,第146—147页。
③ M. C. 卡冈:《马克思主义美学史》,北京大学出版社1987年版,第143页。
④ 同上书,第144页。
⑤ 同上。

以说，是对那个时期美学家和文艺理论家们拓展与深化马克思主义文艺理论所取得的成就的准确把握和概括。

　　值得注意的是卡冈所说的"马克思列宁主义哲学的其他部分"，在这里其实主要是指马克思的《1844年经济学－哲学手稿》（以下简称《手稿》）。在50年代中期以前，苏联理论界普遍认为这部著作是马克思思想的不成熟时期的著作，对之讳莫如深。50年代中期以后，主要是在德国和法国学者的影响下，苏联理论界对《手稿》的看法开始改变。包括《手稿》在内的《马克思恩格斯早期著作》一书于1956年在苏联首次出版。这引起了马克思主义文艺理论家们的强烈兴趣，其中的人道主义、人化自然等思想深刻地影响了文学理论家们对文艺理论问题的反思和认知，从而揭开了马克思主义文艺理论发展新的一页。

第 五 章

70—80年代俄罗斯马克思主义文论发展的新趋势

一 70—80年代俄罗斯马克思主义文论发展的主要特点

经过50—60年代，到了70—80年代，苏联文学创作和文学理论开始进入比较稳定和比较成熟的时期。创作上提出反对两个极端：既反对抹黑，又反对粉饰。理论上也反对走极端，开始比较全面地看待一些理论问题。正如文学理论家库兹涅佐夫所描述的："当代文学越来越清楚地显示了不同于前十年的某些特点，正像50—60年代文学不同于战后十年文学那样，今天的社会形势和文学形势也不同于50年代和60年代初：当文学上的慷慨陈词和争论，思想上的不平静状态和苦楚已远远成为过去的时候，极端现象消失了，文学生活中较为求实和建设性的氛围形成了，时代已变得不再那么喧嚣和那么紧张，我们给文学气质的某些部分甚至可能带来一些损失，但文学的进程却变得丰富多彩和复杂化了。"①

这个时期文艺学发展有以下几个特点：

首先，注重全面总结历史经验，加强理论建设。

这个时期虽然仍有理论之争，但是已经不像50—60年代那样唇枪舌剑，好走极端，而是比较注重全面总结历史经验教训，力求在综合当代文学创作丰富经验的基础上，对一些主要理论问题做出比较全面的理论概

---

① 库兹涅佐夫：《时代的人道主义本质》，《真理之路和人道主义之路》，莫斯科，文学出版社1978年版。

括，因此在文艺学的各个领域都出现不少有分量的专著。除了马克思列宁主义文艺思想研究专著外，还编辑出版了五卷本的《美学史：世界美学思想文献》（1962—1970）。批评史和文学史方面有《俄国文艺学史》（1980），《俄国批评史》（1978），十卷本《各民族文学史》，九卷本《世界文学史》等。基本理论除有关社会主义现实主义的专著外，还有四卷本的《文学风格理论》（1976—1982），以及有关方法论研究的大量著作。像赫拉普钦科的《作家的创作个性和文学的发展》（1972），苏奇科夫的《现实主义的历史命运》（1967、1973）分别荣获列宁奖金和国家奖金（1974、1975），也是过少见的。

其次，拓展研究领域，更新研究方法。

随着研究的深入和科学技术的发展，文艺学研究开拓了不少新的研究方法，研究方法上得到更新。原有的研究方向有了新的发展，例如社会主义现实主义理论研究提出了开放体系问题，开展了社会主义现实主义类型学研究。同时理论界开拓新的方向，梅拉赫提出艺术综合研究问题，赫拉普钦科提出"历史诗学"研究问题。高尔基世界文学研究所所长别尔德尼科夫说："在今后几年里，对历史诗学的研究将成为高尔基世界文学研究所主要的，有价值的科研方向之一。"[1]

第三，革新不离开传统，开放又不机械搬用。

从60年代起，随着西方文艺思潮进入苏联，随着创作不断发展，苏联文艺界也开始提出新的观念，开始引进新的科学研究方法，不过他们很注意传统，不照搬西方。理论界在创新的同时，十分强调坚持马克思列宁主义文艺学的基本原则，继承俄国革命民主主义美学的优良传统。苏联作协第一书记马尔科夫1981年在苏联作家"七大"指出："必须强调别林斯基、车尔尼雪夫斯基、赫尔岑，所有革命民主主义者同我们血肉相连，我们共产党人是他们唯一的后代和继承者，忘记了这一事实就等于忘记了自己的家谱，就是抛弃自己的至亲。爱护和珍惜革命民主主义的传统，就意味着发展列宁文学党性和人民性原则，经常保持革命创作思想的纯洁性。"

随着70—80年代文论的总体发展，马克思主义文论也得到发展并且对文论的发展产生重要影响。

---

[1] 《苏联文学》1985年第4期，第135页。

二 70—80年代俄罗斯马克思主义文论的主要贡献

（一）马克思、恩格斯、列宁文艺论著和文艺思想的阐发和研究进入新的阶段

与此前的研究相比较，这个时期的研究更加系统和深入，出现了一批有分量的理论著作。这些著作对于阐明文论的一些重要理论问题，对于随着科技发展而兴起的文艺学方法论研究，都有积极的影响。

首先是马克思恩格斯文艺论著和文艺思想的研究。这方面的主要研究成果有以下一些论著：

里夫希茨的《卡尔·马克思：艺术和社会理想》（1972、1979）。作者在30年代就编辑了第一本《马克思恩格斯论艺术》，后来又不断修订出版，他大半生的时间和精力都用来宣传和研究马克思主义文论。这本专著收集了作者1927—1967年四十年间研究关于马克思恩格（主要是马克思）文艺思想和美学思想的论文，相当全面地介绍了马克思恩格斯的文艺思想和美学思想，代表了苏联马克思恩格斯文艺思想和美学思想研究的新水平。

奥夫相尼科夫的《美学史：世界美学思想文献》（第5卷，1970）、《美学思想史》（1978）。前者是作者主编的规模宏大的世界美学思想史文献资料，其中第5卷是马克思主义美学思想文献，内容除了马克思、恩格斯、列宁美学思想文献外，还包括欧洲和俄罗斯重要的马克思主义文论家的文献资料，内容相当丰富。后者虽是美学思想史，其中也有专章"马克思主义美学的产生"。此外，作者还有一本专著《马克思恩格斯和列宁的美学理论》（1974）。

卡冈的《马克思列宁主义美学讲义》（1971）、《美学史讲义》（第4册，1980）。前者从审美价值的辩证法、对世界的艺术掌握的辩证法、艺术交往的辩证法和艺术发展的辩证法四个方面阐明马克思主义美学的基本内容。作者强调审美是一种价值范畴，是客体和主体相互作用产生的效果，并且充分利用系统方法阐明美学问题。后者论述了马克思主义美学产生、形成和发展的过程，以及苏联、东欧、欧美各国马克思主义美学研究的现状，全书线索清晰、材料丰富。前此很少有人对马克思主义美学发展史作出这样系统的论述。

尼古拉耶夫的《俄国马克思主义文艺学的产生》(1970)、《马克思主义文艺学》(1983)。后者既是一本教科书，也是一本专著，基本上是一部马克思主义文艺学的发展史，从马克思、恩格斯、列宁、俄国文艺学的产生，一直讲到当代苏联文艺学。作者很重视马克思主义文艺学同其他文艺学的关系，如列宁美学思想同俄国革命民主主义美学的关系，同时也突出了马克思主义文艺学的当代发展，设专章介绍当代苏联文艺学新的理论探索以及文艺学研究方法论的革新。

此外，还有论文集《恩格斯与文学问题》(1978)。

从文献材料的掌握，发展史的系统研究，到基本理论问题的深入研究，可以看出70—80年代马克思恩格斯文艺思想的研究，马克思主义文论的研究，是大大向前推进了。

70—80年代列宁文艺思想研究也进入一个新阶段，这个新阶段显然是同1970年列宁诞生100周年纪念活动相联系的。随着《列宁全集》第5版和《文学遗产》第80卷的问世，列宁文艺思想的研究大大深化了。由于大量论著的出现，研究往广度和深度发展，列宁文艺思想研究被看成是一门专门的学科，可称之为"文艺学的列宁题材"，或"列宁文艺思想研究"。代表这个时期列宁文艺思想研究新水平的集体论著是苏联科学院高尔基世界文学研究所和俄罗斯文学研究所为纪念列宁诞生100周年而编写的论文集。

高尔基世界文学研究所的《列宁遗产与20世纪文学》（米亚斯尼科夫和艾里斯别格主编，1969年，莫斯科），重点论述列宁文艺思想与20世纪美学迫切问题和20世纪思想艺术斗争的联系。其中主要论文有：米亚斯尼科夫《〈党的组织和党的出版物〉与20世纪美学思想》，谢尔宾纳《生活的观点》，鲍列夫《列宁的反映论和围绕形象思维认识论问题的斗争》，盖伊《列宁和高尔基的俄罗斯（科学和艺术思维类型）》，库尔吉扬《列宁的〈帝国主义是资本主义发展的最高阶段〉与20世纪西方现实主义问题》，诺维科夫《为社会主义文化而斗争的反映》，艾里斯别尔格《列宁的文学风格和特点和我们时代》。

俄罗斯文学研究所的《列宁遗产与文学科学》（布什明主编，1969年，列宁格勒）重点是论述列宁对马克思主义文艺学的发展和列宁文学研究的方法论原则。其中的主要论文有：布什明《列宁的〈唯物主义和经验批判主义〉一书中的科学分析原则》，弗里德连杰尔《从马克思恩格斯到列宁的马克思主义美学思想的发展》，叶祖伊托夫《列宁和俄国革命民主主义者》，库普列诺娃《列宁辩证法和文学史进程的概念》，梅拉赫《列宁的历史方法论的几个问题和19世纪俄国文学研究》，普鲁茨科夫《列宁对"革命准备时期"的理解和文学史科学》，安德列耶夫《从列宁反映论看社会主义现实主义形成的几个问题》。

除了上述两部重要的集体论著外，这个时期研究列宁文艺思想的主要论著还有：《列宁美学遗产和艺术问题》（1971），戈尔布诺夫《列宁与社会主义文化》（1972），洛米泽《列宁主义和各民族文化的命运》（1972），卢金《列宁和社会主义艺术理论》（1973），戈尔布诺夫《列宁和无产阶级文化派》（1974），谢尔宾纳《列宁与文学》（1974），杰缅季耶夫《列宁和苏联文学》（1927），鲁金《列宁和苏联文学思想美学原则的形成》（1977），克鲁克《文学的列宁主义党性原则和创作自由》（1978），巴比依和恰可夫斯基《作为研究艺术特性的方法的列宁主义反映论》（1978），叶祖伊托夫《列宁和现实主义》（1980），马泽帕《列宁的美学遗产和文艺文化的当代问题》（1980），鲁基扬诺夫《列宁与文艺批评》（1982）、《作为读者的列宁》，等等。

这个时期列宁文学思想研究的主要特点是研究资料的整理更为全面系统，研究专著明显增多，研究范围不断扩大，研究内容逐渐深入，同时研究工作同当代文学艺术的发展进程结合得也更为紧密，同西方美学文艺学各种流派的论争也明显加强。

从列宁文艺思想对70—80年代文艺学进程的影响来看，主要表现在对文艺学基本理论研究的指导和对文艺学方法论研究的指导这两个方面。

拿艺术反映论来说，以往的研究主要是强调列宁的反映论是辩证唯物主义的反映论，它既反对唯心主义，也反对机械唯物主义。这个时期的反映论以列宁文艺思想为指导，着重阐明艺术反映的特征和艺术反映与艺术创造的关系。他们认为艺术反映不仅有特殊的对象，而且艺术的反映过程和创作过程也有明显的特征，个人的直接感受和情感在其中起重要作用，它是感性的、情感的认识和形象思维的统一，生动的直观和抽象思维的统一。同时，他们认为反映和创造不应当是对立的和矛盾的，而应当是有机统一的，不能把艺术仅仅归结为反映，也不能认为创造与反映无关。他们同样认为列宁所坚持的艺术反映论和历史主义等一系列文艺理论批评原则对当代文艺学方法论的研究仍有指导意义。文艺心理学研究在克服忽视创作个性的同时，也要反对把艺术创作看成纯粹是艺术家的"自我表现"，要以艺术反映论为指导，把艺术家的心理看成是处于现实状态的大脑的功能。同时，列宁所指出的人类社会历史发展过程的统一性和规律性，正是各国社会历史现象和文学现象之所以具有重复性和常规性的客观根据，只有坚持唯物史观，才能使文学的历史比较研究方法有正确的方向。

除了马克思、恩格斯和列宁文艺思想的研究，这个时期其他马克思主义文论经典作家的研究也有了很大的进展。其中主要有戈尔巴涅夫《20世纪初文学斗争中的普列汉诺夫》（1972）、《俄国马克思主义批评史概论，普列汉诺夫80—90年代的文学斗争》（1981），车尔诺乌昌《沃罗夫斯基的美学和文学批评》（1981），列别杰夫《卢那察尔斯基的美学观点》（1970年，第2版），特里丰诺夫《卢那察尔斯基与苏联文学》（1974），布加延科《卢那察尔斯基与苏联文学批评》（1972）等。

（二）文学观念的变化和研究方法的更新

当代作家特里丰诺夫在1978年谈起自己1951年获奖的长篇小说《大学生》时，曾经这样说过，"无论如何，同我现在写的东西相比，我觉得它完全是另外一种文艺作品，这本小说我现在连一页都不想再读了"。这一段话听来令人惊异，然而却道出了一个严峻的事实：三十多年来文学确实发生了很大的变化。这种变化归根结底是同文学观念的变化相联系的。

文学观念的变化首先集中体现在对文学的本质和功能的看法方面。50年代中期以前，文艺界大都认为文学是以形象形式反映生活的特殊的社会意识形态，它同科学和其他社会意识形态的区别不在于内容，而在于形式，它的作用主要是思想认识作用，而不是审美作用。1956年，布罗夫在《艺术的审美本质》一书中，首次提出艺术是有特殊对象的，它的本质是审美。布罗夫所提出的艺术具有特殊对象和特殊内容的观点，被认为是文艺界、美学界冲破"教条主义和庸俗社会学"的束缚，由着重研究艺术与其他意识形态的共同性和共同规律转向研究艺术的特殊性和特殊规律的"先驱"。① 到了 70 年代,鲍列夫在《美学》(1975)一书中,更进一步指出:"艺术是包罗万象的,同时又是独特的。不仅它的形式,还有它的内容、方法、职能和对象,都是特殊的。"②

理论家关于文学本质和功能的新观念也在作家的创作思想中体现出来。社会的急剧变化,特别是科技革命的发展和社会物质生活的变化所带来的社会道德问题的尖锐化,都迫使作家认真思考文学的使命和作用,它们的文学观念也发生了比较大的变化:他们努力摆脱以往存在的"无冲突论"、图解政治和粉饰现实等创作思想的束缚,不是一般化地表现生活的事件,而是力求深入揭示现实生活的矛盾和冲突,表现当代人的道德心理冲突,表现他们活生生的性格和内心世界的变化,并且特别注重发挥文学的审美作用。作家文学观念的变化使当代文学出现了崭新的面貌。

文学观念另一个重要变化是强调创作主体的积极性和创造性,重视作家的创作个性。这涉及对列宁反映论的理解问题。列宁辩证唯物主义反映论是解决文学和生活关系问题的理论基础,它科学地阐明了创作主体和创作客体的辩证关系。然而在这个问题上一直存在斗争,文艺界对反映论的理解一直存在片面性,有些人认为文艺作品是反映客观世界的,忽视了反映主体的积极性和创造性。到了 70—80 年代,许多学者在列宁反映论的研究中开始注意到列宁说的"人的意识不仅反映客观世界,并且创造客观世界"③ 这句话的重要意义,开始重视反映和创造的辩证关系。梅特钦科在《继往开来》(1975)一书中指出:"列宁的反映论把实际的现实生活这个艺术基原归还了艺术,加强了它的威信。这样,它就同反动的唯心主义的艺术创作概念交上火。同时,反映论也反对机械地解说艺术和生活的相互关系。反映论为客观地再现现实生活开辟了无限广阔的天地,强调了认识的积极作用。"④

正是从重视反映主体的积极性和创造性出发,文艺理论界加强了作家创作个性的研究和文学创作心理学的研究。赫拉普钦科在《作家的创作

---

① 卡冈:《论研究艺术的特征》,《美学问题》论文集第 3 辑,艺术出版社 1960 年版。
② 《外国理论家作家论形象思维》,中国社会科学出版社 1979 年版,第 593 页。
③ 《列宁论文学与艺术》,人民文学出版社 1983 年版,第 46 页。
④ 梅特钦科:《继往开来》,中国社会科学出版社 1983 年版,第 26 页。

个性和文学的发展》（1972）中，尖锐地批评了贬低作家创作个性的倾向，他说："作家不久前还曾被许多批评家和理论家看作、直到现在还往往被描述为主要是多种多样事件、生活的某些变化、生活的个别特征和特点的勤恳奋勉的记录员和仔细认真的发报机。作家什么东西也不能发现，而只是'显示'，什么东西也不能以自己的名义掺杂进去，而只是把观察到的东西加以复制，力图更广泛地'包罗生活'；他是十足客观，同时又是显得完全无个性的。"① 他认为艺术的发展是同创作个性鲜明表现分不开的。一方面，作家"对生活创造性看法所具有的独特性，就其本身来说，跟反映现实现象中本质的典型的东西这一点是完全不矛盾的"，"作家眼光越敏锐，他就越是深刻地渗透进事物的本质里去，他的艺术概括，他的创作上的发现，就越是显得范围广阔"。另一方面，"作家所加进艺术宝藏中的新东西，也就决定着作家的创作面貌的特点，决定着他在文学中的意义和地位"。②

文学观念再一个重要变化是强调文学的多样性，这种多样性观念的基础实际上就是对创作主体积极性和主动性的重视，是对作家创作个性的重视，同时也是同冲破个人崇拜给文学发展带来的种种束缚分不开的。所谓文学的多样性既包括内容的多样性，也包括形式的多样性，这种多样化的观念在创作方法问题上表现得相当突出。社会主义现实主义创作方法在50年代中期以前基本上是二十年一贯制，到了50—60年代开始受到挑战，进入70年代就形成三种不同观点。

第一种观点是以莫斯科大学教授奥弗恰连科为代表，主张文学创作方法的多样化。他认为社会主义现实主义是苏联文学的基本的创作方法，但不是唯一的创作方法，苏联文学至少存在三种创作方法：社会主义现实主义、社会主义浪漫主义、初期的批判现实主义。

第二种观点是以苏共中央社会科学院彼得罗夫博士为代表，主张在社会主义现实主义统一创作方法基础上的风格多样化，就是方法的统一性和风格的多样性。他认为社会主义现实主义可以包括直接的现实主义、浪漫主义和假设联想的风格流派。

---

① 赫拉普钦科：《作家的创作个性和文学的发展》，上海译文出版社1977年版，第66页。
② 同上书，第69页。

第三种观点以苏联科学院通讯院士德·马尔科夫为代表，主张社会主义现实主义是真实地描写生活的历史的开放的体系。所谓开放性实际上也就是多样性。马尔科夫主张"真实性的广阔标准"，认为社会主义现实主义表现生活真实并不局限于"用生活本身的形式反映生活"这样一种表现形式。同时，它表现生活真实的手法也是多样性的，可以"把过去和现代的其他各种艺术流派在表现手法方面所取得的成果融合成为一个整体"。①

以上三种观点虽有分歧，然而都鲜明地体现出要求文学多样化的文学观念，都认为社会主义现实主义文学在内容、题材、体裁、风格、形式和表现手法等方面应该多样化，应该向一切进步的、有价值的东西开放，应该在新的历史条件下不断发展。

对文学本质和功能重新认识，强调创作主体的积极性和创造性，以及文学多样性的强烈要求，这是文学观念变化的几个重要方面。这种变化有深刻的社会历史原因和文学本身发展的原因，既是一种不可阻挡的历史要求，又是符合文学本身发展规律的。

方法和观念是密切相关的，文学观念的变化必然会带来研究方法的革新。

从60年代中期以来，特别70年代以来，由于科学技术革命的迅猛发展，自然科学和社会科学相互渗透，由于文学理论和文学创作的不断发展，文学观念的更新，文艺界日益重视文学研究的方法问题，在这方面展开了热烈的讨论，出版了不少专著，同时形成不少方法论的研究中心。文艺学方法论研究处于十分活跃的阶段，总的趋势可以概括为革新、多样和综合。他们在坚持和发展以历史唯物主义为总原则的传统的社会历史分析方法的基础上，不仅恢复了一些曾经被批评过的研究方法，如比较研究方法，而且还开拓了不少新的研究方法。在革新和多样的基础上，有的学者又提出要把多种研究方法综合加以运用，例如有人提出要把作品结构研究、历史根源和历史职能研究三者结合起来。看来这是一种很有眼光的见解，它指出了文学方法论研究的重要趋势。

下面分为三种情况加以介绍：

---

① 《苏联现实主义问题讨论集》，外国文学出版社1981年版，第422页。

第一,坚持和发展传统的研究方法。

有人把传统的文艺社会学研究方法同庸俗社会学等同起来,把它看成是一成不变的方法,并认为这种方法已经过时了。其实这是不符合实际的。以辩证唯物主义和历史唯物主义为基础的文艺社会学的研究方法是文艺学的基本研究方法,它同庸俗社会学是根本对立的,而且是在斗争中不断得到发展的,70—80年代以来,苏联的文艺社会学研究方法就有很大发展。①

首先,苏联学者认为对影响作家和文学进程的社会历史现实这一概念不应作狭义的理解,而应作广义的理解,社会历史现实从两个方面影响作家的创作和整个文学的进程:一是一个时期的重大政治历史事件,例如1812—1825年间俄国发生的重大历史事件对普希金的意识和心理产生的巨大影响,俄国革命准备时期的社会矛盾对托尔斯泰创作的影响;二是过去时代沉积下来的历史特点,在民族发展长河中形成的美学观,在艺术作品中巩固下来的民族传统,包括民族风俗、习惯、心理和语言。以上两方面因素的融合,对艺术家的个性心理构成产生双重影响,既影响作家的美学意识,也影响他的整个世界观。这就是说,社会历史对作家创作和文学进程的影响不单是政治,而是多层次的。

其次,苏联学者认为不仅要研究文学的社会历史根源(创作社会学研究),而且要研究社会如何制约文学(社会动力学研究),文学如何发挥社会作用(社会功能研究)。就以社会动力学来说,他们认为社会影响文学的方式和渠道是多层次的。

一是社会沟通层次。这一链条的基本环节是:作家的社会分类;作为完整体系的文学进程;读者的社会分类。一方面可以看到,社会政治因素的变化影响到作家社会类型的变化,作家社会类型的变化又影响到文学的变化。例如19世纪末期的政治经济因素明显影响俄国作家社会类型的变化,70—90年代平民知识分子的作用得到加深,出现了平民作家。平民作家的出现给文学带来新的问题、新的形象和对世界新的看法,也带来了艺术结构和文学体裁的新类型。"文学兴趣的中心从地主庄园和跳舞厅转

---

① 以下内容参见尼格玛杜琳娜主编《十九世纪末期(后三分之一)的俄罗斯文学(系统综合分析文学过程的几个角度)》第一章、第四章,苏联喀山大学出版社1980年版。

到小市民的只有一个窗口的小屋、酒馆、农民的小木屋"。文献性政论性的文章大量涌现,提到首位的体裁是抛弃了传统爱情冲突的社会性长篇小说和半文艺半政论性的特写。同时,还可以看到,社会政治经济因素的变化影响到读者社会类型的变化,读者社会类型的变化又影响到文学进程的变化。例如俄国农奴制改革后资本主义的发展,造成了一大批新的学者,识字扩展到工农和下层市民。读者社会结构的变化影响到文学作品结构的变化,形成60年代作家和民粹派作家创作的本质特点:提出广泛的问题,塑造新型主人公与表达公民激情。贵族作家开始同新读者对话:屠格涅夫描写平民知识分子,托尔斯泰写通俗读物。

二是社会调节层次,它包括正式的(部、局、出版事业委员会)和非正式的(杂志、文学批评、文学协会等)。这些影响可能以直接的方式(通令、审查、社会褒贬),也可能以间接形式,即经过其他系统(权力、财政、司法)的沟通环节来实现。还以俄国文学为例。正式监察机构控制文学的典型方式是逮捕、流放、警察监视和搜查。非正式调节权力的杠杆是文学杂志和文学批评。前者是社会情绪和期待影响文学的主要手段,它能产生巨大作用的原因是能够影响作家批评家的美学立场,能最显明地表现新倾向和首先标识出新的思潮和流派,有经常的读者群,是文学影响社会舆论,社会舆论影响文学的有效渠道。后者是文学过程的理论自觉,是文学和社会的中介人,能实现社会调节的特殊功能。

第二,恢复和发展曾受过批判的研究方法。

这方面有历史比较研究和文艺心理学研究等。

文学的历史比较研究在苏联走过曲折的道路。十月革命前,"俄国比较文学之父"维谢洛夫斯基就在彼得堡大学开设总体文学讲座(1870),并从类型学角度对各国诗体形式的演变进行比较研究。十月革命后什克洛夫斯基、艾亨巴乌姆、蒂尼扬诺夫等学者组成"诗歌语言理论研究会会",对各国文学中的诗歌语言、文体流派、情节结构的演变进行比较研究,但方法论上陷入形式主义,忽视文学作品的社会制约性,忽视形式和内容的关系,受到批评。到了40年代,在批判世界主义时比较文学研究被视为异端,成为禁区。60年代以来逐步恢复比较文学研究,称之为各民族文学相互联系和相互影响的研究。当代的比较文学研究坚持以马克思主义的唯物史观为基础,肯定各民族文学的比较研究的基本前提是人类社会的普遍历史发展过程的统一性和规律性。在比较研究各个时期文学思潮、流派和风格形式的异同时，强调从内容和形式的结合上进行历史的具体的考察，反对脱离具体历史条件和文学思想内容孤立地、唯心地考察某些形式因素。

文艺心理学的研究同样也走过曲折的道路。[①] 早在十月革命前就有B.波捷勃尼亚和他的学生奥夫相尼科－库里科夫斯基为代表的俄国文艺心理学派。前者主要通过研究语言和思维的关系揭示文学和社会心理的关系，创作心理和艺术欣赏的关系。他认为文艺创作的奥秘在于作家的个性，文艺规律体现在创作过程之中。后者从心理学出发把艺术思维和科学思维加以比较，区分艺术创作的两种类型：观察型和实验型。同时他提出社会心理类型的概念，把文学史的过程作为社会变动和多种社会心理类型的更替的演变的过程加以考察。十月革命后由于很少顾及文艺特性和规律的研究，加上庸俗社会学盛行，文艺心理学研究没能提到日程上来。直到30年代才出现用反映论研究文艺创作心理的著作。60年代以后，随着对艺术特征、创作规律和作家创作个性问题的重视，文艺心理学研究才又逐渐活跃起来。到了70年代，文艺心理学研究进入系统分析和综合研究的新阶段。苏联学者已不满足于把创作过程同一化，按栏目（灵感、直觉等）研究创作过程，要求在社会科学和自然科学最新成就的基础上重新理解和研究艺术思维的心理，研究由于艺术方法不同而形成的不同类型的艺术思维心理。

第三，引进和创造一系列新的研究方法。

其中包括系统分析方法、类型学研究方法、结构符号分析、历史职能研究等，这方面已有专文介绍，[②] 下面只谈谈苏联文艺学研究的一个方向和重要趋向——艺术的综合研究。

艺术综合研究提出的现实基础是科学技术的迅猛发展以及它所带来的自然科学和社会科学相互渗透。苏联学术界认为自然科学和社会科学的相互渗透密切了文艺与科学的联系。这种联系表现为两方面：一方面是科学

---

① 见程正民《苏联的文艺心理学研究》，《文艺报》1985年第6期。
② 见吴元迈《苏联的文艺研究方法的新趋向》，《文学评论》1983年第4期；刘宁《当代苏联美学和文艺学方法论问题》，《文艺研究》1984年第2期。

技术闯进文学创作和文学研究的世界；另一方面是科学不断扩大自己的范围，艺术创作本身成了科学本身的研究对象。

　　苏联的艺术综合研究始于1963年，当年在列宁格勒召开全苏综合研究艺术创作学术讨论会，会上提出运用社会科学和自然科学的不同学科的手段研究"创作实验室"的大纲。1968年正式成立属于苏联科学院世界文化史科学委员会的艺术创作综合委员会，主席是列宁格勒大学教授梅拉赫，科学院给委员会确定的基本任务是：组织和协调艺术创作问题的研究；探讨综合研究艺术创作问题的方法；组织和安排文学艺术作品的感受过程的研究。具体研究课题有：科学思维和世界思维的相互关系；科学和艺术中的创作过程，科学技术革命和艺术创作；不同艺术种类（文学、戏剧、音乐、绘画等）的相互作用和它们的系统问题；艺术文化发展的一般过程，等等。

　　自委员会成立起，吸收了近二百名文艺学家、哲学家、美学家、历史学家、社会学家、心理学家、生理学家、物理学家、数学家、控制论学家以及作家和各种艺术活动家，共同研究艺术创作问题。当然，这种研究并不要求每个参加综合研究的专家都必须是无所不晓的博学家，而是要求他们从不同学科的角度来研究艺术创作问题，从而丰富对艺术创作规律的认识；同时，这种综合研究的结果也不是各门学科观点的总和，而是力求达到完整的系统性。委员会成立以后召开了十几次有关艺术创作问题的全苏学术讨论会，编辑出版了15本研究文集。其中有《科学的合作和创作的奥秘》（1968）、《艺术感受》（1971）、《艺术和科学的创作》（1972）、《文学和艺术中的节奏、时间和空间》（1974）、《创作过程和艺术感受问题》（1978）、《艺术创作心理学》（1980）、《艺术创作（综合研究问题）》（1982、1983）等。

　　应当说，苏联艺术创作的综合研究还是崭新的事业，然而这种研究在这些年中作为科学的方向得到巩固和发展，并获得国内外的广泛承认。苏联科学院副院长费多谢耶夫认为，艺术创作的综合研究是"近年来富有成效的创举之一"，是"艺术学的新方向"和"一系列研究人类精神、生活学科的新方向"。[1]

---

[1] 费多谢耶夫：《富有成效的创举》，《艺术和科学的创作》，列宁格勒，1972年。

70—80年代文艺学研究方法的革新，生动地体现了苏联70—80年代马克思主义文论的发展。苏联学者不仅坚持和发展了以历史唯物主义指导的传统的文艺社会学研究方法，而且在恢复和发展受过批判的研究方法、引进与创造新的研究方法时，也都坚持以历史唯物主义为指导，把历史主义当作文艺学研究方法的中心概念，在考察任何一种文学现象时，十分重视分析它同现实的复杂的、辩证的审美关系，它的社会历史文化制约性。例如文艺心理学研究重视作家个性心理和社会文化心理的关系，结构符号研究重视文本和文化语境的关系，比较文学研究重视人类历史发展过程的统一性和普遍性。这个重要特点，使苏联70—80年代文艺学的研究独树一帜，并且在20世纪马克思主义文论的发展中占有重要的独特的地位。

（三）文论发展的新趋势：历史研究和结构研究的结合

从世界范围来看，20世纪文论从一开始就从社会历史转向作品文本，其间经历了形式主义、结构主义、新批评，经历了所谓"语言学转向"。世间万事总是物极必反，到20世纪后期，非常有意思的是西方文论又回到了历史文化研究，新历史主义、文化批判又成了时髦，这就是我们所说的文论研究又从内部研究回到了外部研究。

20世纪俄罗斯文论的发展同20世纪世界文论发展的轨迹有相似的一面，但情况显得更为复杂，也带有明显的民族特色。19世纪末20世纪初俄国产生了马克思主义文论，以普列汉诺夫、列宁为代表的俄国马克思主义者运用历史唯物主义观点阐明文艺的起源、特质和发展的规律，阐明了文学的阶级性、党性和人民性原则，在新的历史条件下发展了马克思主义文论。与此同时，俄国形式主义文论也在20世纪初出现，它强调"文学性"，把语言和形式放在首位，不谈历史文化语境。他们的理论主张尽管有其片面性，但体现了文论的学科自觉。被西方认为是20世纪文论的真正开端。俄国马克思主义文论和俄国形式主义文论，一个偏重艺术社会学研究，一个偏重艺术形式研究，一个偏重外部研究，一个偏重内容研究，但这两种文论在俄国的崛起，都是20世纪世界文论的重大事件，都对20世纪世界文论产生深刻的、重大的影响。

随后，马克思主义文论和形式主义文论在俄国的命运都是坎坷的、多舛的，马克思主义文论在一些人那里走向了庸俗社会学，把文艺等同于经济，等同于政治，直接用经济因素和政治因素来解释文学作品，把文艺完全变成阶级斗争和政治斗争的工具，马克思主义文论也就无从发展。而形式主义文论则因自身存在片面性，遭到了猛烈的批判，代表人物有的做了检讨，有的远走他乡。在苏联，"形式主义"从此成了骂人和打人的"棍子"。

到了20世纪中期，特别是到了70—80年代，情况才开始发生变化，出现了文学作品文本研究和文化语境研究相结合，形式结构研究同历史文化研究相结合的趋向。以洛特曼为代表的结构符号研究，在继承俄国文艺学形式研究、结构类型研究的基础上，又吸收了西方结构主义学派和符号学学派的成果，形成了富有俄国特色的结构符号研究。他非常重视艺术文本的语言和结构，重视艺术文本结构的整体观，同时又反对封闭性的结构形式研究，反对专注于自主性的符号研究，主张将语言结构的研究同文化语境的研究相结合，主张艺术作品是艺术文本和非文本结构的统一体。以赫拉普钦科为代表的历史诗学研究也体现了相同的研究趋势。他继承了俄国文艺学家维谢洛夫斯基历史诗学研究的传统，鲜明地提出要建立马克思主义历史诗学的主张。维谢洛夫斯基19世纪的历史诗学研究，着重于艺术形式和艺术手段历史演变的研究，取得很大的成就，但存在孤立地研究艺术形式和艺术手段的自律性倾向。赫拉普钦科认为历史诗学研究不应当局限于研究艺术形式和艺术手段的历史演变，而应当在更广阔的思想文化和美学视野中去研究形象地把握世界的艺术形式和艺术手段的历史演变。他曾说："在我看来，如果把文学的历史起源研究和历史职能研究有机结合起来，再加上深入到作品内部的诗学研究，那将是真正具有发展前途的文艺科学。"[1]

俄罗斯文艺学这种结构主义和历史主义相融合的趋势在巴赫金身上得到更集中、更自觉和更突出的体现。20世纪20年代，当巴赫金在文论界出场时，面对的是形式主义和庸俗社会学两大思潮，他把前者称之为"非社会学的诗学"，把后者称之为"非诗学的社会学"，认为它们把文学的形式研究和文学的社会历史研究割裂开了。正是在同这两种思潮的对话

---

[1] 刘宁：《当代苏联文艺的发展的趋势——访苏联文艺家米·鲍·赫拉普钦科院士》，《文艺研究》1987年第1期。

中，他开始了诗学研究的思考。到了70年代，巴赫金对诗学研究的思考就更为深入。他肯定形式主义的积极意义（艺术的新问题和新侧面），又批评形式主义对内容的轻视而导致"材料美学"，把创作变成制作，不理解历史性和更替。他"高度评价结构主义"，又反对结构主义"封闭于文本之中"，"一贯始终的形式化和非人格化"。① 也就是说，形式主义和结构主义在重视形式和结构的同时，丢掉了人，失去了俄罗斯文艺学固有的历史主义传统和人文精神。面对苏联文艺学存在的种种问题，70年代初，巴赫金在《答〈新世界〉编辑部问》中，指出文学是一种极其复杂和多面的现象，应当采用各种不同的方法进行研究，不能拘泥于单一的方法。苏联文艺学的问题是缺乏理论勇气和广阔的视野，长期以来特别关注文学特性是必须的和有益的，但存在狭隘的专业化，由于迷恋于专业化而忽视了文学与文化的深刻联系，忽视了真正决定作家创作强大而深刻的文化潮流，于是难于深入到伟大作品的底蕴。因此，巴赫金提出"文艺学应当与文化史建立更紧密的联系"，力求在一个时代整个文化有区分的统一体中来理解文学现象。② 他认为文学是一种社会审美文化现象，既"不能把诗学同社会历史的分析割裂开来，但又不可将诗学溶化在这样的分析之中"。③ 在《陀思妥耶夫斯基诗学问题》一书中，巴赫金实践了文艺学与文化史、诗学与社会历史分析相结合的理论主张。他首先从体裁切入，分析作为小说体裁的复调小说的形式、结构和语言的审美特征，接着分析复调小说同民间狂欢文化的深刻内在联系，最后阐明狂欢体小说作为一种小说体裁的历史形成过程。在他那里，体裁诗学、文化诗学和历史诗学得到有机的融合，最后形成一种结构主义和历史主义相融合、"内部研究"和"外部研究"相贯通、内容研究和形式研究相结合的整体诗学研究格局，为文艺学研究开拓了全新的理论空间。这可以说就是俄罗斯文论对20世纪马克思主义文论的重要贡献。

---

① 《巴赫金全集》第4卷，河北教育出版社1998年版，第391页。
② 同上书，第364—365页。
③ 《陀思安耶夫斯基诗学问题》，三联书店1988年版，第70页。

附录一

从对立到对话——20世纪俄罗斯马克思主义文艺学发展的轨迹

同马克思主义一样,马克思主义文艺学既是批判的、革命的,同时也是开放的、建设性的,它是在批判地继承人类文艺学遗产的基础上建立起来并得到发展的,是在同其他文艺学流派的对话中不断开拓自己的理论空间的。然而,在相当长的时间内,在"左"的思潮的影响下,由于非此即彼的形而上学思维猖獗,文艺学界在"不是东风压倒西风,便是西风压倒东风"的思想指导下,常常只强调批判、革命,少谈或不谈继承和开放,常常只强调批判是发展的动力,强调破字当头立也就在其中了,忽视对话也是发展的动力。当下,如何处理好批判和继承、坚持和发展、固本和开放等一系列重要关系,是马克思主义文艺学发展的重大问题。这方面,20世纪俄罗斯马克思主义文艺学发展历程,为我们提供了深刻的教育训和有益的启示,很值得我们思考和记取。

(一)

关于马克思主义和人类思想文化的关系,列宁写道:"马克思主义这一革命无产阶级的思想体系赢得了世界历史性的意义,是因为它并没有抛弃资产阶级时代最宝贵的成就,相反却吸收和改造了两千多年来人类思想和文化发展中一切有价值的东西。"[①] 他还指出马克思的全部天才在于回答人类先进思想已经提出的种种问题,他的学说的三大来源是德国古典哲

---

① 《列宁选集》第4卷,人民出版社1972年版,第362页。

学、英国古典政治经济学和法国空想社会主义。同样，列宁关于马克思主义三大来源的学说也适用于马克思主义美学文艺学。马克思主义美学文艺学是世界美学义艺学历史上的一次彻底的变革，它批判了唯心主义和形而上学的美学观点，运用历史唯物主义和辩证唯物主义解决美学文艺学的一系列根本问题，同时马克思主义美学文艺学也吸收了德国古典哲学、英国古典政治经济和法国空想社会主义中为解决美学文艺学问题所提供的思想资源，也继承了从古希腊罗马开始的世界美学文艺学历史上所积累的一切珍贵的思想。从这个意义上说，马克思主义美学文艺学从它的产生开始，就不是同人类一切有价值的美学文艺学相隔绝的，而是对它的批判和继承，是同它展开对话的产物。

19世纪末20世纪初俄国马克思主义文艺学的崛起，是同俄国革命进入无产阶级革命时期，同马克思主义在俄国的传播密切相连的。这个时期，以普列汉诺夫和列宁为代表的马克思主义者独立地将马克思主义理论运用于俄国文学理论批评，总结无产阶级文艺运动和文艺创作的经验，解决俄国文艺理论批评的实践问题。他们所创建的俄国马克思主义文艺学充满了革命的批判的精神，同时又继承了俄国文艺学的优良传统，继承了俄国革命民主主义美学文艺批评的优良传统。

普列汉诺夫是俄国第一个马克思主义者，是俄国最早的马克思主义文艺学家和文艺批评家。正如鲁迅所说，他是用马克思主义的锄锹，掘通文艺领域的第一个。[①] 普列汉诺夫的美学观充满了革命的批判的精神，他是在批判民粹派主观社会学，批判地理环境决定论和种族因素决定论的基础上，运用马克思主义的学说，科学阐明艺术的起源和艺术发展的客观规律，树立历史唯物的科学的美学观和文艺观。普列汉诺夫历史唯物主义美学观和文艺观的树立，直接源于马克思主义和历史唯物主义，但同俄国文艺学遗产也有密切关系。他首先是俄国革命民主主义美学、文学批评和俄国马克思主义美学、文学批评的中介和桥梁。他在很多方面继承和发展了别林斯基、车尼雪夫斯基和杜勃罗留波夫的美学观和文学批评。他写过四篇互有联系、总标题为《俄国批评的命运》的论文，驳斥伏伦斯基对革命民主主义美学和文学批评的攻击，认为别、东、杜那种"以社会生活

[①] 《鲁迅译文集》第6卷，人民文学出版社1958年版，第610页。

的历史来说明艺术历史"的批评是一种"真正的科学批评",一种"客观的批评"。除此以外,俄国文艺学学院派的文艺思想也是普列汉诺夫马克思主义美学观的重要理论源头。他的《俄国社会思想史》引用了几百条学院派学者的著作。他虽然批判文化历史学派提出的人类艺术的发展由人类文化发展的进程所决定的历史唯心主观点,但学院派关于文化史的研究,关于社会心理的研究,关于文学的历史比较研究,以及他们的研究所体现的科学的实证态度和历史主义的精神,都对普列汉诺夫马克思主义美学观的形成有深刻的影响。

列宁是俄国马克思主义文艺学的奠基人,他运用马克思主义观点解决俄国文学理论批评二百年来一系列悬而未决的问题,为俄国马克思主义文学理论批评奠定了坚实的理论基础,把马克思主义文艺学推向新的阶段。列宁的文艺思想首先也是具有鲜明的革命性和批判性,他是在批判民粹派的主观社会学中树立文学理论批评的历史唯物主义观点;在同马赫唯心主义的斗争中发展了辩证唯物主义的认识论,在文学和现实关系问题上坚持和发展了辩证唯物主义的艺术反映论;在同否定人类文化遗产的无产阶级文化派作斗争中,提出继承遗产、面向生活和扎根人民的社会主义文化纲领。其次,列宁文艺思想除了同马克思恩格斯文艺思想有直接渊源关系,同俄国革命民主主义美学和文学批评也有血肉的联系。掌握革命民主主义的美学和文学批评遗产,对于列宁转向马克思主义曾经起过十分突出的作用。列宁从小便对俄国革命民主主义者有深厚的兴趣,后来他多次谈到俄国革命民主主义的思想遗产和文学遗产对他的影响。他在1904年在同瓦连廷诺夫(沃列斯基)的一次谈话中说:"我喜爱的作者是车尔尼雪夫斯基。《现代人》上所载的一切我都一行不落地读完,并且一再去读。车尔尼雪夫斯基使我初次接触到哲学上的唯物主义,也是他第一个给我指出黑格尔在哲学思想发展上的作用,从他那里我懂得了辩证法的方法。以后我掌握马克思主义的辩证法就容易多了。我从头到尾谈过车尔尼雪夫斯基论述美学艺术和文学的气势磅礴的文章,对别林斯基的形象也看得清楚了。我读通了车尔尼雪夫斯基阐述农民的全部论文,以及他对米勒的政治经济学译文的注释。因为车尔尼雪夫斯基鞭挞了资产阶级的经济学,这为我后来转向马克思学说作了准备……"① 具体来说，俄国革命民主主义美学关于"美是生活"，关于"文学是生活的教科书"等一系重要美学思想对于列宁文艺思想的形成都有直接的影响。

从俄国马克思主义文艺学的崛起来看，它既是革命的、批判的，同时又是同本民族先进的思想文化有血肉的联系。在某种意义上讲，他们是通过俄国革命民主主义走向马克思主义，前者是他们走向后者的中介和桥梁。这说明了马克思主义虽然是革命的、批判的，但并不同本民族进步的思想文化遗产相对立，而是相结合的。

（二）

在俄国马克思主义文艺学崛起的年代，我们看到普列汉诺夫和列宁一方面对待唯心主义的和历史唯心主义的美学文艺学采取批判的态度，另一方面非常珍惜本民族的美学文艺学思想遗产，对他们采取批判继承的态度。十月革命后，列宁同否定人类文化遗产的无产阶级文化派作了坚决的斗争，指出："只有确切地了解到人类全部发展过程所创造的文化，只有对这种文化加以改造，才能建设无产阶级的文化，没有这种认识，我们就不能完成这项任务，无产阶级文化并不是从天上掉下来的，如果认为是这样，那它全是胡说。无产阶级文化应当是人类在资本主义社会、地主社会和官僚压迫下创造出来的全部知识合乎规律的发展。"② 尽管如此，苏联文艺学界在"左"的思潮影响下，依然以"纯正"的马克思主义自居，以偏狭的态度对待民族文艺学遗产，把国内其他文艺学派视为异端加以批判，拒绝国外美学文艺学，统统把它们斥之为资产阶级和修正主义的美学文艺学。这样做的结果是把自己封闭起来、孤立起来，完全堵塞了马克思主义文艺学发展的道路。

首先，对本民族美学文艺学遗产采取偏狭的态度，只承认俄国革命民主主义美学和文学批评，排斥俄国文艺学其他流派。1981 年，苏联作协第一书记马尔科夫在苏联作家"七大"宣称："必须强调别林斯基、车尔尼雪夫斯基、赫尔岑，所有革命民主主义者同我们血肉相连，我们共产党

---

① 《文学问题》1957 年第 8 期，第 133—134 页。
② 《列宁论文学与艺术》，人民文学出版社 1983 年版，第 106 页。

人是他们唯一的后代和继承者，忘记了这一事实就等于忘记了自己的家谱，就是抛弃自己的至亲。爱护和珍惜革命民主主义的传统，就意味着发展列宁文学党性和人民性原则，经常保持革命创作思想的纯洁性。"① 爱护和珍惜革命民主主义美学传统是完全正确的，但是为了保持革命创作思想的"纯洁性"，保持马克思主义文艺学和文艺批评的"纯洁性"，而把它抬到至高无上的地位，并且排斥其他文艺学流派，那就太偏狭了。对俄国文艺学学院派的忽视和否定，就是一个典型的例证。以往人们总误以为俄国文艺从别、车、杜到普列汉诺夫，中间20多年是一段空白，其实不然，这中间有对俄国文艺学发展作出重大贡献，并对俄国马克思主义文艺学产生深刻影响的俄国文艺学学院派。这个学派包括神话学派、历史文化学派、历史比较学派和文艺心理学派四大学派，因为其中的代表人物大都是教授、院士，故称学院派。这个学派的代表人物学识渊博，视野开阔，以实证的科学精神，潜心于文艺学不同领域的研究，他们既在一定程度上继承俄国革命民主主义美学和文学批评的传统，同时也十分重视吸收欧洲社会科学和自然科学的成就，取得了不少具有国际影响的学术成果。十月革命后，这个学派依然对文艺学的发生有潜在的影响，一些学者，如日尔蒙斯基、巴赫金、普罗普等，依然重视并继承以维谢洛夫斯基为代表的历史比较学派的传统、历史诗学的传统。同时，由于"左"的思潮的影响，学院派也受到主流文艺学的排斥和批判，例如指责维谢洛夫斯基的历史诗学研究是"西方实证主义美学的翻版"，是"资产阶级形式主义"，他所开创的历史比较文艺学和历史诗学的研究，从此成了"禁区"。

其次是排斥国内其他文艺学流派，把它们视为异端并加以批判。20世纪俄罗斯文艺学发展过程中，出现了一种十分奇特的现象：一些具有国际影响的文艺学流派和代表人物，如俄国形式主义、巴赫金、普罗普、洛特曼等，在苏联国内无一不遭到批判。例如，20世纪初的俄国形式主义尖锐地提出了文学的自主性问题，被西方誉为20世纪文学理论的开端。它尽管存在把文学封闭于文本之中，不重视历史文化语境的弊病，仍不失为一种很有理论价值的文论。然而，主流文艺界几乎无一例外对它进行猛烈的批判，指责它是反马克思主义的。托洛茨基在《文学的革命》

---

① 《苏联文学》1981年第4期，第140页。

（1993）中，虽然指出"形式主义者的相当一部分探索工作是完全有益的"，但还是认为形式主义是肤浅的、反动的，是同马克思主义相对立的。① 卢那察尔斯基在《艺术科学的形式主义》（1924）一文中，虽然也指出不能否定形式和形式美，必须把形式主义和形式区别开来，但也对俄国形式主义展开了尖锐的批判。一场大批判最后迫使俄国形式主义的代表人物什克洛夫斯基公开发表文章《一个科学错误的纪念碑》②（1930），宣布放弃形式主义学说，承认自己想使艺术"中立化"，最终使其独立于社会，是一个不可容忍的错误。从此，形式主义在苏联文艺界成了一个骂人的名词。尽管展开轰轰烈烈的大批判，但多数批判并没有同形式主义进行认真的对话，真正做到扬弃其错误的成分，吸收其有益的成分。巴赫金在其专著《文艺学中的形式主义方法》（1927）中，就指出马克思主义同形式主义并没有展开正面交锋、认真的对话。他肯定形式的"有益作用"，也指出其不足，认为对形式主义的批判在主要问题上并没有批到点子上。马克思主义批判形式主义对内容的忽视是正确的，但不应该把它同诗学结构本身对立起来。他正确指出："对文学和文学外的现实（意识形态和其他现实）的'外在的'和'内在的'东西的辩证理解，是建立真正的马克思主义文学史的必要条件。"③

第三，拒绝国外的美学和文艺学，把它们斥之为资产阶级美学文艺学和修正主义美学文艺学。如果说 20 年代苏联思想文化界较为宽松的话，各种国外美学文艺学思想被允许介绍到国内，那么从 30 年代中期开始，特别是二战之后的冷战年代，在批判"世界主义"的声浪中，国外的美学文艺学就完全被当成批判对象看待。在 40 年代开展的所谓"反世界主义运动"中，被誉为"俄国比较文学之父"的维谢洛夫斯基，竟被视为"崇拜西方资本主义文化"的"反爱国主义的世界主义思潮"的思想渊源和鼻祖而遭到全盘否定。1963 年，法国著名的文艺理论家罗杰·加洛蒂出版了他的专著《论无边的现实主义》，阿拉贡为它写了序。加洛蒂指出，不要排斥传统现实主义以外的艺术，应当开放和扩大现实主义的边

---

① 托洛茨基：《文学与革命》，人民文学出版社 1992 年版，第 150—151 页。
② 《文学报》1930 年第 4 期。
③ 巴赫金：《文艺学中的形式主义方法》，漓江出版社 1989 年版，第 208—209 页。

界。阿拉贡认为这本书的出版是"一件大事",指出不能用教条主义的态度对待艺术,抛弃一切不是表现"现实"的艺术。这种观点在苏联遭到强烈的反对,他们没有看到这种观点的合理成分,而指责它是"对现实主义说来是有破坏性的理论"。[①] 在苏联的马克思主义美学史教科书里,我们常常可以看到,书中不是把国外的美学文艺流派(如存在主义、心理分析、结构主义)看成是论战的对象,对话的对象,而看成是"马克思主义的重要敌人"。[②] 既然是"敌人",那就只能是批判它、消灭它,根本谈不上从中吸收有益的成分来发展马克思主义文艺学。

(三)

50—60年代以后,苏联社会生活和文化生活产生重大变化,马克思主义文艺学在固本的同时,也开始全面对待民族的文艺学遗产,开始正确评价国内其他文艺学流派,正确评价国外的文艺学流派,由同它们的尖锐对立走向积极对话,其结果是给马克思主义文艺学带来新的生机和活力,使马克思主义文艺学面目焕然一新。

就对待民族文艺学遗产而言,开始改变独尊革命民主主义美学的偏狭态度,对斯拉夫派批评、唯美主义批评、根基派批评、民粹派批评和象征派给予正确评价。特别是对俄国文艺学学院派的正确评价,对于发展俄罗斯马克思主义文艺学,更具有重要的理论意义。以往对俄国学院派文艺学的忽视和否定,是俄罗斯马克思主义文艺学发展的重大失误。以别、车、杜为代表的俄国革命民主主义美学和文艺批评,对俄国文艺学的形成有重要贡献,但文艺学作为一门学科是从学院派开始才真正建立起来的。俄国文艺学学院派研究所体现的历史主义精神和实证的科学方法,对俄罗斯马克思主义文艺学的产生和发展,都有重要的理论和方法论的启示。苏联著名的马克思主义文艺学家尼古拉耶夫所著的《马克思列宁主义文艺学》(1983),就用整整一章来论述俄国早期马克思主义文艺学和俄国文艺学学院派的关系。他指出:"学院派和马克思主义文艺学的联系问题具有严肃的历史意义。只有理解这个问题,才能具体地认识我国文学科学史中,

---

① 罗杰·加罗蒂:《论无边的现实主义》,上海文艺出版社1986年版,第5页。
② 卡冈:《马克思主义美学史》,北京大学出版社1987年版,第235页。

包括苏联文艺学产生年代的某些现象。"① 普列汉诺夫、沃罗夫斯基、卢那察尔斯基等俄国早期马克思主义文艺学家，高度评价学院派文艺学，并在创建俄国马克思主义文艺学中加以批判吸收和改造。十月革命后，在20—30年代，学院派文艺学的学术传统还受到尊重，萨库林就试图建立"社会学的美学和诗学"，作为维谢洛夫斯基《历史诗学》的续篇。卢那察尔斯基肯定了他"在使学院派的文艺学接近马克思主义世界观方面"的"巨大功绩"。② 日尔蒙斯基也一直继承维谢洛夫斯基的研究，他在1940年整理出版了维谢洛夫斯基的巨著《历史诗学》。他在该书的序言中明确指出："苏联文艺学的任务就在于举起从伟大学者手中掉下的旗帜，在对整个历史过程和艺术特点作马克思列宁主义理解的基础上，把他所开创的工作继续下去。"③ 日尔蒙斯基本人在50—60年代以后继续这方面的研究，为奠定苏联比较历史学派的方法论基础并让它登上国际舞台作出了重要贡献。在普罗普故事学的结构研究和历史研究的结合中，在巴赫金的历史诗学研究中，在洛特曼的结构符号文艺学研究中，我们也都可以看到维谢洛夫斯基的深刻影响。70—80年代，苏联著名的文艺学家更是明确提出要在继承维谢洛夫斯基历史诗学的基础，建立马克思主义的历史诗学。赫拉普钦科在1974年的论文《历史诗学及其对象》中首次提出建立马克思主义历史诗学是苏联文艺学面临的任务。1984年在《历史诗学的主要倾向》中，他指出马克思主义历史诗学应当在维谢洛夫斯基历史诗学思想的基础上，并有所发展。第一，他认为历史诗学应当研究"诗学意识及其形式的演变过程"，历史诗学不应当只局限于研究诗歌语言、情节、风格和艺术手段演变的历史，还应当考虑到诗学意识、创作思想和创作方法的发展。第二，他指出历史诗学的研究要在广阔的思想文化背景和美学背景中进行，在广阔的思想文化视野和美学视野中去研究"形象把握世界方式和手段的演变，研究这些方法和手段的社会、审美功能，研究一系列艺术发现的命运"。④

---

① 尼古拉耶夫：《马克思列宁主义文艺学》，安徽文艺出版社1986年版，第152页。
② 尼古拉耶夫等：《俄国文艺学史》，三联书店1987年版，第290页。
③ 日尔蒙斯基：《比较文艺学·东方与西方》，列宁格勒，科学出版社1979年版，第136页。
④ 《历史诗学：研究总结与前景》，莫斯科，科学出版社1986年版，第13页。

除全面对待民族文艺学遗产外，马克思主义文艺学对待国内文艺学其他流派的态度也有明显变化，并开始从中吸取有益的养分。俄国形式主义在20—30年代遭到批判后在国内虽已销声匿迹，但仍有潜在的影响。后来，传到捷克和法国，更是对西方结构主义产生重要影响。50—60年代国内开始正确评价形式主义，在指出它把文学研究封闭于文本之中、忽视历史文化语境的同时，也充分肯定它在艺术特性和形式研究方面的积极意义，指出马克思主义文艺学应当把艺术社会性的研究同艺术的形式研究更好地结合起来。巴赫金在50—60年代也开始得到重新评价，他的两本代表专著《陀思妥耶夫斯基诗学问题》和《拉伯雷的创作与中世纪和文艺复兴时期的民间文化》分别在1963年和1965重新出版和正式问世。前者在国内的出版被认为是"苏联和世界文学研究中的一个重大事件"，并说这本专著"为巴赫金作为20世纪罕见的伟大学者和思想家之一的世界声望奠定了基础"。在国外更是引起强烈的反响，认为他在许多学术领域已获得举足轻重的地位。他的社会学诗学、体裁诗学、文化诗学和历史诗学研究，特别是他的整体诗学研究，对于解决马克思主义文艺学存在的内容研究和形式研究相割裂、内部研究和外部研究相对立等问题，对于开拓新的理论空间，有重要的理论价值和深远的影响。普罗普作为著名的民间文艺学家、文艺学家，他的故事研究，他的两本专著《故事形态学》(1928)和《神奇故事的历史根源》(1946)，有很高的理论价值，并对西方的叙事学理论产生很大的影响。然而在当年也毫无例外被批判，戴上"资产阶级形式主义者"的大帽子，对普罗普的评价在50—60年之交也发生转折，他的著作被全部出版，他本人被誉为苏联民间文艺学公认的大师，被誉为人文科学领域的"世纪之子"。应当看到，他的在故事研究中将结构形态研究同历史研究结合起来，对马克思主义文艺学也是有重要启示的。

苏联的马克思主义文艺学以往只承认东欧的马克思主义文艺学，对待西方的文艺学，包括西方马克思主义文艺学向来是非常严苛的，一直把它们视为"敌人"，坚决进行批判，即使在50—60年代也是如此。直到20世纪末，情况才有了一些变化。在80年代出版的一些"马克思主义文艺学"、"马克思主义美学史"的著作和教科书中，一方面强调马克思主义美学和文艺学同资产阶级美学、文艺学是"根本对立的"，是不可调和的，想克服它们之间的对立是"不切实际的幻想";另一方面也开始提出必须在两者之间展开对话,指出"要使马克思主义美学得到卓有成效的发展,就需要仔细研究并批判地了解世界美学思想、古典东西和现代东西的全部经验,就要求不仅跟思想上的志同道合者、而且也跟思想上的对手进行日益广泛的对话"。① 90年代以后情况有了更大变化,在新近出版的一部《文艺术语百科全书》中,在"马克思主义文艺学"的条目下,既可以看到拉法格、格林、普列汉诺夫、列宁、卢那察尔斯基、托洛茨基、布哈林、弗里契、萨库林等传统的马克思主义美学文艺学代表人物的名字,也能看到卢卡契、本雅明、阿多诺、哈贝马斯等西方马克思主义美学文艺学代表人物的名字。②

(四)

马克思主义文艺学能否同其他文艺学流派展开积极的对话,能否在同其他文艺学流派的对话中从对方吸收有益的营养,并使自身不断得到发展,不断开拓新的理论空间?下面可以看看俄罗斯文艺学中历史主义和结构主义的对话和结合是如何进行的。

俄罗斯文艺学有历史主义的深厚传统,俄国革命民主主义美学和文学批评的历史传统,俄国文艺学学院派的历史主义传统,是举世闻名的,而以普列汉诺夫和列宁为代表的俄国马克思主义者,在批判主观社会学和历史唯心主义的基础上,把历史唯物主义运用于文艺领域,使俄国文艺学的历史主义传统产生根本性的变化,把它推到一个最高的阶段。

问题是俄国马克思主义文艺学的历史主义传统在20世纪初面临形式主义和结构主义的严峻挑战。面对挑战,出现了两种截然不同的态度,一种是彻底批判,坚决否定形式主义和结构主义,拒绝正面交锋,拒绝积极对话;一种是对形式主义和结构主义采取分析的态度,指出其缺陷,吸收其长处;同时,从事形式结构研究的人,也十分重视接受历史研究的传统,努力把结构研究和历史研究结合起来。普罗普当年在自己的故事形态结构研究被指责为"资产阶级形式主义"时,并没有停止研究,而是将

---

① 卡冈:《马克思主义美学史》,北京大学出版1986年版,第281页。
② 转引自刘文飞《20世纪俄罗斯文艺学》,《文艺理论与批评》2006年第4期。

研究往前推进，进一步去探讨神奇故事的历史根源，达到结构研究和历史研究的结合。洛特曼的结构符号研究在60年代遭到批评时，他明确提出"结构主义并非历史主义的敌人"。老一辈著名的马克思主义文艺学家利哈乔夫，在面对形式主义和结构主义对历史主义的挑战时，并不是把两者对立起来，而是强调两者的相互影响和两者的结合。在谈到两者的关系时，他曾经指出，"文本学是文艺学的坚实基础"，但可以从不同观点，以不同方法研究文本。他说："可行的方法之一是结构主义的。但重要的是在俄罗斯结构主义研究系统中越来越顽强地流露出历史主义的态度，它归根结底将结构主义变成非结构主义，因为历史主义摧毁着结构主义，同时又允许从中吸收最好的因素。结构主义在形式与内容相关联的形式研究过程中发现了许多新的东西。"他认为洛特曼等学者的专著"对扩大文学研究提供了很多东西"。[①]

下面我们通过几个个案来看看在俄罗斯文艺学中历史主义如何"将结构主义变成非结构主义"，如何"摧毁着结构主义"，两者又如何达到一种结合。

普罗普（1895—1970），是俄罗斯著名的文艺学家、民间文艺学家。他用十年工夫写成的《故事形态学》（1928），运用形态结构分析的方法对大量神奇故事的内部结构进行分析，揭示故事构成的要素和诸要素的关系。以往的故事研究侧重于外部研究，无法说明故事是什么。他提出必须从本质上描述故事，进入故事迷宫的内部。他的故事形态分析的核心概念是故事角色的功能，在他看来，故事研究重要的是故事中的人物做什么，而不是谁做的和怎么做的。在这种思想指导下，他从100个神奇故事的分析中，归纳出31种功能，7个角色，把故事的外部研究转为内部研究，从本质上说明故事是什么。在相当长时间，不少人认为普罗普的故事研究只是一种结构形态研究，只是一种内部研究，其实不然，因为他还有另一本专著《神奇故事的历史根源》（1938）。他认为这两本专著是一个整体，是"一部大型著作的两卷"，他在从事故事研究开始就明确形态结构研究应当和历史研究联系。现在我们看到的《故事形态学》只有九章，当年

[①] 利哈乔夫：《关于文学研究的思考》，见《解读俄罗斯》，北京大学出版社2003年版，第313—315页。

的原稿还有第十章，内容是故事起源的历史研究。出版时，日尔蒙斯基建议将第十章抽出来单独成书，普罗普接受他的建议，又用十年写了《神奇故事的历史根源》。在这本书中，普罗普从文本转向历史，从形态结构研究转向历史研究，从而在故事是什么的基础上回答了故事从何而来的问题。他从历史现实中，从社会法规、宗教法规、仪式习俗、神话和原始的思维方式方面来追溯故事的起源。这种研究的理论意义在于说明故事不是一种完全独立自主的体系，而是一种精神文化现象，是在一定的社会历史文化土壤中产生的，是具有历史文化价值的。

洛特曼（1922—1993），是俄罗斯 20 世纪具有世界影响的文艺学家，是俄罗斯文艺学结构符号学派的代表人物，他的代表作有《结构诗学讲义》(1964)、《艺术文本的结构》(1970)。洛特曼把诗歌文本结构的分析当作结构符号分析的中心，认为艺术作品的思想内容不是外在于作品的形式和结构，艺术作品的形式和结构是有意义的成分，具有独特结构的艺术文本所蕴含的信息含量要大大超过任何非艺术文本。当年有人指责他的结构符号研究是形式主义的，是忽视艺术文本的外在因素，其实这是一种误解。1967 年，洛特曼在为结构符号研究辩护而写的重要论文《文艺学应当成为一门科学》一文中，说过这种一段很重要的话："有一点现在已经很清楚，即当我们同一些复杂的结构（艺术正属于此列）打交道时，对此类具有多重结构的因素进行共时描述，一般来说是很困难的。了解此结构的先前状况，是对结构成功进行模式化的必要条件。因此，结构主义并非历史主义的敌人；不仅如此，懂得将单个艺术结构（作品）当作更为复杂的统一体的成分，是当前最迫切的任务，而这个更为复杂的统一体就是'文化'、'历史'。"[①] 显然，洛特曼认为文学艺术研究不能局限于封闭的艺术文本结构，应当把它放在一定的历史文化语境中进行研究，结构主义不是历史主义的敌人，应当把结构研究同历史研究结合起来。为此，他提了艺术文本结构和非艺术文本结构的概念，艺术文本是内容和形式统一的结构整体，但艺术文本又属于更大的系统，更复杂的结构，这就是所谓非艺术文本结构，它包括现实生活、社会心理、历史文化背景、思

---

① 洛特曼：《文艺学应当成为一门科学》，《文学问题》1967 年第 1 期，第 94 页；又见《洛特曼文集》，彼得堡艺术出版社 1997 年版，第 759 页。

想文化观念和文学观念，等等。洛特曼认为"非文本结构做为一定层次的结构要素构成作品的有机组成部分"。① 因此，文本结构如果不与非文本结构联系就不可能产生和存在，理解艺术作品也必须了解非文本结构，艺术文本结构只有在非文本结构的广阔背景中才能被正确理解和评价。

巴赫金（1895—1975）是俄罗斯具有世界声誉的思想家和文艺学家。在他的诗学研究中，巴赫金把形式结构，把体裁、体裁诗学提到重要地位，他认为"体裁具有特别重要的意义"，② "诗学研究恰应从体裁出发"。③ 这种看法是同他对诗学的看法相联系的，他认为诗学研究应当深入到文学作品内部，离开内部形式结构研究，离开体裁研究，就算不上诗学研究，他认为体裁不仅仅是形式，"每一种体裁都具有它所特有的观察和理解现实的方式和手段"，"艺术家应当学会用体裁的目光来看现实"。④ 在《陀思妥耶夫斯基诗学问题》中，他高度评价作家在小说体裁方面的创新，创造了区别于独白小说的复调小说。作家正是通过复调小说的新形式来表现他对生活新的发现，因此，只有紧紧抓住作家的体裁创新，才能阐明作家创作的本质。巴赫金的诗学研究在从体裁诗学切入之后，又进一步引向深入，一头伸向文化诗学，研究复调小说体裁同民间狂欢文化的关系，深入揭示复调小说体裁所蕴含的历史文化内涵；另一头伸向历史诗学，从形式和体裁历史演变的角度，研究复调小说同欧洲小说史上狂欢体小说的历史渊源关系。他明确指出："我们越是全面具体地了解艺术家的体裁渊源，就可以越发深入地把握他的体裁，越发正确地理解他在体裁方面传统与创新的相互关系。"⑤ 从体裁诗学、文化诗学到历史诗学，巴赫金的诗学是一种整体诗学，他把诗学研究看成是一个不断深入的研究过程，其中体现着内容研究和形式研究的融合，结构研究和历史研究的结合。

从上面几个个案的分析来看，70年代俄罗斯马克思主义文艺学在经过了曲折和反复之后，在经过了克服非社会学的诗学——形式主义和非诗

---

① 洛特曼：《结构诗学讲义》，转引自《苏联文艺学学派》
② 《巴赫金文集》第4卷，河北教育出版社1998年版，第365页。
③ 巴赫金：《文艺学中的形式主义方法》，漓江出版社1989年版，第174页。
④ 同上书，第180—181页。
⑤ 巴赫金：《陀思妥耶夫斯基诗学问题》，三联书店1988年版，第220页。

学的社会学——庸俗社会学之后，在融合19世纪俄罗斯文艺学优良传统和西方文艺学精华的基础上，终于走上了形式研究和内容研究相融合，结构研究和历史研究相结合，内部研究和外部研究相贯通的道路。这种研究一方面既认同俄罗斯马克思主义认识论文艺学对社会历史文化语境的关注，克服其忽视艺术特征和形式结构的不足；另一方面又吸收西方文艺学对形式结构的重视，纠正其脱离社会历史文化语境的偏颇，这就为马克思主义文艺学的创新和发展找到了新的出路，开拓了新的理论空间。

俄罗斯马克思主义文艺学一个世纪走过的历史道路，说明了马克思主义文艺学的发展必须正确处理好批判和继承，坚持和发展，破和立，固本和开放，独白和对话等一系列重要关系。马克思主义文艺学如果只讲批判和斗争，把自己封闭起来，同其他文艺学流派对立起来，其结果必然堵塞自己的发展道路，使自己变得越来越贫乏，越来越单调。马克思主义文艺学只有向其他文学流派开放，同他们展开对话，才能不断开拓新的理论空间，才能使自己变得越来越丰富，越来越充满生机和活力。

（原载《马克思主义美学研究》第11辑，中央编译出版社2008年版）

附录二

20 世纪马克思主义文艺理论的多样性、当代性和开放性

在刚刚过去的 20 世纪，具有世界影响的马克思主义文艺理论并不像有些人所认为的那样变得僵硬了，变得停滞不前了，相反，它在世界各国都获得各自不同的发展，仍然充满强劲的生命力。西方当代一些重要的美学和文艺学流派和著名的文艺理论大家，谁也无法绕过马克思主义文艺理论，他们或者与其展开对话，或者从中吸收理论营养，都把它放在无可替代的重要地位。同时，随着 20 世纪世界社会政治经济文化翻天覆地的变化，20 世纪马克思主义文艺理论也经历了十分曲折复杂的历史过程，产生了历史性的变化，提出了许多新的理论命题，出现了多样性、当代性、开放性等一系列重要特征。今天，站在新世纪的开端，回头对 20 世纪马克思主义文艺理论在各国的发展，对 20 世纪马克思主义文艺理论的新形态、新特征、新命题做出有历史深度和有理论价值的总结，对于马克思主义文艺理论的发展，对于建设具有中国特色的马克思主义文艺理论，有重要的理论意义和现实意义，这也是我们的一次理论选择和一份历史责任。

世界各国文化具有自己的民族特色，从而形成文化的多样性，而这种文化多样性必然投射进 20 世纪马克思主义文艺理论的发展过程中，使得各国马克思主义文艺理论呈现出彼此相同而又相异的多样性面貌。马克思主义对各国有普遍的影响，但各国的马克思主义者并不可能完全照搬马克思主义的词句，而往往是从本国的现实语境出发，并依据本民族的文化传统，去创造性地理解、运用和推进马克思主义的基本理论，从而对文学问题做出具有自己民族特色的独特阐释。因此，从文化多样性的角度考察

20 世纪马克思主义文艺理论在各国的发展状况，展开 20 世纪马克思主义文艺理论国别研究，是一种必然的而又重要的选择。

下面分别谈谈 20 世纪马克思主义文艺理论所产生的历史性变化和所呈现的多样性、当代性、开放性等重要特征。

（一）多样性

20 世纪马克思主义和马克思主义文艺理论多种形态的出现，是一个不容忽视的客观存在和历史事实，早已引起国内外学者的关注，杰姆逊在《晚期资本主义的文化逻辑》中指出："我们不应该忘记如今马克思主义并不是只此一家，别无分店。事实上有形形色色的马克思主义理论话语。"①

杰姆逊谈的是当代马克思主义三种不同形态，事实上当代马克思主义文艺理论的状况也同样存在三种不同形态，即苏联形态的马克思主义文艺理论、西方形态的马克思主义文艺理论和中国形态的马克思主义文艺理论。这种划分符合当代马克思主义文艺理论的实际情况，已为多数人所认同。

首先是苏联形态的马克思主义文艺理论。

在俄罗斯，把马克思主义运用于文艺理论是从 19 世纪末开始的。19 世纪末 20 世纪初，以普列汉诺夫和列宁为代表的俄国马克思主义者把马克思主义运用于文艺研究领域，于是产生了俄国马克思主义美学和文艺学，它的崛起是世界文艺理论的重大事件，对 20 世纪世界文艺理论产生了深刻影响。十月革命前，俄国马克思主义文艺理论取得了很高的理论成就，它的重要特点就是马克思主义基本原理与俄国社会实际和文艺实际的结合。他们独立地把马克思主义理论运用于俄国文艺领域，解决文艺理论的重要理论问题。

西方所说的马克思主义文艺理论的"苏联模式"一般指的是苏联时期，一般否定多于肯定，为此也要做具体的历史的分析。十月革命后，面对社会主义文化艺术建设的实际，列宁在同无产阶级文化派的斗争中，提出了继承传统、面向生活、扎根人民的社会主义文化建设纲领，卢那察尔

---

① 杰姆逊：《晚期资本主义的文化逻辑》，三联书店 1997 年版，第 19 页。

斯基在同"左"的文艺思潮的斗争中，也提出了马克思主义文艺批评的纲领（《马克思主义批评任务提纲》），阐明马克思主义文艺批评的性质、任务、特点等一系列重要问题，鲁迅曾经给予很高的评价。这些理论成就是难于否定的。同时，这个时期也出现了"左"的文艺思潮，出现了把文艺等同于经济，等同于政治的庸俗社会学和教条主义，它们给马克思主义文艺理论的发展带来极大的损害。对于苏联时期的马克思主义文艺理论要注意两个问题：一是要把政党的文论、政治化的文论同学术化的文论加以区别，这个时期确有一批学者在政治化语境中仍然几十年如一日地从事马克思主义文艺论著的编选和研究，依然孜孜不倦地坚持马克思主义文艺理论的学术研究。二是50—60年代以后，特别是70—80年代以后，苏联的马克思主义文艺理论有了很大发展，出现了一批很有理论价值的文艺论著，在理论上完成了从文学意识形态本质论到审美意识形态本质论的转变，出现了形式结构研究同历史文化研究相融合的趋势，其中如巴赫金的整体诗学研究、赫拉普钦科的历史诗学研究、洛特曼的结构符号研究对于文化语境的重视等。

其次是西方形态的马克思主义文艺理论。

西方马克思主义文艺理论是当代马克思主义的重要形态之一，是一种非常复杂和矛盾的现象，有一个时期有部分人认为"西马非马"，因此，对这种形态需要做历史的科学的分析。

西方马克思主义文艺理论是西方马克思主义的重要组成部分，西方马克思主义的产生是有深刻的社会历史背景，第一次世界大战后资本主义国家的无产阶级革命运动遭到失败，现实的变化使西方一些知识分子对传统的马克思主义，特别是对苏联模式的马克思主义提出质疑，试图重建自己的马克思主义，他们当中不少人是书斋中的学者，但对社会现实问题十分敏感和关注。面对资本主义空前的社会危机和精神危机，空前的异化现象，他们把对资本主义的批判从政治批判转向意识形态批判、文化批判。在这种思想指导下，西方马克思主义非常重视美学和艺术问题，他们认识到艺术对资本主义有巨大否定作用，企图通过全面文化批判把人从异化中解放出来，通过艺术"幻象"来颠覆资本主义。

西方马克思主义文论总是试图回到马克思，发掘马克思思想中长期被忽视、被遮蔽的思想观点，特别是早期的一些思想观点。他们运用马克思主义的原理和当代西方思想成果，大胆进行理论探索，提出了文化霸权、文化唯物主义、政治无意识、单面人、对话、交往行为理论等一系列有理论价值的范畴和概念，对当代西方社会文化进行深刻的阐释。

在解决现实问题和文艺问题时，西方马克思主义文艺理论充分表现出其特点，也充分表现出其矛盾，一是面对时代问题和文艺问题时，他们试图从马克思主义的"真正传统"中得到理论支持。问题是他们对所谓"真正传统"的理解不很全面。二是面对时代问题和文艺学问题，西方马克思主义十分重视从西方其他学术思潮吸收有益养分，使自己变得更有生气，同时也存在一种混杂的现象，有的是马克思主义成分和非马克思主义成分杂然并存。三是他们固然有些共同的特征，但因为各国社会历史文化语境有很大差别，无法形成一种统一的文艺理论思潮，他们在理论观点上还存在着很大差别。

第三是中国形态的马克思主义文艺理论。

中国形态马克思主义是马克思主义真理与中国革命和建设具体实践相结合的产物，中国形态的马克思主义文艺理论则是马克思主义文艺理论与中国革命文艺具体实践相结合的产物。中国形态的马克思主义文艺理论的发展是同中国革命和建设的发展同步的，它产生在以鲁迅为代表的30年代的革命文艺运动中，40年代毛泽东《在延安文艺座谈会上的讲话》则标志着它的形成。中国形态的马克思主义文论的发展经历了十分曲折的过程。30—40年代，面对剧烈的阶级斗争和民族的存亡，十分强调文艺与阶级、政治的密切关系，对文艺自身的特性不够重视。50年代，随着向"苏联"一边倒，又受到苏联教条主义和庸俗社会学的影响，走上了政治化的道路。到了"文化大革命"，"左"的思想越演越烈，走进了死胡同。到了新的时期，结束了以阶级斗争为纲，不再提文艺从属于政治的口号，中国形态的马克思主义文论才走上健康发展的道路。

中国形态的马克思主义文艺理论既不同于苏联形态，也不同于西方形态，它的产生有深刻的社会历史文化语境。它是同中国革命和建设相连的，是同新民主主义文化的建设和具有中国特色的社会主义文化建设紧密相连的。离开这个语境，或者以苏联形态要求它，或者以西方形态要求它，是无法把握它的特点的。中国形态的马克思主义文艺理论有三个鲜明特点，一是人民为本位，这就是毛泽东提出的文艺为工农兵服务的方针，文艺为人民服务的方针,离开占人口百分之九十的人民就谈不上中国革命和中国建设;二是实践品格,这就是认为千百万人民群众的革命实践活动和建设实践活动是文学艺术的源泉,同时文学艺术也积极作用于千百万人民群众的革命实践活动和建设实践。三是民族特色,这就是认为中国形态的马克思主义文艺理论不是死搬马克思主义的教条,而是具有中国特色的中国革命文化实践和具有中国特色的社会主义文化建设实践的科学总结。同时,又是同中国悠久的历史文化传统密切相连的。

中国形态的马克思主义文艺理论在新时期有很大的发展,它破除了苏联模式的教条主义和庸俗社会学的束缚,也从西方文论中吸取了许多有益的成分,面对中国特色的社会主义文化艺术建设的实践,有了不少很有价值的理论建树。随着中国传统文化的发扬光大,随着中国经济巨大发展带来的中国文化的巨大发展,随着中国在世界影响的扩大,面向中国社会实践的中国特色的马克思主义的世界意义和世界影响,面向中国文化实践的中国特色的马克思主义文艺理论的世界意义和世界影响,就会日益显示出来。

上面分析了当代马克思主义文艺理论三种形态的基本情况,应当看到这种划分只能说是大致的划分,基本的划分,三种形态并不是彼此孤立的,它们之间存在着种种联系。首先各种形态的共性是基本的,尽管情况各有不同,对马克思主义的理解和把握也有差别,但他们都是试图运用马克思主义的观点来分析各种文学艺术现象,如果没有这一基本共性,就无法称之为马克思主义文艺理论。其次,各种形态之间存在差异,各种形态的内部也有差异,例如在西方马克思主义文艺理论之中,也还有英国、法国、德国和美国的区别,各国马克思主义文艺理论也仍然存在不同的理论流派和理论观点,在法国的马克思主义文艺理论,就有新浪漫主义的马克思主义文艺理论、存在主义的文艺理论、结构主义的文艺理论。第三,各种形态的马克思主义文艺理论之间是相互渗透、相互影响和相互作用的,它们之间存在一种对话关系。总之,20世纪马克思主义文艺理论多种形态的基本特征是:彼此相同而又各具特色,彼此相异而又相互对话。正是这种共同性、差异性、对话性,共同促进了20世纪马克思主义文艺理论的发展,构成一种多元互补和丰富多彩的局面。

20世纪马克思主义文艺理论存在三种形态,这是不争的事实,问题是为什么会形成这样三种形态,以往更多是从与文论相关的社会状况加以阐释的,认为不同形态的马克思主义满足和适应不同社会经济体系的特定需要和问题。这当然是正确的,因为经济是社会的基础,但构成社会状况的不仅仅是经济因素,还有政治因素、文化因素。从文艺理论自身的特点看,更应当看重作为中介的文化因素,更应当从文化多样性的角度去探究形成20世纪马克思主义美学和文艺学多种形态的原因。

文化是一个民族的血脉,世界各国的文化具有自己的民族特点,从而形成多样性,而这种文化的多样性必然会投射到马克思主义文艺理论的发展过程之中,使得各国的马克思主义文艺理论的发展呈现出彼此相同而又各具特色的多样性面貌。

马克思主义在世界各国的传播,以及对各国文艺理论的发展的影响,诚然具有普遍性,但由于受各国民族文化形态特点的制约,必然会呈现出各自的特点。也就是说,各国的马克思主义者并不可能完全照搬马克思主义,而往往是要从现实的社会需要出发,并且依托本民族的文化传统,对美学问题和文学艺术问题做出具有民族文化特色的独特阐释,创造性地运用和推进马克思主义美学和文艺学。从这个意义上讲,马克思主义在一个国家的传播和扎根,除了需要一定的社会政治经济条件,也需要一定的思想文化准备。一个国家的先进人物在接受外来的马克思主义时,总是以本民族的进步文化作为桥梁,作为思想文化前提,并且总是同本民族的先进文化相结合的。

以往在考察一个国家对马克思主义的接受时,更多的是关注那个国家社会经济发展的需要,社会政治革命发展的需要,而对民族文化对这种接受潜移默化的影响、根深蒂固的影响,往往重视不够、研究不够,所以对一个国家马克思主义文艺理论所固有的特色就很难有比较深入的把握,甚至有时觉得很难理解。例如拿西方的眼光来看待俄苏马克思主义文艺理论的功利性、政论性,来看待中国马克思主义文艺理论的实践品格,往往就觉得难于理喻。如果我们深入到俄国文化的底蕴中去,深入到中国文化的底蕴中去,对前者的功利性和后者的实践品格,就比较容易理解。可以说,了解各民族的文化传统是破译不同形态的马克思主义文艺理论的一把钥匙,从文化多样性的视角考察20世纪马克思主义文艺理论在各国的发展状况和多种形态,是一种必然的而又重要的选择,是具有创新意义的研究思路。

深一层的问题是如何理解各民族的文化对各国的马克思主义美学和文艺学的影响，各民族的文化传统从哪些方面影响各国马克思主义美学和文艺学的建构。这是一个比较复杂的问题。对文艺理论来说，这种影响可以理解为对民族传统文化思想资料的吸取，可以理解为对民族传统美学和文论资料的吸取，但更重要的是体现在传统文化中的价值观、文学观和思维方式的影响，例如中国古代讲"文以载道"，俄国讲文学是"生活的教科书"，东方讲体验，西方讲分析，德国擅长辩证思维，美国讲实用主义，等等。

（二）当代性

如果说多样性是20世纪马克思主义文艺理论新的理论形态，那么有别于传统的当代性便是20世纪马克思主义文艺理论新的理论特征。与时俱进是马克思主义基本的理论品格，马克思主义是人类社会实践的理论总结，也总是随着社会实践的发展而不断发展，在实践中不断开创新的理论视野，开创新的理论境界。这种与时俱进的理论品格是150多年来马克思主义始终保持蓬勃生命力的关键所在。同样，与时俱进也是马克思主义文艺理论的基本的理论品格，马克思恩格斯在19世纪创立马克思主义，同时也创立了马克思主义文艺理论，他们为马克思主义文艺理论确立了基本的理论原则和方法。20世纪随着社会实践和文艺实践的重大变化，马克思主义文艺理论也在实践中不断发展，不断开创新的理论境界，在继承传统和坚持基本理论原则的基础上，呈现出有别于传统的时代色彩和当代特征。如果把马克思恩格斯在19世纪所创立的马克思主义文艺理论称之为马克思主义文艺理论的原创形态，那么20世纪的马克思主义文艺理论就是在新的历史条件下，面对新的社会现实和新的文艺实践，对原创形态的现代阐释和新的创造。

20世纪马克思主义文艺理论时代特征出现的历史前提是20世纪社会历史天翻地覆的变化。20世纪是一个充满历史变革的时代，它面临着19世纪未曾出现的两次世界大战和革命的兴衰，面临着后工业社会和科学技术革命。苏联的十月革命虽然给人类带来希望，也带来困惑和思考，两次世界大战把人类推向战争的苦海。革命和战争，火与血的残酷现实，使人们心灵受到极大震颤，人们重新思考社会和人的命运。后工业时代的到来，现代科学技术的空前发展除了带来生产力的极大发展，社会物质财富的极大丰富，也给人类带来战争、生态和道德种种危机，猛烈冲击人们的生活方式和思维方式，威胁着人类的生存。与20世纪社会历史实践的变化相适应，20世纪的文学艺术从现实主义、现代主义到后现代主义，也产生了巨大的变化。

与20世纪社会历史和文学艺术的重大变革同步，20世纪马克思主义文艺理论的发展也走过了复杂曲折的道路，经历了大起大落，浮浮沉沉。十月革命前后俄式马克思主义文艺理论的崛起对20世纪马克思主义文艺理论的发展产生重大影响，这是毋庸置疑的历史事实，同时也带来了庸俗社会学和教条主义的消极影响。随着20年代各国无产阶级革命遭到挫折，以卢卡契为代表的马克思主义者对马克思主义和马克思主义文艺理论进行新的思考。20年代世界性的资本主义危机带来了30年代马克思主义和马克思主义文艺理论的发展，人们称之为"红色的30年代"。不仅在西方，在东方的日本、中国，人们都强烈感受到马克思主义文艺理论的强烈影响，中国30年代的左翼文艺运动和30年代马克思主义文艺理论的勃兴，就是这个时代的产物。战后，随着50年代斯大林逝世和苏联的"解冻"，1968年法国的"五月风暴"，马克思主义和马克思主义文艺理论在苏联和西方都有新的发展，出现了与"红色30年代"并称的新高潮。90年代随着苏联东欧的解体，马克思主义和马克思主义文艺理论的发展出现了更为复杂的局面。一方面是马克思主义在有些人那里受到冷落、歪曲，另一方面，随着资本主义全球化和资本主义新的危机的出现，特别是资本向文化领域的渗透，西方马克思主义文艺理论在后现代主义文化批判、后殖民主义批评、女权主义批评、新历史主义批评等领域，都有广泛深刻影响。在俄罗斯、在中国，马克思主义文艺理论也出现新的发展，前者出现了历史主义和结构主义的融合，后者在改革开放中探索马克思主义文艺理论发展的道路，形成了具有中国特色的马克思主义文艺理论新形态。

经历了复杂曲折历史过程的20世纪马克思主义文艺理论，对马克思主义文艺理论究竟有什么新的发展，进行了哪些具有时代特色的理论探讨？要回答这个问题需要回到19世纪马克思恩格斯所创立的马克思主义文艺理论的原创形态，因为20世纪马克思主义文艺理论所有理论阐释、理论探讨和理论创新都是从马克思和恩格斯的论述出发,都有同一个理论来源,否则就不是马克思主义文艺理论。

马克思和恩格斯在19世纪虽然没有为20世纪提供文艺问题的现成答案,但他们提出了思考和研究文艺问题的基本立场、基本原则和基本方法,奠定了马克思主义文艺理论的基石。他们为20世纪马克思主义文艺理论进一步发展所提供的理论原点有以下几个方面。

文学艺术是以"自由自觉"为特征的人的活动,是人的本质力量的对象化,人的本质力量的一部分通过文学艺术的创造展现出来。从这个角度讲,文学是主体的人的创造,文学是塑造"丰富的人"、"完整的人"的途径,文学是人学。

文学艺术是生产关系总和所构成的上层建筑,是上层建筑中的社会意识形态。文学艺术是随着社会生活的发展而发生变化,归根到底,必须从人类社会物质生产去说明一切文学艺术发展的根源。

人类的生产分为物质生产和精神生产两部分,文学艺术是属于精神生产的一种"艺术生产",文学艺术这种社会意识形态不仅是一个反映过程,而且是一个生产过程。

此外,马克思恩格斯还对现实主义文学创作原则(现实主义的艺术真实性和思想倾向性、现实主义艺术的典型化方法、典型性格和典型环境),文学批评的美学的和历史的批评标准以及悲剧理论等方面作了深刻的阐述,从而形成马克思主义文艺理论的完整体系。

20世纪马克思主义文艺理论无疑是以马克思恩格斯在19世纪所创立的马克思主义文艺理论的基本理论作为出发点的,然而又不是完全固守这些基本理论,照搬这些基本理论,而是根据新的社会历史文化实践的需要,大胆吸收当代思想文化的成果,对它进行新的发掘、新的阐释、新的开拓和新的创造,试图从理论上回答当代文学艺术发展、当代审美发展所提出的新问题,将马克思主义文艺理论推向前进。20世纪马克思主义文艺理论新的探讨和新贡献,包括以下几个方面。

1. 寻找文艺理论的人学出发点和人学基础

传统的马克思主义文艺理论,特别是苏联形态的马克思主义文艺理论是从社会总体结构来思考文艺问题,从经济基础决定上层建筑,社会存在决定社会意识的基本原理出发,把文艺作为一种社会意识形态来看待。而

20世纪的马克思主义文艺理论,特别是西方的马克思主义文艺理论不满足于此,始终在寻找文艺理论新的基点,寻找文艺理论的人学基础。卢卡契的《历史和阶级意识》(1923)针对第二国际把历史规律绝对化,第三国际在实现历史规律时对人的主体、人的自由意志的忽视,强调人在历史发展中的自由选择和人的主体作用,强调人是马克思主义的出发点,也是归宿点。1932年马克思的《1844年经济学-哲学手稿》全文发表,不少西方马克思主义文艺理论家都把《手稿》而不是把马克思的《〈政治经济学批判〉序言》视为历史唯物主义的理论基础,视为文艺理论的基本立足点。马尔库塞认为《手稿》使历史唯物主义置于新的基础,而这个新的基础就是人本主义。勒斐弗尔提出人只有在艺术和审美中才能成为总体的人,完美的人,艺术是人性在当代资本主义社会异化状况下复归的主要途径。他们把人当成马克思主义文艺理论的出发点和归宿点,把人道主义和人的异化及其解放作为文艺理论探讨的思想准则。

2. 阐明文学艺术的审美意识形态本质

传统的马克思主义文艺理论从马克思恩格斯总体社会结构的基本理论出发,把文学艺术看成是由社会存在决定的社会意识形态,看成是由经济基础决定的社会上层建筑的意识形态。这一看法从历史唯物主义的角度科学地阐明了文学艺术的社会意识形态本质,清除了一切关于文学艺术本质的历史唯心主义观点。问题是需要进一步说明文学艺术的特征。从20世纪开始,各国马克思主义文艺理论家们针对文学艺术本质的简单理解,开始从不同方面思考作为社会意识形态的文学艺术的审美本质问题。苏联的文艺理论家布罗夫在50年代提出文学艺术的特性问题,在70年代明确提出"文学审美意识"论题,认为"纯"意识形态是不存在的,只有具体的意识形态,但并没有加以完整系统的论证。英国的文艺理论家伊格尔顿90年代也提出"审美意识形态"问题,但侧重于对英国经验主义和欧洲启蒙主义美学的评述。中国的马克思主义文艺理论家,从80年代起,针对中国长期以来抹煞文学艺术的特征,把文学艺术当成阶级斗争的工具、政治斗争的工具,开始对文学艺术的审美特征进行苦苦的探寻,终于比较明确地、系统地提出和论证"文学审美意识形态论",指出文学审美意识形态的逻辑起点是审美意识,而非意识形态,审美意识形态是历史生成的。文学艺术作为审美的意识形态以情感为中心,但又是情感和思想的结合；它是一种虚构，但又是特殊形态的真实性；它具有社会性，但又具有全人类性。审美意识形态不是审美和意识形态的相加。审美和社会价值、意义、功能是一种复式构成，它们之间存在高度的张力和平衡。审美和意识形态的融合，强调的正是文学本质复合特性的有机融合和统一。"审美意识形态"理论的明确提出和系统完整阐明，是中国马克思主义文艺理论对20世纪马克思主义文艺理论的重要贡献，是20世纪马克思主义文艺理论中国化的重要成果。

3. 形成艺术生产理论

马克思恩格斯的文艺理论曾把艺术当作社会生产看待，强调艺术的生产性和实践性。之后的理论家更多只从社会意识形态的角度去理解文学艺术，实际上是不全面的。20世纪马克思主义文艺理论的重大突破，就是强调从艺术生产的角度去看待艺术的本体，把艺术看作是一种生产性质的东西，不仅是精神意义上的生产，而且是物质意义的生产。本雅明最早指出艺术家的创造活动也是一种生产，艺术家的生产要受时代的经济生产力和生产关系的制约，艺术本身也有生产力、生产关系的问题。他把艺术创作的技巧看作艺术的生产力，艺术生产和经济领域的生产一样，都要依靠一定的生产技术。他认为艺术家对生产工具的改革不仅提高艺术表达的能力，而且造就艺术家和群众新的社会关系。我们可以从艺术生产力的发展状况来认识艺术所处的时代的特征。这种把艺术生产论和意识形态论相结合的倾向在伊格尔顿那里得到进一步的发展，他把艺术看成是一种意识形态，又把艺术看成是与一般社会生产相同的审美意识形态的生产，同时指出这样两种生产方式的联系和区别，说明审美意识形态生产的过程和特点。艺术生产论的形成对马克思主义文艺理论是一个重要突破，它在全面考察社会生产方式和生产关系的基础上，深入说明作为审美意识的文学艺术是如何生产的，是通过什么途径和中介来发挥意识形态效应的。

4. 出现从文化角度分析文学艺术现象的趋势

20世纪马克思主义文艺理论在当代西方文化哲学思想的影响下，面对当代科学技术引起的文学艺术制作和传播方式的变化，面对现代文学艺术的文化形态，出现了从文化角度把握社会整体，分析文学艺术现象的重要转变。意大利的葛兰西最早把文化作为研究、分析社会问题和意识形态问题的立足点。不同于传统的经济基础和上层建筑的划分，他提出用与社会实践直接相联系的文化来概括和分析人类的精神意识活动，同时提出文化霸权主义的思想，认为革命领导权的取得不仅在于政治实践之中，而且在文化实践之中，巩固政权也不仅仅在于国家机器的暴力和强制，而且也在于统治阶级确立的文化霸权。葛兰西的思想对西方马克思主义有深刻影响，法兰克福学派提出文化批判理论，英国的威廉斯也提出"文化唯物主义"的观点，试图从文化的角度对社会进行批判，运用文化学的观点来分析文学艺术。他提出不应静态地、僵化地看待经济基础和上层建筑的关系，而应从动态的角度来看待经济基础和上层建筑的关系，来分析它们之间的相互作用和相互生成，要用文化的概念来揭示它们之间的复杂关系，他认为文化唯物主义的文化概念不是抽象的精神活动的概念，而是人类创造自己社会生活的全部活动方式，因此是唯物主义的。受威廉斯的影响，英国的伊格尔顿着重从艺术的文化生产角度来论证文学艺术问题，成为一种文化生产美学。在美国，詹姆斯看到文学批评已取得独立地位，批评已从传统的价值判断转向对文本的解释，于是他试图从文化角度来解释文学艺术，建立一种文化阐释美学批评。这种文化阐释的理论批评是以作品文本为中心，通过形式、意识等因素，在其中发掘和阐释它所包含的意识形态，所压制的欲望和生产方式的内容。这是以马克思主义的生产方式作为历史基础，吸收结构主义、精神分析，对艺术文本进行多样解释的理论。这种文化阐释批评在对后现代艺术的批评中显示出显著的理论力量。总之，20世纪马克思主义文艺理论文化阐释角度的出现有别于以往对经济基础和上层建筑关系的偏狭理解，同时也不同于西方某些忽视社会历史文化因素的文化哲学，它是将文化因素和社会因素结合起来进行文学艺术研究的，这为马克思主义文艺理论开辟了新的理论空间。

（三）开放性

除了多样性、当代性，20世纪马克思主义文艺理论另一个重要特点是开放性。

从根本上讲，马克思主义是革命的、批判的，同时也是开放的体系。马克思主义之所以能获得世界性历史性的意义，就是因为它是在吸收和改造两千多年来人类思想和文化发展中一切有价值的成果的基础上形成起来的。同样，马克思恩格斯所创立的马克思主义文艺理论也是在批判继承人类文艺理论遗产的基础上建立起来并得到发展的。20世纪面临人类社会历史的深刻变化,面临文化艺术的深刻变化,人们在新的探索中涌现出种种新的思潮、新的理论、新的观念。20世纪马克思主义文艺理论要求取得新的发展,在坚守马克思主义文艺理论的基本原理的同时,必然要面对新世纪文艺理论出现的种种新流派、新理论,并向它们开放,同它们展开对话。事实证明,封闭必然僵化,只有开放和对话才能获得发展的动力,才能使自己充满生机,才能紧紧把握时代和实践的脉搏,把马克思主义文艺理论推向前进。

在20世纪马克思主义文艺理论所包含的苏联形态、中国形态和西方形态中,我们可以清晰地看到20世纪马克思主义文艺理论如何从封闭走向开放,从对立走向对话的曲折的发展过程。

19世纪末20世纪初俄国马克思主义文艺理论崛起,以普列汉诺夫和列宁为代表的马克思主义者独立地将马克思主义理论运用于俄国文学理论批评,他们所创立的俄国马克思主义文艺理论批评,既同马克思主义有直接的渊源关系,充满革命批判精神,同时又是向俄国美学和文艺理论的优秀遗产开放,同俄国革命民主主义美学和文艺批评有血肉的联系。俄国革命民主主义美学关于"美是生活"、"文学是生活的教科书"等一系列重要美学、文艺学思想,对普列汉诺夫和列宁文艺思想的形成都有直接的影响。在某种意义上讲,他们是通过俄国革命民主主义走向马克思主义,前者是他们走向后者的中介和桥梁。他们的马克思主义文艺理论并不拒绝本民族进步的思想文化遗产,并不同他们相对立,而是向它们开放,同他们相结合的。

十月革命后,列宁同否定人类文化遗产的无产阶级文化派作了坚决的斗争,指出"无产阶级文化并不是从天上掉下来的","只有确切地了解到人类全部发展过程所创造的文化,只有对这种文化加以改造,才能建设无产阶级的文化"。[①] 尽管如此,苏联文艺理论界的一些人在"左"的思潮的影响下,以"纯正"的马克思主义者自居,把自己封闭起来,独立起来,完全堵塞了马克思主义文艺理论发展的道路。首先,对本民族的文艺理论遗产采取偏狭的态度,只承认俄国革命民主主义美学和文艺批评,

---

① 《列宁论文学与艺术》,人民文学出版社1983年版,第106页。

拒绝其他文艺理论流派，对既重视传统又重视吸取欧洲科学成就的以维谢洛夫斯基为代表的俄国文艺学学院派采取否定批判的态度，指责他们搞资产阶级形式主义和实证主义。其次，排斥国内其他文艺理论流派，视他们为异端并加以否定和批判。20世纪俄罗斯文艺理论发展过程中，出现了一种十分奇特的现象：一些具有国际影响的文艺理论流派和代表人物，如俄国形式主义、巴赫金、普罗普、洛特曼等，在俄国无一例外都遭到批判。第三，拒绝国外的美学和文艺理论，把它们斥之为资产阶级美学和文艺理论、修正主义美学和文艺理论。二战以后的冷战时代，在批判"世界主义"的声浪中，国外的美学和文艺理论完全被当作批判对象看待。在苏联的马克思主义美学史的教科书中，存在主义、心理分析、结构主义等国外文艺理论流派，并不被看成论战和对话的对象，而看成是"马克思主义的重要敌人"。[①]

50—60年代以后，苏联社会生活和文化生活发生重大变化，苏联马克思主义文艺理论也发生重大变化，在坚守马克思主义文艺理论基本原则的同时，同其他文艺理论流派的关系从封闭走向开放，从尖锐对立走向积极对话。在对待民族文艺理论遗产方面，改变独专俄国革命民主主义美学和文学批评的偏狭态度，对俄国文艺学学院派给予正面的积极的评价，著名的马克思主义文艺学家尼古拉耶夫在《马克思列宁主义文艺学》（1983）中，用整整一章论述俄国早期马克思主义文艺学同俄国文艺学学院派的关系。他指出，"学院派和马克思主义文艺学的联系问题具有严肃的历史意义。只有理解这个问题，才能具体认识我国文学科学史中，包括苏联文艺学产生年代的某些现象"，[②] 在对待国内外文艺学其他文艺理论流派方面也有很大变化，形式主义、普罗普、巴赫金、洛特曼等流派和人物得到了正确的评价，国外美学文艺学也开始介绍过来，苏联的美学文艺学著作指出："要使马克思主义美学得到卓有成效的发展，就要仔细研究并批判地了解世界美学思想，古典的东西和现代东西的全部经验，就要求不仅跟思想上的志同道合者、而且也要跟思想上的对手进行日益广泛的

---

① 卡冈：《马克思主义美学史》，北京大学出版社1987年版，第235页。
② 尼古拉耶夫：《马克思列宁主义文艺学》，安徽文艺出版社1986年版，第152页。

对话。"①

　　向国内外其他文艺理论流派开放，同他们展开对话，其结果是给苏联马克思主义文艺理论的发展带来了生机和活力，使其面貌焕然一新。俄国革命民主主义美学和文学批评、俄国马克思主义文艺理论，都有深厚的历史主义传统，在苏联文艺学出现形式主义和结构主义时，苏联的马克思主义文艺理论前后采取两种不同态度。在 20—30 年代，他们对形式主义采取否定的态度，拒绝对话。到了 60 年代，洛特曼结构符号文艺学出现时，开始也受批判，后来情况有了变化，人们试图将历史主义同结构主义结合起来。洛特曼指出，"结构主义，并非历史主义的敌人"，老一辈文艺学家利哈乔夫也指出，"重要的是，在俄罗斯结构主义研究系统中越来越顽强地流露出历史主义的态度，它归根到底将结构主义变成非结构主义，因为历史主义摧毁着结构主义，同时又允许从中吸收最好的因素"。② 在普罗普、巴赫金、洛特曼这些文艺学家身上，我们看到历史主义和形式主义、结构主义并不是对立的，而是融合的，他们的理论探索使形式研究和内容研究的融合、结构研究和历史研究的结合、内部研究和外部研究的贯通成为可能，这种研究既认同俄罗斯马克思主义文艺理论对社会历史文化语境的关注，克服其忽视艺术特征和形式结构的不足，又吸引西方文艺学对形式结构的重视，纠正其脱离社会历史文化语境的偏颇，这就为马克思主义文艺理论的创新和发展找到新的出路，开拓了新的理论空间。

　　中国的马克思主义文艺理论同苏联的马克思主义文艺理论一样，也同样走过了从封闭到开放，从对立到对话的过程。改革开放以前虽然也提出"建设中国马克思主义文艺理论"的口号，但并不重视中国古代文艺理论，对外也只是倾向苏联文艺理论，对西方文艺理论，特别是西方当代文艺理论一概排斥，斥之为资产阶级文艺理论。新时期以后的情况有了很大变化，在马克思主义的指导下，一手伸向古代文艺理论，从历史文化经验中吸取有益的成分，寻求马克思主义文艺理论与中国传统文艺理论的结合点，试图完成古代文论的现代转换；另一手伸向外国文论，特别是当代外

---

① 卡冈：《马克思主义美学史》，北京大学出版社 1987 年版，第 281 页。
② 利哈乔夫：《关于文学研究的思考》，载《解读俄罗斯》，北京大学出版社 2003 年版，第 315 页。

国文论，当代西方马克思主义文论，对其进行具体的科学的分析，对其中合理的因素加以批判地吸引，变成丰富和发展马克思主义文艺理论的有益材料。在中外文艺理论的对话中，中国马克思主义文艺理论结束了封闭、停滞、单调的状况，出现了主导、多样、创新的局面，获得了新的生机。

在开放这个问题上，西方马克思主义文艺理论出现了同苏联马克思主义文艺理论和中国马克思主义文艺理论完全不同的新情况。如果说后者同其他文艺理论是从封闭走向开放，从对立走向对话，那么西方马克思主义文艺理论从它产生开始便出现了开放性的特征。西方马克思主义文艺理论有三个主要特征：回到马克思，发掘和重新阐释马克思；向西方当代思想文化成果开放，致力于马克思主义文艺理论同其他文艺理论的融合；运用马克思主义基本原理和当代思想文化成果，去面对和解决当代西方社会文化艺术问题。如果说回到原点、开放和面向现实这三个特征，同马克思主义文艺理论其他形态相比较，开放性应当说是西方马克思主义文艺理论最重要的、最具有本质意义的特征。西方马克思主义文艺理论所取得的有价值的理论成果和自身存在的局限，应当说都是同这个重要特征密切相关的。

西方马克思主义文艺理论家往往把马克思主义同某些当代哲学社会科学理论结合起来，形成了诸如存在主义的马克思主义文艺理论，精神分析学的马克思主义文艺理论，结构主义的马克思主义文艺理论等马克思主义文艺理论流派，这些流派的理论现实涉及许多重要的文艺理论问题，对马克思主义文艺理论作了新的开拓。下面举几个例子。

1. 萨特的存在主义马克思主义文艺理论

萨特的文学理论是以其存在主义哲学为基础，吸收了马克思主义的某些观点加以融合，从而形成存在主义的马克思主义文艺理论。他的存在主义的核心概念是自由，他把人的本质和文学的本质同自由、存在联系在一起。在他看来，作者写作的深层动机在于在世界上实现自己的自由，读者阅读在本质上也是自由的。然而他也看到在阶级社会文学存在自由本质的异化，写作和阅读都是不自由的。因此他提出"介入说"，主张文学家要通过自己的写作干预生活，介入社会生活，为争取自由而斗争。萨特这种存在主义马克思主义文艺理论，有别于马克思主义从外部理解历史的方式，强调个人主观体验的方式，充满人文主义精神和对资本主义种种异化现象的强烈批判，然而过分强调脱离社会客观必然性的个人自由，过分夸大文艺的社会作用。

2. 精神分析马克思主义文艺理论

弗洛伊德的精神分析学说对20世纪社会文化思想和文艺理论都有重大的影响，西方马克思主义文艺理论在马克思主义和精神分析学说的结合方面做了种种努力，也存在不少问题。这方面最有代表性的人物是马尔库塞，他认为资本主义造成对人的"爱欲"本身的压抑，对人性的异化，要创造条件，特别是通过艺术和审美进行心理和本能的革命，消除异化，造就新感情，解放"爱欲"，达到解放人的目的。这种看法对资本主义的批判相当尖锐，但抹杀了异化的私有制根源，同时所谓心理革命也无法触动社会政治经济结构。之后，弗洛姆也试图在马克思和弗洛伊德之间架构桥梁，达到社会学和心理学的结合。他所提出的通过"给予"的爱，体现了人的社会性和情欲、本能的统一，达到人与人之间的新的融合，确立了人的完整性，为文艺提供人学基础。他的"社会无意识论"认为每个社会都有社会意识和被社会压抑的社会无意识，作家通过创作把无意识表现出来的过程就是超越社会意识压抑的过程，就是社会无意识和社会意识相互冲突和协调的过程。弗洛姆在某种程度上运用马克思主义，克服了弗洛伊德非社会性的泛性论的缺陷。

3. 结构主义的马克思主义文艺理论

西方马克思主义文论也受到西方重要文化思想——结构主义的影响，形成结构主义的马克思主义文艺理论。这方面的重要代表戈德曼深受结构主义的影响，注重从文学社会学的角度研究文学问题。他提出文学作品就是一个有意义的结构，这个结构一方面涉及作品各部分内容要素之间的整体关系，另一方面又同整个社会有内在的联系。这是他对结构主义进行改造，试图通过结构这个概念把作品的内容同社会历史相贯通。为此，他强调"有意义的结构"，不是僵化静止的结构，而是处于不断的运动和变化之中，是具有历史性、运动性和开放性的结构。"有意义的结构"的形成乃是个体和所属的集体通过不断的"顺应"和"同化"，通过不断的对抗达到平衡的过程，旧的结构不断被新的结构所取代的过程。

西方马克思主义文艺理论向西方当代哲学社会科学理论的开放，同它们的结合是一个十分复杂的现象。应当承认，这种开放和结合给马克思主义文艺理论带来了生机和活力，以往一些被传统马克思主义文艺理论所忽视的问题，没有得到认真探讨和解决的问题被提出了。同时也进行了比较深入的思考，如艺术的审美特性问题，艺术生产实践问题，艺术活动的主体能动性问题，艺术文本的自主性问题，艺术文本的形式结构、语言问题，等等。这些问题虽然无法得到完全的解决，但这种开放和结合给文艺理论的发展带来新的思路和新的启示。同时也应当看到，在这种开放和结合过程中，如何既大胆吸取营养，充实和发展自己，又坚持自己的基本原则和方法，也是一个十分严肃的问题。在一些西方马克思主义文论家身上，他们在这种开放和结合的过程中，在他们马克思主义文艺理论新的探索中，很重视坚持马克思主义的批判精神，对资本主义异化现象和文化现象进行强烈的批判，同时在同其他思潮的结合中也很重视社会历史分析的科学方法，如西马的文化研究就不同于一般西方文化哲学排斥文化的社会历史因素，而是比较重视文化问题同社会历史因素的结合，西马在语言转向中也始终保持着马克思主义文论对艺术分析的社会历史维度，深化对艺术的意识形态分析。然而，在另一些西方马克思主义文论家身上，也可以看到明显的局限，他们向其他思想理论流派的开放往往是一种混合，在一些局部问题上可能吸取一些有益的理论见解，但在整体上往往陷入唯心主义的泥潭，离开了历史唯物主义，离开了马克思主义的基本立场，例如把性欲本能的受压抑和解放，看成是当代资本主义社会的弊病和未来社会的理想。

20 世纪马克思主义文艺理论走过的历史道路，说明马克思主义文艺理论的发展，必须正确处理好坚守和发展、破和立、固本和开放、自主和对话等一系列重要关系。如果只讲批判和斗争，把自己封闭起来，拒绝对话，其结果必然堵塞自己的发展道路，使自己变得越来越贫乏，越来越单调，只有坚持开放，坚持对话，马克思主义文艺理论才能不断开拓新的理论空间，使自己变得越来越丰富，越来越生机勃勃。

（原载《马克思主义与现实》2012 年第 1 期）

附 录 三

俄国文学批评在中国的传播和影响

我国现代文学理论批评的发展既批判继承了我国古代优秀文学理论批评遗产，同时又学习借鉴了外国进步的文学理论批评，其中对俄国进步文学理论批评的学习借鉴占有重要地位。从"五四"时期开始，大半个世纪以来，随着俄苏文学的大量介绍，俄国文学理论批评，主要是俄国革命民主主义文学理论批评和俄国马克思主义文学理论批评得到广泛的传播，并对我国新文学运动和革命文学运动的发展，对文学创作和文学理论批评的发展产生了深远的影响。

（一）"五四"时期对俄国文学理论批评的介绍和研究

"五四"时期是我国历史上一个除旧布新的时期。"五四"运动是在各国进步思想影响下，特别是在俄国十月革命的感召下发生的。在"走俄国人的路"的思想指导下，"五四"新文化运动的先驱者把俄国进步文学及其理论批评的介绍和研究放在最重要的地位。鲁迅曾谈到，先进的知识分子当时"就知道了俄国文学是我们的导师和朋友"[①]。瞿秋白也谈到当时"俄罗斯文学的研究在中国却已似极一时之盛"，人们"听着俄国旧社会崩裂的声音，真是空谷足音，不由得动心。因此大家都来研究俄国。于是俄国文学就成了中国文学家的目标"。[②] 据《中国新文学大系·史料索引》统计，"五四"以后八年内翻译的外国文学作品单行本有 187 部，其中俄国占 65 部，占三分之一多。正是在这种背景下，随着俄国文学作

[①]《鲁迅全集》第 4 卷，人民文学出版社 1957 年版，第 351 页。
[②]《瞿秋白文集》第 2 卷，人民文学出版社 1953 年版，第 543—544 页。

品的大量介绍，俄国文学理论批评也开始介绍到我国。

据目前所看到的材料，最早介绍俄国文学理论批评的是以"为人生"为宗旨的文学研究会主办的《小说月报》。该刊于1921年9月出版的第12卷特刊《俄国文学研究》中，在介绍俄国文学作品的同时，首次以较大篇幅介绍了俄国文学理论批评，主要论文有沈泽民译的克鲁泡特金的《俄国底批评文学》，郭绍虞的《俄国美论与其文艺》，张闻天的《论托尔斯泰的艺术观》。其中最值得重视的是郭绍虞的论文，作者系统概述了俄国文学批评的发展。他指出别林斯基是"由纯艺术的赞美者一变而为写实主义的宣传者"，赞赏其"艺术而不反映现实者，都是虚伪"的论点，认为"其艺术观念比较的近于醇正"。作者也赞赏车尔尼雪夫斯基关于美的定义，认为"他的美论即是筑于写实的基石上面"。作者指出杜勃罗留波夫的"现实批评"强调文艺"以社会生活为目的，艺术品只不过表明自己社会的思想"，因此"与其称为文艺批评家不如称为社会评论家"。作者最后指出，俄国不同时代的美论虽然有不同的主张，但俄国的美论和文艺都有一个共同的重要特点，这就是都同社会"有密切的关系"，"都有人生的色彩"。

1923年郑振铎在《小说月报》第14卷第5—9期发表《俄国文学史略》，其中第11章专门介绍《俄国文艺评论》（第9期）。他指出，"文艺评论在俄国地位之重要是无论何国都不能与之并肩的"，当时报刊的"真灵魂就是艺术评论家"。他把别林斯基的文学主张概括为"真的诗就是现实，文艺是要有益于人生的"，认为别林斯基的文学批评"是一切为人生的艺术派的批评的开始"。作者同样也用"为人生"的观点来概括车尔尼雪夫斯基的文学观点，指出他主张"艺术自己不是目的；人生是超于艺术的；艺术的目的就在于解释人生、批评人生，对于人生表白一种见解"。至于杜勃罗留波夫，郑振铎认为"他对一件艺术品只问它是不是正确反映着人生，如果不是，他便不去讨论它，如果是真正表现人生，那么，他便做文字讨论这种人生，而他的论文乃是关于道德、政治或经济的，艺术作品不过供给一种事实做他讨论的材料罢了"。

这个时期俄国文学理论批评的另一位介绍者是瞿秋白。他在旅俄期间于1921—1922年写成《俄国文学》。这部文学史于1927年作为蒋光慈著的《俄罗斯文学》的下篇出版。瞿秋白在这部十月革命前的俄罗斯文学史中，也辟有"俄国文学评论"专章（第19章）。[①] 他认为在18世纪和19世纪初"文学评论还没有完全形成"，别林斯基乃是"俄国真正文学评论的鼻祖"。他把别林斯基的文学观点归纳为四个方面："一，他第一个确定'诗'的真意义，——诗应当复现宇宙间自然的生活……二，文学不但是个人的创造，而且是社会发展的结果，因为文学本是争取自由幸福的工具；三，他诊断现实主义——歌歌里派的价值，文学最好要能答复'时代问题'，至少也要表达那不可解的悱怨之情；四，再则，他第一个确定文学评论的功能，——解释文学，指导社会舆论，而使文学客观地有所贡献于社会意识"。此外，他系统介绍了俄国文学批评的发展，认为别林斯基是"历史的评论"，车尔尼雪夫斯基是"社会的评论"，杜勃罗留波夫是"现实的评论"，而格里戈里耶夫是"有机的评论"。在皮萨列夫之后，文学评论是"从艺术的、社会的、心理的三方面着眼"，"争辩的问题便在于所谓'纯美的还是人生的艺术'"。瞿秋白最后给俄国文学批评崇高的评价，他说："总之，俄国文学的伟大产生这种文学评论的伟大，——引导着人类的文化进程，和人生的目的，于是可见俄罗斯文学对于世界文化的价值了。"

除了介绍俄国革命民主主义文学理论批评外，1921年耿济之还全文翻译了托尔斯泰的《艺术论》。他在《译者序言》中指出，"艺术是与人生极有关系的"，"建立新艺术，须从研究艺术起，而论艺术的书又在必读之列。托氏这本书议论精辟，见识独到，实堪称艺术书中最佳之著作。所以我把它译出来，以引起国人研究艺术的兴趣"。

从以上情况看，"五四"时期的进步作家十分重视俄国文学创作和文学批评的介绍，他们取他人的精髓化为自己的血肉，巩固"为人生而艺术"的进步文学主张，推动新文学现实主义传统的形成和发展。不少译介者就是"为人生而艺术派"的作家，他们译介俄国文学理论批评，就是为自己进步的文学主张寻求理论根据。俄国文学理论批评对"五四"新文学的影响，可以概括为以下几个方面。

第一，密切文学和社会斗争的联系，巩固"为人生而艺术"的进步文学主张，俄国的文学创作和理论批评都同社会斗争有密切的联系，正如

[①] 《瞿秋白文集》第2卷，人民文学出版社1953年版，第535—538页。

李大钊在1918年前后写的《俄罗斯文学与革命》中所说，俄国社会"视文学为社会的纲条，为解决可厌的生活问题之方法，故文学之于俄国社会，乃为社会的沉夜黑暗中之一线光辉，为自由之警钟，为革命之先声"①。"五四"进步作家当时是带着"为人生而艺术"的观点去选择外国文艺理论批评，而俄国文学创作和文学批评与社会人生关系又特别密切，这就为他们树立了"为人生而艺术"的榜样，为他们的艺术追求提供了理论依据。对此鲁迅曾在1932年指出过："俄国的文学，从尼古拉二世以来，就是'为人生'的……这种思潮，大约在二十年前即与中国一部分文艺绍介者合流。"②

第二，强调艺术要真实反映生活，推动新文学现实主义传统的形成和巩固，俄国文学创作和文学理论批评的一大特点就是坚持现实主义的传统，主张艺术要真实反映生活，这对"五四"进步作家的创作和理论批评也产生了深刻的影响。鲁迅一走上文坛就把矛头指向"瞒和骗"的文学，提出必须坚持正视人生的现实主义，呼吁作家"取下假面，真诚地，深入地，大胆地看取人生，并且写出他的血和肉来"③。茅盾在回忆自己的创作生涯时也曾说过："我提倡过自然主义，但当时我写第一部小说时，用的却是现实主义。我严格地按照生活的真实来写，我相信，只要真实地反映了现实，就能打动读者的心，使读者认清真与伪、善与恶、美与丑。"④

第三，吸取19世纪俄国文学创作和文学批评相互促进、共同繁荣的历史经验，强调创作与批评的密切联系，促使新文学从一开始就形成创作和批评比翼齐飞的局面，郭绍虞在《俄国美论与其文艺》一文中介绍俄国批评时，就明确指出，"美论与文艺本是相互规定"，同时"二者又常与社会生活关系"。他在文末特别强调"文学的发达，又不仅在创作一方面，更须赖有正确忠实的批评者。吾人一想到中国文学正在筚路蓝缕之时，创作方面固须注重，批评方面亦不可忽"。中国现代文学几十年发展

---

① 《人民文学》1979年第5期。
② 《鲁迅全集》第4卷，人民文学出版社1957年版，第330页。
③ 《鲁迅全集》第1卷，人民文学出版社1957年版，第332页。
④ 《新文学史料》1981年第1辑。

的事实完全证明了这种见解是十分深刻的。

这个时期除了介绍俄国革命民主主义和现实主义的文学理论批评外，随着中国革命的高涨，在第一次国内革命战争期间，俄国马克思主义文学理论批评也开始介绍到我国，根据目前所掌握的材料，最早译成中文的是列宁的《列·尼·托尔斯泰和现代工人运动》（译者赵麟，载于1925年2月13日上海《民国日报》副刊《觉悟》），后来发表的还有列宁的《党的组织和党的出版物》（一声节译，载《中国青年》第144期，1926年12月6日）。这一现象的出现虽然十分可喜，但当时影响毕竟有限。马克思主义文艺理论的翻译介绍到了30年代才进入兴盛阶段。

（二）30年代对马克思主义文艺理论和俄国文学批评的介绍与研究

第二次国内革命战争时期，从1928年的革命文学论争到1930年左联成立，我国文学运动进入了新的发展阶段，即无产阶级革命文学倡导、创立和发展的新阶段。同无产阶级革命文学的性质相联系，这个时期出现了马克思主义文学理论传播的高潮。以鲁迅为代表的革命作家为了解决革命文学论争所提出的问题，也为了反击国民党的文化围剿，以相当的力量投入马克思主义文艺理论的介绍和研究。1929年，创造社的《文化批判》创刊时引用了列宁的名言："没有革命的理论也就不可能有革命的运动"，并把介绍和阐述马克思主义称为"一种伟大的启蒙"。这期间出版了好几种介绍科学文艺理论的丛书，其中有陈望道主编的《文艺理论小丛书》，冯雪峰主编的《科学的艺术论丛书》和左联东京分社编辑出版的《文艺理论丛书》。1930年左联成立时也专门成立马克思主义文艺理论研究会，把"俄国马克思主义文艺理论的研究"当作主要的工作内容之一。这项曾被鲁迅比作普罗米修斯盗火种给人类和运送军火给起义奴隶的工作，从理论上武装了革命作家，推动无产阶级革命文学走上"正确、前进的路"[①]。

随着马克思主义文艺理论在我国的传播，我国对俄国文学理论批评的介绍和研究也发展到一个新阶段。与"五四"时期不同，适应无产阶级革命文学发展的需要，这个时期革命作家始终把介绍和研究俄国马克思主

[①]《鲁迅全集》第4卷，人民文学出版社1957年版，第189页。

义文学理论批评放在首要的地位，而且常常成为一种有组织的自觉行动。他们除了介绍列宁的文艺论著外，主要是介绍普列汉诺夫、卢那察尔斯基、沃罗夫斯基以及高尔基的文艺论著。这方面贡献最大的当推鲁迅、瞿秋白和冯雪峰。

鲁迅作为无产阶级革命文学运动的领导者，在这个时期对马克思主义文艺理论的传播做出了开创性的重大贡献。他在严重的白色恐怖的环境中，不畏艰险，不辞辛劳，倾注极大心血认认真真介绍俄国马克思主义文艺论著。他同冯雪峰编辑出版《科学的艺术论丛书》，其中他一个人就翻译了卢那察尔斯基的《艺术论》（1929 年 4 月）、《文艺与批评》（1929 年 8 月），后来又翻译了普列汉诺夫的《论艺术》（1929 年 10 月）、《〈二十年间〉文集第三版序言》（1929 年 6 月）和《车勒芮绥夫斯基的文学观》（1930 年 2 月）。鲁迅的介绍是同研究相结合的，他有自己的眼光和取舍，无论是介绍普列汉诺夫还是卢那察尔斯基，他都写了译后记，对理论家和论著作了中肯的分析。就拿介绍普列汉诺夫来说，鲁迅在 1929 年的《〈《二十年间》文集第三版序言〉译者后记》中，简要介绍了普列汉诺夫的历史和结局，以及早期著作的重大影响，特别强调他在运用马克思主义观点研究文艺方面的先导作用，指出，"在治文艺的人尤当注意的，是他又是用马克斯主义的锄锹，掘通了文艺领域的第一个"①。1930 年，鲁迅又在《〈艺术论〉译本序》中，根据收集到的多种材料，比较详细地介绍普列汉诺夫在文艺理论上的贡献，并作了十分精当的评价："蒲力汗诺夫也给马克思主义艺术理论放下了基础。他的艺术论虽然还未能俨然成一个体系，但所遗留的含有方法论和成果的著作，却不只作为后人研究的对象，也不愧称为建立马克斯主义艺术理论，社会学底美学的古典文献的了。"②鲁迅这些文章今天看来，仍然是我国研究普列汉诺夫文艺论著的很有见地的重要文献。

鲁迅介绍俄国马克思主义文艺理论，总是同中国无产阶级革命文学运动的实际密切联系。早在 1929 年，他痛感革命队伍内部在介绍外国文艺时存在只是搬弄名词口号以吓人的错误倾向，及时指出只有切实介绍外国

---

① 《鲁迅全集》第 6 卷，人民文学出版社 1958 年版，第 610 页。
② 《鲁迅全集》第 4 卷，人民文学出版社 1958 年版，第 206 页。

革命文艺理论和创作,"看看理论和事实",这样"中国文学才有新兴的希望"。① 他认为要正确评价革命文学作品"则非研究唯物的文学史和文艺理论不可了"②。他在 1931 年指出,左联的成立"是一件重要事实。因为这时已经输入蒲力汗诺夫,卢那卡尔斯基等的理论,给大家互相切磋,更加坚实有力"③。鲁迅同时还把介绍俄国马克思主义文艺理论同自己的世界观改造结合起来。他在 1930 年谈到,"我从别国窃得火来,本意却在煮自己的肉的","打着我所不佩服的批评家的伤处了的时候我就一笑,打着我的伤处了的时候我就忍疼"。④ 1931 年他又谈道:"我有一件事要感谢创造社的,是他们'挤'我看了几种科学底文艺论,明白了先前的文学史家们说了一大堆,还是纠缠不清的疑问。并且因此译了一本蒲力汗诺夫的《艺术论》,以救正我——还因为我而及于别人——的只信进化论的偏颇。"⑤

除鲁迅外,瞿秋白在介绍俄国马克思主义文艺理论方面,用力最勤,成绩最大。当时俄苏文论大多从日文转译,选材受日文译者眼光所限,译文也难免失真。当鲁迅听到瞿秋白对自己从日文转译的俄苏文论译文的意见时,兴奋地说:"我们抓住他!要他从原文来翻译这类作品!以他的俄文和中文,确实是最适宜的了。"⑥ 正是在鲁迅的支持下,瞿秋白热情地投入翻译工作。他除了翻译马克思和恩格斯的文艺论著外,1931 年翻译了普列汉诺夫的四篇论文:《易卜生的成功》、《别林斯基的百年纪念》、《法国的戏剧文学和法国的图画》、《唯物史观的艺术论》。1933 年又翻译了列宁的两篇论文:《列甫·托尔斯泰像一面俄国革命的镜子》,《L·N·托尔斯泰和他的时代》。在介绍的同时,瞿秋白也非常重视研究工作,他特别强调要从这些文论中学得马克思主义对待文艺问题的观察方法。例如在《文艺理论家普列哈诺夫》中,他指出要用批判继承的态度对待普列汉诺夫的遗产。他认为普列汉诺夫政治上和哲学上的错误不能不影响他的

---

① 《鲁迅全集》第 17 卷,人民文学出版社 1973 年版,第 186 页。
② 《鲁迅全集》第 7 卷,人民文学出版社 1958 年版,第 460 页。
③ 《鲁迅全集》第 4 卷,人民文学出版社 1958 年版,第 237 页。
④ 同上书,第 170—171 页。
⑤ 同上书,第 6 页。
⑥ 冯雪峰:《回忆鲁迅》,人民文学出版社 1952 年版,第 129 页。

文艺理论,但是"我们应当坚定的站在无产阶级的立场,去研究普列哈诺夫的遗产,而不是盲从,更不是把他一笔勾销","普列哈诺夫的文艺理论遗产是宝贵的,我们不应该抛弃这种遗产,而应当注意的去研究,审查,采取普列哈诺夫美学中的有用的材料"。[①]

瞿秋白还力图以马克思主义文艺理论为武器,来解决我国无产阶级革命文学运动中的理论问题和回击文坛上反动势力的进攻。在文艺大众化问题讨论中,他就以列宁提出的文艺要"为千千万万劳动人民"服务的思想作为指导,强调应当重视"描写工人阶级的生活,描写贫民、农民、士兵的生活,描写他们的斗争"。[②] 重视描写劳动人民的生活和斗争,这正是瞿秋白对文艺大众理论的重要发展。当时胡秋原等人叫嚷"文艺至死也是自由的",提出所谓"勿侵略文艺",苏汶一伙也以"第三种人"面目出现声援胡秋原。针对他们的谬论,瞿秋白发表了《文艺的自由和文学家的不自由》等论文,文中以列宁的文学党性原则作为指导,引用列宁批判资产阶级所谓"文艺自由"的名言,指出在阶级社会中不可能有独立于阶级利害之外的"文艺自由","当无产阶级公开要求文艺的斗争工具的时候,谁要出来大叫'勿侵略文艺',谁就无意之中做了伪善的资产阶级的艺术至上派的留声机";并且深刻指出,胡秋原所要求的,正是"文学脱离无产阶级而自由,脱离广大的群众而自由"。[③] 在列宁文艺思想指导下,瞿秋白这种批判具有较高的理论水平和战斗性,显示了马克思主义文学批评的革命批判精神。

冯雪峰在马克思主义文艺理论的传播方面也作出了突出贡献,其特点是一贯脚踏实地埋头苦干。在"五四"以后的第一个十年,他就翻译了三种苏联文艺论著。1930 年,他翻译了列宁的《党的组织和党的出版物》(署名成文英,题为《论新兴文学》,载于《拓荒者》第 1 卷第 2 期)。1929—1930 年期间,冯雪峰在鲁迅的指导和协助下,主编了当时产生很大影响的《科学的艺术论丛书》。这套丛书原计划出 14 种,后出 8 种,冯雪峰在短短两年内就亲自译了其中的 4 种:卢那察尔斯基的《艺术之

---

① 《瞿秋白文集》第 2 卷,人民文学出版社 1953 年版,第 1079 页。
② 同上书,第 865 页。
③ 同上书,第 957 页。

社会的基础》（1929年5月），普列汉诺夫的《艺术与社会生活》（1929年8月），梅林的《文学评论》（1929年9月），沃罗夫斯基的《社会的作家论》（1930年）。

冯雪峰介绍俄国马克思主义文艺理论同样有明确的目的性。他在所译沃罗夫斯基《社会的作家论》的《题引》中，针对当时文艺批评存在的问题，希望中国批评家要向沃罗夫斯基学习，运用马克思主义的文艺批评方法。他认为文艺批评不能只是搬用名词术语，而要依据社会潮流。他说："不以向来的玄妙的术语在狭小的艺术范围内工于所谓批评的不知所以然的文章，而依据社会潮流阐明作者思想与其作品底构成，并批判这社会潮流与作品倾向之真实否，等等，这才是马克斯主义批评家的特质。"同时，他强调文艺批评要用马克思主义观点来分析一切文艺现象。他说："现在在我国，跟着无产阶级文学底泼辣的抬头和进击，对于旧文学的真正从马克斯主义的立场，严正而峻烈的批评也紧要起来了……在我们中国，对于现存的文学家，也有人试以猛烈的批评，——但有谁真正用过马克斯主义的批评方法吗？那种学者的可厌态度当然是可以抛弃的，但最要紧的是在用'马克斯主义X光线'——像本书著者所用的，——去照澈现存文学的一切；经了这种透视，才能使批评不成为谩骂，却是峻烈的批评。"①

除了鲁迅、瞿秋白和冯雪峰比较集中地介绍和研究普列汉诺夫、卢那察尔斯基和沃罗夫斯基的文艺论著外，这个时期还比较集中地介绍了列宁和高尔基的著作。

关于列宁著作的介绍，除上述瞿秋白、冯雪峰所译列宁《党的组织和党的出版物》和列宁论托尔斯泰的论文外，主要集中在对列宁论托尔斯泰论文的介绍。其中有嘉生译《托尔斯泰论》（《创造月刊》第2卷，第3期，1929年10月，内收列宁论托尔斯泰论文两篇）；陈淑君译《托尔斯泰论》（《文学杂志》第2号，1933年5月，内收列宁论托尔斯泰论文四篇）；克己、何畏译《托尔斯泰论》（思潮出版社，1934年2月，内收列宁论托尔斯泰论文四篇，普列汉诺夫论托尔斯泰论文三篇）。克己在《译者序言》中谈到介绍列宁论托尔斯泰论文意义时说："在这些论文上，

---

① 《雪峰文集》第2卷，人民文学出版社1983年版，第753—754页。

我们除掉得以正确地理解托尔斯泰主义之批判意义外，同时还可以学得站在唯物辩证法的基础上的，艺术社会学底性质的批判方法。"

关于高尔基文艺论著的介绍也逐渐增多，其中主要有鲁迅编《戈理基文录》（1930年，上海光华书店），周起应编《高尔基创作四十年纪念论文集》（上海良友图书公司，1933年9月），林林译《文学论》（上海光明书店，1936年6月），杨凡《文学论》（东京质文社，1936年），杨伍编译《高尔基文学论文选》（上海天马书店，1937年5月），以及楼逸夫编译《高尔基文艺书简》（上海开明书店，1937年6月）。关于高尔基文艺论著的重要意义以及对我国革命文学运动的意义，郭沫若在为杨凡《文学论》所写序言中说，这是"为向来的文艺专家们所机械组织出的文学论、美学论之类的著作所不及的书"，"这是应该'传抄十本诵万遍，口角流沫右手胝'的宝典"。林林在自己所译《文学论》的前言中也指出，"高尔基在这里，以数十年来的丰富的全部经验，以充满着斗争的全部热情，指出文学上最基本的诸问题，并且解剖和文学紧系着的现实底本质"，而"这些问题，都是我们目前新文学运动那个最紧切的问题"。

这个时期在突出介绍俄国马克思主义文学理论批评的同时，也十分重视俄国革命民主主义文学理论批评的介绍。这种现象的出现是有多方面的原因的。其一，俄国马克思主义文论同俄国革命民主主义文论有某种深刻的渊源关系，了解了后者就能从对比中更好地掌握马克思主义文论。其二，俄国革命民主主义所面临的沙皇俄国的黑暗反动统治同当时黑暗的中国社会有许多相似之处，俄国革命民主主义者的思想容易同我国革命作家的思想合拍，当时以反封建文化为重要任务的中国革命作家仍然需要吸取具有反封建农奴制的俄国文学创作和文学理论的成果。其三，当时一部分左翼文艺工作者有时对马列文论的理解简单片面，在强调文艺的党性和阶级性时往往又忽略了艺术的规律和特性，介绍俄国革命民主主义文学理论批评对于纠正这种偏颇也是极为有益的。由于上述种种原因，这方面的介绍和研究比起"五四"时期非但没有削弱而且有了很大的发展，要是说前一时期的介绍大都是俄国批评史的一般概述，这个时期就开始介绍具体批评家的文艺论著了。

关于别林斯基，最早出现的译文是周扬译的《论自然派》（《译文》第2卷，第2期，1935年4月16日），这是节译别林斯基著名论文《一八四七年俄国文学一瞥》中有关果戈理和自然派部分。周扬在译后记中简要介绍了别林斯基，他指出："白林斯基是俄国有名的批评家……他对俄国文学的贡献却是非常之大的，由于他，俄国近代文艺批评在不能动摇的基础上被确立了……他把文艺批评和对现实问题的敏锐感觉结合起来了。他的每一句批评在当时的文坛几乎是法律一样。从三十年代到五十年代的俄国著名作家，几乎没有一个不是借白林斯基评论之力见知于文坛的。"对于所译的论文，周扬说："从这里可以看出他怎样赞美果戈理的伟大功绩，高唱集中全注意力于大众，表现现实的人们，与'在那一切真实上的现实之再现'的艺术定义相应。"1936 年，当别林斯基诞生 125 周年的时候，周扬以"列斯"的笔名发表《纪念别林斯基的一百二十五周年诞辰》一文（《光明》第 1 卷第 4 号，1936 年 7 月），向文艺界介绍了别林斯基的政治态度、文艺思想、生活道路和文学批评。同年 11 月，王凡西编译的《柏林斯基文学批评集》（上海生活书店）出版，这是我国最早的别林斯基文学论文集。集子包括四个部分："伟大的俄国批评家"（《真理报》1936 年 6 月 12 日为别林斯基诞生 125 周年发表的社论）；"论文学"（即《文学一词的一般意义》，系别林斯基计划中的《俄国文学的批评性历史》中的一章）；"论自然派"（收入上述周扬译文）；"论果戈理的小说"（《论俄国中篇小说和果戈理君的中篇小说》后半部分）。编译者在"小引"中称别林斯基为"俄国最出名的文艺批评家和政论家"。他说，"普希金、戈果里与莱蒙托夫底真价值，因他的批评而益形显著，而屠格涅夫与杜斯陀也夫斯基底成就，则不能不归于他的诱导"，他在"俄国思想史和文学史的地位"是"卓绝千古了"。在谈到别林斯基文艺论著对我国的意义时，编译者说："自然，这些论文在俄国底历史说来，已经是一世纪以前的旧调子了，但对我们这更为落后的中国（虽然在实际的社会关系上，也早超过了这些论文底时代），似乎还不失为时髦的新闻。因为目前的中国，不幸与一百年前的俄罗斯竟有许多相似之处。"

关于车尔尼雪夫斯基，鲁迅 1930 年翻译了普列汉诺夫《车勒芮绥夫斯基的文学观》（《文学研究》第 1 卷，1930 年 2 月 15 日）。同年，冯雪峰也翻译了这篇论文，译文题为《文学及艺术底意义——车勒芮绥夫司基底文学观》（《小说月报》第 21 卷第 2 号）。这个时期较详细介绍车尔尼雪夫斯基及其著名美学论文《艺术对现实的审美关系》的文章，是周扬的《艺术与人生——车尔芮雪夫斯基的〈艺术与现实之美学的关系〉》[1]（《希望》第 1 卷第 1 期，1937 年 3 月 10 日）。周扬指出，"人生高于艺术，艺术家的任务是不粉饰，不歪曲，如实地描写人生"，这是车尔尼雪夫斯基和其他俄国革命民主主义美学所共有的"美学法典的基本法则"。周扬认为车尔尼雪夫斯基继承了别林斯基关于艺术是现实的再现的思想，"而且使它大大发展了"。他结合当时中国无产阶级革命文学的实际和存在的问题，特别看重车尔尼雪夫斯基现实主义理论对中国革命所提供的宝贵经验。首先，他强调"车尔芮雪夫斯基的所谓'再现现实'并不同于十七、八世纪伪古典派的'自然摹仿论'"，车尔尼雪夫斯基主张"任何摹拟，如果要真实的话，必须传达出原物的本质的特征"。其次，他强调车尔尼雪夫斯基主张艺术不是抽象的，而是形象地反映现实，"艺术不是那抽象的而是在活生生的个别的事实中去表现思想。当我们说艺术是'人生和自然'的再现的时候，我们说的正是同一件事情——因为在人生和自然中没有抽象的东西。在那里，一切都是具体的。再现就应当尽可能近似地传达那被再现的事物的本质。所以，艺术的创作应当最不抽象，尽量在活跃的光景和独特的形象中具体表现"。这些精辟的见解对纠正当时某些革命文艺工作者忽略文艺特点和规律是有重要意义的。第三，他强调车尔尼雪夫斯基不仅要求艺术"再现人生"，而且还要"说明人生"，进而成为"人生教科书"。而这种"对艺术教育意义的理解，就构成社会主义现实主义的一个重要理论的源泉"。周扬最后指出，车尔尼雪夫斯基虽然没有达到马克思恩格斯的唯物辩证法的水平，但是，"在民主革命的阶段的中国从这位'战斗的民主主义者'，我们可以学习到也许比现代批评家更多的东西"。

关于杜勃罗留波夫，最早的译文是 1930 年 8 月程鹤西所译的《什么是"亚蒲洛摩夫"式的生活》（即《什么是奥勃洛摩夫性格?》节译，《小说月报》第 21 卷第 8 号）。1936 年 4 月 16 日，《译文》第 1 卷第 2 期刊出《杜勃洛柳蒲夫诞生百年纪念》专辑，主要内容有批评家传略，治唐诺夫论文《批评家杜勃洛柳蒲夫》，批评家的论文《什么时候才会有好日子》（即《真正的白天何时到来?》的最后结论部分）等。刊物第 3 期

---

[1] 《周扬文集》第 1 卷，人民文学出版社 1984 年版，第 192—197 页。

又续登了吉尔皮丁的论文《杜勃洛柳蒲夫》。《译文》的编者在"编后"指出:"杜勃洛柳蒲夫为俄国十九世纪六十年代著名批评家,如波勃洛夫所说,他是一个反对'为艺术而艺术'的著名文学批评家,他要求作家们确信地描写真正的生活跟它的特征。"

关于皮萨列夫,仅见的译文是1937年王凡西译的长篇论文,题为《普希金底抒情诗——论普希金与倍林斯基》(即《普希金和别林斯基》,《文学》第8卷第3、4号连载)。译者在《璧沙了夫小传》中,认为皮萨列夫"是将倍林斯基思想体系发展到极端的人",在整个思想上,"无疑是继承着这一流派的。他和这些四十年代和六十年代间的大师一样,也倡导自由,尊重个性,痛恨沙皇制度,反对农奴制;不过他更主张实地去干,要深入民间,所以他又是一个有名的'虚无主义者'"。译者特别赞赏皮萨列夫的文学天才,"他虽然很看不起文学家,尤其轻视诗人,但他自己却富有文学天才,他的文字优美而通俗,有力而易解,在俄国十九世纪底大思想家中,只有盖尔春(赫尔岑)底文笔才能与之媲美"。

这个时期对俄国作家的理论批评也有零星的介绍。例如郁达夫翻译的屠格涅夫著名论文《哈姆雷特与堂吉诃德》(《奔流》第1卷第1期,1928年6月20日),胡风翻译的托尔斯泰的《关于文学与艺术》(《译文》新1卷第4期,1936年6月16日)。此外,《现代艺术》的《托尔斯泰诞生百年纪念专号》(第1卷第2期,1928年9月),《译文》的《普式庚特辑》(新2卷第1期,1936年9月),《普式庚逝世百年纪念号》(新2卷第6期,1937年2月),也介绍了托尔斯泰和普希金的文学主张。

在整个第二次国内革命战争时期,俄国文学理论批评在我国的传播可以说进入了一个崭新的阶段,不仅方面广数量多,而且目的性十分明确,其中特别是左联在党的领导下,密切结合当时革命斗争实际和无产阶级文学运动的实际,译介俄国马列文论,确立以马列文论作为无产阶级文艺运动的指导思想,这对无产阶级文学运动的理论批评建设和文学创作都产生了深刻的重大的影响。

在文学理论批评方面,由于科学的文艺理论批评的翻译和介绍,革命文艺战士"开始试图运用历史唯物主义观点解释文学艺术的特殊现象,用阶级分析的武器,取得了批判新月派的胜利,击败了民族主义反动文学思潮",并且在同形形色色的反马克思主义观点进行论战的过程中加强了无产阶级的文艺理论建设,从此,"我国的无产阶级文学艺术运动开始找到了科学的理论基础"。[①] 例如列宁的《党的组织和党的出版物》1930年经由冯雪峰再次译介,产生了很大的影响,列宁文学党性原则成为左翼作家锐利的思想武器,以鲁迅和瞿秋白为代表的左翼作家从文学党性原则出发,以阶级分析作为武器,驳斥了梁实秋、胡秋原等人宣扬的超阶级文艺主张,使广大文艺战士在文学艺术领域确立阶级和阶级斗争的观点,正确认识和解决文艺与政治的关系。鲁迅在《论"第三种人"》一文中尖锐指出:"生在有阶级的社会里而要做超阶级的作家,生在战斗的时代而要脱离战斗而独立……这样的人,实在也是一个心造的幻影,在现实世界上是没有的。"[②] 瞿秋白在《文艺的自由和文学家的不自由》一文中运用列宁文学党性原则深刻剖析所谓文艺绝对自由的谬论,并且阐明了文艺与政治的辩证关系,针对胡秋原攻击左翼文艺是所谓的"政治留声机",他指出,文艺"都是煽动和宣传,有意的无意的都是宣传。……问题是在于做哪一个阶级的'留声机',并且做得巧妙不巧妙"[③]。

在文学创作方面,由于马列文论的译介,提高了革命作家的理论水平,使他们认识生活,观察各种社会现象有了思想武器,这对于促进创作的发展也产生了重要影响。根据丁玲回忆,胡也频"在二八、二九年读了大量鲁迅和雪峰翻译的俄苏文艺理论书籍,进而读了一些社会科学、政治经济学、哲学等书。他对革命逐渐有了理解,逐渐左倾,二九年写了《到莫斯科去》,三〇年写了《光明在我们的前面》"[④]。又如蒋光慈1929年在日本养病时,深入钻研马列文论,他在集中阅读了别林斯基的《现代批评之诸问题》、卢那察尔斯基的《艺术之社会的基础》以及《普列汉诺夫文集》等论著后,无限感叹地说,"读了诸名家的艺术批评,我不禁慨叹我们国内批评坛的幼稚"[⑤]。他特别推崇别林斯基,称他是"俄罗斯的伟大的文学批评家","俄罗斯社会运动史上的最不可忘却的伟大的战

[①] 周扬:《继承和发扬左翼文化运动的革命传统》,见《文汇报》1980年3月29日。
[②] 《鲁迅全集》第4卷,人民文学出版社1957年版,第336页。
[③] 《瞿秋白文集》第2卷,人民文学出版社1953年版,第963页。
[④] 丁玲:《胡也频》,见《文汇增刊》1981年第1期。
[⑤] 《异邦与故国》,见《蒋光慈文集》第2卷,上海文艺出版社1983年版,第482页。

士"。他认为"我们的文学以及我们的社会正需要别林斯基的这样一个人"。① 科学的文艺理论批评武装了他的思想,坚定了他的信念,使他终于克服了大革命失败后带来的消沉情绪,写出了长篇小说《冲出云围的月亮》、《咆哮了的土地》,重现了思想的光辉。即使当时远离上海、同左翼文学运动并无直接联系的老舍,也注意到"普罗文学的鼓吹是今日文艺一大思潮",他承认自己"试写《黑白李》那样的东西",就是因为"受了革命文学理论的影响"。②

这个时期的译介工作当然也存在一些缺点,例如有的选材缺少鉴别和选择,难免夹带一些杂质;同时在理论的运用方面也有生搬硬套、生吞活剥的现象,未能充分结合中国革命文学运动的实际。

(三) 40 年代对俄国文学理论批评的介绍和研究

在战火纷飞的抗日战争时期,虽然受客观条件的限制,中国革命文艺工作者同外国进步文化的联系,无论在抗日民主根据地延安,在国统区重庆,还是在沦陷区上海,他们都克服种种困难,结合抗日战争的需要,介绍马列文论和俄国文学理论批评。

在延安革命根据地强调的重点虽然是向群众学习、向民间文艺形式学习,但同外国进步文学的联系并没有中断,对马列文论和俄国文论的译介也没有中断,当时作为革命文艺运动指导思想的马列文论在延安得到了广泛传播和深入研究,而毛泽东文艺思想正是对马列文论的继承和发展。延安革命文艺工作者在译介马列文论,在促进马列文论同中国实际的结合方面做了不少工作,其中也包括对列宁文艺论著的译介。1940 年,鲁迅艺术学院出版了《马克思、恩格斯、列宁论艺术》(曹葆华、天兰译,周扬编),书中收入列宁论托尔斯泰的四篇论文,同时附有虞丁写的《列宁与文学批评》一文。值得注意的是,毛泽东同志的《在延安文艺座谈会上的讲话》两次引用列宁《党的组织和党的出版物》中的重要论述。《解放日报》在 1942 年 5 月 2 日发表毛泽东同志《在延安文艺座谈会上的讲话》的《引言》和 5 月 23 日发表《结论》期间,曾于 5 月 14 日发表

---

① 《异邦与故国》,见《蒋光慈文集》第 2 卷,上海文艺出版社 1983 年版,第 486 页。
② 《〈老舍选集〉自序》,见《老舍论创作》,第 141 页。

P. K.（博古）翻译的列宁《党的组织和党的出版物》的全文，于5月20日在《列宁论文学》的标题下辑录了列宁有关文艺问题的几段话。文艺座谈会之后，《解放日报》又于1943年1月21日发表萧三翻译的蔡特金《关于列宁的回忆》。在文艺座谈会召开前后集中发表列宁文论，这对于文艺工作者讨论革命文艺问题，领会和贯彻《讲话》精神起了直接指导作用。1944年，延安解放社又出版了周扬根据《讲话》精神编纂的《马克思主义与文艺》，选辑了马克思、恩格斯、普列汉诺夫、列宁、斯大林、高尔基及毛泽东有关文艺问题的言论，周扬在《解放日报》（1944年4月8日）发表的《〈马克思主义与文艺〉序言》中，深刻指出了毛泽东文艺思想和马列文艺思想的血肉联系："他们的意见虽然是在不同的历史情况之下，针对不同具体问题而发的，但是它们中间却贯串着立场方法上的完全一致：最科学的历史观点与阶级革命精神之结合。"他认为："从这本书当中，我们可以看到毛泽东同志这个讲话一方面很好地说明了马克思、列宁等人的文艺思想，另一方面，他们的文艺思想又恰好证实了毛泽东同志文艺理论的正确。"在介绍列宁文艺论著的同时，延安文艺工作者还介绍了高尔基的文艺论著。

延安革命根据地对俄国革命民主主义文学理论批评的介绍也有新的发展。1942年，延安出版了周扬翻译的车尔尼雪夫斯基的《生活与美学》（即《艺术对现实的审美关系》），书后附有周扬写的《关于车尔尼雪夫斯基和他的美学》，此文曾以《唯物主义的美学——介绍车尔尼雪夫斯基的美学》为题在《解放日报》（1942年4月16日）发表。周扬的文章详细介绍了车尔尼雪夫斯基的生平和创作，深入评述了《艺术对现实的审美关系》的主要观点，可以说是新中国成立前我国研究俄国革命民主主义文学理论批评的一篇最重要的论文。他称车尔尼雪夫斯基是"人类历史上所产生的伟大人物"，认为他的美学著作"把唯物主义的结论应用到艺术的特殊领域。这是一个具有尖锐的、战斗的、论辩特色的著作，它是对唯心主义美学的一个大胆的挑战，是建立唯物主义美学的第一个光辉贡献"。周扬最后号召文艺工作者向车尔尼雪夫斯基学习，他说："坚持艺术必须和现实密切地结合，艺术必须为人民的利益服务，这就是车尔尼雪夫斯基美学的最高原则。车尔尼雪夫斯基的美学是人类文化的优秀遗产之一，让我们很好地来学习它吧。"除周扬的译著外，《解放日报》也介绍了俄国其他批评家和作家的理论批评。

在国统区重庆也集中译介了列宁和高尔基的文艺论著。戈宝权先是在1941年1月辑译了《列宁论文学艺术与作家》(《文艺阵地》第6卷第1期),后来在1942—1944年又在《群众》杂志上比较系统地译介了列宁文艺论著,主要有《列宁论艺术及其他》、《列宁论俄国社会运动和文学发展的三个时期》等。他在发表上述译文时都加了详细的译者序,对论文内容进行扼要分析和说明,指出:"列宁不仅是一个伟大的革命家,不仅是一位伟大的思想家……也可以说他是一位伟大的和深刻的文艺批评家和理论家。"萧三在1943年也编译了《列宁论文化与艺术》(上册)一书(重庆读书出版社),这是根据莫斯科艺术出版社1938年版编译的,其中《党的组织和党的出版物》、《论无产阶级文化》和论托尔斯泰的五篇论文都是全文收入。这个译本是我国新中国成立前介绍列宁文艺论著的重要成果,以后各地先后翻印,对于传播列宁文艺思想起了很大作用。此外,他还在1939—1940年于《群众》杂志发表长篇论文《高尔基底社会主义美学观》,系统论述高尔基的美学观和艺术批评活动的原则,指出"高尔基不仅是作家而且是文艺批评家、文艺理论家"。这篇论文是新中国成立前我国比较系统研究高尔基文艺理论批评的重要成果。

除戈宝权和萧三外,国统区介绍列宁和高尔基论著的还有吕荧翻译的《列宁论作家》(《文学月报》第2卷第5期,1940年12月),其中辑录了列宁关于别林斯基、赫尔岑、车尔尼雪夫斯基、乌斯宾斯基、高尔基、谢甫琴科、马雅可夫斯基、巴比塞、辛克莱、约翰·里德等作家的论述。译者指出:"在这一段段的短文里,列宁以他的深切的观点,辉煌的理论,战斗的气质,钢铁的笔触,用直接或间接的手段,把每一个作家的'社会的'面影都明确地描写出来了。"这个时期出版的还有孟昌翻译的高尔基《文艺散论》(桂林文献出版社1941年版),以群翻译的高尔基《给初学写作者及其他》(重庆读书出版社1940年版)。

国统区的译介工作值得一提的是《中苏文化》,这个刊物在介绍别林斯基、车尔尼雪夫斯基的同时,也填补了介绍俄国文学理论批评方面的一些空缺,例如专栏《海尔岑——俄国人民的伟大儿子》(《中苏文化》第11卷第5、6期,1942年6月20日),《托尔斯泰论文学与艺术》(《中苏文化》第14卷第3、4期,1943年9月10日),《论卢那察尔斯基》(《中苏文化》第 7 卷第 1 期，1940 年 8 月 15 日）等。

在沦陷区上海，抗战初期出版了何芜翻译的《列宁给高尔基的信》（上海新文化书房出版，1938 年），其中选译了列宁 1908—1913 年给高尔基的 16 封书信，同时还出版了罗稷南译的高尔基的《和列宁相处的日子》（即《忆列宁》，上海生活书店 1938 年版）。这里特别需要提到的是在上海创办的《苏联文艺》所作的贡献。① 这个刊物在 1942—1945 年出版的 37 期中，用了不少篇幅介绍俄国文学理论批评，在介绍列宁文艺论著方面有北泉（戈宝权）译的《列宁论托尔斯泰》（第 26 期）、蔡特金《列宁论艺术及其他》（第 32 期）、列宁《党的组织和党的出版物》（第 36 期）。在介绍高尔基文艺论著方面有蒋路译的《忆列宁》（第 36 期）、十宜译的切都诺娃《批评家的高尔基》（第 21 期）。在介绍革命民主主义文学理论批评方面有水夫译的拉伊兴《赤尔纳雪夫斯基的写实主义》（第 8 期）；蒋路译的拉甫勒茨基《柏林斯基与十九世纪俄罗斯的进步思想》（第 33 期）、拉甫勒茨基《柏林斯基——为现实而斗争的战士》（第 35 期）、柯查席夫斯基《杜勃罗留波夫——伟大的俄罗斯批评家和政论家》（第 34 期）；高明（陈冰夷）译的列夫·托尔斯泰《艺术是什么?》（节译，第 16 期）等。

总的来说，抗日战争时期对俄国文学理论批评的介绍限于客观条件，虽然不及第二次国内革命战争时期，但在不少方面仍有新的进展，例如对列宁文艺论著的介绍更为完整系统，周扬对车尔尼雪夫斯基的介绍和研究也达到新的水平，同时这些介绍和研究又都是同抗日战争时期革命文艺运动密切联系的。

（四）新中国成立以来对俄国文学理论批评的介绍和研究

中华人民共和国成立以后，随着我国社会主义新时期的开始，俄国文学理论批评在我国的传播也进入崭新阶段，特别是在党的十一届三中全会以后，这方面的工作又出现了新的局面。

我国社会主义文学是以马克思列宁主义、毛泽东思想作为指导思想，新中国成立后首先受到重视的仍然是俄国马克思主义文学理论批评。1951

---

① 参见姜椿芳《〈苏联文艺〉的始末》，见《苏联文学》1980 年第 2 期。

年出版了《马克思恩格斯列宁斯大林论文艺》，1958年出版了《列宁论文学》（据苏联1957年版），1960年又出版了《列宁论文学与艺术》两卷本（据苏联1957年版），1983年出版由中国社会科学院文学研究所编《列宁论文学与艺术》一卷本，1988年出版了杨炳编《列宁论文艺和美学》。这些版本的出版对于在文艺界进一步树立马列主义文艺思想的指导地位，对于文艺界的理论建设和高校的文艺理论教学，都产生了广泛的影响。此外，新中国成立后还出版了《列宁给高尔基的信》（1950）、《列宁和高尔基通信集》（1981）。与此同时，苏联研究列宁文艺思想的专著也陆续介绍到我国，其中有牟雅斯尼科夫的《列宁与文艺学问题》（1952）、梅拉赫的《列宁与十月革命前的俄罗斯文学问题》（1956）、卢那察尔斯基的《列宁与文艺学》（见《卢那察尔斯基论文学》，1978）、戈尔布诺夫的《列宁与无产阶级文化协会》（1980）、梅拉赫的《列宁和俄国文学问题》（1982），而《列宁文艺思想论集》（1986）则汇编了苏联近年来研究列宁文艺思想的新成果。随着译介的系统开展，研究工作也得到不断加强，高校普遍开设了《马列文论选读》课程，而1984年由中国苏联文学研究会召开的列宁文艺思想研讨会，由全国马列文论研究会召开的专门讨论列宁文艺思想的第六次学术讨论会，则是新中国成立以来首次对列宁文艺思想研究的一次检阅，对于推动列宁文艺思想研究起了积极作用。

除列宁之外，对普列汉诺夫的介绍占有重要地位。1950—1960年的译本有陈冰夷译《从社会学的观点论十八世纪法国戏剧和法国绘画》（1956）、《无产阶级运动和资产阶级艺术》、《艺术与社会生活》、《俄国批评的命运》，吕荧译《论西欧文学》（1957），曹葆华等译《没有地址的信·艺术与社会生活》（1962）。80年代出版的有汝信译《尼·加·车尔尼雪夫斯基》（1981），程代熙译《普列汉诺夫美学论文选》（1983），而由曹葆华译的两卷本的《普列汉诺夫美学论文集》（1983）则是集我国译介普列汉诺夫美学和理论批评著作之大成。随着译介的加强，有分量的研究论著也开始出现，其中如吴元迈的《普列汉诺夫文艺遗产中的几个问题》（1982）、王秀芳的《美学·艺术·社会（普列汉诺夫美学思想研究）》，都对普列汉诺夫的美学思想做了全面、系统的评价。

国内在介绍普列汉诺夫的同时，对卢那察尔斯基和沃罗夫斯基文艺论著的译介也逐渐重视起来，其中有蒋路译卢那察尔斯基《论俄罗斯古典作家》(1958)、《卢那察尔斯基论文学》(1978),以及多人合译的《沃罗夫斯基论文学》(1981),后两种译本分别由蒋路和陈燊写了研究性的长篇译后记,对卢那察尔斯基和沃罗夫斯基的美学观和文艺批评做了精当的分析。

对高尔基文艺论著的介绍在以往工作的基础上有了很大发展,主要译作有缪灵珠译《俄国文学史》(1956),以群、孟昌译《高尔基论儿童文学》(1956),孟昌、曹葆华译《高尔基文学论文选》(1959),曹葆华、渠建明译《文学书简》(上、中、下三卷),林焕平译《高尔基论文学》(1980),其中人民文学出版社出版的《论文学》(1978)、《论文学(续集)》(1983)两卷,可说是集高尔基文学论文之大成了。在译介的同时,研究工作也明显加强,有萧三著《高尔基的美学观》(1953),张羽《通向社会主义现实主义的道路(高尔基九十年代文艺观点探讨)》(1982),陈寿朋《高尔基美学思想论稿》(1983),李辉凡《文学·人学——高尔基的创作及文艺思想论集》(1993)等。

对俄国革命民主主义文学理论批评的介绍在新中国成立后更为系统和更有计划。

关于别林斯基,50年代出版的有孙楚良译《论普希金的〈奥涅金〉》(1953),满涛译《别林斯基选集》两卷本(1952—1953),梁真译《别林斯基论文学》(1958),满涛编选翻译的《别林斯基选集》第一卷、第二卷(1963)。从1979年起,上海译文出版社重新陆续出版满涛译《别林斯基选集》六卷本(已出四卷,第四卷为满涛、辛未艾译),内容包括文艺理论,论普希金、莱蒙托夫和果戈理的文章,论其他俄国作家的文章,1840—1847年的历年文学评论,对当时俄国文学中某些错误倾向和作品的批评,以及同反动文人的论战,关于西欧文学的研究。这部六卷集出齐后将是我国较为完备的别林斯基选集。

关于车尔尼雪夫斯基,主要有周扬译《生活与美学》(1959),缪灵珠译《美学论文选》,辛未艾译《车尔尼雪夫斯基论文学》(上卷,1956年;中卷,1965年)。从1978—1983年,上海译文出版社出齐了辛未艾译《车尔尼雪夫斯基论文学》上卷、中卷和下卷(两册)。

关于杜勃罗留波夫,1954年新文艺出版社、1959年上海文艺出版社曾先后出版了辛未艾译的《杜勃罗留波夫选集》二卷。1983年上海译文出版社再版了这部两卷集，1984年又出版了辛未艾译的一卷本的《杜勃罗留波夫文学论文选》。

在翻译批评家专著的同时，国内也译介了研究俄国革命民主主义文学理论批评的论著，其中除报刊发表的不少单篇论文外，主要有斯米尔诺娃等人的《俄国革命民主主义者的美学观》（1958），布尔索夫的《俄国革命民主主义美学中的现实主义问题》（1980）。

此外，还译介了一些关于俄国文艺理论批评史和美学思想史方面的论著，如尼古拉耶夫等著的《俄国文艺学史》（1987）、《马克思列宁主义文艺学》（1986），奥夫相尼科夫著《俄罗斯美学思想史》（1990）等。

至于国内对俄国革命民主主义文学理论批评的研究，比较集中的是朱光潜《西方美学史》（1964年初版，1979年修订再版），其中有论述别林斯基和车尔尼雪夫斯基的专章"俄国革命民主主义和现实主义时期美学"。他从艺术的本质和目的、主观和客观的关系、典型，以及内容与形式的关系和美的本质四个方面论述别林斯基的美学思想，认为别林斯基"建立了一套远比过去更为完整的现实主义文艺的理论"，并且"用这套理论大大促进了十九世纪俄国现实主义文学的辉煌的发展"。[①] 他认为车尔尼雪夫斯基"在美学上最大的功绩就在于提出了关于美的三大命题和关于艺术作用的三大命题"，"把长期由黑格尔派客观唯心主义统治的美学移置到唯物主义的基础上，从而替现实主义文艺奠定了理论基础"。[②] 他特别指出车尔尼雪夫斯基的美学论著"对我国美学思想的发展有难于测量的影响"，他的《艺术对现实的审美关系》"在我国解放前是最早的也几乎是唯一的翻译过来的一部完整的美学专著，在美学界已成为一部家喻户晓的书。它的影响是广泛而深刻的，很多人都是通过这部书才对美学发生兴趣，并且形成他们的美学观点"。[③] 除朱光潜的《西方美学史》外，研究俄国革命民主主义文学理论批评的主要论文有刘宁的《别林斯基的美学观点》（1958）、《赫尔岑的美学观和艺术观》（1962），汝信的《论车尔尼雪夫斯基对黑格尔美学的批判，兼论车尔尼雪夫斯基美学观点的哲

---

① 朱光潜：《西方美学史》下卷，人民文学出版社1979年版，第558、595页。
② 同上。
③ 同上书，第559页。

学基础》（1963）、《论别林斯基艺术观的转变和发展》（1983），蔡仪的《论车尔尼雪夫斯基的美学思想》（1980），钱中文的《论别林斯基的文学思想》（1980）等。

新中国成立后对俄国作家文学理论批评的译介也明显增多，除一些单篇论文、文艺书简和日记外，成书的译本就有辛未艾译《赫尔岑论文学》（1962），丰陈宝译托尔斯泰《艺术论》（1958），戴启篁译《列夫·托尔斯泰论文学创作》（1982），陈燊、丰陈宝等译《列夫·托尔斯泰文集·文论》（1992），冯增义译《陀思妥耶夫斯基论文学》（1988），张铁夫、黄弗同译《普希金论文学》（1983），冯春编译《普希金评论集》（1993），汝龙译《契诃夫论文学》（1958），朱逸森译《契诃夫文学书简》（1988），丰一吟译柯罗连科《文学回忆录》（1985）等。随着介绍的增多，也开始出现了研究俄国作家文艺思想和文学批评的论著，其中有钱中文的《略论托尔斯泰的现实主义文艺思想》（1982），冯增义的《陀思妥耶夫斯基的艺术观初探》（1986），叶乃方的《屠格涅夫的现实主义观点》（1983）等，在全国苏联文学研究会主办的全国托尔斯泰学术讨论会（1981）、全国屠格涅夫学术讨论会（1983）、全国陀思妥耶夫斯基学术讨论会（1986）上，也都有专门研究这三位作家文艺思想和文艺批评的论文发表。此外，人民文学出版社于五六十年代先后出版的《文艺理论译丛》、《古典文艺理论译丛》和七八十年代以来中国社会科学院外国文学研究所等编辑出版的《外国文学研究资料丛书》、《二十世纪欧美文论丛书》等大量外国文论丛书，都有计划有重点地系统编译、介绍了有关俄苏文学批评理论方面有代表性的论著、研究资料。

新中国成立后我国翻译介绍俄国文学理论批评所取得的成绩，显然超过以往任何一个时期，这主要表现在：译介更有计划性，更为系统，一些著名的理论家批评家大都出版了较为完备的选集；内容更为广泛和多样，不仅介绍一流理论家批评家，也兼顾其他理论家批评家；译文质量明显提高，一般不再搞转译，大都是由名家从俄文直接翻译；研究工作明显得到加强，改变了译文多研究少的局面，开始出现一些很有见地的研究论文和专著。俄国文学理论批评译介和研究的深入开展，对于新中国的文艺理论和文艺批评的建设，文艺创作的发展，以及高校文艺理论教学工作，都产生了深刻的影响，它不仅帮助作家批评家认识文学艺术的社会本质和社会作用，增强自己的社会历史责任感，而且帮助作家批评家掌握艺术创作的重要特点和规律，其中诸如别林斯基关于形象思维和典型是"熟悉的陌生人"的观点，车尔尼雪夫斯基关于"美是生活"的观点，普列汉诺夫关于文艺起源于劳动的观点，列宁关于列夫·托尔斯泰是俄国革命的镜子的观点，高尔基关于文学是人学和现实主义与浪漫主义结合的观点，都深深铭刻在我国几代作家和文学理论批评家的心中。

当然，毋庸讳言，由于片面强调向俄苏学习和"左"的路线长期居支配地位，新中国成立后对俄苏文艺理论批评有时生搬硬套，全盘接受，缺乏批判分析，后来到了"文化大革命"中又不加分析地全盘否定世界文艺的优秀遗产，对于俄苏文学及其理论批评更是良莠不分，一概斥之为"苏修文学"或"修正主义文艺黑线"的"祖师爷"，这方面的经验教训也是值得深刻吸取的。

（五）历史的经验教训

从"五四"到今天，近一个世纪以来，俄国的文学理论批评，首先是俄国的马克思主义文学理论批评，经过我国文艺工作者长期的艰苦工作，逐步在我国得到广泛的传播，并对我国革命文艺运动产生了深刻的影响。通过俄国文学理论批评在我国传播历史的简单回顾，我们可以从中获得不少教益。

俄国文学理论批评得以在我国广泛传播并且经久不衰，首先在于它自身所具有的力量，俄国文学理论批评在世界文学理论批评史上占有重要的和特殊的地位。无论是别林斯基、车尔尼雪夫斯基、杜勃罗留波夫所创立的俄国革命民主主义文学理论批评，还是列宁和普列汉诺夫所创立的俄国马克思主义文学理论批评，都不仅是俄国文学发展历史经验的总结，而且是世界文学发展历史经验的总结，它们对俄国的发展和世界文学的发展都产生过重大影响。从某种意义上说，没有俄国文学理论批评的发展和繁荣，便没有俄国文学的发展和繁荣。近一个世纪以来，它能在中国这样一个东方大国广泛传播并且经久不衰，这个历史事实本身就有力地证明了俄国文学理论批评具有十分强大的生命力。

俄国文学理论批评得以在我国广泛传播并且经久不衰，也同我国革命文学运动内在的需要分不开。一个民族总是根据本民族文化发展的内在需要来吸收外来文化，并且加以选择和消化。"五四"时期的进步作家一开始就从俄国革命民主主义文学理论批评得到滋养，巩固自己"为人生"的文学主张，使得新文学坚持面向社会，面向现实，面向人民。左翼作家也是在革命文学的建设中碰到一系列问题才去寻找俄国马克思主义文艺理论。可见，重视介绍和运用马克思主义文艺理论和外国进步的文艺理论是我国革命文艺发展的优良传统。历史经验证明，要发展我国的文艺理论批评，必须坚持以马克思主义文艺理论作为指导思想，同时也要根据本国文艺发展的需要，充分吸收世界各国文艺理论的优良成果。对于世界文艺理论批评遗产，我们要以鲁迅的"拿来主义"精神，首先做到敢于拿来，在全面分析研究的基础上，区分精华和糟粕，经过消化吸收，作为建设我国马克思主义文艺理论批评的借鉴。历史证明，封闭势必造成僵化，开放才能带来活力。对于俄国文艺批评遗产和传统，我们也不应采取褊狭的态度，只要革命民主主义传统，排斥其他传统，独尊现实主义流派而排斥其他非现实主义流派，只学习俄苏文论而排斥一切西方现当代文论。近年来，对西方现当代文论和俄国形式主义等非主流文论的开放给我们文艺理论批评的建设和发展带来了活力，推动了文学观念和研究方法的更新。然而也存在生吞活剥、盲目照搬、缺乏科学分析批判的倾向。同时也大有从以往一边倒向俄苏转而倒向西方的趋势，似乎俄苏文论都是教条主义、庸俗社会学的，而西方的文论都是先进的、科学的。显然，这种左右摇摆的态度对我国文艺理论批评的建设和发展是有害无益的。因此，在改革开放的新形势下，我们既要坚持开放，引进、利用、借鉴外国一切有益的东西，又要保持清醒头脑，注意分清辩证唯物主义和唯心主义形而上学的界限，社会主义思想同封建主义、资本主义腐朽思想的界限，学习西方先进东西同崇洋媚外、全盘西化的界限。这样才能保证我们建设有中国特色的马克思主义文学理论批评工作的健康发展。

俄国文学理论批评得以在我国广泛传播并经久不衰，还在于它同我国革命文艺运动实际的结合，理论的生命力在于同实际的结合，要真正做到同实际结合也有个艰苦和曲折的过程。我们固然要同反动派的禁锢和歪曲作斗争，要克服排斥外国进步文化的倾向，同时更要花大力气克服忽视本国传统和本国实际的生搬硬套的做法，从某种意义上讲这方面的斗争更为艰巨，然而也只有同本国传统和本国实际相结合，才能让马列文艺理论批评和进步的文艺理论批评真正在中国的土壤上扎下根。这方面以鲁迅为代表的先驱者已为我们树立榜样，而毛泽东文艺思想也正是马克思主义同中国革命文艺实际相结合的产物。历史的经验表明，对于马克思主义文艺理论批评遗产，既要学习、继承，又要结合本国实际加以创新、发展。如果只注意继承而忽视根据实践经验加以创新，就会陷于教条主义和烦琐哲学，使文艺创作和批评丧失生气勃勃的创造力。如果抛开马克思主义基本理论的指导来侈谈所谓"创新"，就会在各种现代资产阶级美学和文艺思潮的侵蚀下解除思想武装，沦为他们的俘虏。

今天我们如何以马克思主义作为指导，在继承和发扬中国文学理论批评的优良传统和充分吸收外国进步文学理论批评优秀成果的基础上，建设和发展具有中国特色的马克思主义文学理论批评，仍然是长期和艰巨的任务。面临这一光荣任务，我们对俄国文学理论批评的介绍并没有终结，还必须引向深入。我们首先必须加强系统的研究工作，并且在深入研究的基础上继续大力发扬俄国文学理论批评的优良传统，同时以历史的眼光和开阔的视野填补明显的空白和开拓新的领域，这样俄国文学理论批评将会以更加丰富多彩的面貌呈现在我们面前，我们也将从中获得更多的启示和教益。

（本文作为《俄国文学批评史》的"代结束语"，载《俄国文学批评史》，上海译文出版社 1999 年版）

第三编

苏联当代文艺学的新进展

第 一 章

苏联当代文学观念的变化和
研究方法的革新

20世纪50年代中期以后，特别是七八十年代以来，苏联文艺学有很大发展，内容十分广泛和丰富。本章只涉及大家所关心的文学观念和研究方法的部分情况，为了说清楚这两个侧面需要先简单介绍一下当代苏联文艺学发展概貌。

一 当代文艺学发展概貌

三十年来苏联文艺学的发展经历了一个曲折的过程，它是在矛盾斗争中前进的。

从战后到50年代中期以前，苏联文学的发展严重受阻。文学创作由于个人崇拜的影响，无冲突论盛行，一些作品一味歌功颂德，粉饰现实，回避尖锐复杂的现实问题，文学理论除无冲突论外，主要是忽视文学特点和规律，片面理解文学和政治的关系，例如认为典型问题"任何时候都是一个政治性问题"，把文学史简单归之于"现实主义和反现实主义的斗争"。强调作家政治思想和艺术方法的异质性，忽视艺术风格和创作方法的多样性等。

从50年代中期开始，苏联文学创作和文学理论都进入了自身发展的新时期。这是一个动荡不安的新旧交替的时期，一个充满探索和创新的时期。它的突破和迷误、经验和教训是交织在一起的，这个时期的文学创作克服了无冲突论和图解政治的弊病，文学接近了人民，敢于真实反映现实生活，提出现实生活中尖锐的问题，艺术风格和形式也日趋多样化。同时，也出现了片面描写阴暗面、非英雄化和形式主义等倾向。文学理论批评方面对一系列似乎早有定论的理论问题重新加以审议，围绕人道主义、正面人物、写真实、自我表现、艺术革新等一系列问题进行大胆的探索和展开剧烈论争。不少问题取得进展，同时还存在失误和偏颇。

经过五六十年代，到了七八十年代，苏联文学创作和文学理论开始进入比较稳定和比较成熟的时期。创作上提出反对两个极端：既反对抹黑，又反对粉饰。理论上也反对走极端，开始比较全面看待一些理论问题。正如苏联文学理论家库兹涅佐夫所描述的："当代文学越来越清楚地显示了不同于前十年的某些特点，正像五六十年代文学不同于战后十年文学那样。今天的社会形势和文学形势也不同于 50 年代和 60 年代初：当文学上的慷慨陈词和争论，思想上的不平静状态和苦楚已远远成为过去的时候，极端现象消失了，文学生活中较为求实和建设性的氛围形成了，时代已变得不再那么喧嚣和那么紧张，我们给文学气质的某些部分甚至可能带来一些损失，但文学的进程却变得丰富多彩和复杂化了。"[①]

这个时期文艺学发展有以下几个特点：

首先，注意全面总结历史经验，加强理论建设。

这个时期虽然仍有理论之争，但是已经不像五六十年代那样唇枪舌剑，好走极端，而是比较注重全面总结历史经验教训，力求在综合当代文学创作丰富经验的基础上，对一些主要理论问题做出比较全面的理论概括，因此在文艺学的各个领域都出现不少有分量的专著。除了马克思列宁主义文艺思想研究专著外，还编辑出版了五卷本《世界美学史文献资料》。批评史和文学史方面有《俄国文艺学史》、《俄国批评史》、三卷本《俄国文学现实主义发展》、十卷本《各民族文学史》、九卷本《世界文学史》等。基本理论除有关社会主义现实主义的专著外，还有四卷本的《文学风格理论》，以及有关方法论研究的大量著作。像赫拉普钦科的《作家的创作个性和文学的发展》、苏奇科夫的《现实主义的命运》分别荣获列宁奖金和国家奖金，也是过去少见的。

[①] 库兹涅佐夫：《时代的人道主义本质》，《真理之路和人道主义之路》，莫斯科，文学出版社 1978 年版。

其次，拓展研究领域，更新研究方法。

随着研究的深入和科学技术的发展，文艺学研究开拓了不少新的研究方法，研究方法上得到更新。原有的研究方向有了新的发展，例如社会主义现实主义理论研究提出了开放体系问题，开展了社会主义现实主义类型学研究。同时理论界还开拓新的方向，梅拉赫提出艺术综合研究问题，赫拉普钦科提出"历史诗学"研究问题。高尔基世界文学研究所所长别尔德尼科夫说："在今后几年里，对历史诗学的研究将成为高尔基世界文学研究所主要的，有价值的科研方向之一。"[①]

第三，革新不离开传统，开放又不机械搬用。

从60年代起，随着西方文艺思潮进入苏联，随着创作不断发展，苏联文艺界也开始提出新的观念，开始引进新的科学研究方法，不过他们很注意传统，不照搬西方。理论界在创新的同时，十分强调坚持马克思列宁主义文艺学的基本原则，继承俄国革命民主主义美学的优良传统。苏联作协第一书记马尔科夫1981年在苏联作家"七大"指出："必须强调别林斯基、车尔尼雪夫斯基、赫尔岑，所有革命民主主义者同我们血肉相连，我们共产党人是他们唯一的后代和继承者，忘记了这一事实就等于忘记了自己的家谱，就是抛弃自己的至亲。爱护和珍惜革命民主主义的传统，就意味着发展列宁文学党性和人民性原则，经常保持革命创作思想的纯洁性。"[②]

二 当代文学观念的变化

当代作家特里丰诺夫在1978年谈起自己1951年获奖的长篇小说《大学生》时，曾经这样说过："无论如何，同我现在写的东西相比，我觉得它完全是另外一种文艺作品，这本小说我现在连一页都不想再读了。"[③]这一段话听来令人惊异，然而却道出了一个严峻的事实：三十多年来当代苏联文学确实发生了很大的变化。这种变化归根结底是同文学观念的变化

---

① 《苏联文学》1985年第4期，第135页。
② 同上书，第140页。
③ 特里丰诺夫：《短暂中求永恒》，《文学问题》1974年第8期。

相联系的。

　　苏联当代文学观念的变化首先集中体现在对文学的本质和功能的看法方面。50年代中期以前，苏联文艺界大都认为文学是以形象形式反映生活的特殊的社会意识形态，它同科学和其他社会意识形态的区别不在于内容，而在于形式，它的作用主要是思想认识作用，而不是审美作用。1956年，布罗夫在《艺术的审美本质》一书中，首次提出艺术是有特殊对象的，它的本质是审美。在他看来，艺术的特殊内容就是"活生生的人的性格"[1]，"人的性格和内心活动的真实是艺术内容的核心，它的特殊本质，从而也是整个艺术的特性之所在"。[2] 布罗夫所提出的艺术具有特殊对象和特殊内容的观点，在苏联被认为是文艺界、美学界冲破"教条主义和庸俗社会学"的束缚，由着重研究艺术与其他意识形态的共同性和共同规律转向研究艺术的特殊性和特殊规律的"先驱"。[3] 到了70年代，鲍列夫在《美学》（1975）一书中，更进一步指出："艺术是包罗万象的，同时又是独特的。不仅它的形式，还有它的内容、方法、职能和对象，都是特殊的。"[4]

　　理论家关于文学本质和功能的新观念也在作家的创作思想中体现出来。三十年多来苏联社会的急剧变化，特别是近十年来科技革命的发展和社会物质生活的变化所带来的社会道德问题的尖锐化，都迫使作家认真思考文学的使命和作用，他们的文学观念也发生了比较大的变化：他们努力摆脱以往存在的"无冲突论"、图解政治和粉饰现实等创作思想的束缚，不是一般化地表现生活的事件，而是力求深入揭示现实生活的矛盾和冲突，表现当代人的道德心理冲突，表现他们活生生的性格和内心世界的变化，并且特别注重发挥文学的审美作用。作家文学观念的变化使苏联当代文学出现了崭新的面貌。

　　面对科技革命和农村城市化给农村传统伦理道德带来的巨大冲击，从事农村题材创作的作家不是去具体描写农业技术革命的过程，而是着力表

---

[1]　布罗夫：《艺术的审美本质》，莫斯科，艺术出版社1956年版，第13页。
[2]　同上书，第59页。
[3]　卡冈：《论研究艺术的特性》，《美学问题》论文集第3辑，莫斯科，艺术出版社1960年版。
[4]　《外国理论家作家论形象思维》，中国社会科学出版社1979年版，第593页。

现当代农村人与人关系的变化和人的道德面貌的变化。艾特玛托夫对吉尔吉斯农村人与人的关系今非昔比十分感慨,他认为不论社会多么现代化,"总是更加需要精神食粮",作家应当"把自己关于精神价值的概念,关于什么是好,什么是美,什么是坏的概念传达给读者",促使他们思考"人的道德的主要价值、责任感,即一切能使人成其为人的东西"。① 拉斯普京还提出,农村题材创作的特点是"从道德方面研究人的个性",他认为"文学首先那是培养感情,首先是培养善良的、纯洁的和高尚的感情"。②

战争题材创作近年来还出现了新的情况。不少作家已不满足于一般描写战争事件的过程和战士的英雄主义行为,他们力求深入表现战争胜利的道德因素,人在战争中的价值。邦达列夫谈到,他特别感兴趣的是描写"战士在前线怎样每时每日战胜自身",怎样战胜自身的恐惧感而表现出平日的勇敢精神,表现出人的力量。③ 瓦西里耶夫认为选择女兵作为《这里的黎明静悄悄……》的主人公,是为了突出表现"决定一个人的价值的主要东西",也就是"支持他在极端艰苦条件下不失尊严地接受考验的那种道德力量"。④

苏联当代文学观念另一个重要变化是强调创作主体的积极性和创造性,重视作家的创作个性。这涉及对列宁反映论的理解问题。列宁辩证唯物主义反映论是解决文学和生活关系问题的理论基础,它科学地阐明了创作主体和创作客体的辩证关系。然而在这个问题上一直存在斗争。苏联20年代的庸俗社会学者把文艺看成是"经济的审美表现形式","阶级心理的投影",面对这种情况,卢那察尔斯基1932年在《列宁与文艺学》一文中,深刻批判了庸俗社会学,他针锋相对地提出:"反映论所注意的,与其说是作家隶属的家系,不如说是他对社会变动的反映,与其说是作家主观上的依附性和他同某个社会环境的联系,不如说是他对这种或那种历史局势的客观代表性。"⑤ 可是后来文艺界对反映论的理解又出现片

---

① 《苏联当代作家谈创作》,北京师范大学出版社1984年版,第3—4页。
② 同上。
③ 同上。
④ 同上。
⑤ 《卢那察尔斯基论文学》,人民文学出版社1983年版,第46页。

面性，有些人认为文艺作品是反映客观世界的，忽视了反映主体的积极性和创造性。到了七八十年代，许多学者在列宁反映论的研究中开始注意到列宁说的"人的意识不仅反映客观世界，并且创造客观世界"[1] 这句话的重要意义，开始重视反映和创造的辩证关系。梅特钦科在《继往开来》(1975) 一书中指出："列宁的反映论把实际的现实生活这个艺术基原归还了艺术，加强了它的威信。这样，它就同反动的唯心主义的艺术创作概念交上火。同时，反映论也反对机械地解说艺术和生活的相互关系。反映论为客观地再现现实生活开辟了无限广阔的天地，强调了认识的积极作用。"[2]

正是从重视反映主体的积极性和创造性出发，文艺理论界加强了作家创作个性的研究和文学创作心理学的研究。赫拉普钦科在《作家的创作个性和文学的发展》(1972) 中，尖锐地批评了贬低作家创作个性的倾向。他说："作家不久前还曾被许多批评家和理论家看作、直到现在还往往被描述为主要是多种多样事件、生活的某些变化、生活的个别特征和特点的勤恳奋勉的纪录员和仔细认真的发报机。作家什么东西也不能发现，而只是'显示'，什么东西也不能以自己的名义掺杂进去，而只是把观察到的东西加以复制，力图更广泛地'包罗生活'；他是十足客观，同时又是显得是完全无个性的。"[3] 他认为艺术的发展是同创作个性的鲜明表现分不开的。一方面，作家"对生活创造性看法所具有的独特性，就其本身来说，跟反映现实现象中本质的典型的东西这一点是完全不矛盾的"，"作家眼光越敏锐，他就越是深刻地渗透进事物的本质里去，他的艺术概括，他的创作上的发现，就越是显得范围广阔"。另一方面，"作家所加进艺术宝藏中的新东西，也就决定着作家的创作面貌的特点，决定着他在文学中的意义和地位"。[4]

苏联当代文学观念再一个重要变化是强调文学的多样性，这种多样化观念的基础实际上就是对创作主体积极性和主动性的重视，是对作家创作

---

[1] 《列宁论文学与艺术》，人民文学出版社 1983 年版，第 46 页。
[2] 梅特钦科：《继往开来》，中国社会科学出版社 1983 年版，第 26 页。
[3] 赫拉普钦科：《作家的创作个性和文学的发展》，上海译文出版社 1977 年版，第 66、68—69 页。
[4] 同上。

个性的重视，同时也是同冲破个人崇拜给文学发展带来的种种束缚分不开的。所谓文学的多样性既包括内容的多样性，也包括形式的多样性，这种多样化的观念在创作方法问题上表现得相当突出。苏联的社会主义现实主义创作方法在 50 年代中期以前基本上是二十年一贯制，到了五六十年代开始受到挑战，进入 70 年代就形成三种不同观点。

第一种观点是以莫斯科大学教授奥弗恰连科为代表，主张文学创作方法的多样化。他认为社会主义现实主义是苏联文学的基本的创作方法，但不是唯一的创作方法，苏联文学至少存在三种创作方法：社会主义现实主义，社会主义浪漫主义，初期的批判现实主义。

第二种观点是以苏共中央社会科学院彼得罗夫博士为代表，主张在社会主义现实主义统一创作方法基础上的风格多样化，就是方法的统一性和风格的多样性。他认为社会主义现实主义可以包括直接的现实主义、浪漫主义和假设联想的风格流派。

第三种观点以苏联科学院通讯院士德·马尔科夫为代表，主张社会主义现实主义是真实地描写生活的历史地开放的体系。所谓开放性实际上也就是多样性。马尔科夫主张"真实性的广阔标准"，认为社会主义现实主义表现生活真实并不局限于"用生活本身的形式反映生活"这样一种表现形式。同时，它表现生活真实的手法也是多样性的，可以"把过去和现代的其他各种艺术流派在表现手法方面所取得的成果融合成为一个整体"。[1]

以上三种观点虽有分歧，然而还有一致性和逐渐接近的地方，他们的观点都鲜明地体现出要求文学多样化的文学观念，都认为社会主义现实主义文学在内容、题材、体裁、风格、形式和表现手法等方面应该多样化，应该向一切进步的、有价值的东西开放，应该在新的历史条件下不断发展。

这种多样性的文学观念在作家的创作思想中表现得很突出，它对苏联当代文学产生了深刻的影响。例如假定性这种艺术表现形式，艺术表现手法，以往被认为是形式主义的，人们把假定性同逼真性对立起来。现在多数人认为假定性是概括和认识现实的一种形式，对现实主义艺术来说，逼

---

[1]《苏联现实主义问题讨论集》，外国文学出版社 1981 年版，第 422 页。

真性和假定性本身都不是目的，真正的目的在于真实地揭示现实。苏联当代著名作家艾特玛托夫在他的小说中，就比较多地运用象征、变形、神话、民间传说、童话这样一些假定性的形式和手法。关于这个问题，他曾在长篇小说《一日长于百年》(1980）的"作者前言"中谈道："正如我在以前的作品中所做的那样，这一次我也把传奇、神话、民间传说作为常常留给我们当遗产的经验来依靠。同时我第一次在自己的创作实践中采用幻想情节。凡此种种都不是目的本身，而只是一种思维方法，一种认识和解释事物的方式……至于幻想或虚构的意义，陀思妥耶夫斯基就曾写道：'艺术中的虚构是有限度的和有规则的。幻想应同现实接近到这样一种程度，以至你几乎应当相信它'。"

总之，对文学本质和功能的重新认识，强调创作主体的积极性和创造性，以及文学多样性的强烈要求，这是苏联当代文学观念变化的几个重要方面。这种变化有深刻的社会历史原因和文学本身发展的原因，既是一种不可阻挡的历史要求，又是符合文学本身的发展规律的。文学观念的变化既体现在创作中，也体现在理论中，当它从理论上得到阐明和概括之后，又会极大地推动文学创作向前发展。这是苏联当代文学发展的历史所证明了的。

三 当代文学研究方法的革新

方法和观念是密切相关的，文学观念的变化必然会带来研究方法的革新，反之，如果离开观念的变化空谈方法，就有把方法变成外在的、形式主义的东西的危险。如前所述，对于创作主体、对于作家个性的重视必然带来对文学创作心理学研究方法的重视，而文学多样化观念的强烈要求也必然会引起对文学类型学研究方法的重视。

从60年代中期以来，特别是70年代以来，由于科学技术革命的迅猛发展，自然科学和社会科学的相互渗透，由于文学理论和文学创作的不断发展和文学观念的更新，苏联文艺界日益重视文学研究方法问题，在这方面展开了热烈的讨论，出版了不少专著，同时形成不少方法论的研究中心。

当代苏联文艺学方法论研究正处于十分活跃的阶段，总的趋势可以概括为革新、多样和综合。苏联学者不满足于长期占统治地位的社会历史方法,他们在坚持和发展传统方法的基础上,不仅恢复了一些曾经被批判过的研究方法,如比较研究方法,而且还开拓了不少新的研究方法。目前在革新和多样的基础上,有的学者又提出要把多种研究方法综合加以运用,例如有人提出要把作品结构研究、历史根源研究和历史职能研究三者结合起来。看来这是一种很有眼光的见解,它指出了文学方法论研究的重要趋势。

下面分为三种情况加以介绍:

第一,坚持和发展传统的研究方法。

目前有人把传统的文艺社会学研究方法同庸俗社会学等同起来,把它看成是一成不变的方法,并认为这种方法已经过时了。其实这是不符合实际的。以辩证唯物主义和历史唯物主义为基础的文艺社会学的研究方法是文艺学的基本研究方法,它同庸俗社会学是根本对立的,而且是在斗争中不断得到发展的,近年来苏联的文艺社会学研究方法就有很大发展。[①]

首先,苏联学者认为对影响作家和文学进程的社会历史现实这一概念不应作狭义的而应作广义的理解,社会历史现实从两个方面影响作家的创作和整个文学的进程:一是一个时期的重大政治历史事件,例如1812—1825年间俄国发生的重大历史事件对普希金的意识和心理产生的巨大影响,俄国革命准备时期的社会矛盾对托尔斯泰创作的影响;二是过去时代沉积下来的历史特点,在民族发展长河中形成的美学观,在艺术作品中巩固下来的民族传统,包括民族风俗、习惯、心理、传统和语言等。以上两方面因素的融合,对艺术家个性的心理构成产生双重影响,既影响作家的美学意识,也影响他的整个世界观。这就是说,社会历史对作家的创作和文学进程的影响不单是政治,而是多层次的。

其次,苏联学者认为不仅要研究文学的社会历史根源(创作社会学研究),而且要研究社会如何制约文学(社会动力学研究),文学如何发挥社会作用(社会功能研究)。就以社会动力学来说,他们认为社会影响文学的方式和渠道是多层次的:

[①] 以下内容参见尼格玛杜琳娜主编《十九世纪末期(后三分之一)的俄罗斯文学(系统综合分析文学过程的几个角度)》第一章、第四章,苏联喀山大学出版社1980年版。

一个是社会沟通层次。这一链条的基本环节是：作家的社会分类；作为完整体系的文学进程；读者的社会分类。我们一方面可以看到，社会政治因素的变化影响到作家社会类型的变化，作家社会类型的变化又影响文学的变化。例如19世纪末期的政治经济因素明显影响俄国作家社会类型的变化，70—90年代平民知识分子作用得到加强，出现了平民作家。平民作家的出现给文学带来新的问题、新的形象和对世界新的看法，也带来了艺术结构和文学体裁的新类型。"文学兴趣的中心从地主庄园和跳舞厅转到小市民的只有一个窗口的小屋、酒馆、农民的小木屋"。文献性政论性的文章大量涌现，提到首位的体裁是抛弃了传统爱情冲突的社会性长篇小说和半文艺半政论性的特写。同时，我们还可以看到，社会政治经济因素的变化影响到读者社会类型的变化，读者社会类型的变化又影响到文学进程的变化。例如俄国农奴制改革后资本主义的发展，造就了一大批新的读者，识字扩展到工农和下层市民。读者社会结构变化影响到文学作品结构的变化，形成60年代作家和民粹派作家创作的本质特点：提出广泛的问题，塑造新型主人公和表达公民激情。贵族作家还开始同新读者对话：屠格涅夫描写平民知识分子，托尔斯泰写通俗读物。

一个是社会调节层次，它包括正式的（部、局、出版事业委员会）和非正式的（杂志文学批评、文学协会等）。这些影响可能以直接的方式（通令、审查、社会褒贬），也可能以间接形式，即经过其他系统（权力、财政、司法）的沟通环节来实现。还以俄国文学为例。正式监察机构控制文学的典型方式是逮捕、流放、警察监视和搜查。非正式调节权力的杠杆是文学杂志和文学批评。前者是社会情绪和期待影响文学的主要手段，它能产生巨大作用的原因是能够影响作家批评家的美学立场，能最显明地表现新倾向和首先标识出新的思潮和流派，有经常的读者群，是文学影响社会舆论，社会舆论影响文学的有效渠道。后者是文学过程的理论自觉，是文学和社会的中介人，能实现社会调节的特殊功能。

第二，恢复和发展曾受过批判的研究方法。

这方面有历史比较研究和文艺心理学研究等。

文学的历史比较研究在苏联走过曲折的道路。十月革命前，"俄国比较文学之父"维谢洛夫斯基就在彼得堡大学开设总体文学讲座（1870），并从类型学角度对各国诗体形式的演变进行比较研究。十月革命后什克洛夫斯基、艾亨巴乌姆、蒂尼扬诺夫等学者组成"诗歌语言理论研究会",对各国文学中诗歌语言、文体流派、情节结构的演变进行比较研究,但在方法论上陷入形式主义,忽视文学作品的社会制约性,忽视形式和内容的关系,受到批评。到了40年代,在批判世界主义时比较文学研究被视为异端,成为禁区。60年代以来逐步恢复比较文学研究,称之为各民族文学相互联系和相互影响的研究。苏联当代的比较文学研究坚持以马克思主义的唯物史观为基础,肯定各民族文学的比较研究的基本前提是人类社会的普遍历史发展过程的统一性和规律性。在比较研究各个时期文学思潮、流派和风格形式的异同时,强调从内容和形式的结合上进行历史具体的考察,反对脱离具体历史条件和文学思想内容孤立地、唯心地考察某些形式因素。

文艺心理学的研究同样也走过曲折的道路。[1] 早在十月革命前就有B.波捷勃尼亚和他的学生奥夫相尼科-库里科夫斯基为代表的俄国文艺心理学派。前者主要通过研究语言和思维的关系揭示文学和社会心理的关系、创作心理和艺术欣赏的关系。他认为文艺创作的奥秘在于作家的个性,文艺规律体现在创作过程之中。后者从心理学出发把艺术思维和科学思维加以比较,区分艺术创作的两种类型:观察型和实验型。同时他提出社会心理类型的概念,把文学史的过程作为社会变动和多种社会心理类型的更替和演变的过程加以考察。十月革命后由于很少顾及文艺特性和规律的研究,加上庸俗社会学盛行,文艺心理学研究没能提到日程上来。直到30年代才出现用反映论研究文艺创作心理的著作。60年代以后,随着对艺术特征、创作规律和作家创作个性问题的重视,文艺心理学研究才又逐渐活跃起来。到了70年代,文艺心理学研究进入系统分析和综合研究的新阶段。苏联学者已不满足于把创作过程同一化,按栏目(灵感、直觉等)研究创作过程,而要求在社会科学和自然科学最新成就基础上重新理解和研究艺术思维,研究由于艺术方法不同而形成的不同类型的艺术思维。

第三,引进和创造一系列新的研究方法。

其中包括系统分析方法、类型学研究方法、结构符号分析、历史职能

---

[1] 见程正民《苏联的文艺心理学研究》,《文艺报》1985年第6期。

研究等。这方面已有专文介绍,①下面只谈谈苏联文艺学研究的一个新方向和重要趋向——艺术的综合研究。

艺术综合研究提出的现实基础是科学技术的迅猛发展以及它所带来的自然科学和社会科学的相互渗透。苏联学术界认为自然科学和社会科学的相互渗透密切了文艺与科学的联系。这种联系表现为两方面:一方面是科学技术闯进文学创作和文学研究的世界;另一方面是科学不断扩大自己的范围,艺术创作本身成了科学本身的研究对象。

苏联的艺术综合研究始于 1963 年,当年在列宁格勒召开全苏综合研究艺术创作学术讨论会,会上提出运用社会科学和自然科学的不同学科的手段研究"创作实验室"的大纲。1968 年正式成立属于苏联科学院世界文化史科学委员会的艺术创作综合研究委员会,主席是列宁格勒大学教授梅拉赫,科学院给委员会确定的基本任务是:组织和协调艺术创作问题的研究;探讨综合研究艺术创作问题的方法;组织和安排文学艺术作品的感受过程的研究。具体研究课题有:科学思维和艺术思维的相互关系;科学和艺术的创作过程,科学技术革命和艺术创作;不同艺术种类(文学、戏剧、音乐、绘画等)的相互作用和它们的系统问题;艺术文化发展的一般过程,等等。

自委员会成立起,吸收了近二百名文艺家、哲学家、美学家、历史学家、社会学家、心理学家、生理学家、物理学家、数学家、控制论学家以及作家和各种艺术活动家,共同研究艺术创作问题。当然,这种研究并不要求每个参加综合研究的专家都必须是无所不晓的博学家,而是要求他们从不同学科的角度来研究艺术创作问题,从而丰富对艺术创作规律的认识;同时,这种综合研究的结果也不是各门学科观点的总和,而是力求达到完整的系统性。委员会成立以后召开了十几次有关艺术创作问题的全苏学术讨论会,编辑出版了 15 本研究文集。其中有《科学的合作和创作的奥秘》(1968)、《艺术感受》(1971)、《艺术和科学的创作》(1972)、《文学和艺术中的节奏、时间和空间》(1974)、《创作过程和艺术感受问题》(1978)、《艺术创作心理学》(1980)、《艺术创作(综合研究问题)》

---

① 见吴元迈《苏联的文艺研究方法的新趋向》,《文学评论》1983 年第 4 期;刘宁《当代苏联美学和文艺学方法论问题》,《文艺研究》1984 年第 2 期。

(1982、1983) 等。

应当说，苏联艺术创作的综合研究还是崭新的事业，然而这种研究在这些年中作为科学的方向得到巩固和发展，并获得国内外的广泛承认。苏联科学院副院长费多谢耶夫认为，艺术创作的综合研究是"近年来富有成效的创举之一"，是"艺术学的新方向"和"一系列研究人类精神、生活学科的新方向"。[①]

[①] 费多谢耶夫：《富有成效的创举》，《艺术和科学的创作》，列宁格勒，1972年。

第二章

苏联当代艺术社会学研究

一 当代艺术社会学研究概况

艺术社会学是苏联文艺学研究中最早使用的一种传统方法，其间经过一段曲折的历史。60年代以来又有了较大的更新和发展。

苏联的艺术社会学研究具有很深的历史渊源。早在十月革命以前，在别林斯基、车尔尼雪夫斯基、杜勃罗留波夫这样一些伟大批评家和其他一些伟大作家的著作中，就相当深入地研究了文艺与社会的关系问题。到了19世纪下半期，随着西方文艺社会学的形成，俄国文艺学已形成了著名的历史文化学派。这一学派的形成固然是受到了西方泰纳等人文艺社会学研究的影响，同时也是同俄国的现实密切相关的。在俄国的条件下，在几乎整个19世纪，文学是表现社会思想的唯一手段，因此历史文化学派在俄国有特别适宜的土壤。俄国历史文化学派的代表人物是科学院院士亚·尼·佩平（1833—1904）。他在四卷本的《俄国文学史》（1898—1899）等一系列著作中深入研究了俄国文学和俄国社会的联系。他认为文学是民族的社会生活和心理的反映，文学研究必须详尽地"确定影响作家和整个文学风气的社会状况"。他指出文学是社会历史的一部分，"文学史是整个社会史的一部分，我们可以通过文学来考察社会的自我意识的增长"。这种研究方法的长处是不孤立地研究文学，把文学看成是社会历史文化的反映，其短处是抹杀文学的特性，把文学仅仅看成是研究社会历史的文献材料。

在马克思主义传入俄国之后，普列汉诺夫（1856—1918）是把马克思主义运用于文艺研究的第一人，也正是他第一个试图建立马克思主义艺术社会学。普列汉诺夫在《艺术和社会生活》(1899—1900)等一系列美学和文艺理论著作中，深刻说明了艺术和社会生活的关系，艺术和阶级斗争的关系。他坚持了艺术是社会意识形态，是社会生活的产物，是由社会的经济生活决定的马克思主义观点，同时又说明艺术和社会经济生活的关系是间接的而不是直接的，社会经济生活往往通过政治、哲学、心理、道德、宗教等中介因素来影响艺术，其中他特别重视和深刻阐明了社会心理这一中介因素对文艺的特殊作用。从艺术社会学的观点出发，他认为文艺批评第一阶段的任务是把作品的艺术语言翻译成社会学语言，从而找到可以成为某一文学现象的社会学等价物的东西，而第二阶段的任务则是评价作品的艺术价值，探求艺术家如何把自己的思想具体表现在艺术形象中。普列汉诺夫的艺术社会学研究不仅对于苏联艺术社会学研究，而且对于世界各国的艺术社会学研究，都产生了深刻影响。

十月革命后，社会学的方法自然成为文艺学的主要研究方法，文艺界力图运用马克思主义的社会学方法来研究文艺现象，按照社会学方式理解文艺蔚然成风。

在20年代，普列汉诺夫对文艺的"社会根源"的研究，他的文艺社会学研究方法，被视为"正统的"马克思主义文艺学方法，受到普遍重视和运用。但是在运用艺术社会学方法研究文艺现象的过程中，也出现了把社会根源的研究绝对化和庸俗化的倾向，也就是所谓庸俗社会学的倾向。这种倾向最早在《公社艺术报》和"列夫"（"左翼"艺术阵线）的艺术主张中出现，他们试图用社会—经济学的概念，甚至用经济—工艺学的概念来分析文艺现象。20年代文艺学中庸俗社会学派的代表人物则是B. 弗里契（1870—1929），其代表作是《艺术社会学》(1926)。弗里契认为文艺是经济进化的一种标志，每一种艺术的基本类型都是与一定的社会经济形式相适应，艺术的繁荣取决于经济的繁荣，他还认为文艺作品是"阶级的等价物"，作家是"阶级心理的代表"，古典文学作品只有相对的价值。庸俗社会学派的另一个代表是B. 彼列维尔泽夫（1882—1968），其代表作是由他写序的集体著作《文艺学》(1928)。他的观点同弗里契大同小异，他认为艺术形象是艺术家所属的社会性的"异相存在"，同时又把社会性归结为集体的经济必然性。他还否认任何阶级的艺术家客观地认识任何处于他的阶级或他的社会集团之外的现实的可能性，在《文学》中公开提出文学就是"阶级意识和阶级心理的直接表现"的论点。文艺学中的庸俗社会学派在 20 年代不仅作为一种理论学派存在，同时对当时"左"的"拉普"文艺思潮产生直接的影响。这种理论体系显然是文艺学把马克思主义运用于艺术社会学研究领域的不成熟阶段的产物，它把马克思主义关于存在和意识、经济基础和上层建筑，以及意识形态的阶级制约性等一系列基本原理作了简单化和庸俗化的理解，把文艺看成是社会经济和阶级心理的直接产物，把主观和客观，艺术形象和社会典型，作家创作和阶级意识完全等同起来。

庸俗社会学派在 30 年代受到了批判。文艺界根据列宁的艺术反映论，批判了庸俗社会学派，强调了人民性的原则、真实性的原则，力图从社会学结合认识论的角度来看待文艺现象。但是问题并没有得到解决。以后一个时期，人们对艺术社会学一般都持审慎态度，从专门的社会学的角度研究文艺问题的兴趣明显下降，艺术社会学研究处于沉寂状态。文艺学的研究开始偏重于从认识论的角度揭示文艺反映现实的特征和规律，探讨世界观和创作方法的关系等问题。

随着社会生活和文学生活的变化，到了 60 年代，苏联文艺社会学的研究才又重新活跃起来，这时开始召开研究艺术社会学的学术讨论会，出版研究艺术社会学的著作，同时在文学刊物上发表研究艺术社会学的论文和读者调查材料。1963 年，在列宁格勒召开的全苏首次艺术创作综合研究学术讨论会上，从社会学角度研究艺术的方法，又重新受到重视。1966 年 11 月，又在列宁格勒召开艺术社会学问题的专题讨论会。1965 年 8 月《文学问题》对苏联读者进行社会学调查，并于次年 5 月公布答案，得出应当经常了解和尊重读者意见的结论。1968 年出版了 Ю. 达维多夫《艺术作为社会学现象》，Л. 诺沃日诺娃《艺术社会学》，1970 年出版了 Ю. 别罗夫《什么是艺术社会学？》，等等。

苏联 60 年代文艺社会学研究的重新活跃是同历史经验的总结和对西方艺术社会学的介绍分不开的。

60 年代以后苏联学术界在总结过去文艺思想斗争经验教训的基础上，对弗里契、彼列维尔泽夫学派在理论方法上的功过作了比较全面的历史的评价，肯定这一学派"在批判资产阶级美学，确定艺术性研究领域中的历史主义原则方面，做了不少工作"。① 同时还指出，过去对他们的错误观点的批判只局限于哲学认识论的角度，没有从社会学本身的角度进行分析，因而没有能够正确地区分科学的社会学和庸俗社会学之间的界限。达维多夫指出，庸俗社会学的错误其根源在于把社会学的方法绝对化了，"即社会学方法的运用超出了被研究对象的社会学方面的界限"。他认为："文学现象得以产生和发挥功能的社会条件，以及它们所取得的社会效果的大小（以一定的地域、历史为背景），这是文艺社会学可以回答的问题。只要它一旦企图把自己的角度说成唯一可行的角度，它就会陷入庸俗社会学派的错误之中。"②

在对历史经验进行总结的同时，艺术社会学研究者也十分重视对西方艺术社会学的介绍。苏联学者认为西方艺术社会学的方法论基础往往是唯心主义的，是不能接受的，但是他们有价值的研究成果和具体的社会学研究方法是可以吸收的。1968 年，《文学问题》所发表的艾里斯别尔格的文章就介绍了西方艺术社会学的研究，指出他们研究中的"主观主义"研究方法是不能接受的，同时也认为吸取他们艺术社会学研究成果是合理的和必要的，其中包括运用社会学方法考察印刷和图书馆体制、读者的文化水平、作者职业地位及其生活条件等。由于这种影响，苏联当代文艺社会学的研究也开始注重运用具体的社会学方法，出现了一些在大量调查材料基础上进行定量分析的艺术社会学研究论文。

苏联当代艺术社会学研究，从 60 年代中期开始复苏，到了 70—80 年代有了进一步发展，出现了不同的研究学派和一系列重要的研究专著。其中重要的集体论著有《艺术社会学问题》（莫斯科，1979），《艺术社会学问题》（列宁格勒，1980）；个人论著有 Ю. 达维多夫《文学社会学》（《简明文学百科》词条，1972），А. 索霍尔的《音乐和社会》（1972）、《社会学和音乐文化》（1975），Ю. 别罗夫《什么是艺术社会学？》（1970）、《社会的艺术生活作为艺术社会学的客体》（1980）、И. 列弗希娜的《社会学和艺术社会学》（1979）、《艺术社会学的对象》（1979），等等。

总的来说，苏联当代艺术社会学研究主要有两种趋势：一种偏重于研

---

① 涅多希文：《苏联艺术理论发展的总结和前景》，《美学问题》第 1 集。
② 《文艺社会学》，见《简明文学百科》第 7 卷，莫斯科，1972 年。

究文学社会学等的一般理论和方法；一种偏重于具体的、经验性的研究，通过社会调查、心理测试对文艺社会功能、社会需要以及公认的欣赏习惯和审美趣味进行定量定性的具体分析研究。下面分别介绍苏联当代文艺社会学的理论研究和具体研究的一般概况。

先谈谈一般理论研究。多数学者都认为文艺社会学是一门独立学科，但对这门学科的研究对象、研究范围和研究方法却各执己见。尽管如此，在这门学科愈来愈具有实用性的情况下，他们都一致认为必须加强理论研究，认为只进行具体的研究是不够的，要使艺术社会学的研究从描述的层次向解释的层次过渡，非有理论作为指导不可，艺术社会学只有过渡到理论分析才能成为一门学科，而理论研究的水平就是通过对事实的分析和概括来寻求规律的水平。近年来苏联文艺社会学的理论研究涉及了研究对象、研究范围和研究方法等问题。

Ю. 达维多夫早先认为艺术社会学是研究由艺术而产生的社会交际，进而强调艺术社会学研究还应当研究艺术作品本身的结构，但他仍然把艺术作品本身的内在结构看作是由于艺术而产生的社会交际所"投射"的结果。最后，他又把艺术社会学确定为研究文学和社会的依从关系和文学同社会的相互关系。

А. 索霍尔主张艺术社会学是一门研究社会的艺术生活的规律的科学，即研究艺术在社会中产生和发挥功能的规律的科学。他认为艺术社会学研究的对象首先就是社会的艺术生活——艺术和它在具体历史条件下的社会功能的统一。根据这种看法，他认为艺术社会学的研究范围首先是同社会的艺术生活相关的一些领域和环节，其中有艺术生产（艺术创作社会学）、艺术价值（艺术作品社会学）、艺术传播和艺术消费（艺术消费社会学），以及艺术社会设制和机关，等等。其中存在各环节之间直接联系和反馈联系的机制，而艺术对观众的作用和观众对艺术创作的反作用具有特殊的意义。

Ю. 别罗夫也认为艺术社会学的研究对象是社会的艺术生活。他指出，在社会的发展过程中，随着艺术活动的独立和专业化，形成了社会的艺术生活。社会艺术生活也是社会生活的一个部分，其基础是生产、传播和掌握艺术意识的活动。社会的艺术生活中的基本活动从程度上可以分为艺术生产和艺术消费，而它们之间以艺术传播活动为中介。艺术生产在艺术生活中起主导作用，生产不仅为主体创造对象，而且为对象创造主体。当然也不能把艺术生产的主导作用绝对化。在艺术生活中，生产和消费是同一过程的互为中介的成分。归根到底，生产为消费而存在，消费和消费者的社会特征对生产过程产生影响，而艺术传播领域中的条件和关系对生产和消费同样产生影响。除了艺术生产、艺术传播和艺术消费外，别罗夫认为艺术社会学还应当研究艺术生活中的关系、设制、产品和活动。

A. 齐斯在谈到艺术社会学的研究对象和范围时，强调指出："重要的是区分艺术社会学中的两个层次：第一，艺术创作社会学，其对象是研究艺术的社会制约性，艺术家创作兴趣和方向受社会文化制约的规律性，艺术在一定的社会关系的体系中的地位，艺术家与公众的相互关系等等；第二，艺术消费社会学，其任务是研究艺术功能的实现过程，研究在一定社会发展阶段上的审美风尚，以及介于艺术社会学和社会心理学之间的艺术感受问题等等。"他认为，这一区分具有理论上的原则意义。"因为这样，就能确认艺术社会学问题的研究合理地包括由艺术生产到艺术消费的发展过程。艺术消费方面不应当脱离对艺术其他方面的分析研究。对艺术在社会中的功能和作用进行完整的综合性分析的要求，预示着新的方法论原则和概念的产生。"[1]

下面再谈谈苏联艺术社会学的应用研究，或者称苏联艺术社会学的具体研究。这种研究是通过问卷调查、心理测试和文献分析等方法，借助数学手段和电子计算机，对文艺的社会功能、社会需求、公众的欣赏习惯和审美趣味进行定量和定性的分析，它的研究成果为发展艺术社会学理论提供基础。正像艺术社会学的理论研究一样，艺术社会学的应用研究在苏联得到迅速发展，并且成为艺术社会学研究的重要趋势。

在文学社会学领域，经常通过问卷的形式对读者的阅读趣味进行社会调查，例如在1968年列宁图书馆出版的论文集《苏联的读者，具体的社会学研究尝试》中，对苏联33个地区和8个苏维埃共和国的读者（包括工人、工程师、技术员、集体农庄庄员、农艺师、大学生、中学师生）的阅读趣味进行调查和研究。这一研究的结果得出不少很有价值的结论，其中例如它证明了叶赛宁的作品不断普及，高中学生对他的兴趣高于马雅

---

[1] A. 齐斯：《现代艺术理论的方法论问题》，《哲学问题》1982年第5期。

可夫斯基。

在音乐社会学领域应用研究也取得很大进展。1982年出版的《音乐接受》论文集反映了这方面的成果，其中涉及了审美趣味的社会类型学、艺术接受的情景分析和艺术接受的等值性等一系列重要问题。此外，列宁格勒的音乐学家A.索霍尔对音乐社会学的研究也做出了突出贡献。他在《社会和音乐文化》（1975）、《社会学和音乐美学问题》（1980）中，提出了在音乐生活的一般背景中研究音乐接受的必要性，制订了研究听众类型学的种种原则。

在电影社会学方面，苏联电影家协会成立了电影观众社会学研究委员会，全苏电影摄影科学研究所建立了社会学实验室，苏联国立电影学院也成立了"观众与电影"实验室，他们的研究也取得了积极成果，通过对观众的调查和研究，他们得出了一些独具价值的结论，例如鉴于观众群不是整齐划一的，所以电影的票房价值并不能说明一部电影的道德审美意义。在研究中他们也注意到了应用研究的定量方法一旦脱离审美和社会心理标准，便无法描述观众趣味和需求现状的真正的客观图景。

在戏剧社会学方面，具体的社会学研究也相当活跃，出现了《戏剧与观众、戏剧社会学问题》（1973）、《戏剧生活的社会学研究》（1978）、《戏剧与青年、社会学研究尝试》（1979）、《剧院里的观众、戏剧生活的社会学研究》（1981）等一批著作。如果同20年代只局限于记录和统计观众在戏剧演出过程中的"即时"反应相比，当代戏剧社会学的具体研究则更重视研究观众与戏剧之间的双向联系问题。观众对戏剧和戏剧演出形式的影响问题，以及剧院环境中特有的观众集体感受和个体感受的区别问题。

看来，由于应用研究对更好地发挥文艺的社会功能起了积极的作用，苏联艺术社会学的应用研究越来越受到重视，然而也面临着应用研究同理论研究密切结合的迫切问题，艺术社会学的专家一再指出，应用研究只有在正确的理论和方法的指导下才能取得有价值的成果。

通过苏联艺术社会学理论研究和应用研究的介绍和分析，可以看到从60年代以来苏联艺术社会学研究迅速得到恢复，并且有了较大的发展，同时也逐渐显示出一些明显的特色。

首先，他们认为艺术社会学既不是艺术学，也不是社会学，而是一门交叉科学，是一门具有独立研究对象的独立学科。艺术社会学作为社会学的一个分支，他们强调它的研究对象不是作为社会现象的艺术，而是作为社会学现象的艺术，因此艺术社会学关注的不是艺术和社会关系的认识和理论的方面，而是艺术和社会关系的功能和活动的方面，同时，他们也强调艺术的功能研究，不能脱离发挥功能的客体——体现艺术价值的艺术作品。这样，就避免了把艺术社会学变成"没有艺术的艺术社会学"的弊病。

其次，他们把艺术社会学的研究的几个方面——艺术生产（艺术生产社会学），艺术价值（艺术作品社会学），艺术消费（艺术消费社会学）看成一个有机的整体，看成一个系统，认为各部分之间是相互联系和相互作用的。艺术生产决定艺术价值，艺术价值是联系艺术生产和艺术消费的中介，而艺术消费反过来也影响艺术生产和艺术价值的内在结构，就这几方面的研究而言，艺术消费的研究比较活跃，相对来说，艺术生产和艺术价值的研究就比较薄弱，如何把艺术社会学的研究深入到文艺现象的内部结构和文艺创作的内在过程，如何探讨各种艺术风格、艺术体裁、艺术形式在一定社会需要和社会心理影响下形成和发展的规律，则还是有待开拓的领域。

第三，他们很强调在艺术社会学研究中坚持马克思主义的指导，把理论研究同应用研究很好地结合起来。

苏联艺术社会学研究的恢复和发展首先是总结了20年代庸俗社会学的经验教训，批判接受了西方艺术社会学的研究成果，在这个过程中苏联学者非常重视运用马克思主义观点来研究艺术社会学。他们认为艺术社会学不但要揭示所研究现象的规律，而且要从一定阶级和社会集团的立场出发去评价这现象。以读者类型研究为例，他们认为划分读者类型要注意社会人口特征、社会心理特征、个性心理特征，同时也要注意阶级心理特征，而且运用历史主义观点分析不同历史发展阶段读者的不同特征，指出社会主义社会的读者是不同于资本主义社会的读者，而读者类型的研究最终目的是为了促进社会主义国家读者思想、道德和审美的发展。

在艺术社会学研究的理论研究和应用研究关系问题上，苏联学者坚持反经验主义，认为应用研究必须以一定的理论作为指导，才能取得有价值的成果，而艺术社会学的研究只有从经验的过渡到理论的水平，才能成为一门真正的学科。

二 达维多夫的艺术社会学研究

尤利·尼古拉耶维奇·达维多夫是苏联艺术社会学研究的重要代表人物。苏联《简明文学百科》中《艺术社会学》的词条就是由他撰写的。

达维多夫 1929 年 7 月生于乌克兰,1952 年毕业于萨拉托夫大学历史系。1956 年在苏联科学院哲学研究所当研究生。研究生毕业后先后在哲学研究所、百科全书出版社哲学部、科学院社科图书馆哲学部工作,1964—1969 任苏联文化部艺术史研究所美学研究室主任,1979 年调入苏联科学院应用社会学研究所工作。

达维多夫的研究领域相当广泛,涉及美学、艺术社会学、历史艺术社会学、文化历史社会学、西方社会学和社会哲学等学科。他的艺术社会学等论著主要有《艺术和上流社会》(1966)、《艺术作为社会学现象》(1968)、《十月革命和 20 世纪的艺术探索》以及《艺术社会学》(《简明文学百科》词条,1971)。

达维多夫是个美学家,他是从美学转入艺术社会学研究的。他的艺术社会学观点是同他的美学观点密不可分的。在苏联美学界,达维多夫是属于社会派的美学家,他坚持审美的社会起源的原理。而在社会派的美学家当中,他又强调审美关系的实践方面,因此又被称为生产派的美学家。总的来说,生产派美学家强调的不是审美关系的认识方面,而是审美关系的实践方面,他坚持审美本质的劳动概念,认为审美是社会实践的产物,审美产生于自由的创造劳动之中。对于生产派美学家来说,他们感兴趣的首先是广义理解的生产活动,然后才是更广义理解的社会活动,也就是说最初是作为对世界的能动—活动关系,而不是认识—理论关系。他们要求艺术唤起积极的社会行为,而不是封闭在独特的领域之中。他们所关心的与其说是某部艺术作品的作者所宣称的立场,不如说是观众在接受该作品的社会行为中所揭示出来的立场。因此,可以说是生产派美学家的热情在于社会学方面,他们把艺术视为社会现象,关心的是艺术和接受者的关系,而这正是艺术的"认识论"研究所忽略的方面。

达维多夫正是从生产派美学家的这些基本观点出发,在《艺术作为社会学现象》和《文艺社会学》等论著中,阐明自己对艺术社会学一系列理论问题的看法。

《艺术作为社会学现象》(1968)是达维多夫早期研究艺术社会学的专著,它的副标题是"柏拉图与亚里斯多德美学—政论观点评述"。作者是力图通过当代艺术思想史的研究,特别是对柏拉图和亚里斯多德关于艺术功能思想的考察,来深入思考当代艺术社会学的一系列重要理论问题。他在该书绪论"论对待艺术的社会态度和审美态度的相互关系"和结语"柏拉图和亚里斯多德美学观念的社会学方面"中,对艺术社会学的研究对象、范围和方法,提出了自己的见解。

达维多夫首先认为艺术社会学所要研究的是作为社会学现象的艺术,而不是作为社会现象的艺术,因为作为社会现象的艺术是美学、艺术学、文艺学、文化学都要研究的。他说,艺术社会学所要研究的,"首先和主要的是艺术在社会中发挥功能的特殊的方面:艺术作为特殊的社会机体,作为特殊的社会关系,作为劳动分工的某种领域,作为一些阶层'生产'的对象和一些阶层'消费'的对象,而所有这一切形成作为社会学现象的艺术"。[①]

达维多夫从这种观点出发,认为艺术社会学所研究的是由于艺术而形成的交际,也就是由艺术而形成的社会关系,在他看来,艺术作品的接受者社会审美体验有各种类型,有认识型,有伦理型,有补偿型。由艺术作品而形成的社会交际的某种类型对艺术生产过程起着积极的影响,因此产生同这种类型相适应的艺术作品。这样一来,各种观众对艺术的社会关系仿佛被艺术家所"内化",而后在作品中"客观化"。这也就是说,由于艺术而产生的社会交际的某种类型,"投射到艺术生产的""内部","投射"到每个艺术家个人所进行的艺术生产的内部,所以,由艺术而产生的社会关系的某种类型不能不同艺术创作的某种类型处于某种适应之中。[②]

然而达维多夫认为艺术社会学不能局限于研究由于艺术而产生的社会关系,根据这些关系被艺术生产过程"内化"的程度,以及在艺术作品

[①] 《艺术作为社会学现象》,莫斯科,1968年,第7页。

[②] 同上书,第24页。

中"客观化"的程度，艺术社会学应当深入到艺术和每部艺术作品本身的结构之中。[①] 他把艺术作品的结构分为两极，一极是趣味，一极是天才。按照康德的解释，趣味是观众对艺术关系的评定，又是艺术家在创作过程中对自己作品关系的评定。所以，趣味是把艺术家和观众联系起来的中介因素，是这种联系的条件。在康德看来，天才则是指创造新的、前所未有的东西。而要达到这一目的就必须破除旧的习惯标准、旧的习惯趣味的某些成分。这样一来，天才这一极必然使真正的艺术作品对传统的审美意识，对习惯趣味，从而对观众本身持"多论性"态度。总的看来，趣味和天才这两极都不可偏废，没有趣味一极，艺术作品就不能进入社会交际之中；没有天才一极，作品没有创新，作品就不能获得真正的艺术价值。

达维多夫对艺术社会学的认识，从研究由于艺术而产生的社会关系，进而发展到要深入艺术作品本身的结构，抓住了趣味和天才这两极，这说明他的研究是不断深入的。而在1972年为《简明文学百科》所写的《文艺社会学》[②]中，达维多夫对艺术社会学的思考又有新的进展。

达维多夫首先谈到艺术社会学的研究对象，他说："文艺社会学是社会学和文艺学的交接领域，它以文学对社会的依从关系和文学同社会的相互关系为研究对象，同时也研究文学（或文学创作）的社会功能。"这个定义在强调文学和社会相互关系的研究，强调文学功能的研究，同时，突出了文学本身的研究，而不像先前的定义只强调研究由于艺术而产生的社会交际和社会关系。同时，这个定义也指出了艺术社会学的交叉学科性质，它既不是社会学，也不是艺术学，而是两者的结合。当然，作者是更强调社会学的角度，他始终认为艺术社会学所研究的是作为社会学现象的艺术。

达维多夫认为严格意义上的文艺社会学只有同时具备两个要素才能成立，一是从理论上认识到在整个社会状态（或者是社会的某个方面）和作为特殊社会活动领域的文学和文学创作之间存在着一定的依从关系。这个要素构成文艺社会学的理论基础。二是掌握对文学过程和文艺创作进行

---

① 《艺术作为社会学现象》，莫斯科，1968年，第24页。
② 《简明文学百科》，莫斯科，1972年，第105页。

具体社会学研究的比较完善的方法和程序，以便用最严格限定的概念来阐述这种依从关系的限度和程度。这个要素则是文艺社会学的方法论前提。在谈到文艺社会学的研究方法时，他认为艺术社会学应当借助社会学所拥有的方法，这种方法对于艺术学、心理学、哲学、语言学来说只是研究者所拥有的一系列方法的一种。但是对于在社会学范围内进行问询和文学过程的功能性研究来说确实最终具有决定性意义的。同时，他也强调运用社会学方法时要充分注意文学的特性，文艺社会学所借助的应当是为一般社会学所拥有的，然而又相应于文学的社会特征而具体化了的分析法和经验法。

达维多夫在回顾文艺社会学研究的历史时指出："文艺社会学是文学研究的社会学理论和社会学方法的统一，而这种统一在历史主义原则的基础上得到最充分的实现。"他认为文学研究的社会学理论古已有之，但只有到了斯达尔夫人才做出清晰的表述。文学研究的社会学方法尽管19世纪中期已经产生，但具体的社会学方法知识在19世纪末20世纪初才迈出最初的步伐。他认为文学的社会学研究是以不同的思想为基础而得到发展的，一是以实证主义为基础，它机械地解释文学现象的社会制约性的特点；一是以马克思主义为基础，它辩证地解释文学现象的社会制约性的特点。达维多夫特别谈到了苏联20年代庸俗社会学派的错误，指出30年代对庸俗社会学的批评时强调在确定文学的阶级性原则时还应该确定文学的真实性和客观性原则，也就是说应该努力从社会学结合认识论的角度来看待文学现象，这是十分正确的。然而当时未能对庸俗社会学做出社会学的批评，原因之一就是对社会学及其对象的概念还不十分明确。他认为西方的文艺社会学是建立在另一种世界观基础上的，但在很多方面再现了苏联20年代文艺社会学的思想轨迹，有些人未能摆脱庸俗社会学派的简单化特点。

通过对文艺社会学发展历史的总结，达维多夫认为应当特别反对把各种社会学概念直接套用到文学的特殊领域，使这些概念失去本身原有的性质，只变成一些比喻。从这种前提出发，他指出当代文艺社会学面临两项任务：首先要力求更加精确地规定这样一些社会机制，即保证无论个别文学现象还是整个文学得以产生和发挥功能的社会机制；其次，通过详细考察它们的这样一些零件（如"趣味"、"风尚"、"成功"等），力求更加具体地研究这些机制在每一种个别情况下的工作。达维多夫认为，如果用这样的观点来看待问题，就可以清楚看到并非一切与文学有关的现象都是文艺社会学的研究对象。他强调文艺社会学是把文学作为社会影响人和一部分人影响另一部分人的工具来研究的。影响的效果是文艺社会学的一个最重要的判断依据，一个（在理想情况下）能够用数学定量加以解释的依据。

文学功能的研究是文艺社会学研究的重要内容。达维多夫在谈到文学功能研究时，特别强调从社会学的角度来研究文学功能。他指出，按照社会学的观点，文学艺术具有多种功能，它以各种侧面作用于不同的社会阶层，例如有的读者从中寻求艺术享受，有的读者则从中寻求特定的社会信息，等等。他认为，同一件文学作品，它的所有侧面对于各种不同层次的读者来说都能放射出光彩。如果从美学和文艺学观点看，其中只有一个侧面是重要的，是对其他侧面起决定作用的。而从社会学的观点来看，各种侧面就完全是平等的。

尽管达维多夫强调文学的功能研究，认为接受的行为、文学的消费行为（同时意味着文学的社会承认）是文艺社会学的出发点，但是他也指出文艺社会学并不限于这类行为的分析，也要深入到文学现象的内部过程和内在结构，研究文学的内部结构是如何受接受行为的制约的，其中主要的方面如作品的艺术风格如何随读者需求的变化而产生、发展和交替，在这里，文艺社会学才能得到形式的构成过程和创作奥秘，即便如此，它所涉及也只是艺术创作外部的、可以定量的因素。至于文艺创作内在的、个性化的因素即是属于创作哲学和文艺心理学的研究领域，从这里我们可以清楚看到，达维多夫文艺社会学研究的重点始终是文艺的功能、文艺的接受行为和消费行为，他研究艺术内部结构和形式，也是把它们看成是前者的"投射"。

对文艺社会学的发展前景，达维多夫认为目前存在两个主要流派，一派主要研究一般理论问题，一派从事具体经验性的研究，在对一系列重大文艺学问题的研究中，文艺社会学这两个方面的结合将有可能产生第三种流派。

三 索霍尔的艺术社会学研究

A. H. 索霍尔（1924—1977）是苏联艺术社会学研究的另一个重要代表人物，他主要从事音乐社会学的研究。

索霍尔是苏联著名的音乐理论家，音乐社会活动家。他1949年毕业于列宁格勒音乐学院理论作曲系，1954年毕业于列宁格勒大学哲学系。1965年获得艺术博士学位，1966年在列宁格勒音乐学院任教，1979年获教授职称。1971年起任艺术社会学及美学协会领导直至逝世。索霍尔曾多次代表苏联参加国际音乐会议，对苏联音乐社会学和美学做出过出色的贡献。

索霍尔有关艺术社会学和音乐社会学的主要著作有《音乐和社会》（1972）、《音乐的教育作用》（1975）、《社会学和音乐文化》（1975）、《社会学和音乐美学问题》（1980），主要论文有《音乐社会学和音乐学》、《社会对艺术的知觉和评价及其对艺术创作的影响》，均见论文集《艺术社会学问题》（1980）。

下面主要根据《社会学和音乐文化》[①] 这一代表作来介绍索霍尔关于音乐社会学的基本观点，音乐社会学是艺术社会学的特殊分支，它同艺术社会学是密切相连的，对它的了解也有助于我们研究艺术社会学理论。

（一）关于音乐社会学的对象、结构和方法

音乐社会学作为艺术社会学的一个分支，是20世纪20年代才形成的。

关于音乐社会学的研究对象，西方学者众说纷纭，音乐学流派认为它是关于音乐史和音乐理论的社会问题的学说，纯社会学流派认为它研究音乐在社会中的传播和需求，美学流派反对"没有音乐的音乐社会学"，认为它不仅研究音乐的社会功能，也研究诸如社会阶级结构在音乐中的反映等问题。

索霍尔认为音乐社会学是文艺社会学的分支，更广义地说是文化社会

---

① 本书中译本改名为《音乐社会学》，中国文联出版公司1985年版。

学的分支。文化社会学是研究文化在社会中功能的科学，是研究社会文化生活的科学。因此，音乐社会学的研究对象也可以说是社会的音乐生活，即在具体社会历史条件下音乐文化发挥实际功能的过程。根据这种理解，音乐社会学包括两大组课题。第一组是社会学的音乐学课题，诸如音乐文化功能的一般规律及其历史分类学，社会音乐生活的结构和形式，不同社会与技术条件下音乐传播和感知的特点，音乐听众的分类和结构，等等。第二组是音乐学的社会学课题，诸如音乐的社会功能如何反映在音乐的内容和形式中，如何反映在音乐创作和演奏的本质中，音乐的体裁、音调、演奏解释与音乐的社会感受和存在是如何相联系的，等等。这样一种理解就可以把音乐社会学和音乐理论、音乐史区分开来。索霍尔最后给音乐社会学下的定义是："一门关于音乐对社会的影响以及在音乐创作和演奏中反映这一影响的科学，换言之，是一门关于音乐与社会在音乐社会功能范围之内相互影响的规律性的科学。"

索霍尔认为由于音乐社会学对象的容量和多面性，决定了它的内部结构的复杂性。第一，这门学科分成与社会音乐生活的不同领域和"联盟"相适应的部分，即分成专业音乐（创作与演奏）、民间创作、业余音乐、以及音乐教育、音乐通信手段、感知等的社会学。第二，按时间顺序分为针对过去的社会音乐生活社会学史和针对今天的现代音乐生活社会学。第三，这门学科划分出两个主要水平：经验水平和理论水平，前者是搜集事实和进行初步思考，后者则详尽研究概括化的概念。

关于音乐社会学的研究方法，索霍尔认为它一方面运用唯物辩证法和一般科学方法，另一方面采用从边缘学科吸收的（并且是或多或少变了形的，适用于新任务）研究方法和它独自制定的特殊的研究方法。

首先是用于获得事实的信息的方法。只有在获得事实的信息的坚实基础上，音乐社会学才能不断得到发展，而使音乐社会学感兴趣并构成基础的事实的信息具有双重性。一是一定历史时代的社会音乐文化的客观状态，即有关该社会环境所显示的音乐活动的类型，在这一环境中发挥功能的机构、人和音乐的价值，它们发挥功能的条件、方法和形式的情报。二是社会对音乐的主观态度，有关音乐兴趣和鉴赏力、需求和指令、意见和评价的情报，用于获得这些信息情报的基本方法，就是研究有关音乐会上座率、唱片销售、业余活动工作的统计报告以及类似的文件，直接观察

（旁观或参与）音乐生活，各种询问（各种测试和采访）和社会学应用的其他收集事实的方法。

其次，是用于对所获得的事实的信息进行分析和概括的方法。索霍尔认为，要使音乐社会学成为真正的科学，就必须对所获得的事实进行分析和概括，寻找音乐社会功能的基本规律。关于分析，可以采用社会学和其他学科的方法。至于概括，音乐社会学是通过一般科学方法（比较、抽象、综合等）来取得的。不过，在概括时，音乐社会学适用自己的概念，因为这些概念反映着它所研究的诸现象最一般的特点，可以帮助形成必要的概括。这些概念诸如社会音乐文化、社会音乐机构、社会音乐需求、音乐的公众的类型、社会的音乐趣味、音乐的时髦样式，等等。

通过对音乐社会学对象范围和方法的分析，索霍尔认为："音乐社会学，不仅就其研究的对象，还是就其方法，都是在几门学科交叉连接之处。由此可见，各种水平的音乐社会学研究，只有由至少两门科学（社会学、音乐学）代表联合的综合力量，或者由两门学科兼备于一身的专家来从事，才能取得成功。只有那时，音乐社会学才能不仅卓有成效地运用边缘科学的成果，而且它还能以自己宝贵的研究方法和理论的结论去丰富边缘科学。"

（二）关于社会的音乐文化

索霍尔认为社会的音乐文化这一概念对于音乐社会学具有首要意义。在他看来，社会音乐文化就是音乐和它的社会功能的统一，这是一个复杂的系统，其中包括：（1）该社会所创作或保存的音乐价值；（2）从事创作、保管、复制、推广、感知和利用音乐价值的所有各种类型的活动；（3）所有从事这类活动的主体及其保障这类活动成功的知识、技巧和其他品质；（4）为这一活动服务的全部机关和社会机构，以及乐器和设备。

音乐文化对于水平更好的系统——社会艺术文化、社会精神文化乃至整个文化而言，本身是亚系统。音乐文化就其实质而言既是精神的，又是物质的，构成其基本内容的是音乐形象以及社会音乐意识，然而这一切要在社会中发挥功能就必须以各种形式加以物化。音乐文化又可以分为客观和主观两个方面。前者是社会对音乐的需求以及满足这些需求的手段和方法，后者则是制约音乐家和听众活动的利益、观点和鉴赏力，而这两个方面是相互影响和交错的。

　　索霍尔特别强调，音乐文化作为社会全部精神文化的一部分，就其来源、思想实质、结构、发挥功能的方法和形式而言，乃是社会的。它作为独立的现象，只是在社会发展的特定阶段（原始社会解体时期），在人们社会音乐活动实践的基础上才产生。而在阶级社会中，它具有阶级性。他认为列宁关于资产阶级民族中两种文化的学说，对于理解音乐文化在对抗性社会中的实质，具有重要意义。在社会主义以前的对抗性社会的音乐文化都可分为两种，一种是进步的、人民的文化，另一种是反动的、反人民的文化。每一阶段的音乐文化中一切优美的、表现自己时代进步的，人道主义思想的有客观价值的东西，都应属于民主主义的文化，这与作者的社会出身和地位无关。而从社会学的角度看，又可以把阶级社会的文化在总的方面划分为人民的文化（用其社会学上的意义，而不用其思想美学的意义）和所谓的有教养的阶级的文化。前者归属于物质财富的直接生产者、劳动者，即社会学所理解的人民，而后者属于社会的其余部分。最后，从社会劳动分工的特点加以区分，可以把文化分为两大领域，职业的和非职业的。而在职业音乐文化中，又可分为书面传统和口头传统两大领域；在非职业音乐文化中，则可分为民间创作、非组织的业余活动和有组织的业余活动。上面所划分的音乐文化的三个领域（职业的、民间的、业余的）中，不仅相互联系，有时还相互交错，从而形成各种中间类型的音乐活动，如半职业的，或半民间创作的，或半业余的。有时同一个人身兼专业人员（作为演奏人员）和业余爱好者（作为作曲人员）。

　　索霍尔还观察到，在每个音乐文化领域中，音乐文化活动的各部分形成整体的机制。这些部分包括创作、演奏、传播和感知四个主要部分和音乐文化管理和音乐学两个辅助部分。

　　创作。它的主要成分是作曲家、促进他们从事活动的机构，以及这一活动的成果——音乐价值。

　　演奏。演奏担负两个主要社会角色，他既是创造音乐价值的参与者，也是音乐创造者和音乐听众的介绍人。

　　传播。传播者同样是音乐与公众之间、音乐家和整个社会之间的中间人。不过这部分还有自己的活动主体——演奏机构的行政人员和技术人员，以及一系列机构（学习、工厂、商店）。

感知。它与前面几部分交错，它的特殊性是只有一个成分，即感知的主体——观众，他们的地位和活动十分独特。

管理。包括国家和社会的机构和组织，它们应调整和协调各部分的活动，最大限度地发挥音乐文化的社会功能。

音乐学。它由音乐史、音乐理论、音乐评论和音乐教育活动组成。其中音乐评论在音乐文化各环节中占据一个万能中介人的地位，它把作曲家和演奏家联系起来，再把他们同听众联系起来，不仅实现正面联系而且实现反馈。

音乐文化各部分的总结构就是这样。以上各部分在功能上的联系，它们对象基础的共同性，以及社会基础的共同性，保证了音乐文化整个机制的统一。在音乐文化中，整体的特点不是各部分特点的总和，而是由整体的结构决定的。

索霍尔在从横的角度分析音乐文化的结构的同时，也从纵的角度研究了音乐文化的历史类型，它的结构和特殊性，以及各种历史类型之间继承和革新的规律。他特别指出社会主义的音乐文化的特点是彻底民主的全民性，它力求在三个"空间参数"上取得最大的指数，即同时取得最高的音乐思想艺术水平，最广的音乐流传，最深的音乐影响作用。

（三）音乐感知的社会学问题

索霍尔认为音乐感知是整个社会音乐文化的一个重要环节，它是在精神上占有音乐艺术作品的那个人（或社会组织，或整个社会）的活动。音乐感知作为一种艺术活动，要比纯心理过程的感知音乐声音要广泛得多。它是同时在感觉形式、感知形式、表象形式和抽象思维的形式中进行的。这时，想象力起特别重要的作用，由于它感知获得某些创造的特性。

在音乐感知的研究中，索霍尔着重研究了音乐需求、音乐兴趣和音乐听众这三个重要概念。

先说音乐需求。在索霍尔看来，音乐感知的性质取决于一系列客观和主观因素，而在客观因素中，音乐需求是至关重要的。他认为需求就其本质而言是客观的，它是个人（社会组织、全社会）所必需的。舍此，需求的主体便不能正常发挥功能和得到发展，音乐需求是人类社会必不可缺的需求。而这一总需求又具体化为社会和个人对不同种类和风格作品的需求。任何主体的音乐需求都是多样的，从音乐所发挥的社会功能的多面性中可以清楚看出音乐需求的多样性。索霍尔认为人需要音乐，主要满足改造、认知、交流和评价的要求。

再说音乐兴趣。索霍尔认为需求就自身而言是相对被动的，没有主体意识到它，它就不能成为活动的动因，而被意识到的需求就是兴趣。兴趣也就是个人或社会对所需求的客体积极明确的目的，在物质或精神上占有该客体的一种向往。音乐兴趣同音乐需求一样，也是多样的，但任何音乐兴趣都有认识、情感和行为三方面的结构。索霍尔还探讨了音乐兴趣形成的途径和方法，这就是向主体说明他的需求的客观实质并对他意识到这些需求（认识的方法）；利用音乐作品的多功能性，先引进狭窄、肤浅的兴趣而后推向更为广泛和深厚兴趣的形成（利用客体特征的方法）；利用主体的特性，借助一种兴趣激发另一种兴趣（利用主体特性的方法）；最大限度利用个人兴趣对于某种宏观环境和微观环境的依从关系（通过环境施加影响的方法）；吸收个人参加或多或少的主体的音乐活动（通过活动施加影响的方法）。

最后说音乐听众。索霍尔认为听众的研究是当前音乐社会学研究最迫切最重要的课题，只有通过听众的研究才能更具体说明音乐感知的社会制约性，同时也才能促进音乐教育的发展，促进听众思想上、道德上和审美上的发展。

音乐听众的概念众说纷纭，索霍尔认为广义的音乐听众就是所有对音乐有兴趣并听音乐的人。其中又分为潜在听众和实在听众；而狭义的听众就是一次具体的音乐会、演出或电视广播的听众。除了每种听众的独特性，任何听众都可以按三个基本参数说明其特征：（1）成分（听众成分特征，如各社会人口的代表性，各种观众特征的均质程度和稳定程度）；（2）音乐行为（如感受的集中程度，反应的敏锐程度等）；（3）感知结果（如所得印象的力度和稳定度）。根据这些特征，可以把听众划分为高级类型、中级类型和低级类型。高级类型在成分方面的特征是最大的均质和稳定性，在音乐行为方面的特征是知觉音乐的自觉性，最大的感情易变性，感知的高度集中，同演奏者和听众之间高强度的相互影响。在感知结果方面的特征是从音乐得到的印象强烈的稳定，对以后的进一步活动影响极大。低级类型的特点就是上述品质表现程度甚低，中级类型则是表现程度中庸。关于听众类型的研究其目的仅在于形成高级听众类型。

在索霍尔看来,在听众研究中不仅要研究听众类型学,而且要进一步研究听众集团类型学,因为听众和听众集团是两个不同的概念,在一场演出中每个参加者都是听众,同时又属于不同听众集团。他认为听众集团可以按照三组特征加以划分。第一组是听众的非音乐特征,其中包括社会人口特征(性别、年龄、民族、教育、职业、家庭状况和财产状况、出身、出生地等)、社会心理学特征(指听众的倾向:如是顺从通行标准和偏爱还是表现出独立性,甚至否定任何不同见解)、个体心理特征(指听众的气质,内向或外向,重理性或重感性等)。第二组是听众的一般音乐特征,其中有天生的音乐才能及其发展水平,寻找音乐的动力、动机和目的,以及音乐活动的主动性,音乐知识和所喜爱的体裁和风格。第三组是听众的音乐感知质量特征,聚精会神或漫不经心欣赏音乐的能力,听取和理解音乐的完整性、多层性和相符性的程度,对音乐感受和消化的程度,对真正艺术价值鉴别和评价的能力。根据上述三组特征,索霍尔在三种基本音乐体裁领域中(严肃音乐、轻音乐、民间音乐)的每一种中,划分出三种类型听众:(1)高度发展的听众——行家;(2)中等发展的听众——爱好者、票友;(3)低度发展的听众——外行。高度发展的听众善于聚精会神地感知,完整地、多层地、准确地听取和理解作品,并在音乐感受中达到净化,同时能区分并恰当地评价音乐中的一切有艺术价值的东西,一切创作珍品。中等发展的听众并不总能集中精神感知音乐,对音乐作品的收听和理解是不完整、不连贯、不充分,仅是部分相符,感受中不超出情感共鸣、情感补偿和审美享受的范围,只重视传统的东西。低级发展的听众对感受漫不经心,对音乐不理解、情感是肤浅的和非艺术的,推崇平庸的东西。上述的确定只是对音乐体裁领域而言,例如严肃音乐的行家在轻音乐和民间音乐领域中就不一定是内行,反之,民间音乐的里手在其他体裁领域又常常是外行。从社会学研究的角度来看,还应当确定在每一个国家中,每一居民层中是哪类听众占优势,也就是说哪些听众集团的人数最多。通过这些材料可以说明全部听众的"分类学"结构。如果再把这些材料同听众的社会人口学结构和听众其他特征(非音乐特征和一般音乐特征)的分布加以对照,那么很有可能阐明控制听众集团形成和决定它们之间关系的那些社会学因素。当然,在不同社会历史条件下,在不同类型的音乐文化中，听众的分类学结构是不同的。索霍尔认为，如果通过广泛的调查研究而有了苏联听众的结构图之后，就能有助于改善现存的社会主义听众的结构，更顺利地扩大高度全面发展的听众的比例。在他看来，音乐听众类型学研究的重要意义也在于此。

第 三 章

苏联当代文艺心理学的复兴和发展

一 俄国的文艺心理学派

苏联的文艺心理学研究源远流长，它源于俄国的文艺心理学研究。俄国文艺心理学作为一门特殊的、独立的学科是在 19 世纪中叶才开始形成的。在这以前文艺心理学研究是在哲学、美学和文艺学等学科的范围内进行的。俄国文艺学家和作家、艺术家在文学艺术史上所积累的有关创作过程的大量材料和珍贵思想，都是文艺心理学的重要源泉，其中，俄国革命民主主义者的美学思想，为研究文艺创作的理论奠定了唯物主义基础。他们坚持了文艺创作客观决定论，阐明了创作过程和作家创作个性的一系列重要特点。

俄国文艺心理学派是 19 世纪 70—80 年代才开始形成的，它是俄国文艺学学院派中的一个学派（其余三个学派为神话学派、历史文化学派和历史比较学派）。由于历史文化学派着重研究的是文学的外部联系，针对它的不足，一些文艺学家提出要重视作家创作个性和创作心理的研究。加上 19 世纪后半期欧洲和俄国心理学和生理学都有很大发展，这就为俄国文艺心理学派的形成创造了客观条件。

俄国心理学派认为艺术创作的本质在于艺术创作的内在心理机制，由于作家的心理机制各不相同，于是就形成作家不同的创作个性。这个学派的代表人物是 A. A. 波捷勃尼亚（1835—1891）和他的学生 Д. H. 奥夫相尼科-库里科夫斯基（1852—1920）。他们都是科学院院士，哈尔科夫大学教授。

波捷勃尼亚主要是通过研究语言和思维的关系，来揭示文学和社会心理、创作心理和艺术欣赏的关系。他认为语言不仅仅是表达思想的工具，而且是促进思维活动的工具，语言的出现既有个人心理因素，也有社会心理因素。他在《思想和语言》(1862)中提出文艺心理学的基本观点，认为文艺创作的奥秘在于作家的个性，文艺创作的规律体现于创作过程之中。他指出艺术和科学都是思维活动，区别在于两者表现思维的语言形式不同。诗歌艺术的语言包括三种构成因素：外在形式（语言）、语义和内在形式（形象）。例如 подснежник 一词有它的外在形式语音，它的语义是雪花①，而它的内在形式（形象）是春天的信息。内在形式是认识新事物的手段，艺术不是通过科学抽象的途径，而是借助现存形象来表达艺术家新的生活感受。艺术创作是通过语言的形象传达一定的生活感受、生活印象和想象的心理活动过程，因此艺术作品是心理活动的产物。波捷勃尼亚也十分重视创作心理和接受心理的研究，他认为作家的创作心理是通过文学作品反映到读者的心里。读者在接受文学作品时的心理机制同作家是相同的。他还认为通过对作品创造性的阅读，读者有能力丰富作品的意义。他说："听者可能比说话者更好地理解那语音背后的蕴涵。因而，读者可能比诗人本身更好地透视其作品的思想。因此，这样的作品的实质的力量就不在于其作者凭借其作品所欲指的意思，而在于这作品本身怎样作用于读者。"

波捷勃尼亚之后，他的学生奥夫相尼科－库里科夫斯基等人继承了他的思想，在俄国形成别具一格的文艺心理学派，奥夫相尼科－库里科夫斯基的文艺心理学研究主要包括两个方面：一是提出作家艺术思维的两种类型，一是提出通过艺术典型的心理考察社会心理。

奥夫相尼科－库里科夫斯基从心理学出发，把艺术思维和科学思维加以比较，区分艺术创作的两种思维类型：观察型（客观型）和实验型（主观型）。他认为观察型是以客观地观察和表现各种生活现象和人物作为创作的前提，要求逼真性，对生活中现象之间和人物之间的比例关系不作任何歪曲、改变。作家在创作人物典型时不是从自我出发，他所塑造的人物是同作家本人的个性不同的，甚至是对立的。实验型则根据作家主观需要，把各种人物和事件重新加以改造、综合，破坏原有的比例关系，好

---

① 早春化雪时开花的植物。

像对现实生活进行某种心理实验,作家在创作人物典型时是从自我出发,他所塑造的人物是同作家本人的个性相近的,甚至是相同的。但是观察型和实验型又不是绝对的,它们常常相互补充,相互渗透。

他认为普希金、屠格涅夫、冈察洛夫等作家是属于观察型,果戈理、谢德林、契诃夫等作家是属于实验型。普希金是客观型诗人,非自我中心意识作家,他的诗歌有"写实的"(生活的直接作用)和"人工的"(主观的加工)两类,而前一类占主导地位。果戈理是个内向的、善于自我分析和自我谴责的作家。他主要从自我观照出发,从自己的气质、情绪出发来观察现实生活,一方面将自己的性格加到作品人物身上,另一方面又把别人的品性加到自己身上以便了解其心理活动,这就是所谓实验的方法。至于列夫·托尔斯泰,奥夫相尼科-库里科夫斯基认为他的早期创作是属于观察型,自70年代起便转为实验型。他认为,"艺术中实验的主要手段是幽默、嘲笑、辛辣的讽刺、眼泪、悲哀。对生活庸俗一面的痛苦反应、不满"。[①] 而这一切在托尔斯泰前期作品中是极其微弱的。相反,在后期作品中,"以《黑暗的势力》、《伊凡·伊里奇之死》、《克莱采奏鸣曲》、《复活》命名的这些色调鲜明、强烈、激动人心的'实验',充满了热情的号召、愤怒,辛辣的讽刺、不满、蔑视,在罪恶和道德沦丧的深渊之前的恐怖。"[②]

奥夫相尼科-库里科夫斯基这种研究方法在揭示艺术创作的复杂心理过程和艺术作品细致入微的情感内涵方面,确实是别具一格的。其局限是忽视艺术创作和社会生活的联系,忽视文学艺术现象的社会历史根源和文学艺术作品的社会思想内容。对此,他后期有所觉察。他在《列夫·尼古拉耶维奇·托尔斯泰》(1911)一文中指出:"作家从自我出发,结果再现的已经不局限于个人,而是自己的家庭、环境、阶级,他们的特征已溶化为他的心理,而且再现的与其说是个人,不如说是这一圈子的一个代表人物。"[③] 这种认识的变化促使他提出社会心理类型的概念,把文学史的过程作为社会变动和各种心理类型的更替和演变过程加以考察。他的后

[①] 《俄国作家、批评家论托尔斯泰》,中国社会科学出版社1982年版,第184页。
[②] 同上书,第186页。
[③] 同上书,第196页。

期著作《俄国知识分子的历史》(1906—1911)论述了19世纪转折时期知识分子的精神生活及其在俄国优秀作品中的反映,并从社会心理学的角度分析了30年代到50年代"多余人"形象的演变。高尔基对这部著作给予很高的评价,认为它奠定了心理学派在俄国文艺学中的地位。

奥夫相尼科-库里科夫斯基认为其《俄国知识分子的历史》一书的主要任务是阐明"恰达耶夫情绪"的社会和心理成因。恰达耶夫(1794—1856)是俄国宗教哲学家,他在《哲学通讯》中对俄国历史(包括对东正教、专制政体和农奴制)持批判态度,因此被沙皇宣布为"疯子",长期遭受软禁。他在信里对俄国社会表现出不满、不安和悲观情绪。作者认为知识分子是社会中具有良好教养、肯于思考的成员,他们创造和传播了全人类共同的精神财富。但是在俄国社会却出现了一种背反现象,一方面是知识分子精神生活十分丰富,创造了思想文化的丰硕成果,另一方面是知识分子对民族文化的提高直接影响很小,全俄的文化总水准落后。正是这种强烈的背反现象产生了"恰达耶夫情绪",这种情绪正是社会的先进部分脱离广大社会阶层的必然结果。他正是从这个角度来考察俄国知识分子的历史的。他认为格里鲍耶多夫的《智慧的痛苦》(一译《聪明误》)中的恰茨基是20年代的优秀分子,反映了俄国社会自我意识的觉醒,他同法穆索夫的冲突反映了两代人、两种势力的心理冲突。普希金的奥涅金是恰茨基的继承者,他们都是俄国知识界情绪的代表者。奥涅金体现了上层社会典型的心理特征,他成为"多余人"的根本原因是这个时代人的心理结构不良,其次是个人同阶层在思想、道德和智力上的分裂。莱蒙托夫在历史条件有所变化的情况下发展了"多余人"的形象。皮却林和奥涅金一样,属于同一社会心理典型,他们都是惶惶不安,自觉多余,没有实现自己的社会价值。不过皮却林有很强烈的自我中心意识,他认为一切为他存在,这一形象反映了30年代末和40年代个性形成与发展的社会心理过程。40年代是个复杂时期,这时社会自我意识急剧发展,西欧各种理论学流传到俄国,西欧派和斯拉夫派逐渐形成,中层社会逐渐发挥作用,而他们最大的弱点是言行脱节,这是造成40年代"独特悲剧性"的因素,造成俄国社会生活停滞的因素。冈察洛夫的奥勃洛莫夫就体现了这个时期的社会心理,他只会空想,不会也不愿行动。60年代是俄国社会历史的转折时期,平民知识分子登上历史舞台,俄国文学出现了新社会心理典型。屠格涅夫的巴扎罗夫的矛头是指向奥涅金和罗亭式的贵族自我反省，否定奥勃洛莫夫精神，同时也是民族心理的扭曲。这个形象的意义在于说明奥勃洛莫夫精神这种痼疾是可以治疗的。70—80年代，知识分子改变对待人民的态度，乌斯宾斯基的创作正是这种态度改变的尝试。

奥夫相尼科－库里科夫斯基的《俄国知识分子的历史》力图揭示作家的创作心理，指明俄国文学所塑造的社会心理典型之间的内在联系，从社会心理的角度宏观地把握俄国文学发展的历史，这体现出俄国文学史研究的新视角。

俄国文艺心理学派除了波捷勃尼亚和奥夫相尼科－库里科夫斯基之外，还有一批著名的批评家，如 H. A. 罗日科夫、A. P. 戈尔恩费德等，他们出版过为俄国心理学发展做出重要贡献的《理论问题和创作心理学》（1—8卷，1907—1923）。

二 苏联文艺心理学的开拓者——维戈茨基

十月革命后，苏联文艺学把主要注意力集中于思想宣传任务、批判唯心主义和形式主义，很少顾及艺术特性和艺术规律的研究。同时，文艺界"左"的思潮泛滥，庸俗社会学盛行，他们把研究文艺心理学的人往往不分青红皂白纷纷斥之为唯心主义者。文艺心理学的研究被视为雷区。

20世纪20年代也出现了为数不多的文艺心理学著作，这些著作虽然力求在客观材料的基础上把文艺心理学作为一门独立的学科加以研究，但由于受西方心理学的明显影响，方法论基本上是唯心主义的。例如 И. Д. 叶尔马科夫的《普希金创作心理研究》（1923）和《果戈理创作分析概述》（年代不详），就企图运用弗洛伊德的观点来分析普希金和果戈理的创作。而 C. O. 格鲁津别尔格的《创作心理学》（1923）和《天才与创作》则坚持病态心理学的观点，把创作看作是克服死亡恐惧的结果，是由于悲观情绪和道德匮乏而产生的。当然，也存在把创作看成是反映通过作家意识折射的客观现实的见解。例如 A. И. 别列茨基《在语言艺术家的工作实验室里》（1923）就明确指出："文学活动不是某种神经病的结果，它同其他类型的脑力活动一样，是一种理智和合理的活动……关于创作是完全本能的思想，如同关于诗的创作带即兴性质的思想，应当大大加以限制。"

这个时期值得特别重视的文艺心理学研究专著是 Л. С. 维戈茨基的《艺术心理学》（写于1925年，1965初版，1968再版）。列夫·谢苗诺维奇·维戈茨基（1896—1934）是苏联早期杰出的心理学家，至今在苏联国内外仍有很大影响。维戈茨基是在1915—1925年期间，大约用了十年时间才完成这部专著的。当年他是一个不到30岁的青年学者，而他的《艺术心理学》却在20年代的多种文艺学、文艺心理学论著中异军突起。他既批评唯心主义和形式主义，又批判教条主义和庸俗社会学，力图建立客观的艺术心理学理论体系。维戈茨基当年是面对文艺界十分复杂的局面而步入文艺心理学领域的。从方法论讲，他坚持的是客观分析的方法，也就使客观现实决定艺术创作心理学的论述，他首先用了不少篇幅清理和批判了各种错误观点：既批判了把艺术仅仅理解为纯认识功能的片面认识，也批判了把艺术理解为手法的形式主义观点，批判了心理分析学派把人的一切心理活动统统归之于性欲，因而抹杀意识的唯心主义观点。正如梅拉赫所指出的，"这本专著充满主观唯心主义的创作心理学同客观主义理论相对照的热情"，[1] "他在艺术心理学史上的意义是公认的"。[2] 然而更为可贵的是维戈茨基并没有简单对待形式主义和精神分析学派。尽管他从方法论上指出它们的唯心主义实质，但同时也看到其中的有益成分，并把它融化到自己的理论体系之中。例如，他指出心理分析学说有"积极方面"，有"十分可贵的论点"，"提出了无意识，即扩大了研究的范围，指出了艺术中无意识如何成为社会性的东西"。在这里，我们看到当年这位青年学者既表现出敢于触雷的科学态度和批判精神，也显示出实事求是的科学态度和恢弘的气度。

维戈茨基试图在《艺术心理学》中建立一种独具一格的、以文学作为自身研究对象的客观艺术心理学理论体系。他没有在著作中全面系统地介绍艺术心理学的基本知识，而是不厌其烦地通过对文艺作品的分析和解

---

[1] 梅拉赫：《文学创作心理学》，见《简明文学百科》第6卷，1971年，第69页。
[2] 梅拉赫《艺术创作心理学：研究对象和方法》，见文集《艺术创作过程心理学》，列宁格勒，1980年。

剖来验证自己的理论观点。作者力图通过对作品的分析把文艺学和心理学结合起来。用他的话说，就是"从艺术作品的形式出发，通过对形式要素和结构的功能的分析，说明审美反应和确立它的一般规律"。这里的关键是通过分析艺术作品结构的内在矛盾来揭示美感反应的心理机制。他认为只有抓住这个关键才能理解艺术的特性，洞察伟大艺术作品之所以不朽的奥秘。在专著中，作者利用大量篇幅，通过对克雷诺夫寓言、布宁的短篇小说和莎士比亚悲剧这三种一个比一个高级的艺术形式的详尽分析，从理论和实践的结合上来阐明自己的理论，读来令人觉得具体、生动，韵味无穷。在他看来，分析作品的结构主要是分析结构的内在矛盾，从心理基础来讲就是所谓"逆向感情"的运动。正是这种情感运动造成艺术的感染力，产生艺术的特殊功能。他认为，"逆向感情"就是构成作品内容的情绪和激情沿着两个相反的方向又趋向同一终点的方向发展。在终点上仿佛发生"短路"似的，排除了激情，感情得到改造和净化，也就是痛苦和不愉快的激情得到一定的舒泄，转化为相反的激情。他指出："审美反应本身实质上就可以被归结为这种净化。"正是从这个意义上讲，他认为脱离心理学就无法解释文学，心理学对于理解艺术作品的结构和特殊功能有举足轻重的意义。以莎士比亚的悲剧《哈姆雷特》为例，维戈茨基认为悲剧的内容和悲剧的材料是讲哈姆雷特如何杀死国王以报杀父之仇，而悲剧的情节讲的却是他如何不杀国王，而当他杀死国王的时候也并非由于报杀父之仇。这个剧的基础就是这种情节的两重性，而这种结构内在矛盾的心理基础就是"逆向感情"运动：悲剧仿佛始终在戏弄观众的情感，向我们许诺一开始就呈现在我们面前的目标，可是又总使我们离开这个目标。我们原以为两条路线是走着相反的方向，可是最后却在国王被杀这场戏上相遇。导致杀死国王的因素就是始终推迟杀死国王的因素，这样两股道上的电流"短路"了。观众的感情并不因为国王被杀而感到满足和轻松。国王被杀后，观众的注意力马上闪电般的转到哈姆雷特的死亡上，从新的死亡中感受到和体验到观看悲剧时始终折磨他的意识的种种令人痛苦的矛盾，观众的感情也就在这个过程中得到"净化"。

　　维戈茨基通过对作品形式和结构的分析来阐明审美反应的规律确有独到之处，令人耳目一新。然而从方法论角度看，这种只是通过分析文艺作品来研究文艺心理学的方法是有其局限性的。维戈茨基始终认为艺术心理学的新方法"不应该把作者和观众,而应该把作品当作根本来抓"。这就使文艺心理学的研究既脱离了艺术创作过程和艺术接受过程,也脱离了作家艺术家的个性。对此,梅拉赫曾经指出:"从方法论的观点来看,书中有不少东西是不适合现代观念的。维戈茨基使创作的结果脱离了创作和接受的过程。"[①] 尽管如此,《艺术心理学》仍然是一部经受了时间考验的很有学术价值的专著。

到了30年代,随着庸俗社会学在苏联文艺界受到批判,列宁文艺思想的研究受到重视,一些文艺学家开始运用辩证唯物主义的反映论研究文艺心理学。这方面的代表作是 П. Н. 麦德维杰夫的《在作家的创作实验室里》(1933)。作者总的肯定创作活动是通过作家个性反映客观现实的理论原则。梅拉赫认为这部著作"力求在马克思主义认识论的基础上来研究创作过程的本质",是"方法论研究新的一步"。[②] 当然,麦德维杰夫的尝试具有局限性,书中并没有把方法论问题提到应有的地位,对创作过程的论述带有明显的描述性质。

三　60—70年代文艺心理学的复兴和发展

60年代以后,苏联文艺心理学研究出现了新的转机。随着文艺特征、创作规律和作家创作个性问题日益受到苏联文艺界的重视,沉寂多年的文艺心理学研究又开始活跃起来。这个时期出现的一批著作虽然写作宗旨各异,水平高低不一,但都力图运用马列主义观点研究文艺心理学,批判唯心主义观点。其中有 А. 科瓦廖夫《文艺创作心理学》(1960),П. 雅科勃松《情感心理学》(1—2卷,1958—1961)、《艺术感受》(1965),А. 切伊特林《作家的劳动》(1962、1969),Л. 维戈茨基《艺术心理学》(写于1925年,1965初版,1968年二版),Г. 列诺勃里《作家和他的工作》(1966),Б. С. 梅拉赫《作为创作过程的普希金艺术思维》(1962、1971)和《作家的天才和创作过程》(1971)等,这些著作涉及建设文艺心理学的一系列重要理论问题。

[①] 梅拉赫:《艺术创作心理学:研究对象和方法》。

[②] 同上。

首先是研究对象问题。文艺心理学是一门边缘科学，它同美学、文艺学等相邻学科都有密切联系，都是研究文艺创作的，然而又有特殊的研究对象。梅拉赫指出，文艺心理学"研究作家对现实印象进行创造性加工的心理特点，作为创造者的作者的个性心理，处于动态（从构思产生到完成）的艺术作品创作过程的普遍的局部的规律"。[1] 科瓦廖夫认为："文学创作心理学既研究作为反映现实的特殊形式的艺术创作过程本身的规律性，又研究读者和听众感受和理解艺术作品的规律性。"[2] 在他们看来，文艺心理学是以创作过程作为研究对象的，它研究创作过程的心理机制。但创作过程是离不开作家个性的，因此它又必须研究作家个性心理，包括作家的气质、感觉特点、才能、情感意志特点和兴趣爱好等。同时，他们又把创作的心理过程看成是作者和读者双向交流和协同活动的过程，因此又强调文艺心理学既要研究艺术创作过程的心理机制，又要研究艺术接受过程的心理机制。

苏联学者还阐明了研究文艺心理学的重要意义。从理论上讲，文艺心理学揭示创作过程的特点和规律，这对于研究艺术的本质、艺术创作的规律和艺术思维的特点至关重要。从实践上讲，文艺心理学可以帮助作家提高专业素养和技巧，帮助他们认识"创作战略"，同时也可以帮助高等艺术院校选拔艺术人才。

其次是理论基础问题。苏联学者强调文艺心理学研究必须建立在科学的理论基础之上，他们指出："依靠作为哲学基础的马克思列宁主义反映论，依靠作为自然科学基础的巴甫洛夫高级神经活动学说，我们就能比较充分地描绘和理解文学艺术创作的现象。"[3] 依据马克思列宁主义的反映论原理，心理是处于现实状态的大脑的功能。现实是创作的源泉，然而文艺创作又不是现实的机械反映，它是一种创造性的反映现实的活动，它是离不开作家的创作个性的。艺术创作过程的全部复杂性归根到底是由反映现实的全部复杂性决定的。因此，只有依靠辩证唯物主义反映论，才能揭

---

[1] 梅拉赫：《文学创作心理学》，见《简明文学百科》第6卷，莫斯科，1971年，第69页。

[2] 科瓦廖夫：《文学创作心理学》，福建人民出版社1983年版，第1—2页。

[3] 同上书，第6页。

示作家艺术家复杂的隐秘的创作过程。而巴甫洛夫的高级神经活动学说则是从自然科学角度，用生命的状况来揭示心理活动的根源，它为揭示创作活动物质的、生理的基础提供理论根据。梅拉赫认为，巴甫洛夫学说从生理学角度阐明了一般思维的机制，有助于揭示艺术思维的生理心理基础。他的第一信号系统和第二信号系统交互作用的原理有助于揭示想象、幻想、记忆在艺术思维中的特殊作用。科瓦廖夫认为，巴甫洛夫的第一信号和第二信号相互作用的原理"从生理上论证了创作过程形象思维和抽象思维的统一"，"其中，人的高级神经活动的特殊类型学说，在研究文艺创作心理学方面有特殊意义，因为它恰好揭示了艺术反映现实的特殊性以及它同科学反映现实的区别"。[①] 巴甫洛夫根据两种信号系统把人分成思想型、艺术型和中间型三种类型。他认为艺术型的特点是感受的完整性、丰富性和生动性；高于抽象思维的想象力；高度的激情。但他往往把艺术型和思想型尖锐对立起来，认为艺术家不是好的思想家，思想家不是好的艺术家。科瓦廖夫指出，事实并非如此。他说："艺术型和思想型的本质区别在于，艺术家在自己的活动中更多依靠第一信号系统，而科学家更多依靠第二信号系统，第二信号系统在两种类型人那里都起最高调节作用。"当然，苏联学者的研究尚待进一步深入，然而必须把文艺心理学建立在科学理论的基础之上则是毫无疑义的。

最后是方法论问题。对一门学科的发展来说，方法论至关重要。苏联文艺心理学研究也十分重视方法论问题。他们认为："文学艺术创作是非常复杂的、隐秘的，也是潜藏的过程，心理学研究家很难深入到作家的意识中，去跟踪形象的运动和变化，所以直接认识创作活动的现象是不可能的，为此心理学家选择了迂回的道路，也就是间接地研究创作过程的道路。"[②] 所谓间接研究方法，可以包括以下几个方面：客观地、偶然地观察作家在创作时的行动和活动，主要借助亲友的观察材料、回忆录；分析作家以口头形式或书面形式谈创作的材料，其中系统整理的理论性意见尤为重要；分析创作活动的产品——文学艺术作品，不仅要研究最后定稿本，还要研究最新的草稿，以便通过比较不同文本研究作家艺术思维的过

---

① 科瓦廖夫：《文学创作心理学》，福建人民出版社 1983 年版，第 48 页。
② 同上书，第 20 页。

程；研究作家的日记、札记和笔记，等等。为了促进文艺心理学研究的深入，苏联学者向来重视整理积累有关创作过程的第一手材料，力求从大量材料的研究中寻找文艺心理学的规律。其中，关于世界文学经典作家和俄苏作家"创作实验室"的书籍在文艺心理学研究的文献中占有特殊地位。早在30年代，就有以"我们是如何写作"为题在作家中间进行调查的尝试（见文集《我们是如何写作》，1930），高尔基、阿·托尔斯泰、费定等人的回复都包含创作心理学的珍贵材料。50年代，苏联作家的自我分析也反映在《作家的劳动》（1955）、《论戏剧家的劳动》（1957）等书籍中。其中在文艺心理学研究文献中占有特殊地位的是4卷本的皇皇巨著《俄罗斯作家论创作劳动》（18—19世纪）（梅拉赫编，1954—1956）。再以列夫·托尔斯泰为例，有关的文献就有《托尔斯泰论文学》、《托尔斯泰文学日记和书信》、《托尔斯泰夫人的日记》、《同时代人回忆托尔斯泰》，以及《〈复活〉创作过程》、《〈安娜·卡列尼娜〉创作过程》、《〈战争与和平〉创作过程》、《托尔斯泰是怎样写作的》等专著和书籍。

当然，随着现代科学技术的发展，文艺心理学研究就已经不能满足于传统的方法，人们还采用试验方法，甚至主要运用控制论、人工智能研究方面的成就作为研究的辅助手段。

到了70—80年代，苏联的文艺心理学研究进入了新的阶段。苏联学者在总结60年代文艺心理学研究状况时，一方面充分肯定这个时期确定了在辩证唯物主义和历史唯物主义基础上研究文艺创作过程的可能性，积累了大量的、尚待进行深入分析的事实材料，为文艺心理学研究创造了前提条件。另一方面又尖锐指出这门学科没有能够得到进一步发展的主要原因在于方法论的研究比较薄弱。从以唯心主义为指导转到以辩证唯物主义的反映论为指导，这当然是方法论的一大进步，但不等于这门学科不存在方法论问题了。梅拉赫指出，方法论的主要问题是把创作过程的特点同一化，多半是按照通常的栏目（灵感、构思、想象、直觉等）来研究创作过程，这种研究方法既脱离创作过程一定阶段的特点，也脱离了运用不同创作方法，属于不同艺术流派的作家的特点。例如，为了举例说明创作过程某种心理机制，常常不加区分地引用属于不同时代、不同流派和不同创作方法的作家和艺术家的材料。其结果得到的往往是例子的总和，而不能深入分析创作过程的规律。这种研究方法的产生和运用虽有其历史条件所限，也有其意义所在，然而已不适应文艺心理学发展的要求。梅拉赫指出："苏联创作心理学研究者面临的首要任务是在哲学、心理学、文艺学和其他人文科学以及自然科学最新成就的基础上重新理解先前的问题：灵感、想象、创作动机、直觉和天赋等等。研究艺术思维的心理和由于艺术方法不同而形成的不同类型的艺术思维的心理，具有最重要的意义。"①这里提出了对文艺心理学发展具有重要意义的两个方法论问题。一是要运用综合研究方法研究文艺心理学。这是因为文艺心理学的研究客体——文艺创作是特别复杂的，要深入揭示它的奥秘，是哪门学科都无法单独完成的。因此必须进行综合研究，需要吸收社会科学和自然科学的各种专家以及作家和各种艺术活动家共同研究。近年来苏联文艺心理学研究正朝着这个方向发展。成立了全苏艺术创作综合研究委员会，召开了十几次全苏学术讨论会，出版了十几本有关文集，内容涉及艺术创作过程和艺术接受过程一系列重要心理机制问题。二是要充分重视创作个性。针对以往文艺心理学研究中忽视创作个性，把创作过程心理机制同一化的缺点，提出要重视艺术思维特点和艺术思维类型的研究，这是因为作家的创作个性是同作家艺术思维的特点相联系的，而采用不同的创作方法，也是与不同的艺术类型相联系的。这个方法论问题的提出为苏联当代文艺心理学研究开辟了新的前景，是文艺心理学研究的一个重要突破。

70—80 年代以来，苏联文艺心理学研究除了方法论的革新外，研究范围也得到扩展。"意识—无意识"体系中的无意识问题开始引起重视。1979 年 9 月 29 日—10 月 5 日曾经在梯比里斯召开了无意识心理活动问题国际会议。为了迎接这次国际讨论会，1978 年出版了由 A. C. 普兰吉什维里、A. E. 谢罗季雅、Ф. B. 巴辛编辑的 3 卷本专著《无意识：本质、功能、研究方法》。以这样的规模和力量来研究苏联学术界过去曾经加以否认的无意识问题，在苏联这是少见的。

专著提出了研究无意识活动的基本方法论原则。② 其中包括：要在由生理心理过程的低水平直到人的精神生活的最高水平的基础上研究无意识

---

① 梅拉赫：《文学创作心理学》，见《简明文学百科》第 6 卷，1971 年，第 69 页。
② 关于专著内容的介绍均据 О. Л. 斯维勃洛娃的文章《艺术中无意识问题研究进展》，见《艺术创作综合研究问题，1982》，列宁格勒，1982 年。

表现的必然性；在对待任何一个有关无意识活动的问题时，都要考虑到体验的"意义"要素的重大作用；在研究无意识问题时不仅应注意到对立意象，而且更应注意到其间不可消弭地存在着的协同性意象。

专著的第 2 卷有专门研究艺术的无意识问题的篇章，题为《艺术接受和艺术创作结构中无意识心理表现》，其中集中了苏联和国外研究者的21 篇文章。在这些文章中，首篇是编者的文章《论无意识对艺术创作和艺术接受的主动性关系》。文章认为首要的任务是研究艺术形象结构功能的特殊性，而这一特殊性决定了艺术形象在其形成过程中同无意识的主动性联系。要解决这个任务，文章认为既要考虑到艺术形象语言的本质特征，还要考虑到无意识心理活动规律的特殊性。其余文章包括以下几方面的内容：用无意识理论分析决定创作过程的心理结构；无意识心理主动性的结构和功能对艺术家个性和艺术创作或隐或显的影响；对艺术创作和艺术接受规律的探索等。

Н. Я. 金吉哈什维里在《论艺术的心理必然性》中，研究了艺术产生同人类意识某些最重要定势现实化的联系。他不仅从认识论角度，而且从社会历史观出发考察了一系列或隐或显的定势，从它们的定型中发现艺术的永恒功能。他认为艺术作为无意识向意识转化的手段，导致个人同个人的内在世界、自然和社会意识之间关系的扩展与和谐。

Т. А. 弗洛连斯卡娅在《净化：一种领悟》中，认为净化的心理学本质包含在对艺术作品的接受意识向新的水平转变和必然升格之中。艺术接受被看作是认识，但不是对艺术外部联系，而是对它们的内涵和本质的认识。由于共同痛苦和共同行为的结果，观众被主人公从个人体验水平提高到人类共同价值和思想参与的水平。这时，观众的个人体验经受了一次蜕变，主观上感受到一种情绪宁静和心灵振奋。作者把这种由于进入了另一种更高的价值系统而形成的否定性情感向肯定性情感转变看作是净化形象的心理学本质，并把它界定为"由于高级的、人类共同的思想在人的心灵中占了优势地位，从而产生的内部有序性和心灵和谐的状态"。文章作者的基本结论是将净化作为一种领悟来理解，但不是就弗洛伊德的沉入潜意识深层而言，而是把意识的个人界限扩展到普遍性来理解。

П. В. 西蒙诺夫在《斯坦尼斯拉夫斯基创作体系中的意识、潜意识和表意识的范畴》中，首先研究了无意识心理活动的结构问题，指出其中存在两类现象，一是"具有非常个性化目的的适应性反应：内部器官的调节过程，未能意识到的动作细节、情绪的色彩"；一是"创作的结构、假说、猜测、推断的形成"。后者在斯坦尼斯拉夫斯基的著作中是作为"表意识"显露出来的。在区别无意识心理的两种形式——潜意识和表意识的原则意义之后，作者又分析了意识范畴。他把意识范畴理解为一种关于世界的知识。首先，它可以作为满足需要的手段；其次，可以通过第二信号系统的中介转达给其他社会成员。按照作者的看法，对斯坦尼斯拉夫斯基创作体系的研究证明，对潜意识、意识和表意识进行单独考察是富有成效的，因为这为深入研究影响（即使是间接的）创作的隐秘结构的方式提供了可能性。

在 Р. Г. 卡拉拉什维里的《赫尔曼·海塞创作中作为无意识"图像"的人物的功能》中，作者证明心理分析在海塞创作中起着重要作用，无意识心理概念深入作家生活和精神经验的过程，"直到他认为自己的艺术创作与'精神分析学'完全合拍，成为了解个人无意识的神秘深渊的一个不间断的过程为止"。作者认为可以把海塞的作品看作是作家在自身个性化的领域中多年努力的、自我认识的复杂道路中某些个别阶段的反映。而且个性化的问题被海塞理解为同荣格的"向整合有意识和无意识的灵魂的完整个性渐近"的概念相一致。这里所说的是个体意识生活的扩展过程，这一过程的结果是他得到了与他自己想冒充的那个形象相反的个性本质的认识。作者通过研究得出这样的结论：海塞后期中长篇小说中的人物不是个别的、独立的个性，不是独立的文学形象，而是象征符号，也是作者精神活动的某一方面的代表。在海塞的长篇小说中，这些人物彼此并存，他们的活动不是展示在现实中，而是在某种想象的精神空间，在那些无意识的"图像"关系中。

特别值得重视的是专著中那些以实验材料为基础的研究，其中有 Э. А. 瓦奇纳泽的《论病态艺术和现代颓废派艺术的相似性问题》。作者在文章中介绍了 А. 艾依的观点，艾依认为，按照本身的美学价值，超现实主义作品与病态作品是能够接近的，两者的主要区别在于进行艺术表现活动时各自的心理特征。在艺术家那里，他的心理活动在任何时候都是受监督的，他能够使自己的作品客观化。在病人那里，他的心理活动是无监督的，他以最紧密的方式同自己的动作相联系。瓦奇纳泽根据艾依的这些观点，对超现实主义艺术表现活动受监督的程度进行实验，他请艺术科学院的大学生、艺术家们用最不合逻辑的手法将一系列不同的或相同的素材部分重新组合之后，描绘出一幅完整的图画，结果得到的是与超现实主义同轨的作品。通过对被试者绘画时心理状态的询问，证明了他们在创作时意识的积极性和意志的努力都起了作用。

瓦奇纳泽在研究精神分裂症患者的艺术活动时指出，这种活动带有或多或少的冲动性和无目的性。他说："精神分裂症患者的艺术表现活动是在心理定势结构中的直接行为，作品是一时感情冲动而无意识地、接连不断地与个性交融而描绘出来的。艺术家则是使自己和自己的创作相对立，在客观化的基础上，积极地、随意地创作艺术作品。"

四 苏联当代文艺心理学的代表——梅拉赫

Б.С. 梅拉赫（1909—1987）是苏联著名的文艺学家、语文科学博士、列宁格勒大学教授、全苏艺术创作综合研究委员会主席。梅拉赫长期从事俄国文学史和文艺学的研究，他著有一系列研究普希金的专著，对苏联普希金学的发展做出了重要的贡献；他的文艺学专著《列宁和19世纪末20世纪初俄国文学问题》（中译本题为《列宁和俄国文学问题》）对苏联现代文艺学发展有着方法论意义，曾获苏联国家奖金。梅拉赫同时还非常重视文艺心理学的研究并做出重大贡献。如果说苏联文艺学存在学派的话，梅拉赫就是苏联文艺心理学派的代表。早在50年代，他就主编了4卷本的皇皇巨著《俄国作家论文学创作》（1954—1956），收集了18—19世纪俄国作家论文学创作的丰富的第一手材料。后来又写出了很有影响的专著《作为创作过程的普希金艺术思维》。60年代以来，他开创和领导了苏联艺术创作综合研究这一新的科学方向，把苏联文艺心理学的研究推到一个新的阶段，近20多年来这一新的科学方向取得了一系列引人注目的成果，得到国内外学术界的广泛承认。梅拉赫本人在70—80年代主编过《艺术和科学创作》（1972）、《艺术创作过程心理学》（1980）、《艺术创作：综合研究问题》（1982、1983）等论文集，著有《在科学和艺术的交接点上》（1971）、《作家的天才和创作过程》（1971）、《创作过程和艺术接受》（1985）等专著。《创作过程和艺术接受》一书是作者多年从事文艺心理学研究和艺术创作综合研究带总结性的成果，也体现了苏联80年代艺术创作综合研究和文艺心理学研究的新水平。这部专著的鲜明特点是对文艺心理学研究的方法论十分重视，作者为此特地给专著标上副标题"综合方法：经验、探索和远景"。作者力求从综合分析的角度，从不同学科相互影响和相互作用的角度来研究创作过程和艺术接受问题。同时，理论的研究又同分析创作实践相结合。

梅拉赫文艺心理学研究的内容是十分丰富的，这里只是重点谈谈梅拉赫的文艺心理学研究方法及其给我们的启示。

首先是综合研究方法。

艺术创作综合研究是梅拉赫所倡导的文艺心理学研究方法，它为苏联文艺学研究揭示了新的前景。所谓艺术创作综合研究，就是吸收社会科学和自然科学的各种专家，以及作家和各种艺术家共同研究艺术创作问题，它的课题相当广泛，其核心问题是文艺心理学所研究的两个相互关联的问题——艺术创作过程的心理机制和艺术接受过程的心理机制问题。

梅拉赫认为运用综合研究方法研究文艺心理学是毫无疑义的，关键在于如何进行综合研究。他指出，综合研究并不要求每个参加研究的专家都是无所不晓的博学家，而是要求他们从不同学科的角度来研究艺术创作的心理问题，从而丰富和加深对艺术创作规律的认识。同时，这种综合研究的结果也不是各门学科观点的总和，而是力求达到完整的系统性。这就要求综合研究必须遵循十分明确的原则。梅拉赫在总结前人研究的经验和教训的基础上，指出运用综合方法研究文艺心理学必须坚持以下几项原则：首先，要有共同的终极目标，要制定共同的研究大纲；其次，要明确各学科在综合研究中的可能性和界限；第三，最重要的是要充分考虑艺术的审美特性，艺术创作的特性，不能偷换学科的对象。如果背离了这条重要原则，综合研究就有可能走上机械套用和简单类比的庸俗社会学老路，其结果将会葬送整个艺术创作综合研究。

梅拉赫所阐明的艺术创作综合研究的原则对文艺心理学研究有重要的方法论意义。前些年在我国文艺心理学研究刚刚恢复时，很快碰到一个令人苦恼的问题：文艺心理学研究多半是由从事文艺学研究的研究者进行的，他们在研究实践中大胆运用心理学的概念和理论，结合文艺创作的实践，研究文学心理学问题，对此，有人不予理会，认为那不是文艺心理学，我们并不否认文艺心理学研究者在运用心理学的概念和理论方面难免存在一些缺点。然而必须看到，文艺心理学毕竟不同于心理学，文艺心理学研究必须吸收其他社会科学和自然科学的成果，但不能机械搬用，而需要加以改造，使其符合文艺心理学学科本身的审美特性。每门学科都有自己独特的对象和方法，正如梅拉赫所指出的，实际上纯心理学的概念和方法也只有从心理学本身的对象来看才是完全合理的。文艺心理学研究者毫无疑问需要十分认真地学习心理学理论和心理学史，汲取心理学的理论、概念和方法，同时也需要从文艺创作心理和文艺接受心理的实际出发，根据本学科对象的特点加以改造，创造出一套符合艺术创作审美本性的理论、概念和方法，建立文艺心理学本身完整的理论体系。

其次是系统分析方法。

梅拉赫指出苏联文艺心理学研究存在的主要问题是将创作过程和艺术思维同一化。表现为：多半是按照通常的栏目（灵感、情感、想象、直觉等）孤立地研究创作过程的心理机制。这种研究存在明显的弊病：一是割裂了艺术思维诸种心理因素的内在联系和相互作用；二是忽视创作过程各个阶段和各个环节的特点和联系，没有把创作过程看作是包含着相互联系的许多阶段的环节的动态过程；三是脱离了属于不同时代、不同流派、不同创作方法、不同艺术体裁、不同创作个性的作家的创作过程和艺术思维所具有的特点。例如为了举例说明创作过程中某种心理因素，常常不加区分地引用分属不同时代、不同流派、不同创作方法、不同艺术体裁、不同创作个性的作家的材料，结果只能造成同一化、简单化，只能是例子的堆砌。这些弊病的存在使文艺心理学研究只停留在例证的引用和分析上，停留在创作心理现象的表层，很难深入分析和把握艺术创作过程和艺术思维的规律。正是针对这些问题，梅拉赫强调文艺心理学研究要打破旧的框框，采用系统分析方法。他认为系统分析方法是无所不包的，它处于当代所有科学探索的中心，运用这种方法对于文艺心理学研究有重要意义。

第一，系统方法的运用揭示了在文艺心理学研究中再现创作过程完整图景的可能性和从不同等级的层次上研究创作过程的可能性。梅拉赫认为，根据系统分析方法，可以把创作过程分为三个等级层次。

第一级层次是研究某个作品的创作过程，揭示创作过程同作家创作目的的关系。

第二级层次是研究某个作家的作品的创作过程,揭示一定作家创作过程的总特点。

第三级层次是按照一定的特征比较分析不同作家的创作过程,从中找出创作过程的共同特点和一般规律。

梅拉赫在《创作过程和艺术接受》一书中,具体分析了普希金、陀思妥耶夫斯基、契诃夫三个俄国作家创作过程的各自特点,同时指出这三个作家的创作过程都明显地表现出以下几个阶段:一定的问题情势,思想的产生,计划的选择,探索和挑选最佳的创作方案。在他们的创作过程中占主导地位的是奠定作品基础的思想,作家通过思想把一切美学的、表达的和描写的因素结合在一个完整的艺术结构之中。

第二,系统方法可以运用于研究创作过程的艺术思维。梅拉赫指出,每个作家的创作意识中存在不同的思维因素:概念的和形象的因素,直觉和幻想的因素,语言逻辑的、视觉的和情感记忆的因素,等等。这些因素在不同作家那里按照不同的方式连结起来,形成独特的联系,并且具有系统性。正是这种独特的系统性决定了每个作家创作过程独特的个性特征,并且体现在创作过程之中。他认为,可以根据作家艺术家的艺术思维中是理性逻辑思维占优势还是具体感性思维占优势,将艺术思维化为三种类型:(1)理性型,理性逻辑思维较之具体感性思维占相对优势,具有思想压倒形象的特点;(2)主观表达型,描写的感情和激情色彩浓重,分析和概括的倾向相对薄弱一些;(3)艺术分析型,创作中感情因素和分析因素相结合,思想和形象相结合,当然这种分类不是十分严格的,仅仅是指占优势的倾向而言,而不是对它质的特点的完整说明,同时还存在中间型和过渡型。从文学艺术发展的历史来看,每种艺术思维类型的发展都有历史的制约性,历史上有过这种或那种艺术思维类型占优势的时代。例如理性型在古典主义时期占优势,主观表达型在浪漫主义时期占优势,艺术分析型在现实主义时期占优势。然而这种优势的存在并不意味着作家创作个性的泯灭,在任何一个时期都可能出现这样一些作家,他们在自己创作的中同时表现出不同艺术思维类型的各种因素。总之,艺术思维体现着作家世界观的综合特征,理解周围世界和大自然的独特方式,对现实印象进行独特加工和概括的特点,是有一定规律的,因此分析艺术思维是阐明作家创作个性的重要途径。

第三，系统方法的运用使得我们有可能按照新的方式来阐明幻想、直觉、下意识、联想和其他一些艺术思维因素，也就是不把艺术思维的各种因素同一化、简单化，而是通过系统分析的方法指出不同作家在不同创作方法、流派、体裁和创作个性作用下所产生的独特表现形式。拿联想来说，在艺术分析型的艺术思维中，就有可能促进艺术描写的丰富性，有助于多方面地、现实主义地揭示形象和情节运动的因果关系。然而在现代主义的某些作品中，联想就不是以描绘事物本质的形式出现，而是由一些概念杂乱无章、七拼八凑堆砌起来的意象，这种联想就丧失了用来沟通思想的性质，建立在联想基础上的隐喻在这些作品中也就丧失了自己的审美认识功能，失去了客观基础和说服力，隐喻的堆积结果变成了毫无目的的游戏。

除综合研究和系统分析外，梅拉赫文艺心理学研究方法另一个值得重视的特点就是理论和实践的密切结合，也就是抽象理论层次和具体描写文学创作过程的经验层次的结合。他认为这两个过程如果是彼此孤立进行，那是无法深入揭示艺术创作心理的规律的。因为文艺心理学研究中任何理论概括都来自作家的创作实践，为了达到理论和实践的紧密结合，需要十分重视掌握材料，特别是掌握系统的材料。如果我们所掌握的材料是不充分的、零散的、片面的，就无法深入揭示艺术创作心理的特点和规律，就会表现出表面性和片面性的毛病。

梅拉赫在理论和实践相结合方面，在系统掌握第一手材料方面是下了很大功夫的。早在1954—1956年，他就主编了《俄国作家论创作劳动》，其中收集了18—20世纪40名俄国著名作家论述创作劳动的第一手材料，内容相当系统，十分丰富。1962年，他又充分发挥自己研究普希金创作的优势，通过大量手稿对普希金的艺术思维进行系统深入的研究，写出了著名专著《作为创作过程的普希金艺术思维》。而梅拉赫在新著《创作过程和艺术接受》(1985)中，对普希金、陀思妥耶夫斯基和契诃夫艺术思维的系统分析，可以说是文艺心理学研究中少见的理论和实践相结合的范例。艺术思维的研究长期以来是久攻不下的难题，一直没有取得较大的突破和进展，不少人只得放弃了这方面的研究。梅拉赫在艺术思维的研究方面却是知难而进，独辟蹊径，别开生面地运用系统方法研究艺术思维，提出进行创作过程类型学研究、艺术思维类型学研究，为艺术思维的研究开辟了新的前景。值得称道的是，他的这种研究不仅是建立在抽象思辨的基础上，而且是建立在对俄国著名作家艺术思维类型研究的基础上。在对三大作家艺术思维进行分析时，他先是依据作家不同文本的手稿、书信、日记、言论和作家同时代人的回忆录，把作家本人论述创作的意见同他的创作过程结合起来，对他们的创作过程进行系统细致的分析。由于这种分析具有比较完整的系统性，因此能够比较深刻地揭示出作家艺术思维体系中各自的特点和同类作家的共同特点。他的这种分析具体讲有以下几个比较明显的特点。

首先，善于从总体上把握作家艺术家艺术思维的特征。梅拉赫不是从个别作品、个别材料出发，而是通过比较系统地掌握作家创作过程的材料，紧紧抓住作家艺术思维的主要特征。作者认为普希金的创作具有"灵感的真诚"、"明晰的思想"和"感情真实"的特点，他的艺术思维体系是有别于古典主义的一种开放体系，它不囿于条条框框，而是向生活开放的。梅拉赫称普希金为诗哲，认为在他的独特的艺术思维中思想家和诗人融为一体。普希金作为真正的诗人特别强调真正的诗歌是同创作过程明确的目的性并行不悖的，想象是服从于创作思想的，诗人善于克服想象的"无拘无束"，使其符合思想的方向。这突出表现在他对创作提纲的重视。而在创作过程中，内在的"立意"又始终没有囿于理性主义，没有产生通过诗歌语言复述抽象真理的现象。在他的艺术思维中，概念和形象的因素，深刻的思想和生动的形象是和谐统一的。如果说普希金的艺术思维是明晰的、和谐的，那么陀思妥耶夫斯基的艺术思维体系则是矛盾复杂的。然而梅拉赫依然能够透过作家十分复杂和充满矛盾的意识思维体系，看出作家艺术思维的基本特征是"认识—分析"的趋向。作家常常发表必须寻找一定"规则"和"指导线索"的议论，对创作过程的认识分析任务怀有浓厚兴趣。他认为艺术家的任务就在于抓住最尖锐、最折磨人的问题，揭示当代最隐秘的现象，看到普通人发现不了的东西。他十分重视周密思考提纲，重视作品的"主要思想"。他的创作构思总是贯穿统一的意向，力求搞清在充满"分裂"和"二重性"的土壤上形成的性格，在创作中，他力求将理性逻辑的因素同浓烈的情感因素、生动的形象因素结合起来。至于契诃夫，梅拉赫是通过同陀思妥耶夫斯基相比较来揭示作家艺术思维的特点的。陀思妥耶夫斯基认为自己创作的人物是说明社会的"杂乱无章"、"混乱不堪"，面临新时代的契诃夫则提出了要分析生活的"迷魂阵"结构，他给自己规定的艺术创作总课题是对人类灵魂的"无形世界"进行艺术分析。他经常对艺术与科学、艺术思维和科学思维相互关系问题感兴趣。在他身上具有分析家和艺术家的天赋。在创作过程中，他总是把严整的逻辑和对世界的诗意感受结合起来，总是把构思的"纲领性"同充分客观描写的要求、细腻的表现手法结合起来。在具体分析三个作家艺术思维的各自特点之后，梅拉赫又在这个基础上归纳出他们的共同特点。他最后得出结论说："普希金、陀思妥耶夫斯基、契诃夫的艺术思维——在保持他们的差别的同时，以综合性为其主要特色，在这类思维中分析性和情感表达型的因素有机地结合在一起。"

其次，善于从矛盾和斗争的角度把握作家艺术思维的特征，而不是把艺术思维看成是绝对统一的和无比和谐的体系。这方面最精彩的例子是陀思妥耶夫斯基艺术思维特征的分析。西方评论界对陀思妥耶夫斯基创作的看法各执一端，有人说他是直觉主义，有人说他是理性主义，各抓住一点大做文章，总想把作家复杂的艺术思维纳入自己设计的框框里。梅拉赫认为他们这些看法并没有真正抓住陀思妥耶夫斯基艺术思维的真正特征。他认为作家艺术思维的基本特征是认识—分析的趋向，然而作家的艺术思维体系是一个复杂的、不平衡的、不稳定的而又特别活跃的体系，在这个体系中各种因素的对比关系不断变化，总之，是一个充满矛盾而又充满活力的艺术思维体系。陀思妥耶夫斯基的世界观存在强的一面和弱的一面，他对当代生活"骇人听闻的混乱"的批判是天才的，而他所提出的解决矛盾的办法，所谓对未来的"省悟"却是神秘的和反动的。这种矛盾也体现在他的艺术思维中。当作家从现实生活出发，当他的艺术思维中形象情感因素占优势，逻辑理性因素被形象情感因素所掩盖时，作品就充满艺术力量。例如在《卡拉马佐夫兄弟》中，当哥哥伊凡向苦修道士阿辽沙弟弟讲授将军如何当着母亲的面放出一群猎犬把小孩撕成碎片时，笃信宗教的阿辽沙竟然违背他所敬重的新约说了一句"枪毙他！"在这里起作用的是现实生活的力量，形象情感的力量，而不是宗教理性逻辑的力量，相反，当作家艺术思维中脱离现实的理性逻辑因素占优势时，具体形象情感的因素只能作为一种点缀，这时作品必然丧失艺术力量。同样是在《卡拉马佐夫兄弟》中,当作家企图塑造出挽救世界的教士的"光辉"形象时,艺术思维中脱离现实生活的逻辑理性因素完全挤掉了形象情感的因素,结果作品的描写千篇一律,空洞无物,完全丧失艺术的力量。事实证明,在创作中如果背离艺术思维的法则,连陀思妥耶夫斯基这样的大作家也逃脱不了受惩罚的命运。但是总的看来,陀思妥耶夫斯基的艺术思维体系是现实主义的,它比作家任何脱离现实生活的偏执理论更有力量,作家创作不朽的力量盖源于此。

第三,善于从发展中把握作家艺术思维的特征。梅拉赫没有把作家的艺术思维看成是静止的,而看成是不断发展变化的,因此特别注意分析艺术思维不同发展阶段上的特征。这方面突出的例证是分析普希金艺术思维的发展变化。普希金的创作经历了从浪漫主义到现实主义的发展过程,他的艺术思维也经历了前后变化的过程,这表现在他对待创作提纲态度的变化和创作提纲本身的变化上。在浪漫主义时期,他的注意力集中在所描写的事物的质的规定性和主要特征上,在激情的表达上,而不是集中在对产生人物性格和激情的根源、制约人物性格的环境进行深入的分析上。这时,他对创作提纲也没有给与更多的重视。例如在浪漫主义时期的作品《高加索的俘虏》中,他着重表现一种性格,表现 19 世纪青年的典型特征——"对生活的淡漠",尽管在草稿中有揭示主人公体验的现实具体材料:他被俘了,他对家乡的怀念,他的痛苦,然而这一切后来都被删去了,最后只留下抽象的浪漫主义的"无形体形象":"他拥抱了高傲的痛苦"。而在现实主义时期,作家越来越重视创作提纲,大大加强了对人物行为动机、性格和激情根源的探索,以及对事件的因果关系、人物和环境关系的细致分析。他在创作《鲍里斯·戈都诺夫》时期曾在一封信中写道:"我边学边思考"。创作中这种分析倾向也十分明显地表现在《鲍里斯·戈都诺夫》、《叶甫盖尼·奥涅金》、《波尔塔瓦》和《青铜骑士》的创作提纲中。例如《鲍里斯·戈都诺夫》的创作提纲是作家在仔细研究了沙皇鲍里斯的朝代史以后写成的,提纲很注意构想性,不仅指出了事件的连贯性、安排历史人物,以及用以揭示人物性格的情节,而且出现了情节的人民背景,多次提到"广场",突出"市民会议",出现百姓活动。人民背景的出现是俄国戏剧的全新现象,也是作品的重要支撑点,它表现了人民是影响皇位更替的重要力量。总之,剧本中深刻的思想和历史的内容，历史真实和艺术真实，思想和形象等达到和谐统一，他比较好地实现了普希金的艺术理想，同时也集中地体现了普希金现实主义艺术思维的特点。

梅拉赫所提出的和所实践的文艺心理学研究方法是富有启示性的，它为文艺心理学研究开辟了新的前景。然而方法并不能代替一切，在研究实践中要创造性地运用这些方法还需要付出艰苦的努力。梅拉赫讲过这么一段话："把艺术创作的痛苦同创作奥秘和创作之谜的研究者所遇到的困难直接比较未必恰当"，然而"为了深入到艺术家非常隐秘的、旁人看不到的内心世界，深入到他的创作实验室，确实需要顽强的毅力和繁重的劳动，需要真正的热情和灵感"。

第四章

苏联当代文艺学的系统分析

一 当代文艺学的系统分析概况

系统分析是近二十年来苏联文艺学、美学研究中最受重视的一种研究方法。所谓系统分析，就是要求人们把审美活动和艺术活动看作是多层次的、系统的、完整的有机构成体，它的各个组成部分是相互联系和相互作用的，这些构成体既不是各种属性、方面和功能的简单汇总，它的各个组成部分也不是毫不相干的。有关系统分析方法的专著和论文，最早是在哲学界出现的，60—70年代以后文艺界也开始出现一批研究系统分析方法的专著和论文，其中如卡冈的《人类活动系统分析试验》（1974）、《艺术文化作为系统》（1980），赫拉普钦科的《关于文学的系统分析的思考》（1975），鲍列夫的《对艺术作品的完整的系统理解》（1982），利哈乔夫的《作为系统的俄国古代文学》（1968），梅拉赫的《"艺术系统"概念的定义》（1973），涅乌波科耶娃的《世界文学史——系统分析和比较分析问题》（1976），尼格玛杜琳娜的《19世纪最后三十年的俄罗斯文学》（1980）等。

值得注意的是，苏联文学中的系统分析方法是马克思、恩格斯和列宁所提出的科学方法论原则的具体运用和发展，列宁在《什么是"人民之友"以及他们如何攻击社会民主主义者？》（1894）中指出，《资本论》之所以大受欢迎，是由于"这一著作把整个资本主义社会形态作为活生生的东西向读者表明出来，将它的生活习惯，将它的生产关系所固有的阶级对抗和具体社会表现，将维护资产阶级统治的资产阶级上层建筑，将资产阶级的自由平等之类的思想,将资产阶级的家庭关系都和盘托出"。①这正说明了马克思的《资本论》是运用了系统分析的科学方法,他是把资本主义的社会形态作为一个完整的、复杂的、活生生的有机构成物来加以研究的。苏联美学界认为,文艺与文学研究中的系统分析方法是完全符合列宁所阐明的"社会科学中的科学方法的"。列宁指出:"这个方法把社会看作处在经常发展中的活的机体(而不是机械结合起来因而可以把各种社会要素随便搭配起来的一种什么东西),要研究这个机体就必须客观分析组成该社会形态的生产关系,必须研究该社会形态的活动规律和发展规律。"②

如果同西方的系统论研究相比较,建立在马克思主义方法论原则上的苏联文艺学美学系统分析有许多鲜明的特色,其中最重要的一点就是在研究审美现象和艺术现象时,系统分析方法同历史方法的结合,也就是说历史主义在文学系统分析中具有重要意义。在苏联的美学家和文艺学家看来,任何文学活动都要受到一定社会历史条件的制约,同样,任何文学系统也要受到一定社会历史条件的制约,其中包括同各个时代不同文学系统的矛盾和斗争。正如卡冈所指出的:"既然与美学有关的各种系统是复杂的、动态的,那么,系统方法应该同历史方法相结合,——因为人对世界的审美掌握和艺术文化的社会制约性,赋予它们一种历史动态性,后者处在人们的社会存在和社会意识的本质中。"③

在上述思想指导下,苏联的一些美学家和文艺学家在美学、文艺学和文学史等领域运用系统分析方法进行研究,取得了新的成果。

在美学研究方面,苏联一些美学家先后提出一些建立美学体系,进行系统分析的原则和基础。鲍列夫指出,马克思主义以前三个最大的美学学派(亚里斯多德、黑格尔、俄国革命民主主义者)分别提出了建立完整美学体系的不同原则。每种主张都是以对艺术和现实生活的相互关系的不同解释为转移的,并在人类美学思想发展史上作出了重大贡献。但是它们对社会生活,对人的本质的理解,都没有摆脱唯心主义,因为不能把美学

---

① 《列宁选集》第1卷,第9页。
② 同上书,第32页。
③ 《卡冈美学教程》,北京大学出版社1990年版,第47页。

体系建立在科学的社会学基础上。而"马克思主义把对人类有意义的多种形式的现实（美）作为美学体系的奠基石。从历史发展的最高目标来看，对于人类具有重要价值的现象是美学体系的新的辩证唯物主义的基础。因而，灵活的、历史上可变动的规律和范畴的统一体系能够认识审美掌握世界的根本问题，认识按照美的规律进行创造的根本问题"。① 他还认为美学的体系和方法是处于辩证统一的发展过程之中。真正的理论都是有体系的，但理论和体系还不是方法，方法比体系更活跃。他指出"历史主义辩证法原则乃是美学的方法"，但随着现代科学技术的发展，要求更加全面地、综合地把握对象的有机整体。他也主张在美学研究中采用系统分析方法，认为"对艺术文本的分析必然应当是系统而完整的，全面而多角度的"。② 总之，"美学处于运动之中，让新的理论原则，考察和发现在不违反一元论，而是巩固和加深一元论的前提下运用于美学，是十分重要的"。③

M. 卡冈则是美学研究系统分析方法的主要倡导者。自 70 年代以来，他写了大量有关美学研究系统分析方法的论文和专著。他认为艺术的本质是复杂的、多面的和多维的，只有系统分析方法才能在艺术的全部丰富性和系统完整性中揭示艺术的本质，他的系统方法和哲学理论基础是人类活动的概念，在他看来，人类活动包括四种基本活动：改造活动、认识活动、价值活动和交往活动，而艺术活动是同这几种活动联合而成的。这就揭示了艺术活动结构的复杂性和多样性，对艺术本质作出新的理解，认为艺术是各种性质和功能的有机完整的统一，他还把艺术活动确定为信息系统，坚持把它作为一种特殊的信息的制造、保持和传达的过程来考察。像一切信息系统一样，艺术互动具有由三个相互联系的环节组成的内在结构：第一个环节是艺术家的创作，在创造中制造一定的信息，并使之定型；第二个环节是创作活动的产品，在艺术作品中精神信息得到保存，成为传达这种信息的符号系统；第三个环节是艺术欣赏，人们通过艺术欣赏汲取包含在艺术作品中的精神、信息，完成对这种信息的掌握。最后，卡

---

① 鲍列夫：《美学》，中国文联出版公司 1968 年版，第 17—19 页。
② 《文学问题》1977 年第 7 期。
③ 鲍列夫：《美学》，中国文联出版公司 1968 年版，第 17—19 页。

冈还研究了文化系统中的艺术问题，提出了艺术研究的文化学方法。卡冈这种系统分析方法能使马克思主义的逻辑和历史的统一的原则在美学研究中具体化。一方面，把艺术放在人类活动的主要类型的系统中加以考察，揭示其内在结构，同时看到创作过程、作品本身、艺术欣赏之间的有机联系是一种本质上不同于其他精神活动的特殊交往方式。这样就能进一步确定艺术在社会文化中的地位，揭示艺术结构形态变化的规律。另一方面，从历史研究的角度，可以揭示艺术活动以及为广泛的社会艺术文化的起源和发展变化过程。

在文艺学方面，赫拉普钦科是系统分析方法最早的积极倡导者。他在《作家的创作个性和文学的发展》(1970)中，指出以往文学研究的通病在于把作家的创作个性和文学发展过程割裂和对立起来，不能揭示文学发展过程中共性和个性的复杂关系，他认为研究文学思潮和流派对于阐明文学过程的规律固然重要，但文学过程的规律也常常突出地展现在伟大语言艺术家创作发展的独特性中，伟大作家的创作独特性常常反映出深刻的社会过程。同时，对于文学过程主导原则的揭示，对于作家创作个性在文学过程中所起作用的揭示，不仅要进行共时研究，同时也要注意研究深刻的历史联系。在他看来，"文学过程不是直线式的发展，而是各种流派和思潮相互交叉在一起的一种汇合。那么，显而易见，垂直的编年式的、横剖面，狭隘的时间内的对比，绝不能用来代替在文学发展中所表现的那种'坐标'的复杂体系。而在这各种关系的体系中，语言艺术家们的个人的独特性构成了一个非常重要的环节。"[①] 在这里，赫拉普钦科明确提出要用系统分析的方法来研究文学的发展过程，把文学发展过程当作一个复杂的系统来看待，既要研究文学过程中共性和个性的关系，也要研究文学过程中共时和历时的关系，这样才能真正揭示出文学发展过程中深刻的内在规律性。赫拉普钦科后来又在《对文学系统分析的思考》(1975)一文中，进一步谈到对文学作品进行系统分析的问题。他认为真正的艺术作品的主要特点就是内在的完整性，而以往对一部文学作品的分析往往只突出其中的一种成分，并把它同其他成分割裂开来，或者更常见是以研究一二种成分来代替对整部作品的研究。例如情节在文学作品中有独特的作用，

---

① 赫拉普钦科：《作家创作个性和文学的发展》，上海译文出版社1977年版，第105页。

但它的职能是在同作品的其他成分相互联系和相互作用中发挥的,如果把它突出出来作为作家对生活总认识的载体,让它负担起不合乎它本性的职能,那就不合理了。他也反对把作品的主题思想看得高于一切,反对脱离作品的其他成分来分析作品的主题思想,以主题思想的分析代替作品其他成分的分析。他特别指出像语调结构系统和情感投影系统这样一些成分就很少得到研究,不去分析这些成分就很难谈得上作家艺术家艺术地把握世界的特点。他认为对文学作品语调结构系统的分析,能大大扩展并丰富我们对文学作品内容和结构的认识,深刻地理解艺术概括的性质和容量。而对情感投影系统的分析,能向我们展示作品和现实联系的多面性,并揭示作品所固有的创作潜能。

格·波斯彼洛夫在《对文学作品的完整的系统理解》[①]一文中,也提出自己对文学作品系统分析的看法。他认为艺术的特性不是审美,而是作为直接社会意识所固有的内容特征。为了揭示艺术作品以及任何艺术现象的艺术体系结构,就必须科学地理解艺术的特征,即它在社会生活中的特殊功能和作用。艺术的特殊功能在于从一定的社会的世界直观中再现具有个性特征的社会生活、人的性格。因此,在为文学作品进行系统分析时,应当首先从内容上区分以下三个层次:(1)作家所再现的人物性格,即作品的艺术题材;(2)作家对这些性格的理解,对人物性格的某些特征、方面和相互关系的突出和强调,即作品的艺术主题;(3)作家对这些性格的思想感情评价,即作品的激情(пафас)。与此相对应,文学作品在形式上也区分为三个层次:(1)具体描写;(2)语言体系;(3)作品结构。文学作品上述内容和形式的诸层次的有机结合,既表现为各种不同种类和载体,又表现为文学发展中不同的历史形态:古典主义、浪漫主义、现实主义等文艺思潮和流派。因此,波斯彼洛夫认为,对文学作品完整的系统理解既有助于揭示各个作家的创作发展的规律,也有助于揭示整个文学流派以至各民族文学的历史发展规律。

除了上述在美学研究和文艺学研究领域对运用系统分析方法的理论原则的探讨,在苏联文艺界,系统分析方法也被用于研究各种文学现象,如文学理论的问题、作家作品、文学史等。如叶祖伊托夫的专著《社会主

---

① 《文学问题》1982年第3期。

义现实主义的理论阐述》（1975），对苏联社会主义现实主义创作方法做了系统分析；梅拉赫的专著《普希金的创作·艺术系统的发展》（1984），对诗人的艺术系统的形成和发展、创作个性的变化作了系统分析。涅乌波科耶娃的专著《世界文学史——系统分析和比较分析问题》（1976），把世界文学史作为一个动态系统进行研究，认为世界文学的概念是一个由各种不同类型所组成的完整系统，其中至少有三个类型系统：时间类型系统（文学时代和文学发展的各个时期）、历史文化类型系统（文学的民族的、地区的、大区域的系统）、艺术类型系统（文学思潮、文学风格、文学作品的系统）。尼格玛杜琳娜的专著《19 世纪最后三十年的俄罗斯文学》（1980），对俄罗斯文学发展的这个重要时期作了系统分析。她认为对文学发展过程的分析要以马克思主义的社会决定论为基础，但又不能只限于社会决定论，而要通过多种决定形式和决定层次，对作家美学理想和他们所塑造的形象进行系统分析。就决定形式而言，包括社会决定论、人类决定论和心理学决定论三种基本决定形式，而这三种基本决定形式对作家创作的影响是复杂的，在有些作家身上社会学和人类学是有机结合的，在另一些作家身上则是独立的。在分析了一些作家的创作之后，作者得出结论：浪漫—现实主义双重性，是 19 世纪末叶批判现实主义思潮中心理流派作家和社会流派作家所共有的倾向，它的基础是认识由当代现实揭示的"价值"同作家所理解的全人类的、包罗万象的"价值"之间的对立，是"社会的东西"和"自然的东西"的不相容。这种倾向构成了这个阶段文学的本质特征。

二　卡冈的系统分析

卡冈是苏联著名美学家，1921 年生，1944 年毕业于列宁格勒大学语文系，后又攻读研究生，毕业后留校任教至今。卡冈美学著述甚丰，在国内外都很有影响。他是《苏联大百科全书》和《简明文学百科》中《美学》词条的作者，他的主要著作有：《车尔尼雪夫斯基的美学之说》（1958）、《论实用艺术》（1961）、《马克思列宁主义美学讲义》（1966、1971）、《艺术形态学》（1972）、《人类活动》（1974）。他还主编了《美学史讲义》（4 册，1973—1980）、《前资本主义社会形态中的艺术文化》

(1984)、《资本主义社会中的艺术文化》(1986)。

60—70年代以来，苏联美学界开始运用系统分析方法研究审美现象和艺术现象，其中主要倡导者是卡冈。他在这方面的主要著述有专著《马克思列宁主义美学讲义》(1971年第2版)、《艺术形态学。艺术世界内部结构的历史理论研究》(1972)、《人类活动（系统分析尝试)》(1974)、《艺术的社会功用》(1978)，论文《人类活动系统分析尝试》(1970)、《艺术活动作为信息系统》(1975)、《建立文化史类型学的原则》(1976)、《系统性和历史主义》(1977)、《文化系统中的艺术》(1979)、《对艺术做综合研究的系统方法》(1980)、《艺术文化作为系统》(1980)等。卡冈在这些论著中阐明了系统分析方法的一些理论原则，并运用系统分析方法别开生面地研究了一系列美学问题，形成了一套独到的见解和较为系统的理论。

卡冈首先阐明了系统分析方法的理论原则。在他看来，在美学研究中运用系统分析方法是由研究对象的本质特征决定的。他说："艺术的本质是复杂的、多面的和多维的，因此艺术在生活中的作用不是单义的，承认这点决定了马克思主义美学的又一个重要的方法论原则——作为辩证研究方法最彻底的表现的系统方法。"那么，系统分析方法的理论原则是什么呢？这个问题在苏联理论界是众说纷纭的，有人强调结构分析，有人强调功能分析。在他看来，既不能把系统方法单纯归结为结构分析，也不能把系统方法单纯归结为功能分析，而应当用系统方法来阐明系统方法的原则，他认为任何复杂系统的研究都应当包括对象、功能和历史三个方面，而这三个方面本身也是一个整体。具体来说，对象的研究包括成分分析（系统由什么成分组成）和结构分析（组成系统的各种成分之间的联系），前者要求揭示各种组成成分的必要性和充分性，后者要求揭示各组成成分相互联系的规律。功能的研究包括内部功能（系统诸要素的相互作用）和外部功能（系统同外部环境的相互作用）。而历史的研究也包括起源的分析和预测的分析，它要求系统的结构分析和功能分析同历史的分析结合起来，这就体现了马克思主义美学所要求的逻辑方法和历史方法相统一的方法论原则，这也是卡冈系统分析方法论的重要特色。以卡冈研究作为系统的艺术文化为例，在研究对象方面，要求揭示艺术文化的组成和结构；在功能研究方面，要求揭示艺术文化基本子系统的功能；在历史研究方面，要求揭示艺术文化的基本历史类型和预测社会主义艺术文化的发展前景。

下面谈谈卡冈如何依据上述系统分析方法原则从不同角度研究审美现象和艺术现象，其中包括人类活动系统中的艺术活动，信息系统中的艺术活动和文化系统中的艺术活动。

（一）作为人类活动系统的艺术活动

卡冈不满意于美学界把艺术活动或者理解为对现实的形象的认识，或者理解为意识形态的形象表现，或者理解为对世界的审美掌握，因此他诉诸人类活动的哲学理论，他认为"艺术活动的结构应当类似于人的活动的总结构"。他先是在《人类活动的系统研究尝试》（1970）一文中，后又在《人类活动》专著中，论述了人类活动的四种基本形式（改造、认识、评价和交往），并且发现这四种形式融为一体便产生了艺术创作。

卡冈是以主体和客体的相互关系为标准，来划分人类活动的基本形式。他认为主客体关系包括了人类活动必不可少的基本因素：主体、客体、主体掌握客体或者同其他客体发生关系的能动性。从这三种因素的结构联系中，可以分析出作为完整系统的人类活动的四种基本形式：第一，当主体为了现实地或想象地改造客体而作用于客体时，便产生了改造活动，这是主客体关系可能形成的第一种情况。第二，当主体为了获得关于客体存在的客观规律的知识而作用于客体时，便产生了认识的活动，这是主客体关系可能形成的第二种情况。第三，当主体为确定客体对该主体的意义和价值而作用于客体时，便产生了评价活动，这时主客体关系可能形成的第三种情况。第四，当主体为了组织共同的活动而作用于其他主体时，便产生了交往活动，这是主体关系的第四种情况。同时，这四种人类活动的基本形式作为人类活动系统的子系统，彼此之间也发生直接联系和反馈联系。

卡冈从上述人类活动结构的角度来研究艺术活动，便发现艺术活动包括上述所有四种活动：改造活动、认识活动、评价活动和交往活动。同时，这些活动成为艺术活动的结构时，它们又相互交融成为一个有机的整体，在艺术结构中，这些活动都不再是自身，其中每种活动都要发生变化，它应当和其他活动相结合，并能合成新的性质——艺术形象性。其中认识活动和评价活动是有机统一的，认识活动和改造活动是有机统一的，认识活动、改造活动、评价活动和交往活动（表现为符号——语言）也是有机统一的。

卡冈把艺术活动看作人类活动四种基本形式的融合，不仅揭示了艺术活动的结构，而且对艺术的本质作出了新的解释。他强调艺术结构的复杂和多样，认为艺术的性质和功能不是单一（或是认识，或是反映，或是评价，或是符号，或是审美，或是意识形态），艺术作为人类活动的形式，它的各种性质和功能是完整统一的。

（二）作为信息系统的艺术活动

卡冈不满意于对艺术活动的个别表现和个别环节（艺术创作过程、艺术接受过程、艺术作品本身及其功用）作片断的、孤立的研究，于是他诉诸信息论方法，把艺术活动作为某种专门信息的制造、存储和传递的过程来考察，把艺术活动确定为信息系统，这个系统一方面受到这类系统的结构和功能的普遍规律的制约，另一方面受到艺术活动中制造、存储和传递信息的特征的制约。这样一种研究使得有可能从动态的角度揭示艺术活动结构，即所谓"流动的结构"。

在卡冈看来，像所有信息一样，艺术活动应当具有由三个相互联系的环节组成的内在结构：第一个环节是艺术家的创作，在创作中必要的信息被制造出来，并且为了存储而被物化，被定型；第二个环节是创作活动的产品——艺术作品作为一种符号系统能够存储某种精神信息；第三个环节是艺术知觉，人们通过艺术知觉汲取存储在艺术作品中的精神信息，完成对这种精神信息的掌握。不过，这三个环节并没有完全解决作为信息系统的艺术活动的结构，因为从第三个环节出现了两条从本质上讲必不可少的出路：一条通往功能领域，因为功能正是人们对艺术作品知觉的结果；一条则以"反馈联系"的形式通过艺术创作领域，艺术创作往往以某种形式（直接地，或借助艺术批评）从艺术知觉领域获得艺术创作效果的信息。

卡冈在描述作为信息系统的艺术活动的动态结构之后，又进一步阐明艺术信息的主要特征：第一，艺术信息不同于科学信息，不同于真凭实据的信息，它是关于客体对于主体、自然对于社会、世界对于人所具有的意义、含义和价值的知识。第二，艺术信息吸收对所反映的对象的主观的、社会集团的和个人内心的关系，不仅评定所反映的客体（自然客体和社会客体），而且评定反映客体的主体（艺术家个人的个性和创作集体的个性）。第三，艺术信息具有双层心理结构，具有理性水准和情感水准，黑格尔和别林斯基把艺术信息所特有的思想同感情的融合称之为艺术"情致"或艺术"诗的内容"。第四，艺术信息像科学信息、真凭实据的信息、意识形态信息、预测信息一样为人类所需要，因此历史地形成特殊的人类活动，它在制造和传播这种特殊信息。艺术活动在各种人类活动的系统中占据特殊的地位，具有特殊的结构，这是由艺术信息的特质所决定的。

卡冈把艺术活动作为信息系统来考察，作为特殊的艺术信息的制造、存储和传递的过程来考察，这就有力地克服了以往艺术研究中存在的片面性。在以往的研究中，理论家或者只注意艺术作品本身，或者只注意艺术创作，或者只注意艺术知觉，他们对艺术活动的认识必然是片面的、割裂的。卡冈把"艺术创作——艺术作品——艺术知觉"作为一个完整的体系来研究，力图论证艺术活动是某种内部组织起来的，合乎规律地被安排、被调节的有机整体，这就使得我们有可能认识艺术活动的全部丰富性、系统性和完整性。

（三）作为文化系统的艺术活动

卡冈不满足于就艺术研究艺术，依据系统论所确定的局部是整体的局部的原则，他认为在研究艺术和艺术活动时也应当研究艺术活动所归属的艺术文化和艺术文化所归属的文化。人对世界的审美掌握是一种文化现象，人的审美能动性和艺术创造能动性是在文化中产生出来，发挥功能并得到发展的，艺术创作的实质和艺术实践的发展也是一种文化现象和文化过程，所有涉及审美和艺术的问题，都应当纳入对文化的结构、功能和发展的分析之中。

卡冈首先把文化理解为一种社会历史现象和人类活动现象，他认为文化是人类活动的特殊的方式和这种活动对象化产物的总和（第二自然）。同时，他又在文化中见出三种基本层次：物质文化、精神文化和艺术文化。物质生产的产品和方式属于物质文化，精神生产则形成精神文化。然而这两种文化不是纯物质或纯精神的：物质文化的全部过程表现出精神的目的和计划，而精神文化的所有产品是被物化的。在艺术创作中，精神因素和物质因素不是简单相加，而是有机融合在一起，形成特殊的精神——物质完整性。这样一来，艺术文化既有别于物质文化，又有别于精神文化，具有相对的独立性。

卡冈认为文化既然是人类活动方式和人类活动产品的总和，那么艺术文化则是人们艺术活动的方式和产品总和。而艺术文化研究应当包括：揭示艺术文化的组成和构成，并据此建立它的模式；叙述艺术文化和基本子系统的功能和艺术文化在文化总系统中作为整体的功能；寻求艺术文化的基本历史类型，并预测艺术文化的发展前景。在他看来，艺术文化作为一个完整的系统，应当包括五个子系统。

艺术生产。它包括四个组成部分。第一是艺术价值的生产，它需要有一定的条件，诸如出版社、印刷厂、制片厂、剧院、音乐厅、展览馆等，只有它们来作为创作过程的媒介，创作过程才有可能实现。第二是艺术价值创造者本身的生产，无论是中世纪手工艺人的培养，还是现代艺术家的造就，都是艺术价值生产的必要环节。第三是艺术价值消费者的生产，它的任务是造就艺术上发达的、易于接受的、有修养的，即审美上敏感的艺术观众、听众和读者。第四是艺术批评的生产，它的任务是培养艺术价值生产者和消费者之间熟练的中介人——批评家。

艺术消费。它是观众知觉艺术价值过程的具体的社会历史的组织形式，它包括个人消费和集体消费两种艺术消费类型，并受科学技术进一步的影响。

艺术价值。艺术价值的体现者是艺术作品，艺术作品把艺术生产和艺术消费直接联系起来，应当把作为艺术家生产的艺术作品同它在文化中所具有的价值区分开来。艺术作品的价值不仅受作品的性质的制约，也取决于社会精神需求的性质。

艺术批评。它实现艺术生产和艺术消费之间反馈联系的功能，艺术批评一方面确定艺术作品的艺术价值，校正艺术生产的思想美学定向，一方面又反作用于艺术消费者的审美意识和审美趣味。

艺术研究。研究艺术的各门科学不是由艺术文化和它的内部需要产生的，它们是外部的，从科学研究的世界进入艺术文化。然而艺术和艺术文化的科学研究不仅属于科学领域，影响其他科学，同时也属于艺术文化本身，它对艺术创作、艺术知觉、艺术批评的功能和发展规律的研究，也从本质上影响艺术文化所有环节。

应当看到，上述五个子系统是相互联系和相互作用的，并构成完整的艺术文化系统。同时，在现实的艺术生活中，艺术文化的诸成分既能独立存在，又能在多种文化体制、组织或活动形式中结合在一起。

卡冈在考察作为艺术文化系统的艺术的同时，又进一步分析作为文化系统的艺术。在他看来，艺术作为文化的一部分，不同于文化的其他各个部分，它不是片面地，而是完整地代表文化。艺术对文化有特殊的功用。卡冈在专门论文中，在由他组织的集体论著《文化系统中的艺术》（1987）中，在同 T. B. 霍洛斯托娃合著的小册子《文化——哲学——艺术》（1988）中，提出了一个十分重要的观点：艺术是文化的自我意识。这就是说，艺术好像是一面镜子，文化能从中照见自己认识自己，从中认识自己的实质和特征，发现社会历史的自我。他认为艺术能够成为文化的自我意识是由以下三个方面造成的：第一是艺术准确反映出每种文化的认识意向的和价值意向的相互关系。例如中世纪艺术以价值——意识形态，宗教——道德作为指导原则，反映了中世纪基督教文化信仰高于认识的特征，资产阶级艺术遵循认识——现实主义的原则，则反映了资产阶级文化认识高于信仰和价值的特征。第二是艺术准确反映出文化对存在的物质方面和精神方面的关系，例如古希腊的艺术鲜明地体现了古希腊文化所特有的物质和精神不可分割和相互渗透的观念，古希腊艺术表现人的肉体，但却体现出人的内在精神的崇高。而中世纪艺术则反映了中世纪文化所特有的物质和精神相对抗的观念。中世纪的艺术残酷地把对存在的物质方面的描绘当作精神涵义表现的祭品。第三是艺术准确地反映出每种文化所特有的社会精神活动对社会物质生产实践的关系。在中世纪，艺术受到重视的只是它的神圣的、象征的精神涵义，而在资产阶级艺术中，技术、工艺问题则越来越占有突出地位，这反映了在封建文化中和资产阶级文化中社会精神活动和社会生产实践关系观念的深刻变化。

卡冈关于作为文化系统的艺术的研究，表明了当代已经不能局限于孤立地研究各种文化领域，艺术的研究也不能脱离文化的研究，只有开展对文化的整体研究，才能深入揭示艺术的本质，并且进一步揭示艺术在世界文化发展过程中的地位和功能，以及这种地位和功能的稳定性和可变性。

第 五 章

苏联当代艺术创作综合研究

一 当代艺术创作综合研究概况

社会科学与自然科学相互联系和相互渗透,并且在它们的结合点上产生新的研究方向和新的学科,这是当代科学发展的突出特点和重要趋势。这种新的形势的出现不能不对文艺学的发展产生重大影响。从60年代起,苏联文艺学家就已经感到必须打破各门学科单独研究文艺创作的格局,开始提出跨学科地综合研究文艺创作,认为只有这样做才有助于实现文艺学研究的新突破。苏联学者认为:"在艺术创作研究中,具有奠基意义的是美学、文艺学、艺术学,与此同时……有必要把其他学科也吸引到这项事业上来,这些学科可以在辩证唯物主义和历史唯物主义的基础上不同程度地促进对创作活动规律的认识。"① 苏联科学院副院长 П. Н. 费多谢耶夫也认为,艺术创作综合研究是"近年来最富有成效的创举之一",是"艺术学的新方向"和"一系列研究人类精神生活学科的新方向"。②

苏联的艺术创作综合研究是在60年代形成,而在70—80年代得到发展的。

关于自然科学和社会科学的相互联系问题,最早是在1962年2月19—20日举行的苏联科学院全体会议的特别会议和1963年10月18日举行的苏联科学院主席团扩大会议上提出来的。与会的自然科学家和社会科学家认为,不同知识领域的联盟是迫在眉睫的任务,会议的决议特别强调

---

① 《科学创作和创作奥秘》,莫斯科,1968年,第3—4页。
② 费多谢耶夫:《富有成效的创举》,见《艺术和科学的创作》,列宁格勒,1972年。

要克服"自然科学和社会科学的对立",要特别重视社会科学和自然科学相互联系的一般方法论问题,并且提出了在艺术创作研究领域建立这种联系的建议。

1963年在列宁格勒召开了全苏首次艺术综合研究学术研讨会,梅拉赫对会议的情况有一段生动的描述:"每个习惯于严格划分科学知识范围的人,会为那么'混乱的'组成人员感到惊讶:文艺学家和心理学家,数学家和艺术家,研究高级神经活动的生理学家和控制论学家,哲学家和物理学家接二连三发了言。同这些知识领域的大学者一起参加讨论的是作家,作曲家,演员,戏剧、电影和电视导演……尽管注意力从一个术语系统转到另一个术语系统,需要费不少劲,这个学术中心还是既不像'巴比伦的语言混乱',也不像当时风行的'物理学家'和'抒情诗人'的学术辩论。它首先是求实的,同生活相联系的,同科学和文化中的新倾向相联系的。"[①] 会上社会科学家就艺术创作综合研究问题发表了讲话,这是大量的。同时,自然科学家也做了报告。生理学家 П. К. 阿诺德在报告中从神经生理学观点和功能系统原则出发,提出一系列对于理解创作过程机制十分重要的理论问题。А. Н. 科尔莫戈罗夫所做的把或然性理论运用于诗学的万能性的报告则是方法论性质的。会议最后提出了运用社会科学和自然科学不同学科的手段研究艺术创作的大纲。

1968年正式创立了附属于苏联科学院世界文化史科学委员会的艺术创作综合研究委员会,委员会主席是列宁格勒大学教授 Б. С. 梅拉赫教授(1909—1987)。苏联科学院给委员会确定的基本任务是:"组织和协调在文艺学、美学、艺术学同其他学科相互作用的基础上研究艺术创作问题;深入探讨研究艺术创作综合研究的方法和战略;组织对创作过程和读者、观众、听众接受文学艺术作品的研究。"

艺术创作综合研究委员会给自己确定的基本任务是:"研究总的问题——研究艺术作品创作过程和读者、观众、听众接受艺术作品过程的规律。"这是总的目标,具体来说还包括一系列研究课题,其中有:在社会发展不同阶段艺术思维的产生和演变;反映现实过程中逻辑因素和情感的相互作用;艺术家创作的动态过程,从开始到完成的各个阶段;创作过程

---

① 梅拉赫:《创作过程和艺术接受》,莫斯科,1985年,第9—10页。

的分类，它同艺术方法的相互联系；艺术构思的目的性和构思展开是各种因素之间的协调；形象功能接受的统一和多样化；读者"共同创作问题"；读者、观众和听众的具体社会学研究；天才和才能的标准；艺术创作和艺术接受中语言的、视觉的和情感的、记忆的各自功能和相互联系；听觉和其他分析器官的相互作用及文学、绘画和音乐等艺术中形象的本质；创作过程的目的性和自发性、意识和无意识；由于对人的积极情感活动的现代理解而产生的灵感的本质。

以上是委员会成立时所提出的基本研究课题。之后，随着现实生活的发展和研究工作的深入，又不断提出一些新的课题。其中有：科学技术革命和艺术创作；在现代科学进步条件下艺术和科学的认识、思维和创造的相互作用；各种艺术种类的相互作用和综合；艺术文化史的一般规律；整顿文学艺术研究和艺术创作综合研究中所运用的术语；阐述诊断和发展艺术才能的可能性；世界艺术图景和世界科学图景，等等。

为了完成上述任务和课题，艺术创作综合研究委员会自成立起吸收了近200名文艺学家、艺术学家、美学家、历史学家、哲学家、社会学家、心理学家、生理学家、物理学家、数学家、控制论学家以及作家和各种艺术家，共同研究艺术创作问题。不同学科的专家在同一个委员会进行工作，自然产生组织和协调的问题。委员会首先是用制定共同的研究总纲的形式把不同学科的专家联系起来。其次在总纲的基础上又按照局部课题制定出局部纲要，并且在纲要范围内成立跨学科的科学小组，由小组高效能地研究和解决在实现纲要过程中所产生的、要求学者参与解决的问题。委员会的另一个活动方式是不定期召开全苏性的专题学术讨论会，并且根据学术讨论会的研究成果出版专题论文集。

在上述的研究中，并不要求每一个参加艺术创作综合研究的专家都必须是无所不晓的博学家，而是要求他们从不同学科的角度来研究艺术创作的问题，从而丰富对艺术创作规律性的认识。他们的研究成果也不是各门学科观点的总和，而是力求达到完整的系统性。同时，这样一种研究也要求每一个参加综合研究的专家不能再充当特别局限于自己学科范围的狭窄的专家，他必须经常参与广泛的专业知识研究，参与各学科的相互交流，并且要看到自己的学科和自己的研究方向在总的学科背景上所处的地位。

艺术创作综合研究开展二十多年来究竟取得什么实绩，这是人们关心的问题。这项研究是长期和艰巨的，但二十多年来还是取得了明显的成绩，艺术创作综合研究委员会在二十多年中，召开了十几次有关艺术创作的全苏学术讨论会，并且根据学术讨论会的成果编辑出版了十几本研究文集，其中主要有：《科学合作和创作奥秘》（1968）、《艺术接受》（1971）、《艺术和科学的创造》（1972）、《科学的人》（1974）、《文学和艺术中的节奏、空间和时间》（1974）、《创作过程和艺术接受》（1978）、《艺术的相互作用和综合》（1978）、《科学革命和艺术创作的发展》（1980）、《艺术创作过程心理学》（1980）、《艺术创作。综合研究问题，1982》（1982）、《艺术创作。综合研究问题，1983》（1983）等。

有哪些著作在一定程度上实现了艺术创作综合研究方法呢？梅拉赫列举了以下几部著作。

《类型学和东西方中世纪文学的相互联系》（2卷本集论著，莫斯科，1974）。文集是按照一定的大纲编写的，作者们阐明了起源的、接触的——区域内部和区域之间的和其他的许多联系。

И. С. 康的《发现"自我"》。这本书研究人的个性的自我意识的历史形成和发展。这本论著采用跨学科的研究方法，因为"自我"这个概念本身是多义的，它的研究正如作者本人所指出的，"要求哲学、心理学、精神病理学、民族志学、社会学、文艺学、语言学等各门科学专家的努力"。[①]

《文学和艺术中的节奏、空间和时间》（列宁格勒，1972）。文集是论述文化和艺术单个过程的进程，以及发展的内在系统因素和规律的集体学术著作，对于哲学、美学和艺术学都是至关重要的节奏、空间和时间的范畴，是放在艺术活动和创造活动所反映的人类思维发展总趋势的进程中加以研究的。同这些范畴的变体相关的问题，是从不同的出发点，从哲学、美学、物理学、生理学和其他科学的观点加以阐明的。文集提出了当时尚未把握的问题，推动了这个研究方向的发展。

《十二月党人和俄国文化》（列宁格勒，1977），文集旨在评述俄国首批革命家对民族文化的贡献。十二月党人的艺术创作和科学创造，他们在哲学、历史、民族志学、自然科学、音乐、戏剧、绘画和文学方面的观

---

① И. С. 康：《发现"自我"》，莫斯科，1978年，第3页。

点,在文集中不仅是作为十二月党人博学和多才多艺的成果,而且是作为他们为祖国、为祖国的文学的自由和进步而斗争的一个方面加以阐述的。由于在作者集体中按照总的方法论大纲联合了社会科学和自然科学不同领域的许多专家,文集才能够在如此广阔的方面,以深思熟虑的观点作为基础,成功地阐明这个问题。

艺术创作综合研究尽管还存在许多困难,但这一学科方向已被确定,也取得了积极的成果,这主要表现在:

各种知识领域交互作用对研究艺术创作的有效性在实践上得到证实。

广泛开展了听众、读者、观众接受艺术作品过程的规律的研究,积极探索划分作者影响读者的层次和效果的标准。

在非抽象思辨的基础上,利用概括事实、实验和观察系统化,提出分析创作过程和艺术接受的具体方法和手段。

在发展艺术创作综合研究方向的过程中,经常扩展研究课题的范围。

艺术创作和艺术接受的过程,开始在科学技术革命和艺术创作交互作用、艺术和一般文化进程交互作用以及综合的背景上进行研究。

综合方向的发展产生了研究活动的新形式,建立起代表社会科学和自然科学各个领域的学者集体,此外,艺术作品的创作者和研究者本身也在统一的集体中工作。

二 梅拉赫的艺术创作综合研究

Б.С.梅拉赫是列宁格勒大学教授,语文科学博士,他既是俄国文学史专家、文艺学家、文艺心理学家,也是苏联艺术创作综合研究的提倡者,从1968年全苏艺术创作综合研究委员会成立起,他一直是该委员会的主席,可以说苏联的艺术创作综合研究是同梅拉赫的名字连在一起的。他本人主编过《艺术和科学的创作》(1972)、《艺术创作:综合研究问题》(1982、1983)等论著,著有《在科学和艺术的交接点上》(1971)、《创作过程和艺术接受(综合方法:经验、探索和展望)》(1985)。《创作过程和艺术接受》一书是梅拉赫多年从事艺术创作综合研究的带总结性的成果。这本专著的内容十分丰富,主要包括三个部分:一是"猜透'创作奥秘'的综合方法",这部分论述艺术创作综合研究的方法和原则,是全书方法论的基础;二是"从构思到完成作品",这部分论述创作过程和作家艺术思维问题;三是"艺术接受:任务和经验",这部分论述读者、观众和听众的艺术接受问题。下面主要依据这本专著,并参照其他材料,谈谈梅拉赫对于艺术创作综合研究产生的背景、综合研究的实质和方法论原则以及综合研究的发展前景的看法。

梅拉赫认为,艺术创作综合研究的产生是有深刻的社会历史原因的。自19世纪以来,自然科学和社会科学的结合,是科学发展的历史趋势。列宁早就指出,在马克思时代存在"从自然科学奔向社会科学的强大潮流",而"在20世纪,这个潮流是同样强大,甚至可说更加强大了"。[1]苏联学者认为"这一原理目前仍然没有改变,而且社会科学也同样表现出对自然科学的有效影响"。[2]也就是说自然科学和社会科学的相互影响和相互渗透,是当代科学发展的重要趋势。文学创作和科学创作、艺术思维和科学思维固然很不相同,但是艺术创作研究作为社会科学的一个门类,不仅可以吸收社会科学的思维成果,也可以吸收自然科学的思维成果。当然,社会科学仍然是研究艺术创作的基础,自然科学是在适当范围内被吸收的。

自然科学和社会科学相互渗透,科学和艺术的相互结合,固然是历史发展的趋势。然而在原子、宇宙和控制论的时代,科学和艺术相互关系的争论却几乎成了全球性问题。西方有人认为人文主义文化和科学技术文化日益尖锐的对立是不可避免的,他们甚至预言科学技术革命的胜利将造成艺术的死亡和艺术特点的退化。苏联在60年代也爆发过一场物理学家和抒情诗人的争论。诗人斯鲁茨基下面几行诗常常被争论者做为论据加以引用:

> 不知为什么物理学家受人敬重,
> 不知为什么抒情诗人遭人轻蔑。
> 问题不在于乏味的猜测,
> 问题在于世俗的法则。

---

[1] 《列宁全集》第20卷,人民出版社1958年版,第189页。
[2] 《创作过程和艺术接受》,莫斯科,1985年,第4页。

就是说，我们并没有发明什么
我们应当遵循的东西！
就是说，我们甜蜜的抑扬格
像孱弱的翅膀一样无力……

　　针对上述争论，苏联学者认为科学和艺术都是一种创造活动，都有创造活动的共同本质和共同规律，两者不应当是对立的，而应当是结合的。苏联的作家和学者以往都有维护科学和艺术联盟的传统。高尔基就曾经提出为"文学和科学的密切友好合作"，为"文学家和一般艺术活动家同科学和技术活动家的联合"，为"语言艺术家加入科学思想领域"而斗争。[①] 60年代争论的参加者、苏联著名画家 M. 萨里扬也极力坚持艺术的作用在于成为"帮助科学完成伟大发现"的力量。他认为，科学和艺术的统一，"它们相互间的连带关系"，正在创造着"时代的形象"。[②] 梅拉赫引为自豪的是，正是他们所开展的艺术创作综合研究，把关于科学和艺术关系这场国际性争论引导到正确轨道上：从不同意见抽象的无休止的争论，进展到深入探讨作为人类创造活动的科学创造和艺术创作的共同本质、共同规律和各自特点。其结果不是科学和艺术的对立，而是科学和艺术的密切联系；不是社会科学和自然科学的矛盾，而是社会科学和自然科学的相互渗透和共同发展。

　　艺术创作综合研究的产生同时也是同研究客体的特点相联系的。对综合方法的需求，是在研究特别复杂的客体和对象时产生的。人类社会和人本身，文化活动和艺术创作，都属于这种客体。艺术创作综合研究的客体是艺术创作，从广义上讲是人，是人的精神生活，是人类最复杂的和最隐秘的精神活动的客观规律。要充分认识和揭示这样一个具有复杂性、多面性、动态性、隐秘性和个体性的客体，是哪一门学科也无法单独完成的，因此需要跨学科的综合研究，需要社会科学家、自然科学家和作家、艺术家的密切合作。正如梅拉赫指出的："艺术创作综合研究是由于美学、艺术学、文艺学的成就及其方法论的成熟而创立的。这一方向同艺术研究传

[①] 《高尔基和科学》，莫斯科，1964年，第78—79、135、161页。
[②] M. 萨里扬：《艺术不老》，（文学报）1962年6月16日。

统方法和角度并不矛盾,而是对它们的补充。在以自然、社会和人的一切知识领域的巨大成就作为标志的科学技术革命时代,崭新的任务要求运用吸收一系列科学家参加的方式来扩大这种最复杂的精神活动的研究基础。由于这些成就,就是艺术创作今天也成了进行多方面研究的客体,成了高度复杂的动态过程,为了认识它要求运用跨学科的和系统的方法。"①

总之,艺术创作综合研究的产生是同研究客体的特点相关联的,也是同当代科学技术进程发展相联系的。苏联学者指出,艺术创作研究的方法论基础的"决定性转折",是时代的产物,是科学技术的进步,然而必须"沿着用马克思主义阐释文化和科学发展的总轨道来认识这种进步",也就是说,只有依靠辩证唯物主义和历史唯物主义,这种研究才可能成功"。②

艺术创作综合研究作为文艺学的新方向,作为一种新的研究方法,在苏联出现的时间并不很长,不同学科的专家在一起工作也确实会遇到不少矛盾和困难,然而这项工作毕竟是向前推进了,而且也积累了不少经验。其中最重要的是他们在工作中逐渐形成了对艺术创作研究实质的共同认识,逐渐明确了艺术创作综合研究的方法论原则。

艺术创作综合研究的实质是什么呢?首先就是要把艺术创作本身作为一种人类活动来加以研究,作为完整的动态过程来加以研究。梅拉赫指出:"如果从前多半是把创作视为劳动的结果,那么现在是把创作视为一种复杂的、多面的、有内在联系的和由它的所有环节所决定的过程。"③艺术创作是动态的,不是静止的;是多面的,不是单一的;是相互联系的,不是彼此孤立的。这是看待创作的崭新观念,也是综合研究的根本出发点。如果说,以往在研究复杂的客体时,首先是把客体分割成许多单一的因素和部分,孤立地研究现象或过程的个别方面和特点,认为只有在这种分析之后才能把各个部分联成整体。那么,综合研究则认为在复杂客体的一切方面,所有组成部分都是密切联系的。如果对它们进行化整为零的研究是无法了解客体从整体上是如何发生作用的,因此必须运用系统性的

---

① 《创作过程和艺术接受》,莫斯科,1985年,第6—7页。
② 同上书,第14—15页。
③ 同上书,第20—21页。

观点，从总体上把握复杂的客体。正如凯德罗夫院士所说："在整个研究过程中分析性质的每一步……都用综合来检验。而综合性质的每一步都由分析准备好。"[①]

那么，艺术创作综合研究的原则又是什么呢？根据艺术创作综合研究委员会多年积累的经验，梅拉赫认为跨学科地进行艺术创作综合研究，有两个原则是必须充分重视的。

首先是必须考虑艺术创作的审美特性，不能偷换学科对象，如果背离这个原则，研究就会走上机械套用和简单类比的庸俗社会学老路，其结果将会葬送整个艺术创作综合研究。在这方面是有深刻的历史教训的。

艺术创作综合研究作为现代科学研究方法是在20世纪60年代形成的，然而跨学科研究文学艺术创作的思想萌芽早在19世纪就出现了。俄国心理生理美学的创始人之一Б. Ф. 维里雅莫维奇就力图"用自然科学属性的原理来代替美学现象的神秘原理"。他力求"给美的特殊现象以严密的唯物主义论证"[②]。然而这种把自然科学原理直接搬到美学艺术领域的尝试，由于忽视艺术的审美本质，多半成为一种机械类比。苏联20年代艺术科学院一些学者的活动实际上又一次重复了上述做法。艺术科学院的著名学者Ф. И. 施密特认为："生物学、心理学、社会学，这就是科学的三合一，只有在它们结论的基础上才能建设真正科学的艺术学。"他指出："艺术是价值的生产，艺术不是意识形态的现象，而是具有社会——组织性质的现象。作为交际手段的艺术是一切生存斗争的前提条件。"为了"扩大艺术学的视野"，他宣称："在社会生存的一切动物那里都有艺术，在人那里有艺术——艺术学的方法论应当是这样的，它绝不仅仅包括人类上层贵族的创作，而且包括一切动物的创作，因为所有这一切都是同一序列的现象"[③]。他的观点明显表达出一种把其他学科直接套用于艺术创作的庸俗社会学观点。

艺术创作综合研究委员会进行跨学科研究时，认真总结了历史上跨学科研究的经验教训，特别注意同庸俗社会学划清界限，强调把任何一门学

---

① 《关于科学的现代分类》，《哲学问题》1980年第10期，第95页。
② 维里雅莫维奇：《美学的心理生理原理》，圣彼得堡，1878年，第8页。
③ 施密特：《艺术、艺术学的方法论问题》，列宁格勒，1926年，第20页。

科吸收到综合研究来时，都必须重视运用历史唯物主义和辩证唯物主义阐明精神和物质生活一切过程的原则，都必须重视研究对象——艺术创作本身的审美特点。

其次是必须确定各门相关学科在艺术创作综合研究中的恰当地位和作用。

艺术创作综合研究是围绕共同终极目标进行的，它有统一的研究大纲，有统一的方法论原则，因此它不是吸收一切学科参加综合研究，而是吸收有助于研究艺术创作的那些学科的方法和手段。同时，所有参加综合研究的相关学科也不是等价的，其中有基本学科和辅助学科之分。因此，必须十分明确每个为综合研究效力的学科的可能性和界限，必须仔细说明某一相关学科同研究客体有什么关系，可以运用于综合研究的哪个方面，从而确定它在艺术创作综合研究中的地位和作用。

梅拉赫根据委员会多年的研究经验，分析了对于艺术创作综合研究至关重要的相关学科的地位和作用。

哲学。辩证唯物主义和历史唯物主义哲学是艺术创作综合研究的哲学基础。不少著作论述了作为社会意识形态的哲学和艺术的相互作用，诸如哲理抒情诗、哲理中长篇小说的体裁特点，哲学观点对作家艺术家创作的影响等，然而哲学切入艺术创作综合研究的基本问题应当是研究艺术地把握世界的认识论基础，艺术创作和反映论的关系，诸如艺术强大的认识潜能和艺术审美本质的内在联系，艺术反映现实过程主体和客体的相互关系，用艺术手段认识世界的特殊规律，等等。同时，从哲学方面探讨艺术创作的理论问题和实践问题，对哲学问题自身的论述也有促进作用。

美学、文艺学、艺术学，这三门学科是研究艺术创作的主导学科。其中美学起首要作用，它像一种指示器，要保证艺术创作综合研究整个过程中始终不脱离美学标准。这三门学科之间又是相互联系和相互作用的，而且这种趋势日益加强。一方面美学著作广泛运用文艺学和艺术学的研究成果，另一方面文艺学和艺术学也面对美学的一些基本问题，例如艺术和现实、审美把握世界的特点、艺术进步等问题。同时，文学史和艺术史的研究也需要立足于美学概念的支柱。特别是在当代科学技术进步的条件下，出现了美学、文艺学、艺术学共同研究一些重要问题的强烈意向，例如它们共同研究艺术创作心理问题和艺术接受心理问题。E. B. 沃尔科娃正确指出，美学和其他社会科学和自然科学的相互作用"是科学认识的理论层次和经验层次的交互作用，也是不同科学的理论和不同程度抽象化的相互作用"。①

社会学、历史学、语言学、民族志学是最接近研究客体——艺术创作研究的"邻近学科"。社会学同文艺学、艺术学相结合，研究艺术社会功能的各个方面，研究读者、听众和观众的艺术需要和艺术接受，研究艺术接受的层次和类型，以及艺术接受者对作家艺术家的反作用，等等。历史学是接近文艺学和艺术学的学科，它们之间相互接近的基础是研究社会过程中把它们联系起来的历史主义原则。有不少问题需要历史学、文艺学和艺术学共同参与研究解决，例如文学史和艺术史的分期问题，历史问题在研究文学艺术发展时本身应当占有的地位等。然而不能把文学艺术当成历史的形象图解，也不能混淆历史和文学史、艺术史的界限，不能导致用一种学科的对象和任务偷换另一种学科特殊的对象和任务。当然，也存在不少在历史学、文艺学和艺术学交接点上产生的问题，例如艺术的和历史的认识和思维的特点及其相互联系，历史的和艺术的形象的对比关系等，М. Б. 涅奇金娜的《历史过程中艺术形象的功能》（1982）就是研究这类问题的著作。语言学同艺术创造综合研究的关系也十分密切，语言学同文艺学、艺术学相结合研究语言和思维关系问题、作家的语言风格和文学风格问题、作家语言和民间语言问题等。

心理学在艺术创作综合研究中占有特殊地位，心理学同文艺学、艺术学相结合能极大推动艺术创作的研究。作家创作个性的研究，艺术创作过程和艺术接受过程的研究，不吸收心理科学某些理论、方法论原则和实践成果，是很难完成的，以辩证唯物主义认识论为基础的科学的创作心理学可以帮助研究作家世界观和创作方法之间、思想和形象之间、生活观察和幻想之间的多种联系。研究者面临的任务是再现创作过程的完整图景，其中全新的课题是建立创作过程类型学，比较研究不同流派、不同风格和不同创作方法的作家的创作过程。在心理学同文艺学、艺术学相结合时，必须充分注意艺术的审美特点，不顾及心理学的理论和实验效果，就无法深

---

① Е. В. 沃尔科娃：《美学和现代艺术学》，见《艺术和科学进步》，莫斯科，1973年，第347页。

刻理解创作过程和接受过程的心理机制和规律。反之，不注意艺术的审美特点，机械照搬心理学的理论和方法，只是在心理学的手段和方法的基础上进行创作研究也会导致片面性，因为纯心理学的角度只有对心理对象本身来说才是合理的。

生理学。自然科学在艺术创作综合研究中的地位和可能性问题就更为复杂了。关于自然科学和艺术创作研究的结合，不少科学家预见到了。苏联著名物理学家 Л. А. 奥尔别里院士曾经说过，对于理论和实践都十分重要的任务是"找到把普通人类的印象转化为科学和艺术创造的最高表现，即思想论著的机制"。[①] 生理学家巴甫洛夫在晚年就同戏剧家斯坦尼斯拉夫斯基建立联系，斯坦尼斯拉夫斯基试图从心理生理学中探索可以成为自己戏剧表演体系论据的科学理论；巴甫洛夫则打算研究演员如何安排适合自己角色的动作，以便理解神经系统改造的机制。[②] 可惜后来这些创举中断了。直到 60 年代，生理学家才开始同文艺学家、艺术学家、艺术活动家在全苏艺术创作综合研究学术讨论会上进行科学史上的首次对话。会议提出了这样一些题目，如《在生理学和其他学科交接点上研究创作问题的哲学理论前提》、《为了研究艺术规律利用生理学方法和手段的界限》、《生理学家在这个方向上的尝试》、《生理学家同艺术研究学科代表进行科学联合的各项任务》等。应当看到这方面的研究成果不多，正如 П. В. 西蒙诺夫在文《创作过程研究和"心理突变发生"》中所指出的，"如果说关于大脑活动规律的科学进步是明显的，那么关于创作机制的心理生理成就则十分有限"。尽管如此，梅拉赫认为，在艺术创作综合研究中运用自然科学的任务虽然是艰巨的、长期的，但方向是肯定的，基础也已奠定。在创作过程研究中，心理生理学家 Д. Н. 乌兹纳泽的"定势"概念，生理学家 А. В. 乌赫托姆斯基的"优性"学说都得到广泛应用，如集体著作《无意识。本质、功能、研究方法》（1—3 卷，梯比利斯，1978 年）就试图将"定势"的概念运用于艺术创作的无意识问题和起源问题。其他把生理学同艺术创作综合研究联系在一起的问题还有：根据大脑功能系统学

[①] 转引自 М. Г. 雅罗谢夫斯基《同奥尔别里的会见》，《新世界》1982 年第 8 期，第 187 页。

[②] 同上。

说分析艺术形象形成的机制；利用神经动力学的前景；运用高级神经中枢兴奋和抑制的过程说明联想、联系产生的机制；情感生理学研究问题；与不同艺术种类相关联的听觉、视觉和其他分析器官的作用问题；个人创作活动的天赋前提问题等。

控制论。这个自然科学领域运用于艺术创作研究的可能性问题也由怀疑转为肯定。一些学者认为，控制论、电子计算机技术对于艺术创作综合研究来说，尽管是辅助的学科和手段，然而是潜在的有效方法。首先是作为哲学理论层次的控制论理论和概念在艺术创作研究中的运用，如系统、功能和结构等现代科学共有的概念就常常在研究中得到运用。其次，电子计算机也成为文艺学和艺术学研究的辅助手段，成为艺术创作综合研究的辅助手段。在理论争论和实践中提出了利用控制论的结构来阐明模拟科学和艺术中的创作过程的效能问题。Б. В. 比留科夫认为，在最广泛地运用科学控制论时，得以实现模拟的只是创作过程的有限阶段，"实在谈不上对于科学创造的'思想机器'代替创作个体的无根据的担心了"。[①] С. А. 扎瓦德斯基在论文《"机器诗歌"的理论和实践》中研究了电子计算机具体运用于诗歌创作的模拟问题，他认为"机器诗歌"可以成为进行语法和修辞研究的辅助手段，包括成为检验产生诗歌语言机制假说的实践方法。[②] 同时，电子计算机也广泛运用于版本学。例如 М. Г. 塔尔林斯卡娅运用电子计算机研究了莎士比亚悲剧诗歌的个性特点，用这种方法证实了伟大戏剧家的一些作品真正出自谁的手笔。[③] М. Ю. 列文则借助于电子计算机确定了组成普希金和其他诗人的词汇和韵脚的原则。[④] 电子计算机还可以运用于图书咨询，用于编排图书目录、自动编排索引，这就可以大大节省研究者检索必需的文献资料所耗费的精力，使文艺学家和艺术学家的研究合理化。

那么艺术创作综合研究今后的发展前景怎样？学科内部联系今后的发展倾向是什么？在梅拉赫看来，"艺术创作综合研究面对的是复杂的客

---

① 《艺术和科学的创造》，第 263—267 页。
② 同上书，第 275—285 页。
③ 《科学技术革命和艺术创作的发展》，第 175—185 页。
④ 同上书，第 196—202 页。

体，采用的是知识整体化的方法"。不过他又特别指出必须看到相反的过程："在现实现象总的研究中显示出自己特殊对象的知识领域正日益加剧分解。"他认为："同早先流传的关于现代科学学科向着统一的不可分解的科学演变的意见相反，现在越来越明显的是：整体化以后将同进一步分解相结合。很难想象，整体化科学吞没一切特殊的知识部分，后者得到完善的将不仅有理论领域中自己的特殊方法，而且有自己特殊的实验手段。"① 例如美学这样的"总体"科学将划分成为个别的、尽管是相互联系的"子学科"。美学对象是包括审美把握现实的全部复杂性，是一个相互联系的和并列从属的问题范围系统。他们的等级关系可以表现为从审美把握世界的最一般的哲学规律，向更具体的问题和问题范围发展的递减形式，后者同样也体现出一种层次系统，从艺术创作和艺术接受的一般规律，到自然美学、生产美学、日常生活美学，等等。还应当看到，在学科分解的同时，将产生新学科和现存学科新的变异。目前称之为艺术创作心理学的这个知识领域看样子将会改变成为艺术创作和艺术接受的统一理论，而这种理论又是同按照艺术个别问题层次和种类进行的分解相联系的。这一学科的形成将会推动目前还处于萌芽期的其他知识领域的研究，同美学科学一样，语文科学也在发生改变，也同样表现出综合和分解的两种倾向，它的问题范围也在扩大。赫拉普钦科曾经指出："不应该忘记语文科学不仅同社会学，而且同自然科学合作……现在综合研究人类创作的问题提得迫切而尖锐……语文科学在这里还有发表自己有份量的意见的使命。"②

总之，综合方法在某种程度上既促进了参与研究艺术创作的学科的整体化，同时又促进了它们的分解化，而且也促进这些学科本身的丰富，促进它们在向跨学科性和综合性前进的总运动中进一步认识自身的独特任务和作用。

关于艺术创作研究总的前景，梅拉赫是这样展示的："无疑，在艺术创作综合研究的进一步发展中，将提出新的问题，打开新的视野，开辟认识人类活动这个最复杂种类的新方向和新手段。当然，方法论方面还面临

---

① 《创作过程和艺术接受》，莫斯科，1985 年，第 314 页。
② 《文学评论》1979 年第 10 期，第 133 页。

着许多要做的事情，为了把综合研究切实贯彻到实践中去，许多东西尚处于探索阶段，工作在继续着，而且随着新方向的扩大和巩固，可以断定，它将有远大的未来。"[1]

----

[1] 《创作过程和艺术接受》，莫斯科，1985年，第316页。

编 后 记

本集收入我研究俄苏文学批评史的成果。这方面我先后写过几本书：《俄苏文学批评史》（与刘宁合作，北京师范大学出版社 1992 年版）、《20 世纪俄苏文论》（百花文艺出版社 1994 年版）、《俄国文学批评史》（合著，上海译文出版社 1999 年版）和《20 世纪俄国马克思主义文艺理论研究》（合著，北京大学出版社 2012 年版）。本集主要选自上述著作，也作了一些补充。

第一编"在历史和形式之间——考察 19—20 世纪俄罗斯文学理论批评的一个视角"，选自不同专著的一些章节和刊物发表的论文，但总的构思是新的，服从于新的构想，也新写了"总论"和五个新的章节，并附了四篇相关的论文。

第二编"20 世纪俄罗斯马克思主义文论的发展"，选自《20 世纪俄国马克思主义文艺理论研究》一书中我撰写的"总论：20 世纪俄国马克思主义文论的发展和特点"，各个年代的概述（19 世纪末 20 世纪初的崛起、20—30 年代的确立和内部对话、50—60 年代的反思和拓展、70—80 年代的新趋势），并选了三篇相关的论文。

第三编"苏联当代文艺学的新进展"，选自《20 世纪俄苏文论》。

责编罗莉为本书的编辑出版付出了辛勤的劳动，我向她表示诚挚的谢意。